O QUE É O QUÊ

A marca FSC é a garantia de que a madeira utilizada na fabricação do papel deste livro provém de florestas de origem controlada e que foram gerenciadas de maneira ambientalmente correta, socialmente justa e economicamente viável.

DAVE EGGERS

O que é o Quê
Autobiografia de Valentino Achak Deng
Romance

Tradução
Fernanda Abreu

Companhia Das Letras

Copyright © 2006 by Dave Eggers
Publicado originalmente pela editora McSweeney's, San Francisco.

Título original
What is the What: The autobiography of Valentino Achak Deng

Capa
Retina-78

Foto de capa
Uriel Sinai/ Getty Images

Preparação
Silvia Massimini Felix

Revisão
Valquíria Della Pozza
Ana Luiza Couto

Dados Internacionais de Catalogação na Publicação (CIP)
(Câmara Brasileira do Livro, SP, Brasil)

Eggers, Dave
   O que é o Quê : autobiografia de Valentino Achak Deng /
Dave Eggers; tradução Fernanda Abreu. — São Paulo :
Companhia das Letras, 2008.

   Título original: What is the What : The autobiography of
Valentino Achak Deng
      ISBN 978-85-359-1340-8

   1. Deng, Valentino Achak — Ficção norte-americana I.
Título. II. Título: Autobiografia de Valentino Achak Deng.

08-09586   CDD-813.5

Índice para catálogo sistemático:
1. Ficção norte-americana 813.5

[2008]
Todos os direitos desta edição reservados à
EDITORA SCHWARCZ LTDA.
Rua Bandeira Paulista, 702, cj. 32
04532-002 - São Paulo - SP
Telefone (11) 3707-3500
Fax (11) 3707-3501
www.companhiadasletras.com.br

Prefácio

Este livro é o relato sincero da minha vida: desde quando fui separado da minha família em Marial Bai, passando pelos treze anos que vivi nos campos de refugiados da Etiópia e do Quênia, até meus encontros com culturas ocidentais vibrantes, em Atlanta e outros lugares.

À medida que ler este livro, você ficará sabendo sobre os dois milhões e meio de pessoas mortas na guerra civil do Sudão. Eu não passava de um menino quando a guerra começou. Ser humano indefeso, sobrevivi percorrendo a pé muitos terrenos inóspitos enquanto era bombardeado pela Força Aérea sudanesa, esquivando-me de minas terrestres, perseguido por animais selvagens e assassinos. Alimentei-me de frutas, legumes e folhas desconhecidos, carcaças de animais, e algumas vezes passei dias sem comer. Em certos momentos, a situação ficou insuportável. Odiei a mim mesmo e tentei pôr fim à minha vida. Muitos dos meus amigos, assim como milhares de conterrâneos, não escaparam com vida dessas dificuldades.

Este livro nasceu do desejo, meu e do autor, de nos comunicarmos com outras pessoas para fazê-las entender as atrocidades cometidas por muitos governos sudaneses sucessivos antes e durante a guerra civil. Com isso em mente, passei muitos anos contando minha história oralmente ao autor. Ele então escreveu este romance, simulando minha própria voz narrativa e usando os principais acontecimentos da minha vida como base. Como muitos dos trechos são fictícios, o resultado foi batizado de romance. Esta não deveria ser considerada a história definitiva da guerra civil no Sudão, nem do povo sudanês, nem sequer dos meus irmãos, aqueles conhecidos como Meninos Perdidos. É simplesmente a história de um homem, contada subjetivamente. E, embora seja ficcionalizada, é preciso ressaltar que o mundo que conheci não é tão diferente do mundo retratado nestas páginas. Vivemos em uma época em que até mesmo os acontecimentos mais horríveis contados neste livro poderiam ocorrer, e, na maioria dos casos, aconteceram de fato.

Mesmo nos meus momentos mais difíceis, eu acreditava que algum dia poderia compartilhar minhas experiências com os leitores, para evitar que tais horrores se repetissem. Este livro é uma espécie de luta, e lutar mantém vivo meu espírito. Lutar é reforçar minha fé, minha esperança e minha crença na humanidade. Agradeço a todos por lerem este livro, e desejo-lhes um dia abençoado.

Valentino Achak Deng,
Atlanta, 2006

LIVRO I

1.

Não tenho nenhum motivo para não atender a porta, então a atendo.
Não tenho nenhuma janelinha redonda minúscula para identificar os visitantes, portanto abro a porta e me deparo com uma afro-americana alta e robusta, alguns anos mais velha que eu, usando um agasalho de náilon vermelho. Ela fala comigo em voz bem alta. "O senhor tem telefone?"

Parece conhecida. Tenho quase certeza de tê-la visto no estacionamento uma hora antes, quando voltei da loja de conveniência. Vi-a em pé junto
à escada, e sorri para ela. Respondo-lhe que tenho telefone, sim.

"Meu carro enguiçou ali na rua", diz. Atrás dela já é quase noite. Passei
a maior parte da tarde estudando. "O senhor me deixaria usar seu telefone
para chamar a polícia?", pergunta ela.

Não sei por que ela quer chamar a polícia por causa de um carro engui-
çado, mas deixo-a entrar. Ela entra. Começo a fechar a porta, mas ela a segura. "Vou demorar só um segundo", diz. Não faz sentido deixar a porta
aberta, mas, já que ela quer, deixo. Este é o país dela, não ainda o meu.

"Onde fica o telefone?", pergunta ela.

Respondo-lhe que o telefone fica no meu quarto. Antes de eu terminar
a frase, ela passa correndo por mim e avança pelo corredor, formando um

borrão indistinto de náilon. A porta do meu quarto se fecha, e ouço o trinco sendo passado. Ela se trancou lá dentro. Começo a ir atrás dela quando ouço uma voz às minhas costas.

"Fique aqui, África."

Viro-me e vejo um homem, afro-americano, usando um imenso casaco de beisebol azul-claro e uma calça jeans. Não é possível ver o rosto debaixo do boné de beisebol, mas ele está com a mão em alguma coisa junto à cintura, como se precisasse segurar a calça no lugar.

"O senhor está com aquela mulher?", pergunto a ele. Ainda não estou entendendo nada, e fico com raiva.

"Sente aí, África", diz ele, meneando a cabeça para o meu sofá.

Continuo em pé.

"O que ela está fazendo no meu quarto?"

"Sente a bunda aí e pronto", vocifera ele, dessa vez com crueldade.

Eu me sento e ele me mostra o cabo do revólver. Estava segurando-o desde que entrou, e eu já deveria saber. Mas eu não sei nada; nunca sei as coisas que deveria saber. O que sei agora é que estou sendo assaltado, e que minha vontade é estar em outro lugar.

Tenho consciência de que é uma coisa estranha, mas o que penso nesse momento é que gostaria de estar novamente em Kakuma. Em Kakuma não chovia, os ventos sopravam nove meses por ano, e oitenta mil refugiados de guerra do Sudão e de outros lugares viviam com uma refeição por dia. Porém, nesse momento, com a mulher no meu quarto e o homem me vigiando com sua arma, minha vontade é estar em Kakuma, onde eu morava em um casebre feito de plástico e sacos de areia e só tinha uma calça para vestir. Acho que não havia maldade desse tipo no campo de refugiados de Kakuma, e quero voltar para lá. Ou até mesmo para Pinyudo, o campo etíope onde morei antes de Kakuma; não havia nada ali, apenas uma ou duas refeições por dia, mas existiam pequenos prazeres; eu era menino nessa época, e conseguia esquecer que era um refugiado subnutrido a mil e quinhentos quilômetros de casa. Em todo caso, se for esta a punição para a arrogância de querer sair da África, de acalentar sonhos de universidade e solvência financeira nos Estados Unidos, agora aprendi minha lição e peço desculpas. Voltarei com a cabeça baixa. Por que eu sorri para aquela mulher? Sorrio por reflexo, e é um hábito que preciso perder. É um convite à retribuição. Já fui humilhado tantas vezes desde que cheguei aqui que estou começando a pensar que alguém está tentando desesperadamente me mandar um recado, e o recado é: "Vá embora daqui".

Assim que me decido por essa atitude de arrependimento e recuo, ela é substituída por outra, de protesto. Essa nova postura me faz me levantar e falar com o homem de casaco azul-claro. "Quero que você saia daqui", digo.

O Homem de Azul se enfurece na mesma hora. Eu perturbei o equilíbrio da situação e pus um obstáculo, a minha voz, na frente da sua tarefa.

"Está me dizendo o que fazer, filho-da-puta?"

Encaro fixamente seus olhos miúdos.

"Me responda, África, está me dizendo o que fazer, filho-da-puta?"

A mulher ouve nossas vozes e chama de dentro do quarto: "Dá para dar um jeito nele?". Ela está irritada com o parceiro, e ele comigo.

O Homem de Azul inclina a cabeça para mim e arqueia as sobrancelhas. Dá um passo na minha direção, e gesticula novamente para a arma na cintura. Parece prestes a usá-la, mas de repente seus ombros despencam e ele abaixa a cabeça. Fita os próprios sapatos e respira devagar, recuperando a calma. Quando torna a erguer os olhos, já voltou ao normal.

"Você é da África, não é?"

Aquiesço.

"Certo, então. Isso quer dizer que nós somos irmãos."

Reluto em concordar.

"E, já que somos irmãos e tal, eu vou lhe ensinar uma coisa. Você não sabe que nunca deve abrir a porta para gente desconhecida?"

A pergunta me faz estremecer. O simples assalto teria sido, de certa forma, aceitável. Eu já presenciei assaltos, já fui assaltado, em escalas muito menores que essa. Antes de chegar aos Estados Unidos, o bem mais valioso que eu possuía era o colchão onde dormia, então os roubos eram bem menores: uma câmera descartável, um par de sandálias, um pacote de sulfite. Tudo isso era valioso, sim, mas agora sou proprietário de uma televisão, um videocassete, um forno de microondas, um despertador e muitas outras coisas, todas fornecidas pela Igreja Metodista Unificada de Peachtree aqui em Atlanta. Alguns dos objetos eram de segunda mão, a maioria era nova, e todos vinham de doações anônimas. Olhar para eles, usá-los diariamente, provocava em mim um arrepio — uma demonstração física estranha, mas genuína, de gratidão. E agora suponho que todos esses presentes serão tirados de mim nos próximos poucos minutos. Em pé diante do Homem de Azul, minha memória procura a última vez em que me senti traído dessa forma, a última vez em que me senti diante de uma maldade tão gratuita.

Com uma das mãos ainda a segurar o cabo da arma, ele põe a outra no meu peito. "Por que você não senta a bunda aí e vê como se faz?"

Dou dois passos para trás e me sento no sofá, outro presente da igreja. Uma branca de cara redonda vestindo uma camisa de *tie-dye* o trouxe no dia em que Achor Achor e eu nos mudamos. Desculpou-se pelo fato de o sofá não ter chegado antes de nós. As pessoas da igreja se desculpavam muito.

Ergo os olhos para o Homem de Azul e percebo quem ele me lembra. A mulher-soldado etíope que atirou em dois dos meus companheiros e quase me matou. Tinha a mesma luz ensandecida nos olhos, e no início quis se passar por nossa salvadora. Estávamos fugindo da Etiópia, perseguidos por centenas de soldados etíopes que atiravam em nós, com o rio Gilo repleto do nosso sangue, e ela surgiu do meio do mato. *Venham aqui, crianças! Eu sou sua mãe! Venham aqui!* Era apenas um rosto no mato cinzento, com as mãos estendidas, e eu hesitei. Dois dos meninos com os quais eu estava correndo, meninos que havia encontrado na margem do rio ensangüentado, os dois foram até ela. E, quando chegaram suficientemente perto, ela ergueu um fuzil automático e crivou de balas o peito e a barriga dos meninos. Eles caíram na minha frente, e eu me virei e saí correndo. *Volte aqui!*, continuou ela. *Volte para a sua mãe!*

Nesse dia, eu tinha corrido pelo mato até encontrar Achor Achor, e nós dois encontramos o Bebê Calminho e o salvamos, e, durante algum tempo, nos consideramos médicos. Isso já faz muito tempo. Eu tinha dez anos, onze, talvez. É impossível saber. O homem na minha frente, o Homem de Azul, jamais tomaria conhecimento disso. Não ficaria interessado. Pensar nesse dia, quando fomos expulsos da Etiópia de volta para o Sudão, e milhares morreram no rio, me dá forças para resistir a essa pessoa dentro do meu apartamento, e novamente me ponho de pé.

O homem me olha como um pai prestes a fazer algo que infelizmente o filho o está obrigando a fazer. Está tão perto de mim que posso sentir o cheiro de alguma coisa química vindo dele, um cheiro parecido com alvejante.

"Você está... você está...?"

A boca dele se contrai e ele faz uma pausa. Tira a arma da cintura e a ergue com um movimento da mão para cima e para trás. Vejo um borrão preto, e meus dentes são esmagados uns contra os outros, ao mesmo tempo em que sinto o teto desabar em cima de mim.

Na minha vida, já apanhei de muitos jeitos diferentes, mas nunca com a coronha de uma arma. Tenho a sorte de ter visto mais sofrimento do que eu próprio suportei, mas mesmo assim já passei fome, e já apanhei com gravetos, varas, vassouras, pedras e lanças. Percorri oito quilômetros na caçamba de um caminhão repleta de cadáveres. Vi inúmeros meninos novos morrerem no deserto, alguns como se estivessem se sentando para dormir, outros depois de dias de loucura. Vi três meninos serem levados por leões, devorados por acaso. Vi-os serem tirados do chão, levados embora entre as presas dos animais e devorados no meio do mato, perto o suficiente para eu escutar os estalos úmidos da carne sendo dilacerada. Vi um amigo próximo morrer ao meu lado em um caminhão capotado, com os olhos abertos para mim, a vida a se esvair por um buraco que eu não conseguia ver. No entanto, neste momento, jogado em cima do sofá com a mão molhada de sangue, me pego sentindo saudade da África inteira. Sinto saudade do Sudão, do deserto cinzento cheio de uivos do noroeste do Quênia. Sinto saudade do vazio amarelo da Etiópia.

Minha visão do meu agressor agora se limita à sua cintura, às suas mãos. Ele guardou a arma em algum lugar, e suas mãos seguram minha camisa e meu pescoço, e ele está me jogando do sofá para o carpete. Minha nuca se choca na quina da mesa ao cair, e dois copos e um radiorrelógio caem comigo. Uma vez sobre o carpete, com a bochecha repousando em meu próprio sangue empoçado, experimento um instante de conforto, pensando que muito provavelmente ele já terminou. Já estou tão cansado. Sinto que poderia fechar os olhos e acabar com tudo isso.

"Agora cale a porra da sua boca", diz ele.

As palavras não soam convincentes, e isso me consola. Percebo que ele não é um homem zangado. Não pretende me matar; talvez tenha sido manipulado por aquela mulher, que agora abre as gavetas e os armários do meu quarto. Ela parece estar no controle da situação. Está concentrada no que quer que tenha encontrado no meu quarto, e a tarefa de seu companheiro é me neutralizar. Parece simples, e ele se mostra pouco inclinado a me agredir de novo. Então descanso. Fecho os olhos e descanso.

Estou cansado deste país. Sou grato a ele, sim, e passei a dar valor a muitos de seus aspectos durante os cinco anos que fiquei aqui, mas estou cansado das promessas. Vim para cá, quatro mil de nós viemos para cá, imaginando e esperando tranqüilidade. Paz, universidade e segurança. Esperávamos um país sem guerra e, suponho, um país sem miséria. Estávamos ansiosos e impacientes. Queríamos tudo imediatamente — lares, famílias, universidade, a possibilidade de mandar dinheiro para casa, diplomas de ensino superior e, por fim, algum prestígio. No entanto, para a maioria de nós, a lentidão da transição — depois de cinco anos, ainda não tenho os créditos necessários para me candidatar a uma formação universitária de quatro anos — provocou o caos. Esperamos dez anos em Kakuma, e acho que não queríamos começar tudo de novo aqui. Queríamos o passo seguinte, e rápido. Mas isso não acontecera, não na maioria dos casos e, no meio-tempo, havíamos encontrado jeitos de nos ocupar. Eu tive vários empregos subalternos, e atualmente trabalho na recepção de uma academia de ginástica, no turno mais cedo possível, recebendo os associados e explicando os benefícios da academia a futuros membros. Não é nada glamoroso, mas representa um nível de estabilidade desconhecido para alguns. Um número grande demais deles perdeu as forças, um número grande demais sente que fracassou. As pressões exercidas sobre nós, as promessas que não conseguimos cumprir para nós mesmos — essas coisas estão transformando muitos de nós em monstros. E a única pessoa que eu achava que poderia me ajudar a transcender a decepção e a banalidade disso tudo, uma sudanesa exemplar chamada Tabitha Duany Aker, se foi.

Eles agora estão na cozinha. Agora estão no quarto de Achor Achor. Deitado ali, começo a calcular o que podem me levar. Percebo com alguma satisfação que meu computador está no carro, e será poupado. Mas o laptop novo de Achor Achor será roubado. E por culpa minha. Achor Achor é um dos líderes dos jovens refugiados aqui em Atlanta, e tenho medo de que tudo de que ele precisa será perdido quando seu computador for levado. Registros de todas as reuniões, dados contábeis, milhares de e-mails. Não posso permitir que tanta coisa seja roubada. Achor Achor está comigo desde a Etiópia, e tudo o que eu lhe trago é má sorte.

Na Etiópia, encarei um leão nos olhos. Devia ter uns dez anos, mandaram-me juntar lenha na floresta, e o animal saiu lentamente de trás de uma árvore. Fiquei parado por alguns instantes, um tempo enorme, o suficiente para decorar aquela cara de olhos mortos, antes de sair correndo. Ele rugiu para mim, mas não me perseguiu; gosto de pensar que me considerou um inimigo por demais formidável. Então encarei esse leão, encarei dúzias de vezes as armas dos milicianos árabes montados, com suas túnicas brancas reluzindo ao sol. Portanto, posso fazer isso, posso impedir esse pequeno roubo. Torno a me ajoelhar.

"Fique abaixado aí, seu filho-da-puta!"

E meu rosto volta a bater no chão. Então começam os chutes. Ele me chuta na barriga e depois no ombro. O que mais dói é quando meus próprios ossos batem uns nos outros.

"Seu nigeriano filho de uma puta!"

Agora ele parece estar se divertindo, e isso me deixa preocupado. Quando há prazer, muitas vezes há descontrole, e erros são cometidos. Sete chutes nas costelas, um no quadril, e ele descansa. Respiro fundo e avalio o estrago. Não é muito. Encolho-me no canto do sofá, agora decidido a ficar imóvel. Nunca fui um lutador, reconheço finalmente para mim mesmo. Sobrevivi a muitas opressões, mas nunca lutei com um homem que estivesse na minha frente.

"Seu nigeriano de merda! Seu imbecil!"

Ele está ofegante, com as mãos sobre os joelhos dobrados.

"É por isso que vocês estão na Idade da Pedra, seus filhos-da-puta!"

Ele me dá outro chute, mais fraco que os outros, mas esse me atinge em cheio na têmpora e meu olho esquerdo se enche de um clarão de luz branca.

Já me chamaram de nigeriano nos Estados Unidos — deve ser o mais conhecido dos países africanos —, mas nunca fui chutado. Porém, também já vi isso acontecer. Acho que há pouca coisa em matéria de violência que eu não tenha visto no Sudão, no Quênia. Passei anos em um campo de refugiados na Etiópia, e ali vi dois meninos, ambos com uns doze anos de idade, brigarem tanto por causa de comida que um chutou o outro até matá-lo. É claro que ele não pretendia matar o adversário, mas éramos jovens e estávamos muito fracos. Ninguém consegue brigar depois de passar semanas sem comer direito. O corpo do menino morto estava despreparado para qualquer tipo de trauma, a pele esticada sobre as costelas frágeis que não conseguiam mais cumprir a tarefa de proteger o coração. Morreu antes mesmo de cair no chão. Foi logo antes do almoço e, depois que o menino foi levado embora para ser enterrado no chão de cascalho, serviram-nos ensopado de feijão e milho.

Agora decidi não dizer mais nada, simplesmente esperar o Homem de Azul e sua amiga irem embora. Eles não devem ficar muito tempo; com certeza logo já terão pego tudo o que querem. Posso ver a pilha que estão fazendo sobre a mesa da cozinha, as coisas que pretendem levar embora. A televisão está lá, o laptop de Achor Achor, o videocassete, os telefones sem fio, meu celular, o microondas.

O céu está escurecendo, meus convidados já estão no apartamento há uns vinte minutos e Achor Achor só vai voltar daqui a muitas horas, se voltar. Seu trabalho se parece com um que eu já tive — em um showroom de móveis, na sala dos fundos, organizando a expedição das amostras para decoradores. Mesmo quando não está no trabalho, ele quase nunca pára em casa. Depois de muitos anos sem companhia feminina, Achor Achor arrumou uma namorada, uma afro-americana chamada Michelle. Ela é uma graça. Conheceram-se na universidade comunitária, em uma aula de patchwork em que Achor Achor se matriculou por acidente. Ele entrou, sentou-se ao lado de Michelle e nunca mais saiu. Ela tem cheiro de perfume cítrico, um cítrico floral, e eu vejo Achor Achor cada vez menos. Houve um tempo em que eu pensava em Tabitha dessa forma. Imaginei nós dois planejando um casamento e criando muitos filhos que falariam inglês como americanos, mas Tabitha morava em Seattle, e esses planos ainda estavam muito distantes. Talvez agora eu os esteja romantizando. Isso aconteceu em Kakuma também; perdi alguém muito próximo, e depois fiquei achando que poderia tê-lo salvo caso houvesse sido um amigo melhor. Mas todos desaparecem, não importa quem os ame.

Então começa o processo de levar embora nossos pertences. O Homem de Azul fez um berço com os braços, e sua cúmplice começa a empilhar aí nossas coisas — primeiro o microondas, depois o laptop, depois o aparelho de som. Quando a pilha chega ao queixo do homem, a mulher caminha até a porta da frente e abre.

"Caralho!", exclama ela, fechando a porta depressa.

Diz para o Homem de Azul que tem um carro da polícia do lado de fora, parado em nosso estacionamento. A viatura, na verdade, está atravancando o carro deles.

"Caralho caralho caralho!", vocifera ela.

O pânico continua por algum tempo, e dali a pouco os dois assumem posições de um lado e de outro das cortinas da janela que dão para o pátio. Entendo, pela conversa, que o policial está falando com um latino, mas que sua linguagem corporal parece indicar que o assunto não é urgente. A mulher e o Homem de Azul demonstram cada vez mais segurança e alívio pelo fato de o policial não estar ali por causa deles. Mas então por que ele não vai embora?, perguntam-se. "Por que esse filho-da-puta não vai fazer seu trabalho?", pergunta ela.

Eles se acomodam para esperar. O sangramento na minha testa parece ter diminuído. Com a língua, exploro os estragos feitos à minha boca. Um dos incisivos inferiores está lascado e um molar foi esmagado; a sensação é de algo pontiagudo, uma cordilheira escarpada. Mas não posso me preocupar com questões dentárias. Nós, sudaneses, não somos famosos pela perfeição dos dentes.

Levanto a cabeça e descubro que a mulher e o Homem de Azul estão com a minha mochila, que não contém nada a não ser minhas lições da universidade comunitária onde estudo, o Georgia Perimeter College. Imaginar o tempo que vou levar para reproduzir esses cadernos, tão perto das provas de meio de semestre, quase faz com que eu me levante de novo. Encaro meus visitantes com o máximo de ódio de que sou capaz, o máximo que meu deus permite.

Sou um tonto. Por que abri a porta? Tenho uma amiga afro-americana aqui em Atlanta, Mary, só uma amiga, e ela vai rir disso. Uma semana atrás, ela estava nessa mesma sala, sentada no meu sofá, e estávamos assistindo a *O exorcista* com Achor Achor. Havia muito tempo que ele e eu queríamos ver o filme. O conceito do mal nos interessa, reconheço, e a idéia de um exorcismo nos deixava intrigados. Embora sentíssemos que nossa fé era forte e tivéssemos recebido uma educação inteiramente católica, nunca tínhamos ouvido falar em um exorcismo praticado por um padre católico. Então assistimos ao filme, e ele nos deixou apavorados. Achor Achor não conseguiu assistir mais de vinte minutos. Retirando-se para o quarto, fechou a porta, ligou o som e começou a fazer a lição de álgebra. Em uma das cenas do filme, há uma batida na porta que funciona como um mau presságio, e uma pergunta me ocorreu. Pausei o filme e Mary suspirou, paciente; está acostumada a me ver parar, quando estou andando ou dirigindo, para fazer alguma pergunta — *Por que as pessoas pedem dinheiro nos canteiros das estradas? Será que todas as salas daqueles prédios de escritórios estão ocupadas?* — e, naquele momento, perguntei a ela quem, nos Estados Unidos, vai atender quando alguém bate à porta.

"Como assim?", perguntou ela.

"O homem ou a mulher?", indaguei.

Ela fez um muxoxo. "O homem", respondeu. "O homem. O homem é o protetor, certo?", disse ela. "É claro que o homem atende a porta. Por quê?"

"No Sudão", falei, "não pode ser o homem. É sempre a mulher que atende a porta pois, quando alguém bate, é porque veio matar o homem."

Ah, encontrei outro dente lascado. Meus amigos ainda estão perto da janela, afastando a cortina de quando em quando, vendo que o policial ainda está lá fora, e falando palavrões durante alguns minutos antes de prosseguir sua vigília de ombros curvados.

Já se passou uma hora, e estou curioso para saber o que o policial está fazendo no estacionamento. Começo a acalentar esperanças de que o policial na verdade sabe sobre o assalto e, para evitar um impasse, está simplesmente esperando meus amigos saírem. Mas, nesse caso, por que alardear sua presença? Talvez o policial esteja no condomínio para investigar os traficantes do apartamento C4. Mas os caras do C4 são brancos e, até onde consigo ver, o homem com quem o policial está falando é Edgardo, que mora no C13, oito portas depois da minha. Edgardo é mecânico e meu amigo; já me fez economizar, segundo seus cálculos, dois mil e duzentos dólares em consertos de carro nos dois anos desde que somos vizinhos. Em troca, eu lhe dei caronas até a igreja, o trabalho e o shopping North DeKalb. Ele tem seu próprio carro, mas prefere não dirigir. Faz pelo menos seis meses que não vejo pneus nos eixos do automóvel. Ele adora consertar o próprio carro, e não se importa de mexer no meu, um Corolla 2001. Quando está fazendo isso, Edgardo insiste para que eu o entretenha. "Conte-me alguma história", pede ele, porque não gosta da música que tocam no rádio. "Em todos os outros lugares do país eles tocam música mexicana, mas não aqui em Atlanta. O que estou fazendo aqui? Esta não é uma cidade para quem gosta de música. Conte-me uma história, Valentino. Converse comigo, converse comigo. Conte umas histórias."

Na primeira vez em que ele pediu, pus-me a contar minha própria história, que começou quando os rebeldes, homens que acabariam por ingressar no Exército de Libertação do Povo Sudanês, o SPLA, saquearam pela primeira vez a loja do meu pai em Marial Bai. Eu tinha seis anos, e a presença de rebeldes na nossa aldeia parecia aumentar a cada mês. Eles eram tolerados pela maioria das pessoas e reprimidos por outras. Meu pai era um homem rico para os padrões da região, dono de um armazém na cidade e de outra loja a alguns dias de distância a pé. Ele próprio havia sido rebelde anos antes, mas agora era um comerciante e não queria problemas. Não queria revolução, não tinha nada contra os islamistas de Cartum. Eles não o incomodavam, dizia, estavam a meio mundo de distância. Tudo o que ele queria era vender cereais, milho, açúcar, panelas, tecidos, balas.

Certo dia eu estava na loja, brincando no chão. Uma confusão começou acima de mim. Três homens, dois deles carregando fuzis, estavam pedindo para levar o que quisessem. Diziam que era para o bem da rebelião, e que eles iriam criar um Novo Sudão.

"Não, não", disse Edgardo. "Sem brigas. Não quero saber das brigas. Eu leio três jornais por dia." Ele apontou para os jornais espalhados debaixo do carro, agora marrons de graxa. "Isso eu já tenho bastante. Sobre sua guerra eu já sei. Conte-me alguma outra história. Diga como arranjou esse nome, Valentino. É um nome estranho para um cara da África, não acha?"

Então contei a história do meu batizado. Foi na minha cidade natal. Eu tinha mais ou menos seis anos. O batizado foi idéia do meu tio Jok; meus pais, opostos a idéias cristãs, não compareceram. Eles acreditavam nas tradições religiosas do nosso clã, e os experimentos da aldeia com a cristandade se limitavam aos jovens, como Jok, e àqueles que, como eu, conseguiam ser persuadidos. A conversão era um sacrifício para qualquer homem, uma vez que o padre Dominic Matong, um sudanês ordenado por missionários italianos, proibia a poligamia. Meu pai, que tinha várias mulheres, rejeitava a nova religião sob esse pretexto, e também porque, para ele, os cristãos pareciam preocupados com o idioma escrito. Nem meu pai nem minha mãe sabiam ler; poucas pessoas da idade deles sabiam.

— Pode ir para a sua Igreja de Livros — dizia ele. — Quando recomeçar a pensar direito, vai voltar.

Eu vestia uma túnica branca e estava ladeado por Jok e sua mulher, Adeng, quando o padre Matong fez suas perguntas. Ele havia passado dois dias caminhando desde Aweil para me batizar junto com três outros meninos, que estavam logo atrás de mim. Eu estava mais nervoso do que jamais estivera na vida. Os outros meninos que eu conhecia diziam que aquilo não era nada em comparação a apanhar do pai, mas eu não conhecia essa situação; meu pai nunca tinha levantado a mão para me bater.

De frente para Jok e Adeng, o padre segurou a Bíblia com uma das mãos e ergueu a outra no ar, espalmada.

— Vocês oferecem seu filho com todo o seu coração e sua fé para ser batizado e para se tornar um membro fiel da família de Deus?

— Sim, oferecemos! — disseram eles.

Sobressaltei-me quando eles disseram isso. Tinham falado bem mais alto do que eu esperava.

— Ao fazer isso, vocês rejeitam Satã com todo o seu poder, sua mentira e sua falta de fé?

— Sim, rejeitamos!

— Vocês acreditam em Jesus, filho de Deus, nascido da Virgem Maria, que sofreu e foi crucificado, e que no terceiro dia retornou dos mortos para nos redimir de nossos pecados?

— Sim, acreditamos!

Então uma água fria e limpa foi despejada na minha cabeça. O padre Matong a trouxera consigo na caminhada de dois dias desde Aweil.

Com o batismo veio meu nome cristão, Valentino, escolhido pelo padre Matong. Muitos meninos eram chamados por seus nomes cristãos, mas, no meu caso, esse nome era usado raramente, já que ninguém, incluindo eu mesmo, conseguia pronunciá-lo. Dizíamos Valdino, Baldero, Benedeeno. Somente quando fui parar em um campo de refugiados da Etiópia é que o nome foi usado por alguém que me conhecia. Foi nessa ocasião que, de forma improvável, depois de anos de guerra, tornei a ver o padre Matong. Foi quando ele me lembrou meu nome cristão, falou-me sobre sua origem e demonstrou em voz alta como pronunciá-lo.

Edgardo gostava muito dessa história. Até então, não sabia que eu era católico como ele. Combinamos de ir à missa juntos algum dia, mas ainda não fomos.

2.

"Olhe só esse cara! Com a cabeça sangrando e cara de bravo!"

O Homem de Azul está falando comigo. Ele ainda está na janela, mas sua cúmplice está no banheiro, para onde já foi há algum tempo. Com mais esse dado, o fato de ela usar meu banheiro, agora tenho certeza de que o apartamento terá de ser abandonado. Sua violação está completa. Minha vontade é tocar fogo nesse lugar no mesmo instante em que eles saírem.

"Ei, Tonya, venha cá dar uma olhada no príncipe da Nigéria. O que houve, cara? Nunca foi assaltado antes?"

Agora ela também está olhando para mim. O nome dela é Tonya.

"Pode ir se acostumando, África", diz ela.

Ocorre-me que, quanto mais tempo o policial passar no estacionamento, melhores as chances de que eu seja encontrado. Enquanto o policial estiver lá, pode ser que Achor Achor volte ou que Edgardo bata na minha porta. Foram poucas as vezes em que ele fez isso — prefere o telefone —, mas não é impossível. Se ele batesse na porta, não haveria como esconder o que está acontecendo aqui.

Meu celular toca. Tonya e o Homem de Azul deixam tocar. Minutos depois, toca de novo. Devem ser umas cinco da tarde.

"Olhe só, parece um cafetão", diz o Homem de Azul. "O telefone dele não pára de tocar. Você é algum tipo de cafetão, príncipe?"

Se eu não houvesse estabelecido regras, o telefone tocaria sem parar. Existe uma comunidade de talvez trezentos sudaneses nos Estados Unidos com quem mantenho contato, eu com eles, porém mais freqüentemente eles comigo, e fazemos isso de uma forma que poderia ser considerada excessiva. Eles todos pensam que eu disponho de algum tipo de canal direto com os rebeldes do SPLA. Eles me ligam para confirmar qualquer boato, para pedir minha opinião sobre qualquer acontecimento. Antes de eu insistir para que só me telefonassem entre as cinco e as nove, recebia em média setenta ligações por dia. Não sou dado a exageros. As ligações não param nunca. Qualquer conversa de cinco minutos provavelmente será interrompida oito ou nove vezes por outras ligações. Pode ser que Bol ligue de Phoenix e, enquanto eu estiver conversando com ele sobre um visto para o seu irmão que já chegou ao Cairo, talvez James ligue de San Jose precisando de dinheiro. Trocamos informações sobre empregos, empréstimos de carro, seguros, casamentos, acontecimentos no sul do Sudão. Quando John Garang, líder do SPLA, o homem que praticamente deu início à guerra civil, morreu em um acidente de helicóptero, em julho passado, os telefonemas não obedeceram limites nem horários. Passei quatro dias sem sair do telefone. No entanto, não sabia nada que todos os outros também não soubessem.

Em muitos casos, os Meninos Perdidos do Sudão não têm mais ninguém. Meninos Perdidos é um nome que não agrada a muitos de nosso grupo, mas é bem adequado. Fugimos ou fomos expulsos de casa, muitos de nós já órfãos, e, aos milhares, percorremos desertos e florestas pelo que pareceram ser muitos anos. Sob muitos aspectos, estamos sozinhos, e na maioria dos casos não temos certeza exatamente de para onde estamos indo. Quando estávamos em Kakuma, um dos maiores e mais afastados campos de refugiados do mundo, encontramos novas famílias, pelo menos no caso de muitos de nós. Eu fiquei morando com um professor da minha aldeia, e quando, dois anos depois, ele levou os parentes para o campo, passamos a ter algo parecido com uma família. Éramos cinco meninos e três meninas. Eu as chamava de irmãs. Íamos para a escola a pé juntos, íamos buscar água juntos. Porém, depois que fomos transferidos para os Estados Unidos, somos só nós de novo, os meninos. Há muito poucas sudanesas nos Estados Unidos, e muito poucas pessoas mais velhas, então recorremos uns aos outros para quase tudo. Isso tem suas desvantagens, porque muitas vezes o que compartilhamos são boatos sem fundamento e uma intensa paranóia.

Quando chegamos aqui, passamos semanas dentro dos apartamentos, saindo apenas se necessário. Um dos nossos amigos, que estava nos Estados Unidos havia mais tempo, acabara de ser atacado na rua a caminho de casa. Lamento dizer que, também nesse caso, os agressores eram jovens afro-americanos, e isso nos fez começar a pensar em como estávamos sendo vistos. Sentíamo-nos observados, perseguidos. Nós, sudaneses, somos reconhecíveis; não nos parecemos com mais ninguém no mundo. Nem sequer parecemos com qualquer pessoa do leste da África. O isolamento de muitas áreas do sul do Sudão fez com que nossa linhagem permanecesse em grande parte inalterada. Passamos essas semanas dentro de casa, preocupados não apenas com jovens criminosos, mas também temendo que os oficiais da imigração americana pudessem mudar de idéia a nosso respeito. É curioso lembrar como éramos inocentes, como nossa visão era distorcida. Qualquer coisa parecia possível. Caso nos tornássemos visíveis demais, ou se alguns de nós se metessem em qualquer tipo de problema, parecia perfeitamente provável sermos todos mandados imediatamente de volta para a África. Ou talvez fôssemos simplesmente presos. Achor Achor achava que poderíamos ser executados caso descobrissem que algum dia fôramos afiliados ao SPLA. Em Kakuma, muitos de nós havíamos mentido nas fichas de candidatura e nas entrevistas com autoridades. Sabíamos que, caso reconhecêssemos nossa afiliação ao SPLA, não seríamos mandados para Atlanta, Dakota do Norte, Detroit. Ficaríamos em Kakuma. Então, aqueles dentre nós que precisaram mentir, mentiram. O SPLA fizera parte de nossa vida desde cedo, e mais da metade dos jovens que se autodenominam Meninos Perdidos já foi criança-soldado de uma forma ou de outra. Mas essa é uma parte da nossa história sobre a qual nos disseram para não falar.

Então ficávamos em casa. Passávamos a maior parte do dia e da noite vendo televisão, parando apenas para tirar cochilos e jogar partidas ocasionais de xadrez. Um dos homens que moravam conosco nessa época nunca tinha assistido televisão, a não ser por algumas espiadelas em Kakuma. Eu assistira televisão em Kakuma e em Nairóbi, mas nunca vira nada como aqueles cento e vinte canais que tinham nos arrumado nesse primeiro apartamento. Era coisa demais para absorver em um dia, ou mesmo em dois ou três. Assistimos TV quase sem parar durante uma semana e, ao final desse período, sentíamo-nos elétricos, desanimados, totalmente confusos. Um de nós saía ao entardecer para buscar comida e as outras coisas de que precisávamos, sempre temendo que também pudéssemos ser vítimas de uma agressão por rapazes afro-americanos.

Embora os anciãos sudaneses houvessem nos alertado sobre a criminalidade nos Estados Unidos, esse tipo de coisa não fazia parte da orientação oficial. Quando, depois de dez anos, finalmente nos disseram que iríamos sair do campo, ministraram-nos um curso de dois dias sobre o que veríamos e escutaríamos nos Estados Unidos. Um americano chamado Sasha nos falou sobre moeda americana, treinamento profissional, carros, pagar aluguel, ar-condicionado, transporte coletivo e neve. Muitos de nós estavam sendo mandados para lugares como Fargo e Seattle e, para ilustrar a situação, Sasha fez circular pedras de gelo. Muitos dos que assistiam à aula nunca haviam segurado gelo. Eu já, mas só porque era um líder de jovens no campo e dentro do pavilhão da ONU vira muitas coisas, incluindo as despensas de comida, o equipamento esportivo doado pelo Japão e pela Suécia, os filmes de Bruce Willis. Apesar de Sasha ter nos dito que nos Estados Unidos até mesmo os homens mais bem-sucedidos só podem ter uma esposa por vez — o meu pai tinha seis —, e apesar de ter falado sobre escadas rolantes, água encanada e as diversas leis do país, não nos avisou que eu ouviria adolescentes americanos me dizerem que eu deveria voltar para a África. Na primeira vez em que isso aconteceu, eu estava em um ônibus.

Alguns meses depois de eu chegar, começamos a nos aventurar para fora do apartamento, em parte porque só tinham nos dado dinheiro para viver durante três meses e agora precisávamos arrumar trabalho. Era janeiro de 2002, e na época eu trabalhava no estoque da loja de aparelhos eletrônicos Best Buy. Estava voltando para casa às oito da noite, depois de três baldeações de ônibus (o emprego não iria durar, pois eu levava uma hora e meia para percorrer menos de trinta quilômetros). Nesse dia, porém, estava bastante satisfeito. Ganhava oito dólares e cinqüenta cents por hora, e havia dois outros sudaneses trabalhando na Best Buy, também no estoque, carregando tvs de plasma e máquinas de lavar louça. Eu estava exausto, indo para casa, planejando assistir a um vídeo que vinha circulando entre os Meninos Perdidos de Atlanta; alguém havia filmado, em Kansas City, o casamento recente de um conhecido sudanês com uma sudanesa que eu conhecera em Kakuma. Estava quase descendo no meu ponto quando dois adolescentes afro-americanos me abordaram.

"Aí", disse um dos meninos. "Aí, assombração, de onde você é?" Eu me virei e respondi que era do Sudão. Isso o deixou espantado. O Sudão não é conhecido, ou pelo menos não era até que a guerra iniciada pelos islamistas vinte anos atrás, com seus exércitos de mercenários, suas milícias descontroladas, chegasse a Darfur em 2003.

"Sabe de uma coisa", disse o adolescente, inclinando a cabeça para me avaliar, "você é um daqueles africanos que venderam a gente." Continuou nesses termos por algum tempo, e ficou claro que me achava responsável por escravizar seus antepassados. Por causa disso, ele e o amigo me seguiram por um quarteirão inteiro, dizendo coisas nas minhas costas, tornando a sugerir que eu voltasse para a África. Essa idéia também fora sugerida a Achor Achor, e agora meus dois convidados disseram a mesma coisa. Poucos instantes atrás, o Homem de Azul olhou para mim com certa compaixão e disse: "Cara, por que é que vocês estão *aqui*? Por que é que vêm pra cá vestir seus ternos e se fingir de educados? Não sabiam que iam ser *pegos* aqui?".

Embora eu tenha uma opinião negativa sobre os adolescentes que me importunaram, sou mais tolerante quanto a esse tipo de experiência do que alguns dos meus conterrâneos sudaneses. São terríveis as pressuposições que os africanos fazem com relação aos afro-americanos. Assistimos a filmes americanos e chegamos a este país imaginando que os afro-americanos são todos traficantes de drogas e assaltantes de bancos. Os anciãos sudaneses de Kakuma nos disseram com todas as letras para ficar longe dos afro-americanos, sobretudo das mulheres. Como teriam ficado surpresos se soubessem que a primeira pessoa que se dispôs a nos auxiliar em Atlanta, e a mais importante, foi uma afro-americana que só queria nos apresentar a mais pessoas capazes de ajudar. É preciso esclarecer que isso nos deixou confusos; de certa forma, nós víamos essa ajuda como um direito nosso, muito embora questionássemos outros que também precisavam dela. Em Atlanta, quando víamos gente desempregada, sem-teto, ou jovens bebendo nas esquinas e nos carros, dizíamos: "Vão trabalhar! Vocês têm braços, vão trabalhar!". Mas isso foi antes de nós mesmos começarmos a procurar emprego, e com certeza antes de percebermos que trabalhar na Best Buy não iria contribuir em nada para concretizar nossos objetivos de ir à universidade e mais além.

Quando aterrissamos no aeroporto internacional John F. Kennedy, prometeram-nos dinheiro suficiente para dar conta do aluguel e das compras durante três meses. Puseram-me em um avião para Atlanta, entregaram-me um *green card* temporário e um cartão de plano de saúde e, por intermédio do Comitê Internacional de Resgate, dinheiro suficiente para pagar meu aluguel durante exatos três meses. Meus oito dólares e cinqüenta cents por hora na Best Buy não eram suficientes. Naquele mesmo outono, arrumei um segundo emprego, dessa vez em uma loja temática que só abria em novembro e fechava logo depois do início de janeiro. Ficava arrumando os Papais Noéis de cerâmica nas prateleiras, cobria guirlandas sintéticas com neve em spray, varria o chão várias vezes por dia. Mesmo assim, com dois empregos, nenhum deles em tempo integral, estava levando para casa menos de duzentos dólares líquidos por semana. Conhecia homens em Kakuma que viviam melhor que isso, relativamente falando, vendendo tênis feitos de corda e sola de pneu.

Por fim, contudo, um artigo de jornal sobre os sudaneses de Atlanta gerou muitas ofertas de empregos de cidadãos bem-intencionados, e eu aceitei um deles, em um showroom de móveis do tipo freqüentado por designers, em um centro comercial de subúrbio onde havia muitos outros showrooms do mesmo tipo. O emprego me fazia ficar nos fundos da loja, entre as amostras de tecido. Não deveria sentir vergonha disso, mas, não sei bem por quê, sinto: meu trabalho era providenciar amostras de tecido para os designers e depois voltar a catalogá-las quando eram devolvidas. Fiz isso durante quase dois anos. Pensar em todo esse tempo perdido, tanto tempo sentado naquele banquinho de madeira, catalogando, sorrindo, agradecendo, guardando — tempo que eu deveria ter passado estudando —, é demais para mim. Hoje em dia, as horas que trabalho na academia de ginástica Century Club são ligeiramente agradáveis, os associados sorriem para mim e eu para eles, mas minha paciência está diminuindo.

Já faz algum tempo que o Homem de Azul e Tonya estão batendo boca. Cada vez mais nervosos quanto ao motivo da presença do policial no estacionamento. Tonya está culpando o Homem de Azul por ter estacionado o carro lá; ela queria estacionar na rua, para permitir uma fuga fácil. O Homem de Azul argumenta que Tonya lhe disse expressamente para parar o carro no estacionamento, pois poderiam sair o mais rápido possível. Essa discussão já dura uns vinte minutos, com rápidas frases acaloradas seguidas por longos silêncios. Os dois agem como irmãos, e começo a achar que são parentes. Falam um com o outro sem respeito nem limites, que é como agem os irmãos nos Estados Unidos.

Agora eu deveria estar em Ponte Vedra Beach, na Flórida, com Phil Mays e a família dele. Phil foi meu anfitrião, o patrocinador e mentor americano que concordou em me ajudar a transferir minha vida para cá. Advogado do ramo imobiliário, comprou roupas para mim, alugou meu apartamento, financiou meu Toyota Corolla, me deu de presente uma luminária de chão, um jogo de panelas e um celular, e me levou ao médico quando minhas dores de cabeça não passavam. Agora, Phil mora em Ponte Vedra Beach, e duas semanas atrás me convidou para passar um fim de semana lá para conhecer a Universidade da Flórida. Recusei, pensando que a viagem cairia muito perto das minhas provas do meio de semestre no Georgia Perimeter College. Tenho duas provas amanhã.

Mas já faz algum tempo que venho pensando em sair de Atlanta.

Nem preciso ir para a Flórida, mas não posso ficar aqui. Tenho outros amigos lá, outros aliados — Mary Williams e uma família, os Newton —, mas não há nada em Atlanta que baste para me fazer ficar na Geórgia. A situação na comunidade sudanesa daqui é muito complicada; há muita desconfiança. Sempre que alguém tenta ajudar um de nós, o resto dos sudaneses começa a dizer que não é justo, que eles também precisam de uma parte. Nós todos não atravessamos o deserto?, perguntam. Nós todos não comemos pele de hiena e de bode para manter a barriga cheia? Nós todos não bebemos a própria urina? É claro que esse último detalhe é apócrifo e absolutamente inverídico no que diz respeito à maioria de nós, mas impressiona os outros. Durante a caminhada do Sudão até a Etiópia, havia meninos que bebiam a própria urina, outros que comiam lama para manter a garganta úmida, mas nossas experiências foram muito diferentes, dependendo da época em que atravessamos o Sudão. Os últimos grupos tiveram mais vantagens, mais apoio do SPLA. Um dos grupos, que atravessou o deserto logo depois do meu, seguiu em cima de um carro-pipa. Tinham soldados, armas, caminhões! E tinham o carro-pipa, que para nós simbolizava tudo o que jamais teríamos, e o fato de que sempre haveria castas dentro de castas, de que, mesmo dentro dos grupos de meninos que caminhavam, ainda havia hierarquia. Mesmo assim, as histórias dos Meninos Perdidos foram se tornando incrivelmente parecidas ao longo dos anos. Todos os relatos incluem ataques de leões, hienas, crocodilos. Todos os meninos testemunharam razias dos *murahaleen* — as milícias montadas bancadas pelo governo —, bombardeios de Antonovs, expedições em busca de escravos. Mas nem todos nós vimos as mesmas coisas. No auge de nossa viagem do Sudão para a Etiópia, devíamos ser uns vinte mil, e nossos caminhos foram muito diferentes. Alguns chegaram com os pais. Outros, com soldados rebeldes. Alguns milhares viajaram sozinhos. Agora, porém, patrocinadores, repórteres de jornal e pessoas desse tipo sempre esperam que as histórias contenham determinados elementos, e os Meninos Perdidos vêm se mostrando ciosos em sua tendência para corresponder a essas expectativas. Os sobreviventes contam as histórias que as pessoas dispostas a ajudar desejam ouvir, e isso significa torná-las o mais chocantes possível. Minha própria história contém um número suficiente de pequenos acréscimos que me impedem de criticar o relato dos outros.

Pergunto-me se meus amigos Tonya e Homem de Azul iriam se importar caso soubessem. Eles não sabem nada sobre mim, e pergunto-me se, conhecendo as circunstâncias da minha viagem até aqui, iriam alterar seu comportamento comigo. Imagino que não.

Estão novamente na janela, os dois, xingando o guarda. Não acho que mais de uma hora e meia tenha passado, mas mesmo assim é intrigante. Nunca vi um policial passar mais de alguns minutos no estacionamento deste condomínio. Já houve um assalto aqui, mas ninguém estava em casa, e o assunto foi esquecido em poucos dias. Esse assalto em curso e a permanência prolongada do guarda parecem não ter lógica.

Tonya solta um gritinho.

"Vá embora, cana, vá!"

O Homem de Azul está em pé na cozinha, separando as persianas com os dedos.

"Isso, continue dirigindo! Vá lá, seu filho-da-puta!"

Sinto-me desanimado, mas, ao mesmo tempo, se o guarda for mesmo embora, isso pode significar a partida rápida dos meus dois convidados. Eles agora estão rindo.

"Pô, cara, eu achei que ele..."

"Eu sei! Ele estava..."

Eles não conseguem parar de rir. Tonya solta um grito de vitória.

Eles então começam a se movimentar com urgência. Tonya torna a empilhar o aparelho de som, o vídeo e o microondas nos braços do Homem de Azul, e novamente ele caminha até a porta. Ela a segura para ele passar, e por um instante tenho medo de que o policial de fato tenha armado algum tipo de emboscada, fingindo ter ido embora. Talvez esteja só na esquina? Isso poderia significar a prisão desses dois, mas também poderia significar um impasse ainda mais prolongado, um refém, mais armas. Pego-me formulando o desejo improvável de que o policial já tenha ido embora há muito tempo, e de que esses dois desapareçam com a mesma rapidez.

E, de fato, durante uns dez minutos, parece que eles vão mesmo desaparecer. Sob o manto da noite, agora estão ousados — fazem duas viagens cada um para levar todos os objetos de valor do apartamento até o carro. Então vêm se postar na minha frente.

"Bom, África, espero que você tenha aprendido", diz Tonya.

"Obrigado pela hospitalidade, irmão", acrescenta o Homem de Azul.

Estão animados com a possibilidade de uma fuga fácil e iminente. O Homem de Azul agora está ajoelhado, tirando a televisão da tomada.

"Você consegue carregar?", pergunta Tonya.

"Consigo", responde ele, arfando enquanto levanta o aparelho da estante. É uma televisão grande, um modelo mais antigo, volumoso como uma bigorna, com uma tela de dezenove polegadas. Tonya segura a porta para ele, e o Homem de Azul sai andando de costas. Não me dirigem a palavra. Somem e fecham a porta.

Espero um instante no chão, sem acreditar. O apartamento agora tem uma atmosfera pouco natural. Por um minuto, parece mais estranho depois de eles saírem do que quando estavam presentes.

* * *

Eu me sento. Fico em pé devagar, e a dor na minha cabeça faz ondas de calafrio descerem pelas minhas costas. Vou cambaleando até o quarto para avaliar o estrago. Não parece muito diferente de como o deixei, tirando minha câmera, meu telefone, meu despertador e meus tênis. No quarto de Achor Achor, eles foram menos gentis: todas as gavetas estão abertas e foram esvaziadas; sua caixa-arquivo, que ele mantém obsessivamente organizada, foi virada de cabeça para baixo, e o conteúdo — cada pedacinho de papel em que ele assinou seu nome desde os onze anos de idade — agora cobre o chão.

Volto até a sala e paro. Eles estão lá. Tonya e o Homem de Azul estão no meu apartamento de novo, e fico com medo. Não querem nenhuma testemunha. Isso não me ocorrera antes, mas agora parece compreensível. Mas como é que vão me dar um tiro sem chamar a atenção dos outros cinqüenta e quatro moradores do prédio?

Talvez haja outro jeito de me matar.

Fico em pé no vão da porta olhando para eles. Não esboçam nenhum movimento na minha direção. Caso o façam, terei tempo de me trancar no quarto. Isso talvez me dê tempo suficiente para fugir pela janela. Vou recuando devagar.

"Fique aí, África. Fique aí bem paradinho, porra."

O Homem de Azul está com a mão na arma. A TV está no chão entre os dois.

"A gente pode arrumar o porta-malas de novo", diz Tonya para ele.

"A gente não vai arrumar o porta-malas de novo. A gente tem que sair daqui, porra."

"Você quer dizer que a gente vai deixar isso aqui?"

"O que você quer fazer?"

"Deixe eu pensar."

Como eu disse antes, sou um tonto. Por ser um tonto, e por ter sido muitas vezes ensinado por homens e mulheres bondosos dotados de códigos morais rígidos, encontro forças em afirmar o que é certo. Isso raramente me valeu em situações desse tipo. Ao vê-los discutir, tenho uma idéia, e novamente abro a boca para falar.

"Está na hora de vocês dois irem embora. Acabou. Já chamei a polícia. Eles estão vindo." Digo isso em um tom de voz neutro, mas, enquanto ainda estou pronunciando as duas últimas palavras, o Homem de Azul parte para cima de mim e, em rápida sucessão, diz: "Você não ligou pra ninguém, seu tonto", e ergue o braço para mim. Achando que ele mira o meu rosto, protejo a cabeça, deixando o peito desprotegido. E, pela primeira vez na vida, levo um golpe que me faz achar que vou morrer. Levar um soco no estômago com toda a força de alguém como o Homem de Azul é quase impossível de suportar, muito menos para alguém como eu, construído com uma engenharia sofrível, com um metro e noventa de altura e sessenta e seis quilos. É como se ele houvesse me arrancado o pulmão de dentro do peito. Engasgo. Cuspo. Depois de alguns instantes, emborco e caio, e no caminho até o chão minha cabeça bate em algo duro e inquebrável, e esse, por enquanto, é o fim de Valentino Achak Deng.

3.

Abro os olhos, e a cena mudou. A maioria dos meus pertences sumiu, sim, mas a TV continua lá, agora sobre a mesa da cozinha. Alguém a ligou. Alguém a pôs na tomada, e há um menino assistindo. O menino não deve ter mais de dez anos, e está sentado em uma das cadeiras de cozinha, com os pés dependurados. No seu colo há um telefone celular, e ele não me dá atenção.

Eu posso estar tendo uma alucinação, posso estar sonhando, qualquer coisa. Não é possível que haja um menininho dentro da minha cozinha vendo televisão com ar satisfeito. Mas mantenho os olhos fixos nele, esperando que desapareça. Isso não acontece. Na minha cozinha há um menino de dez anos assistindo televisão, que foi mudada de lugar. Alguém tirou o aparelho da sala e levou-o até a cozinha, e deu-se ao trabalho de reconectar o cabo. Minha cabeça lateja com uma dor muito mais intensa do que as muitas dores de cabeça que tive desde que aterrissei no JFK, cinco anos atrás.

Fico deitado no carpete, perguntando-me se deveria tentar me mexer novamente. Nem sei quem é esse menino; talvez ele esteja encrencado do mesmo jeito que eu. Tento encontrar meus braços e percebo que estão nas minhas costas, amarrados com o que suponho ser o fio do telefone.

Isso também é novidade para mim. Nunca fui amarrado assim, embora tenha visto homens de mãos amarradas, que foram executados diante dos meus olhos. Eu tinha onze anos quando vi sete homens assim serem mortos na minha frente, na frente de dez mil meninos na Etiópia. Era para servir de lição a todos nós.

Minha boca está tapada com fita adesiva. É uma fita usada para empacotar, eu sei, porque Achor Achor e eu a estávamos usando para embalar a comida que guardávamos no congelador. O Homem de Azul e Tonya devem ter fechado minha boca com a fita; agora o rolo está perto do meu ombro. Minha voz e meus movimentos estão limitados por coisas que são minhas.

Não tenho certeza do que vai acontecer comigo aqui. Já entendi que tiroteios acontecem mais quando se reage do que como parte de algum planejamento. Como desisti de reagir, e como há um menino de dez anos sentado à mesa da minha cozinha, imagino que eles não queiram me matar. Mas sei que estou perdido no meio desses acontecimentos. Não sei onde estão meus agressores, nem se irão voltar. Quem é você, Menino da TV? Minha suposição é que tenham deixado você aqui para vigiar a mim e a televisão, e que logo irão voltar para buscar as duas coisas. Quando eu era pequeno, pedi mais de uma vez para ficar vigiando a AK-47 de um soldado do Exército de Libertação do Povo Sudanês. Durante a maior parte da guerra, dizia-se que qualquer soldado rebelde que perdesse a arma seria executado pelo SPLA, então, quando um soldado estava ocupado com algum coisa, muitas vezes solicitava a ajuda de algum menino, e todos nós queríamos ajudá-los. Certa vez, fiquei vigiando uma arma enquanto um soldado ia se divertir com uma mulher da tribo dos anyuak. Era a segunda vez que eu punha as mãos naquele tipo de arma, e até hoje me lembro de seu calor.

Mas pensar, recordar qualquer lembrança que seja, provoca uma dor tão lancinante na minha nuca que fecho os olhos e logo torno a desmaiar. Acordo três ou quatro vezes, e não tenho certeza de que horas são ou há quanto tempo estou deitado no chão, amarrado. Não há mais relógios no aposento, e a noite está tão escura quanto da primeira vez em que caí. Sempre que acordo, o menino continua sentado à mesa da cozinha, praticamente no mesmo lugar. Seu rosto não está sequer a vinte centímetros da tela, e seus olhos não piscam.

Deitado ali, meu cérebro vai ficando mais lúcido, e começo a pensar mais no menino. Ele não se virou sequer uma vez para olhar para mim. Não consigo ver a tela, mas ouço as risadas que emanam dela, e é o som mais triste que já ouvi desde que cheguei a este país. Se eu estiver certo e esse menino estiver me vigiando, acho que com certeza irei embora de Atlanta. Posso muito bem ir embora deste país de vez; quem sabe vá para o Canadá. Conheço muitos sudaneses que se mudaram para Toronto, Vancouver, Montreal. Ficam me dizendo para me juntar a eles, que lá há menos criminalidade, mais oportunidades de emprego. Pelo menos lá eles têm seguro-saúde garantido e, enquanto estou ali deitado, ocorre-me que eu não tenho um seguro. Já tive durante um ano, até recentemente, quando parei de pagar. Quatro meses atrás, larguei meu emprego das amostras de tecido e passei a estudar em tempo integral, e o seguro-saúde não parecia uma despesa essencial. Tento avaliar meus ferimentos, mas a essa altura não tenho idéia de quais sejam. O simples fato de conseguir pensar me leva a acreditar que das duas, uma: ou escapei de um sério ferimento na cabeça ou então já estou morto.

Os sudaneses que não vão para o Canadá estão se mudando para as Grandes Planícies, para o Nebraska e para o Kansas — estados onde o gado é transformado em carne. Processamento de carne é um trabalho bem lucrativo, dizem, e é relativamente barato morar nessas regiões do país. Hoje há milhares de sudaneses em Omaha, Meninos Perdidos e outros, e boa parte deles é paga para esquartejar e desossar animais, bois, que em muitas regiões do Sudão de onde viemos só deveriam ser mortos em sacrifícios nas ocasiões mais sagradas: casamentos, funerais, nascimentos. Os sudaneses dos Estados Unidos se transformaram em açougueiros; é a profissão mais comum entre os homens que conheço. Não tenho certeza de que isso seja um enorme progresso em relação à vida que tínhamos em Kakuma. Imagino que sim, e que os açougueiros estejam construindo uma vida melhor para seus filhos, caso os tenham. Ouvir crianças sudanesas, filhas de imigrantes, falando como americanas! É assim que as coisas são hoje em dia, em 2006. Poucas coisas me parecem mais estranhas.

Ergo os olhos para o sofá e penso em Tabitha. Pouco tempo atrás, ela estava sentada nesse mesmo sofá comigo, com as pernas por cima das minhas. Estávamos tão enroscados que eu receava respirar, com medo de ela se mexer. Menino da TV, sinto saudade dela com um calor que vai aumentando e me surpreende, e provavelmente vai me sufocar. Ela esteve aqui comigo não faz muito tempo, durante um fim de semana inteiro em que mal saímos do apartamento; foi bem devasso, e um tanto contrário à maneira como ambos fomos criados. Ela tinha vindo para os Estados Unidos, para Seattle, do mesmo campo de refugiados de Kakuma, e ali estávamos nós, duas crianças criadas naquele campo, muitos anos mais tarde, morando nos Estados Unidos e sentados naquele sofá naquela sala, balançando a cabeça, incrédulos, ao pensar em como havíamos chegado tão longe e no que ainda havia pela frente. Ela riu dos meus braços finos, mostrando como conseguia encostar o polegar no indicador em volta do meu bíceps. Mas nada que ela fizesse ou dissesse era capaz de me ofender ou de me impedir de amá-la. Ela viera a Atlanta me visitar, e isso era tudo o que importava. Estava sentada no meu sofá, no meu apartamento, usando uma camiseta cor-de-rosa bem justinha que eu comprara para ela na véspera, no shopping DeKalb. *Comprar é a minha terapia!*, dizia a camiseta em letras de purpurina prateada que subiam da esquerda para a direita, com uma estrela arrematando o ponto de exclamação. Ficar sentado ao lado dela vestida com aquela camiseta era embriagante, e eu amava Tabitha de uma forma que fazia com que me sentisse adulto, como se eu finalmente tivesse virado homem. Com ela, eu tinha a sensação de poder escapar da minha infância, de suas privações e de sua tragédia.

O menino agora está inspecionando a geladeira. Não vai achar nada do seu agrado. Achor Achor e eu cozinhamos à moda sudanesa, e ainda estou para encontrar algum americano que aprecie os resultados. Admito que não somos grande coisa como cozinheiros. Durante muitas semanas depois de chegarmos aqui, não sabíamos quais comidas pôr no congelador, quais deixar na geladeira, e quais guardar nos armários e nas gavetas. Por medida de segurança, guardávamos a maioria das coisas na geladeira, incluindo leite e manteiga de amendoim, e isso acabou se revelando problemático.

O menino encontra alguma coisa de que gosta e volta para a cadeira. Agora estou mais ou menos certo de que esse menino, sentado de novo em frente à TV empunhando uma Fanta, não sabe nada sobre o que eu vi na África. Não esperava que soubesse, nem o culpo por não saber. Eu era muito mais velho que ele quando percebi que havia um mundo além do sul do Sudão, que existiam oceanos. Mas não era muito mais velho que ele quando comecei a contar minha história, a contar o que tinha visto. Nos anos que se passaram desde a nossa viagem das aldeias até a Etiópia, e depois, na travessia do rio ensangüentado até o Quênia, contar nossa história ajudou a mim e aos outros. Quando estávamos explicando nosso caso para os funcionários da ONU em Kakuma, ou agora, quando tentamos descrever a urgência da situação no Sudão, são as histórias mais difíceis que contamos. Desde que cheguei aos Estados Unidos, contei versões resumidas da minha história para congregações religiosas, turmas de ensino médio, repórteres, para meu patrocinador, Phil Mays. Talvez, a essa altura, já tenha esboçado seus traços principais uma centena de vezes. Mas Phil queria os detalhes, então lhe contei a versão mais completa. A mulher dele escutou as linhas gerais e não conseguiu escutar mais nada. Éramos Phil e eu que, toda terça-feira à noite, depois de comer com a mulher e os filhinhos gêmeos, subíamos a escada em caracol e seguíamos o corredor até o quarto cor-de-rosa onde as crianças brincavam, e ali eu lhe contava minha história em sessões que duravam duas horas. Quando sei que alguém está escutando, e essa pessoa quer saber de tudo que me lembro, consigo evocar as lembranças. Se você algum dia já fez um diário dos seus sonhos, sabe que o simples fato de registrá-los todo dia de manhã é capaz de evocá-los na sua mente. Seguindo da frente para trás, a partir do ponto de que melhor se lembra, você consegue recriar as aventuras, os desejos e os terrores da noite, recuperando tudo até o instante em que pousou a cabeça no travesseiro.

Quando havia acabado de chegar a este país, eu costumava contar histórias silenciosas. Contava-as para as pessoas que haviam agido mal comigo. Se alguém furava a fila na minha frente, se alguém me ignorava, esbarrava em mim ou me empurrava, eu olhava para essa pessoa com raiva, fixamente, sibilando em silêncio uma história. *Você não entende*, dizia. *Não iria aumentar meu sofrimento se soubesse o que eu vi*. E, até aquela pessoa sair do meu campo de visão, eu lhe falava sobre Deng, que morreu depois de comer carne de elefante praticamente crua, ou sobre Ahok e Awach Ugieth, as gêmeas que foram levadas embora por árabes a cavalo e, caso ainda estejam vivas, a essa altura já devem ter tido filhos desses homens ou daqueles para quem eles as venderam. *Você faz idéia?* Essas gêmeas inocentes não se lembram de nada sobre mim ou sobre nossa cidade, ou sobre quem foram seus pais. *Você consegue imaginar isso?* Quando terminava de falar com essa pessoa, eu continuava minhas histórias, conversando com o ar, com o firmamento, com todas as pessoas do mundo e com quem quer que estivesse me escutando no céu. É errado dizer que eu costumava contar essas histórias. Eu ainda as conto, e não apenas a quem acho que me fez mal. As histórias saem de mim todo o tempo em que estou acordado e respirando, e quero que todos as escutem. Palavras escritas são raras em aldeias pequenas como a minha, e é meu direito e minha obrigação soltar minhas histórias no mundo, mesmo que em silêncio, mesmo que seja inteiramente inútil.

Vejo apenas o perfil da cabeça desse menino, e ele não é tão diferente de como eu era nessa idade. Não quero menosprezar o que quer que esteja acontecendo ou já tenha acontecido em sua vida. Com certeza seus poucos anos não foram nenhum mar de rosas; neste exato momento, ele é cúmplice de um assalto à mão armada e está passando a maior parte da noite acordado vigiando a vítima. Não vou ficar pensando no que estão ou não lhe ensinando na escola e em casa. Ao contrário de muitos de meus conterrâneos africanos, não me ofendo com o fato de vários jovens aqui nos Estados Unidos saberem pouco sobre a vida dos africanos contemporâneos. Porém, para cada pessoa mal informada a esse respeito, existem várias outras que sabem muita coisa e que têm respeito pelo que nós passamos naquele continente. E, pensando bem, o que eu sabia sobre o mundo antes do ensino médio em Kakuma? Nada. Não sabia sequer que o Quênia existia antes de pisar lá.

Olhe para você, Menino da TV, acomodado nessa cadeira de cozinha como se fosse uma espécie de cama.

Ele está usando um trio de toalhas do nosso armário como cobertor, deixando descobertos os dedinhos do pé rosados. Tento não comparar sua vida à minha, mas sua postura curvada me lembra muito a maneira como dormíamos durante o caminho para a Etiópia. Decerto você já ouviu falar nos Meninos Perdidos do Sudão, já ouviu falar nos leões. Durante muito tempo, as histórias de nossos encontros com os leões ajudaram a conquistar a empatia de nossos patrocinadores e de nosso país de adoção de modo geral. Os leões incrementavam as matérias de jornal, e sem dúvida contribuíram para que os Estados Unidos se interessassem por nós. Porém, apesar das dúvidas crescentes dos mais cínicos, o mais estranho desses relatos é que, na maioria dos casos, eram verdadeiros. Enquanto as centenas de meninos do meu grupo atravessavam o Sudão a pé, cinco foram mortos por leões.

O primeiro incidente foi duas semanas depois do início da caminhada. Os barulhos da mata à noite estavam começando a nos enlouquecer. Alguns não conseguiam mais caminhar à noite; havia barulhos demais, cada qual um possível fim da vida. Percorríamos trilhas estreitas no meio do mato e nos sentíamos caçados. Quando tínhamos casa e família, nunca caminhávamos pela floresta à noite, porque pessoas pequenas eram comidas por animais sem nenhuma cerimônia. Agora, porém, estávamos indo para longe de nossa casa, de nossa família. Caminhávamos enfileirados, centenas de meninos juntos, muitos nus, todos indefesos. Na floresta, éramos comida. Percorríamos matas e savanas, os desertos e as regiões mais verdes do sul do Sudão, onde a terra muitos vezes estava úmida sob nossos pés.

Lembro-me do primeiro menino a ser levado. Estávamos andando em fila indiana, como sempre fazíamos, e Deng segurava minha camisa por trás, como sempre fazíamos. Ele e eu íamos no meio da fila, porque havíamos concluído que era o mais seguro. A noite estava clara, com uma meia-lua bem alta no céu. Deng e eu a tínhamos visto nascer, primeiro vermelha, depois cor de laranja e amarela, em seguida branca, e finalmente prateada quando se imobilizou no ponto mais elevado do domo do céu. Caminhávamos com o mato alto dos dois lados da trilha, e a noite estava mais silenciosa que de hábito. Primeiro, ouvimos o farfalhar. Era alto. Algum animal ou pessoa estava se movendo em meio ao mato junto à nossa fila, e continuamos a andar, pois sempre continuávamos a andar. Quando alguns meninos começaram a gritar na escuridão, o mais velho de nós — Dut Majok, nosso líder para o que desse e viesse, que não tinha mais de dezoito ou vinte anos — repreendeu-os com rápida ferocidade. Gritar à noite era proibido, pois atraía atenção indesejada para o grupo. Algumas vezes, um recado — tal menino foi ferido, tal menino caiu — podia ser transmitido pela fila, sussurrado de um para o outro, até chegar a Dut. No entanto, nessa noite, Deng e eu achamos que todos estivessem acompanhando o farfalhar no mato e houvessem decidido que o barulho era normal e não constituía nenhuma ameaça.

Logo os barulhos no mato ficaram mais altos. Gravetos se partiram. O mato era amassado e depois ficava silencioso enquanto o animal acelerava e desacelerava, correndo de um lado para o outro junto à fila. Os barulhos acompanharam o grupo durante algum tempo. A lua estava alta quando o movimento no mato começou, e havia começado a baixar e perder a força quando o farfalhar finalmente parou.

O leão era uma simples silhueta negra, ombros largos, grossas patas esticadas, boca aberta. Saltou do mato, derrubou um menino no chão. Não consegui ver essa parte, minha visão estava tampada pela fileira de meninos na minha frente. Ouvi um lamento curto. Então tornei a ver claramente o leão enquanto ele trotava até o outro lado da trilha, carregando um menino bem visível na boca. O animal e sua presa desapareceram no mato e, dali a alguns instantes, o lamento cessou. O nome desse primeiro menino era Ariath.

— Sentados! — gritou Dut.

Sentamo-nos como se o vento houvesse derrubado todos nós, um por um, do começo até o fim da fila. Um dos meninos, lembro-me que se chamava Angelo, saiu correndo. Achou que fosse melhor correr do leão do que ficar sentado, então se precipitou na direção do mato. Foi aí que vi o leão de novo. O animal tornou a surgir na trilha, num salto, e pegou Angelo rapidamente. Dali a alguns instantes, saiu carregando o segundo menino na boca, com os dentes cravados no pescoço e na clavícula de Angelo. Levou esse segundo menino para onde havia deixado Ariath.

Ouvimos alguns choramingos, mas logo o mato silenciou.

Dut Majok permaneceu em pé durante algum tempo. Não conseguia decidir se deveríamos continuar andando ou ficar sentados. Um menino alto, Kur Garang Kur, o mais velho depois de Dut, rastejou pela fila até Dut e falou em seu ouvido. Dut assentiu. Ficou decidido que continuaríamos a andar, e foi o que fizemos. Foi então que Kur se tornou o principal conselheiro de Dut Majok, e o líder da fila de meninos quando Dut passava dias desaparecido. Graças a Deus Kur existia; sem ele, teríamos perdido muitos outros meninos para os leões, as bombas e a sede.

Depois dos leões, não quisemos mais parar naquela noite. Não estávamos cansados, dissemos, e podíamos caminhar até o amanhecer. Mas Dut disse que era preciso dormir. Sentia que havia soldados do Exército do governo na área; precisávamos dormir e descobrir mais no dia seguinte sobre o lugar onde estávamos. Não acreditamos em nada do que Dut disse, porque muitos de nós o culpavam pelas mortes de Angelo e Ariath. Ignorando nossas reclamações, ele nos reuniu em uma clareira e nos mandou dormir. Apesar de estarmos caminhando desde o nascer do sol, porém, nenhum dos meninos conseguiu pregar o olho. Deng e eu ficamos sentados olhando o mato, à procura de algum movimento, esperando ouvir o avanço do animal ou os gravetos se partindo.

Nenhum menino dava as costas para o mato. Sentávamo-nos em pares, costas com costas, para poder avisar o outro sobre a presença de predadores. Logo formamos um círculo, quem dormia deitava com a cabeça no centro da roda. Encontrei um lugar no meio e me acomodei da forma mais confortável possível. Enquanto isso, os meninos do lado de fora do círculo tentavam se encaixar no meio. Ninguém queria ficar na borda.

Acordei no meio da noite e vi que não estava mais no meio. Sentia frio e não estava encostado em ninguém. Olhei em volta e constatei que o círculo havia se movido. Enquanto eu dormia, os meninos da ponta estavam se movendo para dentro, de tal forma que o círculo havia migrado sete metros para a esquerda, deixando-me do lado de fora e sozinho. Então tornei a me enfiar lá no meio, pisando sem querer na mão de Deng. Ele me deu um tapa no tornozelo, me lançou um olhar desaprovador, mas depois voltou a dormir. Acomodei-me entre os meninos e fechei os olhos, decidido a nunca mais ser deixado do lado de fora do círculo enquanto estivéssemos dormindo.

A cada noite de nossa caminhada, Menino da TV, dormir era um problema. Sempre que eu acordava enquanto ainda estava escuro, via outros olhos abertos, bocas sussurrando preces. Tentei esquecer esses sons e esses rostos, fechei os olhos e pensei na minha casa. Precisava evocar minhas melhores lembranças e resgatar os melhores dias. Era um método que Dut havia me ensinado, pois ele sabia que os meninos andariam melhor, reclamariam menos e exigiriam menos cuidados se houvessem dormido bem. Imaginem sua manhã preferida!, gritava para nós. Estava sempre bradando, sempre explodindo de energia. *Agora seu almoço preferido! Sua tarde preferida! Seu jogo de futebol preferido, sua noite preferida, a garota que vocês mais amam!* Dizia isso enquanto percorria a fileira de meninos sentados, falando para o topo de nossa cabeça. *Agora criem no pensamento o melhor dos dias e memorizem os detalhes, ponham esse dia no centro do pensamento e, quando mais sentirem medo, evoquem esse dia e entrem nele. Relembrem esse dia e garanto que, antes de terminarem seu café-da-manhã de sonho, vocês já vão estar dormindo.* Por menos convincente que parecesse, Menino da TV, posso lhe dizer que esse método funciona. Desacelera a respiração, concentra a mente. Ainda me lembro do dia que fabriquei, o melhor dos dias, costurado a partir de tantos outros. Vou lhe contar esse dia de uma forma que você irá entender. É o meu dia, não o seu. É o dia que eu memorizei, e o dia que ainda sinto de forma mais vívida do que qualquer outro aqui em Atlanta.

4.

Tenho seis anos e preciso passar algumas horas por dia na classe do ensino pré-fundamental da escolinha de uma sala só de Marial Bai. Estou na sala com outros meninos da minha faixa etária, os que têm poucos anos de diferença comigo, para mais e para menos, aprendendo o alfabeto em inglês e em árabe. A escola é suportável, ainda não é tediosa, mas eu preferiria estar do lado de fora, então meu dia de sonho começa quando chego à escola e descubro que as aulas foram canceladas. *Vocês são inteligentes demais!*, diz o professor, e nos manda voltar para casa, para brincar e passar o resto do dia fazendo o que quisermos.

Volto para casa e vejo minha mãe, de quem me despedi apenas vinte minutos antes. Sinto que ela está com saudade de mim. Minha mãe é a primeira esposa do meu pai e mora no complexo de cabanas da família com as outras seis esposas dele, com as quais se dá bem, como se fossem irmãs, até. Por mais estranho que pareça, Menino da TV, elas são todas minhas mães. No sul do Sudão, as crianças muito pequenas freqüentemente não sabem ao certo quem é sua mãe biológica, de tão integradas que são as esposas e seus filhos. Na minha família, os filhos de todas as seis mulheres brincam juntos e são considerados parentes sem nenhuma barreira ou reserva. Minha mãe é uma das parteiras da aldeia, e ajudou no parto de todos os meus irmãos e irmãs, com exceção de um. Meus irmãos e irmãs têm de seis meses a dezesseis anos, e nosso complexo de cabanas é animado pelo barulho de bebês, seus gritos e seus risos. Quando me pedem, ajudo com os menores, ninando-os quando choram, secando suas roupas molhadas junto ao fogo.

Saio correndo da escola e vou me sentar junto à minha mãe, entretida consertando um cesto que foi meio mastigado por uma de nossas cabras. Passo muito tempo admirando sua beleza. É mais alta que a maioria das mulheres, tem pelo menos um metro e oitenta e três de altura e, embora seja tão magra quanto qualquer outra mulher da aldeia, é forte como qualquer homem. Veste-se de forma vistosa, usando sempre os mais gloriosos amarelos, vermelhos e verdes, mas prefere o amarelo, um certo vestido amarelo, o amarelo prenhe de um sol poente. Posso vê-la do outro lado de qualquer descampado e no meio de qualquer mata, posso vê-la tão longe quanto a minha vista alcança: tudo o que preciso é procurar aquela coluna farfalhante de amarelo vindo em minha direção pela campina para saber que minha mãe está chegando. Muitas vezes achei que gostaria de viver para sempre debaixo do seu vestido, agarrado às suas pernas lisas, sentindo seus dedos compridos tocarem minha nuca.

— O que está olhando, Achak? — pergunta ela, rindo para mim, usando meu primeiro nome, o que eu usava até ele ser superado por apelidos na Etiópia e em Kakuma, tantos outros nomes.

Muitas vezes me surpreendem observando minha mãe, e dessa vez também. Ela me enxota para ir brincar com meus amigos, então corro até a acácia gigante para me encontrar com William K e Moses. Eles estão debaixo da acácia retorcida perto da pista de pouso, onde os avestruzes grasnam e perseguem os cães.

Moses era forte, Menino da TV, mais alto que eu, mais alto que você, com músculos esculpidos como os de um adulto e, na bochecha, uma cicatriz em forma de meia-lua de um rosa opaco, onde ele havia se cortado ao passar correndo por um arbusto cheio de espinhos. William K era mais baixo, mais magro, com uma boca grande que nunca parava de encher o ar com tudo o que ele inventava. Desde a hora em que acordava, ele passava o dia inteiro enchendo o céu com seus pensamentos e opiniões e, mais que tudo, com suas mentiras, pois William K gostava muito de mentir. Inventava histórias sobre pessoas e sobre os objetos que possuía ou queria possuir, sobre as coisas que tinha visto ou ouvido, e que seu tio, um membro do Parlamento, escutara durante suas viagens. Seu tio vira pessoas com pernas de crocodilo, mulheres capazes de saltar por cima de prédios inteiros. Seu assunto preferido de mentiras era William A, o outro William com idade próxima da nossa, e portanto eterno arqui-inimigo de William K. William K não gostava de ter o mesmo nome de todo mundo, e acho que pensava que, se importunasse o outro William o suficiente, ele poderia abrir mão do próprio nome ou simplesmente ir embora da cidade.

Hoje, no dia que imagino quando preciso, William K está no meio de uma história quando chego ao pé da acácia.

— Ele bebe o leite direto da teta. Sabia? Desse jeito se pega doença. É assim que se pega verme. Falando em verme, o pai do William A é parte cachorro. Sabia?

Moses e eu não damos muita atenção a William K, torcendo para que ele se canse. Nesse dia isso não acontece; nunca acontece. O silêncio só faz alertar William K para o fato de que ele precisa emitir mais palavras e sons da cavidade escura e sem fundo de sua boca.

— Acho que ter o mesmo nome deveria me incomodar, mas eu não preciso me preocupar, porque ele não vai estar na minha turma no ano que vem. Vocês sabiam que ele é retardado? É, sim. Tem o cérebro de um gato. No próximo ano, ele não vai estar na nossa turma. Vai ter que ficar em casa com as irmãs. É isso que acontece quando você bebe leite direto da teta.

Dali a alguns anos, quando estiverem circuncidados e prontos, Moses e William K serão mandados para os pastos com os outros meninos, para aprender a cuidar dos animais, começando com as cabras e progredindo até os bois. Meus irmãos mais velhos, Arou, Garang e Adim, estão no pasto nesse dia de sonho; é um lugar que agrada muito aos meninos: no pasto, ninguém os fica vigiando, e, contanto que cuidem bem do gado, podem dormir onde quiserem e fazer o que desejarem. Mas eu estava sendo preparado para ser comerciante e aprender a profissão do meu pai, para depois assumir a administração das lojas em Marial Bai e Aweil.

Enquanto William K e eu observamos, Moses está fazendo uma vaquinha de barro. Muitos meninos e alguns rapazes têm como passatempo fazer vaquinhas de barro, mas a brincadeira não interessa nem a mim nem a William K. Meu interesse pela atividade é passivo, mas nem isso William K consegue entender. Não consegue ver onde está o prazer em fazer vaquinhas ou guardá-las no oco do salgueiro, que é onde Moses já guardou dezenas delas desde que começou a fabricá-las, alguns anos antes.

— Qual a graça de fazer isso? — pergunta William K. — Elas quebram tão fácil.

— Não quebram, não. Nem sempre — diz Moses em voz baixa, ainda muito entretido na tarefa de moldar os chifres de sua vaca, compridos e retorcidos. — Eu tenho essas daí há meses. — Ele meneia a cabeça para um pequeno grupo de vaquinhas de barro a poucos metros dali, um pouco tortas sobre o chão de terra batida.

— Mas elas podem quebrar — diz William K.

— Na verdade, não — retruca Moses.

— Claro que podem. Olhe só.

Dizendo isso, William K pisa em cima de uma das vacas, esmigalhando-a.

— Viu?

Mal a palavra saiu de sua boca e Moses já está em cima dele, socando a cabeça de William K, batendo nele com seus braços grossos. No início, William K ri, mas a alegria desaparece quando Moses acerta um soco forte no olho dele. William K grita de dor e frustração, e imediatamente o tom e a postura de sua luta se modificam. Basta um movimento quase imperceptível para ele ficar por cima de Moses e desferir três golpes rápidos em seus braços — cruzados na frente do rosto — antes de eu puxá-lo.

No meu dia de sonho, nossa briga é interrompida pela visão de algo tão brilhante que todos precisamos apertar os olhos para ver. Levantamo-nos do chão devagar e andamos na direção do mercado. Há uma luz refletida no tronco de uma árvore no mercado, perto do restaurante de Bok, e andamos nessa direção como sonâmbulos, boquiabertos. Somente quando estamos ao lado da fonte da luz é que conseguimos ver que não é nenhuma espécie de segundo sol, mas na verdade é uma bicicleta, novinha em folha, polida até ficar reluzente, magnífica.

De onde saiu isso? A quem pertence? É sem dúvida o objeto mais espetacular de toda Marial Bai. Seus pedais têm o mesmo prateado das estrelas, seu guidão tem um formato perfeito. A cor do aro é diferente de qualquer outra que já se tenha visto na cidade, uma mistura de azul, verde e branco, mescladas como na parte mais funda de um rio.

Jok vê que estamos admirando a bicicleta e vem aproveitar o prestígio.

— Bela bicicleta, não é? — diz ele.

Jok Nyibek Arou, dono da alfaiataria da cidade, acaba de comprar a bicicleta de um comerciante árabe do outro lado do rio, em um caminhão repleto de objetos muito novos e impressionantes, a maioria de mecânica complexa — relógios, cabeceiras de cama feitas de ferro, uma chaleira com uma tampa que abre automaticamente, sozinha, quando a água ferve.

— Custou um bom dinheiro, meninos.

Não duvidamos dele nem sequer por um segundo.

— Querem me ver andando nela? — pergunta.

Assentimos com gravidade.

Então Jok monta na bicicleta com a mesma delicadeza que teria se estivesse montando em uma mula feita de vidro, e começa a pedalar com tamanho cuidado que mal consegue se manter na vertical. Os outros homens no mercado, felizes por Jok e também sentindo inveja dele e querendo fazer uma piada ou duas à sua custa, reagem às suas lentas pedaladas com uma fieira de xingamentos e perguntas retóricas. Jok responde com calma a cada uma delas.

— Isso é o mais rápido que você consegue andar, Jok?

— A bicicleta é nova, Joseph. Estou tomando cuidado.

— Cuidado para não quebrar, Jok. Ela é frágil!

— Estou me acostumando com ela, Gorial.

Gorial, que não trabalha, passa a maior parte dos dias bebendo e pede emprestado dinheiro que não consegue pagar. Ninguém gosta muito dele, mas nesse dia ele faz questão de mostrar a Jok quão devagar ele está andando na bicicleta mesclada de cores. Quando Jok passa, Gorial segue pela trilha ao seu lado, mostrando que consegue andar sem dificuldade mais depressa do que Jok na bicicleta.

— Minhas duas pernas são mais rápidas do que essa linda bicicleta inteira, Jok.

— Eu não ligo. Um dia vou andar mais rápido. Mas ainda não.

— Acho que você está sujando os pneus, Jok. Cuidado!

Jok sorri para Gorial, sorri tranqüilamente para todos os espectadores, porque ele é dono do objeto mais lindo de Marial Bai, e os outros não.

Depois de Jok estacionar a bicicleta novamente perto da árvore, e quando a está admirando junto com Moses e William K, a conversa fica séria. Inicia-se um debate sobre o plástico. A bicicleta foi entregue embrulhada em plástico, um plástico que, como uma série de meias transparentes, cobre toda a sua estrutura metálica. Jok a examina de braços cruzados.

— Pena eles não dizerem se é para deixar a embalagem — diz ele.

Ficamos receosos de dizer qualquer coisa sobre o plástico, com medo de Jok nos mandar embora.

O irmão de Jok, John, o homem mais alto de Marial Bai, anguloso e de olhos muito juntos, se aproxima.

— É claro que é para tirar o plástico, Jok. É para tirar o plástico de tudo. O plástico só serve para o transporte. Deixe eu ajudar você...

— Não!

Jok segura o irmão.

— Espere um pouco para eu pensar no assunto.

A essa altura, Kenyang Luol, irmão mais novo do chefe, já está em pé ao nosso lado. Ele coça o queixo e finalmente dá sua opinião.

— Se você tirar o plástico, o negócio vai enferrujar na primeira vez que molhar. A tinta vai começar a sair e vai acabar desbotando com o sol.

Isso ajuda Jok a decidir não fazer nada. Ele resolve que precisa de mais opiniões antes de fazer qualquer coisa. No decorrer do dia, William, Moses e eu consultamos os homens no mercado e descobrimos que, depois de dezenas de consultas, o debate está perfeitamente equilibrado: metade insiste que o plástico é só para o transporte e tem de ser retirado, enquanto os outros afirmam que ele deve ficar na bicicleta para protegê-la de qualquer dano.

Relatamos o resultado de nossa pesquisa de opinião para Jok, que continua a olhar para a bicicleta.

— Então para que tirar? — pondera Jok em voz alta.

Parece a decisão mais cautelosa, e Jok é um homem de cautela e deliberação; afinal de contas, foi assim que conseguiu condições financeiras para comprar a bicicleta, em primeiro lugar.

No final da tarde, William K, Moses e eu insistimos e obtemos autorização para vigiar a bicicleta e protegê-la de todos que possam roubá-la, danificá-la, tocá-la ou até mesmo olhar para ela por um tempo demasiado longo. Jok não chega a nos pedir para vigiá-la, mas, quando nos oferecemos para ficar sentados junto dela e evitar que seja estragada ou examinada de forma indevida, ele concorda.

— Não posso pagar vocês por isso, meninos — reconhece. — Para mim, mais valeria guardar a bicicleta dentro de casa, onde ela ficaria bem segura.

Não ligamos para pagamento. Simplesmente queremos ficar ali, sentados na frente do casebre de Jok, olhando para a bicicleta enquanto o sol se põe. Passamos a maior parte da tarde vigiando a bicicleta e, embora Jok e a mulher estejam em casa, mal nos mexemos. No começo, nos revezamos na patrulha, dando voltas na casa segurando um graveto em cima do ombro como se fosse uma arma, mas por fim decidimos que dava no mesmo ficarmos sentados ao pé da bicicleta, olhando para ela.

Então é isso que fazemos, examinando cada aspecto da máquina. É bem mais complexa que as outras bicicletas da aldeia; parece ter muito mais marchas, mais correias e mais alavancas. Começamos a debater se sua extravagância vai ajudá-la a andar mais depressa ou se seu peso a tornará mais lenta.

Menino da TV, você sem dúvida está pensando que somos uma gente absurdamente primitiva, que uma aldeia que não sabe se deve ou não remover o plástico de uma bicicleta — que um lugar assim estaria com certeza vulnerável a qualquer ataque, à fome e a outras calamidades. E há alguma verdade nisso. Em alguns casos, demoramos para nos adaptar. E, sim, o mundo em que vivíamos era isolado. Devo lhe dizer que lá não havia televisão, e suponho que não seria difícil para você imaginar o que isso faria com seu cérebro, já que ele precisa tanto de estímulos constantes.

À medida que meu dia de sonho adentra a tarde, vou me encostar em minha irmã Amel enquanto ela está moendo grãos. Eu sempre fazia isso, pois o fato de ficar encostado e o resultado que isso produzia me proporcionavam grande alegria. Com ela de cócoras, apóio as costas nas suas, coluna contra coluna.

— Assim eu não consigo trabalhar, macaquinho — diz ela.

— Não posso me levantar — digo. — Estou dormindo.

Minha irmã tinha um cheiro muito bom. Você talvez não saiba o que é ter uma irmã de cheiro delicioso, mas é sublime. Então fico ali encostado nela, fingindo dormir, roncando até, quando ela joga o corpo para trás e me faz sair voando.

— Não quer ir procurar a Amath? — rosna ela.

Que boa idéia! Tenho certos sentimentos em relação a Amath. Ela tem a idade da minha irmã, é velha demais para mim, mas ir visitá-la me parece uma boa sugestão, e, dali a alguns minutos, a encontro na casa dos pais. Ela está sentada sozinha, separando sorgo. Parece exausta, não apenas por causa do trabalho, mas por ter que fazê-lo sozinha.

Quando a vejo, paro de respirar direito. As outras meninas da idade da minha irmã não ligam para o que eu digo ou faço. Para elas, sou um menino, uma criança, um bichinho. Mas Amath é diferente. Ela me escuta como se eu fosse um homem de respeito, como se minhas palavras fossem importantes. E é uma menina particularmente bonita, com uma testa alta e olhinhos brilhantes. Não mostra os dentes quando sorri; é a única menina que conheço que sorri assim — e seu jeito de andar! Ela anda com um gingado estranho, repousando mais nos calcanhares do que a maioria das pessoas, o que cria um passo meio alegre, um passo que eu até já tentei imitar. Quando a imito, também me sinto mais alegre, embora meus tornozelos fiquem doloridos. Na maioria dos dias, Amath usa um vestido vermelho-vivo, com o desenho de um pássaro bem branquinho e letras inglesas espalhadas como flores lançadas dentro de um rio. Sei que nunca poderemos nos casar, Amath e eu, pois, com suas muitas características desejáveis, ela já vai estar comprometida quando eu estiver pronto para me casar. Já está quase na idade, e provavelmente vai estar casada daqui a menos de um ano. Mas, até lá, ela pode ser minha. Embora eu sempre tenha sido tímido demais para lhe dizer muita coisa, houve um dia em que, particularmente corajoso ou particularmente descuidado, simplesmente me aproximei dela, então isso passa a fazer parte do meu melhor dia.

— Achak! Como vai, rapaz? — diz ela, toda alegre.

Ela muitas vezes me chamava de rapaz e, quando o fazia, eu sabia no mesmo instante o que era ser um homem, em todos os sentidos da palavra. Tinha certeza absoluta de que sabia.

— Eu vou bem, dona Amath — respondo, falando com a maior formalidade possível, coisa que, sei por experiência, deixará Amath impressionada. — Posso ajudar? Tenho tempo para ajudar, se quiser. Se precisar de qualquer ajuda minha...

Sei que não estou falando coisa com coisa, mas não consigo evitar. Bato com um dos pés no chão, desejando cortar fora a própria língua. Agora só preciso encontrar uma forma de terminar meu raciocínio e mudar de assunto.

— Posso ajudar você com alguma coisa? — pergunto.

— Que cavalheiro você é — diz ela, tratando-me, como sempre faz, com a maior seriedade. — Pode me ajudar, sim. Pode buscar um pouco d'água para mim? Daqui a pouco preciso cozinhar.

— Vou buscar um pouco no rio! — digo, com os pés já agitados, prontos para sair correndo.

Amath ri escondendo os dentes. Será que eu a amei mais do que qualquer outra pessoa? Será possível que a tenha amado mais do que qualquer outro membro da minha própria família? Muitas vezes eu sabia que a prefeririria a qualquer outra pessoa, incluindo minha mãe. Ela me deixava confuso, Menino da TV.

— Não, não — disse ela. — Não precisa. Só...

Mas eu já me afastei. Estou voando. Meu sorriso aumenta conforme corro, à medida que imagino como ela vai ficar impressionada com minha velocidade, com a incrível velocidade com que vou realizar seu pedido, e meu sorriso só se desfaz quando percebo, a meio caminho do rio, que não tenho nenhum recipiente para carregar a água.

Mudo de rumo, fazendo a curva na direção do mercado, para o meio da confusão de comerciantes e lojistas, esgueirando-me entre uma centena de pessoas tão depressa que tudo o que elas sentem é o vento que levanto. Passo correndo pelas lojas menores, pelos homens bebendo vinho sentados nos bancos, pelos velhos jogando dominó, pelos restaurantes e pelos árabes vendendo roupas, tapetes e sapatos, pelas gêmeas da minha idade, Ahok e Awach Ugieth, duas meninas muito boazinhas e muito trabalhadoras que carregam trouxas de gravetos sobre a cabeça, olá, olá, dizemos, e finalmente chego à escuridão da loja do meu pai, completamente sem ar.

— O que houve? — pergunta ele. Está com os óculos de sol que usa todos os dias, durante o dia e a maior parte da noite. Ele trocou um pequeno cabrito pelos óculos, então os trata com o mesmo cuidado e a mesma reverência que dedica à sua melhor vaca.

— Preciso de uma vasilha — digo, entre arquejos. — Uma vasilha grande. — Meus olhos passeiam pela loja à procura do recipiente adequado. É uma loja grande para a região, grande o suficiente para caber seis ou sete pessoas, com duas paredes de tijolo e um telhado de ferro corrugado. Há dezenas de objetos entre os quais escolher, e meus olhos correm pelas prateleiras como um pardal preso dentro de casa. Por fim, agarro um medidor de trás do balcão.

— Com sua velocidade, isso não vai adiantar nada — diz meu pai, rindo com os olhos. — Vai derramar metade da água antes de conseguir levar para ela.

Como é que ele sabia?

— Você acha que eu sou cego? — diz meu pai, e ri. Ele é conhecido pelo senso de humor, por encontrar motivo para sorrir durante qualquer calamidade de pouca importância. E a risada que ele tem! É uma risada que vem lá da barriga, fazendo seus ombros e seu ventre estremecerem e se sacudirem até lágrimas brotarem do canto dos olhos. Dizem que Deng Arou é capaz de ver graça até em uma enchente, e falam isso com muito afeto. Sua atitude calma e equilibrada é um dos motivos de ele ser tão bem-sucedido, concluem as pessoas. Não é a troco de nada que ele tem quinhentas cabeças de gado e três lojas.

Ele estende a mão até a prateleira mais alta e me entrega um galão de plástico com tampa.

— Aqui deve caber tudo o que você precisa, filho. Aposto que a Amath vai ficar muito satisfeita. Agora, lembre-se...

Não ouço mais nada. Já estou correndo novamente, passando pelas cabras em um curral na beira da rua do mercado, passando pelas velhas com suas galinhas e seguindo até o rio. Passo voando pelos meninos que jogam futebol, pela casa de minha tia Akol — nem sequer consigo olhar para lá, para ver se ela está do lado de fora —, e desço em disparada a trilha muito esburacada, a trilha de terra batida cercada pelo mato mais alto.

Chego ao rio mais depressa do que jamais cheguei e, uma vez no barranco baixo, pulo por cima dos meninos que estão ali pescando e das mulheres que lavam roupa e vou até o meio mais fundo do riacho estreito.

Todas as mulheres e os meninos olham para mim como se eu houvesse perdido a razão. Será que perdi mesmo? Encharcado, sorrio de volta para eles e mergulho meu galão na água marrom leitosa. Encho o recipiente, mas não fico satisfeito com a quantidade de sedimento dentro dele. Tenho de filtrar a água, mas preciso de dois recipientes para fazer isso.

— Por favor, posso pegar sua vasilha emprestada, por favor? — peço a uma das lavadeiras. Fico abismado com minha própria coragem. Nunca falei com essa mulher antes, e logo a reconheço como a esposa do principal professor da escola de ensino médio, um homem chamado Dut Majok, que só conheço de reputação. Ouvi dizer que a mulher de Dut Majok, assim como ele, era instruída e tinha a língua muito afiada; podia ser cruel. Ela sorri para mim, retira as camisas que está lavando e me passa a vasilha. Mais que tudo, parece curiosa para ver o que eu — esse garotinho, muito menor do que você, Menino da TV — estou querendo com a vasilha, eu com meus olhos de desespero e meu galão cheio da água barrenta do rio.

Eu sei o que fazer e inicio a tarefa com precisão. Despejo o conteúdo do galão através da minha camisa para dentro da vasilha e então, com cuidado, devolvo a água para dentro do galão. Depois de fazer isso uma vez com sucesso, não consigo decidir o quanto limpar a água; o que será mais importante, penso: levar a água depressa ou entregá-la na forma mais pura possível? No final das contas, filtro-a três vezes, torno a enroscar a tampa do galão e devolvo a vasilha à mulher, sussurrando minha gratidão com respirações pesadas enquanto vou subindo a encosta.

No alto da margem do rio, em meio ao mato áspero, recomeço a correr. Percebo que estou cansado, e dessa vez contorno os muitos buracos da trilha, em vez de saltar por cima deles. Minha respiração se torna pesada e difícil, e amaldiçôo meus arquejos. Não quero levar essa água para Amath correndo devagar, nem andando, nem sem ar. Preciso correr com tanta rapidez e agilidade quanto tinha ao partir. Proíbo minha respiração de passar pela boca, usando as narinas em vez disso, e apresso o passo à medida que me aproximo do centro da cidade.

Dessa vez, minha tia me vê quando passo por sua casa.

— Achak, é você? — cantarola ela.

— Sou, sou! — mas então descubro que não tenho fôlego para lhe explicar por que estou passando às carreiras e por que não posso parar. Talvez ela adivinhe, como meu pai. Quando ele supôs que minha tarefa tinha a ver com Amath, fiquei momentaneamente envergonhado, mas logo não me importava mais quem soubesse, pois Amath era tão especial, e todos gostavam tanto dela, que eu tinha orgulho de chamá-la de amiga e de ser surpreendido fazendo-lhe um favor, um favor para aquela linda dama que se refere a mim como rapaz e cavalheiro e que, com seu sorriso de boca fechada e seu andar feliz, é a melhor garota de Marial Bai.

Passo pela escola e, uma vez fora do campo de visão da minha tia, vejo Amath ainda sentada no mesmo lugar onde a deixei. Ah! Ela também está olhando para mim! Seu sorriso é visível já de longe, e ela não pára de sorrir enquanto chego correndo cada vez mais perto, tocando o chão de terra batida somente com a ponta dos dedos. Fica muito animada ao me ver com a água, talvez consiga ver que é uma água muito limpa, muito bem filtrada e boa para fazer qualquer coisa que ela sonhe em fazer. Olhe só para ela! Seus olhos são imensos, vendo-me correr. Ela é mesmo a pessoa que melhor me entende. Não é velha demais para mim, concluo. Não mesmo.

Mas, de repente, meu rosto vira poeira. O chão subiu e me puxou para baixo. Meu queixo está sangrando. Eu caí, derrubado por uma raiz retorcida, e o galão saiu rolando na minha frente.

Tenho medo de erguer os olhos. Não quero vê-la rindo de mim. Sou um tonto; tenho certeza de que perdi o respeito e a admiração dela. Ela agora vai me ver não como um rapaz eficiente e veloz, capaz de cuidar dela e atender às suas necessidades, mas como um menininho ridículo, incapaz de correr por um descampado sem cair com a maldita cara no chão.

A água! Olho rapidamente, e a água não derramou.

Quando levanto mais a cabeça, porém, ela está andando na minha direção. Seu rosto não está rindo, longe disso — está sério, como sempre fica quando ela olha para mim. Ergo-me com um pulo, para mostrar que não me machuquei. Levanto-me e sinto uma dor forte na minha canela, mas a nego. À medida que ela se aproxima, minha garganta fica seca e o ar foge do meu peito — que tonto eu sou, penso, e o mundo é injusto por me humilhar assim. Mas reprimo tudo isso e me endireito tanto quanto posso.

— Eu estava correndo depressa demais — digo.

— Com certeza estava correndo depressa — diz ela, admirada.

Então ela está do meu lado e suas mãos me tocam, retirando a terra da minha camisa e da minha calça, limpando-me, emitindo um barulho de tsc tsc enquanto o faz. Eu a amo. Ela repara em como eu consigo correr depressa, Menino da TV! Repara em todas as melhores coisas a meu respeito, e ninguém mais percebe essas coisas.

— Você é um cavalheiro de verdade, é sim — diz ela, segurando meu rosto com as mãos —, por ter corrido desse jeito por minha causa.

Engulo em seco e respiro fundo, e fico aliviado ao conseguir falar direito novamente, como um homem.

— Foi um prazer, dona Amath.

— Tem certeza de que está bem, Achak?

— Tenho.

Tenho certeza. E então, quando me viro para voltar para casa — planejei me encostar em minha irmã mais duas vezes ainda antes do jantar —, só consigo pensar em uma coisa: casamentos.

Haverá um casamento dali a poucos dias entre um homem, Francis Akol, que eu não conheço muito bem, e uma menina, Abital Tong Deng, que conheço da igreja. Mais um bezerro será sacrificado, e dessa vez vou tentar me aproximar o suficiente para ver, como vi o último quando ele passou deste mundo para o outro. Vi o olho do bezerro, vi suas pernas se agitarem descontroladamente. O olho fitava o céu branco bem lá em cima; nunca parecia olhar para quem o estava matando. Pensei que isso tornava a matança mais fácil. O bezerro não parecia culpar os homens por porem fim à sua vida. Aceitava sua morte prematura com coragem e resignação. Quando o próximo casamento chegar, vou me posicionar novamente acima da cabeça do bezerro prestes a morrer, para ver como ele morre.

Eu gostava de casamentos, mas houvera muitos casamentos nos últimos meses. Bebia-se demais, pulava-se demais, e eu muitas vezes ficava com medo de alguns dos homens quando eles bebiam muito vinho. Perguntei-me se, daquela próxima vez, no casamento de Francis e Abital, eu poderia me esconder da festa, se poderia ficar em casa e não vestir minha melhor roupa nem conversar com os adultos, e em vez disso me esconder debaixo da cama.

Mas Amath talvez fosse estar lá, e ela talvez estivesse usando um vestido novo. Eu conhecia todos os seus vestidos, conhecia todos os seus quatro vestidos, mas o casamento trazia a possibilidade de algo novo. O pai de Amath era um homem importante, proprietário de trezentas cabeças de gado e árbitro de muitas disputas na região, portanto Amath e as irmãs muitas vezes usavam roupas novas, e tinham até um espelho. Guardavam-no dentro da cabana e passavam longos períodos diante dele, rindo e arrumando os cabelos. Eu sabia disso porque tinha visto o espelho e ouvido as risadas delas muitas vezes, agarrado à árvore que ficava em cima da casa, a árvore em que encontrei um galho escondido e bem posicionado para saber o que acontecia dentro da cabana. Não conseguia ver nada de impróprio ali do meu galho, mas podia ouvi-las conversar, e de vez em quando tinha alguns vislumbres quando o sol entrava por entre a palha do telhado, destacando o reflexo dos brincos ou dos colares, iluminando o espelho e refletindo a luz de volta para a poeira interminável da aldeia.

5.

Menino da TV, existia vida naquelas aldeias! Existe vida! Era um povoado de umas quinze mil pessoas, embora não parecesse. Se você visse fotos dessa aldeia, fotos tiradas de um avião passando lá em cima, ficaria boquiaberto diante da aparente escassez de movimento, de instalações humanas. A maior parte do país é árida, mas o sul do Sudão não é um deserto sem fronteiras. É uma terra de florestas e matas, de rios e pântanos, de centenas de tribos, milhares de clãs, milhões de pessoas.

Aqui, deitado, percebo que a fita adesiva que me cobre a boca está se soltando. A saliva da minha boca e o suor do meu rosto afrouxaram a fita. Começo a acelerar o processo, mexendo os lábios e espalhando saliva por toda parte. A fita continua a se soltar da minha pele. Você, Menino da TV, não vê nada disso. Parece alheio ao fato de haver um homem amarrado e amordaçado no chão, e de estar assistindo televisão na casa desse homem. Mas nós sempre nos adaptamos às mais absurdas situações, todos nós.

Eu sei tudo o que há para saber sobre o desperdício da juventude, sobre as formas como meninos podem ser usados. Daqueles meninos com os quais um dia andei, cerca da metade acabou virando soldado. E todos acharam isso bom? Só uns poucos. Tinham doze, treze anos de idade quando foram convocados, pouco mais. Foram todos usados, de formas diferentes. Fomos usados para a guerra, fomos usados para conseguir comida e apoio de organizações de ajuda humanitária. Mesmo quando íamos à escola, estávamos sendo usados. Isso já aconteceu antes, e aconteceu em Uganda, na Serra Leoa. Os rebeldes usam refugiados para atrair ajuda, para dar a impressão de que o que está acontecendo é tão simples quanto vinte mil almas perdidas em busca de comida e abrigo enquanto uma guerra é travada naquele país. No entanto, a poucos quilômetros de nosso campo de civis, o SPLA tinha sua própria base, onde fazia treinamentos e planejamento, e havia um fluxo constante de suprimentos e recrutas entre os dois campos. *Isca de auxílio*, era como nos chamavam às vezes. Vinte mil meninos desacompanhados no meio do deserto: não é difícil ver o atrativo disso para a ONU, para a organização Save the Children ou para a Federação Luterana Mundial. Porém, enquanto o mundo humanitário nos alimentava, o Exército de Libertação do Povo Sudanês, os rebeldes que lutavam em nome dos dinca, perseguiam cada um de nós, esperando até estarmos crescidos. Levavam aqueles dentre nós com idade suficiente, os que eram bastante fortes, resistentes e raivosos. Esses meninos atravessavam o morro a pé até Bonga, o campo de treinamento, e era a última vez que os víamos.

Quase não consigo acreditar em mim mesmo, mas neste momento estou pensando em maneiras de salvar você, Menino da TV. Estou imaginando como vou me libertar, e em seguida libertar você. Poderia me desvencilhar das minhas amarras e depois convencer você de que ficar comigo será melhor que ficar com Tonya e o Homem de Azul. Poderia fugir daqui com você, e juntos poderíamos ir embora de Atlanta, ambos à procura de um outro lugar. Tenho a impressão de que a vida pode ser boa em Salt Lake City ou San Jose. Ou talvez tenhamos de ficar longe dessas cidades, de qualquer cidade. Acho que para mim chega de cidade, Menino da TV, mas, para onde quer que formos, tenho a impressão de que eu conseguiria cuidar de você. Até pouco tempo atrás, eu era igual a você.

Primeiro, porém, temos de sair de Atlanta. Você precisa se afastar dessa gente que o pôs nessa situação e eu preciso abandonar o que se tornou um clima insuportável.

A situação está tensa demais, política demais. São oitocentos sudaneses em Atlanta, mas não existe harmonia. Há sete igrejas no Sudão, e elas estão constantemente brigando, e com cada vez mais rancor. Os sudaneses daqui regrediram para o tribalismo, para as mesmas divisões étnicas que deixamos para trás há tanto tempo. Na Etiópia, não existiam nueres, dincas, fur ou núbios. Em muitos casos, éramos jovens demais para saber o que significavam essas distinções, mas, mesmo quando tínhamos consciência, haviam nos ensinado e tínhamos concordado em deixar de lado nossas supostas diferenças. Estávamos todos sozinhos na Etiópia, e víramos centenas dos nossos morrerem no caminho para um lugar apenas marginalmente melhor do que aquele de onde tínhamos saído.

Quase desde o primeiro instante em que chegamos aqui, foi impossível voltar à vida no Sudão. Nunca estive em Cartum, então não posso falar sobre o estilo de vida de lá. Dizem que há alguns aspectos modernos. Mas, no sul do Sudão, qualquer descrição dirá que estamos pelo menos algumas centenas de anos atrasados em relação ao mundo industrializado. Alguns sociólogos, os liberais, podem se melindrar com a idéia de uma sociedade ser atrasada em relação a outra, de existir um primeiro mundo, um terceiro mundo. Mas o sul do Sudão não é nenhum desses mundos. O Sudão é algo diferente, e não consigo pensar em uma comparação adequada. Há poucos carros no sul do Sudão. É possível percorrer centenas de quilômetros sem ver nenhum tipo de veículo. São poucas as estradas pavimentadas; não vi nenhuma enquanto morava lá. Seria possível traçar uma linha reta de leste a oeste do país, de avião, sem passar sequer uma vez por uma casa construída com outro material que não mato e barro. É uma terra primitiva, e digo isso sem nenhuma sensação de vergonha. Desconfio que, nos próximos dez anos, se a paz perdurar, a região irá experimentar o tipo de progresso que talvez nos leve ao patamar de outras nações do leste da África. Não conheço ninguém que deseje que o sul do Sudão continue do jeito que está. Todos estão prontos para dar um passo. Tanques do SPLA desfilam por Juba, capital do sul. Há orgulho lá agora, e todas as dúvidas que pudéssemos ter em relação ao SPLA, assim como todo o sofrimento que ele causou, foram em grande parte esquecidos. Se o sul conquistar a liberdade, será por obra do SPLA, por maiores que sejam suas falhas.

Percebo que minha boca está ensopada e que a fita não está mais presa com firmeza. Dou uma soprada e, para minha surpresa, a metade esquerda da fita se solta. Posso falar, se quiser.

"Com licença", digo. Minha voz está baixa, baixa demais. Ele não dá mostras de me escutar. "Rapaz", falo, agora em volume normal. Não quero assustá-lo.

Nenhuma reação.

"Rapaz", digo, mais alto agora.

Ele se vira para mim por um breve instante, incrédulo, como se houvesse escutado o próprio sofá falar. Depois volta à televisão.

"Rapaz, posso falar com você?", pergunto, mais alto agora, com mais firmeza.

Ele choraminga e se levanta, aterrorizado. Tudo em que consigo pensar é que eles lhe disseram que eu era africano, e na sua cabeça o menino não achava que essa classificação incluísse a capacidade de falar, quem dirá falar inglês. Dá dois passos em minha direção, parando no vão que dá na sala de estar. Ainda não tem certeza se vou falar de novo.

"Rapaz, preciso falar com você. Posso ajudá-lo."

Isso o faz voltar para a cozinha, onde ele pega o celular, aperta uma tecla e leva o telefone ao ouvido. Fica escutando, mas não consegue falar com quem deseja. Imagino que tenha recebido a instrução de telefonar para seus cúmplices caso eu acordasse ou qualquer coisa saísse errada e, agora que acordei, ninguém está respondendo. Ele pensa um pouco na situação, e por fim chega a uma solução: torna a se sentar e aumenta o volume da TV.

"Por favor!", grito.

Ele dá um pulo na cadeira.

"Menino! Você precisa me escutar!"

Então ele procura uma solução. Começa a abrir gavetas. Ouço talheres batendo, e fico com medo de que ele faça alguma coisa drástica. Ele abre cinco, seis gavetas e armários. Por fim, surge da cozinha com uma lista telefônica. Leva-a até onde estou e a suspende acima da minha cabeça.

"Rapaz! O que está fazendo?"

Ele deixa cair a lista. É a primeira vez na vida que vi algo vindo em minha direção e fui incapaz de reagir adequadamente. Tento virar a cabeça, mas mesmo assim a lista cai bem em cima do meu rosto. A dor é intensificada pela dor de cabeça que já estou sentindo e pela pancada do meu queixo no chão. A lista telefônica escorrega de lado, em direção à minha testa, e fica ali, encostada na minha têmpora. Pensando ter alcançado seu objetivo, ele volta para a cozinha e novamente o volume da TV aumenta. Esse menino acha que eu não sou da sua espécie, que sou algum outro tipo de criatura, uma criatura que pode ser esmagada com o peso de uma lista telefônica.

A dor não é muita, mas a simbologia é desagradável.

6.

Abro os olhos depois de um sono sobressaltado de minutos, ou horas. O menino dorme no sofá acima de mim. Pegou as toalhas que lhe servem de manta e acomodou-se na ponta do sofá, com os pés cuidadosamente enfiados entre as almofadas. E agora está choramingando. Está tendo um pesadelo e seu rosto se contorce como o de um bebê, o franzido petulante da testa fazendo-o parecer mais novo. Mas agora eu já me identifico menos com ele.

Não há relógios à vista, embora pareça ser o meio da noite. Não se ouve tráfego do lado de fora. Talvez seja meia-noite, ou mais.

Achor Achor, não quero amaldiçoar você, mas essa situação seria muito diferente caso você se dignasse a voltar para casa. Gosto de Michelle e a admiro, e sinto orgulho de você por ter encontrado uma americana que o ama, mas, neste exato momento, considero seu comportamento irresponsável. Ao mesmo tempo, pergunto-me como os ladrões sabiam que você não estaria em casa, que podiam ficar seguros deixando seu filho ou seu irmão aqui. É difícil de entender. Ou eles são muito inteligentes, ou simplesmente temerários.

Pergunto-me quais serão as imagens que o estão perturbando, Menino da TV. Estou dividido — poderia tornar a falar com você, despertando-o de seus temores, ou poderia saborear este pequeno prazer, o fato de o menino que acha que pode esmagar um africano com uma lista telefônica estar agora sofrendo com tremores noturnos. Não parece tão cruel deixá-lo choramingar no sofá, Menino da TV. Afinal de contas, se eu tornasse a falar, o que você iria jogar em mim desta vez? Tenho um dicionário no quarto, versão integral, e não duvido de que você fosse usá-lo.

Um telefone toca, não o meu. Meu telefone foi roubado. O som do toque é de uma música conhecida que não consigo identificar. Meu conhecimento sobre música popular americana é parco, suponho, mesmo depois de cinco anos e depois de a maioria dos meus amigos ter abraçado o gênero com entusiasmo.

Levante-se, Menino da TV, e atenda seu telefone!

O toque continua. A pessoa que está ligando talvez queira dizer para você me soltar; pode ser que seja a polícia. Levante-se, menino!

Três toques e nem sinal de que ele vá acordar. Preciso interferir nesses acontecimentos. Correndo o risco de levar mais objetos na cabeça, faço o barulho mais alto de que sou capaz. Meu desespero torna minha voz mais aguda; solto um grito alto que praticamente faz o menino pular do sofá. O telefone volta a tocar, e desta vez ele atende.

"Oi?", diz ele. "É o Michael."

A voz que sai do telefone é masculina, grave e vagarosa.

"Ela não está."

Uma pergunta.

"Não sei. Ela me disse que já teria chegado."

O menino aquiesce.

"Tá bom."

"Tá bom."

"Tchau."

Então é Michael. Fico feliz em saber seu nome, Michael. É um nome que contém menos ameaça do que Menino da TV, e convence-me mais ainda de que você é uma vítima daquelas pessoas encarregadas de protegê-lo. Michael é nome de santo, Miguel. Michael é o nome de um menino que quer ser criança. Michael era o nome do homem que levou a guerra a Marial Bai. É natural supor que uma guerra como a nossa tenha chegado um

65

belo dia, uma trovoada e depois a guerra, desabando com a força de uma chuva. Mas primeiro, Michael, primeiro o céu escureceu.

Talvez agora seu humor tenha mudado para pior. Já faz muito tempo que você está aqui, neste apartamento, e o que parecia uma aventura agora é tedioso, assustador até. Eu não sou tão inofensivo quanto você inicialmente pensou, e tenho certeza de que a possibilidade de eu tornar a falar o deixa apavorado. Pois agora eu não tenho nada a dizer, não em voz alta, mas você deveria saber sobre o Michael que, em 1983, levou os primeiros agouros da guerra à nossa aldeia.

William K me acordou, sussurrando do outro lado da parede de barro.

— Levante, levante, levante! — sibilou. — Levante e venha ver uma coisa.

Eu não estava com a menor vontade de seguir William K, já que em muitas ocasiões ele havia me pedido para correr para tal e tal lugar ou para subir em tal árvore, somente para ver um buraco cavado por um cachorro ou uma noz parecida com o rosto do pai de William. As visões eram sempre mais grandiosas na mente de William K, e raramente valiam a pena. No entanto, quando William K sussurrou através da minha parede, ouvi as vozes altas de uma multidão exaltada.

— Venha! — insistiu William K. — Eu juro que vale a pena!

Levantei-me, vesti uma roupa e saí correndo com William K até a mesquita, onde uma multidão de curiosos havia se juntado. Depois de nos esgueirarmos por entre as pernas dos adultos reunidos em volta da porta da mesquita, ajoelhamo-nos e vimos o homem. Estava sentado em uma cadeira, uma das sólidas cadeiras feitas de madeira e corda que Gorial Bol fabricava e vendia no mercado e do outro lado do rio. O homem sentado era jovem, da idade do meu irmão Garang, idade suficiente para se casar e ter sua própria casa e seu próprio gado. Esse homem tinha cicatrizes rituais na testa, o que significava que não era da nossa cidade. Em outras regiões e em outras aldeias, os homens por volta dos treze anos são marcados com cicatrizes na testa ao entrar na idade adulta.

Mas esse homem, cujo nome descobrimos ser Michael Luol, não tinha uma das mãos. Onde deveria ter estado sua mão direita, o pulso terminava em nada. A multidão, formada principalmente por homens, estava inspecionando a mão faltante do rapaz, e eram muitas as opiniões sobre de quem era a culpa. William e eu permanecemos ajoelhados, onde podíamos estar perto da mão faltante, e esperamos para ouvir como aquilo tinha acontecido.

— Mas eles não têm o direito de fazer isso! — vociferou um dos homens.

Três homens estavam no centro da discussão: o chefe de Marial Bai, um homem forte como um touro de olhos bem separados, seu magro e lacônico auxiliar, e um homem gorducho cuja barriga se estufava para fora da camisa e pressionava minhas costas sempre que ele emplacava algum argumento.

— Ele foi pego roubando. Foi punido.

— É uma afronta! Isso não é a justiça do Sudão.

O homem sem mão ficou sentado sem dizer nada.

— Agora é. É justamente essa a questão. Isso é a *sharia*.

— Não podemos viver sob a *sharia*!

— Não estamos vivendo sob a *sharia*. Isso aqui aconteceu em Cartum. Se você for a Cartum, vai viver segundo a lei deles. O que estava fazendo em Cartum, Michael?

Os homens logo puseram a culpa toda nas costas do homem sem mão, pois, se ele houvesse ficado em sua aldeia e não tivesse roubado, ainda teria a mão direita e talvez até tivesse uma esposa — pois todos concordavam que ele agora jamais teria uma esposa, por melhor que fosse o preço que pudesse oferecer por ela, e que nenhuma mulher deveria ser obrigada a ter um marido sem mão. Poucas pessoas apoiaram Michael Luol nesse dia.

Depois de sair da mesquita, perguntei a William K o que tinha acontecido com aquele homem. Eu tinha escutado a palavra *sharia* e alguns comentários negativos a respeito dos árabes e do Islã, mas ninguém havia relatado claramente os acontecimentos que culminaram com a remoção da mão de Michael Luol. Enquanto caminhávamos na direção da acácia grande para encontrar Moses, William K contou a história.

— Ele foi para Cartum dois anos atrás. Era estudante, e depois ficou sem dinheiro. Daí foi trabalhar como pedreiro. Trabalhava para um árabe.

Um homem muito rico. Vivia com onze outros dincas. Eles moravam em um apartamento em um bairro pobre da cidade. Era ali que os dincas moravam, disse Michael Luol.

Aquilo me pareceu estranho, o fato de dincas morarem em qualquer lugar considerado pobre, enquanto os árabes moravam bem. Estou lhe dizendo, Michael da TV, que o orgulho dos *monyjang*, os homens dentre os homens, era muito forte. Já li antropólogos que ficaram impressionados com quanto os dincas se consideravam importantes.

— Michael Luol perdeu o emprego — continuou William K. — Ou talvez o emprego tenha terminado. Não havia trabalho. Ele disse que não tinha mais trabalho. Então não conseguia pagar o aluguel. Os outros caras o chutaram do apartamento, e aí ele foi morar em um barraco do lado de fora da cidade. Disse que milhares de dincas moravam lá. Gente muito pobre. Moram em casas feitas de plástico e gravetos, e faz muito calor, e eles não têm água nem comida.

Lembro-me de que, nesse momento, não gostei daquele homem sem mão. Sentia que o homem merecia ter perdido a mão. Ser pobre assim, viver em uma casa de plástico! Ter de pedir comida! Não ter água! Viver em tamanha pobreza ao lado dos árabes que viviam bem. Senti vergonha. Senti ódio dos homens que passavam o dia bebendo no mercado de Marial Bai, e senti ódio daquele homem que morava em sua casa de plástico. Sei que desprezar os pobres, os destituídos, não é um sentimento admirável, mas eu era jovem demais para sentir pena.

William prosseguiu.

— Michael Luol costumava procurar comida no lixão. Ia com outros homens e revirava o aterro onde ficava todo o lixo da cidade. Chegava lá de manhã e já havia centenas de pessoas revirando o lixão. Mas, como Michael Luol era um homem forte, saía-se bem. Encontrava panelas, caixas, ossos de frango. Comia o que podia, e conseguia vender as outras coisas que encontrava. Certa vez, encontrou um rádio quebrado e o vendeu para um homem que o consertou. Depois de ganhar esse dinheiro, comprou um lugar novo para morar. Precisava de um lugar maior porque agora tinha uma mulher.

— Ele levou a mulher para Cartum? — perguntei.

— Não, ele arrumou a mulher lá. Depois de perder o emprego.

William K parecia inseguro em relação a essa parte. Não fazia sentido para nenhum de nós se casar quando não se tinha dinheiro nem casa para morar.

— Ficaram morando no lugar novo, uma casa feita de gravetos e plástico. Foi nesse ponto que o homem que estava contando sua história ficou muito triste. A mulher dele morreu. Teve disenteria, porque bebiam uma água suja que pegavam de uma vala perto da cidade. Daí ela pegou malária e não havia como fazê-la chegar a nenhum hospital. Então ela morreu. Quando ela morreu, os olhos dela saltaram da cabeça.

Eu conhecia William K bem o suficiente para saber que esse último detalhe era inventado. Sempre que possível, nas histórias de William K, os olhos de alguém saltavam da cabeça.

— Então ele foi e vendeu a tal casa que tinha comprado. Não precisava mais dela. Daí pegou o dinheiro e comprou bebida. E depois a polícia o pegou e levou para um hospital e cortou a mão dele fora.

— Espere aí. Por quê? — perguntei.

— Ele pegou alguma coisa, acho. Roubou alguma coisa de alguém. Talvez do homem para quem trabalhava quando era pedreiro. Ele voltou lá e roubou alguma coisa. Acho que foi um tijolo. Espere aí. Foi um tijolo, mas ele roubou antes, quando a mulher ainda estava viva, porque o vento ficava levando embora a casa de plástico. Então ele pegou o tijolo e eles descobriram. Daí ele foi preso e depois a mulher morreu, e ele veio pra cá.

— Mas então quem cortou a mão dele? — perguntei.

— A polícia.

— No hospital?

— Ele disse que havia dois policiais, uma enfermeira e um médico.

A história foi aumentada e embelezada ao longo das semanas seguintes, pelo maneta e por outros, mas os fatos principais continuavam sendo os que William K havia relatado. A lei islâmica, a *sharia*, havia sido baixada em Cartum e na maior parte do Sudão ao norte dos rios Lol e Kiir, e havia cada vez mais temor de que a *sharia* não demoraria a chegar até nós.

É nesse ponto que a história se complica, Menino Michael da TV, pelo menos em termos relativos. Os principais fatos da história da guerra civil no Sudão conforme perpetuada por nós, Meninos Perdidos, pelo bem da dramaticidade e da presteza, são que um belo dia estávamos sentados em nossas aldeias, tomando banho de rio e moendo grãos, e no dia seguinte os árabes estavam nos atacando, matando, saqueando, escravizando. E, embora todos esses crimes tenham de fato acontecido, há controvérsias no que diz respeito às provocações. Sim, a *sharia* fora imposta por meio de uma série de leis abrangentes chamadas Leis de Setembro. Mas a nova ordem não chegara à nossa aldeia, e havia dúvidas de que chegaria. Mais crucial foi o fato de o governo ter rasgado o acordo de Addis Abeba de 1972, que dava ao sul certa autonomia. Em vez do acordo, o sul foi dividido em três regiões, medida muito eficaz para jogar cada uma dessas regiões contra as outras, sem que restasse a nenhuma delas nenhum poder significativo para governar.

Michael, você está dormindo de novo, e fico contente por isso, mas mesmo assim seu sono é cheio de choros e chutes. Talvez você também seja um filho da guerra. De certa forma, imagino que seja. As guerras podem surgir em formatos e aspectos diferentes, mas são sempre cumulativas. Estou convencido de que existem passos e de que, uma vez dada a partida nesses acontecimentos, eles são praticamente impossíveis de reverter. Houve outros passos no tropeço do meu país em direção à guerra, e agora eu me lembro claramente desses dias. Porém, nesse caso também, na época não reconheci esses dias como o que eram, não os vi como passos, mas sim como dias iguais a outros quaisquer.

Eu estava correndo até a loja do meu pai, atravessando a compacta multidão do mercado de sábado. Nesse dia os caminhões chegavam do outro lado do rio, e o número de comerciantes e a atividade no mercado dobravam. Vinham lojistas de toda a região; o mercado de Marial Bai era um dos maiores em um raio de muitos quilômetros e, portanto, atraía comércio de bem longe. Quando cheguei à loja do meu pai, correndo como sempre em minha velocidade máxima, quase colidi com a imensa e impecável túnica branca de Sadiq Aziz.

— Onde você se meteu hoje? — disse meu pai. — Dê bom-dia para Sadiq.

A mão de Sadiq desceu até meu cocuruto, e ele a deixou descansar ali. Sadiq pertencia aos *baggaras*, uma tribo árabe que vivia do outro lado do

Ghazal. Os árabes eram vistos nos dias de mercado e durante a estação da seca, quando desciam para fazer o gado pastar. Havia tensão entre dincas e *baggaras* fazia séculos, sobretudo por questões de pastagem. Os *baggaras* precisavam das terras mais férteis do sul para seu gado pastar quando a terra do norte se fendia por causa da seca. Em geral, os chefes das tribos chegavam a algum acordo, e essa cooperação havia sido administrada historicamente graças a alianças e pagamentos em gado e outras mercadorias. Havia um equilíbrio. Durante a estação do gado, e muitas vezes nos dias de mercado, havia *baggaras* e outros árabes espalhados por toda Marial Bai. Eles andavam livremente entre os dincas, falando uma mistura de dinca com árabe, e muitas vezes se hospedando nas casas dos dincas. A maioria do seu povo e do nosso tinha relações muito cordiais. Em muitas áreas, havia casamentos mistos, cooperação e respeito mútuo.

Meu pai era benquisto entre os *baggaras* e outros comerciantes árabes; era conhecido por se esforçar, às vezes de forma até cômica, para cortejar e agradar aos comerciantes árabes. Ele sabia que seu êxito se devia em grande parte ao acesso que tinha às mercadorias que eram especialidades dos habitantes do norte e, portanto, sempre fazia questão de deixar claro para os árabes que eles eram bem-vindos em suas lojas e em sua casa. Sadiq Aziz, homem alto, de olhos grandes e braços retorcidos de ossos e músculos retesados, era o parceiro de negócios preferido do meu pai. Sadiq tinha bom olho para coisas fora do comum e era capaz de encontrar mercadorias excepcionais: ferramentas agrícolas mecânicas, máquinas de costura, redes de pesca, tênis fabricados na China. Mais importante ainda, Sadiq geralmente trazia alguma coisa para mim.

— Oi, tio — falei. É costume chamar qualquer homem mais velho de "tio" como prova de familiaridade e respeito. Quando o homem é mais velho que o pai da pessoa, é chamado de "pai".

Sadiq arqueou as sobrancelhas como um conspirador e pescou alguma coisa na bolsa. Lançou o objeto no ar em minha direção, e eu o peguei antes de saber o que era. Abri as mãos e descobri uma espécie de pedra preciosa. Parecia vidro, mas dentro dela havia listras radiais amarelas e pretas, como o olho de um gato. Era linda demais. Meus olhos se encheram d'água enquanto eu ficava ali em pé, olhando para o presente. Tinha medo até de piscar.

— É feita para parecer uma pedra preciosa — reconheceu Sadiq —, mas é de vidro.

Ele piscou para o meu pai.

— Parece uma estrela! — disse eu.

— Diga isso em árabe — falou Sadiq.

Sadiq sabia que eu vinha aprendendo árabe básico na escola e muitas vezes me testava. Tentei responder:

— *Biga ze gamar* — gaguejei.

— Muito bem! — disse Sadiq, sorrindo. — Você é o mais inteligente dos filhos de Deng! Posso dizer isso porque os outros não estão aqui presentes. Agora diga *Allah Akhbar*.

Meu pai riu:

— Sadiq. Por favor.

— Você acredita que Deus é grande, não acredita, Deng?

— Claro que acredito — disse meu pai. — Mas por favor.

Sadiq passou um tempão olhando para o meu pai, e então se animou.

— Desculpe. Eu só estava brincando.

Estendeu a mão para o meu pai e segurou a mão dele em um aperto frouxo.

— Então — continuou. — Posso pôr Achak no cavalo agora?

Os dois homens baixaram os olhos para mim.

— Claro — disse meu pai. — Achak, o que acha disso?

Segundo minha mãe, Sadiq sabia instintivamente do que um menino gosta e o que quer, porque sempre que vinha nos visitar me trazia presentes e, contanto que minha mãe não estivesse perto o suficiente para desaprovar, pois realmente desaprovava, erguia-me até a sela alta de seu cavalo, amarrado do lado de fora da loja.

— Pronto, pequeno cavaleiro.

Olhei para os homens lá embaixo.

— Ele parece bem à vontade lá em cima, Deng.

— Acho que ele parece bem assustado, Sadiq.

Embora os dois homens tenham rido, mal os escutei.

Em cima da sela, o primeiro pensamento que tive foi sobre poder. Eu estava mais alto que o meu pai, mais alto que Sadiq, e certamente mais alto que qualquer menino da minha idade. Em cima daquele cavalo, sentia-me um adulto, e adquiria uma expressão altiva. Podia ver por cima das cercas dos nossos vizinhos, e podia ver até onde ficava a escola, e podia ver um lagarto no nível dos meus olhos, correndo por cima do nosso telhado. Eu era imenso, era a combinação de mim mesmo com o animal que podia controlar. Meus pensamentos grandiosos foram interrompidos pelos dentes do cavalo, que haviam encontrado minha perna.

— Sadiq! — gritou meu pai. Ele se esticou, me agarrou e me tirou da sela. — Qual o maldito problema com esse bicho?

Sadiq pôs-se a gaguejar.

— Ela nunca faz isso — disse, parecendo genuinamente intrigado. — Eu sinto muitíssimo. Você está bem, Achak?

Olhei para cima e aquiesci, escondendo minhas mãos que tremiam. Sadiq me examinou.

— Que menino corajoso! — exclamou ele, novamente pousando a mão sobre minha cabeça.

— Eu sabia que era má idéia — disse meu pai. — Os dincas não são cavaleiros.

Encarei os olhos da égua. Odiava aquele animal maldito.

— Muitos dincas já montaram a cavalo, Deng. Não seria bom se o Achak aprendesse? Isso só o tornaria mais atraente aos olhos das meninas. Não é, Achak?

Isso fez meu pai rir, quebrando a tensão.

— Não acho que ele precise de ajuda nesse departamento — disse.

Os dois então se puseram a gargalhar, baixando os olhos para mim. Continuei a encarar a égua e, com certa surpresa, percebi que a raiva tinha ido embora.

Nessa noite, jantei com os homens na casa do meu pai, mais ou menos uma dúzia de comerciantes, todos sentados em círculo ao redor da fogueira. Eu conhecia alguns deles da loja, mas muitos eram novidade para mim. Havia outros *baggaras* entre os convidados, mas fiquei perto de Sadiq, com o pé encostado em sua sandália de couro. A conversa dizia respeito ao preço do milho e ao gado atacado por determinados grupos de *baggaras* ao norte de Marial Bai. O consenso era que as cortes regionais, que contavam com representantes dos *baggaras*, dos dincas e do governo de Cartum, resolveriam a questão. Durante algum tempo, os homens comeram e beberam, e então um dinca sentado na frente do meu pai, um homem de sorriso largo, mais jovem do que os outros, tomou a palavra.

— Deng, você não está preocupado com essa história de insurreição?

Ele disse isso com um sorriso radiante; aquela parecia ser sua expressão-padrão.

— Não, não — disse meu pai. — Desta vez não. Eu participei da última rebelião, como alguns de vocês sabem. Mas essa de agora... não sei.

Ouviu-se um murmúrio de aprovação do resto dos homens, que pareciam ansiosos para encerrar o assunto. Porém, o homem sorridente continuou.

— Mas eles agora estão na Etiópia, Deng. Parece que alguma coisa está sendo tramada.

Ele tornou a sorrir.

— Não, não — disse meu pai. Acenou para o homem mais jovem com as costas da mão, mas o gesto pareceu mais teatral do que convincente.

— Eles têm o apoio dos etíopes — acrescentou o homem sorridente.

Isso pareceu surpreender meu pai. Não era sempre que eu o via ficar sabendo de alguma coisa diante dos meus olhos. Sadiq jogou um pedaço do seu ensopado para uma das cabras que perambulavam nos limites do conjunto de cabanas e em seguida se dirigiu ao rapaz.

— Você acha o quê, que vinte desertores do Exército sudanês vão voltar e transformar o Sudão em uma nação comunista? Isso é loucura. O governo do Sudão iria esmagar a Etiópia. E eles vão esmagar qualquer insurreiçãozinha.

— Não estou questionando o fato de que os desertores iriam ser derrotados — disse o rapaz. — Mas não vejo um grande amor por Cartum na terra dos dincas. Os desertores talvez conseguissem algum apoio.

— Nunca — disse Sadiq.

— Não desta vez — acrescentou meu pai. — Nós conhecemos o custo disso. De uma guerra civil. Se fizermos isso de novo, nunca vamos nos recuperar. Seria o fim.

Os homens pareceram concordar com essa avaliação, e novamente fez-se silêncio, só quebrado pelos barulhos de homens comendo e bebendo e dos animais que reassumem o controle da floresta quando a noite cai.

— Que tal uma história, então, meu pai Arou? — pediu Sadiq. — Conte-nos aquela sobre o início dos tempos. Essa sempre me diverte.

— Só porque você sabe que é verdade, Sadiq.

— É. Exatamente. Vou jogar fora o Alcorão e adotar sua história.

Os homens riram e insistiram para que meu pai iniciasse a história. Ele se levantou e começou, contando-a como sempre contava.

— Quando Deus criou a terra, no início criou a nós, os *monyjang*. Sim, no início ele criou os *monyjang*, os primeiros homens, e fez deles o mais alto e mais forte dos povos sob o céu...

Eu conhecia bem essa história, mas nunca ouvira meu pai contá-la diante de homens que não fossem dincas. Examinei o rosto dos árabes, esperando que eles não fossem ficar magoados. Todos sorriam como se estivessem escutando algum tipo de fábula, e não a verdadeira história da criação.

— Sim, Deus fez os *monyjang* altos e fortes, e fez suas mulheres lindas, mais lindas que qualquer criatura sobre a Terra.

Houve rápidas exclamações de aprovação, dessa vez em tom mais gutural, às quais se juntaram os homens árabes. Foram seguidas por uma onda de risadas altas de todos eles. Sadiq me cutucou e me lançou um sorriso, e eu também ri, embora não entendesse por quê.

— Sim — continuou meu pai —, e quando Deus terminou e os *monyjang* estavam na Terra esperando suas instruções, Deus perguntou ao homem: "Agora que você está aqui, na terra mais sagrada e mais fértil que possuo, posso lhe dar mais uma coisa. Posso lhe dar um animal chamado vaca...".

Meu pai virou a cabeça depressa, derramando um pouco de sua bebida na fogueira, que chiou e fez subir uma coluna de fumaça. Virou-se na outra direção e por fim encontrou o que procurava: apontou para uma vaca ao longe, uma das que esperavam para ser vendidas no mercado do dia seguinte.

— Sim — prosseguiu ele. — Deus mostrou ao homem a idéia do gado, e era uma coisa magnífica. Era tudo o que os *monyjang* podiam esperar, em todos os detalhes. O homem e a mulher agradeceram a Deus pelo presente, porque sabiam que o gado lhes traria leite, carne e todo tipo de prosperidade. Mas Deus ainda não havia terminado.

— Ele nunca termina — disse Sadiq, provocando uma onda de risadas.

75

— Deus disse: "Vocês podem ficar com esse gado, como presente meu, ou então podem ficar com o Quê." — Meu pai esperou a reação necessária.

— Mas... — disse Sadiq, ajudando. — O que é o Quê? — perguntou, com uma expressão de curiosidade teatral.

— Sim, sim. Essa é a questão. Então o primeiro homem levantou a cabeça para Deus e perguntou o que era aquilo, aquele Quê. "O que é o Quê?", indagou o primeiro homem. E Deus disse a ele: "Não posso lhe dizer. Mesmo assim, você precisa escolher. Precisa escolher entre o gado e o Quê". Bom. O homem e a mulher estavam vendo o gado bem ali na sua frente, e sabiam que com o gado iriam comer e beber com grande alegria. Podiam ver que o gado era a criação mais perfeita de Deus e que tinha algo de divino dentro de si. Sabiam que viveriam em paz com o gado e que, se ajudassem o gado a comer e beber, ele iria lhes dar leite, se multiplicar a cada ano e manter os *monyjang* felizes e saudáveis. Então, o primeiro homem e a primeira mulher sabiam que seriam bobos se deixassem de lado o gado em troca dessa idéia do Quê. Então o homem escolheu o gado. E Deus provou que essa foi a decisão certa. Deus estava testando o homem, para ver se ele reconhecia o presente que lhe havia sido dado, se conseguia tirar prazer do tesouro que tinha diante de si, em vez de trocá-lo pelo desconhecido. E, como o primeiro homem conseguiu ver isso, Deus permitiu que prosperássemos. Os dincas vivem e crescem assim como o gado vive e cresce.

O homem sorridente inclinou a cabeça.

— Sim, tio Deng, mas posso perguntar uma coisa?

Meu pai, reparando nas boas maneiras do rapaz, sentou-se e aquiesceu.

— Você não nos deu a resposta: o que é o Quê?

Meu pai deu de ombros.

— Não sabemos. Ninguém sabe.

O jantar acabou logo e as bebidas que vieram em seguida terminaram. E os convidados foram dormir nas muitas cabanas da casa de meu pai, e eu estava deitado dentro da sua cabana, fingindo dormir, mas na verdade observando Sadiq e segurando bem apertada dentro da mão a pedra preciosa de vidro que ele me dera.

Eu já escutara muitas vezes a história do gado e do Quê, mas ela nunca havia terminado dessa forma antes. Na versão que meu pai me contava,

Deus dava o Quê aos árabes, e era por isso que os árabes eram inferiores. Os dincas haviam recebido o gado primeiro e os árabes haviam tentado roubá-lo. Deus dera aos dincas terras melhores, férteis e ricas, e lhes dera o gado, e, embora fosse injusto, essa havia sido a intenção de Deus e não era possível modificá-la. Os árabes viviam no deserto, sem água nem terras aráveis, e assim, querendo também um pouco do tesouro de Deus, precisaram roubar seu gado e depois levá-lo para pastar nas terras dos dincas. Os árabes eram pastores muito ruins e, como não compreendiam o valor do gado, só faziam sacrificá-lo. Meu pai sempre me dizia que eram um povo confuso, incapaz sob muitos aspectos.

Mas nada disso fez parte da história de meu pai naquela noite, e isso me deixou feliz. Senti orgulho do meu pai, pois ele havia modificado a história para não ofender Sadiq e os outros comerciantes. Tinha certeza de que os árabes eram inferiores aos dincas, mas sabia que não seria educado explicar isso a eles durante o jantar.

Na manhã seguinte, vi Sadiq Aziz pela última vez. Era dia de ir à igreja e, quando minha família acordou, Sadiq já estava do lado de fora, atrelando a égua. Esgueirei-me para fora da cabana para vê-lo partir e vi que meu pai também estava lá.

— Tem certeza de que não quer vir com a gente? — perguntou meu pai.

Sadiq sorriu.

— Quem sabe da próxima vez — disse ele arreganhando os dentes. Subiu na sela e saiu cavalgando na direção do rio.

Esse dia foi também o último em que eu veria os soldados patrulhando a aldeia. Fazia anos havia soldados do Exército do governo lotados em Marial Bai, uns dez de cada vez, encarregados de manter a paz. Depois da missa, que passou do meio-dia, caminhei até a capela episcopal e fiquei esperando William K e Moses do lado de fora. Por mais que detestasse a duração das nossas missas católicas, estava feliz por não fazer parte da congregação do reverendo anglicano Paul Akoon, cujos sermões eram conhecidos por durar até o cair da noite. Quando William K e Moses terminaram, e depois de Moses trocar de camisa, andamos até o campo de futebol, onde os soldados e os homens da aldeia estavam se preparando para uma partida, aquecendo-se com as duas bolas que os soldados guardavam em seu alojamento. Eles passavam boa parte do tempo jogando futebol e vôlei, e o restante do tempo fumando e, quando a tarde caía, bebendo vinho. Ninguém falava com eles sobre isso; a aldeia gostava de ter soldados ali para proteger o mercado e o gado próximo dos ataques dos *murahaleen* ou de quaisquer outros. Os soldados lotados em Marial Bai eram uma mistura heterogênea de etnias e crenças: cristãos dincas, muçulmanos de Darfur, muçulmanos árabes. Viviam todos juntos no alojamento e sua vida era relativamente fácil. Passavam os dias fazendo pequenas patrulhas ao redor da cidade ou então na loja do meu pai, sentados debaixo do telhado de palha bebendo areki, um vinho fabricado na região, e conversando sobre a vida que pretendiam levar depois de terminarem o serviço obrigatório no Exército.

Quando o jogo começou, William K, Moses e eu tomamos nossos lugares atrás de um dos gols, esperando pegar as bolas que os jogadores errassem. Por todo o campo, ao longo de toda a lateral e em cada corner, meninos jovens demais para jogar com os homens se espalhavam, esperando a oportunidade de buscar alguma bola perdida e jogá-la ou chutá-la de volta para o campo. Enquanto o sol se punha e as fogueiras do jantar se acendiam por toda a aldeia, consegui pegar duas bolas, e nas duas vezes chutei-as com precisão de volta para o campo. Foi um dia muito bem-sucedido para mim. O jogo terminou, e os homens apertaram-se as mãos e se dispersaram.

— Menino vermelho! — gritou um soldado.

Virei-me. Olhei para a camisa que eu estava usando: era vermelha.

— Venha aqui se quiser uma coisa boa.

Corri na direção do soldado, um homem baixo, de rosto largo e fundas cicatrizes nueres marcadas na testa. Ele estendeu um pacotinho de balas amarelas. Fiquei olhando, mas não me mexi.

— Pegue algumas, menino. Estou oferecendo.

Peguei uma bala e a pus rapidamente na boca. No mesmo instante, me arrependi de ter sido tão impulsivo. Deveria tê-la guardado no bolso, para uma ocasião especial. Mas era tarde demais. A bala já estava na minha boca, e era deliciosa: parecida com limão, mas não era tão azeda. Parecia mais um torrão de açúcar em forma de limão.

— Obrigado, tio — falei.

— Pegue mais uma, menino — disse o soldado. — Precisa saber pegar o que te oferecem. Só um menino rico pode ser cuidadoso assim. É verdade, menino? Você é rico o suficiente para ficar escolhendo?

Eu não tinha certeza se isso era verdade. Sabia que meu pai era próspero, que era um homem importante, mas não podia concordar que isso houvesse me tornado alguém que ficava escolhendo. Ainda estava tentando pensar em uma resposta quando o soldado se virou e foi embora.

Para todos os efeitos, a guerra começou algumas semanas depois disso. Na verdade, já tinha começado em algumas regiões do país. Havia boatos de árabes mortos por rebeldes. Em determinadas cidades, não restava mais nenhum árabe, houvera matanças coletivas de comerciantes árabes, suas lojas tinham sido incendiadas. Grupos de rebeldes, em sua maioria dincas, haviam se formado por todo o sul, e uma mensagem clara fora enviada a Cartum de que a aplicação da *sharia* na terra dos dincas não seria tolerada. Os rebeldes ainda não estavam organizados sob a bandeira do Exército de Libertação do Povo Sudanês e sua presença no sul era esporádica. A guerra ainda não chegara a Marial Bai, mas logo chegou. Nossa aldeia seria uma das mais atingidas, primeiro pela presença dos rebeldes, depois por milícias armadas pelo governo para punir os rebeldes — e aqueles que os apoiavam, ativamente ou não.

Eu estava sentado no chão da loja do meu pai, brincando com um martelo, fingindo que ele era a cabeça e o pescoço de uma girafa. Movia o martelo com a graça vagarosa da girafa, fazendo o pescoço se dobrar para beber água e se esticar para comer dos galhos mais altos de uma árvore.

Percorri o chão de terra batida da loja com a girafa em silêncio, devagar, e a girafa olhou em volta. Ela havia escutado um barulho. O que seria? Não era nada. Decidi que a girafa precisava de uma amiga. Peguei outro martelo de uma prateleira baixa e ele foi se juntar ao primeiro. As duas girafas seguiram deslizando pela savana, avançando com o pescoço, à frente a primeira, depois a segunda, alternando-se.

Imaginei-me um comerciante, cuidando dos negócios do meu pai, organizando a loja, negociando com os clientes, encomendando novas mercadorias do outro lado do rio, ajustando os preços conforme as flutuações do mercado, visitando a loja de Aweil, conhecendo centenas de comerciantes pelo nome, passando com facilidade por qualquer aldeia, conhecido e respeitado por todos. Eu seria um homem importante, como meu pai, com muitas mulheres só minhas. Usaria o sucesso do meu pai como alavanca e abriria outra loja, muitas outras, e quem sabe fosse ter um enorme rebanho de gado — seiscentas cabeças, mil cabeças. E, assim que conseguisse, teria uma bicicleta só minha, com o plástico ainda preso bem apertado em volta. Tomaria muito cuidado para não rasgar o plástico em lugar nenhum.

Uma sombra se abateu sobre a terra das minhas girafas.

— Olá! — disse meu pai no céu lá em cima.

O cumprimento que lhe fizeram de volta não foi caloroso. Ergui os olhos e vi três homens, um dos quais trazia um fuzil amarrado às costas com um barbante branco. Reconheci esse homem. Era o homem sorridente da noite junto à fogueira. O rapaz que perguntara ao meu pai sobre o Quê.

— Precisamos de açúcar — disse o mais baixo dos homens. Não estava armado, mas ficou claro que era o líder dos três. Foi o único a falar.

— Claro — disse meu pai. — Quanto?

— Tudo, tio. Tudo o que tiver.

— Vai custar muito dinheiro, meu amigo.

— É tudo o que tem?

O homem baixo pegou o saco de sisal de dez quilos que estava no canto.

— É tudo o que eu tenho.

— Ótimo, vamos levar.

O homem baixo pegou o açúcar e virou-se para ir embora. Seus companheiros já estavam lá fora.

— Espere — disse meu pai. — Quer dizer que não pretende pagar por isso?

O homem baixo estava na porta, com os olhos já se adaptando à luz do meio da manhã.

— Precisamos alimentar o movimento. Deveria ficar feliz em contribuir.

— Deng, você estava errado — disse o homem sorridente.

Meu pai saiu de trás do balcão e foi até o homem na porta.

— Posso dar um pouco de açúcar a vocês. É claro que dou. Eu me lembro da luta. Sei que a luta precisa ser alimentada, sim. Mas não posso dar o saco inteiro. Iria prejudicar o meu negócio... você sabe disso. Todos temos que fazer a nossa parte, sim, mas vamos fazer isso de um jeito justo para nós dois. Eu dou a vocês tudo o que puder.

Meu pai estendeu a mão para pegar um saco menor.

— Não! Não, homem estúpido! — gritou o mais baixo. O volume da sua voz me fez levantar, assustado. — Nós vamos levar este saco, e você vai ficar feliz por não levarmos mais.

O homem sorridente e seu companheiro, o da arma presa com um barbante, agora estavam de volta, em pé atrás do mais baixo. Tinham os olhos fixos em meu pai, que retribuiu o olhar dos homens, um por um.

— Por favor. Como vamos viver se vocês roubarem de nós?

O homem sorridente girou nos calcanhares, quase pisando em cima de mim.

— Roubar? Está nos chamando de ladrões?

— Do que posso chamar? É assim que vocês...

O homem sorridente desferiu um soco violento e meu pai despencou no chão, aterrissando ao meu lado.

— Levem ele lá para fora — disse o homem. — Quero que todo mundo veja.

Os homens arrastaram meu pai para fora da loja até a ensolarada praça do mercado. Uma multidão já havia se juntado.

— O que está acontecendo? — perguntou Tong Tong, cuja loja era vizinha à do meu pai.

— Vejam e aprendam — disse o homem sorridente.

Os três homens viraram meu pai de bruços e rapidamente amarraram suas mãos e seus pés com corda de sua própria loja. Minha mãe apareceu.

— Parem com isso! — gritou ela. — Seus loucos!

O homem do fuzil apontou-o para minha mãe. O mais baixo se virou para ela com uma expressão do mais profundo desprezo.

— A próxima vai ser você, mulher.

Virei-me e corri para dentro da escuridão da loja. Tinha certeza de que meu pai iria ser morto, e talvez minha mãe também. Será que me mandariam morar com minha avó? Concluí que quem me daria abrigo seria a mãe do meu pai, Madit. Mas a casa dela ficava a dois dia de distância a pé e eu nunca mais veria William K nem Moses. Levantei-me do meio dos sacos de grãos e olhei para o mercado pelo canto da loja. Minha mãe estava em pé entre meu pai e os três homens.

— Por favor, não matem ele — suplicava minha mãe. — Matar ele não vai ajudar vocês.

Ela era uma cabeça mais alta que o homem baixo, mas o homem da arma estava com o fuzil apontado para minha mãe e eu não conseguia respirar. Minha cabeça apitava, apitava, e eu piscava os olhos para mantê-los abertos.

— Vão ter que me matar também — disse ela.

O tom do homem baixo se fez subitamente mais suave. Olhei pela porta e vi que ele havia abaixado a arma. E com isso, sem nenhum tipo de emoção, ele chutou o rosto do meu pai. O som foi seco, como um tapa em uma pele de vaca. Ele tornou a chutar, e dessa vez o barulho foi diferente. Um estalo, igualzinho ao de um graveto se partindo debaixo do joelho.

Nesse instante, algo em mim se rompeu. Eu senti, não poderia estar enganado. Era como se houvesse dentro de mim um punhado de cordinhas esticadas que me mantivessem em pé, que segurassem meu cérebro, meu coração e minhas pernas, e nesse instante uma dessas cordinhas, fina e delicada, tivesse se rompido.

E, nesse dia, a presença rebelde se fixou e Marial Bai tornou-se uma cidade em guerra contra si mesma — disputada pelos rebeldes e pelo governo. As partidas de futebol foram esquecidas. Os rebeldes vinham à noite, atacavam tudo o que conseguissem, e, durante o dia, soldados do Exército do governo patrulhavam a aldeia, principalmente o mercado, com um ar ameaçador. Travavam e destravavam seus fuzis. Desconfiavam de qualquer um que não fosse conhecido; rapazes eram hostilizados em qualquer oportunidade. Quem é você? Está com os rebeldes? A confiança no Exército havia evaporado. Os neutros tiveram de escolher seu campo.

Eu não tinha mais permissão para brincar no mercado. As aulas foram suspensas, sem prazo para recomeçar. Nosso professor fora embora, e supostamente estava treinando com os rebeldes em algum lugar perto de Juba, no sudeste do país. As discussões entre os homens de Marial Bai eram freqüentes e acaloradas, depois da missa, durante o jantar e nas trilhas. Meu pai me dizia para não sair e minha mãe tentava me manter dentro de casa, mas eu fugia, e algumas vezes Moses, William K e eu víamos coisas. Fomos nós quem vimos Kolong Gar fugir.

Estava escuro, era depois do jantar. Tínhamos ido até a árvore de onde podíamos escutar Amath e as irmãs conversarem. O posto de observação era um segredo só meu antes de William K me ver ali certo dia e ameaçar revelar meu esconderijo a menos que eu lhe permitisse subir também. Desde então, nossa espionagem noturna havia se tornado constante, frutífera, até. Se o vento estivesse forte, as folhas de nossa acácia se sacudiam, farfalhavam e abafavam qualquer coisa que pudéssemos ouvir na cabana mais abaixo. A noite em que vimos Kolong Gar era uma noite assim, sem estrelas, com um vento forte. Não conseguíamos ouvir nada que estava sendo dito por Amath e suas irmãs, e estávamos cansados de tentar. Havíamos começado a descer quando Moses, que ocupava o galho mais alto, viu uma coisa.

— Esperem! — sussurrou ele.

William e eu esperamos. Moses apontou para o alojamento, e vimos o que vimos. Luzes, cinco delas, saltitando pelo campo de futebol.

— Soldados — disse Moses.

As lanternas passaram pelo campo devagar e depois se espalharam mais. Duas delas desapareceram dentro da escola e lançaram fachos de luz pela sala. Então a escola tornou a ficar escura e as luzes começaram a correr.

Foi então que Kolong Gar passou correndo bem embaixo da nossa árvore. Ele era um soldado do Exército do governo, mas também era um dinca, de Aweil, e agora estava correndo vestido apenas com um shorts branco — sem sapatos, sem camisa. Com um clarão de músculos e o cintilar do branco dos olhos, ele passou correndo por debaixo de nossas pernas penduradas. Ficamos olhando para suas costas enquanto ele passava pela casa de Amath e ia descendo a trilha principal de Marial Bai em direção ao sul.

Minutos depois, duas das luzes o seguiram. Pararam pouco antes da árvore na qual estávamos trepados, e por fim deram meia-volta e retornaram ao alojamento. A busca estava terminada, pelo menos naquela noite.

Foi assim que Kolong Gar deixou o Exército. Durante semanas, fomos nós os contadores dessa história, que todos acharam fascinante e rara, até histórias semelhantes se tornarem corriqueiras. Onde quer que houvesse homens dincas no Exército do governo, estavam desertando para se juntar aos rebeldes. No início havia doze soldados do governo estacionados em Marial Bai, mas logo se tornaram dez, depois nove. Os que sobraram eram árabes de regiões mais ao norte, e dois soldados fur de Darfur. A opinião pública não incentivava sua permanência ali. Marial Bai estava se tornando depressa decididamente favorável à causa dos rebeldes — que queriam, entre outras coisas, uma melhor representação do sul do Sudão em Cartum —, e os soldados não eram cegos em relação a isso.

Então, um dia, todos sumiram. Marial Bai acordou certa manhã e os soldados encarregados de proteger a aldeia de ataques e manter a paz não estavam mais lá. Seus pertences haviam sumido, seus caminhões e qualquer outro vestígio deles. Deixaram o sul do Sudão e foram para o norte, e com eles foram muitas das famílias mais prósperas de Marial Bai. Homens que trabalhavam para o governo em qualquer cargo — juízes, funcionários de escritório, coletores de impostos — pegaram suas famílias e foram para Cartum. Qualquer família que tivesse condições ia embora para lugares que consideravam seguros, no norte, no leste ou no sul. Marial Bai, assim como a maior parte da região de Bahr al-Ghazal, não era mais segura.

No dia em que as tropas desapareceram, Moses e eu fomos até o alojamento dos soldados e rastejamos debaixo de suas camas, à procura de dinheiro ou suvenires, de qualquer coisa que pudessem ter deixado na pressa. Moses encontrou um canivete quebrado e ficou com ele. Eu encontrei um cinto sem fivela. O lugar ainda recendia a homem, tabaco e suor.

Os poucos comerciantes árabes que continuavam no mercado logo fecharam suas lojas e foram embora. Em uma semana, a mesquita foi fechada, e três dias depois foi incendiada. Não houve inquérito. Sem os soldados, a presença rebelde em Marial Bai aumentou durante algum tempo, e logo os rebeldes tinham um novo nome para si: Exército de Libertação do Povo Sudanês.

Algumas semanas depois, porém, os rebeldes sumiram. Não ficaram em Marial Bai para proteger ou patrulhar a aldeia. Só vinham de passagem para recrutar, para pegar o que quisessem da loja do meu pai. Os rebeldes não estavam lá quando o povo de Marial Bai colheu o que eles haviam semeado.

7.

O telefone de Michael está tocando de novo.

O menino se levanta devagar e dá uma corridinha até a cozinha para atender. Não consigo escutar grande coisa da conversa, mas o ouço dizer: "Você disse dez", seguido por uma série de protestos semelhantes.

O telefonema termina em menos de um minuto, e agora preciso tentar convencer o menino. Talvez ele esteja se sentindo suficientemente à vontade comigo, com minha presença imóvel, a ponto de não temer minha voz. E é óbvio que está chateado com seus cúmplices. Quem sabe podemos fazer uma aliança, pois ainda nutro esperanças de que ele veja que nós dois somos mais parecidos do que ele e as pessoas que o puseram ali.

"Rapaz", digo.

Ele está em pé entre a cozinha e a sala; está tentando decidir se volta ao sofá para dormir ou se torna a ligar a TV. Por um instante, tenho sua atenção. Ele me olha por um momento, em seguida afasta os olhos.

"Não quero assustar você. Sei que não foi idéia sua ficar aqui comigo."

Ele então olha para a lista telefônica, mas parece que, uma vez que ela está apoiada na minha têmpora, ele precisaria se aproximar de mim para recuperá-la. Passa por mim e desaparece corredor adentro, na direção dos quartos. Minha garganta fica seca quando penso que, no final das contas, ele pode muito bem voltar com o dicionário versão integral.

"Rapaz!", digo, projetando minha voz pelo corredor. "Por favor, não jogue nada em cima de mim! Eu fico quieto, se for isso que você quiser."

Agora ele está logo acima de mim e, pela primeira vez, está me encarando nos olhos. Está segurando meu livro de geometria em uma das mãos, e na outra uma toalha. Não tenho certeza de imediato qual dos dois constitui uma ameaça maior. A toalha... será que ele iria me sufocar?

"Quer que eu fique quieto? Eu fico quieto se você parar de jogar coisas em mim."

Ele aquiesce, em seguida levanta o pé e pisa com delicadeza na minha boca, recolocando o adesivo no lugar. Ver aquele menino fechando minha boca com o pé é demais para aceitar.

Ele some do meu campo de visão, mas ainda não terminou. Quando volta, dá início a um projeto de construção dentro da minha sala.

Primeiro, empurra a mesa de centro até junto da estante onde ficava o aparelho de som e vídeo, reduzindo o espaço entre os três objetos: eu, a mesa e as prateleiras. Depois arrasta uma cadeira da cozinha. Posiciona a cadeira perto da minha cabeça. Do sofá, traz uma das três almofadas grandes que ficam na vertical. Apóia a almofada no assento da cadeira. Depois de trazer outra cadeira da cozinha, coloca-a junto dos meus pés, com outra almofada do sofá apoiada em cima. Ele conseguiu me tirar inteiramente do seu campo de vista. A minha visão agora se limita ao teto acima de mim e ao pouco que consigo ver entre os painéis da mesa de centro. Fico deitado, me dou conta de que estou impressionado com essa visão arquitetônica, até ele me surpreender com a manta. A colcha do meu quarto é cuidadosamente estendida por cima das almofadas do sofá para formar uma barraca acima de mim, e isso é demais. Michael, minha paciência com você está quase no fim. Não tenho mais nada a lhe dizer, e gostaria que você tivesse visto o que eu vi. Seja grato, Menino da TV. Tenha respeito. Você já viu o início de uma guerra? Imagine seu bairro, e agora veja mulheres gritando, bebês atirados dentro de poços. Veja seus irmãos explodirem. Quero você lá comigo.

Eu estava sentado com minha mãe, ajudando-a a ferver água. Havia encontrado gravetos e estava atiçando o fogo, e ela estava gostando da minha ajuda. Era pouco usual um menino de qualquer idade ser prestativo como eu era. Existe uma certa intimidade entre mãe e filho, um filho de seis ou sete anos. Nessa idade, um menino ainda pode ser um menino, pode ser fraco e se derreter nos braços da mãe. Para mim, porém, essa é a última vez, pois amanhã não serei mais um menino. Serei outra coisa — um animal desesperado apenas para sobreviver. Sei que não posso voltar atrás, então saboreio esses dias, esses momentos em que posso ser criança, fazer pequenos favores, engatinhar para debaixo da minha mãe e assoprar a fogueira do jantar. Gosto de achar que estava me deliciando com os últimos instantes da infância quando o barulho ecoou.

Parecia o ruído dos aviões que sobrevoavam a aldeia de vez em quando, mas era mais alto, mais dissonante. O barulho parecia estar se dividindo cada vez mais. Chac-chac. Chac-chac. Parei para escutar. Que barulho seria aquele? Chac-chac. Parecia o barulho que faria um caminhão velho, mas estava vindo de cima, estava se espalhando por todo o céu.

Minha mãe ficou sentada, imóvel, à escuta. Fui até a porta da cabana.

— Achak, venha se sentar — disse ela.

Pela porta, vi uma espécie de avião voando baixo sobre a aldeia. Era um tipo de avião fascinante, todo preto e opaco, não refletia luz. Os aviões que eu vira antes pareciam pássaros meio grosseiros, com nariz, asas e peito, mas aquela máquina não se parecia com nada a não ser um gafanhoto. Vi-a sobrevoar a aldeia. O som era volumoso, preto, mais alto que qualquer coisa que eu já houvesse escutado, e as vibrações sacudiam minhas costelas, desconjuntando meu corpo.

— Achak, venha cá!

Ouvi as palavras da minha mãe, embora sua voz parecesse uma lembrança. O que estava acontecendo ali era inteiramente novo. Agora havia cinco ou mais dessas novas máquinas, enormes gafanhotos pretos em todas as direções. Saí da cabana e fui até o centro do complexo de cabanas, fascinado. Vi outros meninos da aldeia olhando para cima como eu, alguns pulando, rindo e apontando para os gafanhotos que emitiam aquele barulho entrecortado.

Mas era estranho. Os adultos estavam fugindo daquelas máquinas, caindo, gritando. Olhei para as pessoas correndo, embora estivesse vidrado demais para me mexer. O barulho das máquinas me manteve imóvel. Senti um cansaço que nunca havia sentido quando vi mães agarrarem seus filhos pequenos e os levar de volta para dentro das cabanas. Vi homens correrem para o meio do mato e se jogarem no chão. Vi um dos gafanhotos sobrevoar o campo de futebol, voando mais baixo que as outras máquinas; vi os vinte rapazes que estavam jogando bola no campo saírem correndo em direção à escola, aos gritos. Então um novo barulho encheu o ar. Era como se a máquina estivesse cortando e dividindo alguma coisa, mas não era isso.

Os homens que corriam em direção à escola começaram a cair. Caíram de frente para mim como se estivessem correndo para a minha casa, para mim. Dez homens em poucos segundos, com os braços estendidos para cima. A máquina que havia atirado neles veio então em minha direção, e fiquei olhando enquanto o gafanhoto preto ia ficando cada vez maior. Dava para ver o giro das armas, dois homens sentados dentro da máquina, usando capacetes e óculos escuros como os do meu pai. Fui incapaz de me mexer enquanto a máquina se aproximava e o som enchia minha cabeça.

— Achak!

Minha mãe pôs as mãos em volta da minha cintura e me puxou com muita força para a escuridão. Quando percebi, estava dentro da cabana com ela. O som rugia acima de nós, batendo, cortando, dividindo-se.

— Seu tonto! Eles vão matar você!

— Quem? Quem são eles?

— O Exército. Os helicópteros. Ai, Achak, estou preocupada. Por favor, reze por nós.

Eu rezei. Deitei debaixo da cama dela e rezei. Minha mãe ficou sentada, rígida, trêmula. As máquinas sobrevoavam a aldeia, afastavam-se e tornavam a voltar, e o som diminuía e tornava a encher minha cabeça.

Fiquei deitado ao lado da minha mãe, perguntando-me o que teria acontecido com meus irmãos, com minha irmã e minhas irmãs de criação, meu pai e meus amigos. Sabia que, quando os helicópteros fossem embora, a vida em nossa aldeia teria mudado de forma irreversível. Mas será que estaria terminada? Os gafanhotos iriam embora? Eu não sabia. Minha mãe não sabia. Saber que a vida iria continuar era o início do fim. Michael, você tem a sensação de que vai acordar amanhã? De que vai comer amanhã? De que o mundo não vai acabar amanhã?

Tudo terminou em uma hora. Os helicópteros se foram. Os homens e mulheres de Marial Bai saíram de suas casas devagar e tornaram a caminhar sob o sol do meio-dia. Cuidaram dos feridos e contaram os mortos.

Trinta pessoas haviam sido mortas. Vinte homens, a maioria aqueles que estavam jogando bola. Oito mulheres e duas crianças, mais novas que eu.

— Fique dentro de casa — disse minha mãe. — Você não precisa ver isso.

Na manhã seguinte, os caminhões do Exército voltaram. Os mesmos caminhões que haviam ido embora semanas antes com os soldados do governo agora voltavam, novamente trazendo soldados. Vieram acompanhados por três tanques e dez Land Rovers que cercaram a aldeia no início da manhã. Quando o dia ficou claro o suficiente para que pudessem agir com eficiência, os soldados saltaram dos caminhões e metodicamente começaram a incendiar a cidade de Marial Bai. Acenderam uma grande fogueira no meio do mercado e dela tiraram toras de madeira em chamas e tochas, atirando-as sobre os telhados da maioria das casas em um raio de um quilômetro e meio. Os poucos homens que resistiram foram fuzilados. Foi efetivamente o fim de qualquer tipo de vida em Marial Bai durante algum tempo. Mais uma vez, os rebeldes para quem isso deveria servir de retaliação não foram encontrados.

8.

Saímos de Marial Bai alguns dias depois disso, Michael. Meu pai e sua loja eram alvos, tanto do governo quanto dos rebeldes, então mudamos o alvo de lugar. Ele fechou a loja de Marial Bai, dividiu a família e preparou-se para se transferir junto com seus interesses profissionais para Aweil, mais ou menos cento e sessenta quilômetros ao norte. Levou consigo duas esposas e sete filhos; fui escolhido para acompanhá-lo, mas minha mãe não. Ela, as outras esposas e seus filhos ficariam em Marial Bai, morando em nossa casa já meio em ruínas. Meu pai nos garantiu que agora eles estariam seguros na aldeia; ele nos reuniu em seu complexo de cabanas certo domingo depois da igreja e explicou o plano. O pior já havia passado, disse. Cartum já tinha mostrado a que viera, os que colaboravam com os rebeldes haviam sido punidos, e agora o mais importante era permanecer neutro e deixar claro que a colaboração com o SPLA não estava acontecendo e nem sequer era possível. Caso meu pai não tivesse uma loja em Marial Bai, não seria capaz de ajudar o SPLA, querendo ou não, e, portanto, nem o governo, nem os rebeldes, nem os *murahaleen* poderiam nos fazer represálias.

Minha mãe ficou furiosa por ser deixada para trás. Mas não disse nada.

— Quero que você se comporte bem com suas madrastas — disse ela.

Eu disse que me comportaria.

— E que escute o que elas disserem. Seja esperto e prestativo.

Eu disse que seria.

Estava acostumado a viajar com meu pai. Nas viagens de negócios para Aweil ou Wau, muitas vezes eu fora escolhido para ir com ele, pois, acima de tudo, estava sendo preparado para administrar as lojas quando ele ficasse velho demais. Agora, meu pai estava transferindo sua operação para Aweil, uma cidade maior que ficava na linha de trem que cortava o país de norte a sul. Aweil ficava no sul do Sudão e a população era majoritariamente dinca, mas a cidade era controlada pelo governo e servia de base para o Exército de Cartum. Meu pai considerava-a um lugar seguro para administrar a loja e para se manter afastado do conflito que se intensificava. Ele ainda acreditava piamente que a rebelião, ou o que quer que fosse aquilo, logo iria se dissipar.

Nosso caminhão chegou à noite, e fui levado, meio dormindo, até uma cama no conjunto de cabanas que meu pai havia providenciado. Acordei no meio da noite com barulhos de homens brigando, garrafas quebradas. Um grito. Uma arma disparando para o céu. Os barulhos da floresta haviam praticamente desaparecido, substituídos pela passagem de grupos de homens, por mulheres cantando juntas na escuridão, pelos gritos das hienas e por milhares de galos.

Pela manhã, fui explorar o mercado enquanto meu pai recebia seus amigos de Aweil. Era a primeira vez que estava sem Moses e William K, e Aweil era grande e muito mais populosa do que Marial Bai. Eu só vira algumas construções de alvenaria em Marial Bai, mas ali havia dezenas delas, e muito mais estruturas com telhado de ferro corrugado do que eu jamais vira antes. Aweil parecia bem mais próspera e urbana do que Marial Bai e, para mim, tinha poucos atrativos. No meu primeiro dia, vi muitas coisas novas, e em sua maioria infelizes, incluindo a segunda pessoa sem mão da minha vida. Era um homem mais velho, que vestia um *dashiki* puído dourado e azul, e eu o segui pelo mercado, vendo seu braço sem mão balançar debaixo da manga. Nunca descobri como ele havia perdido a mão, mas imaginei que por aí haveria mais membros faltando. Aweil era uma cidade do governo.

Vi um macaco trepado nas costas de um homem. Um macaquinho preto, que pulava de um ombro para o outro, guinchando e agarrando os ombros do dono. Vi caminhões, carros, caminhonetes. Mais automóveis em um só lugar do que imaginava ser possível. Em Marial Bai, nos dias de mercado, era possível ver dois caminhões, talvez três. Em Aweil, porém, os carros e caminhões iam e vinham rapidamente, dezenas de cada vez, deixando atrás de si uma nuvem de poeira. Havia soldados por toda parte, e eles eram tensos e desconfiavam de qualquer recém-chegado à cidade, sobretudo dos jovens.

Cada dia trazia um novo ataque, um novo interrogatório. Homens eram levados para o alojamento militar com tanta regularidade que era de esperar que, mais cedo ou mais tarde, todo jovem dinca de Aweil fosse submetido a um interrogatório. Ele seria detido, levaria uma surra com graus variados de intensidade e seria forçado a jurar seu ódio pelo SPLA e a citar aqueles que sabia serem simpatizantes. Seria liberado na mesma tarde, e quem quer que houvesse citado seria por sua vez encontrado e interrogado. Ficar longe dos mercados era uma garantia de não ser importunado, mas, como o SPLA se movia na mata, nas sombras, concluía-se que quem morava fora da cidade era do SPLA ou então estava ajudando os rebeldes e conspirando contra Aweil nas fazendas e florestas.

Embora tenha tomado cuidado e tratado bem os soldados, não demorou muito para meu pai se tornar suspeito de colaboração com os rebeldes.

— Deng Arou.

— Sim.

Havia dois soldados na porta da loja do meu pai.

— Você é Deng Arou de Marial Bai?

— Sou. Vocês sabem que sou.

— Temos que ocupar esta loja.

— Não vão fazer nada disso.

— Feche as portas por hoje. Pode reabrir depois que conversarmos.

— Conversarmos sobre o quê?

— O que está fazendo aqui, Deng Arou? Por que saiu de Marial Bai?

— Eu tenho uma loja aqui há dez anos. Tenho todo o direito...

— Você estava dando mercadorias de graça para o SPLA.

— Deixem-me falar com Bol Dut.

— Bol Dut? Você conhece Bol Dut?

Meu pai havia desequilibrado a balança. Seu melhor amigo, fosse em

Marial Bai ou em qualquer outro lugar, era Bol Dut, homem de rosto comprido e barbicha grisalha, agiota conhecido; ele havia ajudado meu pai a abrir a loja em Aweil. Era também membro do Parlamento nacional. De modo geral, era um dos líderes dincas mais conhecidos em Bahr al-Ghazal, e conseguira passar oito anos no Parlamento sem perder o contato com os dincas da sua região. Não era uma tarefa fácil.

— Bol Dut é um rebelde — disse o soldado.

— Bol Dut? Cuidado com o que diz. Está falando de um parlamentar.

— Um parlamentar que foi ouvido falando no rádio na Etiópia. Ele apóia os rebeldes, e você é amigo dele e é rebelde também.

Vi levarem meu pai para ser interrogado. Ele era mais alto que os meninos-soldados, mas mesmo assim parecia muito magro e feminino andando ao lado deles. Vestia uma camisa comprida cor-de-rosa e calçava suas sandálias surradas, enquanto os soldados usavam seus uniformes de lona grossa e calçavam botas resistentes com saltos pretos e pesados. Nesse dia, tive vergonha do meu pai e senti raiva. Ele não tinha me dito para onde estava indo. Não tinha me dito se seria preso ou morto, ou se voltaria dali a uma hora.

Ele voltou no outro dia de manhã. Vi-o descendo a rua em nossa direção, falando sozinho. Minha meia-irmã Akol correu até ele.

— Onde você estava? — perguntou ela.

Ele passou por ela e entrou na cabana. Reapareceu poucos minutos depois.

— Achak, venha cá!

Corri até ele e juntos andamos até o mercado; ao ser preso, ele havia deixado a loja sem ninguém para vigiá-la. Enquanto caminhávamos, examinei seu rosto e suas mãos, à procura de sinais de ferimentos ou maus-tratos. Verifiquei suas mangas para ver se lhe faltava alguma das mãos.

— É um péssimo momento para ser homem neste país — disse.

Ao chegar, encontramos a loja intacta. Ela era cercada por outras lojas administradas por árabes, e concluímos que eles a haviam vigiado. Mesmo assim, agora parecia impossível permanecer em Aweil.

— Vamos sair de Aweil? — perguntei.

Meu pai se recostou na parede dos fundos e fechou os olhos.

— Acho que vamos sair de Aweil, sim.

* * *

Bol Dut foi jantar na nossa casa. Eu o vi chegar pelo caminho de terra. Seu andar era conhecido, o passo de alguém importante, chutando um pé na frente do outro como se estivesse sacudindo água dos sapatos. Seu peito era largo e cheio, e seu rosto sempre demonstrava ou fingia grande interesse por tudo.

Ele abriu a porta do nosso complexo de cabanas e segurou as mãos do meu pai com as suas.

— Sinto muito pela confusão com os soldados — disse.

Meu pai fez um gesto de que aquilo não tinha importância.

— Normalmente, eu teria feito alguma coisa.

Meu pai sorriu e sacudiu a cabeça.

— Claro que teria.

— Normalmente, eu *poderia* ter feito alguma coisa — acrescentou Bol.

— Eu sei, eu sei.

— Mas agora estou mais encrencado que você, Deng Arou.

Ele estava sendo vigiado, contou. Havia se relacionado com as pessoas erradas. Suas viagens freqüentes para fora de Aweil eram vistas com grande preocupação. Ele havia recusado um convite para ir até Cartum se encontrar com o ministro da Defesa. Suas palavras não eram claras e ele não parava de olhar o mercado, parecendo inteiramente perdido.

— Entre, Bol — disse meu pai, segurando o braço dele.

Os dois homens se abaixaram para entrar na cabana. Engatinhei rapidamente lá para dentro e me deitei, fingindo dormir.

— Achak. Para fora.

Não fiz nenhum barulho. Meu pai deu um suspiro. Deixou-me onde eu estava.

— Bol — disse meu pai. — Volte para Marial Bai conosco. Lá não há soldados. Você estará protegido. Terá amigos. Não é uma cidade do governo.

— Não, não. Preciso fazer *alguma* coisa, eu acho. Mas...

A voz de Bol Dut estava embargada.

— Bol. Por favor.

Bol baixou a cabeça. Meu pai pôs as mãos em seus ombros. Era um gesto de intimidade. Desviei os olhos.

— Não — disse Bol, com a voz mais forte. Ergueu a cabeça. — Tenho que esperar isso passar. Ir embora seria pior. Iria parecer muito mais suspeito. Tenho que ficar ou...

— Então vá para Uganda — suplicou meu pai. — Ou para o Quênia. Por favor.

Os dois homens passaram algum tempo ali sentados. Bol se recostou e acendeu o cachimbo. A fumaça acre encheu a cabana. Ele olhou para a parede como se ali houvesse uma janela e, por essa janela, uma saída para sua situação.

— Tudo bem — disse por fim. — Eu vou. Eu vou.

Meu pai deu um sorriso, depois tocou a mão de Bol.

— Vai para onde?

— Para Marial Bai. Vamos. Vou com você.

Bol Dut parecia decidido. Aquiesceu com firmeza.

— Que bom! — disse meu pai. — Fico muito feliz com isso, Bol. Que bom.

Bol seguiu aquiescendo, como se ainda estivesse convencendo a si próprio. Meu pai ficou sentado ao seu lado em silêncio, sorrindo de forma pouco convincente. Os dois homens ficaram ali sentados, juntos, enquanto os animais iam dominando a noite e as luzes de Aweil lançavam sombras irregulares pela cidade.

Pela manhã, não houve dúvida do que fora feito com Bol Dut e de quem fora o responsável. Um grupo de mulheres o encontrara quando estava indo catar gravetos para o fogo. Meu pai ficou desanimado, depois começou metodicamente a tomar providências para nossa volta a Marial Bai. Ficou decidido que partiríamos no dia seguinte. Arrumaríamos as coisas da casa imediatamente e chamaríamos uma caminhonete.

Eu queria ver Bol Dut, e convenci uma menina de quem ficara amigo a ir comigo.

— Vamos lá ver — falei.

— Eu não quero ver ele — disse a menina.

— Ele não está lá — menti. — Já foi enterrado. Vamos só ver a marca do tanque.

Seguimos as marcas pela estrada de terra e lama até dentro da floresta. A trilha ali era mais funda e desaparecia em determinados trechos onde o tanque havia encontrado vegetação ou raízes.

— Já viu um desses tanques andando? — perguntou ela.

Respondi que sim.

— Eles andam rápido ou devagar?

Eu não me lembrava. Quando pensava no tanque, via os helicópteros.

— Muito rápido — respondi.

— Quero parar — disse ela.

Ela foi a primeira a ver o homem, sentado de pernas cruzadas em uma cadeira no ponto onde as marcas terminavam. Estava sentado imóvel, sozinho, com as mãos nos joelhos, as costas rígidas, como se estivesse de guarda. Perto da cadeira, na lama, havia um cobertor feito de algum tipo de tecido de lã. Tinha a cor cinzenta de um rio ao entardecer e estava colado às marcas deixadas pelo tanque. Eu disse à menina que aquilo não era nada, embora soubesse que era Bol Dut.

Ela me deu as costas e começou a andar de volta para casa.

Bem cedo na manhã seguinte, dia em que a minha família partiu, choveram balas na cerca de ferro corrugado que demarcava nosso conjunto de cabanas. Era um recado para o meu pai.

— O governo quer que vamos embora — disse ele. Jogou nossas últimas malas na caminhonete e depois subiu conosco. — Nisso eu concordo com o governo — disse ele, e passou algum tempo rindo. Minhas madrastas não acharam graça.

Havíamos passado três meses fora. Ao voltar, tudo o que encontramos foi uma série de círculos de terra carbonizada. Não sei se alguma casa ainda estava de pé. Imagino que ainda houvesse algumas, e as famílias que haviam ficado em Marial Bai se amontoavam nelas. As casas do meu pai não existiam mais. Quando partíramos, nosso complexo de cabanas, embora danificado, ainda possuía três choças e uma casa de tijolos. Agora não havia mais nada, só entulho e cinzas. Saltei da caminhonete e fiquei em pé na soleira da casa de tijolos onde meu pai havia dormido. Uma das paredes ainda estava em pé, com a chaminé intacta.

Encontrei minha irmã Amel voltando do poço.

— Os *murahaleen* acabaram de passar pela aldeia — disse ela. — O que você está fazendo aqui?

Seu balde estava vazio. O poço havia sido contaminado. Cabras mortas e um homem semicarbonizado tinham sido atirados lá dentro.

— Aqui não é seguro — disse ela. — Por que vocês saíram de Aweil?

— O pai falou que aqui seria seguro. Mais seguro que em Aweil.

— Aqui não é seguro, Achak. Nada seguro.

— Mas os rebeldes estão aqui. Eles têm armas.

Eu ouvira dizer que a milícia de Manyok Bol, um grupo rebelde sediado em Bahr al-Ghazal, fora vista algumas vezes em Marial Bai.

— Você está vendo os rebeldes? — perguntou ela, levantando a voz. — Me mostre os rebeldes com armas, macaquinho. Lá vem a mãe.

Seu vestido amarelo era um borrão varrendo a paisagem. Antes de eu conseguir dar um soluço, ela já estava junto de mim. Agarrou-me e sufocou-me sem querer, e eu senti o cheiro da sua barriga e deixei que ela lavasse meu rosto com água e com a barra de seu vestido cor de sol. Insistiu comigo e com meu pai que precisávamos sair de Marial, que ali era o menos seguro dos lugares, que o Exército havia escolhido aquela aldeia quase como seu alvo principal entre todas as outras. O recado de Cartum era claro: caso os rebeldes decidissem continuar, suas famílias seriam mortas, suas mulheres estupradas, seus filhos escravizados, seu gado roubado, seus poços envenenados, suas casas saqueadas, a terra arrasada.

Corri até a cabana de William K. Encontrei-o brincando à sombra de sua casa, que havia sido queimada, mas fora isso estava em melhor condição do que qualquer outra cabana da aldeia.

— William!

Ele ergueu o rosto e apertou os olhos.

— Achak! É você?

— Sou eu. Voltei!

Corri até ele e dei-lhe um soco no peito.

— Ouvi dizer que você ia voltar. Você agora é um garoto da cidade grande?

— Sou, sim — falei, e tentei caminhar como um garoto da cidade grande.

— Eu acho que você ainda deve ser burro. Você sabe ler?

Eu não sabia ler, nem William K, e disse isso a ele.

— Eu sei ler. Consigo ler qualquer coisa que encontro — disse ele.

Eu queria sair andando com ele, explorar a aldeia, procurar Moses.

— Não posso — disse ele. — Minha mãe não me deixa sair. Olhe.

William K me mostrou uma linha feita de gravetos dispostos ao comprido em volta do conjunto de cabanas de sua família.

— Não posso passar por esses gravetos sem ela. Mataram meu irmão Joseph.

Eu não sabia nada daquilo. Lembrei-me de Joseph, bem mais velho, dançando no casamento do meu tio. Era um homem muito magro, considerado frágil.

— Quem matou ele?

— Os cavaleiros, os *murahaleen*. Mataram Joseph e mais quatro homens. E o velho, o zarolho do mercado. Mataram porque falava demais. Ele falava árabe e estava xingando os atacantes. Então mataram ele primeiro com uma arma e depois com as facas.

Aquela me parecia uma forma bem estúpida de morrer. Somente um guerreiro muito ruim podia ser morto por um *murahaleen*, por um saqueador *baggara*. Meu pai tinha me dito isso muitas vezes. Segundo ele, os *murahaleen* eram péssimos guerreiros.

— Sinto muito que seu irmão tenha morrido — falei.

— Vai ver que ele não morreu. Não sei. Levaram ele embora. Atiraram nele e depois amarraram ele no cavalo e levaram ele embora. Aqui.

William me levou até uma pequena árvore ao lado do caminho que conduzia à sua casa.

— Foi aqui que atiraram nele. Ele estava bem ali.

Ele apontou a árvore.

— O homem estava montado. Gritou para o Joseph: "Não corra! Não corra ou eu atiro!". Então o Joseph parou ali e se virou para o homem no cavalo. Foi aí que atiraram nele. Bem ali.

Ele apertou o dedo com força em minha garganta.

— Ele caiu e amarraram ele no cavalo. Assim.

99

William K se posicionou no chão.

— Segure meu pé.

Levantei as pernas dele.

— Isso, agora me puxe.

Puxei William K pelo caminho até ele começar a agitar furiosamente as pernas.

— Pare! Isso dói, seu maldito.

Larguei os pés dele sabendo que, no instante em que fizesse isso, William K iria pular do chão e me dar um soco no peito, e foi o que ele fez. Deixei que o fizesse, porque Joseph estava morto e eu não fazia mais idéia do que estava acontecendo.

Minha mãe fez a cama para mim e fiquei rolando de um lado para o outro para me aquecer sob a manta de pele de bezerro.

— Não pense no Joseph — disse ela.

Eu não havia pensado em Joseph desde o jantar, mas naquele momento tornei a pensar nele. Minha garganta estava doendo no ponto onde William K havia pressionado o dedo.

— O que o Joseph fez com eles? Por que atiraram nele?

— Ele não fez nada, Achak.

— Com certeza deve ter feito alguma coisa.

— Ele correu.

— William K disse que ele parou.

Minha mãe deu um suspiro e sentou-se ao meu lado.

— Então não sei, Achak.

— Eles vão vir de novo?

— Acho que não.

— Vão vir aqui? Na nossa parte da cidade?

Eu tinha a frágil esperança de que os *baggara* fossem atacar apenas os arredores de Marial Bai, de que não fossem atacar a casa de um homem importante como meu pai. Mas eles já haviam atacado a casa do meu pai.

Minha mãe começou a desenhar nas minhas costas, triângulos dentro de círculos. Ela sempre fazia isso, até onde minha memória alcançava, para me acalmar na cama quando eu não conseguia dormir. Ia cantarolando baixinho enquanto traçava círculos lentos nas minhas costas. A cada dois círculos, ela desenhava com o indicador um triângulo entre minha cintura e meus ombros.

— Não se preocupe — disse ela. — O SPLA logo vai chegar aqui.

Círculo, círculo, triângulo dentro.

— Com armas?

— Sim. Eles têm armas como os cavaleiros.

Círculo, círculo, triângulo dentro.

— Existem tantos dos nossos quanto dos *baggaras*?

— Existe a mesma quantidade de soldados nossos. Ou mais.

Eu ri e me sentei.

— Nós vamos matar eles! Vamos matar todos eles! Se os dincas tiverem armas, vamos matar todos os *baggaras* como se eles fossem bichos!

Eu queria ver isso acontecer. Queria isso mais do que tudo.

— Não vai ser uma batalha! — disse eu, rindo. — Vai durar só alguns segundos.

— Sim, Achak. Agora durma. Feche os olhos.

Eu queria ver os rebeldes atirarem nos homens que haviam matado Joseph Kol, irmão de William K, que não fizera nada. Fechei os olhos e imaginei os árabes caindo de seus cavalos em explosões de sangue. Se estivesse perto, eu chegaria junto deles e atiraria pedras. Em minha visão eles eram muitos, esses árabes a cavalo, pelo menos uma centena, e estavam todos mortos. Haviam sido baleados pelos rebeldes, e agora William K e eu estávamos esmagando o rosto deles com os pés. Era a glória.

Pela manhã, encontrei Moses. Ele estava morando com a mãe e um tio na cabana semi-incendiada do tio. Moses não sabia ao certo para onde seu pai tinha ido. Esperava que fossem voltar a qualquer momento, embora o tio não parecesse saber onde estavam. Moses achava que seu pai agora era soldado.

— De que exército? Do governo ou dos rebeldes? — perguntei.

Moses não tinha certeza.

Moses e eu fomos passear pela escuridão fria da escola. Estava vazia, com as paredes furadas de buracos de bala. Pusemos o dedo dentro de um dos buracos, de dois, três — eram tantos que desistimos de contar. Moses enfiou os dedos, maiores que os meus, dentro de cinco buracos ao mesmo tempo. A escola estava abandonada. Nada acontecia em lugar nenhum em Marial Bai. O mercado agora tinha apenas algumas lojas; para mercadorias mais importantes, era preciso ir até Aweil. A viagem só podia ser feita por mulheres mais velhas. Qualquer homem que viajasse para o norte na direção de Aweil era detido, preso, eliminado.

A maioria dos homens de Marial Bai havia desaparecido. Os que haviam ficado eram muito velhos ou muito jovens. Todos entre catorze e quarenta anos haviam sumido.

Vimos dois avestruzes se perseguindo, bicando e arranhando. Moses jogou uma pedra e eles pararam, voltando a atenção para nós. Os avestruzes eram conhecidos na aldeia e considerados mansos, mas haviam nos dito que eram capazes de matar um menino bem depressa, podiam arrancar as tripas de alguém do nosso tamanho em segundos. Ficamos encolhidos atrás de uma árvore meio queimada, que tinha o tronco carbonizado.

— Pássaros feios — disse Moses, e então se lembrou de uma coisa. — Você soube que o Joseph levou um tiro?

Eu disse que sim.

— O tiro entrou nele por aqui — disse Moses, e então, como tinha feito William K, enfiou o dedo bem fundo no vão da minha garganta.

9.

Quer saber quando saí daquele lugar para sempre, Michael?

O dia estava ensolarado, o teto do céu bem alto. Meu pai tinha ido até Wau a negócios. Foi apenas uma semana depois de voltarmos para Marial Bai. Eu estava atiçando o fogo de novo quando minha mãe ergueu o rosto. Ela estava fervendo água e novamente eu trouxera gravetos. Vi seus olhos fitarem por cima do meu ombro.

Diga-me, Michael, onde está sua mãe? Você já a viu apavorada? Nenhuma criança deveria ver isso. Quando se vê o rosto da própria mãe desmoronar, com os olhos mortos, é o fim da infância. Quando ela é derrotada pelo simples fato de ver a ameaça se aproximar. Quando não acredita que pode salvá-lo.

— Ai, meu Deus — disse ela. Seus ombros perderam a força. Ela derramou água quente na minha mão. Gritei por alguns instantes, mas então ouvi o ronco.

— O que é isso? — perguntei.

— Venha! — sussurrou ela. Seus olhos correram pelo conjunto de cabanas. — Onde estão suas irmãs?

Eu não tinha visto o que minha mãe vira. Mas havia o barulho. Uma vibração vinda de baixo de nossos pés. Procurei minhas irmãs, mas sabia que elas estavam perto do rio. Meus irmãos estavam no pasto com o gado. Onde quer que estivessem, ou estavam a salvo daquele ronco, ou então já haviam sido tomados por ele.

— Venha! — repetiu ela, e me puxou consigo. Saímos correndo. Eu segurava sua mão, mas estava ficando para trás. Ela diminuiu o passo e me ergueu pelo braço. Continuou a correr, carregando-me aos trancos, e finalmente me acomodou em cima do ombro. Prendi a respiração e torci para ela parar. Foi então, de cima de seus ombros, que vi o que ela vira.

Parecia uma sombra lançada por uma nuvem baixa. A sombra se movia depressa pela paisagem. O ronco vinha dos cavalos. Agora eu os via, homens montados que escureciam tudo à sua volta. Diminuímos o passo e minha mãe falou.

— Onde vocês estão escondidas? — sussurrou ela.

— Venha para a floresta — respondeu uma voz de mulher.

Fui posto no chão.

— Se escondam no mato — disse a mulher. — De lá podemos correr até Palang.

Agachamo-nos no mato junto com a mulher, que era velha e tinha cheiro de carne. Percebi que estávamos perto da casa da minha tia, no caminho para o rio. Estávamos bem escondidos, na sombra e no meio de uma densa vegetação rasteira. De nosso esconderijo, vimos a tormenta tomar conta da aldeia. Tudo virou poeira. Alguns cavalos eram montados por dois homens. Havia outros montados em camelos, arrastando carroças. Ouvi o estalo de tiros atrás de nós. Cavalos varavam o mato de um lado para o outro. Estavam vindo de todos os lados e convergindo para o centro da aldeia. Era assim que os *murahaleen* tomavam uma cidade, Michael. Eles a cercavam, depois esmagavam tudo o que havia dentro.

— Eram só vinte da última vez — disse a mulher.

Agora eram facilmente duzentos, trezentos ou mais.

— É o fim — disse minha mãe. — Eles querem matar todo mundo. Achak, me desculpe... Mas não vamos sobreviver a este dia.

— Não, não — repreendeu a mulher. — Eles querem o gado. O gado e a comida. Depois vão embora. Nós vamos ficar aqui.

Nesse instante, o tiroteio começou. As armas eram como as do Exército do governo, grandes e pretas. O céu se encheu de balas. O ra-tá-tá-tá vinha de todos os cantos da aldeia.

— Ai, Deus. Ai, Deus.

A mulher estava chorando.

— Shh! — disse minha mãe, tentando agarrar a mão da mulher e finalmente a encontrando. Agora mais calma, começou a tranqüilizar a mulher.

— Shhhhh.

Um cavalo com dois homens em cima passou a galope. O segundo homem estava montado de costas, mirando a arma para a esquerda e para a direita.

— *Allah Akhbar!* — rugiu ele.

Uma dúzia de vozes lhe respondeu:

— *Allah Akhbar!*

Um homem acendeu uma tocha e a atirou sobre o telhado do hospital. Outro homem, montado em um grande cavalo preto, preparou algum tipo de pequena arma redonda e a lançou dentro da igreja episcopal. Uma explosão partiu as paredes e destruiu o telhado.

Quando pensei em procurar pela cabana de Amath, vi os cavaleiros a rodeá-la. Quatro cavalos com seis homens montados. Cercaram a cabana por todos os lados e jogaram uma tocha. O telhado foi o primeiro a pegar fogo, e depois ficou preto. O fogo finalmente o dominou e então foi subindo, em seguida desceu. Uma fumaça marrom se erguia no ar. Uma silhueta apareceu, um rapaz com as mãos em gesto de rendição. Armas dispararam de mais longe, e o peito do homem explodiu em vermelho. Ele caiu, e ninguém mais saiu da cabana. Os gritos começaram logo depois.

— Achak.

Minha mãe estava atrás de mim. Sua boca estava bem junto ao meu ouvido.

— Achak. Vire pra cá.

Olhei nos olhos dela. Foi tão difícil, Michael. Ela não tinha esperança. Acreditava que fôssemos todos morrer naquele dia. Seus olhos não tinham luz.

— Eu não vou conseguir te carregar depressa o suficiente. Está entendendo?

Aquiesci.

— Então você vai ter que correr. Tudo bem? Eu sei que você corre rápido.

Aquiesci. Eu acreditava que íamos sobreviver. Que eu fosse conseguir sobreviver.

— Mas, se você correr com a sua mãe, vai ser visto. Concorda? A sua mãe é muito alta e os cavaleiros vão ver, não é?

— É.

— Vamos correr até a casa da sua tia, mas talvez eu peça para você correr sozinho, tudo bem? Talvez seja melhor você correr sozinho.

Concordei, e saímos correndo do mato na direção do rio, na direção da casa da minha tia, para longe do centro da cidade e de onde ficava o gado e qualquer outra coisa que os cavaleiros pudessem querer. Corri atrás da minha mãe, vendo seus pés descalços baterem no chão. Nunca tinha visto minha mãe correr daquele jeito e fiquei preocupado. Ela corria devagar e era alta demais quando corria. Eles iriam vê-la com seu vestido amarelo e seu jeito alto e lento de correr, e eu quis escondê-la depressa.

Ouviu-se um rufar de cascos, e fomos interceptados por um único homem que segurava a arma bem alto e olhava para baixo, para nós, enquanto mantinha o cavalo imóvel.

— Parados, dincas! — vociferou ele em árabe.

Minha mãe ficou rígida. Escondi-me atrás de suas pernas. A arma do homem ainda estava bem alta, apontando para cima. Decidi sair correndo caso ele abaixasse a arma. O cavaleiro gritou na direção de onde viera, apontando para mim e para minha mãe. Outro cavaleiro veio galopando em nossa direção, diminuiu o passo e começou a apear. Mas então algo nos salvou. O pé dele ficou preso e, em seu esforço para soltá-lo, a arma disparou na pata dianteira do cavalo. O animal soltou um uivo enquanto se contorcia e emborcava para a frente. O homem foi lançado para cima como uma boneca, ainda preso na confusão das rédeas e da correia do fuzil. O primeiro cavaleiro desceu da montaria para ajudá-lo e, no mesmo instante em que virou as costas, minha mãe e eu sumimos.

Logo chegamos à casa da minha tia Marayin. Estava tudo silencioso. Os barulhos do ataque eram distantes, abafados. Marayin não estava.

Subimos correndo a escada da cabana onde ela guardava os grãos e fomos nos sentar entre as espigas, enterrando um ao outro, puxando aquela massa para cima de nós mesmos, afundando cada vez mais. Os olhos da minha mãe corriam de um lado para o outro.

— Não sei se isso aqui é o melhor para nós, Achak.

Um grito varou o silêncio. Era inconfundivelmente o grito de Marayin.

— Ai, Deus. Ai, Deus — sussurrou minha mãe.

Ela enterrou o rosto nas mãos. Logo se controlou.

— Está bem. Fique aqui. Vou ver o que está acontecendo com ela. Não vou muito longe. Tudo bem? Se eu não conseguir ver nada, volto na hora. Fique aqui. Não dê nem um pio, certo?

Aquiesci.

— Promete que mal vai respirar?

Aquiesci, já prendendo a respiração.

— Bom menino — disse ela. Segurou meu rosto com a mão e tornou a sair pela porta dos fundos. Ouvi seus pés na escada e senti a cabana balançar quando ela desceu. Depois, nada. Um tiro ecoou, agora perto. Outro grito de Marayin. Depois, silêncio. Enquanto esperava, me enterrei nas espigas e submergi até os ombros. Fiquei escutando, a postos.

Passos se arrastaram pelo complexo de cabanas. Havia alguém muito perto. Mas vinha muito silenciosamente, tomando muito cuidado. Uma esperança cresceu em mim: era minha mãe. Sem fazer barulho, me desenterrei das espigas e andei na direção da entrada, para estar pronto quando ela me estendesse os braços. Espiei pela entrada e pude ver alguns centímetros lá fora. Não vi nenhum movimento, mas continuei ouvindo os passos. Então senti um cheiro. Algo parecido com o cheiro do alojamento, complexo e adocicado. Tornei a me enterrar nas espigas e, Michael, não sei como fiquei tão calado. Como não fiz nenhum som perceptível. Não sei como aquele homem não me ouviu. Foi Deus quem decidiu que os movimentos de Achak Deng não produziriam nem sequer um ruído naquele momento.

Depois que o homem foi embora, Michael, corri até a igreja. Haviam me ensinado que a igreja sempre seria segura. Suas paredes eram resistentes, então corri até elas. Uma vez lá dentro, descobri que era um lugar seguro, pelo menos por hora. Escondi-me debaixo de um buraco na parede de palha, na sombra fresca, sob uma mesa quebrada, e esperei horas ali. Dava para ver a aldeia por um buraco minúsculo, e olhava quando podia suportar.

Na aldeia, os sitiados estavam aprendendo. Os que corriam eram baleados. As mulheres e crianças que ficaram paradas foram reunidas no campo de futebol. Um homem adulto cometeu o erro de se juntar a esse grupo e foi baleado. Os sitiados tornaram a aprender: homens adultos deviam correr, ou lutar e morrer. Os cavaleiros não tinham serventia para homens adultos. Queriam as mulheres, os meninos, as meninas, e eles foram reunidos no campo de futebol e cercados por duas dezenas de cavaleiros. Fora dali, parecia haver alguma ordem no que os cavaleiros faziam. Havia os que pareciam encarregados de incendiar todas as casas, enquanto outros pareciam cavalgar a esmo, atirando e vociferando em árabe, e satisfazendo qualquer desejo ou vontade.

O adulto que havia tentado se juntar ao grupo de mulheres e crianças no campo de futebol agora estava morto. Foi amarrado pelos pés e arrastado por uma parelha de cavalos. Muitos dos *baggara* acharam isso divertido, e então eu consegui imaginar o que haviam feito com Joseph.

Um homem com um tipo diferente de fuzil, mais fino, estreito e com um cano mais comprido, saltou do cavalo e se abaixou sobre um dos joelhos. Mirou o fuzil em um alvo distante e atirou. Satisfeito com o resultado, reposicionou-se e tornou a disparar. Dessa vez, foram precisos quatro tiros antes de ele sorrir.

Um cavaleiro mais alto que os outros, vestido com uma túnica branca, carregava uma espada cujo comprimento era igual à minha altura. Eu o vi perseguir uma mulher que corria na direção da mata e erguer a espada bem alto. Desviei os olhos. Enterrei a cabeça no chão e contei até dez, e, quando tornei a olhar, tudo o que vi foi o vestido dela, azul-claro, esparramado sobre a terra batida.

No campo de futebol, alguns homens estavam reunidos. Dez homens haviam apeado e amarravam um grupo de meninas. No mesmo instante em que me ocorreu procurar Amath, eu a vi. Ela estava em pé, com o semblante tranqüilo, as mãos amarradas nas costas, as pernas presas juntas. A sete

108

metros de onde ela estava, uma moça gritava para os milicianos, um xingamento em árabe que eu conhecia. Usava um vestido de cor alegre, estampado de vermelho e branco. Eu nunca ouvira uma mulher dizer a um homem que ele tinha tido relações sexuais com uma cabra, mas foi isso que a mulher disse em voz bem alta para os atacantes. Então, sem nenhum deleite especial, um dos homens sacou a espada e trespassou-lhe o corpo. Ela caiu, e as partes brancas de seu vestido ficaram vermelhas.

Uma a uma, as meninas que haviam sobrado foram erguidas por dois homens e amarradas em seus cavalos. Jogavam cada menina sobre uma sela, depois usavam cordas para amarrá-las como se estivessem prendendo um tapete ou um feixe de gravetos. Vi-os pegarem as gêmeas que eu conhecia, Ahok e Awach Ugieth, e amarrarem-nas em cavalos diferentes. As meninas choravam e estendiam as mãos uma para a outra e, quando os cavalos andaram, por um instante Ahok e Awach ficaram próximas o suficiente para se darem as mãos, e foi o que fizeram.

Uma hora depois, a movimentação arrefeceu. Os dincas dispostos a lutar já haviam lutado e agora estavam mortos. Os outros estavam sendo amarrados todos juntos para serem levados para o norte. O ataque estava chegando ao fim e, para os *murahaleen*, havia sido um sucesso. Nenhum deles fora ferido. Procurei Moses e William K, mas não vi nenhum dos dois. Podia ver a cabana de Moses, e o que parecia uma pessoa estatelada na porta.

Mas então se ouviu um tiro vindo de uma árvore, e um cavaleiro com a pele mais escura que a dos *murahaleen* caiu para a frente na montaria e deslizou lentamente para baixo, aterrissando de cabeça no chão, com força, com o pé ainda preso ao estribo. Dez cavaleiros logo rodearam a árvore. Ouviu-se uma algaravia de palavras em árabe cuspidas com fúria. Eles apontaram as armas e dispararam duas dúzias de tiros em segundos, e uma pessoa caiu de cima da árvore, aterrissando pesadamente sobre o ombro, morta. Usava o uniforme cor de laranja da milícia de Manyok Bol. Olhei com mais atenção. Era o próprio Manyok Bol. Ele foi o único rebelde a aparecer nesse dia, Michael. Mais tarde, eu ficaria sabendo que ele foi cortado em seis pedaços e jogado dentro do poço do meu pai.

— Levante!

Ouvi uma voz conhecida. Virei-me e vi um menino em pé junto ao corpo perto da cabana de seu tio — era uma mulher no chão, com os punhos cerrados ao lado do corpo.

— Levante!

Era Moses. Ele estava em pé ao lado da mulher, sua mãe. Ela fora queimada dentro da cabana. Havia conseguido sair, mas não estava se mexendo, e Moses estava zangado. Cutucou-a com o pé. Não estava raciocinando direito. Mesmo de longe, eu podia ver que ela estava morta.

— Levante! — gritou ele.

Tive vontade de correr até Moses, de escondê-lo dentro da igreja comigo, mas estava assustado demais para sair do meu esconderijo. Agora havia muitos cavaleiros e, caso eu me arriscasse a sair, com certeza seríamos pegos. Mas ele simplesmente estava ali em pé, pedindo para ser encontrado, e compreendi que ele havia perdido a noção dos perigos à sua volta. Eu tinha de correr até ele e resolvi que faria isso, e sofreria as conseqüências; correríamos juntos. Porém, nesse instante, o vi se virar, e vi o que ele viu: um cavaleiro vindo em sua direção. Um homem estava sentado bem alto no lombo de um animal preto selvagem e cavalgava na direção de Moses, que não parecia maior que um bebê à sombra do cavalo. Moses saiu correndo e virou-se abruptamente em direção às cinzas de sua casa, e o cavaleiro se virou, agora com uma espada erguida bem alto acima da cabeça. Moses correu e se deparou com uma cerca, sem ter para onde fugir. O cavaleiro baixou a espada, e eu virei o rosto. Sentei-me e tentei cavar, no chão debaixo da igreja, um buraco onde pudesse me enfiar. Moses se foi.

À medida que a noite foi caindo, muitos dos atacantes saíram da cidade, alguns levando seus reféns, outros o que quer que houvessem conseguido pegar das casas e do mercado. Mas ainda havia centenas deles na aldeia, comendo e descansando enquanto as últimas casas ardiam. Ninguém do meu povo era visível; todos haviam fugido ou estavam mortos.

Quando a noite se aproximou, planejei minha fuga. Precisava estar bastante escuro para eu conseguir me esconder, e precisava haver barulho suficiente para abafar quaisquer sons que eu pudesse fazer. Quando os animais dominaram a floresta, percebi que não seria ouvido. Vi o Centro Comunitário de Marial Bai cinqüenta metros adiante, e só precisava chegar até lá. Quando cheguei, me joguei no chão, à sombra do telhado, agora solto. Aguardei, prendendo a respiração, até ter certeza de que ninguém havia me visto nem me ouvido. Então desapareci dentro da floresta.

Foi a última vez em que vi essa cidade, Michael. Pulei para dentro da mata e passei uma hora correndo, e finalmente encontrei um tronco oco e entrei lá dentro, de costas, primeiro as pernas. Passei algumas horas ali, escutando, ouvindo a noite dominada pelos animais, as fogueiras distantes, o espocar ocasional de tiros automáticos. Não tinha nenhum plano. Podia continuar correndo, mas não fazia idéia de onde estava ou de para onde iria. Nunca havia passado do rio sem meu pai, e agora estava sozinho e longe de qualquer trilha. Poderia ter continuado, mas nem sequer conseguia decidir qual direção seguir. Parecia possível escolher um caminho e descobrir que ele me levava direto para os *murahaleen*. Mas não era só deles que eu tinha medo agora. A floresta agora não pertencia ao homem; pertencia ao leão, à hiena.

Um estalo forte no mato me fez pular para fora do tronco e sair correndo. Mas eu estava fazendo barulho demais. Correndo pelo mato, parecia implorar ao mundo inteiro que me notasse, que me devorasse. Tentei pisar mais de leve, mas não conseguia ver onde estava pondo os pés. Por toda parte estava um breu, não havia lua nessa noite, e tive de correr com as mãos esticadas na frente do corpo.

Michael, você não viu a escuridão até ter visto a escuridão do sul do Sudão. Não há cidades por perto, nem postes, nem estradas. Nas noites sem lua, você se confunde. Fica vendo formas que não existem na sua frente. Você tenta acreditar que consegue ver, mas não vê nada.

Depois de horas tropeçando pela mata, vi a cor laranja ao longe: uma fogueira. Engatinhei e esgueirei-me naquela direção. Agora eu estava exausto. Todas as partes do meu corpo sangravam e eu havia decidido que, mesmo se aquela fosse uma fogueira dos *baggaras*, eu me deixaria capturar. Seria amarrado e levado para o norte, e não estava mais ligando. A vegetação debaixo de mim foi rareando, e logo eu estava em uma trilha. Ergui-me novamente em forma humana e corri em direção às chamas alaranjadas. Minha garganta arquejava, minhas costelas doíam e meus pés gritavam com a dor dos espinhos e dos meus ossos batendo na terra dura. Eu corria sem fazer barulho, grato pelo silêncio da terra dura sob meus pés, e a fogueira foi se aproximando. Não bebia nada desde a manhã, mas sabia que poderia pedir água quando chegasse à fogueira. Diminuí o passo e comecei a andar, mas mesmo assim minha respiração continuava tão alta que não ouvi o barulho de chicotes, tiras de couro e homens. Estava tão perto que podia sentir o cheiro rançoso dos camelos. Aqueles homens estavam perto da fogueira, mas separados dos que estavam cuidando do fogo.

Agachei-me e ouvi suas vozes, suas palavras em árabe. Caí de joelhos e fui me arrastando pela trilha, esperando encontrar a fogueira antes de as vozes me acharem. Mas logo percebi que as vozes eram de quem estava vigiando o fogo. Estavam tão perto da fogueira que tinha de ser uma fogueira dos *murahaleen*.

— Quem está aí? — perguntou uma voz. Estava tão perto que me sobressaltei.

Houve um movimento quase imediatamente acima de mim e então pude vê-los, dois homens montados em camelos. Os animais eram enormes, escondiam as estrelas. Os homens vestiam branco e, com a ponta sobressaindo nas costas de um dos homens, pude ver a forma dentada de uma arma. Prendi a respiração e me transformei em uma cobra, e recuei para longe da trilha.

— É um menino dinca? — perguntou uma voz.

Fiquei escutando, e os homens ficaram escutando.

— Um menino dinca ou um coelho? — perguntou a mesma voz.

Continuei a rastejar, centímetro por centímetro, tateando atrás de mim com os pés até eles esbarrarem em um monte de gravetos que fez um barulho bem alto.

— Espere! — sibilou um dos homens.

Parei, e os homens ficaram escutando. Fiquei de bruços, imóvel, respirando junto à terra. Os homens também sabiam ficar quietos. Ficaram parados escutando, e seus camelos ficaram escutando também. Foram vários dias e várias noites de silêncio.

— Menino dinca! — sibilou o homem.

Ele agora estava falando dinca.

— Menino dinca, venha cá tomar um pouco d'água.

Prendi a respiração.

— Ou será que é uma *menina* dinca? — disse o outro.

— Venha tomar um pouco d'água — disse o primeiro.

Pareceu que fiquei ali muitos outros dias e noites, sem me mexer. Fiquei deitado olhando para a silhueta dos homens e dos camelos. Um dos camelos fez suas necessidades na trilha, e isso levou os homens a falar de novo, agora em árabe. Então começaram a se mover. Foram descendo a trilha devagar, e eu fiquei parado. Depois de alguns passos, os homens pararam. Esperavam que eu me movesse com eles, mas continuei de bruços, prendi a respiração e enterrei o rosto no chão.

Por fim, os homens foram embora.

Mas a noite não terminava.

Eu sabia que precisava sair da trilha, que agora era uma trilha *baggara*. Corri para longe dela e, a partir daí, as horas da noite se sucederam umas às outras sem formato nem ordem. Meus olhos viam o que viam e meus ouvidos ouviam minha respiração e os sons mais altos que minha respiração. Conforme eu corria, os pensamentos vinham em seqüências rápidas e, entre elas, eu enchia minha cabeça de preces. *Proteja-me, Deus. Proteja-me, Deus dos meus ancestrais.* Ficar quieto. Que luz é aquela? A luz de uma cidade? Não. Pare agora. Não é luz coisa nenhuma. Malditos olhos! Maldita respiração! Quieto. Quieto. *Deus que protege meu povo, recorro a você para me proteger dos* murahaleen. Quieto. Agora sente. Respire com calma. Respire com calma. *Proteja-me Deus, proteja minha família enquanto ela corre.* Preciso de água. Esperar o orvalho da manhã, beber água das folhas. Preciso dormir. *Ó Deus do céu, faça com que eu fique seguro esta noite. Faça com que eu fique escondido, faça com que eu fique quieto.* Corra de novo. Não. Não. Sim, corra. Preciso correr até as pessoas. Preciso correr, encontrar pessoas, depois descansar. Corra agora. *Ó Deus da chuva, faça com que eu encontre água. Não me deixe morrer de sede.* Quieto. Quieto. *Ó Deus da alma, por que está fazendo isso? Eu não fiz nada para merecer isso. Sou só um menino. Sou só um menino. Você faria isso com um cordeiro? Não tem esse direito.* Pular tronco. Ai! Dor. O que foi isso? Pare. Não, não. Corra sempre. Continue correndo.

Aquilo é a lua? O que é aquela luz? Meus ancestrais! *Nguet, Ariath Makuei, Jokluel, me escutem. Arou Aguet, me escute. Jokmathiang, me escute. Escutem e tenham piedade deste menino. Escutem Achak Deng e tirem-no dessa situação.* Aquilo ali é a lua? Onde está a luz?

Minha própria respiração estava alta demais, cada exalação uma grande ventania, uma árvore caindo. Eu tinha consciência das minhas expirações e de como estavam altas enquanto corria e quando me sentei no mato esperando e observando. Prendi a respiração para deter o barulho, mas, quando tornei a abrir a boca, minha respiração estava ainda mais alta. Ela enchia meus ouvidos e o ar à minha volta, e tive certeza de que aquilo seria meu fim. Quando minha respiração se acalmou e pude ouvir outros sons, logo escutei uma voz, uma voz em dinca, cantando uma canção dinca.

Corri até a canção.

Quem cantava era um velho, de voz baixa e áspera. Não diminuí o passo ao chegar perto dele e emergi da floresta como um animal, quase o derrubando.

Ele deu um grito. Eu dei um grito. Ele viu que eu era um menino e segurou o coração.

— Ai, como você me assustou!

O homem agora estava arfando. Pedi desculpas.

— O barulho no mato parecia o de uma hiena. Ai, menino!

— Sinto muito, pai — falei.

— Eu sou um velho. Não posso com essas coisas.

— Sinto muito — repeti. — Sinto muito mesmo.

— Se um animal saísse daquele mato, ele só precisaria respirar em mim para me mandar para o outro mundo. Ai, meu filho!

Eu disse a ele onde estivera e o que tinha visto. O homem me disse que me levaria para casa para me manter seguro até o dia raiar, quando então decidiria a coisa mais sensata a fazer.

Caminhamos, e conforme fomos andando esperei que me oferecessem comida e água. Precisava de ambos, não havia ingerido nenhum dos dois desde a manhã, mas fora ensinado a jamais implorar por nada. Então esperei, imaginando que, como era noite e eu era um menino sozinho, o velho fosse me oferecer uma refeição. Mas o homem apenas seguiu cantando baixinho e andando devagar pela trilha. Por fim, ele falou.

— Já faz algum tempo que o povo-leão não vem aqui. Eu era muito jovem da última vez que vi isso. Eles estavam a cavalo?

Aquiesci.

— Sim. São árabes que se rebaixaram ao nível dos animais. São como o leão, com seu apetite por carne crua. Não são humanos. Essas criaturas-leão amam a guerra e o sangue. Escravizam pessoas, o que vai contra as leis de Deus. Foram transformadas em animais.

O homem caminhou em silêncio por algum tempo.

— Acho que Deus está nos mandando um recado por esses homens-leão. É óbvio. Estamos sendo punidos por Deus. Agora só precisamos descobrir por que Deus está zangado. Esse é o enigma.

Eu não sabia para onde o velho estava me levando, mas, depois de algum tempo, vi uma pequena fogueira ao longe. Chegamos à fogueira e fomos recebidos com gentileza pelas pessoas ali. Elas conheciam o velho, e me perguntaram de onde eu vinha e o que tinha visto. Contei-lhes, e elas me disseram que também haviam fugido. Deram-me água, e vi seus rostos dincas vermelhos à luz da fogueira e pensei que aquela noite fosse o fim do mundo, e que a manhã nunca mais fosse chegar. Os rostos vermelhos à luz da fogueira eram espíritos e eu estava morto, todos estavam mortos, e a noite era eterna. Eu estava cansado demais para ter certeza ou para me importar com isso. Adormeci entre eles, em meio a seu calor e seus murmúrios.

Acordei com a luz púrpura da aurora entre quatro homens, todos idosos menos um, e duas mulheres, uma delas amamentando um bebê. A fogueira estava fria e me senti sozinho.

— Você acordou — disse um dos homens. — Que bom. Logo precisamos sair daqui. Eu sou Jok.

Jok era só pele, osso e uma túnica azul puída. Estava sentado com os joelhos junto às orelhas, as mãos pousadas imóveis sobre os joelhos. Uma das mulheres me perguntou de onde eu vinha. Falou bem junto ao rosto do bebê que mamava. Eu lhe disse que vinha de Marial Bai.

— Marial Bai! Você está longe de lá. Quem é seu pai?

Disse a ela que meu pai era Deng Nyibek Arou. Com isso, Jok se interessou.

— Ele é o seu pai, o comerciante? — perguntou.

Eu disse que sim.

— E que filho você é? — perguntou ele.

Disse meu nome todo, Achak Nyibek Arou Deng. Terceiro filho da primeira mulher de meu pai.

— Sinto muito, Achak Deng — disse ele. — Alguém da sua família morreu. Um homem.

Jok e as duas mulheres disseram que tinham ouvido algo sobre a família do comerciante chamado Deng Nyibek Arou.

— Ou foi seu pai, ou então seu tio — disse um homem mais novo, de óculos. — Um deles morreu.

— Acho que foi o seu pai — disse a mulher que amamentava, ainda sem erguer os olhos do bebê. — Foi o rico.

— Não — disse o rapaz. — Tenho quase certeza de que foi o irmão.

— Você logo vai descobrir — disse a mãe. — Quando voltar para casa. Ah, não chore. Desculpe.

Ela estendeu o braço por cima das cinzas da fogueira da noite anterior para me tocar, mas estava distante demais. Decidi que não acreditava nela, que ela não sabia nada sobre o meu pai. Limpei o nariz nas costas da mão e perguntei a eles se conheciam o caminho de volta para Marial Bai.

— É meio dia de caminhada naquela direção — disse Jok. — Mas você não pode voltar. Os cavaleiros ainda estão lá. Eles estão por toda parte. Fique conosco, ou então vá com Dut Majok. Ele vai chegar mais perto para ver o que está acontecendo.

Fiquei sabendo então que o nome do rapaz de óculos era Dut Majok. Reconheci-o como o professor de Marial Bai, o professor dos meninos mais velhos, marido da mulher com quem eu havia falado no rio. Ele próprio quase não passava de um menino.

Quando o dia raiou, decidi ir com Dut Majok. Saímos depois de comer alguns amendoins e quiabo. Dut não tinha mais de vinte anos, ou algo assim, era mais baixo que a média e tinha uma barriguinha. Seu rosto era pequeno, e sua cabeça muito próxima dos ombros. Ele ia pegando folhas das árvores por que passávamos, rasgando-as em pedacinhos e jogando-as no mato. Tinha um ar de professor, e não só por causa dos óculos. Parecia mais interessado em tudo — em mim, na minha família, nas pegadas que às vezes encontrávamos pelo caminho — que qualquer outra pessoa de que eu conseguisse me lembrar.

— Você estava no campo com o gado? — perguntou.

— Não.

— Jovem demais, imagino. Onde você estava quando eles chegaram?

— Em casa. Na minha casa.

— Seu pai era um homem esperto. Eu gostava dele. Engraçado, astuto. Sinto muito mesmo por sua perda. Você teve notícias da sua mãe?

Sacudi a cabeça.

— Bom. A cidade desta vez foi completamente incendiada. Muitas mulheres foram queimadas dentro de casa. Os *murahaleen* agora fazem isso. É novo. As casas da sua área, onde moravam as pessoas mais ricas, as grandes... os cavaleiros gostavam de queimar essas casas. A sua provavelmente foi queimada da última vez, não foi? Ela saiu correndo?

— Saiu — falei.

— Talvez esteja bem. Aposto que está. Ela corre depressa?

Não falei nada.

— Bom. Venha comigo, filho. Vamos ver o que conseguimos ver.

O sol foi subindo enquanto caminhávamos, e já estava alto e pequenino quando Dut trepou em uma árvore e me levantou. Dali, podíamos ver a clareira de Marial Bai ao longe. Tudo em volta era pó.

— Muito bem. Eles ainda estão lá — disse ele. — Aqueles são os cavalos deles, e algumas das cabeças de gado que roubaram. Onde você vir poeira, Achak, são os *murahaleen*. Temos que esperar um tempo antes de voltar para a cidade. Podemos vir amanhã de novo ver como estão as coisas. Venha.

Segui Dut árvore abaixo e de volta na direção da fogueira onde havíamos dormido. Caminhamos durante uma hora antes de Dut parar, olhar intrigado em todas as direções e em seguida se virar completamente. Durante a tarde, ele parou muitas vezes e pareceu fazer cálculos na cabeça e com as mãos. A cada vez, depois desses cálculos, fazia cara de decidido e recomeçava a andar, confiante de seu novo rumo, comigo a segui-lo. Então, depois de algum tempo caminhando na luz já cada vez mais baixa, o processo recomeçava. Ele parava, olhava para o sol, olhava em volta, fazia seus cálculos nas mãos e partia em uma nova direção.

Quando chegamos novamente ao acampamento, o sol já havia se posto.

— Onde vocês dois estavam? — perguntou a mãe do bebê de peito.

— Vocês saíram de manhã! — riu Jok.

Dut ignorou os comentários.

— Os *baggaras* ainda estão lá — disse. — Vamos amanhã de novo ver como estão as coisas.

— Vocês se perderam — disse a mulher. — Você é um homem instruído, mas não tem senso de direção!

Zangado, ele fez um gesto de desdém.

— Onde está a comida, Maria? Quanto tempo temos que esperar? Traga-nos comida e água. Passamos o dia inteiro andando.

Nessa noite, dormi com esses homens e com as mulheres debaixo de um abrigo que eles haviam construído. De madrugada, escutei os barulhos que ouvia do lado de fora da casa da minha madrasta quando meu pai passava as noites lá. Mantive os olhos fechados e o corpo junto à fogueira. Dali a poucos instante, pareceu-me, fui acordado, e já havia uma luz débil no céu. Meus olhos se abriram e viram o rosto de um dos idosos do grupo. Ele não havia falado antes.

— Temos que levantar agora, menino. Como você se chama mesmo? Você é filho do falecido Deng Nyibek Arou, abençoada seja sua alma.

A voz desse homem era leve como uma pluma, e tremia.

— Achak — respondi.

— Desculpe, Achak. Vou me lembrar. Agora nós temos um plano. Você vai vir conosco. Vamos nos juntar a outro grupo que dormiu aqui perto esta noite. Venha ver.

— Onde está Dut?

— Saiu andando. Ele faz isso. Venha.

O homem trêmulo me levou até uma clareira onde um grupo de umas cem outras pessoas havia se reunido, mulheres, crianças e homens mais velhos, em pé em meio a uma variedade de animais: cabras, galinhas, mais de quarenta cabeças de gado.

— Nós vamos para Cartum — disse ele.

Eu era muito jovem, Michael, mas mesmo assim sabia que essa idéia era uma loucura.

— Dut vem também? — perguntei.

— Dut foi embora. Ele não iria gostar dessa idéia, mas não consegue nem achar o caminho para sair da sua própria cabana. Você vai estar mais seguro conosco.

— Em Cartum?

Lembrei do homem sem mão.

— Estaremos seguros lá — disse a mulher que amamentava. — Venha conosco. Você pode ser meu filho.

Eu não queria ser filho dela.

— Mas por que Cartum? — perguntei. — Por que os árabes? Como?

— Outras pessoas já foram para Cartum — disse o velho, com sua voz leve como uma pluma. — É um caminho conhecido. Lá estaremos protegidos dos *murahaleen*. Vão nos dar comida nos campos. Lá eles têm lugares seguros para gente como nós, gente que não está interessada no combate. Vamos ficar lá até isso tudo terminar.

Não tive escolha senão sair andando com eles. Estava preocupado com o plano, mas minhas pernas doíam por causa da corrida da noite anterior, e eu estava satisfeito por ter tanta gente ao meu redor e por não estar sozinho. O cheiro bolorento do gado me aquecia, e eu descansava a mão sobre o flanco dos animais enquanto caminhávamos. Viajamos até o meio-dia, sussurrando quando precisávamos, tentando nos esgueirar em silêncio para fora daquela região junto com o gado. Jok, líder desse grupo, acreditava que, quando atravessássemos o rio e rumássemos para o norte, estaríamos seguros. Era uma estratégia muito estranha.

Logo encontramos um homem com o uniforme cor de laranja da milícia de Manyok Bol. Ele pareceu incrédulo ao nos ver.

— Quem são vocês? Para onde estão indo?

— Para Cartum — disse o velho.

Então o homem de laranja postou-se em nossa frente, impedindo a passagem.

— Estão loucos? Como é que vão chegar até Cartum com quarenta cabeças de gado? Quem foi que inventou esse plano? Vocês todos serão mortos. Os *murahaleen* não estão muito longe daqui. Vocês vão dar bem de cara com eles.

O velho balançou a cabeça devagar.

— Quem deveria estar preocupado é você — disse ele. — É você quem está armado. Nós estamos desarmados. Eles não vão nos machucar. Não somos seus aliados.

— Deus os ajude — disse o homem de laranja.

— Confio que irá ajudar — disse o velho.

Resmungando consigo mesmo, o homem de laranja se afastou na direção de onde viéramos. Nosso grupo continuou por esse caminho por alguns instantes, até a voz do soldado nos alcançar vinda de bem mais adiante no caminho:

— Vocês vão vê-los daqui a cem metros. Vão morrer a cem metros de onde estão agora.

Ao ouvir isso, o grupo com o gado estacou e os mais velhos começaram a discutir. Alguns achavam que não seríamos incomodados se passássemos em paz, que o único motivo pelo qual havia problemas em Marial Bai era a aliança da cidade com o SPLA. Caso nosso grupo denunciasse os rebeldes e afirmasse sua intenção de ir a pé até Cartum, eles nos deixariam passar. Outra facção achava que isso não fazia sentido, que os *murahaleen* não tinham lealdade para com o governo nem se opunham ao SPLA — tudo o que queriam era o gado e as crianças. O grupo permaneceu assim por algum tempo, no meio da trilha, com os mais velhos discutindo e o gado pastando, quando finalmente o debate foi concluído pelo rufar de cascos e por uma nuvem de poeira avançando para cima de nós.

Os *murahaleen* chegaram em segundos.

O grupo saiu correndo em todas as direções. Segui o homem que parecia mais rápido quando ele mergulhou no mato e rastejou para debaixo de um arbusto denso, acomodando-se atrás de uma cobertura de palha e gravetos. O homem ao meu lado era mais velho que o meu pai, muito magro, com as veias dos braços saltadas como cordas. Usava um chapelão macio que lhe cobria os olhos.

— Exército — disse o homem do chapéu, meneando a cabeça para os homens montados. Havia sete deles, quatro vestindo roupas *baggaras* tradicionais, três com o uniforme do Exército sudanês. — Não estou entendendo — disse ele.

Uma grande parte de nosso grupo havia ficado, não saíra correndo do caminho. Estavam agora sendo vigiados por dois dos soldados de uniforme. O grupo ficou parado, sem dizer nada. Longos instantes se passaram sem que aparentemente nada fosse acontecer. Ou talvez todos os envolvidos estivessem esperando que algo acontecesse. E aconteceu. De repente, um dos velhos saiu correndo na direção da floresta, desajeitado e muito devagar. Dois soldados saltaram dos cavalos e saíram correndo atrás dele, rindo. Em seguida houve tiros e os homens voltaram sem o velho.

Um dos soldados do governo se virou e pareceu estar olhando para mim e para o homem do chapéu. Novamente minha respiração estava muito alta, meus olhos demasiado grandes. Ambos abaixamos a cabeça.

— Eles estão nos vendo. Vamos — sussurrei.

Sem aviso, o homem do chapéu se pôs de pé, com os braços erguidos em um gesto de rendição.

— Venha aqui, *abeed*! — disse o soldado, usando a palavra árabe que significa escravo. O homem do chapéu caminhou na sua direção. Fiquei olhando para as costas do homem e vi as crianças, as mulheres e o gado reunidos no meio dos cavalos. Pensei em Amath e no modo como ela havia ficado parada, aceitando seu destino, e logo fiquei zangado. Eu não deveria ter me mexido nesse momento, mas minha raiva me dominou. *Vocês que se danem*, pensei, e saí correndo. Virei-me e saí correndo enquanto eles gritavam para mim:

— *Abeed! Abeed!*

Vocês que se danem, pensei enquanto corria. *Eu amaldiçoo vocês com o poder de Deus e da minha família.* Esperava levar um tiro a qualquer instante, mas continuei correndo. *Vocês que se danem, homens. Que se danem to-*

dos vocês. Eu iria morrer amaldiçoando-os e Deus entenderia, e até o final dos tempos aqueles homens ouviriam minha praga.

Atiraram em mim duas vezes, mas escapei e continuei correndo pela vegetação baixa. Eles não saíram atrás de mim. Fui correndo em meio à luz rosada da tarde que ia caindo e se transformava em noite. Fui correndo pelos arbustos, à procura do meu povo ou de algum caminho percorrido muitas vezes, mas sem encontrar nada, e quando a escuridão chegou perdi as esperanças de encontrar alguma estrada ou trilha.

Mas então, por fim, encontrei um caminho. Quando o encontrei, me sentei atrás de uma árvore próxima, para descansar, e fiquei olhando para ela, tentando escutar vozes, esperando ter certeza de que estava livre. Depois de algum tempo, ouvi a respiração ofegante de um homem. Até mesmo pela respiração pude perceber que era um homem grande, e que estava sentindo dor. Da árvore onde estava, eu o vi, um dinca alto que aparentemente caminhava com o passo decidido. Suas costas eram retas e ele parecia jovem. Usava um shorts branco e nada mais. Pensei que seria salvo por esse homem.

— Tio! — falei, correndo para ele. — Com licença!

Ele se virou para mim, mas seu rosto havia sido arrancado do crânio. Sua pele havia derretido. Estava úmida e rosada, e a parte branca de seus olhos saltava sem piscar. Ele havia perdido as pálpebras que os cobriam.

Aproximou o rosto do meu, com a pele esfolada toda entrecortada de veias.

— O quê? O que foi? Não encare meu rosto.

Virei-me para sair correndo, mas o homem segurou meu braço.

— Venha comigo, menino. Segure isso.

Ele me deu sua sacola. Pesava tanto quanto eu. Tentei segurá-la, mas a deixei cair no chão. O homem me deu um tapão na orelha com as costas da mão.

— Carregue, menino!

— Não consigo. Não quero — falei.

Disse-lhe que só queria voltar para Marial Bai.

— Para quê? Para ser morto? Onde você acha que consegui isso aqui? Onde acha que perdi meu rosto, menino estúpido?

Então reconheci o homem. Era o soldado, Kolong Gar, o que havia desertado do Exército antes do primeiro ataque. Da árvore de Amath, nós o víramos correndo lá embaixo, seguido pelas lanternas.

— Eu vi você — falei.

— Você não viu nada.

— Vi quando você fugiu. Estávamos na árvore.

Ele não estava interessado nisso.

— Quero que você olhe bem para o meu rosto, menino. Preciso que faça isso. Está vendo este rosto? Era o rosto de um homem que confiou. Está vendo o que acontece com um homem que confia? Diga-me o que acontece!

— Levam embora o rosto dele.

— Muito bem! Isso! Levaram meu rosto embora. É uma boa forma de dizer isso. É o que eu mereço. Eu disse que era amigo dos árabes, e eles me lembraram que não somos amigos, nem nunca vamos ser. Eu servi no Exército com os árabes, mas, quando os rebeldes se insurgiram, os árabes passaram a não me reconhecer mais. Estavam planejando me levar de volta para o norte para me matar. Isso eu sei. E, quando saí do Exército, eles me perseguiram, me encontraram e jogaram meu rosto na fogueira. Este rosto é uma lição para todos os dincas que acham que podemos viver com essa gente...

Larguei a sacola e voltei a correr. Sabia que não era educado sair correndo do homem sem rosto, mas finalmente pensei: *Que se dane tudo isso.* Eu nunca havia praguejado em voz alta nem em silêncio, mas nessa hora o fiz, repetidas vezes. Fui correndo enquanto ele gritava para mim e me amaldiçoava, e ao correr eu também o amaldiçoava e a tudo o mais em que conseguisse pensar. *Que se dane o homem sem rosto, e que se danem os* murahaleen, *e que se dane o governo, e que se dane a terra, e que se danem os dincas com suas lanças inúteis.* Corri pelo mato e através de um bosque de árvores, e em seguida atravessei um leito de rio, e no bosque de árvores seguinte encontrei uma acácia grande como aquela em que costumava trepar com William K e Moses, e em suas raízes encontrei um buraco, e para dentro desse buraco rastejei e fiquei ali, ouvindo minha própria respiração. Agora eu era especialista em encontrar buracos para dormir. *Que se dane a sujeira, e que se danem os vermes, e que se danem os besouros, e que se danem os mosquitos.* Eu não havia me virado enquanto corria, e só quando já estava dentro da árvore foi que tive certeza de que não havia ninguém atrás de mim. Espiei para fora do buraco escuro e não vi nem ouvi nada, e logo as asas negras da noite vieram batendo lá de cima e me vi no escuro, dentro da árvore, com meus olhos e minha respiração. À noite, os barulhos dos animais enchiam o ar, e tapei os ouvidos com pedrinhas para não escutar. *Que se dane você, floresta, e que se danem vocês, animais, cada um de vocês.*

Acordei de manhã, sacudi a cabeça para me livrar das pedrinhas, me levantei e saí andando e correndo, e, quando ouvia algum barulho ou via alguma silhueta ao longe, eu rastejava. Durante mais uma semana, corri, rastejei e caminhei. Encontrei pessoas da minha tribo e perguntei-lhes o caminho para Marial Bai; algumas vezes elas sabiam, e muitas vezes não sabiam nada. *Que se danem vocês, seus inúteis sem senso de direção.* Algumas das pessoas que encontrei eram daquela região, e outras tinham vindo do norte, algumas do sul. Todas estavam em movimento. Quando encontrava alguma aldeia ou povoado, eu parava e pedia água, e as pessoas me diziam: "Você está seguro aqui, menino, está seguro agora", e eu dormia lá e sabia que não estava seguro. Os cavalos, as armas e os helicópteros sempre chegavam. Eu não conseguia sair de dentro desse anel, desse círculo que estava nos esmagando, e ninguém sabia quando o fim iria chegar. Visitei uma velha, a mulher mais velha que jamais encontrei. E ela estava sentada cozinhando com a neta, que tinha a mesma idade que eu, e a velha disse que aquilo era o fim, que o fim estava chegando e que eu deveria simplesmente ficar quieto, com elas, e esperar. Aquilo seria o fim dos dincas, disse ela com uma voz rouca e muito frágil, mas, se fosse esse o desejo dos deuses e da Terra, disse, que assim fosse. Aquiesci para a avó e dormi em seus braços, mas depois fui embora de manhã e continuei a correr. Passei correndo por aldeias que haviam existido e não existiam mais, passei correndo por ônibus inteiramente queimados, com mãos e rostos colados aos vidros. *Que se danem todos vocês. Que se danem os vivos, que se danem os mortos.*

À primeira luz da aurora, passei correndo por uma pista de pouso onde vi um avião branco pequeno e uma família, e um homem que agia como seu representante. Ele usava uma roupa estranha que mais tarde eu ficaria sabendo que era um terno, e carregava uma maleta preta. Poucos metros atrás dele estava a família — um homem, uma mulher e uma menina de cinco anos, todos vestidos com roupas de qualidade, a mulher e a menina sentadas em cima de uma mala maior. O homem de terno, o representante, conversava animadamente com o piloto do avião, e dava para ver que era um homem bastante pequeno e com a pele bem mais clara do que a nossa.

— São pessoas importantes! — dizia o representante.

O piloto não parecia impressionado.

— Esse homem é um parlamentar! — disse o representante.

O piloto entrou na cabine.

— Você tem que levá-los! — implorou o representante.

Mas o piloto não os levou. Levantou vôo e partiu na direção contrária ao sol, e a família e seu representante foram deixados na pista. Ninguém era importante o suficiente para sair da guerra de avião, não naqueles dias.

Continuei a correr.

10.

Michael está acordado e andando pelo apartamento. Ele acha que me neutralizou e agora se sente à vontade para vasculhar a casa. Passa por mim a caminho do banheiro e, depois de terminar o que foi fazer ali, ouço o rangido da porta do quarto de Achor Achor. Não sei o que Michael poderia estar procurando, mas não há muita coisa para se ver no quarto onde Achor Achor dorme. Ele decorou as paredes com dois quadros: um pôster de Jesus Cristo que ganhou de presente na aula de estudos bíblicos e um retrato grande, mas muito granulado, da irmã, que mora no Cairo e é faxineira de restaurantes.

Então Michael segue pelo corredor até meu quarto. Minha porta não faz barulho, apenas um leve roçar quando desliza por cima do carpete. Ouço o barulho do meu armário se abrindo e, logo depois, das persianas sendo abertas. Sei que ele pegou os dois livros na minha cabeceira — *Uma vida com propósitos*, de Rick Warren, e *Em busca do coração de Deus*, de madre Teresa e do irmão Roger — porque os ouço cair no chão, um depois do outro. Escuto as molas da cama rangerem e depois silenciarem. Ele abre as gavetas da minha cômoda e depois as fecha.

Michael é um menino curioso e sua busca o faz parecer mais humano para mim. Meu afeto por ele torna a aumentar, e o perdão entra novamente em meu coração.

"Michael!", exclamo.

Eu não havia esperado dizer seu nome, mas é tarde demais. Agora preciso dizê-lo de novo e decidir por que o estou dizendo.

"Michael, tenho uma proposta para você."

Ele ainda está no meu quarto. Não ouço nenhum som ou movimento.

"Michael, vai ser uma proposta interessante. Garanto a você."

Ele não diz nada. Não sai do meu quarto.

Ouço o barulho da gaveta da minha mesa-de-cabeceira sendo aberta. Meu estômago se contrai quando percebo que ele vai ver as fotos de Tabitha. Ele não tem o direito de ver essas fotos. Como vou esquecer que esse menino perturbado manuseou essas fotos? As fotos são importantes demais para mim e acabam perturbando meu equilíbrio. Sei que olho para elas com bastante freqüência; sei que pareço estar punindo a mim mesmo. Achor Achor já me repreendeu por isso. Mas elas me dão conforto; elas não me causam dor.

São mais ou menos umas dez fotos, a maioria tirada com a câmera que os companheiros de Michael roubaram. Em uma delas, Tabitha está com os irmãos, os quatro juntos segurando um peixe gigante em um mercado de Seattle. Ela está no meio deles, e está muito claro quanto todos a adoram. Em outra, está com a melhor amiga, outra refugiada sudanesa chamada Veronica, e com o bebê de Veronica, Matthew. Na frente do bebê — nascido nos Estados Unidos — está uma gororoba marrom e redonda, a primeira tentativa de Tabitha de fazer um bolo de aniversário ao estilo americano. O rosto do bebê está coberto de chocolate, e Tabitha e Veronica estão sorrindo, cada qual beliscando uma das bochechas de Matthew. Elas ainda não sabem que o açúcar da comilança de Matthew vai fazê-lo passar as vinte e duas horas seguintes acordado. A melhor foto é a que ela achou que eu houvesse destruído, por insistência dela. Ela está no meu quarto, de óculos, e isso torna a foto rara, única. Quando a tirei certa noite, antes de irmos dormir, ela ficou lívida e não falou comigo até a metade do dia seguinte. "Jogue isso fora!", gritou, e depois se corrigiu: "Queime isso!". Fiz o que ela mandou, na pia, mas, alguns dias mais tarde, depois de ela voltar para Seattle, imprimi outra cópia da minha câmera digital. Muito poucas pessoas sabiam que Tabitha usava lentes de contato e quase ninguém a vira de óculos, uns óculos imensos, desgraciosos, com as lentes grossas feito um pára-brisa. Ela os mantinha por perto quando dormia, caso precisasse ir ao banheiro. Mas eu adorava quando ela os usava e queria que os usasse com mais freqüência. Com aqueles óculos enormes, ela ficava menos glamorosa, e, quando os punha, parecia mais plausível que fosse de fato minha.

Conhecemo-nos em Kakuma, em uma aula de gestão doméstica. Ela era três anos mais nova que eu e muito inteligente, motivo pelo qual havíamos sido postos na mesma turma. A aula era obrigatória no campo tanto para moças quanto para rapazes e isso causava grande desgosto aos anciãos sudaneses. Homens tendo aula de culinária? Isso lhes parecia absurdo. Mas a maioria de nós não se importava. Eu gostava bastante da aula, muito embora não levasse nenhum jeito para cozinha nem para nenhuma das outras tarefas que ela abordava. Tabitha, por sua vez, não demonstrava nenhum interesse pelos assuntos domésticos, nem sequer por ser aprovada. Raramente assistia àquela aula e desdenhava bem alto sempre que a professora, uma sudanesa chamada sra. Espátula, tentava nos convencer de como as aulas de gestão doméstica nos seriam úteis na vida. A sra. Espátula não gostava das zombarias de Tabitha nem de seus suspiros de desdém, tampouco daqueles dias em que Tabitha passava as aulas lendo seus romances enquanto a sra. Espátula demonstrava como cozinhar um ovo. A sra. Espátula não gostava nadinha de Tabitha Duany Aker.

Mas os meninos e os rapazes gostavam. Era impossível não gostar.

Havia outras meninas nas aulas em Kakuma, mais que em Pinyudo, mas ainda assim elas eram minoria, no máximo dez por cento. E não duravam muito. Todos os anos, algumas eram tiradas da escola para trabalhar em casa e se preparar para o casamento. Aos catorze anos, toda menina que não tivesse alguma deformidade já estava comprometida — e era mandada de volta para o sul do Sudão para se tornar a mulher de algum oficial do SPLA capaz de pagar o preço exigido. E, em muitos casos, elas iam felizes, pois a vida em Kakuma não era boa para uma menina. Elas trabalhavam até a exaustão, eram estupradas se saíssem do campo para catar lenha. Em Kakuma elas não tinham poder, não tinham futuro.

Mas ninguém disse isso a Tabitha. Ou então disse, e ela nem sequer se abalou.

Ela morava com três irmãos e a mãe, uma mulher instruída, determinada a dar a Tabitha a melhor vida possível naquelas circunstâncias. O pai de Tabitha havia sido morto logo no começo da guerra e sua mãe se recusara a morar com a família do marido. Em muitos casos, no Sudão, o irmão do falecido assumia sua mulher e sua família, mas a mãe de Tabitha não aceitou isso. Saiu da aldeia, Yirol, e foi para Kakuma, sabendo que a vida no Quênia, mesmo em um campo de refugiados, poderia proporcionar aos filhos um mundo mais esclarecido.

Eu era grato pela coragem e pela sabedoria de sua mãe. Ficava grato toda vez que Tabitha decidia comparecer às aulas de gestão doméstica, e toda vez que ela revirava os olhos, e toda vez que ria com sarcasmo. Ela era a moça mais intrigante de Kakuma.

Acabamos nos tornando namorados, ou o mais próximo possível desse status para dois adolescentes em Kakuma, e eu lhe disse muitas vezes que a amava. Essas palavras, quando eu as usava, não pareciam significar o que significavam muito depois, nos Estados Unidos, quando eu sabia que a amava como um homem ama uma mulher. Em Kakuma, éramos muito jovens; éramos cautelosos e castos. Não é adequado, mesmo em um campo como esse, dois jovens exibirem seu afeto diante de toda a comunidade. Encontrávamo-nos para passeios depois da missa, escapávamos juntos sempre que podíamos. Comparecíamos juntos aos eventos do campo, comíamos com amigos, conversávamos enquanto esperávamos na fila da comida. Eu olhava seu rosto em formato de coração, seus olhos brilhantes e suas bochechas redondas, e nessa época eles eram tudo para mim. Mas o que era isso? Talvez não fosse nada.

Ela saiu de Kakuma antes de mim. Um fato extraordinário, pois eram muito poucas as meninas do campo sudanês realocadas para os Estados Unidos, e quase nenhuma que tivesse parentes no campo. Tabitha diz que foi sorte, mas acho que sua mãe foi esperta durante todo o processo. Quando os boatos de realocação foram se concretizando, sua mãe foi brilhante; sabia que os Estados Unidos estavam interessados em menores não acompanhados. Qualquer um com parentes em Kakuma teria muito menos probabilidade de ser considerado. Assim, permitiu que os filhos mentissem, e ela própria desapareceu, indo viver em outra parte do campo. Tabitha e os três irmãos foram registrados como órfãos e, como eram jovens, mais jovens que a maioria de nós, foram escolhidos, mandados embora cedo e até mantidos juntos quando chegaram aos Estados Unidos.

Com a mãe ainda em Kakuma, Tabitha e os irmãos se instalaram em um apartamento de dois quartos em Burien, um subúrbio de Seattle, e cursaram juntos o ensino médio. Tabitha estava feliz, e estava virando americana muito depressa. Seu inglês era americano, não o inglês queniano que eu havia aprendido. Ao se formar, ela recebeu uma bolsa da Fundação Bill e Melinda Gates para estudar na Universidade de Washington Ocidental.

Quando cheguei aos Estados Unidos, quase dois anos depois, ela havia me esquecido, e eu a ela. Não totalmente, é claro, mas sabíamos que não deveríamos nos apegar a esse tipo de coisa. Os sudaneses de Kakuma estavam sendo mandados para todas as partes do mundo, e sabíamos que nosso destino não nos pertencia. Quando me instalei em Atlanta, eu pouco pensava em Tabitha.

Certo dia, estava conversando ao telefone com um dos trezentos Meninos Perdidos que sempre me ligam, um morador de Seattle. Um cessar-fogo havia sido declarado no sul do Sudão e ele queria saber minha opinião, pois achava que eu fosse muito próximo do SPLA. Eu estava lhe explicando seu erro, dizendo que sabia mais ou menos tanto quanto ele, quando ele disse: "Sabe quem está aqui?". Respondi que não, não sabia quem estava ali. "Acho que é uma pessoa que você conheceu", falou. Passou o telefone para alguém e esperei que se seguisse a voz de um homem, mas era a voz de uma mulher. "Alô, quem é? Alô? É um ratinho aí do outro lado?", disse ela. Que voz! Tabitha havia virado mulher! Sua voz estava mais grave, parecia cheia de experiência, muito à vontade com o mundo. Esse tipo de segurança espontânea em uma mulher me deixa sem ação. Mas eu sabia que era ela.

"Tabitha?"

"Claro, querido", disse ela, em inglês. Tinha um sotaque americano quase perfeito. Durante os anos do ensino médio, havia aprendido muito. Conver-

130

samos sobre coisas desimportantes durante alguns minutos, quando fiz a principal pergunta que tinha em mente.

"Você está namorando?"

Eu precisava saber.

"Claro que estou, amor", disse ela. "Faz três anos que não vejo você."

Onde é que ela havia aprendido aquelas palavras, "querido" e "amor"? Eram palavras inebriantes. Conversamos durante uma hora nesse dia, e durante mais horas ao longo da semana. Eu estava decepcionado com o fato de ela ter namorado, mas não estava surpreso. Tabitha era uma sudanesa notável, e há poucas sudanesas solteiras nos Estados Unidos, duzentas, talvez, ou até menos. Dos milhares de sudaneses trazidos graças à evacuação da aérea dos Meninos Perdidos, apenas oitenta e nove eram mulheres. Muitas delas já se casaram, e a escassez de mulheres resultante torna as coisas difíceis para homens como eu. E, se olharmos para a comunidade sudanesa, o que podemos oferecer? Com nossa falta de dinheiro, nossas roupas doadas pela igreja, os apartamentinhos que dividimos com dois, três outros refugiados, não somos os mais desejáveis dos homens, pelo menos não ainda. É claro que existem exemplos incontáveis de homens que encontraram o amor, sejam as mulheres afro-americanas, americanas brancas, européias. Mas, de modo geral, os sudaneses dos Estados Unidos querem conhecer sudanesas e, para muitos, isso significa voltar para Kakuma ou até mesmo para o sul do Sudão.

Mas Tabitha, desejada por tantos aqui nos Estados Unidos, acabou escolhendo a mim.

"Michael, por favor", digo.

Quero tirá-lo do meu quarto e fazê-lo voltar à cozinha, onde posso vê-lo e onde sei que ele não estará sozinho com as fotografias.

"Preciso falar com você. Acho que você vai se interessar em falar comigo."

Foi tolice pensar que seria compreendido por esse menino. Mas os jovens são minha especialidade, por assim dizer. Em Kakuma, eu era líder de jovens e supervisionava as atividades extracurriculares de seis mil jovens refugiados. Trabalhava para o Alto Comissariado das Nações Unidas para os Refugiados, ajudando a inventar jogos, ligas esportivas, peças de teatro. Desde que cheguei aos Estados Unidos, fiz vários amigos, mas talvez nenhum deles seja tão importante para mim quanto Allison, filha única de Anne e Gerald Newton.

Os Newton foram a primeira família americana a se interessar por mim. Antes até de Phil Mays. Eu estava no país havia apenas poucas semanas quando me pediram para dar uma palestra na igreja episcopal e, quando o fiz, conheci Anne, uma afro-americana de olhos em forma de lágrima e mãos pequenas e frias. Ela perguntou se poderia me ajudar. Eu não sabia ao certo, mas ela disse que poderíamos conversar sobre isso durante o jantar, então aceitei o convite e fui jantar com Anne, Gerald e Allison. Eram uma família próspera, que vivia em uma casa grande e confortável, e abriram-na para mim; prometeram-me acesso a tudo o que tinham. Allison tinha doze anos e eu vinte e três, mas, sob muitos aspectos, parecíamos iguais. Jogávamos basquete em frente à sua casa e andávamos de bicicleta como duas crianças, e ela me falava sobre os problemas que tinha no colégio com um menino chamado Alessandro. Allison gostava de meninos de descendência italiana.

"Será que devo escrever uma longa carta para ele?", perguntou-me certo dia. "Os meninos gostam de cartas ou ficam intimidados com muita informação, com muito entusiasmo?"

Eu lhe disse que um bilhete me parecia uma ótima idéia, se a carta não fosse comprida demais.

"Mas, mesmo assim, um bilhete é muito permanente. Não vou poder retirar o que disse. É um risco incrível, não acha, Valentino?"

Allison era e continua a ser a jovem mais inteligente que conheci. Está com dezessete anos agora, mas, mesmo aos doze, falava com uma eloqüência às vezes assustadora. Suas palavras, tanto naquela época quanto agora, saem da boca em frases perfeitas, sempre como se houvessem sido escritas primeiro — e em voz baixa, com os lábios quase imóveis. Tenho curiosidade em saber como se relaciona com os colegas de colégio, porque ela é diferente de todos os outros adolescentes que encontrei. Parece ter decidido, aos treze anos, que já era adulta e devia ser tratada como tal. Mesmo aos doze, treze anos, usava roupas e óculos conservadores e, com os cabelos presos bem apertados na nuca, parecia ter trinta. Ainda assim, não era imune à diversão adolescente. Foi Allison quem me ensinou a programar os aniversários das pessoas no meu celular, então comecei a perguntar a todo mundo que eu conhecia qual era o dia do aniversário; isso deixou algumas pessoas intrigadas, mas para mim era um grande prazer, um prazer advindo de uma certa noção de ordem. Anne acabou sugerindo que eu ainda podia, de certa forma, me considerar adolescente, já que, como ela dizia, minha infância havia sido roubada. Mas não sei se esse é o motivo por que me sentia tão próximo de Allison, ou por que tenho simpatia por esse Michael.

Os humanos se dividem entre os que ainda conseguem ver com os olhos da juventude e os que não conseguem. Embora isso com freqüência me cause dor, considero muito fácil me pôr no lugar de quase qualquer menino, e posso relembrar minha própria juventude com uma facilidade incômoda.

"Michael", torno a dizer, e fico surpreso com o tom cansado da minha voz.

A porta do meu quarto se fecha. Eu estou aqui e ele está lá, e é isso.

Na manhã seguinte à que passei pela pista de pouso, depois de ter dormido algumas horas nos galhos de uma árvore, acordei e os vi. Um grupo grande de meninos, a menos de cem metros de mim. Esperei meus olhos se acostumarem com a luz e tornei a olhar. Parecia haver uns trinta meninos, todos sentados em círculo. Um homem estava em pé ao seu lado, gesticulando com ênfase. Eu sabia que os meninos eram dincas e que não estavam correndo, então desci da árvore e andei até o grupo. Era difícil acreditar que pudesse haver uma reunião como aquela. Quando cheguei perto o suficiente, vi que o homem em pé era Dut Majok, o professor dos meninos mais velhos de Marial Bai. Ele não pareceu surpreso ao me ver.

— Achak! Que bom. Estou muito contente em ver você vivo. Agora está seguro. Tem outros meninos da sua aldeia aqui também. Olhe.

Encarei fixamente o homem que estava dizendo meu nome. Será que aquele era mesmo Dut Majok? Ele tirou do bolso um pedaço de papel esverdeado e, com um pequeno lápis cor de laranja, escreveu alguma coisa nele. Em seguida dobrou o papel e tornou a enfiá-lo no bolso.

— Como vocês chegaram até aqui? — perguntei.

— Bom, eu não sou maluco, Achak. Sabia que não deveria tentar andar até Cartum.

Era de fato Dut Majok, e estava bem vestido e limpo. Parecia um estudante universitário ou alguém prestes a embarcar em uma viagem de negócios importante. Usava uma calça limpa de algodão cinza e uma camisa branca de botão, sandálias de couro nos pés e um chapéu mole de lona bege na cabeça.

Corri os olhos pelo grupo, todos meninos da minha faixa etária, alguns mais velhos, outros mais novos, mas todos mais ou menos do mesmo tamanho e todos parecendo famintos, cansados e desgostosos por me ver. Alguns carregavam sacolas, mas a maioria, como eu, não carregava nada, como se houvesse fugido de suas aldeias durante a noite. Eu não conhecia nenhum deles.

— Estamos indo para Bilpam — disse Dut. — Conhece? Vamos para o leste até Bilpam, e lá vocês estarão seguros de tudo isso. Vamos caminhar um pouco, e depois você vai comer. Esses meninos são como você. Perderam a família e a casa. Precisam de abrigo, de *sanctuary*. Você conhece essa palavra? É uma palavra inglesa. É para lá que nós estamos indo, filho. Para Bilpam. Certo, meninos?

Os meninos olhavam para Dut de cara fechada.

— Depois, quando tudo isso terminar, vocês vão voltar para suas famílias, para suas aldeias. Para o que sobrar. Isso é tudo o que podemos fazer agora.

Só havia silêncio naquele grupo de meninos.

— Todos prontos? Juntem tudo o que tiverem e vamos. Estamos indo para o leste.

Saí caminhando com eles. Não tive escolha. Não queria correr sozinho durante a noite de novo, e decidi que iria ficar com eles durante um dia e uma noite, e depois resolveria o que fazer. Então partimos, caminhando em direção ao sol nascente. Caminhávamos dois a dois ou sozinhos, a maioria em fila indiana, e, nessa primeira manhã — nunca tornaria a ser assim —, caminhávamos com energia e decididos. Andávamos pensando que a caminhada iria terminar a qualquer momento. Nada sabíamos sobre Bilpam, sobre a guerra ou sobre o mundo. Durante a caminhada, ouvi os meninos perto de mim dizerem que Dut tinha ido à escola em Cartum e estudado economia no Cairo. Dut era o único do nosso grupo com mais de dezesseis anos. A confiança que os outros meninos depositavam nele parecia inabalável. Porém, quanto mais andávamos, mais certeza eu tinha de que não pertencia àquele grupo. Aqueles meninos pareciam ter certeza de que a família deles havia sido morta e, apesar do que o velho e a mulher que amamentava tinham dito à luz da fogueira, eu convencera a mim mesmo de que isso não havia acontecido com a minha. À medida que a tarde foi caindo, aproximei-me de Dut.

— Dut?

— Sim, Achak. Está com fome?

— Não. Não, obrigado.

— Que bom. Porque não temos comida.

Ele sorriu. Muitas vezes se achava divertido.

— Então o que foi, Achak? Quer andar aqui na frente comigo?

— Não, obrigado. Estou bem perto do final.

— Tudo bem. Porque eu ia dizer a você que só os meninos que eu escolho podem andar aqui na frente comigo. E ainda não conheço você muito bem.

— Sim. Obrigado.

— Então o que foi? Como posso ajudar você?

Esperei alguns instantes, para ter certeza de que ele estava pronto para ouvir minhas palavras.

— Eu só quero ir para Marial Bai. Não quero ir para Bilpam.

— Marial Bai? Você viu Marial Bai da árvore! Está lembrado? Marial Bai agora é uma cidade *baggara*. Não tem nada lá. Nenhuma casa, nenhum dinca. Só poeira, cavalos e sangue. Você viu. Ninguém mora mais lá... Achak, pare com isso. Achak.

Ele viu alguma coisa em meu rosto. Eu estava exausto, e acho que foi nessa hora que finalmente senti o peso daquilo tudo. Da possibilidade, da probabilidade, até, de que o que havia ocorrido com os mortos de Marial Bai, com todas as famílias daqueles meninos de cara fechada, houvesse acontecido também com minha própria família. Imaginei-os todos despedaçados, furados, carbonizados. Vi meu pai caindo de uma árvore, morto antes de chegar ao chão. Ouvi minha mãe gritar, presa em nossa casa em chamas.

— Achak. Achak. Pare com isso. Não faça essa cara. Pare.

Dut me segurou pelos ombros. Seus olhos eram pequeninos, escondidos atrás de uma série de dobras sobrepostas, como se ele houvesse aprendido a só deixar entrar neles ínfimas quantidades de luz.

— Esse grupo não chora, Achak. Você está vendo alguém chorando? Ninguém está chorando. Sua família talvez esteja viva. Muitas sobrevivem a esses ataques. Você sabe disso. Você sobreviveu. Esses meninos sobreviveram. Sua mãe e seu pai provavelmente estão fugindo. Talvez os encontremos. Você sabe que isso é uma possibilidade. Todos estão fugindo. Para onde estamos todos fugindo? Para mil direções diferentes. Todos estão indo para onde nasce o sol. É lá que fica Bilpam. Vamos para lá porque ouvi dizer que Bilpam seria um lugar seguro para um bando de meninos. Então aqui estamos, eu, você e esses meninos. Mas agora não existe mais nenhuma Marial Bai. Se você encontrar seus pais, não vai ser em Marial Bai. Entendeu?

Eu entendia.

— Muito bem. Você sabe ouvir, Achak. Você ouve se escuta a voz da razão. Isso é importante. Quando eu quiser fazer alguém escutar a voz da razão, vou procurar você. Muito bem. Agora precisamos ir. Temos uma longa caminhada antes da noite chegar.

Agora eu caminhava confiante. Estava tomado pela crença de que, em um grupo como aquele, iria encontrar minha família ou então seria encontrado. Caminhava quase no fim de uma fila de três dúzias de meninos, todos com idade próxima da minha, poucos com idade suficiente para ter pêlos debaixo do braço. Achei uma boa idéia ficar com eles, tantos meninos, e com um líder capaz como Dut. Sentia-me seguro com todos aquele meninos, alguns deles quase homens, porque, se os árabes chegassem, poderíamos fazer alguma coisa. Tantos meninos assim com certeza fariam alguma coisa. E se tivéssemos armas! Comentei isso com Dut, que deveríamos ter armas.

— Seria bom, sim — disse ele. — Eu já tive uma arma.

— Você atirou com ela?

— Atirei, sim. Atirei muitas vezes.

— Dá para conseguir uma?

— Não sei, Achak. Não são fáceis de achar. Vamos ver. Acho que podemos encontrar homens com armas que vão nos ajudar. Mas, por enquanto, estamos seguros por sermos muitos. Nosso número é nossa arma.

136

Eu tinha certeza de que nossa existência, tantos meninos andando em uma fila como aquela, iria se tornar conhecida e meus pais viriam me buscar. Isso me parecia bem lógico, então compartilhei a idéia com o menino que caminhava na minha frente, chamado Deng. Ele era muito pequeno para a idade, com a cabeça grande demais para o corpo frágil, as costelas visíveis e finas como os ossos das asas de um pássaro. Disse a Deng que estaríamos seguros e provavelmente iríamos encontrar nossas famílias caso ficássemos com Dut. Ele riu.

— Os árabes tinham medo dos meninos na sua cidade? — perguntou.

— Não.

— Atiraram neles?

— Atiraram.

— Então por que você acha que os árabes vão ter medo de tantos de nós? Não seja burro. Eles não têm medo dos nossos irmãos nem dos nossos pais. Se nos encontrarem, vamos ser levados embora ou mortos. Não estamos mais seguros aqui, Achak, muito pelo contrário. Nunca estamos seguros. Ninguém é mais fácil de matar do que meninos como nós.

Como eu disse, Michael, tenho certeza de que você tem uma história triste. Não vou me esquecer disso. Não acho que o homem e a mulher que deixaram você aqui sejam seus pais. Então, onde estão sua mãe e seu pai? Não pode ser uma história feliz. Mas você está vestido, está bem alimentado e tem sua saúde, seus dentes, e com certeza uma cama só sua.

Mas aqueles meninos não eram tão abençoados assim. Não escutei muitas de suas histórias, porque todos supúnhamos vir de circunstâncias semelhantes. Não nos interessava ouvir mais histórias de violência e perda. Vou lhe contar apenas a história de Deng, ou permitir que ele a conte como contou a mim, enquanto caminhávamos no início da noite por um terreno bem mais tropical do que Marial Bai naquela época do ano. Já estávamos muito longe de casa.

A aldeia de Deng não era muito diferente da minha. Quando os *murahaleen* chegaram, ele estava no campo com o gado, a alguns quilômetros de distância. O tiroteio começou, meninos mais velhos caíram ali mesmo onde estavam e o campo de gado foi dominado.

— Saí correndo — disse Deng. — Corri de volta para a cidade, pensando que seria a melhor coisa a fazer, mas era para lá que os cavaleiros estavam indo. Era um lugar estúpido para ir. Corri na direção da minha casa, mas ela já estava em chamas. Os árabes adoram queimar casas. Já viu eles queimando casas?

Deng sempre me fazia perguntas assim.

— Corri até a escola — continuou. — Era apenas um prédio simples, de cimento, com telhado ondulado, mas parecia mais seguro e eu sabia que não pegaria fogo porque nosso professor sempre havia nos ensinado isso, que a forma como a escola era construída evitaria que pegasse fogo. Então corri até a escola e me escondi ali; passei o dia inteiro na escola. Fiquei agachado no armário onde eles guardam o material.

Parecia um lugar bobo para se esconder, já que eles em geral estavam procurando crianças para roubar. Mas eu não disse isso a Deng. Apenas perguntei se os árabes tinham ido à escola procurar pessoas.

— Foram, sim! Claro que foram. Mas eu estava escondido dentro do armário, um armário de metal. Estava na prateleira de baixo e me enrolei em um saco de sisal. Estava sob a prateleira mais baixa coberto pelo saco de sisal e eles não me viram, apesar de um homem ter aberto o armário. Passei dois dias ali, enquanto eles queimavam a cidade.

Perguntei a Deng como ele conseguiu ficar tanto tempo em um espaço tão pequeno.

— Ah, tenho vergonha de dizer que molhei as calças nessa hora. Fiz cocô, e até hoje não sei como ele não sentiu meu cheiro! Ainda tenho vergonha de ter feito cocô na calça. E passei muitos dias andando com ela, Achak. A mesma calça. Passei dois dias no armário. Não saí sequer uma vez. Vi o dia e a noite chegarem pelo buraco da fechadura do armário. Vi o dia surgir e ir embora duas vezes. Durante todo esse tempo, havia barulho de cavalos e dos árabes. Homens dormiam na escola e eu escutava eles.

— Eles não abriram o armário de novo?

— Abriram, sim! Muitas vezes, Achak. Mas foi aí que a minha sujeira não foi minha inimiga, mas minha amiga! Toda vez que eles abriam o armário, tinham engulhos quanto sentiam o cheiro da minha sujeira! Aquilo me deixou tão feliz. Eu estava punindo os malditos árabes com a minha sujeira, e isso me deixou orgulhoso. Dez vezes eles abriram aquele armário, e todas as vezes sentiam engulhos e batiam a porta de novo, e eu continuava seguro. Toda vez eles chutavam a porta. Malditos burros. Achavam que algum animal tivesse morrido lá dentro.

Eu estava espantado com os xingamentos que Deng conhecia.

— Depois de um tempo, os árabes acabaram indo embora da escola. Não escutei mais eles, então abri a porta devagar. Estava tão dolorido por ter ficado sentado daquele jeito, e por não ter comido nem bebido. Quando saí, não havia ninguém na escola, mas havia homens do lado de fora. A maioria tinha ido embora, mas alguns tinham ficado. Alguns homens montados em camelos, e alguns soldados. Não sei por que estavam ali, mas estavam morando nas nossas casas, as que não tinham queimado. Dois deles estavam morando na casa da minha avó. Fiquei revoltado quando vi os dois saindo de lá como se a casa fosse deles. Eu me escondi na escola até a noite e então fui embora. Não foi difícil. Eu era um menino só e a noite era muito escura. Então fui embora da minha cidade e corri, corri, até chegar longe o suficiente para me sentir seguro. Corri até de manhã e encontrei uma aldeia onde dois dincas me acolheram e me deram comida. Na primeira vez em que me escutaram, eles ficaram com medo. Saí do mato e um deles ergueu a arma para mim. Segurava uma arma pequena, que cabia na mão dele. Assim.

Deng apontou para mim seu dedo pequeno e ossudo.

— Os homens estavam com medo, mas viram que era só eu, um menino. Então sentiram meu cheiro. Ficaram um bom tempo gritando comigo por causa do meu cheiro. Pedi desculpas. Eles me levaram até o riacho e me empurraram lá para dentro. Me chutaram e me disseram para não sair até estar limpo. Tirei as roupas e esfreguei, e vi toda a minha sujeira se misturar com o rio.

O engraçado, Michael, é que Deng ainda cheirava mal — até mesmo enquanto contava essa história sobre seu cheiro. Cheirava muito mal mesmo, e era impossível tirar o fedor de suas roupas. Mas devo dizer que todos cheirávamos mal; era quase impossível separar um cheiro do outro.

— Fiquei algum tempo com esses homens — continuou Deng. — Não sabia para onde estávamos indo, mas me sentia muito melhor na companhia de dois homens capazes. Mas passávamos o tempo inteiro escondidos. Os homens tinham medo de qualquer barulho e evitavam todas as outras pessoas. Perguntei a eles por quê, e me responderam que tinham medo dos árabes e dos soldados. Mas também estavam fugindo dos outros dincas. Caminhávamos à noite e, quando chegávamos a alguma aldeia onde tivesse pessoas, eles diziam para rastejar até lá e conseguir comida. Eu rastejava até uma cabana e roubava alguns amendoins, ou carne, ou qualquer coisa que conseguisse encontrar. Certa vez roubei uma cabra. Atraí a cabra até a floresta com uma manga. Foi idéia dos homens. Eles disseram: pegue a cabra e atraia ela até a floresta com a manga. Eu tinha roubado a fruta na noite anterior. Então fiz isso, e funcionou. A cabra veio e eles mataram a cabra com uma pedra, e comemos um pouco da cabra naquela noite e guardamos o resto. Os homens eram muito bons para idéias desse tipo. Tinham muitas idéias e conheciam vários truques. Minha parceria com esses homens estava funcionando até chegarmos a uma cidade que tinha sido capturada pelo SPLA. Meus companheiros imediatamente se viraram na direção contrária à cidade, e estavam se esgueirando para longe, de volta para dentro da vegetação, quando encontramos um soldado rebelde que parecia estar patrulhando a fronteira da cidade. O soldado se parecia com os homens. Começou a fazer perguntas a eles. O que estão fazendo aqui? Por que não estão em Kapoeta? Que menino é esse? Coisas assim. Acho que o soldado conhecia aqueles homens que estavam comigo. Ele disse aos homens para esperarem ali enquanto buscava seus outros homens. O soldado se virou para voltar para o acampamento, e foi então que um dos homens meteu uma faca nas costas dele. Simplesmente enfiou a faca bem aqui.

Deng apontou o meio das minhas costas.

— A faca entrou com muita facilidade. Fiquei surpreso. E o homem do SPLA só caiu para a frente em silêncio, e foi o fim dele. Então recomeçamos a correr. Corremos e nos escondemos nessa noite, e em algum momento durante a noite eu entendi que aqueles homens deveriam estar no SPLA. Tinham sido rebeldes e depois tinham desertado, e eles não deixam fazer isso. Quando você deserta, pode ser morto por qualquer um. Já ouviu falar nisso?

Eu não ouvira falar naquilo.

— Foi então que eu decidi que precisava me separar desses homens. Mas o problema era que tinha certeza de que a mesma coisa iria acontecer comigo. Eles estavam com medo de ser mortos a tiros pelo SPLA por terem desertado, e eu estava com medo de ser morto por aqueles homens se fosse embora. Eles pareciam muito bons em matar gente. Foi tão estranho, Achak. Estou tão confuso. Você está confuso?

Eu disse que também estava confuso.

— Então andamos mais um pouco, e esperei uma oportunidade para fugir deles. Depois de oito dias juntos, estávamos andando pela estrada quando vi um caminhão. Os homens correram para a mata e esperaram o veículo passar. Quando ele chegou perto, vi que havia rebeldes a bordo. Isso me deu uma idéia. Pulei da mata e corri até o caminhão. Sabia que os desertores não iriam atirar em mim, porque nesse caso os rebeldes iriam encontrá-los. Então corri até o caminhão e gritei para que parassem. Eles pararam e me suspenderam até lá em cima. Fiquei sentado no caminhão junto com todos os rebeldes. No início foi muito assustador, porque todos eles tinham armas. Estavam muito cansados, pareciam cruéis e pareciam me detestar. Mas fiquei quieto e, como fiquei quieto, eles gostaram de mim. Fui com eles até outra aldeia e eles me deixaram ficar. Eu fui um rebelde, Achak! Passei semanas morando no acampamento deles, com um homem chamado Malek Kuach Malek. Ele era comandante do SPLA. Era muito importante. Tinha uma cicatrizona aqui.

Deng desenhou uma linha com o dedo da minha têmpora até minha orelha.

— Disse que tinha sido uma bomba. Ele se tornou meu pai. Disse que eu logo seria um soldado, que ele iria me treinar. Eu virei seu assistente. Buscava água para ele, limpava seus óculos, ligava e desligava o rádio. Ele gostava de me dizer para ligar o rádio, em vez dele próprio ligar. Então ficávamos escutando juntos a rádio dos rebeldes, e algumas vezes o noticiário internacional da BBC. Ele era um bom pai para mim e eu podia comer a mesma comida que ele, um comandante, comia. Achei que poderia ser filho dele para sempre, Achak. Estava contente em morar com ele pelo máximo de tempo que pudesse.

A idéia de ficar no mesmo lugar me pareceu muito atraente nesse dia.

— Então, um dia, o Exército do governo chegou. Malek não estava em casa quando ouvi o tanque chegar. Todos os rebeldes saíram correndo e assumiram posição de combate, e um segundo depois o tanque surgiu das árvores. Tudo explodiu, e eu simplesmente saí correndo. Fui correndo sozinho, e corri até chegar a um caminhão que estava queimado. Era só um caminhão que havia sido queimado. Então passei essa noite escondido dentro do caminhão, até não ouvir mais nenhuma arma. Pela manhã, não vi ninguém. Malek não estava mais lá, os rebeldes não estavam mais lá e os soldados do governo não estavam mais lá. Então andei na direção que achei que os rebeldes fossem tomar. E, depois de algum tempo, encontrei uma aldeia que não havia sido atacada e lá conheci uma mulher muito gentil que estava indo para Wau. Então peguei um ônibus com essa mulher. Meu plano era ir para Wau e ficar morando lá com essa mulher. Ela disse que eu estaria seguro lá e que poderia ser seu filho. Então subi no ônibus e seguimos por um tempo, e adormeci. Aí fui acordado por gritos. O ônibus foi parado. Olhei pela janela, e eram os rebeldes. Havia dez deles, armados, e estavam gritando para o motorista. Fizeram todo mundo descer do ônibus. Fizeram todo mundo explicar para onde estava indo. Então pegaram...

— Onde você conseguiu essa camisa?

Dut havia voltado para o final da fila, perto de onde estávamos, e estava interessado em Deng. Achou a camisa de Deng divertida.

— Foi meu pai quem me deu — disse Deng. — Ele trouxe de Wau.

— Você sabe para que eles usam essa camisa?

— Não — disse Deng.

Deng sabia que Dut estava rindo da sua camisa.

— Meu pai disse que era uma camisa de muito boa qualidade.

Dut tornou a sorrir e passou o braço em volta do ombro de Deng.

— Essa camisa se chama camisa de smoking, filho. É usada quando as pessoas se casam. Você está usando a camisa de um homem que está se casando.

Dut riu, soltando o ar pelas narinas.

— Mas eu nunca vi nenhuma dessas cor-de-rosa — disse, e riu bem alto.

Deng não riu. Era crueldade de Dut dizer aquilo e, quando percebeu, ele tentou remediar a situação.

— Que ótimo grupo nós temos aqui! — gritou para todos nós. — Vocês são mesmo um grupo excepcional para andar. Agora continuem andando. Precisamos andar até escurecer. Quando a noite cair, vamos chegar a uma aldeia, e lá comeremos alguma coisa.

Então esqueci que Deng estava me contando sua história, e esqueci de lhe pedir para terminá-la. Todos os meninos tinham uma história como aquela, com muitos lugares onde pensavam que pudessem ficar, muitas pessoas que os ajudavam, mas desapareciam, muitas fogueiras, batalhas, traições. Mas nunca escutei o final da história de Deng, e sempre tive curiosidade de saber como terminava.

Passamos por uma região estranha. Vimos campos que haviam sido queimados, cabras estripadas e sem cabeça. Vimos marcas de cascos de cavalos e caminhões, com lindas cápsulas de balas em seu rastro. Eu nunca havia andado tanto em um dia só. Não parávamos desde a manhã e não havíamos comido nada. A pouca água que tínhamos bebido era compartilhada de um galão trazido por Dut e que nos revezávamos para carregar.

Depois de andarmos o dia todo, chegamos a uma aldeia movimentada que eu nunca tinha visto antes. Era uma aldeia perfeita. Por toda ela, as pessoas se movimentavam como costumavam se movimentar em Marial Bai. As mulheres carregavam lenha miúda e água sobre a cabeça, os homens sentados na pracinha do mercado jogavam dominó e bebiam vinho. A aldeia parecia completamente intocada por qualquer tipo de conflito. Segui o grupo até o centro do povoado.

— Sentem-se, todos — disse Dut, e nós nos sentamos. — Fiquem aqui. Não se levantem. Não incomodem ninguém. Não se mexam.

Dut seguiu para dentro da aldeia. Mulheres passavam por nós, diminuindo o passo por alguns instantes, e então continuavam em frente. Um cachorro que as seguia veio farejando até onde estávamos sentados. Seu pêlo era curto e malhado, com um colorido estranho, quase azul em alguns pontos.

— Cachorro azul! — disse Deng, e o cachorro foi até ele, lambendo seu rosto e em seguida mergulhando o focinho entre as pernas de Deng. — Cachorro azul! O cachorro azul gostou de nós, Achak. Olhe só o cachorro azul e essas manchas estranhas.

Deng coçou o cachorro, que realmente parecia ter a cor azul, atrás das orelhas, e logo o cachorro azul estava de bruços e Deng esfregava-lhe a barriga com força. As patas do cachorro chutavam para um lado e para o outro. Era estranho ficar parado, descansando em uma aldeia que eu nunca vira antes, afagando um cachorro azul.

Um grupo de meninos mais velhos se aproximou de nós. O maior deles enxotou imediatamente o cachorro e postou-se ao lado de Deng e de mim, tão perto que tive de olhar bem para cima para ver a parte de baixo de seu rosto largo. Estava calçando sapatos brancos brilhantes. Pareciam nuvens, como se nunca houvessem tocado o chão.

— Para onde vocês estão indo? — perguntou ele.

— Para Bilpam.

— Bilpam? O que é Bilpam?

Percebi que eu não sabia.

— É uma cidade grande a muitos dias daqui — arrisquei. Não fazia idéia do tamanho do lugar nem de quanto tempo levaríamos andando, mas queria que nossa caminhada parecesse precisa e importante.

— Por quê? — perguntou o menino dos sapatos de nuvem.

— Nossas aldeias foram incendiadas — disse Deng.

Eu não queria contar àquele menino o que havia acontecido em Marial Bai. Ao ver aquela aldeia ali, intocada por qualquer tipo de combate, senti novamente vergonha por não termos lutado melhor com os árabes, por termos permitido que nossas casas fossem incendiadas, enquanto aquela aldeia estava intacta. Não era o fim do mundo, longe disso. Talvez, pensei, os árabes houvessem destruído apenas as cidades onde os homens eram mais fracos.

— Incendiadas? Por quem? — perguntou o menino. Parecia cético.

— Pelos *baggaras* — respondeu Deng.

— *Baggaras*? Por que vocês não lutaram com eles?

— Eles tinham armas — disse Deng. — Armas velozes. Podiam matar dez homens em segundos.

O menino riu.

— Vocês não podem ficar aqui — disse outro menino.

— Não pretendemos ficar — falei.

— Ótimo. Deveriam seguir viagem. Vocês são só meninos que andam. Parecem doentes. Vocês estão com malária?

A partir daí, esses meninos passaram a não existir mais para mim. Não quis ouvir mais nada deles. Virei as costas para eles. Dali a pouco, senti um chute nas costas. Era o menino dos sapatos de nuvem.

— Aqui nós não gostamos de mendigos. Está ouvindo? Você não tem família?

Não reagi, mas Deng já estava de pé. Sua cabeça atingiu o peito do menino dos sapatos de nuvem. Ao lado desse menino mais velho e bem alimentado, Deng parecia um inseto.

— Meninos!

Era Dut, bradando acima de nós. Os meninos que estavam nos importunando se dispersaram, e Dut apareceu vindo do mercado com um homem grandalhão e mais velho vestido com uma túnica vermelho-sangue. O novo homem segurava uma bengala e caminhava com passos rápidos, seguros. Ao se aproximar do círculo de meninos, parou, surpreso. Deu um longo suspiro de perplexidade.

— Eu disse que eram muitos — falou Dut.

— Eu sei. Eu sei. Então é isso que está acontecendo? Meninos indo a pé até Bilpam?

— É o que esperamos, tio.

O chefe tornou a suspirar e examinou nosso grupo, sorrindo e sacudindo a cabeça. Depois de algum tempo, pegou a bengala com as duas mãos, bateu com ela no chão com um gesto determinado e tornou a sair andando na direção da aldeia.

— Isso é bom, meninos. O chefe aceitou nos dar comida. Por favor, fiquem sentados onde estão e não peçam nada a essa gente. O chefe vai pedir a algumas mulheres para nos prepararem um pouco de mandioca.

De fato, logo começou a haver grande atividade nas cabanas perto de nosso grupo. Mulheres e meninas começaram a preparar comida com rapidez e, ao terminarem, recebemos as porções na mão; não havia pratos suficientes para as dúzias de meninos, e Dut havia insistido que isso não era necessário. Depois de comermos e de o chefe entregar a Dut dois sacos de amendoim e dois galões de água, voltamos à trilha, pois não tínhamos permissão para ficar.

Naquele dia eu havia me sentido fraco e com as pernas pesadas, mas agora estava revigorado e meu ânimo estava bastante bom. Queria ver o que aconteceria em seguida. Embora estivesse preocupado com minha família, disse a mim mesmo que estava seguro, que eles estavam seguros e que, até nos reunirmos novamente, eu viveria uma espécie de aventura. Havia coisas que achava que talvez pudesse ver. Ouvira falar em rios tão largos que os pássaros não conseguiam atravessá-los voando; caíam no meio do caminho e eram engolidos pela água sem fim. Ouvira falar em terrenos que se erguiam tão alto que era como se a Terra tivesse sido virada de lado; terrenos recortados com o mesmo formato de uma pessoa dormindo. Queria ver essas coisas, e depois voltar para meus pais e lhes falar sobre minha viagem. Era quando eu imaginava essas coisas que as cordinhas dentro de mim tornavam a se retesar, e eu precisava respirar bem fundo para soltá-las.

Caminhamos em meio ao crepúsculo, e no caminho passamos por mulheres e homens, mas, quando a noite caiu sobre eles, ficamos sozinhos e a trilha se apagou.

— Andem em linha reta — disse Dut. — A trilha é muito recente.

Eu já havia caminhado no escuro muitas vezes. Podia caminhar sob a luz da lua ou na mais escura das noites. No entanto, assim tão longe de casa, sem trilha para seguir, o esforço era extremo. Precisei cravar os olhos nas costas do menino à minha frente e manter o ritmo. Diminuir o passo, mesmo que só por alguns segundos, significaria perder o grupo. Isso aconteceu durante a noite: um dos meninos perdia o ritmo ou saía da fila para urinar, e depois precisava chamar em voz alta para tornar a encontrar a fila. Os que faziam isso eram alvo de desdém e algumas vezes recebiam socos ou chutes. Fazer barulho podia chamar atenção para o grupo, e isso não era desejável depois de a noite ter virado novamente propriedade dos animais.

Deng andava atrás de mim, insistindo em segurar minha camisa. Foi uma prática muito comum nessa noite, e em outras noites para os meninos mais novos — segurar a camisa do menino da frente. Deng e eu sem dúvida estávamos entre os mais novos dos meninos que andavam. Os mais indulgentes retiravam um dos braços da manga e permitiam que os meninos atrás deles usassem a manga como guia. Muitos faziam isso com os irmãos mais novos. Havia no grupo muitos pares de irmãos, e pela manhã, na hora da chamada, eu sentia grande inveja ao ouvir seus nomes. Não sabia nada sobre meus irmãos agora: se estavam vivos ou mortos, ou no fundo de um poço.

Nessa noite, paramos em uma clareira e alguns meninos foram escolhidos para catar lenha na floresta. Mas os meninos que Dut escolheu não quiseram ir. A floresta estava cheia de ruídos, gritos e mato farfalhante.

— Eu não vou — disse um menino de aspecto forte.

— O quê? — vociferou Dut.

Estava claro que ele próprio estava cansado, faminto e com pouca paciência.

— Você não quer uma fogueira? — perguntou Dut.

— Não — disse o menino.

— Não?

— Não. Estou pouco ligando para uma maldita fogueira.

Foi a primeira vez que Dut bateu em um menino. Bateu no rosto dele com as costas do punho e o menino caiu no chão, choramingando.

— Você, você, você! — gaguejou Dut. Parecia tão chocado quanto o menino que acabara de derrubar. Mas não recuou. — Agora suma daqui. Vá!

Dut escolheu rapidamente outros três meninos, a fogueira foi acesa e, quando ganhou força, fomos nos sentar ao seu redor. A maioria de nós logo adormeceu, mas Deng e eu ficamos acordados, olhando para as chamas.

— Eu não queria bater naquele menino — disse Dut.

Deng e eu percebemos que ele estava falando conosco. Éramos os únicos meninos ainda acordados. Não dissemos nada, pois não consegui pensar em nada adequado para responder a tal afirmação. Em vez disso, perguntei a Dut sobre o que o velho tinha dito: que os cavaleiros haviam se rebaixado ao nível dos animais. Ninguém ainda havia me explicado por que Marial Bai fora atacada, para começo de conversa. Contei a Dut o que o homem tinha dito, que os *baggaras* haviam se rebaixado ao nível dos animais, haviam sido possuídos por espíritos e eram agora homens-leão.

Dut me olhava fixamente, piscando os olhos, com um sorriso duro.

— Ele disse mesmo isso?

Aquiesci.

— E você acreditou?

Dei de ombros.

— Achak — disse ele, e em seguida passou longos instantes fitando o fogo. — Não quero desrespeitar esse velho. Mas esses homens não são homens-leão. São árabes normais. Vou contar para vocês a história de como isso aconteceu, meninos, mesmo que não entendam tudo. Querem ouvir?

Deng e eu assentimos.

— Sou professor, então é assim que eu penso. Vejo vocês sentados assim, escutando, e quero contar isso a vocês. Têm certeza de que querem ouvir?

Deng e eu insistimos que sim.

— Tudo bem, então. Por onde devo começar? Muito bem. Existe um homem chamado Suwar al-Dahab. Ele é ministro da Defesa do governo em Cartum.

Deng interrompeu.

— O que é Cartum?

Dut suspirou.

— Sério? Você não sabe isso? É onde fica o governo, Deng. O governo central do país. De todo o Sudão. Você não sabe isso?

Deng insistiu.

— Mas quem governa o país é o chefe.

— Ele governa a sua *aldeia*, Deng. Agora não tenho certeza se você vai entender o que vou contar.

Incentivei-o a tentar, então Dut passou algum tempo explicando a estrutura do governo, das tribos, dos chefes e do antigo Parlamento, e dos árabes que governavam Cartum.

— Meninos, vocês já ouviram falar no Anyanya, não é? Veneno de Cobra. É o grupo rebelde que veio antes do SPLA. Seus pais provavelmente pertenceram a esse grupo. Os pais de todos vocês pertenceram.

Deng e eu assentimos. Eu sabia que meu pai tinha sido oficial do Anyanya.

— Bom, nós agora temos o SPLA. Alguns dos objetivos são os mesmos. Outros são novos. Vocês se lembram dos primeiros ataques dos helicópteros?

Dissemos que sim.

— Bom, os helicópteros eram do governo. Vieram para retaliar as ações de um homem chamado Kerubino Bol. Esse homem pertencia ao Exército sudanês. Lembram de quando o Exército era formado por soldados dincas e árabes também? Achak, sei que você se lembra disso. Havia muitos desses soldados em Marial Bai.

Eu disse que me lembrava.

— Kerubino era o major responsável pelo 105º Batalhão, lotado em uma grande cidade chamada Bor, que fica no sul do Sudão, na região chamada Alto Nilo. As pessoas de lá são como vocês, mas diferentes. Somos todos dincas, mas os costumes variam. Muitos clãs praticam a escarificação quando as crianças atingem a maioridade. Vocês provavelmente já ouviram falar nisso. Há outra cidade onde todos os homens fumam cachimbo. Nós todos temos costumes diferentes, mas somos todos dincas. Estão entendendo? Esta terra é vasta, meninos, maior do que vocês jamais poderiam imaginar, e duas vezes maior do que isso.

Deng e eu assentimos.

— Muito bem. Já fazia algum tempo que Kerubino e seus homens estavam lá em Bor, e estavam satisfeitos. Atribuir esse tipo de poder a um sudanês do sul fazia parte do acordo de paz com o Anyanya. Em Bor, Kerubino e seus homens viviam junto de seu próprio povo, a maioria havia levado a família para a cidade, e viviam felizes ali. Não precisavam trabalhar muito. Vocês já viram esses soldados. Eles não gostam muito de se mexer. Então, certo dia, começaram a surgir boatos de que seriam transferidos para o norte, e eles não gostaram muito disso, de serem lotados assim tão longe da família. Isso piorou ainda mais pelo fato de Cartum não estar lhes pagando o que havia prometido. Então as coisas se deterioraram, e finalmente pessoas leais a Cartum, sabendo que Kerubino estava planejando um motim, atacaram o 105º Batalhão. Kerubino Bol pegou todo o seu batalhão e fugiu para a Etiópia. É para lá que estamos indo, meninos. Bilpam fica na Etiópia. Sabiam disso?

Nesse ponto, interrompemos a história. Deng e eu nunca havíamos escutado a palavra Etiópia. Não sabíamos o que era a Etiópia.

— É um país, como o Sudão é um país — disse Dut.

— Se é igual a nós, por que é que fica em outro lugar? — perguntou Deng.

Dut era um homem paciente.

— Na Etiópia — continuou ele —, um homem chamado John Garang, um coronel do Exército sudanês, foi se juntar a Kerubino. Ele também tinha fugido. E então o 104º Batalhão, lotado em Ayod, também fugiu para a

Etiópia. A essa altura, já era um movimento. Havia centenas de soldados bem treinados na Etiópia, em sua maioria dincas, e esse virou o novo exército rebelde. Virou o SPLA. Foi assim que começou esse estágio da guerra civil. Estão entendendo essas coisas todas até aqui?

Aquiescemos.

— Quando John Garang começou o movimento rebelde, o general Dahab ficou muito zangado, assim como todo o governo de Cartum. Então eles quiseram aniquilar os rebeldes. Mas os rebeldes eram muitos. Estavam armados e tinham um motivo para lutar. Por isso, eram muito perigosos. E a Etiópia os estava ajudando, o que os tornava uma ameaça ainda maior.

— Então os rebeldes têm armas? — perguntei.

— Armas! É claro. Temos armas, artilharia e lança-foguetes, Achak.

Deng deu uma risada gostosa, e eu sorri e me senti orgulhoso. Convenci a mim mesmo de que os homens que haviam espancado meu pai eram diferentes desses rebeldes. Ou talvez os rebeldes tivessem aprendido a ser mais educados.

— O governo ficou muito zangado com essa nova presença rebelde — continuou Dut —, então os novos helicópteros chegaram. O governo incendiou as aldeias para puni-las por apoiarem os rebeldes. É muito fácil matar uma cidade, não? Mais difícil é matar um exército. Então, à medida que mais homens iam treinar na Etiópia, o SPLA continuou a crescer e chegou até a ganhar batalhas. Ocupou terras. As situação ficou muito ruim para o governo. Eles estavam encrencados. Então precisavam de mais soldados, mais armas. Mas recrutar um exército é caro. O governo tem que pagar o exército, alimentar o exército, fornecer armas ao exército. Então o general Dahab usou uma estratégia conhecida por muitos governos antes do seu: armou outros homens para fazerem o trabalho do exército. Nesse caso, ele forneceu armas automáticas a dezenas de milhares de árabes, entre eles os *baggaras*. Muitos vinham do outro lado de Bahr al-Ghazal. Milhares vinham de Darfur. Vocês viram esses homens com suas armas. Elas disparam cem balas no tempo necessário para dar dois tiros com um fuzil. Não temos como nos defender dessas armas.

— Por que o governo não teve que pagar esses homens? — perguntei.

— Bom, é uma boa pergunta. Esses *baggaras* já vinham brigando com os dincas havia tempos, por causa de pastos e outras questões. Vocês provavelmente sabem disso. Durante muitos anos, houve uma paz relativa entre as tribos do sul e as tribos árabes, mas a idéia do general Dahab foi acabar com essa paz, insuflar o ódio entre os *baggaras*. Quando ele lhes deu as armas, os *baggaras* entenderam que tinham uma enorme vantagem com relação aos dincas. Agora tinham AK-47, enquanto nós tínhamos lanças, porretes, escudos de couro. Isso prejudicou o equilíbrio em que havíamos vivido por tantos anos. Mas como é que o governo iria pagar todos esses homens? Simples. Disse aos cavaleiros que, em troca de seus serviços, eles estavam autorizados a saquear tudo o que quisessem por onde passassem. O general Dahab lhes disse para atacar qualquer aldeia dinca ao longo das linhas do trem e levar o que quisessem: animais, comida, qualquer coisa dos mercados e até pessoas. Foi assim que a escravidão começou a ressurgir. Isso foi em 1983.

Não tínhamos nenhuma noção dos anos.

— Poucas estações atrás — disse Dut. — Vocês se lembram de quando isso começou?

Aquiescemos.

— Eles atacavam uma aldeia cercando-a durante a noite. Quando a aldeia acordava, chegavam cavalgando de todos os lados, matando e saqueando à vontade. Levavam embora todo o gado, e qualquer animal que não fosse roubado era abatido a tiros. Qualquer resistência provocava represálias. Homens eram mortos na mesma hora. Mulheres eram estupradas, casas incendiadas, poços envenenados e crianças raptadas. Vocês viram isso tudo, tenho certeza.

Tínhamos visto.

— Tudo isso funcionou muito bem para os *baggaras*, porque suas próprias fazendas estavam sofrendo com a seca. Eles haviam perdido gado, e suas colheitas eram fracas. Então eles roubam o nosso gado e vão revendê-lo em Darfur, e depois o gado é vendido de novo em Cartum. Os lucros são tremendos. A oferta de gado no norte aumentou de forma dramática, a tal ponto que hoje há um excedente e o preço da carne caiu. Todo esse gado era dos dincas, eram nossos recursos para nos casarmos e nossas heranças, eram o valor de nossos homens. Roubar animais e comida dessas aldeias resolveu muitos dos problemas dos *baggaras*, assim como escravizar a nossa gente. Sabem por quê, meninos?

Não sabíamos.

— Enquanto eles estão por aí roubando nossos animais, quem está cuidando dos seus? Aha. Esse é um dos motivos pelos quais eles roubam nossas mulheres e nossos meninos. Nós cuidamos dos seus rebanhos para eles poderem continuar a atacar nossas aldeias. Podem imaginar uma coisa dessas? É muito feio. Mas os *baggaras* não são pessoas más por natureza. A maioria deles é como nós, criadores de gado. *Baggara* é simplesmente a palavra em árabe que significa rebanho de bois, e nós a usamos para nos referir a outros povos criadores de animais: os rezeigat de Darfur, os misseriya do Cordofão. São todos muçulmanos, sunitas. Vocês sabem o que são muçulmanos, não sabem?

Pensei em Sadiq Aziz. Não pensava em Sadiq desde a última vez em que o vira.

— A mesquita da nossa aldeia foi queimada — falei.

— As milícias eram formadas sobretudo por rapazes acostumados a acompanhar o gado pelo campo enquanto ele passeia e pasta. Em sua língua, *murahaleen* quer dizer viajante, e é isto que eles eram: homens montados que conheciam a região e estavam acostumados a andar armados para proteger a si mesmos e ao seu gado dos ataques de animais. Foi só depois de a guerra começar que esses *murahaleen* se transformaram em uma milícia, começaram a andar com armas mais pesadas e a não mais vigiar gado, mas sim a saquear.

— Mas por que nós também não poderíamos conseguir armas? — perguntou Deng.

— De quem? Dos árabes? De Cartum?

Deng abaixou a cabeça.

— Temos algumas armas agora, sim, Deng. Mas não foi fácil. E levou bastante tempo. Temos as armas que o 104º e o 105º levaram para fora do Sudão, e temos o que os etíopes nos deram.

Dut atiçou o fogo e pôs alguns amendoins na boca.

— Mas os homens de Marial Bai também usavam uniformes — disse Deng. — Quem eram?

— Eram do Exército do governo. Cartum está ficando preguiçosa. Eles agora mandam o Exército junto com os *murahaleen*. Estão pouco ligando.

Todo mundo vai agora. Qualquer um. A estratégia é mandar tudo o que puderem para destruir os dincas. Vocês já ouviram a expressão "secar um lago para pescar um peixe"? Eles estão secando o lago onde os rebeldes podem nascer ou obter apoio. Estão arrasando a terra dos dincas, para nenhum rebelde nunca mais poder surgir dessa região. E, quando os *murahaleen* atacam, eles deslocam as pessoas, e, depois que elas saem, depois que os dincas como nós saem, eles ocupam as terras que abandonamos. Ganham de muitas maneiras. Ficam com o nosso gado. Ficam com a nossa terra. Ficam com a nossa gente para cuidar do gado que roubaram de nós. E o nosso mundo é virado de cabeça para baixo. Ficamos vagando pelo país, somos afastados do nosso ganha-pão, de nossas fazendas, casas e hospitais. Cartum quer arruinar a terra dos dincas, torná-la inabitável. Daí nós precisaremos deles para restaurar a ordem, precisaremos deles para tudo.

— Então o Quê é isso — falei.

Dut passou um longo tempo olhando para mim, e em seguida tornou a atiçar o fogo.

— Talvez, Achak. Talvez seja. Não sei. Eu não sei o que é o Quê.

Estávamos quase dormindo ali mesmo, sentados.

— Estou vendo que deixei vocês com sono — disse Dut. — Como professor, estou acostumado com isso.

Quando acordamos, nosso grupo havia crescido. Na noite anterior éramos pouco mais de trinta meninos, e agora éramos quarenta e quatro. Depois de andarmos o dia inteiro, quando tornamos a nos acomodar para a noite, éramos sessenta e um. A semana seguinte trouxe mais meninos, até o grupo ficar com quase duzentos. Meninos vindos das cidades por onde passávamos, vindos da mata durante a noite, ofegantes da corrida. Outros grupos que se fundiam ao nosso e meninos que chegavam sozinhos. E, a cada vez que nosso grupo aumentava, Dut desdobrava seu pedacinho de papel esverdeado, anotava ali o nome dos meninos, e tornava a dobrá-lo e a enfiá-lo no bolso. Ele sabia o nome de cada um.

Acabei me acostumando a caminhar, às dores nas pernas e nas articulações dos joelhos, às dores na barriga e nos rins, a tirar farpas do pé. Nesses primeiros dias, não foi tão difícil encontrar comida. Todos os dias passávamos por alguma aldeia e eles conseguiam nos dar amendoins, sementes e cereais suficientes para nos sustentar. Mas isso foi ficando mais difícil à medida que nosso grupo crescia. E como crescia, Michael! Íamos absorvendo meninos, e às vezes meninas também, a cada dia da nossa caminhada. Em muitos casos, enquanto estávamos comendo em alguma aldeia, começavam negociações entre Dut e os anciãos dessa aldeia, e, quando íamos embora depois de comer, os meninos dessa aldeia faziam parte do nosso grupo. Alguns desses meninos e meninas ainda tinham pais, e em muitos casos eram os próprios pais quem mandavam os filhos embora conosco. Na época, não entendíamos exatamente por que isso acontecia, por que pais mandavam os filhos embora por livre e espontânea vontade, descalços, em uma viagem rumo ao desconhecido, mas essas coisas aconteciam, e é verdade que aqueles que se juntavam à viagem por vontade das famílias geralmente estavam mais bem equipados que aqueles dentre nós que haviam se unido à marcha por falta de alternativas. Aqueles meninos e meninas chegavam com mudas de roupas, sacolas de mantimentos e, em alguns casos, sapatos e até meias. Porém, em pouco tempo, essas desigualdades deixavam de existir. Em poucos dias, qualquer componente da marcha ficava tão destituído quanto nós. Depois de trocarem as roupas por comida, por um mosquiteiro, por qualquer luxo que pudessem adquirir, eles se arrependiam. Arrependiam-se de não saber para onde estávamos andando, arrependiam-se do fato de terem se juntado àquela procissão. Nenhum de nós jamais havia andado tanto em um só dia, mas íamos em frente, nos distanciando mais a cada dia, sem saber se algum dia iríamos voltar.

11.

Barulho de chaves na porta. Michael, temo que agora você esteja em apuros, porque Achor Achor chegou em casa e tudo vai mudar de figura. Se ao menos eu pudesse ver essa cena com meus próprios olhos! Ele vai dar um jeito em você e nos seus comparsas sem muita misericórdia.

O trinco se solta e a porta se abre. Vejo a silhueta corpulenta de Tonya. "Veja só quem está acordado!", diz ela, baixando os olhos para mim. "Michael!", vocifera. Ela trocou de roupa, e agora veste um terninho de cetim preto. Michael vem correndo do meu quarto. Começa a pedir desculpas, mas ela o interrompe. "Apronte-se", dispara , "a van está la embaixo." Michael vai ao banheiro e volta com os tênis, que começa a amarrar. Não consigo pensar na razão que o levou a deixar os tênis no banheiro.

Então vejo que há outro homem, não o de Azul, na minha cozinha. É mais baixo que o Homem de Azul, com dedos compridos e molengas, e está avaliando o aparelho de televisão, encarando-o como se tentasse adivinhar seu peso. Desliga a caixinha da TV a cabo e a põe sobre a bancada. Juntando o longo fio em uma das mãos de dedos compridos, agacha-se em frente à TV e inclina-a de encontro ao peito. Segundos depois, já saiu pela porta.

Tonya passa por mim exalando um cheiro forte de perfume de morango, e torna a entrar em meu quarto. Está olhando minhas gavetas outra vez, como se morasse ali e tivesse esquecido alguma coisa. Meu estômago volta a se contrair quando imagino que ela também irá encontrar as fotos de Tabitha. A idéia de ela manusear as fotografias me deixa enjoado na mesma hora.

Michael está perto da porta, já calçado, com a Fanta na mão. Recusa-se a olhar para mim. Passo vários instantes com a boca aberta, prestes a dizer alguma coisa, mas finalmente decido ficar calado. Poderia pedir para ser desamarrado, mas isso só faria lhes lembrar que deixar uma testemunha viva pode ser mais perigoso que eliminá-la.

Tonya torna a aparecer e, dali a segundos, está ao lado do novo homem junto à porta. Corre os olhos pelo aposento uma última vez, sem olhar para mim. Empurra Michael porta afora; ele não olha para trás, para mim. Agora satisfeita, Tonya fecha a porta. Eles se foram.

O caráter definitivo e súbito de sua partida é surpreendente. Desta vez, eles não passaram mais de dois minutos no apartamento, embora eu ainda sinta seu cheiro.

Estou sozinho novamente. Odeio a cidade de Atlanta. Não consigo me lembrar de um tempo em que senti outra coisa. Preciso sair deste lugar.

Que horas são? Percebo que talvez ainda passe um dia inteiro antes de tornar a ver Achor Achor. Se tiver sorte, ele passará em casa antes de ir trabalhar. Mas ele já ficou muitos dias fora antes, na casa de Michelle; tem uma escova de dentes e um terno sobressalente lá. Não vai voltar esta noite, e provavelmente irá direto da casa dela para o trabalho. Então vou ficar aqui, no chão, até no mínimo as seis da tarde de amanhã. Seis não, oito e meia — ele tem aula amanhã depois do trabalho.

Tento gritar, pensando que, apesar de a minha voz sair abafada, talvez ainda seja alta o suficiente para atrair algum vizinho. Tento, mas o som é pífio, fraco, um grunhido baixo.

Logo conseguirei umedecer a fita adesiva o suficiente para soltar os lábios, mas, com a fita enrolada em volta da minha cabeça, será difícil abaixá-la o suficiente com a língua. Preciso que alguém me escute, preciso alertar algum vizinho, atrair alguém até minha porta. A polícia precisa ser chamada, os ladrões, presos. Eu preciso de água, de comida. Preciso trocar de roupa. Essa provação tem que acabar.

Mas não está acabando. Estou no chão, e talvez demore vinte e quatro horas ou mais para Achor Achor voltar. Ele já passou três dias seguidos fora de casa. Mas nunca sem ligar. Ele vai telefonar e, quando eu não atender nem ligar de volta, vai perceber que alguma coisa está errada. E, até lá, existem alternativas. Há pessoas neste prédio, e eu vou me fazer ouvir.

Posso chutar o chão. Posso erguer os pés o suficiente para que o chute, mesmo com o carpete, possa ser ouvido no andar de baixo. Os vizinhos de baixo, com os quais falei apenas uma vez, são pessoas decentes, três pessoas, duas mulheres e um homem, todos brancos, todos com mais de sessenta anos. Não são ricos, já que moram os três em um apartamento exatamente do mesmo tamanho desse que divido com Achor Achor. Uma das mulheres, muito robusta e com um capacete compacto de cabelos grisalhos, tem um emprego que a obriga a usar um uniforme de segurança. Não tenho certeza se os outros dois trabalham, nem de onde trabalham.

Sei que são cristãos, evangélicos. Já puseram panfletos debaixo da minha porta, e sei que conversaram sobre religião com Edgardo. Como eu, Edgardo é católico, mas mesmo assim esses vizinhos tentaram nos atrair para a sua espécie de renascimento. Sua pregação não me deixou ofendido. Quando Ron, o homem mais velho que fica em casa, me abordou certa vez em um dia em que eu estava saindo para a aula, primeiro quis conversar sobre escravidão. Homem de ar ansioso, com o rosto de um bebê superalimentado, tinha lido algo sobre como no Sudão ainda existia escravidão; sua igreja mandava dinheiro para um grupo evangélico que estava planejando uma viagem ao Sudão para comprar escravos de volta. "Umas poucas dúzias", disse ele.

Trata-se de um ramo em franca expansão, ou pelo menos era esse o caso alguns anos atrás. Depois que os círculos evangélicos ficaram sabendo das práticas de rapto e escravização que ocorriam na região, isso se tornou sua paixão. A questão é complexa, mas, como muitas coisas no Sudão, não tão complexa quanto Cartum quer que o Ocidente acredite. Os *murahaleen* recomeçaram a raptar em 1983, quando já estavam armados e podiam agir com impunidade.

Vizinhos cristãos aí de baixo, onde estão vocês hoje à noite? Estão em casa? Será que me ouviriam se eu chamasse? Bastaria apenas bater no chão? Vocês vão me ouvir chutar? Levanto as pernas, ainda amarradas juntas, dos joelhos para baixo, bem apertadas, e chuto o chão de carpete com o máximo de força de que sou capaz. O som não sai nada forte, apenas um baque abafado. Tento de novo, agora com mais força. Passo um minuto inteiro chutando e perco o fôlego. Fico esperando alguma reação, talvez uma vassoura batendo em resposta. Nada.

Vizinhos cristãos, já que o assunto interessa a vocês, vou lhes falar sobre as expedições de caça a escravos, sobre o tráfico. O tráfico de escravos começou milhares de anos atrás; é mais velho que nossa religião. Isso vocês sabem, ou talvez tenham imaginado. Os árabes costumavam atacar aldeias no sul do Sudão, muitas vezes com a ajuda de tribos rivais do sul. Isso não é novidade para vocês; está dentro do padrão da maior parte do tráfico de escravos na África. A escravidão foi abolida oficialmente pelos britânicos em 1898, mas a prática da escravidão continuou, embora com muito menos força.

Quando a guerra começou e os *murahaleen* foram armados, as pessoas roubadas — pois era assim que meu pai as chamava, "pessoas roubadas" — foram levadas para o norte e negociadas entre os árabes. Muito do que vocês escutaram, vizinhos cristãos, é mesmo verdade. As meninas eram obrigadas a trabalhar em casas de árabes e mais tarde se tornavam concubinas, gerando os filhos de seus senhores. Os meninos cuidavam dos animais e muitas vezes também eram estuprados. Isso, devo lhes dizer, é uma das ofensas mais graves dos árabes. A homossexualidade não faz parte da cultura dinca, nem sequer de forma velada; simplesmente não existem homossexuais praticantes, e portanto a sodomia, sobretudo a sodomia forçada em meninos inocentes, instigou a guerra tanto quanto qualquer outro crime cometido pelos *murahaleen*. Digo isso com todo o devido respeito pelos homossexuais dos Estados Unidos ou de qualquer outro país. Mas simplesmente é um fato que a idéia de meninos sendo sodomizados por árabes basta para levar um soldado sudanês a atos de incrível coragem.

É preciso dizer que, nesta guerra, quase todos nós, dincas, passamos a vilipendiar os árabes do Sudão, que nos esquecemos dos amigos do norte que um dia tivemos, e da vida interdependente e pacífica que um dia vivemos com eles. Essa guerra transformou um número demasiado grande deles e de nós em racistas, e foi a liderança de Cartum quem atiçou esse fogo, que trouxe isso à tona, e em determinados casos criou, do zero, novos ódios que ocasionaram atos de brutalidade até então inéditos.

O mais estranho é que os supostos árabes não são muito diferentes dos povos do sul sob nenhum aspecto, sobretudo na aparência. Vocês já viram o presidente do Sudão, Omar el-Bashir? A pele dele é quase tão escura quanto a minha. Mas ele e seus predecessores islamistas desprezam os dincas e os nueres, querem converter todos nós, e os líderes em Cartum já tentaram, no passado, transformar o Sudão no centro mundial do fundamentalismo islâmico. Enquanto isso, muita gente entre os povos árabes do Oriente Médio tem seus próprios preconceitos contra a pele escura de Bashir e de seus orgulhosos amigos muçulmanos sudaneses. Muita gente, dentro e fora do Sudão, nem sequer os considera árabes.

Ainda assim, os árabes de pele escura do norte do Sudão defendiam a escravidão dos dincas do sul do Sudão, e qual foi a defesa de Cartum, vizinhos cristãos? Primeiro eles disseram que tudo isso pertence ao universo das "desavenças tribais" que já duram muitos séculos. Quando pressionados, alegam que não se trata de raptos, mas sim de acordos de trabalho consensuais. Aquela menina de nove anos de idade raptada no lombo de um camelo e levada para o norte, a seiscentos e cinqüenta quilômetros de distância, forçada a trabalhar como empregada na casa de um tenente do Exército: ela era escrava? Não, diz Cartum. A menina, segundo eles, está lá porque quer. Sua família, em dificuldades, fez um acordo com o tenente segundo o qual ele iria empregá-la, alimentá-la e lhe dar uma vida melhor até sua família biológica poder sustentá-la novamente. Nesse caso, também, a audácia dos líderes em Cartum é impressionante: negar que a escravidão tenha existido durante os últimos vinte anos, insistir que os povos do sul do Sudão escolheram trabalhar como empregados, sem salários, espancados e currados em casas de árabes. Durante todo esse tempo, a palavra em árabe que eles usam para se referir aos sudaneses do sul significa "escravo".

Chega quase a ser cômico. É isso que eles alegam, estou lhes dizendo! E convenceram outras pessoas também. São rixas tribais e práticas culturais específicas daquela região, dizem eles. Um diplomata americano enviado ao

Sudão para investigar a existência da escravidão voltou com essa sensação. Eles o enganaram, e ele deveria ter percebido que estava sendo enganado. Eu próprio já vi os escravos. Vi-os sendo raptados — eles levaram as gêmeas, Ahok e Awach Ugieth, durante o segundo ataque —, e amigos meus também viram. Hoje, quando as aldeias tentam repatriar ex-escravos, crianças e mulheres, há problemas. Algumas mulheres foram levadas muito jovens, com seis ou sete anos de idade, então não se lembram de nada de suas casas. Hoje têm dezoito, dezenove anos, e, como eram muito jovens ao serem raptadas, não falam dinca, só árabe, e não conhecem nenhum dos nossos costumes. E muitas delas deixaram filhos no norte. Boa parte delas teve filhos de seus senhores e, quando as mulheres são descobertas pelos abolicionistas e libertadas, essas crianças precisam ser deixadas para trás. É muito difícil a vida dessas mulheres, mesmo depois de voltarem para casa.

É um crime isso ter acontecido, e terem permitido que acontecesse.

Em um acesso de fúria, eu chuto e torno a chutar, agitando o corpo como um peixe fora d'água. Escutem-me, vizinhos cristãos! Escutem seu irmão logo aqui em cima!

Nada, outra vez. Ninguém está escutando. Ninguém está esperando ouvir os chutes de um homem aqui em cima. É algo inesperado. Vocês não têm ouvidos para alguém como eu.

12.

Certa tarde, durante as primeiras e esperançosas semanas da caminhada, chegamos a uma aldeia chamada Gok Arol Kachuol. Nos arredores, mulheres se juntaram na beira do caminho para olhar nosso grupo, agora com mais de duzentos e cinqüenta meninos.

— Vejam como estão doentes — diziam as mulheres ao nos verem passar.

— Que cabeças enormes! Parecem ovos em espetos!

As mulheres riam exageradamente, cobrindo a boca.

— Já sei — disse outra, uma mulher já de idade, velha e retorcida como uma acácia. — Eles parecem colheres. Parecem colheres ambulantes!

E as mulheres davam risadinhas e continuavam a apontar para nós enquanto passávamos, escolhendo meninos com um aspecto especialmente diferente ou maltratado.

Assim que o primeiro menino do nosso grupo entrou na aldeia, soubemos que não éramos bem-vindos.

— Nada de rebeldes aqui — disse o chefe, aproximando-se da trilha depressa. — Não, não, não! Podem continuar andando. Vão indo. Vão!

Com um cachimbo na boca, o chefe estava impedindo o acesso à aldeia com os braços, acenando com as mãos como se o vento assim gerado pudesse nos soprar para algum outro lugar.

Dut deu um passo à frente e falou com uma firmeza que eu não ouvira antes.

— Nós precisamos descansar e vamos descansar aqui. Senão, vocês vão mesmo ter notícias dos rebeldes.

— Mas não temos nada para dar a vocês — insistiu o chefe. — Fomos atacados pelos rebeldes dois dias atrás. Podem sentar aqui e descansar, mas não temos comida para dar a vocês.

Seus olhos correram pela fileira que nós formávamos e que continuava a entrar na cidade vinda da trilha, meninos e mais meninos surgindo da floresta e enchendo a aldeia. Ele passou o cachimbo de um lado para o outro da boca.

— Ninguém conseguiria alimentar tantos assim — disse o chefe.

Dut não se deixou abater.

— Quero que você saiba as implicações do que está dizendo.

O chefe fez uma pausa e soltou o ar pelo nariz com força, resignado. O segundo bufo foi mais conciliador. Dut virou-se para nós.

— Sentem aqui. Não se mexam até eu voltar.

Dut seguiu o chefe até sua casa. Ficamos descansando no mato, com fome, com sede e com raiva daquela aldeia. O encontro entre Dut e o chefe durou muito mais do que deveria ter durado, e o sol subiu bem alto acima de nós, examinando-nos, punindo-nos. Nenhum de nós tinha sombra, e estávamos com medo de sair dali. Mas logo não conseguimos mais ficar parados. Alguns dos meninos se deslocaram umas poucas centenas de metros para irem se sentar debaixo de uma árvore. Outros, mais velhos, incumbiram-se da tarefa de encontrar comida sozinhos. Ficamos olhando enquanto eles rastejavam até uma casa próxima e encontravam uma cumbuca de amendoins, com a qual saíram correndo.

A cena seguinte foi de caos. Primeiro, os gritos agudos das mulheres. Em seguida, uma dúzia de homens correndo atrás deles. Quando não conseguiram pegar os três ladrões, vieram atrás do restante de nós com suas lanças em riste. Saímos correndo, os duzentos e cinqüenta, em todas as direções, e finalmente chegamos a uma trilha fora da aldeia, na mesma direção de onde havíamos saído. Passamos uma hora correndo enquanto os homens nos perseguiam e capturavam alguns dos meninos mais lentos, punindo-os enquanto refazíamos a maior parte do caminho que passáramos a manhã percorrendo. Foi por isso que nossa caminhada levou mais tempo do que poderia ter levado: não era uma linha reta, longe disso.

Quando paramos de correr, Kur nos reuniu e nos contou. Faltavam seis.

— Onde está Dut? — perguntou.

Não fazíamos idéia. Kur era o menino mais velho ali, então todos se viraram para ele em busca de respostas. Não sabíamos onde Dut estava, e isso era preocupante.

— Vamos ficar aqui até Dut voltar — disse ele.

Cinco meninos estavam feridos. Um deles fora atingido no ombro com uma lança. Esse menino foi carregado por Kur até um lugar debaixo de uma árvore, onde lhe deram água. Kur não sabia como ajudar o menino. O único lugar onde alguém poderia ajudá-lo era na aldeia que lhe fizera aquilo. Não tínhamos nada, nem ninguém conosco para ajudar qualquer um com qualquer tipo de ferimento.

Três meninos foram mandados de volta para a aldeia junto com o menino mais ferido para tentar conseguir algum tratamento. Não tenho certeza do que aconteceu com esses meninos, pois nunca mais os vimos. Gosto de acreditar que foram acolhidos pelo povo da aldeia, arrependido do que havia feito conosco.

Foram dias ruins. Dut demorou um dia inteiro para se juntar a nós de novo, deixando Kur no comando. Por si só, isso não era uma desvantagem; o senso de direção de Kur parecia mais afiado que o de Dut, sua incerteza em relação à viagem menos evidente que a de Dut. Mas Dut era nosso líder, mesmo que muitas vezes trouxesse consigo a má sorte. Pouco depois de ele voltar, um leão saltou na nossa frente no escuro e levou dois meninos, devorando-os no mato. Não paramos muito tempo para escutar.

Quando passávamos por outros viajantes, eles nos alertavam sobre a presença de *murahaleen* naquela área. Estávamos sempre prontos para correr; cada menino tinha um plano para o caso de as milícias chegarem. A cada nova paisagem que encontrávamos, tínhamos primeiro de examiná-la à procura de lugares onde nos esconder, de trilhas a seguir. Sabíamos que aqueles boatos sobre a proximidade dos *murahaleen* eram verdadeiros, pois Deng estava usando um de seus turbantes.

Certo dia, estávamos andando, com as pernas pesadas, mas os olhos alertas, quando vimos aquilo em uma árvore. Um pedaço de pano branco preso nos galhos, sacudindo-se ao vento. Levantei Deng o suficiente para ele poder pegar o pano, e Kur confirmou que havia sido usado por um *baggara*; não conseguia entender como fora parar no alto de uma árvore.

— Posso usar? — perguntou Deng a Kur.

— Quer usar como um árabe usa?

— Não. Vou usar de um jeito diferente.

E foi o que ele fez. Enrolou o pano um pouco frouxo em volta da cabeça, o que o deixou com um aspecto absurdo, mas ele alegou que aquilo o refrescava. O esforço que precisava fazer para manter o pano afastado dos olhos e impedir que caísse no chão certamente anulava qualquer benefício imediato, mas eu não disse nada. Sabia que um pedaço de pano grosso como aquele poderia ser útil em alguma situação.

Mas logo tudo terminou e eu estava em casa. Estava em casa, ajudando minha mãe com a fogueira. Meus irmãos brincavam logo depois do quintal e meu pai estava sentado em sua cadeira, do lado de fora, com um copo de vinho a seus pés. Bem lá longe, na aldeia, eu podia ouvir um canto — era o coral ensaiando o mesmo hino que cantavam quatrocentas vezes por dia. Galinhas cacarejavam, galos cantavam, cães uivavam e tentavam devorar cestos para alcançar a comida das pessoas. Uma lua redonda e brilhante pairava acima de Marial Bai, e eu sabia que os rapazes da aldeia estariam lá fora arrumando encrenca. Noites como aquela eram noites longas, em que a atividade generalizada dificultava o sono, então eu raramente fazia força para dormir. Ficava acordado, escutando, imaginando o que todo mundo estava fazendo, o que significava cada som. Prestava atenção nas vozes, na distância entre mim e cada som. Para minha mãe não se preocupar, eu mantinha os olhos fechados durante a maior parte do tempo, mas, pelo menos algumas vezes ao longo da noite, abria-os e via que minha mãe também estava com os seus abertos. Nessas horas, trocávamos um sorriso sonolento. E foi assim nessa noite, quando me vi novamente aquecido dentro da casa da minha mãe, junto a seu vestido amarelo, ao calor de seu corpo. Era bom estar em casa e, quando contei minhas aventuras à minha família, eles ficaram muito intrigados e impressionados.

— Olhe só para ele — disse uma voz. — Está sonhando com a mãe — disse a voz. Parecia a voz de Deng. Eu havia contado a ele sobre minha família; havia lhe dito muitas coisas.

Abri os olhos. Deng estava ali, mas não estávamos dentro da casa de minha mãe. Em um instante, tudo o que era cálido dentro de mim ficou frio. Eu estava ao relento, dormindo no meio do círculo de meninos, e o ar estava tão frio quanto em qualquer outra noite da nossa caminhada.

Não me mexi. Deng estava logo acima de mim, e atrás dele havia não os vermelhos e ocres quentes da casa de minha mãe, mas apenas o preto queimado do céu sem lua. Fechei os olhos, desejando, estupidamente eu sei, poder voltar para o sonho. Que estranho um sonho conseguir aquecer você quando seu corpo sabe exatamente o frio que está sentindo. Que estranho estar dormindo ali com todos aqueles meninos, naquele círculo entrelaçado, debaixo de um céu sem luz. Queria punir Deng por não ser minha mãe e meus irmãos. Mas, sem ele, eu não seria capaz de viver. Ver seu rosto todos os dias — era isso que me fazia continuar.

No grupo, houve muitos meninos que foram ficando estranhos. Um deles não conseguia dormir, nem à noite nem durante o dia. Passou muitos dias se recusando a dormir, pois queria sempre ver o que estava se aproximando, ver qualquer ameaça que pudesse surgir. Acabou sendo deixado em uma aldeia aos cuidados de uma mulher que o segurou no colo e, em poucos minutos, ele adormeceu. Outro menino seguia arrastando um pedaço de pau atrás de si, traçando uma linha no chão para saber o caminho de casa. Fez isso durante dois dias, até um dos meninos mais velhos pegar seu pedaço de pau e quebrá-lo em sua cabeça. Outro menino pensava que andar fosse uma brincadeira, e ia pulando, correndo, provocando os outros meninos. Queria brincar de pique e não achava ninguém que quisesse brincar também. Parou de brincar ao levar um forte chute nas costas de um menino cansado de vê-lo saltitar de um lado para o outro. Um menino chamado Ajiing era mais estranho ainda: guardava toda a comida que lhe davam. Guardava a comida — pasta de amendoim, principalmente — dentro de uma camisa que trouxera consigo. Só enfiava a mão dentro da camisa uma vez por dia, para retirar uma quantidade suficiente da mistura pegajosa para cobrir seus três primeiros dedos. Lambia os dedos para limpá-los e depois tornava a amarrar a camisa. Estava se preparando para passar muitas semanas sem comida. Mas a maioria dos meninos só fazia andar e falava pouco, porque não havia nada a dizer.

— O cachorro azul!

Quatro dias depois de sermos expulsos da aldeia pelos homens com suas lanças, tornamos a encontrar o cachorro azul. Deng foi o primeiro a vê-lo.

— É o mesmo cachorro? — perguntei.

— Claro que é — disse Deng, ajoelhando-se para afagá-lo.

Era uma cadela, e estava mais gorda que da última vez em que a víramos. Não conseguíamos entender como podia ter se afastado tanto de casa. Será que vinha nos seguindo durante aqueles últimos dias, mantendo-se fora do nosso campo de visão, mas andando no mesmo ritmo que nós? Na nossa frente, ouvimos uma confusão, vozes de meninos. Fomos até as vozes e a cadela azul nos seguiu, relutante.

Acabamos descobrindo que a cadela azul não estava muito longe de casa. Vi que as árvores daquele lugar eram conhecidas. Logo percebemos que aquela era a aldeia feliz. Havíamos andado em círculos; vínhamos refazendo nosso caminho havia muitos dias e agora estávamos de volta à aldeia cheia de vida que víramos não muito tempo antes, a aldeia onde os meninos haviam nos provocado com seus sapatos brancos novos, e onde as mulheres haviam nos dado comida e nos mandado embora. Eles haviam negado a ameaça dos *murahaleen*, mas agora não estavam mais ali. Onde antes ficava a aldeia não havia mais nada. As casas haviam sido erguidas no céu. Onde antes ficavam suas estruturas havia apenas círculos pretos. A destruição era total.

E então eu vi os corpos. Braços e cabeças em arbustos, restos de cabanas. E, ao longe, a cadela azul mastigava alguma coisa. Então entendemos como ela havia ficado tão gorda.

Uma mulher alta saiu correndo do mato em direção ao nosso grupo. Trazia um bebê preso a um pedaço de pano enrolado no peito. Quando chegou mais perto, o bebê se transformou em dois bebês, gêmeos, e a mulher começou a chorar e gritar descontroladamente. Sua mão estava envolta em um pano cor-de-rosa, empapado de sangue. Agora nossos meninos haviam se espalhado por toda a aldeia, para inspecionar os estragos e tocar coisas que eu nunca tocaria.

— Voltem aqui! — gritou Dut.

Mas ele não conseguiu controlar os meninos e sua curiosidade. Nem todos já tinham visto em primeira mão os *murahaleen* ou o que eles faziam. Espalharam-se, alguns também encontrando e comendo comida abandonada, e, à medida que iam entrando na aldeia, sobreviventes começaram a emergir de seus esconderijos: mulheres, velhos, crianças, mais meninos. A mulher com os dois bebês amarrados não conseguia parar de chorar, e Kur a fez se sentar e tentou acalmá-la. Sentei-me e virei as costas para a mulher e para as outras que chegaram depois dela. Tapei os ouvidos com os dedos. Eu já conhecia tudo aquilo e estava cansado.

Passamos a noite ali. Ainda havia comida na aldeia, e ficou decidido que era o lugar mais seguro onde poderíamos estar, o local de um ataque recente. Enquanto descansávamos, muitas outras pessoas foram saindo da floresta e do mato. Conversaram com Dut e trocaram informações, e pela manhã deixamos a aldeia com dezoito novos meninos. Eram meninos muito quietos, e nenhum deles calçava tênis branco feito nuvens.

— Minha barriga está doendo — disse Deng. — Achak.

— O quê?

— Sua barriga dói desse jeito? Como se tivesse alguma coisa lá dentro se mexendo? Você sente isso?

Muitos dias já tinham se passado e eu estava sem paciência para aquilo. Todo mundo estava com dor de barriga; todas as nossas barrigas estavam ficando duras e redondas, e estávamos acostumados com a dor da fome. Eu disse alguma coisa nesse sentido, esperando que fosse aliviar os temores de Deng e acalmá-lo.

— Mas é uma dor nova — disse Deng. — Mais baixa que antes. Como se alguém estivesse me beliscando, me apunhalando.

Era difícil para mim sentir alguma empatia por Deng quando eu próprio estava tão faminto. Minha fome ia e vinha, e quando chegava eu a sentia por toda parte. Sentia-a na barriga, no peito, nos braços, nas coxas.

— Estou com saudade da minha mãe — disse Deng.

— Eu quero minha casa — disse ele.

— Preciso parar de andar — disse ele.

Fui para a frente da fila para não precisar ouvir os lamentos de Deng. A maioria de nós era estóica e sabia que era inútil reclamar. O comportamento de Deng era uma afronta para a forma como andávamos.

No céu da tarde, uma explosão. Paramos. O som se repetiu; agora estava claro que era uma arma. A explosão ecoou repetidamente, cinco vezes. Dut parou o grupo e escutou.

— Sentem. Sentem e esperem — disse.

Saiu correndo na frente. Quando voltou, estava rindo.

— Mataram um elefante. Venham agora! Hoje todo mundo vai comer carne.

Começamos a correr. Ninguém sabia tudo o que Dut tinha dito, mas tinham ouvido a palavra "carne". Saímos correndo atrás de Dut e Kur Garang Kur.

Saí correndo, e o solo debaixo dos meus pés voava de tão depressa que eu corria, pulando por cima de pedras e da vegetação rasteira. Saímos todos correndo, rindo. Havia semanas que não comíamos carne de nenhum tipo. Eu estava feliz, mas, enquanto corria, minha mente estava dividida. Estava com muita fome, a fome dilacerava meu corpo inteiro, mas em meu clã o elefante era sagrado. Ninguém da minha aldeia de Marial Bai jamais cogitaria matar, muito menos comer um elefante, mas mesmo assim corri na direção do animal. Nenhum outro menino parecia hesitar; corriam como se não estivessem doentes, como se não estivessem andando há tanto tempo. Nessa hora, não éramos meninos à beira da morte, não éramos aqueles meninos que andavam. Éramos meninos famintos prestes a nos banquetear com carne fresca.

Quando chegamos mais perto, vimos uma pequena montanha cinzenta, e à toda volta dessa montanha havia meninos. Eram centenas, às vezes chegavam a dez, um atrás do outro, em volta do elefante. Um deles rasgava a orelha do animal. Subira na cabeça e estava arrancando a orelha do elefante do crânio. Outro menino estava em pé encostado no elefante, com a mão e o pulso faltando, e o ombro vermelho de sangue. Instantes depois, havia recuperado a mão, só que coberta de sangue. A mão dele estava dentro do elefante; ele a havia enfiado no lugar onde a bala abrira um buraco. Havia arrancado toda a carne que conseguira e a estava comendo, crua, com o sangue do animal pingando do rosto.

Junto ao elefante havia dois homens uniformizados e armados. Enquanto os meninos despedaçavam o animal, fiquei olhando para os homens.

— Quem são? — perguntei a Kur.

— É nosso exército — disse ele. — Eles são a esperança dos dincas.

Fiquei olhando enquanto Dut, Kur e um dos soldados ajudavam a cortar o couro do elefante. Abriram um longo corte no alto do elefante, e os meninos, dez de cada vez, afastaram a pele, arrancando-a, puxando-a até o chão. Por baixo da pele, o elefante era vermelho como uma queimadura. Os meninos pularam para dentro do animal, mordendo e arrancando a carne, e, quando cada menino conseguia pegar um punhado de carne, corria como uma hiena para mastigá-la debaixo das árvores.

Alguns meninos começaram a comer imediatamente. Outros não sabiam se deveriam esperar a carne ser cozida. Era de manhã, e muitos meninos não tinham certeza de quanto tempo iriam passar ali, com o elefante, e se poderiam levar alguma carne consigo.

Os soldados do SPLA haviam feito uma grande fogueira. Dut mandou cinco meninos irem juntar lenha para alimentar as chamas. Kur fez outra fogueira do outro lado do elefante, e nós, que ainda não tínhamos comido nossa carne, pusemos pedaços para assar em espetos.

Os soldados ficaram contentes ao nos ver comendo e conversaram conosco, simpáticos. Fiquei sentado ao lado de Deng, vendo-o comer. Era tão bom ver Deng comendo, embora ele comesse sem sorrir e não estivesse gostando da carne como os outros. Seus olhos estavam amarelados na borda, sua boca rachada e manchada de branco. Mas ele comeu o quanto pôde. Comeu até não conseguir comer mais nada.

Quando a comilança terminou foi que percebemos direito a presença do grupo de rebeldes sentados em volta de uma gigantesca árvore chamada balanita. Fomos nos reunir ao redor dos homens e ficamos olhando para eles.

Dut logo interferiu.

— Dêem espaço para eles respirarem, meninos! Vocês parecem mosquitos.

Demos alguns passos para trás, mas depois novamente nos aproximamos devagar. Os homens sorriam, gostando daquela atenção.

— Tivemos problemas em Gok Arol Kachuol — disse Dut.

— Que tipo de problemas? — perguntou um dos rebeldes.

Dut trouxe à frente um dos meninos feridos. Sua perna fora cortada com uma lança.

— Quem fez isso? — indagou o rebelde.

O homem se chamava Mawein, e de repente se pôs de pé, irado. Dut explicou o que havia acontecido, que chegáramos a pé na aldeia, em paz, que eles haviam nos negado comida e que em seguida havíamos sido enxotados da cidade por homens armados com lanças. Deixou de fora a parte sobre o roubo dos amendoins. E nenhum menino achou necessário mencionar isso. Estávamos cheios de orgulho e de expectativa, vendo a ira de Mawein crescer.

— Fizeram isso com meninos do Exército Vermelho? Meninos desarmados?

Dut podia sentir o gostinho da vingança e exagerou a crueldade dos homens.

— Eles passaram metade de um dia nos perseguindo. Não queriam nenhum rebelde. Chamaram-nos de rebeldes e amaldiçoaram o SPLA.

Mawein riu.

— Esse chefe logo vai nos ver chegar. Foi o homem do cachimbo?

— Foi — disse Dut. — Muitos dos homens fumavam cachimbo.

— Sabemos onde fica esse lugar. Amanhã vamos até essa aldeia conversar com eles sobre o tratamento que deram aos meninos do Exército Vermelho.

— Obrigado, Mawein — disse Dut. Ele havia adotado um tom de profunda reverência.

Mawein meneou a cabeça para ele.

— Agora coma um pouco — disse. — Coma enquanto pode.

Comemos sem tirar os olhos dos homens. Cada soldado tinha ao seu redor vinte meninos que comiam sem tirar os olhos dele. Os homens pareciam imensos, os maiores homens que víamos em muitos meses. Eram muito saudáveis, com músculos delineados e rostos confiantes. Aqueles eram os homens capazes de combater os *murahaleen* ou o Exército do governo. Aqueles homens personificavam toda a nossa raiva e avivavam todas as esperanças que pudéssemos ter.

— Vocês estão ganhando a guerra? — perguntei.

— Que guerra, *jaysh al-ahmar*?

Fiz uma pausa de alguns instantes.

— Que palavra é essa que você usou?

— *Jaysh al-ahmar.*

— O que isso quer dizer?

— Dut, você não ensina nada a esses meninos?

— Esses meninos ainda não são *jaysh al-ahmar*, Mawein. Eles são jovens demais.

— Jovens? Olhe para alguns desses moleques. Eles estão prontos para lutar! São soldados! Olhe só aqueles três ali.

Apontou para três dos meninos mais velhos, que ainda cozinhavam carne sobre a fogueira.

— Eles são altos, sim, mas são muito jovens. Da mesma idade que esses aqui.

— Isso é o que vamos ver, Dut.

— Vocês estão ganhando a guerra, Mawein? — tentou Deng. — A guerra contra os *murahaleen*?

Mawein olhou para Dut, depois tornou a olhar para Deng.

— Estamos, menino. Estamos ganhando essa guerra. Mas a guerra é contra o governo do Sudão. Você sabe disso, não sabe?

Não importava quantas vezes Dut me explicasse, eu continuava sem entender. Nossas aldeias estavam sendo atacadas pelos *murahaleen*, mas os rebeldes deixavam as aldeias sozinhas para irem lutar em outro lugar, contra o Exército do governo. Aquilo me deixava perplexo, e me deixaria perplexo ainda por muitos anos.

— Quer segurar? — perguntou Mawein, apontando para sua arma.

Eu queria muito segurar a arma.

— Sente. É muito pesada para você.

Sentei-me, e Mawein fez alguns ajustes na arma e em seguida depositou-a no meu colo. Fiquei preocupado que fosse estar quente, porém, quando a arma tocou minhas pernas nuas, vi que era muito pesada, mas fresca.

— Pesada, não é? Tente carregar isso o dia inteiro, *jaysh al-ahmar*.

— O que quer dizer isso, *jaysh al-ahmar*? — sussurrei. Sabia que Dut não queria que soubéssemos a resposta para essa pergunta.

— Quer dizer vocês, menino. Quer dizer Exército Vermelho. Vocês são o Exército Vermelho.

Mawein sorriu, e eu também sorri. Nesse instante, agradou-me a idéia de fazer parte de um exército, de ser digno de um apelido de guerreiro. Corri as mãos pela superfície da arma. Tinha um formato muito estranho, pensei. Não se parecia com nada em que eu conseguisse pensar, com furinhos por toda a superfície, braços que partiam em todas as direções. Tive de examiná-la com cuidado para me lembrar por que lado as balas saíam. Enfiei o dedo dentro do cano.

— É tão pequena, a abertura — falei.

— As balas não são muito largas. Mas não precisam ser grandes. São muito afiadas e voam rápido o suficiente para perfurar metal. Quer ver uma bala?

Eu disse que sim. Já tinha visto cápsulas, mas nunca segurara uma bala que não houvesse sido disparada.

Mawein vasculhou um bolso da frente de sua camisa e tirou lá de dentro um objeto dourado, segurando-o na palma da mão. Era do tamanho do meu polegar, rombudo em uma das extremidades e pontudo na outra.

— Posso segurar? — pedi.

— Claro. Como você é educado! — maravilhou-se. — Um soldado nunca é educado.

— Está quente? — perguntei.

— Se a bala está quente? — perguntou ele, rindo. — Não. É a arma que a deixa quente. Agora está fria.

Mawein soltou a bala na palma da minha mão e meu coração acelerou. Eu confiava em Mawein, mas não tinha certeza de que a bala não iria perfurar a minha mão. Ela agora descansava sobre minha palma, mais leve do que eu esperava. Não estava se mexendo, não estava cortando minha pele. Segurei a bala entre os dedos e aproximei-a do rosto. Primeiro a cheirei, para ver se tinha cheiro de fogo ou de morte. Tinha apenas cheiro de metal.

— Deixe eu cheirar!

Deng pegou a bala e deixou-a cair no chão.

— Cuidado, meninos. Elas são valiosas.

Dei um tapa no peito de Deng e catei a bala, limpei a sujeira da superfície e esfreguei-a com a camisa. Entreguei-a a Mawein, envergonhado.

— Obrigado — disse Mawein, pegando a bala de volta e tornando a guardá-la no bolso da camisa.

— De quantas balas vocês precisaram para matar o elefante? — perguntou Deng.

— Três — respondeu Mawein.

— De quantas precisam para matar um homem?

— Que tipo de homem?

— Um árabe — disse Deng.

— Uma só — falou Mawein.

— Quantos árabes essa arma pode matar? — perguntou Deng.

— Tantos quantas forem as balas — disse Mawein.

Deng tinha tantas perguntas quanto Mawein pudesse responder.

— Quantas balas você tem?

— Temos várias balas, mas estamos tentando conseguir mais.

— Onde vocês conseguem?

— Na Etiópia.

— É para lá que nós vamos.

— Eu sei. Estamos todos indo para a Etiópia.

— Quem?

— Eu, você, todo mundo. Todos os meninos do sul do Sudão. Milhares estão indo para lá agora. Vocês são um grupo entre muitos. Dut não disse isso a vocês? Dut! — gritou ele para Dut, que tentava embalar um pouco da carne do elefante. — Você educa esses meninos ou não? Nunca conta nada para eles?

Dut olhou para Mawein, preocupado. Deng tinha mais perguntas.

— É mais fácil para os árabes matarem um dinca, ou para um dinca matar um árabe?

— Com a mesma bala, os dois homens morrem. A bala não liga.

Isso deixou tanto Deng quanto eu decepcionados, mas ele continuou.

— Por que nós não temos armas? Poderíamos disparar com esta aqui?

Mawein jogou a cabeça para trás e riu.

— Está vendo, Dut? Estes meninos estão prontos! Eles querem lutar agora.

Ficamos fazendo perguntas até comermos tudo o que podíamos do elefante e até Mawein se cansar de nós. O sol caiu e a noite chegou. Os soldados foram dormir em uma cabana vazia ali perto, enquanto nós dormimos em círculo um sono pesado, sentindo-nos mais seguros perto dos rebeldes, com a cabeça cheia de idéias de vingança.

Dormi ao lado de Deng, e imaginei que nos dias seguintes fôssemos encontrar mais comida como aquela. Imaginei que houvéssemos entrado em um território onde havia muitos rebeldes que caçavam. Onde houvesse esses caçadores haveria elefantes mortos, esperando para serem comidos, e os elefantes eram perfeitos para comer: eram grandes o suficiente para fornecer carne a centenas de meninos, e a carne nos fortalecia. Eu não estava mais ligando para o que meus ancestrais fossem pensar. Nós éramos o Exército Vermelho e precisávamos comer.

Pela manhã, levantei-me depressa, sentindo-me forte como não me sentia havia muitas semanas. Deng estava ao meu lado, e deixei-o dormir. Olhei em volta do acampamento à procura dos soldados, mas não vi nenhum deles.

— Eles já foram embora — disse Dut. — Foram visitar o chefe de Gok Arol Kachuol.

Eu ri.

— Vai ser uma ótima visita!

— Eu queria estar lá — disse Dut.

Ação! O simples fato de pensar nisso era uma satisfação. Minha imaginação estava a todo vapor pensando em armas, no poder das armas, em acertar as contas com a aldeia de Gok Arol Kachuol. Pela primeira vez em semanas, eu estava novamente ávido por aventuras. Queria andar. Queria ver o que encontraríamos pelo caminho naquele dia. Imaginei os outros grupos de meninos como nós, todos a caminho da Etiópia. Fortaleci-me pensando nos soldados rebeldes, em suas armas e em sua disposição para lutar por nós. Era a primeira vez que eu sentia que tínhamos qualquer força, que os dincas também podiam lutar.

O sol era novamente meu amigo, e eu estava pronto para ver coisas, seguir em frente, viver. Olhei em volta para os outros meninos que acordavam e juntavam suas coisas. Deng ainda estava dormindo, e fiquei tão feliz ao vê-lo dormir confortavelmente, sem reclamar, que não o acordei.

Andei até a cabana onde os soldados haviam passado a noite. Não estavam mais lá, mas pude ver as sombras de outros meninos lá dentro procurando comida, procurando qualquer coisa. Não havia nada. Quando saímos da cabana, descobrimos que a maioria dos meninos estava sentada em seus grupos, todos prontos para começar a andar. Assumi meu lugar no grupo e então me lembrei de Deng.

— Dut — falei. — Acho que Deng ainda está dormindo.

Mas Deng não estava onde eu o vira pela última vez. Alguns dos meninos perto de mim estavam se comportando de forma estranha. Evitavam me encarar.

— Venha aqui, Achak — disse Dut, com o braço em volta do meu ombro.

Andamos por algum tempo, e então ele parou e apontou. Ao longe, pude ver Deng dormindo, mas agora naquele lugar diferente e com o turbante árabe branco a lhe cobrir o rosto.

— Ele não está dormindo, Achak.

Dut pousou a mão por alguns instantes sobre minha cabeça.

— Não vá até lá, Achak. Você não quer ficar doente como ele ficou.

Dut então se virou e dirigiu-se a um grupo de meninos mais velhos.

— Vão catar folhas. Folhas grandes. Vamos precisar de muitas delas se quisermos cobri-lo direito.

Três meninos foram escolhidos para carregar o corpo de Deng até a árvore mais grossa e mais antiga daquela área. Depositaram o corpo debaixo da árvore e cobriram-no de folhas para acalmar o espírito dos mortos. Dut rezou preces, e depois recomeçamos a andar. Deng não foi enterrado e eu não vi seu corpo.

Quando Deng morreu, resolvi parar de falar. Não falava mais com ninguém. Deng foi o primeiro a morrer, mas logo outros meninos começaram a morrer com freqüência e não havia tempo para enterrar os mortos. Morriam de malária, de fome, de infecções. Sempre que um menino morria, Dut e Kur faziam o melhor que podiam para honrá-lo, mas precisávamos continuar andando. Dut tirava sua lista do bolso, anotava quem havia morrido e onde, e seguíamos em frente. Se um menino ficava doente, passava a andar sozinho; os outros tinham medo de pegar o que ele tinha e não queriam conhecê-lo muito bem, pois ele certamente morreria logo. Não queríamos sua voz em nossa cabeça.

Quando o número de meninos mortos chegou a dez, doze, Dut e Kur ficaram com medo. Tinham de carregar meninos todos os dias. Toda manhã, algum outro menino ficava fraco demais para andar, e Dut passava o dia inteiro carregando esse menino, esperando que encontrássemos um médico ou uma aldeia que aceitasse ficar com ele. Algumas vezes isso acontecia, mas em geral não. Parei de olhar para onde Dut enterrava ou escondia os mortos, pois sei que ele ia ficando menos cuidadoso à medida que a viagem prosseguia. Todos estavam fracos, fracos demais para pensar com clareza quando precisávamos reagir aos perigos. Estávamos quase nus, já que havíamos trocado nossas roupas por comida nas aldeias pelo caminho, e a maioria de nós andava descalça.

Por que um bombardeiro de grande altitude teria qualquer interesse em nós?

Quando o vi, todos os meninos também o viram. Trezentas cabeças se viraram para cima ao mesmo tempo. No início, o barulho não era nada diferente do de um avião de provisões ou de uma das pequenas aeronaves que de vez em quando passavam pelo céu. Mas aquele som ribombava mais fundo na minha pele, e o avião era maior que qualquer outro que eu me lembrasse de ter visto voando tão alto.

O avião nos sobrevoou uma vez e sumiu, e continuamos a andar. Quando helicópteros armados se aproximavam de nós, diziam-nos para nos esconder nas árvores, na vegetação rasteira, mas com os Antonovs a única regra explícita era remover ou esconder qualquer coisa que pudesse refletir o sol. Espelhos, vidro, qualquer coisa que absorvesse a luz, tudo era proibido. Mas esses objetos já tinham desaparecido havia muito tempo e, mesmo no início, é claro que eram poucos os meninos que tinham qualquer coisa desse tipo. Então prosseguimos, sem imaginar que fôssemos nos tornar um alvo. Éramos centenas de meninos quase nus, todos desarmados e a maioria com menos de doze anos. Por que aquele avião teria algum interesse em nós?

Mas o avião voltou alguns minutos mais tarde, e logo depois se ouviu um assobio. Dut gritou para nós que precisávamos correr, mas não nos disse para onde. Corremos em centenas de direções diferentes, e dois meninos escolheram a direção errada. Correram para o abrigo de uma árvore grande e foi lá que a bomba caiu.

Foi como se um punho houvesse socado a terra de dentro. A explosão desenraizou a árvore e espalhou fumaça e terra quinze metros para cima. O céu se encheu de poeira e o dia escureceu. Fui jogado no chão e ali fiquei, com um silvo a ecoar nos ouvidos. Olhei para cima. Havia meninos jogados no chão à toda volta. A árvore havia desaparecido e o buraco na terra era grande o suficiente para abrigar cinqüenta de nós. Por alguns instantes, o céu ficou silencioso. Fiquei olhando, atônito demais para me mexer, enquanto alguns meninos se levantavam e se aproximavam da cratera.

— Não cheguem perto! — disse Dut — Eles não estão mais aí. Corram! Vão se esconder no mato. Vão! — Mesmo assim, os meninos andaram até junto da cratera e olharam lá para dentro. Não viram nada. Não havia sobrado nada ali; os dois meninos tinham sido dizimados.

Nem sequer considerei a possibilidade de que o bombardeiro pudesse tornar a aparecer. Mas ele logo voltou. Novamente o assobio irrompeu por entre as nuvens.

— Corram para longe da cidade! — gritou Dut. — Corram das construções!

Ninguém se mexeu.

— Afastem-se das construções! — berrou ele.

O avião surgiu. Saí correndo para longe da cratera, mas alguns meninos correram em sua direção.

— Onde vocês vão se esconder? — perguntei a eles, e vi que não conseguiam falar; éramos apenas corpos e olhos correndo. Meninos corriam em todas as direções.

Atrás de mim, ouvi outro assobio, desta vez mais rápido que o último, e outra pancada irrompeu de dentro da terra, e novamente o dia escureceu. Houve alguns instantes de silêncio, de calma e tranqüilidade, e então saí voando pelos ares. O chão virou de ponta-cabeça junto à minha orelha direita e golpeou minha nuca. Caí deitado de costas. Uma dor se espalhou por minha cabeça como água fria. Eu não conseguia ouvir nada. Fiquei deitado por algum tempo, sentindo os membros desconectados. Acima de mim havia poeira, mas no centro, na minha frente, havia uma janela azul redonda. Olhei por ela e achei que fosse Deus. Senti-me impotente e em paz, porque não conseguia me mexer. Não conseguia falar, nem escutar, nem me mexer, e isso me enchia de uma estranha serenidade.

Fui acordado por vozes. Por risos. Levantei-me e fiquei de joelhos, mas não conseguia pôr os pés no chão. Não confiava mais na terra. Vomitei ali ajoelhado e tornei a me deitar. O céu estava clareando quando voltei a tentar. Primeiro me ajoelhei, e minha cabeça rodou. Pontinhos brancos faiscavam diante dos meus olhos, meus membros formigavam. Passei mais algum tempo ajoelhado e recuperei a visão.

Minha mente clareou. Olhei em volta. Havia meninos andando, alguns sentados, comendo milho. Pus os pés debaixo do meu corpo e levantei-me devagar. Parecia muito pouco natural ficar em pé. Quando me levantei totalmente, o ar girou à minha volta, sibilando. Abri bem as pernas e estendi os braços para a esquerda e para a direita. Fiquei assim até meus membros pararem de vibrar e, depois de algum tempo, fiquei em pé normalmente e me senti novamente humano.

Cinco meninos haviam morrido, três na hora, e os dois outros, com as pernas estraçalhadas pelas bombas, viveram por tempo suficiente para ver o sangue se esvair de seus corpos e escurecer a terra.

Quando tornamos a andar, poucos meninos falavam. Entre os vivos, muitos foram perdidos nesse dia; haviam desistido. Um desses foi Monynhial, cujo nariz havia sido quebrado anos antes em uma briga com outro menino. Seus olhos eram muito juntos, e ele não sorria e raramente falava. Eu havia tentado falar com ele, mas as palavras de Monynhial eram sucintas e encerravam rapidamente as conversas. Depois do bombardeio, os olhos de Monynhial perderam a luz.

— Não posso ser caçado assim — disse-me ele.

Estávamos caminhando sob o crepúsculo por uma região outrora povoada, mas que agora estava deserta. A luz daquela tarde estava linda, um redemoinho cor-de-rosa, amarelo e branco.

— Você não está sendo caçado — falei. — Todos nós estamos sendo caçados.

— É, e eu não posso ser caçado assim. Cada barulho da mata ou do céu me esmaga. Fico tremendo como um passarinho na mão de alguém. Quero parar de andar. Quero ficar parado, pelo menos aí vou saber que barulhos esperar. Quero acabar com todos os barulhos e com a possibilidade de sermos bombardeados ou comidos.

— Você vai estar mais seguro conosco. Indo para a Etiópia. Sabe que isso é verdade.

— Somos o alvo, Achak. Olhe para nós. Somos meninos demais. Todos querem nos ver mortos. Deus quer nos ver mortos. Ele está tentando nos matar.

— Ande mais alguns dias. Vai se sentir melhor.

— Vou deixar o grupo quando encontrar uma aldeia — disse Monynhial.

— Não diga isso — falei.

Mas ele logo o fez. Na aldeia seguinte por que passamos, parou. Embora a aldeia estivesse deserta e Dut tenha lhe dito que os *murahaleen* iriam voltar àquela aldeia, Monynhial parou de andar.

— Vejo vocês outra hora — disse ele.

Nessa aldeia, Monynhial encontrou um buraco fundo aberto por uma bomba de um Antonov, e entrou lá dentro. Dissemos adeus a ele, porque estávamos acostumados a ver meninos morrerem e deixarem o grupo de muitas maneiras. Nosso grupo seguiu andando enquanto Monynhial passava três dias no buraco, sem se mexer, saboreando o silêncio lá dentro. Cavou uma caverna na lateral da cratera e, com a palha seca do telhado de uma cabana meio incendiada, criou uma portinha para tapar a entrada, escondendo-se dos animais. Ninguém foi visitar Monynhial; nenhum animal, nenhuma pessoa; ninguém sabia que ele estava ali. No primeiro dia, quando sentiu fome, ele rastejou para fora do buraco e andou pela aldeia, até uma cabana onde catou um osso nas cinzas de uma fogueira. Presos ao osso havia três pequenos nacos de carne de cabrito, enegrecidos por fora, mas que o saciaram nesse dia. Ele bebeu água das poças, depois tornou a rastejar para dentro de seu buraco, onde permaneceu o dia e a noite inteiros. No terceiro dia, decidiu morrer dentro do buraco, porque ali estava quentinho e não havia barulhos do lado de fora. E morreu nesse dia mesmo, porque estava pronto. Nenhum dos meninos que andavam comigo viu Monynhial morrer dentro do buraco, mas todos sabemos que essa história é verdadeira. No Sudão é muito fácil um menino morrer.

13.

Deitado aqui no chão do meu apartamento, chutando para chamar a atenção dos meus vizinhos cristãos, vacilo entre a calma e uma grande agitação. Percebo que estou tranqüilo em relação à minha situação, sabendo que tudo irá terminar quando Achor Achor chegar, mas, uma vez a cada hora, sinto uma onda de urgência, de fúria cega, e me reviro, chuto e tento me soltar. Invariavelmente, esses movimentos fazem o fio que me prende ficar mais apertado, e trazem lágrimas aos meus olhos e pontadas de dor à minha nuca.

Mas o último acesso de frustração traz algum resultado. Dou-me conta de que consigo rolar. Sinto-me estúpido por não ter percebido isso antes, mas em poucos segundos já me virei para o outro lado, ficando perpendicular à porta da frente. Rolo de lado cinco vezes, ralando o queixo no tapete, até tocar a porta da frente. Viro-me como uma roda e dobro os joelhos. Respiro fundo, agora animado, percebendo que encontrei a solução, e chuto a porta com meus pés atados.

Agora, se eu não derrubar a porta, com certeza chamarei a atenção das pessoas do lado de fora. Chuto e torno a chutar, e a porta, pesada e com um friso de metal, se sacode na moldura. O barulho que faz é alto o suficiente.

Torno a chutar e logo vejo que estou seguindo um ritmo. O barulho que faço é muito alto. Tenho certeza de que estão me ouvindo. Chuto com um sorriso no rosto, sabendo que todos do lado de fora estão acordando com o barulho de alguém em apuros. Existe alguém em Atlanta que está sofrendo, que apanhou, que veio para esta cidade procurando nada além de educação e uma estabilidade mínima, e que agora está amarrado dentro do próprio apartamento. Mas ele está chutando e fazendo muito barulho.

Ouça-me, Atlanta! Estou sorrindo, e lágrimas escorrem pelas minhas têmporas porque sei que logo alguém, talvez os vizinhos cristãos, talvez Edgardo ou um passante qualquer, virá até esta porta e dirá: quem está aí? Qual o problema? Sentirão culpa por saber que poderiam ter feito alguma coisa mais cedo, se ao menos houvessem prestado atenção.

Começo a contar os chutes na porta. Vinte e cinco, quarenta e cinco. Noventa.

Em cento e vinte e cinco, faço uma pausa. Não consigo acreditar que a barulheira não trouxe ninguém até minha porta. Minha frustração é pior que a dor de estar amarrado, de levar uma coronhada. Onde está essa gente? Sei que tem alguém me ouvindo. Não é possível que ninguém esteja me ouvindo. Mas as pessoas não acham que isso lhes diga respeito. Abram a porta e me deixem ficar em pé de novo! Se eu puder usar as mãos, consigo ficar em pé. Se puder usar as mãos, consigo destapar a boca e lhes contar o que aconteceu aqui.

Torno a chutar: cento e cinqüenta. Duzentos.

É impossível, ninguém vai vir até essa porta. Será que o barulho do mundo é uma cacofonia tão grande que a minha não pode ser ouvida? Só estou pedindo uma pessoa! Uma única pessoa que vier à minha porta será suficiente.

Para a maioria dos meninos perdidos nos Estados Unidos, Mary Williams foi uma das primeiras pessoas que eles conheceram, o caminho para toda a ajuda e para todo o esclarecimento disponíveis. De olhos sempre úmidos, com uma voz sempre prestes a sumir, Mary foi quem criou a Fundação Meninos Perdidos, organização sem fins lucrativos destinada a ajudar os Meninos Perdidos de Atlanta a se adaptarem à vida aqui, a entrarem para a universidade, a encontrarem empregos. Achor Achor me levou até ela uma semana depois que cheguei a Atlanta. Saímos do apartamento debaixo de chuva e pegamos o ônibus até a sede da fundação — duas escrivaninhas em um prédio baixo de vidro e metal, no centro de Atlanta.

"Quem é ela?", perguntei a Achor Achor.

"É uma mulher que gosta de nós", disse ele. Explicou que ela era como os trabalhadores humanitários dos campos, embora não recebesse salário. Ela e sua equipe eram voluntários. Isso me parecia um conceito estranho, e perguntei-me o que a estaria motivando, ou seus associados, a nos fazer favores de graça. Era uma pergunta que eu fazia sempre, e os outros sudaneses também a faziam: qual era o problema com essas pessoas que as fazia querer passar tanto tempo nos ajudando?

Mary tinha cabelos curtos e traços suaves, e mãos mornas com as quais envolveu as minhas. Nós nos sentamos e conversamos sobre o trabalho da fundação, sobre minhas necessidades. Ela ouvira dizer que eu era um bom orador e perguntou se eu estaria disposto a falar nas igrejas, universidades e escolas de ensino fundamental da cidade. Respondi que sim. À toda volta da sua escrivaninha havia vaquinhas de barro, muito parecidas com as que Moses fazia quando éramos pequenos. Os sudaneses de Atlanta as estavam fazendo, e Mary iria leiloá-las para conseguir dinheiro para a fundação, que funcionava graças ao apoio e ao local cedido pela mãe de Mary, uma mulher chamada Jane Fonda. Fiquei sabendo que Jane Fonda era uma atriz conhecida e, como as pessoas estavam dispostas a pagar por objetos com sua assinatura, havia assinado algumas das vaquinhas também.

Lembro-me de, nesse dia, ter dado uma volta pelo escritório antes de conversar um pouco com Mary sobre minhas necessidades e meus planos, e lembro-me de ter ficado confuso. Mostraram-me uma vitrine muito grande e rebuscada, contendo centenas de estátuas e medalhas ganhas por Jane Fonda. Ao percorrer devagar a frente da vitrine, com os olhos ressecados — não conseguia piscar; reconheço que gosto de olhar troféus e certificados —, vi muitas fotos de uma mulher branca que não se parecia com Mary Williams. Mary era afro-americana, mas fui deduzindo devagar que Jane Fonda era uma mulher branca, e soube que teria outras perguntas para Mary quando terminasse de examinar o conteúdo da vitrine. Em muitas das fotos espalhadas pelo escritório, Jane Fonda usava roupas bem curtas, roupas de ginástica cor-de-rosa e roxas. Parecia ser uma mulher muito ativa. Quando saímos do escritório, perguntei a Achor Achor se ele poderia me explicar aquilo tudo.

"Você não conhece a história dela?", perguntou ele.

É claro que eu não sabia nada, então ele me contou a história.

Mary tinha nascido em Oakland no final dos anos 1960, no universo dos Panteras Negras; seu pai era um capitão, um membro importante, um homem corajoso. Tinha mais cinco irmãos, todos mais velhos, e a família era pobre e se mudava muito. Seu pai estava sempre entrando e saindo da prisão por causa de acusações ligadas a suas atividades revolucionárias. Quando estava em liberdade, tinha problemas com drogas e vivia de biscates. Sua mãe, que havia sido a primeira mulher afro-americana a fazer parte do sindicato dos soldadores, acabou sucumbindo ao álcool e às drogas. No meio disso tudo, Mary foi mandada para uma colônia de férias em Santa Barbara destinada a jovens carentes, cuja proprietária e administradora era a atriz Jane Fonda. Ao longo de dois verões, Jane Fonda conheceu Mary bastante bem, e acabou tirando-a de seu lar desestruturado e adotando-a. Mary se mudou de Oakland para Santa Monica e cresceu ali, com os filhos biológicos de Jane Fonda. Quinze anos mais tarde, depois de cursar a universidade e de trabalhar com direitos humanos na África, e depois de sua irmã, que havia se tornado prostituta aos quinze anos, ser assassinada em uma rua de Oakland, Mary leu artigos de jornal sobre os Meninos Perdidos e logo fundou sua organização. O capital inicial foi fornecido por Fonda e Ted Turner, que me disseram ser um marinheiro e dono de muitas redes de televisão. Mais tarde, conheci separadamente tanto Jane Fonda quanto Ted Turner e achei-os pessoas muito decentes, que se lembraram do meu nome e seguraram minha mão entre as suas de forma calorosa.

Esse não foi o único contato dos Meninos Perdidos de Atlanta com pessoas famosas. Não consigo entender por quê, mas imagino que tenha sido obra de Mary, que tentou todo o possível para chamar atenção para nós e, por extensão, angariar dinheiro para a fundação. No final das contas, isso acabou não funcionando, mas apertei a mão de Jimmy Carter e até mesmo de Angelina Jolie, que passou uma tarde no apartamento de um dos Meninos Perdidos de Atlanta. Foi um dia estranho. Fiquei sabendo alguns dias antes que uma jovem atriz branca viria conversar com alguns dos Meninos Perdidos. Como sempre, houve muita discussão em relação a quem iria nos representar, e por quê. Como eu havia liderado muitos jovens em Kakuma, fui um dos escolhidos para estar presente, mas o resto dos sudaneses não gostou muito disso. No entanto, eu não liguei, porque gostava de estar presente para me certificar de que estavam apresentando um retrato verdadeiro da nossa vida, sem muitos exageros. Assim, vinte de nós foram apinhar o apartamento de um dos Meninos Perdidos que morava havia mais tempo em Atlanta, e então a sra. Jolie entrou, acompanhada de um homem de cabelos grisalhos usando um boné de beisebol. Os dois se sentaram em um sofá, cercados por sudaneses, todos tentando falar, tentando ser ouvidos, e ao mesmo tempo tentando ser educados e não falar alto demais. Preciso admitir que, quando a conheci, não fazia idéia de quem ela era; disseram-me que era uma certa atriz, e, quando a vi, ela de fato parecia uma atriz — tinha a mesma postura estudada, os mesmos olhos sedutores de Miss Gladys, minha professora de teatro muito atraente em Kakuma, então gostei dela imediatamente. A sra. Jolie passou duas horas nos escutando e em seguida nos disse que tinha a intenção de visitar Kakuma pessoalmente. Coisa que acredito que fez.

Quantas coisas interessantes aconteceram nesses primeiros meses nos Estados Unidos! Enquanto isso, Mary Williams e eu nos telefonávamos, e tivemos um relacionamento muito produtivo. Quando eu estava com dificuldades para conseguir tratamento para minhas dores de cabeça e para meu joelho — que havia machucado em Kakuma —, Mary ligou para Jane Fonda, que me levou ao seu médico particular em Atlanta. Ele acabou operando meu joelho e melhorou muito minha mobilidade. Mary era muito generosa, mas já fora magoada pelas atitudes de alguns dos sudaneses que ajudava, e eu podia ver em seus olhos, sempre à beira das lágrimas, que ela estava exausta e que seu serviço à nossa causa não iria durar muito. Lembro-me de que a primeira vez que entendi como aquilo era difícil para ela, quão pouco reconhecimento ela recebia pelo trabalho que fazia, foi em uma festa de aniversário. Ela havia organizado tudo: uma festa com comida, entradas para um jogo de basquete do Atlanta Hawks, um discurso especial de Manute Bol, o sudanês mais famoso da história, ex-jogador da NBA que doava grande parte de seu dinheiro ao SPLA. Mesmo assim, houve boatos e especulações sobre o trabalho que Mary estava fazendo na Fundação Meninos Perdidos. Será que ela estava desviando doações? Será que não estava conseguindo pôr os Meninos Perdidos na universidade?

Fazia apenas alguns meses que eu estava no país, e ali estava eu sentado, de terno, em uma das primeiras filas de cadeiras de um jogo profissional de basquete. Imaginem só! Imaginem doze refugiados do Sudão, todos usando ternos curtos demais para nós, doados pela nossa igreja e por benfeitores. Imaginem-nos ali, sentados, tentando entender tudo aquilo. A confusão começou antes do jogo, quando um grupo de doze moças americanas de cores de pele variadas, bem fornidas e de collant, espalharam-se pela quadra de basquete vazia e executaram uma dança hiperativa e muito provocante ao som de uma canção de Puff Daddy. Ficamos todos encarando aquelas moças que rodopiavam, irradiando uma imagem poderosa e sexualmente agressiva. Teria sido grosseiro desviar os olhos, mas, ao mesmo tempo, as dançarinas me deixaram pouco à vontade. A música era a mais alta que eu já ouvira na vida, e o espetáculo do estádio, com seu teto de quase quarenta metros de altura, seus milhares de cadeiras, seu vidro, metal e bandeirolas, suas líderes de torcida e seu sistema de som assassino — tudo parecia ter sido criado com o único intuito de enlouquecer as pessoas.

Pouco depois, um grupo diferente de líderes de torcida começou a atirar camisetas bem para o alto das arquibancadas, usando aparelhos que pareciam submetralhadoras. Fiquei olhando para aquelas armas, com camisetas enroladas dentro dos canos, capazes de atirá-las uns doze ou quinze metros para cima. Aquelas moças, as líderes de torcida do Atlanta Hawks, estavam tentando animar os torcedores dando-lhes camisetas e bolas de basquete em miniatura, embora sua tarefa fosse difícil. O time do Atlanta Hawks iria jogar contra o Golden State Warriors e, como nenhum dos dois times estava muito bem no campeonato daquele ano, só umas poucas centenas de pessoas ocupavam os dezessete mil lugares do estádio.

Uma boa parcela dos torcedores nessa noite era sudanesa — éramos cento e cinqüenta —, e doze haviam sido escolhidos para se sentar perto da quadra, com Manute Bol. Ali estávamos nós, assistindo ao jogo de basquete ao lado de um dos jogadores profissionais mais altos que o esporte já teve.

Essa noite da minha vida foi muito estranha, e deveria ter sido positiva, toda ela, mas não foi, e a primeira nota falsa soou quando um dos Meninos Perdidos, que não havia sido escolhido para se sentar perto da quadra, chegou perto de nós e começou a reclamar bem alto, até mesmo com Manute, sobre como aquilo era injusto. E enquanto esse rapaz, cujo nome não vou citar, se queixava da injustiça, o nome citado vezes sem conta como origem do problema foi o de Mary.

"Como é que ela pode fazer isso?", perguntava ele. "Que direito ela tem?"

Nessa noite, tive uma opinião muito ruim desse homem. Por fim, um funcionário do estádio lhe pediu que voltasse para o lugar e, envergonhado, ele tornou a prestar atenção na quadra. Enquanto as dançarinas prosseguiam seu número, alguns dos jogadores do Atlanta Hawks, todos mais altos pessoalmente do que na TV, vieram correndo com seus sapatos gigantescos para apertar a mão de Bol. Ele continuou sentado, pois era óbvio que ficar em pé já não era tão fácil para ele quanto antes. Ficamos todos ouvindo Bol conversar com os jogadores americanos, a maioria dos quais disse algumas palavras para acompanhar o rápido aperto de mão e depois voltou para seus times. Alguns dos jogadores do Hawks passearam os olhos por nós, os convidados de Bol, e pareceram deduzir imediatamente quem éramos.

Foi ao mesmo tempo empolgante e embaraçoso. Como grupo, estávamos mais saudáveis do que jamais fôramos na vida, mas, ao lado daqueles jogadores da NBA, parecíamos fracos e subnutridos. Até mesmo nosso líder, Manute Bol, com sua cabeça pequenina e seus pés imensos, parecia um graveto gigante arrancado de uma árvore. A aparência do nosso grupo sugeria que toda a gente do Sudão era faminta, mirrada. Não havia terno neste mundo capaz de nos dar uma ilusão de descontração e conforto.

O jogo foi o início de uma noite de comemoração de nosso aniversário coletivo, tudo organizado por Mary e seus voluntários. Depois do jogo, comemoramos nosso aniversário em um salão do CNN Center, sede da emissora de notícias que fica ao lado do estádio. Mary havia usado sua influência com Ted Turner para conseguir o espaço, e nossos patrocinadores levaram frango frito, feijão, salada, bolo e refrigerante. A Fundação Meninos Perdidos já fizera uma festa assim para todo mundo no ano anterior, antes de eu chegar. Por que estávamos todos comemorando nosso aniversário no mesmo dia? É uma boa pergunta, e a resposta é fascinante de tão banal. Na primeira vez em que fomos registrados pelo escritório do Alto Comissariado das Nações Unidas para os Refugiados, em Kakuma, nossa idade foi determinada com a máxima exatidão possível pelos trabalhadores humanitários, e todos recebemos a mesma data de aniversário: 10 de janeiro. Até hoje não sei por que isso aconteceu; parece-me que teria sido igualmente fácil para a ONU escolher datas diferentes e aleatórias para cada um de nós. Mas eles não fizeram isso e, embora muitos meninos tenham escolhido novas datas, a maioria de nós aceitou 10 de janeiro como data de nascimento. De toda forma, seria difícil demais alterar a data em todos os nossos documentos oficiais.

Durante a festa, nós, os homens, alguns dos quais tinham vindo de lugares tão distantes quanto Jacksonville e Charlotte, ficamos conversando entre nós e com as famílias que nos patrocinavam. Para cada refugiado havia um ou dois patrocinadores americanos. Os patrocinadores e suas famílias eram quase todos brancos, mas, apesar disso, sua situação socioeconômica era variada: havia jovens casais de profissionais, homens mais velhos usando bonés de caminhoneiro, idosos. Mas a maioria dos americanos presentes preferia um certo tipo de mulher, entre trinta e sessenta anos, competente e calorosa, do tipo que se espera encontrar fazendo trabalho voluntário em uma escola ou igreja.

Ver todos aqueles homens ali era incrível. Eu podia olhar para a multidão e ver dois irmãos a quem havia ensinado futebol quando eram adolescentes. Havia meninos que conhecia das minhas aulas de inglês, outros do grupo de teatro de Kakuma. Outro que vendia sapatos no campo. Era a primeira vez que eu me reunia com mais de uma dúzia de meninos de Kakuma, e isso quase me fez cair sentado. O fato de termos todos sobrevivido, de estarmos de terno, calçando sapatos novos, de estarmos ali reunidos em um imenso templo de riqueza todo feito de vidro! Nós nos cumprimentávamos com abraços e grandes sorrisos, muitos de nós chocados.

Um grupo entre nós estava vestido de forma diferente dos outros, com roupas esportivas, viseiras, bonés de beisebol e camisas de basquete realçados por relógios e correntes de ouro. Esses homens eram chamados de Havaí 5-0, porque tinham acabado de voltar do Havaí, onde haviam trabalhado como figurantes em um filme de Bruce Willis. É verdade. Aparentemente, um dos voluntários da Fundação Meninos Perdidos conhecia um diretor de elenco de Los Angeles que estava procurando homens da África ocidental para a figuração de um filme dirigido por um afro-americano chamado Antoine Fuqua. O voluntário mandou uma foto de dez dos sudaneses que viviam em Atlanta, e todos eles foram escolhidos. Na festa, os dez haviam acabado de voltar de três meses nas ilhas, onde ficaram hospedados em hotéis cinco estrelas, com todas as contas pagas, e ganharam salários generosos. Agora estavam de volta a Atlanta, determinados a deixar claro que haviam feito uma viagem, que agora eram de uma casta diferente do resto de nós. Um deles usava meia dúzia de correntes de ouro por cima de uma camisa havaiana. Outro usava uma camiseta estampada com uma fotografia sua ao lado de Bruce Willis. Esse rapaz tinha usado a mesma camiseta todos os dias durante um ano, e lavara-a tantas vezes que o rosto do sr. Willis agora estava roto e desbotado.

Enquanto o Havaí 5-0 se exibia e fazia pose, os outros tentavam muito não parecer impressionados. No melhor dos casos, estávamos felizes por eles, ou poderíamos rir com eles do absurdo de tudo aquilo. No pior dos casos, porém, havia inveja, muita inveja, e novamente a culpa recaía sobre Mary. Segundo os boatos, fora ela quem organizara a escolha dos meninos que haviam ido para o Havaí, e quem era ela para exercer esse poder? As sementes da derrocada da Fundação Meninos Perdidos foram plantadas nessa noite. Dessa data em diante, Mary não conseguiu mais fazer nada certo. Não acho que os sudaneses sejam um povo particularmente criador de caso, mas os que moram em Atlanta parecem quase sempre encontrar motivos para se sentir prejudicados por qualquer coisa que seja dada a outro. Ficou difícil aceitar um emprego, uma indicação. Qualquer presente, fosse da igreja ou de algum patrocinador, era recebido com uma mistura de gratidão e nervosismo. Em Atlanta, oitenta pares de olhos observavam cada um de nós o tempo inteiro, e nunca parecia haver nada em quantidade que bastasse para todos, nenhuma maneira de distribuir qualquer coisa de forma igualitária. Depois de algum tempo, o mais seguro passou a ser não aceitar nenhum presente, nenhum convite para dar palestras em escolas ou igrejas, ou simplesmente retirar-se da comunidade por completo. Somente assim era possível viver sem ser julgado.

Em seguida dançamos, apesar de só haver quatro parceiras possíveis presentes, entre as quais apenas duas sudanesas. Depois da dança, Manute Bol fez seu discurso. Muito mais alto que nós, ele se mostrou sério e pedante, fazendo seu discurso primeiro em dinca e depois em inglês, para que os americanos presentes pudessem entender. Instou-nos a nos comportar enquanto estivéssemos nos Estados Unidos. Insistiu para que nos tornássemos imigrantes-modelo, trabalhássemos com afinco e procurássemos freqüentar a universidade. Caso nos portássemos com dignidade, recato e ambição, disse, seríamos benquistos por nossos anfitriões americanos e nosso sucesso incentivaria o governo dos Estados Unidos a acolher outros refugiados sudaneses. Cabia a nós, explicou, ser a luz da qual iria brotar a esperança para os sudaneses que ainda sofriam nos campos de refugiados do Sudão.

"Lembrem-se de que tempo é dinheiro!", aconselhou ele.

Fez uma pausa de efeito.

"Nos Estados Unidos, não se pode chegar atrasado!"

Outra pausa comprida.

Manute falava em espasmos, iniciando cada frase com algumas palavras ditas bem alto, que depois davam lugar a um fluxo mais baixo de ponderações. Enquanto ele falava, todos nós ficamos parados em silêncio, escutando. Tínhamos enorme respeito por Manute Bol; ele fizera tudo o que podia para levar a paz ao Sudão. Poucos anos antes, fora convidado pelo governo a ir para Cartum, onde seria nomeado ministro dos Esportes e da Cultura. Leal a seu país e vendo ali uma oportunidade de fazer o governo islamista prestar mais atenção nos interesses do seu povo, Manute aceitou e foi até Cartum. Uma vez lá, descobriu que o emprego só seria seu caso renunciasse ao cristianismo e se convertesse ao islamismo. Ele recusou, e essa escolha se revelou um desastre. Foi um constrangimento para seus anfitriões e, segundo rezava a lenda, ele mal conseguiu escapar com vida. Subornou as autoridades para sair do país e voltou para Connecticut.

"Vocês não vivem mais no tempo africano! Esses dias acabaram!"

Não estávamos escutando nenhuma novidade. Se tivesse conversado com qualquer um de nós, ele teria visto que estávamos decididos a obter um diploma universitário e conseguir mandar dinheiro de volta para o Sudão.

"Deixem seus ancestrais orgulhosos!", bradou ele.

Mary ficou assistindo a isso tudo enquanto se entretinha desembalando comida, agradecendo a patrocinadores, limpando, cumprimentando. Foi a última vez em que me lembro de tê-la visto razoavelmente feliz enquanto trabalhava para nós. Nos meses que se seguiram, passei a conhecer Mary bastante bem — foi ela quem assistiu comigo a *O exorcista* — e ela me confidenciou suas dificuldades com os outros sudaneses que tentava ajudar. Eles gritavam com ela; questionavam sua competência, muitas vezes se referindo a seu sexo como justificativa para sua inépcia; um recurso utilizado por muitos homens sudaneses, admito. A cada nova acusação que lhe era feita — que ela desperdiçava as doações que recebia, que tinha seus preferidos, e assim por diante —, ela se retraía ainda mais, e é claro que não tinha outra escolha senão favorecer os sudaneses que não estivessem tentando desacreditá-la ativamente. Continuei a apoiá-la, pois via que muito do que os sudaneses tinham em Atlanta se devia ao trabalho dela. Reconheço que fui beneficiado pela paciência e pela compaixão que lhe demonstrei. O principal presente que ela me deu chamava-se Phil Mays.

Embora houvesse muitos patrocinadores como vocês, vizinhos cristãos — pessoas bem-intencionadas, que freqüentavam a igreja e haviam se comovido com a situação dos Meninos Perdidos —, depois de alguns meses em Atlanta eu ainda não tinha o meu, e os três meses de aluguel pagos pelo governo americano estavam quase no fim. Eu sofria com enxaquecas constantes e muitas vezes mal conseguia me mexer; a dor chegava a me cegar. Queria começar uma vida e precisava de ajuda com inúmeras coisas: carteira de motorista, carro, emprego, ser aceito na universidade.

"Phil vai ajudar com isso", disse Mary em um dia chuvoso, enquanto aguardávamos no escritório da Fundação Meninos Perdidos. Deu-me um tapinha no joelho. "Ele é o melhor patrocinador que encontrei."

A maioria dos patrocinadores era mulher, e eu sabia que seria alvo de muita antipatia quando os outros ficassem sabendo que um dos poucos homens disponíveis estava sendo entregue a mim. Mas estava pouco ligando para isso. Eu precisava da ajuda e já havia desistido de fazer o jogo político dos jovens sudaneses de Atlanta.

Estava muito nervoso antes do encontro com Phil. Não estou brincando quando digo que todos nós sudaneses acreditávamos que qualquer coisa podia acontecer, a qualquer momento. Em especial, eu cogitava a possibilidade de chegar ao escritório da fundação na manhã de nosso encontro e ser entregue imediatamente a oficiais da imigração. Achava que poderia ser mandado de volta para Kakuma ou talvez para algum outro lugar. Confiava em Mary, mas achava que talvez aquele tal de Phil Mays fosse algum tipo de agente que não aprovava nossa conduta nos Estados Unidos até então. Phil me disse depois que pôde ver isso em minha postura: suplicante, tenso. Sentia-me grato por cada hora em que fosse bem-vindo e não corresse nenhum perigo.

Fiquei esperando no lobby, vestindo uma calça social azul que havia conseguido na igreja. A calça estava curta e a cintura era grande demais para mim, mas estava limpa. Minha camisa era branca e do tamanho certo; eu a havia passado durante uma hora na noite anterior, e novamente pela manhã.

Um homem desceu do elevador usando uma calça jeans e uma camisa pólo. Tinha uma aparência agradável, trinta e poucos anos, e se parecia muito com qualquer outro homem branco de Atlanta. Era Phil Mays. Ele sorriu e caminhou em minha direção. Segurou minha mão entre as suas e a sacudiu devagar, olhando-me nos olhos. Tive ainda mais certeza de que ele pretendia me deportar.

Mary nos deixou sozinhos e eu contei a Phil uma versão breve da minha história. Pude ver que ela o afetou profundamente. Ele já lera sobre os Meninos Perdidos no jornal, mas ouvir minha versão mais detalhada deixou-o incomodado. Perguntei-lhe sobre sua vida e ele me contou um pouco da sua própria história. Trabalhava no ramo imobiliário, disse, e ganhava bem a vida. Fora criado em Gainesville, Flórida, como filho adotivo de um professor de entomologia que abandonara a vida acadêmica para se tornar mecânico. Sua mãe adotiva havia ido embora quando ele tinha quatro anos, e seu pai o criara sozinho. Phil já tinha sido atleta e, quando não conseguiu atingir o nível exigido na universidade, tornara-se locutor esportivo, emprego que ainda tinha ao se formar. Acabou cursando direito e mudando-se para Atlanta, casou-se e abriu seu próprio escritório. Na adolescência, tinha descoberto que fora adotado, e acabara indo procurar os pais biológicos. Os resultados foram controversos, e ele nunca havia deixado de se questionar sobre sua vida, suas origens, seu caráter e a criação que tivera. Quando Phil leu sobre nós e sobre a Fundação Meninos Perdidos, fez questão de doar dinheiro à organização; ele e a mulher, Stacey, decidiram doar dez mil dólares. Ele ligou para a fundação e falou com Mary. Ela ficou entusiasmada com a idéia da doação, e perguntou a Phil se ele gostaria de doar mais do que dinheiro: talvez quisesse dar uma passada no escritório e doar um pouco de seu tempo também?

E agora ali estava ele, sentado comigo, e era óbvio que estava tentando lidar com a difícil situação na qual ambos nos encontrávamos. Originalmente, não havia planejado se tornar meu patrocinador, mas em poucos minutos entendeu que, caso fosse embora naquele dia e simplesmente assinasse um cheque, eu continuaria exatamente como estava antes — perdido, e de certa forma impotente. Senti-me péssimo por ele, vendo-o tentar se decidir, e em qualquer outra situação teria lhe dito que o dinheiro bastava. Mas eu sabia que precisava de um guia, de alguém para me dizer, por exemplo, como encontrar tratamento para minhas enxaquecas. Fiquei olhando para ele e tentei fazer a cara de alguém com quem ele pudesse se relacionar, alguém adequado para freqüentar sua casa e conhecer sua mulher e seus filhos gêmeos, então com menos de um ano de idade. Sorri e tentei parecer descontraído e agradável, e não alguém que só lhe traria tristeza e problemas.

"Eu adoro crianças!", falei. "Sou muito bom com elas", acrescentei. "Qualquer ajuda que o senhor puder me dar, eu posso retribuir cuidando das crianças. Ou trabalhando no jardim. Ficarei feliz em fazer qualquer coisa."

Pobre homem. Imagino que eu tenha exagerado a dose. Ele estava quase chorando quando finalmente se levantou e apertou minha mão. "Vou ser seu patrocinador. E seu mentor", disse. "Vou arrumar trabalho para você, e um carro e um apartamento. Depois vamos providenciar sua entrada na universidade." E eu sabia que ele faria tudo isso. Phil Mays era um homem de sucesso, e teria sucesso comigo. Apertei sua mão vigorosamente, sorri e o acompanhei até o elevador. Voltei para o escritório da fundação e olhei pela janela. Ele estava saindo do prédio, agora logo abaixo de mim. Fiquei olhando enquanto ele entrava no carro, um carro bonito, elegante e preto, estacionado logo abaixo da janela pela qual eu estava olhando. Ele se sentou atrás do volante, pôs as mãos no colo e chorou. Fiquei olhando seus ombros se sacudirem e o vi cobrir o rosto com as mãos.

* * *

Jantar na casa de Phil e Stacey era um acontecimento muito importante; eu precisava passar a imagem correta. Tinha de me mostrar agradável, agradecido, e precisava cair nas graças dos filhos pequenos. Mas eu não podia ir sozinho. Na época, não tinha meu próprio carro, então pedi a Achor Achor para me dar uma carona até a casa a caminho de uma reunião que ele teria com outros Meninos Perdidos. Lavei e passei a mesma camisa que havia usado ao conhecer Phil — era a única camisa decente que eu tinha na época —, e passei minha calça de brim. Quando Achor Achor e eu entramos no carro, ele me informou que, no caminho, iria pegar outros dois refugiados sudaneses, Piol e Dau.

"O quê?", exclamei, zangado. Havia planejado que Achor Achor me acompanhasse até a porta, porque não pensava que fosse conseguir fazer isso sozinho. E agora eu chegaria acompanhado de outros três sudaneses? Será que Phil e Stacey iriam sequer abrir a porta?

"Não se preocupe", disse Achor Achor. "Vamos embora depois de deixar você."

Estacionamos o carro na rua e subimos a entrada de garagem que conduzia à casa. A casa era enorme. Tinha o tamanho de uma residência reservada para os mais altos dignitários do Sudão — ministros ou embaixadores. O gramado era luxuoso e verde, e as sebes estavam aparadas no formato de cubos e esferas.

Tocamos a campainha. A porta se abriu e vi o choque no rosto do casal. Eram Phil e Stacey, cada qual segurando no colo um dos gêmeos.

"Ooooi", disse Stacey. Ela era mignon e loura, e tinha a voz límpida, mas hesitante. Olhou para Phil, como se ele houvesse deixado de lhe informar que haveria quatro convidados sudaneses para o jantar, não um.

"Entrem, entrem!", disse Phil.

E nós entramos. Eles fecharam a porta atrás de nós.

"Espero que vocês gostem de churrasco", disse Stacey.

Virei-me para Achor Achor para lhe lançar um olhar dizendo-lhe para ir embora, mas ele estava ocupado demais admirando a casa. Era evidente que Achor Achor, Piol e Dau já haviam se esquecido de qualquer reunião que houvessem planejado. Iriam ficar para jantar.

Do lado de dentro, a casa era ainda mais impressionante do que por fora. O pé-direito parecia ter dez metros. Havia uma sala de estar toda iluminada e uma escada que dobrava para a direita na direção dos cômodos do andar de cima, com uma sacada dando para o salão. Prateleiras enchiam as paredes até bem alto, e no canto havia uma televisão gigante embutida na estante. Tudo era branco e amarelo — era um lugar claro e feliz, muito arejado. Em uma bancada de mármore que emergia da cozinha havia uma fruteira de prata, cintilante e repleta de frutas frescas.

Andamos até a varanda dos fundos, onde Phil examinou o grill sobre o qual estavam dispostos seis hambúrgueres já um pouco tostados. Tentei sorrir para os bebês, mas eles não ficaram imediatamente encantados comigo. Olharam para mim, com minha pele cor de berinjela e meus dentes de formato estranho, e começaram a chorar.

"Tudo bem", disse Phil. "Eles choram com todo mundo que conhecem."

"Vocês já comeram hambúrgueres?", perguntou-nos Phil.

Achor Achor e eu já havíamos comido em restaurantes, e já tínhamos provado hambúrgueres em nossa temporada em Atlanta.

"Já, já", respondi.

"E sabem o que tem dentro de um hambúrguer?"

"Sabemos, claro", respondeu Achor Achor. "Ham, presunto."

Parece uma piada fácil, assim como tantos dos nossos erros, as muitas lacunas em nossa compreensão, e muitas vezes os americanos achavam graça disso. Quando nos mudamos para o nosso apartamento, não sabíamos como funcionava o ar-condicionado; não sabíamos que era possível desligá-lo. Durante uma semana, dormimos inteiramente vestidos, cobertos de mantas e toalhas, usando toda a roupa de casa que tínhamos.

Contamos isso para Phil e Stacey, e eles apreciaram muito. Então Achor Achor contou-lhes a história da caixa de absorventes internos. Uma outra dupla de Meninos Perdidos fora levada recentemente para fazer compras pela primeira vez em um imenso supermercado. Tinham cinqüenta dólares para gastar e absolutamente não sabiam por onde começar. Durante as compras, haviam selecionado uma caixinha muito especial e posto-a no carrinho. Sua patrocinadora, uma mulher de cinqüenta e poucos anos, sorrira e tentara explicar o que a caixa continha, que eram absorventes íntimos. "Para mulheres", disse ela, sem saber qual a extensão do conhecimento dos rapazes sobre anatomia feminina e ciclos menstruais. (Era nula.) Achou que houvesse cumprido sua tarefa, mas descobriu que os rapazes queriam a caixinha mesmo assim. "É linda", disseram; compraram-na, levaram-na para casa e exibiram-na durante meses em cima da mesa de centro.

Tentamos ter bons modos à mesa, mas havia muitos alimentos novos na casa dos Mays, e não tínhamos como saber o que era perigoso e o que não era. A salada parecia diferente da que já havíamos comido e Achor Achor não quis comê-la. Os legumes pareciam conhecidos, mas não haviam sido cozidos, e Achor Achor e eu preferíamos nossos legumes cozidos. Qualquer vegetal e fruta fresca era problemático para nós; não haviam nos dado essas coisas para comer durante nossos dez anos em Kakuma. Tomei o leite que estava na minha frente. Foi meu primeiro copo de leite ao estilo ocidental e causou-me uma boa quantidade de problemas durante as horas seguintes. Na época, eu não sabia que havia me tornado intolerante à lactose. Durante meu primeiro ano nos Estados Unidos, travei uma verdadeira guerra contra meu estômago.

Depois do jantar, Phil largou seu guardanapo de pano sobre a mesa.

"Digam, vocês têm expressões que costumam usar, alguma máxima dinca?"

Olhei para Achor Achor, e ele para mim. Phil tentou novamente.

"Desculpem. Estou só interessado em provérbios, sabem? Por exemplo, se eu digo: "Melhor prevenir que remediar", e isso significa...". Phil fez uma pausa. Olhou para Stacey. Ela não ofereceu nenhuma ajuda. "Bom, não sei o que esse quer dizer. Mas vocês entendem o que estou perguntando? Alguma coisa que seus pais ou os anciãos da sua tribo costumassem dizer?"

Nós quatro sudaneses nos entreolhamos, esperando que um de nós fosse ter uma resposta satisfatória.

"Com licença", disse Achor Achor, e foi até o banheiro. Uma vez no final do corredor, pigarreou bem alto. Olhei para ele; estava gesticulando para que eu fosse até lá. Também pedi licença, e logo Achor Achor e eu estávamos sussurrando furiosamente no banheiro da casa dos Mays.

"Você sabe o que ele quer?", perguntou ele com um sussurro. Era uma questão urgente, assim como eram urgentes todas as questões nesses primeiros tempos. Achávamos que o nosso mundo todo poderia depender de cada pergunta, de cada resposta. Parecia possível para nós dois que, caso não agradássemos a Phil naquele momento, ele poderia mudar de idéia em relação a mim e se recusar a me fornecer qualquer ajuda.

"Não", respondi. "Achei que você fosse saber. Você é um dinca melhor que eu." Era verdade. O conhecimento de Achor Achor do idioma, de seus dialetos e ditados sempre havia sido muito maior que o meu.

Em cinco minutos juntos no banheiro, reunimos dois provérbios que, em nossa opinião, poderiam corresponder ao que Phil queria.

"Este é um deles", disse Achor Achor, sentando-se à mesa. "Foi dito por um oficial importante do Movimento de Libertação do Povo Sudanês: 'Algumas vezes os dentes podem morder a língua por acidente, mas a solução para a língua não é encontrar outra boca para morar'."

Achor Achor sorriu, e todos sorrimos. Ninguém a não ser Achor Achor conhecia o significado desse provérbio.

Depois de a mesa ser tirada, Achor Achor, Piol e Dau foram embora, e Phil me pediu que ficasse para podermos conversar. Stacey levou os bebês para o quarto e disse boa-noite. Phil e eu subimos a escada grandiosa até o quarto de brincar das crianças. Eu nunca vira tantos brinquedos em um lugar só. Parecia uma creche ou um jardim-de-infância, mas para dúzias de crianças, não apenas duas. As paredes estavam cobertas de murais com desenhos de livros infantis — fadas, vacas voadoras. Havia bichos de pelúcia, quebra-cabeças tridimensionais e uma casa de bonecas, tudo branco, cor-de-rosa e amarelo. No fundo da sala havia uma grande escrivaninha de adulto em cima da qual estavam dispostos um laptop, um telefone e uma impressora. "O home office", explicou Phil. Disse-me que eu poderia usá-lo quando precisasse.

Havia apenas uma cadeira na sala, portanto nos sentamos no chão.

"Então", disse ele.

Eu não sabia o que fazer, portanto disse o que queria dizer, ou seja: "É a vontade de Deus nós termos nos encontrado".

Phil concordou. "Estou contente."

Perguntei-lhe sobre os desenhos que haviam sido pintados nas paredes e Phil me falou sobre Alice no País das Maravilhas, Humpty Dumpty, o Lobo Mau e Chapeuzinho Vermelho. Quando a sala escureceu, Phil acendeu uma luminária e a luz passou a brilhar através de uma fila de silhuetas que giravam devagar. Cavalinhos cor de salmão e elefantes verde-limão galopavam pelas paredes e janelas.

"Acho que você deveria me contar a história toda", disse ele.

Desde que chegara a Atlanta, eu não havia contado tudo para ninguém, mas senti vontade de contar para Phil Mays. Ele parecia um homem muito bom e eu sabia que ele iria escutar.

"Você não vai querer ouvir tudo", falei.

"Quero. Quero, sim", garantiu. Estava segurando um cavalinho de pelúcia e o depositou no chão ao seu lado, apoiando-o com cuidado nas pernas.

Fiquei convencido de que ele estava falando sério, então comecei a lhe contar a história, desde aqueles primeiros dias em Marial Bai. Contei-lhe sobre minha mãe com seu vestido amarelo da cor do sol e sobre a loja do meu pai, sobre brincar com os martelos fingindo que eram girafas e sobre o dia em que a guerra chegou a Marial Bai.

Aquilo virou um ritual. Toda terça-feira, eu ia jantar lá e, depois do jantar, Stacey ia pôr os gêmeos para dormir e Phil e eu nos sentávamos no chão do quarto de brincar e conversávamos sobre a guerra no Sudão e sobre a viagem que eu havia feito. E, nos dias em que não fazíamos isso, Phil me ajudava com todo o resto.

Dali a um mês, já havíamos aberto uma conta bancária para mim e recebi meu cartão para sacar dinheiro no caixa eletrônico. Ele providenciou para que eu tivesse aulas de direção e prometeu ser co-signatário de um empréstimo para comprar um carro quando eu soubesse dirigir. Com Stacey e os gêmeos, fomos ao supermercado e eles me explicaram que tipo de alimento eu deveria comer em cada refeição. Antes dessa viagem, eu nunca havia comido um sanduíche. Achor Achor e eu não éramos grandes cozinheiros e vínhamos fazendo apenas uma refeição por dia; era só isso que conhecíamos, e estávamos sempre preocupados que a comida fosse acabar. Acho que isso não parava de surpreender Phil: o pouco que sabíamos, e como ele não podia partir do princípio de que conhecíamos qualquer das coisas que ele tomava por certas. Ele explicou como funcionava o termostato no apartamento, e como preencher um cheque, e como pagar uma conta, e que ônibus iam para onde. Depois de algum tempo, de fato assinou comigo o empéstimo do meu Toyota Corolla, que diminuiu em muito o tempo que eu levava para ir e voltar do trabalho. Eu conseguia chegar ao showroom de móveis, e depois ao Georgia Perimeter College, em menos de um terço do tempo que vinha passando no ônibus. Não senti saudade de pegar aquele ônibus.

Com Phil, havia muitas coisas a aprender o tempo todo, mas eu continuei ao seu lado, e ele não parecia excessivamente sobrecarregado; parecia genuinamente satisfeito em explicar as coisas mais básicas, como ferver água no fogão ou a diferença entre o congelador e a geladeira. Tratava cada problema com o mesmo tom de voz cuidadoso e sério, e só parecia frustrado pelo fato de não poder fazer mais. Preocupava-se particularmente com Achor Achor, que não tinha um patrocinador como aquele — compartilhava o seu, uma mulher de sessenta e poucos anos, com seis outros sudaneses, e isso não era a mesma coisa que a atenção concentrada que eu estava recebendo. Achor Achor nunca disse uma palavra sobre o assunto e eu não falei nada, mas estava evidente para todos nós que ele também precisava muito da ajuda de Phil, e igualmente evidente que Phil não era capaz de proporcioná-la.

Achor Achor havia chegado aos Estados Unidos dezoito meses antes de mim e estava muito mais adiantado em sua adaptação à vida aqui, é claro. Tinha um carro, um emprego fixo e freqüentava as aulas do Georgia Perimeter College. Era também um líder entre os sudaneses de Atlanta e passava o tempo inteiro no telefone, fazendo as vezes de mediador quando havia desacordos e organizando e participando de encontros em Atlanta e outros lugares. Quando já fazia algum tempo que eu estava em Atlanta, fui ao meu primeiro encontro grande, dessa vez em Kansas City, e foi lá que conheci Bobby Newmyer.

O encontro havia sido idealizado e organizado por Bobby Newmyer, e seu objetivo era duplo: ele era um produtor de cinema que queria fazer um filme sobre a experiência dos Meninos Perdidos e queria conversar conosco sobre o projeto. Em segundo lugar, queria formar uma rede nacional de sudaneses nos Estados Unidos, graças à qual poderíamos trocar informações e dados, fazer lobby junto aos governos do Sudão e dos Estados Unidos, e enviar dinheiro e idéias para o sul do Sudão.

Éramos trinta e cinco pessoas reunidas em Kansas City nesse fim de semana de novembro de 2003, e aquilo era uma visão e tanto. Cada um de nós recebeu um quarto individual no hotel Courtyard da rede Marriott e uma programação detalhada das atividades durante aqueles três dias, que culminaria com uma grande reunião no salão de eventos da igreja luterana próxima. No entanto, cumprir a programação se revelou impossível. Cada um chegou em um horário diferente e boa parte dos participantes não conseguiu encontrar o hotel. Quando todos finalmente se reuniram, foi preciso em primeiro lugar pôr a conversa em dia. Tínhamos uma sala de conferências do hotel à nossa disposição, e levamos duas horas só para tornarmos a nos familiarizar uns com os outros. Ali havia sudaneses instalados em Dallas, Boston, Lansing, San Diego, Chicago, Grand Rapids, San Jose, Seattle, Richmond, Louisville e muitos outros lugares. Eu conhecia a maioria daqueles homens de Kakuma e Pinyudo, quando não pessoalmente, ao menos por reputação. Eram jovens sudaneses importantes; vinham fazendo discursos e se organizando desde a adolescência.

Depois de pôr a conversa em dia e de nos acomodar em nossas cadeiras nessa primeira manhã, conhecemos Bobby Newmyer, de quem Mary Williams havia me falado. Na verdade, Mary fora a primeira pessoa a falar com Bobby sobre a idéia de um futuro filme baseado em nossa vida. E agora ele estava ali cumprimentando a nós todos, sentados em semicírculo e vestindo nossos melhores ternos. Reparei imediatamente em como sua aparência era improvável para um homem poderoso que houvesse organizado aquela reunião e produzido muitos filmes de sucesso em Hollywood. Seus cabelos, uma mistura de ruivo, castanho e louro, estavam despenteados, sua camisa estava para fora da calça, abotoada de viés. Ele falou durante alguns minutos, um pouco curvado para a frente — sempre parecia andar ou ficar em pé desse jeito —, e então pareceu ansioso para passar a palavra a um de seus associados, uma mulher chamada Margaret, que iria escrever o roteiro do filme que Bobby pretendia fazer.

Margaret ficou em pé e explicou muito claramente o enredo da história que estava tentando contar, e ele me pareceu bastante razoável. Mas os outros participantes não pensaram assim. A situação se complicou muito depressa. Houve perguntas sobre quem iria se beneficiar com o filme. Houve perguntas querendo saber por que uma versão da história seria contada, e não outra. Um de cada vez, os representantes dos Meninos Perdidos foram se levantando e defendendo sua opinião. Se vocês nunca escutaram um discurso sudanês, preciso explicar que, quando nos levantamos para falar, nossos comentários raramente são breves. Alguns dizem que isso é influência de John Garang, conhecido por ser capaz de falar durante oito horas seguidas e mesmo assim ainda achar que não havia chegado onde queria. De toda forma, os sudaneses da nossa geração gostam muito de falar. Se algum tópico está sendo discutido, é altamente provável que todas as pessoas da sala contribuam para a conversa e que cada um precise de cinco minutos para se expressar. Mesmo em uma reunião pequena como aquela de Kansas, com apenas trinta e cinco pessoas, isso significava que qualquer assunto, por mais trivial que fosse, precisaria de duas horas de discursos. Todos os discursos têm estrutura e gravidade semelhantes. Primeiro o orador se levanta, ajeita o terno e pigarreia. Em seguida, começa. "Fiquei aqui escutando essa conversa", diz ele, "e tenho algumas idéias que preciso expressar." E o que vem em seguida será em parte autobiográfico e tratará de temas que muito provavelmente já foram tratados. Como cada participante acha necessário ser ouvido, os mesmos temas geralmente são abordados meia dúzia de vezes.

Todos em Kansas estavam querendo proteger os próprios interesses. O representante originário da região sudanesa de Nuba queria se certificar de que o lugar estivesse adequadamente representado. Os de Bor queriam ter certeza de que haveria cláusulas contemplando as necessidades dos habitantes dali. Mas tudo isso precisava ser discutido nos mínimos detalhes antes de qualquer coisa ser de fato feita; portanto, em Kansas, assim como em muitas dessas reuniões, fez-se muito pouca coisa. Havia uma Menina Perdida na reunião de Kansas, e ela quis saber o que seria feito pelas refugiadas do Sudão. "Meninos Perdidos!", disse ela. "Sempre Meninos Perdidos! E as Meninas Perdidas?" Isso durou algum tempo em Kansas, e acontecia com freqüência nesse tipo de reunião. Ninguém discordava dela, mas todos sabíamos que sua presença, e nossa necéssidade de levar em conta as carências das oitenta e nove Meninas Perdidas em todos os assuntos, prejudicaria muito o andamento de várias questões.

Embora o progresso em Kansas tenha sido difícil, consegui passar algum tempo conhecendo melhor Bobby, e acabei me tornando um de seus consultores para o filme e a rede nacional. Acabei ajudando o máximo que pude com o planejamento de um encontro muito maior, dessa vez em Phoenix, que ocorreu um ano e meio depois. Essa reunião foi organizada por Ann Wheat, patrocinadora dos Meninos Perdidos naquela cidade, e por Bobby, que, a essa altura, imaginava eu, estava tão surpreso quanto nós com a extensão de seu envolvimento em todos os aspectos da diáspora sudanesa. O evento de Phoenix foi concebido para ser a maior reunião de sudaneses jamais realizada nos Estados Unidos. O centro de convenções da cidade iria abrigar pelo menos mil Meninos Perdidos, seus parentes e, em alguns casos, suas mulheres e filhos. O encontro tornou-se maior do que todas as nossas expectativas, e chegou a acolher três mil e duzentos sudaneses em um enorme salão de banquete.

Nesse fim de semana, porém, fez muito calor em Phoenix. Todos os participantes reclamaram. "Isso aqui é pior que Kakuma!", brincavam. "Pelo menos em Kakuma tinha vento!", dizíamos. Fazia mais de quarenta e três graus em Phoenix, embora só sentíssemos o calor nas raras ocasiões em que saíamos do centro de convenções. O evento, todo ele, aconteceu do lado de dentro, naquele único salão quadrado, gigantesco e sem adornos, com exceção de um palco simples e de milhares de cadeiras. O objetivo era juntar, promover um encontro em grande escala e possibilitar algum tipo de união entre os jovens refugiados sudaneses nos Estados Unidos. Queríamos eleger um conselho de liderança cujos membros mantivessem o restante de nossos milhares de componentes organizados e que constituísse a voz internacional da juventude expatriada do Sudão. O fim de semana culminaria com uma visita de John Garang em pessoa. Para a maioria de nós, era a primeira vez que o víamos desde que tínhamos dez ou doze anos, em Pinyudo.

Foi espantoso ver tantos dos homens de Kakuma ali em Phoenix. E de terno! Todos estavam vestidos como profissionais. Foi bom ver esses homens, e as Meninas Perdidas também, que estavam representadas em grande número — provavelmente três quartos das oitenta e nove que moravam nos Estados Unidos foram a Phoenix naquele fim de semana, e cada uma delas falava mais alto que qualquer grupo de três conterrâneos seus. As Meninas Perdidas não estão para brincadeira, e nunca se deve subestimá-las. Elas são lindas e decididas, seu inglês é invariavelmente melhor que o nosso, suas mentes mais ágeis e prontas para atacar. Nos Estados Unidos, pelo menos nesse tipo de contexto, elas exigem e conseguem o total respeito de todos.

A programação estava organizada de forma lógica e solene. No início do dia, o prefeito de Phoenix nos cumprimentou. John Pendergast, do International Crisis Group, falou sobre a atitude mundial em relação ao Sudão e sobre os prováveis desdobramentos para o futuro. Já tínhamos visto Pendergast em Pinyudo, em 1989, e pelo menos alguns dos homens se lembravam dele. Bobby e Ann passaram a maior parte do tempo tentando permanecer invisíveis, deixando bem claro que a convenção, embora possibilitada por sua iniciativa, era nossa, e nela poderíamos fracassar ou triunfar.

Não tenho certeza de qual foi o desfecho. Acho que o triunfo foi abafado por nosso tipo costumeiro de controvérsia. Houve indicações para um conselho nacional e os indicados, cerca de quarenta, foram levados até o palco, e cada qual fez um breve discurso. Mais tarde nesse mesmo dia, os candidatos receberam votos dos participantes e, quando os resultados saíram, houve raiva e uma pequena confusão. No final das contas, a maioria dos eleitos era da região de Bahr al-Ghazal, minha região, e os de Nuba se sentiriam sub-representados. A controvérsia continuou intensa durante o churrasco e as atrações apresentadas por diversos grupos sudaneses, e até mesmo ao longo do segundo e terceiro dias da convenção, quando as portas foram trancadas, seguranças dispostos a intervalos regulares, e recebemos ordem para nos sentar e permanecer sentados.

Foi então que John Garang entrou. Aquele era o homem que havia mais ou menos dado início à guerra civil que levara o conflito até nossas casas, a guerra que causara a morte de nossos parentes, que dera início à nossa viagem para a Etiópia e, mais tarde, para o Quênia, e que evidentemente levara à nossa realocação para os Estados Unidos. E, embora muitas pessoas naquela sala tivessem sentimentos dúbios em relação a John Garang, o catalisador e a força motriz por trás da guerra civil e da eventual independência entrou na sala ao som de muitos vivas animados, e, acompanhado de vários seguranças, subiu ao palco.

Garang parecia absolutamente encantado por estar ali entre nós e, quando subiu ao palco, ficou evidente — talvez eu tenha imaginado isso, mas aposto que não — que se considerava nossa influência mais importante, nosso mentor espiritual, e que iria começar onde havia parado, cerca de quinze anos antes, na última vez em que nos fizera um discurso, no campo de refugiados de Pinyudo.

Depois da conferência, tentei destrinchar todas as exigências dos diversos grupos e todas as obrigações para com cada um deles, e, enquanto tentava, com Achor Achor e outros, chegar a um compromisso aceitável que permitisse o avanço do conselho nacional, trabalhei muito próximo a Bobby em alternativas para salvar a conferência. Durante nossas conversas, abordamos temas mais pessoais: como era minha vida em Atlanta, como iam meus estudos, o que eu iria fazer no verão seguinte. E, como ele havia sido tão honesto com todos nós, e como eu queria muito passar algum tempo fora da cidade, perguntei-lhe se poderia ir para Los Angeles passar o verão com ele, trabalhando em qualquer função que ele julgasse adequada. Surpreendi a mim mesmo ao fazer esse pedido. E ele me surpreendeu ao aceitar. Então fui passar o verão com ele, hospedado em sua casa confortável, morando com ele, sua mulher, Deb, e o resto da família. Eram quatro filhos, o mais velho com dezessete anos e o caçula, Billi, com três, e gosto de pensar que me adaptei muito bem e fiz minha parte do trabalho. Nadei na sua piscina, tentei aprender a jogar tênis, ajudei a cozinhar e a fazer compras, e cuidei das crianças menores quando me pediram. Aprendi também os limites do que tinha permissão para fazer. Eu dormia no beliche de baixo do quarto de James e, certa manhã, acordei tarde — sempre dormia bem naquela casa — e vi que estava sozinho. Todos estavam tomando café, então fiz minha cama e a de James da forma que Gop Chol me havia ensinado. Mais tarde, quando Deb viu as duas camas feitas, quis saber por que eu fizera aquilo. Eu lhe disse que James era meu irmão menor e que o quarto ficava melhor com as duas camas feitas. Ela aceitou, mas me disse para não fazer aquilo nunca mais. James tem doze anos, disse ela, e tem de fazer a própria cama.

Considero a generosidade dos Newmyer irracional, temerária até. Era difícil entender aquilo. Eles me deixaram participar de todas as atividades da família, incluindo uma viagem de carro de Los Angeles até o Grand Canyon em um trailer com a família e os amigos. Foi nessa viagem que o filho adolescente de Bobby e seus amigos me apelidaram de V-Town, e foi nessa viagem que quase fiz o trailer despencar de um barranco. Era essa a extensão da confiança que Bobby depositava em mim. Ele não me perguntou se eu tinha carteira de motorista. Eu não havia dirigido na sua frente desde que fora morar em sua casa. Não me perguntou se eu dirigia bem nem se eu me sentia à vontade operando um veículo tão grande. Certo dia, no Arizona, simplesmente me entregou as chaves, a família se aboletou na traseira e fui posto no comando. Bobby sentou-se ao meu lado, sorrindo, e dei a partida.

Quando confundi o acelerador com o freio, ele deu uma sonora gargalhada. Nos trechos retos e desimpedidos, em princípio não havia muita diferença em relação ao meu Toyota, mas, quando havia curvas ou carros a evitar, a diferença na realidade era bem grande. Não gosto nem de me lembrar de como chegamos perto da beirada do barranco quando finalmente endireitei o trailer, mas posso dizer que Bobby mal articulou uma palavra. Simplesmente manteve os olhos fixos em mim e, depois de eu tornar a entrar na estrada, voltou a dormir.

Deixei Los Angeles naquele verão com planos de voltar para o dia de Ação de Graças, e continuei a falar sempre com Bobby ao telefone. Ele e Phil estavam me ajudando com minhas candidaturas para universidades, e havia muito trabalho a fazer. Praticamente já completei os créditos necessários para receber meu diploma do Georgia Perimeter College, uma universidade comunitária de Atlanta, e Bobby estava me ajudando com minha transferência para um curso universitário regular de quatro anos. Conversávamos sobre isso quase diariamente; ele estava sempre me mandando folhetos.

Mas o verão e o outono que passaram não foram tão bons, afinal de contas; aparentemente, muito do que eu construí e muito do que construíram à minha volta desmoronou. Phil e Stacey se mudaram de volta para a Flórida, mudança exigida pelo trabalho dele. Ainda conversamos pelo telefone e nos correspondemos pela internet, mas sinto saudade de sua casa, dos jantares de terça-feira e dos gêmeos. A Fundação Meninos Perdidos foi desfeita em 2005. Mary já não suportava mais o estresse e, como havia muita especulação sobre a maneira como ela administrava a organização, as doações haviam evaporado. Hoje, a fundação não administra mais bolsas, não promove a relação entre patrocinadores e refugiados nem ajuda nenhum sudanês. Mary ainda ajuda alguns Meninos Perdidos a pagar seus estudos universitários, mas passou a se dedicar a outra coisa. Atualmente, está participando de uma viagem de bicicleta que vai atravessar o país; depois disso, vai se mudar de Atlanta para trabalhar como guarda florestal nos parques nacionais do país.

John Garang morreu em julho de 2005, um ano depois de obter o acordo de paz entre o Movimento de Libertação do Povo Sudanês (hoje braço político do SPLA) e o governo do Sudão, e apenas três semanas depois de ser nomeado vice-presidente do Sudão. Ele estava indo de Uganda para o Sudão de helicóptero quando a aeronave caiu na selva, matando todos a bordo. Embora no início tenha havido boatos de que foi uma espécie de assassinato, ainda não foi encontrada nenhuma prova que indique isso, e a maioria dos sudaneses, aqui e no resto do mundo, aceitou que sua morte foi um acidente. Só podemos agradecer que o acordo de paz tenha sido firmado antes da sua morte. Nenhum outro líder do sul do Sudão tinha poder suficiente para obtê-lo.

Bobby morreu no inverno de 2005. Tinha quarenta e nove anos de idade, e seus filhos ainda tinham a mesma idade de quando passáramos o verão juntos — dezessete, doze, nove, três. Ele estava em Toronto produzindo um filme, e estava se exercitando na academia do hotel. Acho que estava na bicicleta ergométrica quando sentiu uma palpitação e uma pontada de dor no peito. Desceu do aparelho e se sentou. Quando a dor diminuiu, não fez o que poderia ter feito, que era sair da academia e talvez procurar um médico. Por ser quem era, tornou a subir no aparelho e, minutos depois, tornou a se sentir mal. O infarto foi fulminante e ele não teve nenhuma chance.

E, depois disso tudo, eu continuo em Atlanta, ainda no chão do meu próprio apartamento, amarrado com um fio de telefone, ainda chutando a porta.

14.

Não deveríamos ter levado tanto tempo para atravessar o Nilo. Mas éramos centenas, talvez milhares naquela margem de rio, e havia apenas dois barcos, e o rio era largo demais para ser atravessado a nado. No início, alguns meninos tentaram a travessia nadando cachorrinho, mas subestimaram a força da água. A correnteza era veloz e o rio era fundo. Três meninos foram arrastados rio abaixo e nunca mais foram vistos.

O resto ficou esperando. Todos ficaram esperando. Já fazia umas seis semanas que havíamos começado nossa viagem para a Etiópia, e, na beira do rio, nosso grupo encontrou outros viajantes — adultos, famílias, homens e mulheres idosos, bebês. Foi a primeira vez que percebi que não eram apenas meninos que estavam indo para a Etiópia a pé. Centenas de adultos e crianças mais novas estavam ali na margem do rio, e disseram-nos que havia mais milhares na nossa frente e milhares de outros atrás.

O mato era alto na beira do rio e, como a vegetação estava muito perto da água, os insetos eram numerosos. Não tínhamos mosquiteiros. Dormíamos ao relento, e fazíamos fogueiras com gravetos e pedaços de bambu. Mas isso não nos ajudava com os mosquitos. À noite, ouviam-se lamentos. Os adultos gemiam, as crianças choravam. Era um banquete para os mosquitos, uma centena deles picando cada pessoa. Não havia solução. Sem dúvida, dúzias de pessoas contraíram malária enquanto esperávamos para cruzar o rio. Foi preciso quatro dias para passar de um lado para o outro.

Uma vez do outro lado, chegamos a uma aldeia, e ali fomos bem recebidos. Os habitantes viviam junto à margem arenosa do rio e cultivavam milho. Dividiram a comida conosco, e eu pensei que fosse desmaiar, tamanha a generosidade. Sentamo-nos em grupos, e as mulheres da aldeia nos trouxeram água do poço e até um guisado, cada tigela com um pedacinho de carne. Minutos depois de terminarem de comer, havia meninos dormindo por toda parte, tão saciados que era impossível ficarem acordados.

Quando despertei, o sol cor de laranja havia baixado em direção à copa das árvores, e ouvi uma voz.

— Você!

Na minha frente não vi nada senão meninos, alguns se banhando na água. Atrás de mim havia apenas escuridão e uma trilha.

— Achak!

A voz era muito conhecida. Ergui os olhos. Havia uma sombra em uma árvore. Era muito parecida com um leopardo, uma silhueta comprida e sinuosa.

— Quem é? — perguntei.

A forma saltou da árvore para a areia ao meu lado. Recuei, e estava prestes a sair correndo, mas era um menino.

— Achak, é você!

— Não pode ser você! — disse eu, levantando-me.

Era ele. Depois de tantas semanas, era William K.

Abraçamo-nos sem dizer nada. Minha garganta se contraiu, mas não consegui chorar. Não sabia mais como chorar. Porém, fiquei muito grato. Senti que era Deus que me dava aquele presente na forma de William K, depois de ter me tirado Deng. Eu não o via desde a chegada dos *murahaleen* a Marial Bai, e parecia impossível que fosse encontrá-lo ali, na margem do Nilo. Sorrimos um para o outro, mas estávamos agitados demais para nos sentar. Fomos correndo até o rio e saímos caminhando pela areia, para longe dos outros meninos.

— E Moses? — perguntou William K. — Ele veio com você?

Não havia me ocorrido que William K talvez não soubesse o destino de Moses. Eu lhe disse que Moses estava morto, que o homem a cavalo o matara. William K rapidamente se sentou na areia. Sentei-me com ele.

— Você não sabia? — perguntei.

— Não. Eu não o vi nesse dia. Atiraram nele?

— Não sei. Estavam levando ele embora. Olhei para o outro lado.

Ficamos sentados durante algum tempo, olhando para as pedras lisas ao lado do rio. William K pegou algumas pedras e atirou-as na água marrom.

— E os seus pais? — perguntou.

— Não sei. E os seus?

— Eles disseram que me encontrariam de novo em casa durante a estação das chuvas. Acho que estão esperando para voltar. Então eu só tenho que voltar para casa quando a chuva chegar.

Isso me parecia muito otimista, mas não fiz nenhum comentário. Ficamos sentados durante algum tempo, em silêncio, e eu senti que agora a viagem até a Etiópia não seria muito difícil. Caminhar ao lado do meu amigo William K a tornaria suportável. Tenho certeza de que ele também se sentia assim, pois mais de uma vez me olhou com o rabo do olho, como se estivesse verificando para ter certeza de que eu era real. Para se certificar de que tudo aquilo era real.

Foi preciso um tempo surpreendentemente longo para eu me lembrar de perguntar como ele havia chegado ali ao rio com os grupos que viajavam para o leste. Contei-lhe minha história, e depois ele me contou a sua. Como eu, ele saíra correndo naquele primeiro dia, e passara a noite e o dia seguinte inteiros correndo. Teve sorte de encontrar um ônibus que estava levando umas pessoas para Ad-Da'ein, onde tinha parentes. Sabia que Ad-Da'ein ficava mais para o norte, mas todos os dincas do ônibus tinham certeza de que estariam seguros lá, pois era uma cidade grande e havia muito tempo que abrigava uma população mista de dincas e árabes, cristãos e muçulmanos. Assim como o grupo de anciãos com o qual eu havia caminhado no início da minha fuga, eles achavam que estariam mais seguros em uma cidade controlada pelo governo.

— Ficamos seguros lá durante um tempo — disse William K. — Meu tio e minhas tias moravam na cidade, e ele trabalhava como pedreiro para os *rezeigat*. Era um trabalho decente, e ele conseguia alimentar todos nós. Vivíamos perto de centenas de dincas e podíamos fazer o que quiséssemos. Havia uns dezessete mil dincas ali, então nos sentíamos seguros.

— Os *rezeigat*, pastores árabes, detinham o poder na cidade, mas ali também havia gente das tribos fur, zaghawa, jur, berti e outras. Era uma cidade animada, pacífica. Ou pelo menos foi isso que meu tio disse. As coisas mudaram pouco depois de eu chegar lá. Maus sentimentos surgiram. Milicianos apareciam na cidade com cada vez mais freqüência e traziam maus sentimentos em relação aos dincas. Os muçulmanos da cidade começaram a agir de forma diferente com os não muçulmanos. Havia na cidade uma igreja cristã, construída muito tempo antes com a ajuda de um xeque *rezeigat*. A igreja passou a representar um problema para os muçulmanos. As pessoas sentiam raiva dos dincas e dos cristãos por causa do SPLA. Sempre que ouvíamos notícias de alguma batalha vencida pelo SPLA, elas ficavam com mais raiva. Na primavera, os *rezeigat* foram até a igreja e tocaram fogo nela. Muitas pessoas estavam lá dentro rezando, mas eles tocaram fogo mesmo assim. Duas pessoas morreram queimadas lá dentro. Então os *rezeigat* foram até onde ficavam as casas dos dincas e incendiaram muitas delas também. Três outras pessoas morreram lá.

— Estávamos com medo. Os dincas perceberam que aquele não era mais um bom lugar para eles. Certa manhã, meu tio nos levou até a delegacia de polícia, onde muitas centenas de dincas haviam se refugiado em busca de segurança. A polícia nos ajudou e nos disse para nos reunirmos em Hillat Sikka Hadid, uma área próxima à estação de trem. Passamos a noite inteira ali, amontoados. Todos nós decidimos que, pela manhã, começaríamos a voltar para o sul do Sudão, onde poderíamos ser protegidos pelo SPLA.

— Quando a manhã chegou, os oficiais do governo, junto com a polícia, levaram todos nós para a estação de trem. Nos disseram que estaríamos mais seguros ali, e que nos levariam embora da cidade de trem. Sairíamos da cidade e estaríamos seguros para voltar para o sul do Sudão ou para onde quiséssemos ir.

— Então eles ajudaram todo mundo a subir no trem, nos vagões usados para transportar gado. Eram oito vagões, e a maioria das pessoas estava feliz por estar saindo dali e pelo fato de não ter que andar. Disseram-nos que queriam os homens e os meninos em vagões separados para que fossem vigiados, para eles se certificarem de que não pertenciam ao SPLA. Fiquei aflito com essa novidade, mas meu tio me disse para não me preocupar, que era natural eles quererem se certificar de que os homens não estavam armados. Então meu tio e meus primos subiram em um dos vagões para homens.

— Subi em um vagão diferente com minhas tias e minhas primas mais novas, todas meninas. Meu tio estava no primeiro vagão e nós, no quinto. Estávamos imprensados dentro dos vagões. Havia quase duzentas mulheres e crianças no meu vagão. Mal conseguíamos respirar; pressionávamos nossa boca nas frestas que davam para o lado de fora e nos revezávamos dentro do vagão para chegar mais perto do ar fresco. Muitas crianças choravam, muitas passavam mal. Uma menina perto de mim vomitou nas minhas costas.

— Depois de duas horas, ouvimos muitos gritos perto do primeiro vagão, onde estava meu tio. Em seguida, tiros. Não conseguíamos ver nada de onde estávamos. Não sabíamos se o Exército estava lutando com o SPLA ou se estava acontecendo alguma outra coisa. Então ouvimos barulho de algo pegando fogo, o subir e o crepitar de chamas. Em seguida, como uma onda, os gritos de centenas de homens dincas. Os *rezeigat* também gritavam, berrando coisas para os dincas. "Tocaram fogo neles!", gritou alguém dentro do vagão. "Tocaram fogo nos homens!" Todos começaram a gritar. A essa altura, estávamos todos gritando. Gritamos por muito tempo, mas estávamos encurralados.

— Não sei como nosso vagão foi aberto, mas a porta se abriu e fugimos. Mas já era tarde demais para a maioria. Mil pessoas haviam morrido queimadas. Meu tio estava morto. Saímos correndo da cidade com centenas de outras pessoas, escondidos na mata até chegarmos a uma aldeia controlada pelo SPLA. Depois de algum tempo, minhas tias acharam que eu deveria me juntar aos meninos que estavam andando.

Quando chegamos, já fazia muitos dias que William K estava na margem do rio, pois fora trazido de ônibus uma parte do caminho e em seguida se juntara a outro grupo de meninos que andavam, um grupo maior. A maioria já havia retomado a caminhada, mas William K permanecera junto ao rio, aproveitando a hospitalidade das mulheres da aldeia. Estava mais saudável que a maioria de nós e parecia otimista em relação ao futuro.

— Você ouviu dizer que estamos muito perto da Etiópia? — perguntou. Eu não tinha ouvido isso.

— Não fica muito longe daqui, ouvi dizer. Mais uns poucos dias e estaremos seguros. Só precisamos atravessar um pedaço de deserto, e, se corrermos, talvez seja possível chegar em um dia. Talvez você e eu devêssemos sair correndo na frente para chegar lá primeiro. E depois voltar para casa quando as chuvas vierem. Se os seus pais não estiverem em Marial Bai, você pode ficar com os meus, e seremos irmãos.

Pela primeira vez na vida me senti contente ao ouvir as invencionices de William K. Ele contou muitas nessa noite, sobre como sabia que seus pais já haviam chegado à Etiópia, porque viera perguntando pelo caminho se as pessoas tinham visto alguém como seus pais, e todas haviam respondido prontamente que sim. Mesmo que provavelmente fizesse muito pouco tempo que ele havia recuperado a força, era incrível ouvir um menino falando com tanto entusiasmo sobre qualquer assunto. Havia semanas que o restante de nós mal conseguia falar.

— Esse daí é um menino novo, Achak?

Dut havia nos encontrado sentados à beira do rio.

— Esse é William K. Ele é da nossa aldeia.

— De Marial Bai? Não.

— Sim, tio — disse William K. — Meu pai era assistente do chefe.

Dut pareceu perceber imediatamente que William K era um cascateiro, embora fosse inofensivo. Aquiesceu e não disse nada. Ficou sentado conosco, vendo as pessoas atravessarem o Nilo. Perguntou a William K como ele, filho de um assistente do chefe de Marial Bai, acabara indo se juntar a nós na beira do rio, e William K contou-lhe uma versão truncada de sua história. Em resposta, nessa tarde Dut nos contou uma história mais estranha do que aquela que nos contara sobre os *baggaras* e suas novas armas.

— Não estou surpreso por vocês terem tido esses problemas em Ad-Da'ein, William K. A história dos povos do sul e dos povos do norte não é uma história muito feliz. Os árabes sempre foram mais bem armados do que nós, dincas. E mais espertos também. É por isso que, na Etiópia, vamos reverter esse desequilíbrio. Vocês já ouviram falar no povo da Inglaterra, meninos?

Fizemos que não com a cabeça. A Etiópia era o único outro país de que tínhamos conhecimento.

— É um povo de muito, muito longe. Eles são muito diferentes de nós. Mas são muito poderosos, com armas mais numerosas e melhores do que as que qualquer *baggara* poderia encontrar. Vocês conseguem imaginar isso? O povo mais poderoso que vocês conseguirem imaginar.

Tentei imaginar aquilo, pensando nos *murahaleen*, mas em versão maior.

— O povo da Inglaterra, os britânicos, começou a se envolver com o sul do Sudão, nesta terra por onde estamos andando, na década de 1880. Faz muito tempo. Foram eles quem ajudaram a trazer o cristianismo para os dincas. Algum dia vou contar a vocês sobre um homem chamado general Gordon, que tentou abolir a escravidão na nossa terra. Mas, por enquanto, vou contar o seguinte. Estão me acompanhando até aqui?

Estávamos.

— A outra parte da história desta terra é o país do Egito. O Egito é outro país poderoso, mas o povo dele é mais ou menos parecido com o povo do norte do Sudão. Eles são árabes. Tanto os egípcios quanto os britânicos tinham interesse no Sudão...

Interrompi-o.

— O que você quer dizer com "tinham interesse"?

— Eles queriam coisas daqui. Queriam as terras. Queriam o rio Nilo, o rio que acabamos de atravessar. Os britânicos controlavam muitos países na África. É complicado, mas eles queriam influência sobre uma grande parte do mundo. Então os britânicos e os egípcios fizeram um acordo. Combinaram que os egípcios iriam controlar o norte do país, onde moravam e ainda moram os árabes, enquanto os britânicos controlariam o sul, a terra que conhecemos, onde vivem os dincas e outros povos como nós. Isso era bom para os povos do sul, porque os britânicos eram inimigos dos mercadores de escravos. Na verdade, eles disseram que iriam acabar com o tráfico de escravos, que era bastante ativo na época. Muito mais pessoas do que hoje eram levadas e enviadas para o mundo inteiro. Os britânicos governaram o sul do Sudão de forma muito leve. Trouxeram escolas para o Sudão, onde as crianças aprendiam o cristianismo e também o inglês.

— É por isso que eles se chamam ingleses? — perguntou William K.

— Bom... claro, William. Enfim, os ingleses de certa forma foram bons para esta terra, porque contiveram a expansão do islamismo. Mantiveramnos protegidos dos árabes. Mas, em 1953, muito tempo atrás, antes de eu nascer, mais ou menos na época em que seu pai nasceu, Achak, os egípcios e os britânicos assinaram um acordo para deixar o Sudão em paz, para deixá-lo governar a si mesmo. Isso foi depois da Segunda Guerra Mundial, e...

— Depois do quê? — perguntei.

—Ah, Achak. Não vou conseguir explicar tudo. Mas os britânicos haviam se envolvido em uma guerra deles, uma guerra que torna nosso conflito atual muito pequeno em comparação. Mas, como eles tinham se espalhado pelo mundo todo e não podiam mais manter seu domínio, decidiram conceder o controle do país aos sudaneses. Foi uma época muito importante. Muitos pensaram que o país fosse se dividir em dois, norte e sul, porque, afinal de contas, as duas regiões haviam sido unidas sob os britânicos, e os dois lados tinham muito poucos aspectos culturais em comum. Mas foi então que os britânicos plantaram as sementes da tragédia do nosso país, sementes que estão sendo colhidas até hoje. Na verdade, olhem só isso aqui.

Dut tirou do bolso um pequeno conjunto de papéis. Até então, não sabíamos que ele guardava outros papéis além do rol de meninos sob seus cuidados. Mas ele tinha muitos papéis, e foi passando as folhas depressa até chegar a uma página amarela e amassada, que desdobrou e me mostrou. As letras escritas nela não se pareciam com nada que eu houvesse visto. Eu tinha tanta possibilidade de lê-la quanto de usá-la para fabricar asas e sair voando. Lembrando-se de que eu não sabia ler, ele tornou a pegar o papel.

— Levei um tempão para traduzir, então vou deixar você se aproveitar do meu trabalho. Sim, pois bem:

A política aprovada pelo governo é agir em conformidade com o fato de que os povos do sul do Sudão são distintamente africanos e negróides, e de que nosso dever evidente para com eles é avançar quanto possível seu desenvolvimento econômico segundo preceitos africanos e negróides, e não segundo preceitos de progresso médio-orientais árabes adequados ao norte do Sudão. É somente por meio do desenvolvimento econômico e educacional que esses povos terão condições de garantir o próprio sustento no futuro, quer seu destino venha a estar ligado ao norte do Sudão ou à África ocidental, ou parcialmente a cada um destes.

William e eu não entendemos quase nada do que Dut disse, mas ele parecia muito satisfeito.

— Isso foi escrito pelos britânicos quando estavam tentando decidir como lidar com a sua saída do Sudão. Sabiam que era errado o país ser um só Sudão unificado. Sabiam que o país estava longe de ser unificado, e que jamais poderia sê-lo. Sentiam-se divididos em relação a essa questão. Batizaram-na de Questão do Sul do Sudão.

Eu não tinha certeza do que isso queria dizer.

— O destino de vocês, de todos nós, foi selado cinqüenta anos atrás por um pequeno grupo de pessoas da Inglaterra. Eles tinham plena capacidade de traçar uma linha entre o norte e o sul, mas foram convencidos pelos árabes a não fazê-lo. Os britânicos tiveram oportunidade de perguntar ao povo do sul do Sudão se queria se separar do norte ou permanecer unido a ele. Era impossível os chefes das tribos do sul quererem continuar unidos com o norte, certo?

Concordamos, mas nos perguntamos se isso seria mesmo verdade. Pensei nos dias de mercado em Marial Bai, em Sadiq e nos árabes da loja do meu pai, na harmonia que existia entre os comerciantes.

— Mas foi isso que eles decidiram — continuou Dut. — Eles foram enganados pelos árabes, que lhes passaram a perna. Chefes foram subornados, enganados com muitas promessas. No final das contas, foram convencidos de que haveria vantagens em viver como uma só nação. Era loucura. De toda forma, tudo isso vai mudar agora — disse Dut, levantando-se. — Na Etiópia haverá escolas, as melhores escolas que jamais tivemos. Lá estarão os melhores professores do Sudão e da Etiópia, e vocês vão receber educação. Vão ser preparados para uma nova era, uma era em que Cartum nunca mais vai nos passar a perna. Quando essa guerra acabar, haverá uma nação independente do sul do Sudão, e vocês, meninos, acabarão por herdá-la. Que tal?

Eu disse a Dut que aquilo parecia ótimo. William K, porém, estava dormindo, e logo fui me juntar a ele. Dut se afastou, e minha vontade era apenas descansar e ficar com William K. Parecia que a chegada dele, sua ressurreição, acontecera em um momento em que eu não tinha certeza de que teria sido capaz de prosseguir sem ele. Será que teria me enfiado em um buraco, como Monynhial? Não sei. Mas, sem William K, eu teria me esquecido de que não havia nascido naquela viagem. De que tinha vivido antes disso. Sem William K, poderia ter me imaginado nascido ali, entre o mato alto, nas trilhas percorridas por outros meninos antes de mim, e imaginado que jamais tivera uma família, que jamais tivera uma casa, que nunca dormira debaixo de um telhado, que nunca adormecera me sentindo seguro e sabendo o que poderia e o que não poderia acontecer quando o sol tornasse a surgir.

Fechei os olhos e me senti feliz ali naquele momento, ao lado daquele rio, novamente com William K, enquanto as nuvens iam chegando a intervalos perfeitos, mantendo o dia fresco, espalhando uma sombra generosa sobre minhas pálpebras enquanto eu dormia.

À noite, porém, essa vida terminou com a chegada do trovão.

— Levantem!

Dut gritava conosco. A guerra estava chegando, disse ele. Não nos disse quem estava lutando nem onde, mas podíamos ouvir armas ao longe e o ronco dos tiros de morteiro. Então não ficamos naquela aldeia, que tenho certeza de que não resistiu em pé muito tempo depois da chegada do barulho das armas. Fomos embora enquanto o sol ia se avermelhando e baixando, e rumamos para o deserto. Os aldeões haviam nos dito que estávamos perto da Etiópia, que faltava apenas atravessar o deserto, que dali a uma semana chegaríamos à fronteira do Sudão.

Primeiro, deixamos tudo o que tínhamos. Assim, segundo Dut, se não tivéssemos nada que ninguém quisesse, estaríamos mais seguros de bandidos. Comemos a comida que havíamos encontrado ou guardado e deixamos quaisquer objetos que não pudéssemos usar. Comi um saquinho de sementes que trazia preso ao pulso, e muitos meninos chegaram até a tirar a camisa. Amaldiçoamos Dut por essa instrução, mas não tínhamos outra escolha senão confiar nele. Sempre confiávamos em Dut. Nessa época, nós éramos meninos e ele era Deus.

Passamos essa noite inteira andando, para nos distanciar do combate, e no início da manhã descansamos por algumas horas antes de prosseguir.

Nesses primeiros dias, caminhávamos com alguma confiança e alguma velocidade. Os meninos achavam que chegaríamos à Etiópia em questão de dias, e a proximidade de nossa nova vida despertou o sonhador que havia em William K, fazendo-o encher o ar que nos separava com a linda teia de suas mentiras.

— Ouvi Dut e Dur conversando. Eles disseram que vamos chegar à Etiópia daqui a pouco, em poucos dias. Mas vamos ter problemas com comida. Eles dizem que lá tem tanta comida que vamos ter de passar metade de cada dia comendo. Senão a comida vai apodrecer.

— Que mentira, William — falei. — Shh.

— Não estou mentindo. Ouvi mesmo os dois conversando.

William K estava a quase um quilômetro de Dut e Kur. Não tinha ouvido ninguém dizer nada desse tipo. Ele continuou.

— Dut disse que cada um de nós vai ter que escolher entre três casas. Eles vão nos mostrar três casas e vamos ter que escolher uma. Vamos ter pisos feitos de borracha, como os sapatos, e lá dentro vai estar sempre fresco e limpo. Vamos ter que escolher cobertores, e cores diferentes para camisas e shorts. A maioria dos problemas na Etiópia vem do fato de termos que escolher tanto assim.

Tentei eliminar a voz dele, mas suas mentiras eram fabulosas, e continuei escutando em segredo.

— Nossas famílias também estão lá. Dut disse que, depois que fomos embora, chegaram aviões em Bahr al-Ghazal, e os aviões levaram todo mundo para a Etiópia. Então, quando chegarmos, eles vão estar todos lá. Provavelmente estão muito preocupados conosco.

Suas mentiras eram tão fantásticas que eu quase chorei.

Mas não havia água, e não havia comida. Dut ouvira dizer, não sei ao certo da boca de quem, que no deserto iríamos encontrar comida e que poderíamos nos virar com uma quantidade limitada de água, mas estava errado em relação às duas coisas. Em poucos dias, nosso ritmo se tornou arrastado, e meninos começaram a enlouquecer.

Na manhã do quarto dia, acordei com um menino chamado Jok Deng fazendo xixi em cima de mim. Ele foi um dos primeiros meninos a perder a razão no deserto. O calor estava forte demais e fazia três dias que não comíamos. Quando acordei com Jok Deng fazendo xixi, puxei sua perna até ele cair no chão, com o pênis ainda a esguichar urina em arcos. Andei até o outro lado do círculo de meninos que dormiam e tornei a me deitar, com o corpo inteiro cheirando à urina de Jok Deng: todo dia ele fazia xixi em alguém. Havia também Dau Kenyang, que não conseguia responder ao próprio nome e cujos olhos afundaram tanto nas órbitas que perderam a luz. Ele abria a boca, mas não dizia nada. Todos passamos a conhecer o fraco estalido de seus lábios abrindo, fechando, sem que nada saísse deles.

Depois foi a vez de William K. A loucura dele começou com sua incapacidade de dormir. Ele passava a noite inteira em claro, no meio do círculo, chutando todos à sua volta. Achávamos isso incômodo, mas, por si só, não parecia uma indicação de que William K estava perdendo o uso da razão. Depois, contudo, ele começou a jogar areia em todos os meninos. Sempre parecia estar carregando um punhado de areia e o jogava na cara de qualquer menino que falasse com ele, algumas vezes se referindo a ele pelo nome de seu arquiinimigo em Marial Bai, William A.

Fui o primeiro a receber o presente de areia de William K. Perguntei-lhe se podia pegar emprestada sua faca e ele jogou a areia. Ela encheu a minha boca e fez arder meus olhos.

— Saboreie sua areia, William A — disse ele.

Eu estava cansado demais para ficar bravo, para reagir de qualquer forma que fosse. Meus músculos estavam fracos, as cãibras iam e vinham. Estava sempre tonto. Todos fazíamos o possível para andar eretos, mas nosso equilíbrio coletivo era tão ruim que parecíamos uma fileira de bêbados, cambaleando e tropeçando. Meu coração parecia bater mais depressa, irregular, com palpitações e tremores. E a maioria dos meninos estava em condição muito pior que a minha.

Comíamos apenas o que conseguíamos encontrar. O tesouro mais procurado era um fruto chamada abuk. Tratava-se de uma raiz que podia ser desenterrada quando alguém visse sua única folha brotando do chão. Alguns dos meninos eram especialistas em procurar essas raízes, mas eu nunca via nada. Um menino saía correndo em alguma direção e começava a cavar, mas eu não tinha visto nada. Quando os frutos eram abundantes, eu experimentava o abuk. Era amargo, sem gosto. Mas continha água, portanto era muito valorizado.

Todos os dias, Dut nos mandava para o meio das árvores, caso houvesse alguma, para encontrar o que conseguíssemos. Mas nos avisava para não irmos longe demais.

— Fiquem perto daqui, e fiquem perto um do outro — dizia Dut. Segundo ele, havia tribos naquela região que roubavam meninos como nós. Eles os matavam ou então os raptavam para fazê-los cuidar de seus animais.

Com sorte, comíamos uma colherada de comida por dia. A água que bebíamos cabia nas nossas mãos em concha.

As mortes começaram no quinto dia.

— Olhe ali — disse William K nesse dia.

Estava seguindo os dedos apontados dos meninos à nossa frente na fila. Todos olhavam para o corpo encarquilhado de um menino, exatamente do nosso tamanho, a menos de sete metros da trilha que estávamos seguindo. O menino morto era de outro grupo, que estava alguns dias na nossa frente. A única roupa que vestia era um shorts listrado, e estava apoiado em uma árvore fina, cujos galhos se dobravam acima dele como se tentassem protegê-lo do sol.

Kur logo assumiu uma posição entre a nossa fila e o menino morto, para garantir que todos continuassem a andar e não fossem examinar o cadáver. Temia que o menino morto pudesse transmitir alguma doença, e, nesses dias difíceis, cada instante era precioso. Quando estávamos acordados, precisávamos andar, disse ele, pois, quanto mais andássemos, mais cedo chegaríamos a um lugar onde poderíamos encontrar comida ou água.

Porém, apenas umas poucas horas depois de passarmos pelo cadáver, um menino da nossa fila também parou de andar. Simplesmente se sentou no chão; vimos os meninos na nossa frente darem a volta nele, passarem por cima dele. William K e eu também fizemos isso, sem saber que outra coisa poderíamos fazer. Por fim, Dut ouviu falar no menino que havia parado de andar e veio lá da frente até onde ele estava; passou o resto da tarde carregando-o, mas depois ficamos sabendo que, durante a maior parte desse tempo, o menino já estava morto. Morreu nos braços de Dut, que estava apenas procurando um lugar adequado para deixá-lo descansar.

Na tarde seguinte, já tínhamos visto mais oito meninos mortos pelo caminho, de grupos que estavam na nossa frente, e a eles acrescentamos três dos nossos. Nesse e nos dias seguintes, quando um menino ia morrer, ele primeiro parava de falar. Sua garganta ficava muito seca, e falar exigia demasiada energia. Então seus olhos afundavam ainda mais, envoltos em sombras cada vez mais escuras. Ele parava de responder ao próprio nome. Passava a andar mais devagar, arrastando os pés, e ficava entre aqueles que passavam mais tempo descansando. O menino que ia morrer acabava encontrando uma árvore, sentava-se encostado na árvore e adormecia. Quando sua cabeça tocava a árvore, a vida que havia dentro dele ia embora e sua carne retornava à terra.

A morte levava meninos embora todos os dias, e de uma forma conhecida: rápida e decisiva, sem muito aviso ou alarde. Esses meninos para mim eram rostos, meninos ao lado dos quais eu havia me sentado durante alguma refeição ou que vira pescando em algum rio. Comecei a me perguntar se seriam todos os mesmos, se haveria algum motivo para um deles ser levado pela morte enquanto os outros não o eram. Comecei a esperar a morte a qualquer momento. Mas havia coisas que os meninos mortos talvez tivessem feito para acelerar seu fim. Talvez houvessem comido as folhas erradas. Talvez fossem preguiçosos. Talvez não fossem tão fortes quanto eu nem tão rápidos. Era possível que aquilo não fosse aleatório, que Deus estivesse levando os fracos do grupo. Talvez somente os fortes devessem chegar à Etiópia; só havia Etiópia suficiente para os melhores meninos. Era essa a teoria de William K. Ele havia recuperado a razão e estava falando como nunca.

— Deus está escolhendo quem vai chegar à Etiópia — disse ele. — Somente os mais espertos e os mais fortes de nós podem chegar lá. Na verdade, lá não tem espaço para todos. Só para uma centena de meninos, na verdade. Então mais meninos vão morrer, Achak.

Não podíamos chorar os mortos. Não havia tempo. Já fazia dez dias que estávamos no deserto e, caso não chegássemos logo ao fim, não chegaríamos nunca. Ao mesmo tempo, a guerra estava nos alcançando com freqüência cada vez maior. Durante o dia, víamos helicópteros ao longe, e Dut fazia o possível para ajudar-nos a nos esconder. A partir daí, passamos a caminhar à noite. Foi durante uma de nossas caminhadas noturnas, enquanto estávamos descansando por algumas horas, que pensamos que um tanque tivesse vindo matar todos nós.

Eu estava dormindo quando senti um ronco vindo de dentro da terra. Sentei-me e vi outros meninos também acordados. Vindas da escuridão, duas luzes vararam a noite.

— Corram!

Ninguém conseguia encontrar Dut, mas Kur estava nos mandando correr. Confiei em suas ordens, então fui achar William K, que havia voltado a dormir e estava muito longe, mergulhado no sono. Quando ele acordou e ficou em pé, começamos a correr, tropeçando no escuro, ouvindo o barulho dos veículos e vendo luzes ao longe. Primeiro saímos correndo na direção das luzes, depois para longe delas. Trezentos meninos correndo em todas as direções. William K e eu pulávamos por cima de meninos caídos e de outros que haviam parado no meio dos arbustos para se esconder.

— Será que devemos parar? — sussurrei enquanto corríamos.

— Não, não. Continue correndo. Não pare de correr.

Continuamos a correr, decididos a ser os meninos mais afastados das luzes. Corremos lado a lado, e senti que estávamos indo na direção certa. O barulho dos meninos e o ronco estavam ficando mais distantes, e olhei para minha direita, onde deveria estar William K, mas ele não estava mais ao meu lado.

Parei e sussurrei bem alto chamando William K. No escuro, podia ouvir os lamentos dos meninos. Somente quando a manhã chegasse eu ficaria sabendo o que havia acontecido naquela noite, quem estava chorando e por quê.

— Corra, corra! Eles estão vindo!

Um menino passou voando por mim, e fui atrás dele. Disse a mim mesmo que William K havia decidido se esconder. William K estava seguro. Fui seguindo o menino, e logo depois também o perdi. É difícil descrever como é escura a escuridão do deserto em noites assim.

Continuei correndo noite afora. Corri porque ninguém me disse para parar. Corri escutando minha própria respiração, alta como o barulho de um trem, e corri com os braços estendidos para me proteger das árvores e arbustos. Corri até ser agarrado por alguma coisa. Estava correndo em velocidade máxima. E então fui interceptado, preso como um inseto na teia de uma aranha. Tentei me desvencilhar, mas havia sido ferido. A dor varou meu corpo. Dentes se cravaram na minha perna, no meu braço. Desmaiei.

Quando acordei, estava no mesmo lugar, e a luz estava começando a remover o domo do céu. Eu estava preso em uma cerca de arames paralelos, com farpas no formato de estrelas. A cerca havia agarrado minha camisa em dois lugares, e uma das estrelas estava enterrada bem fundo na minha perna direita. Soltei a camisa, e prendi a respiração enquanto a dor na minha perna ia aumentando.

Consegui me soltar, mas minha perna sangrava muito. Enrolei-a em uma folha, mas não conseguia andar e segurar o ferimento ao mesmo tempo. O céu estava ficando cor-de-rosa, e caminhei na direção que pensava ser a dos meninos.

— Quem está aí?

Uma voz saiu do meio da vegetação baixa.

— Um menino — falei.

Não havia ninguém à vista. A voz parecia sair do próprio ar rosado.

— Por que você está andando para lá com a mão na perna desse jeito?

Eu não queria ficar conversando com o ar, então não disse nada.

— Você é um menino bravo ou um menino feliz? — perguntou a voz.

Um homem apareceu, com uma barriga redonda e de chapéu, formando uma sombra azul contra o céu que pulsava. Aproximou-se de mim devagar, como faria com um animal encurralado. O sotaque do homem barrigudo era estranho e eu mal conseguia compreender suas palavras. Não sabia qual a resposta certa, então respondi a uma outra pergunta.

— Estou andando com os meninos, pai.

Agora o homem estava ao meu lado. Seu chapéu tinha uma estampa camuflada, como o uniforme do soldado Mawein. Mas a camuflagem daquele homem era mais bem-feita: confundia-se perfeitamente com a paisagem, com seus tons de marrom e cinza. Sua idade era indeterminada, algo entre a idade de Dut e a idade do meu pai. Em alguns detalhes, ele se parecia com meu pai: os ombros magros, a maneira fluida e ereta como se movia. Mas a barriga daquele homem estava cheia, muito cheia. Eu não via uma barriga cheia assim desde o concurso do Homem Mais Gordo na minha aldeia, um rito anual abandonado com a chegada da guerra. Nele, homens de toda a região se entupiam de leite durante meses, levando uma vida o mais sedentária possível. O vencedor era o homem mais gordo, que tivesse a barriga mais impressionante. Esse concurso tornou-se impraticável durante a guerra civil, mas o homem à minha frente parecia um candidato possível.

— Deixe eu ver por que você está segurando a perna — disse ele, agachando-se junto ao meu joelho.

Mostrei-lhe o ferimento.

— Ah. Hmm. O arame farpado. Tenho uma coisa para isso. Lá em casa. Venha.

Segui o homem barrigudo, porque estava cansado demais para bolar uma fuga. Então vi a cabana do homem mais à frente, parecendo bem construída e erguida no meio de um nada absoluto. Não havia sinal de ninguém em lugar algum.

— Posso tentar carregar você? — perguntou.

— Não. Obrigado.

— Ah, ah, entendi. Você tem seu orgulho. É um dos meninos que estão indo para a Etiópia para serem soldados.

— Não — falei. Tinha certeza de que ele estava errado.

— Um *jaysh al-ahmar*? — disse ele.

— Não, não — falei.

— Os *jaysh al-ahmar*, o Exército Vermelho? Sim. Vi vocês passando.

— Não. Estamos só andando. Estamos andando para a Etiópia. Para ir à escola.

— À escola, e depois para o Exército. Sim, acho que é o melhor a fazer. Entre e sente um pouco. Vou cuidar da sua perna para você.

Parei por um instante do lado de fora da sólida casa do homem. Ele não sabia quem eu era, mas pensava saber alguma coisa a meu respeito. Tinha visto meninos da minha idade passando e os estava chamando de Exército Vermelho, da mesma forma que fizera Mawein. Havia naquele homem algo de dissimulado, e concluí que estar na sua casa era uma idéia duvidosa. No entanto, quando você é convidado a entrar em alguma casa no Sudão, sobretudo quando está viajando, espera que lhe ofereçam comida. E a idéia de ser alimentado superava com folga quaisquer preocupações que eu pudesse ter com minha segurança. Curvei-me para entrar na penumbra da grande cabana do homem e foi então que a vi. Meu Deus, era a bicicleta. Parecia exatamente a mesma bicicleta. Juro que era a mesma — prateada, brilhante, nova, o mesmo modelo que Jok Nyibek Arou havia levado para Marial Bai. Mas aquela ali havia sido desembrulhada do plástico, e isso a tornava ainda mais incrível.

— Ah! Gostou da bicicleta. Sabia que iria gostar.

Eu não conseguia falar. Pisquei os olhos com força.

— Pegue isso aqui.

O homem me estendeu um trapo e sequei meu machucado.

— Não, não. Deixe que eu faço — disse ele.

O homem pegou o trapo e amarrou-o com força em volta da minha perna. A dor do machucado diminuiu muito, e quase ri da simplicidade daquela solução.

O homem gesticulou para eu me sentar, e assim o fiz. Passamos algum tempo sentados, avaliando um ao outro, e então vi que seu rosto lembrava o de um felino, com as maçãs altas e severas, e grandes olhos que pareciam estar sempre achando graça de alguma coisa. Da palma das mãos, pousadas sobre seu colo e abertas para mim, brotavam dedos de um comprimento notável, cada qual com seis juntas ou mais.

— Você é a primeira pessoa que aparece por aqui em muito tempo — disse ele.

Aquiesci, sério. Imaginei que o homem barrigudo houvesse perdido a mulher e a família. Havia homens assim por todo o Sudão, homens da sua idade, sozinhos.

Em um movimento rápido, ele puxou o tapete do chão, e sob o tapete havia uma porta feita de papelão e barbante. Ele a ergueu, e vi que debaixo dela havia um buraco fundo cheio de comida, água e cantis de líquidos misteriosos. O homem tornou a fechar o alçapão rapidamente e recolocou o tapete no lugar.

— Tome — disse ele.

Pôs um montinho de amendoins em cima de um prato.

— Para mim?

224

— Ah, ah, ah! Que menino mais tímido. Como você pode ser tão tímido? Deve estar com fome demais para ser tão tímido! Coma a comida quando conseguir pegar, menino. Coma.

Comi os amendoins depressa, um de cada vez, depois enchendo a boca com um punhado deles. Era mais do que eu havia comido em semanas. Mastiguei, engoli, e senti a pasta formada pelos amendoins fortificar meu peito e meus braços, e minha mente recuperar a clareza. O homem tornou a encher o prato de amendoins e eu os comi, dessa vez mais devagar. Senti necessidade de me deitar e o fiz, ainda comendo os amendoins, um a um.

— Onde conseguiu isso? — perguntei, apontando para a bicicleta.

— Ela está aqui, é isso que importa, menino do Exército Vermelho. Você já andou de bicicleta?

Tornei a me sentar e fiz que não com a cabeça. Seus olhos pareceram achar ainda mais graça.

— Ah, não! Que pena. Eu teria deixado você experimentar.

— Eu sei andar! — insisti.

Isso o fez rir, jogando a cabeça para trás.

— O menino diz que sabe andar, mesmo sem nunca ter andado antes. Coma alguma coisa comigo e vamos ver o que mais você sabe e não sabe fazer, soldadinho.

Eu não saberia explicar por quê, mas estava me sentindo muito à vontade na casa daquele homem. Estava preocupado que o grupo fosse recomeçar a andar quando o sol subisse mais um pouco, mas ali estava eu, comendo, e meu ferimento estava sendo tratado, e considerei a idéia de ficar ali com aquele homem, porque dessa forma parecia muito provável que eu não morresse.

— Por que o senhor está aqui? — perguntei.

O homem ficou sério por alguns instantes, como se estivesse lendo a pergunta à procura de significados ocultos, e então, não encontrando nenhum, sua expressão se suavizou.

— Por que estou aqui? Gostei dessa pergunta. Obrigado por ela. Sim.

Ele se recostou para trás e sorriu para mim, não parecendo de forma alguma interessado em responder à pergunta.

— Que grosseria a minha! — Tornou a afastar o tapete e pegou um recipiente de plástico, tirando-o lá de dentro e estendendo-o para mim. — Para dar amendoins a você sem água para engolir! Beba.

Peguei o recipiente, e o frescor de sua superfície em minhas mãos me surpreendeu. Girei a tampa branca, apoei-a no colo e virei o recipiente na boca. A água estava tão gelada! Tão incrivelmente gelada. Não consegui fechar os olhos, mal consegui engolir. Bebi aquela água fresca e a senti escorrer por minha garganta, molhando-me logo abaixo da pele e em seguida por dentro do peito, dos braços e das pernas. Era a água mais gelada que eu jamais havia provado.

Tentei outra pergunta.

— Onde estamos?

O homem pegou o recipiente da minha mão e tornou a guardá-lo debaixo do tapete.

— Estamos perto de uma cidade chamada Thiet. Era por lá que seu grupo estava passando. Muitos grupos têm passado por Thiet.

— Então o senhor mora em Thiet?

— Não, não. Eu não moro em lugar nenhum. Isso aqui é lugar nenhum. Quando você sair daqui, não vai saber de onde veio. Insisto para esquecer agora mesmo onde está. Entendeu? Eu não estou em lugar nenhum, isso aqui é lugar nenhum, e é por isso que eu estou vivo.

Alguns instantes antes, eu estava sentindo gratidão por aquele homem e cogitando lhe perguntar se poderia ficar com ele por um tempo indeterminado. Mas nessa hora concluí que o homem havia perdido a razão e que eu deveria ir embora. Era estranho um homem ser capaz de falar normalmente durante algum tempo, para depois se revelar um louco. Era como encontrar uma parte podre debaixo da casca intacta de uma fruta.

— Eu deveria voltar para o grupo — falei, me levantando.

O homem adquiriu uma expressão alarmada.

— Sente-se. Sente-se. Tenho mais. Você gosta de laranjas? Tenho laranjas aqui.

Ele tornou a enfiar a mão dentro do buraco e seu braço dessa vez desapareceu até o ombro. Quando a mão reapareceu, ele estava segurando uma laranja, perfeitamente redonda e fresca. Deu-me uma e, enquanto eu a devorava, tornou a arrumar o tapete por cima do buraco subterrâneo.

226

— Eu não moro em lugar nenhum, e você deveria aprender com isso. Por que acha que estou vivo, menino? Estou vivo porque ninguém sabe que estou aqui. Estou vivo porque não existo.

Ele pegou a água da minha mão e tornou a guardá-la no buraco.

— Lá fora, todos estão se matando, e quem não está se matando com armas e bombas, Deus está tentando matar com malária, disenteria e milhares de outras coisas. Mas ninguém pode matar um homem que não existe, certo? Então sou um fantasma. Como é que se pode matar um fantasma?

Eu não soube como comentar isso, pois de fato parecia que aquele homem existia.

— Só por causa desse contato, desse meu contato com você, estou criando muitos problemas para mim. Eu lhe dei de comer e vi seu rosto. Mas só me sinto seguro porque sei que não é provável que alguém esteja procurando um menino como você. Quantos vocês são? Milhares?

Respondi que éramos tantos quanto ele podia imaginar.

— Então ninguém vai reparar em você. Quando terminarmos de conversar, vou mandar você de volta para eles, mas você não deve nunca contar onde me encontrou. Combinado?

Concordei. Não me lembro por que me ocorreu perguntar àquele homem sobre o Quê, mas pareceu-me que, se alguém tivesse a resposta, ou mesmo um palpite, seria aquele homem estranho que vivia sozinho e que havia guardado tantas coisas, chegando até mesmo a prosperar, bem no meio de uma guerra civil. Então perguntei a ele.

— Como disse? — retrucou.

Repeti a pergunta, e expliquei a história. O homem nunca havia escutado aquela história, mas gostou dela.

— O que você acha que é o Quê? — perguntou.

Eu não sabia o que pensar.

— A AK-47?

Ele fez que não com a cabeça.

— Não, acho que não.

— O cavalo?

Ele tornou a menear a cabeça.

— Aviões? Tanques?

— Por favor, pare. Você não está pensando direito.

— Educação? Livros?

— Não acho que isso seja o Quê, Achak. Acho que você precisa continuar procurando. Tem alguma outra idéia?

Passamos alguns instantes sentados em silêncio. Ele podia sentir meu desapontamento.

— Gostaria de experimentar a bicicleta? — perguntou.

Não consegui encontrar palavras para descrever como me sentia.

— Você não esperava por isso, não é, menino que escuta?

Fiz que não com a cabeça.

— O senhor está falando sério?

— É claro que estou. Só soube que iria propor isso a você depois de já tê-lo feito. Nunca pensei que fosse oferecer minha bicicleta a nenhuma outra pessoa, mas, como você está a caminho da Etiópia e talvez morra no caminho, vou deixar você usá-la.

O homem viu minha expressão se desmilingüir.

— Não, não. Desculpe! Eu estava brincando. Você não vai morrer no caminho. Vocês são muitos e vão ficar seguros. Deus está cuidando de vocês. Você agora está forte, com a barriga cheia de amendoim. Eu estava só brincando, porque seria um absurdo muito grande você estar correndo perigo. É um absurdo. Você vai ficar bem! E agora vai andar nessa bicicleta.

— Sim, por favor.

— Mas nunca andou antes.

— Não.

O homem barrigudo deu um suspiro e chamou a si mesmo de louco. Empurrou a bicicleta até o lado de fora da casa. Os raios reluziam, o quadro brilhava. Ele me mostrou como sentar no selim e, enquanto eu me acomodava, segurou a bicicleta em pé. Era a bicicleta mais incrível jamais vista no Sudão, e eu estava sentado em cima de um elegante selim de couro preto.

— Muito bem, agora vou empurrar a bicicleta para ela andar. Você tem que começar a fazer força nos pedais quando eu empurrar. Entendeu?

Aquiesci, e as rodas começaram a se mover. Imediatamente comecei a ir depressa demais, mas o homem estava me segurando, então me senti estável. Pressionei os pedais, embora eles parecessem estar se movimentando sozinhos.

— Pedale, menino, pedale!

O homem estava correndo ao meu lado, ao lado da bicicleta, bufando, arquejando e rindo. Empurrei os pedais e meus pés desceram até lá embaixo e depois tornaram a subir. Eu sentia um turbilhão dentro da barriga.

— Isso! Você está conseguindo, menino, está andando!

Sorri, olhei para a frente e tentei acalmar meu estômago, que ameaçava devolver o conteúdo para o chão. Engoli, tornei a engolir e olhei bem para a frente, dizendo a meu estômago para ficar quieto. Ele obedeceu e me deixou pensar. Eu estava andando de bicicleta! Aquilo era muito parecido com voar, pensei. O vento em meu rosto parecia muito forte. Passou-me pela cabeça a idéia inesperada de que eu gostaria que Amath pudesse me ver. Ela ficaria tão impressionada!

— Vou soltar — disse o homem.

— Não! — pedi.

Apesar disso, achei que fosse conseguir.

— Sim! Sim — disse o homem. — Vou soltar.

Ele soltou a bicicleta e riu.

Não consegui mantê-la reta. Em poucos segundos, a bicicleta se inclinou e o pneu foi virando devagar, e eu me senti como o cavaleiro em Marial Bai, preso debaixo da bicicleta. Minha perna se chocou contra um pedaço duro de terra batida e raízes, e meu machucado se abriu, maior que antes. Em poucos minutos, eu estava de volta à cabana do homem barrigudo e ele cuidava novamente da ferida. Desculpou-se muitas vezes, mas eu lhe garanti que a culpa era minha. Ele me disse que eu tinha andado bem para uma primeira vez, e eu sorri. Tinha certeza de que conseguiria andar direito se tentasse outra vez. Mas sabia que, caso não conseguisse me juntar novamente ao grupo, iria perdê-los para sempre, e talvez tivesse que ficar morando com aquele homem até a guerra terminar, quando quer que isso acontecesse. Disse a ele que precisava ir embora. Ele não ficou excessivamente triste por me ver partir.

— Por favor, não conte a ninguém sobre a bicicleta.

Eu lhe disse que não contaria.

— Promete? — indagou ele.

Prometi.

— Ótimo. Bicicletas são segredos nesta guerra. São segredos, menino que escuta. Agora vamos devolver você para o seu exército. Vou levar você de volta até eles. De que direção você veio correndo?

Parecia que eu havia passado horas correndo na noite anterior, mas voltamos ao grupo em um tempo bem mais curto. Vi o monte de meninos não muito longe da casa secreta do homem. Dut não estava por perto, e nessa manhã não parecia que ninguém mais estava se importando com o fato de ele ter sumido, ou de eu ter sumido. Perguntei qual era o problema e fiquei sabendo que uma dúzia de meninos havia desaparecido depois da correria da noite anterior. Três deles tinham caído dentro de poços; dois haviam morrido. Os outros, centenas deles, estavam espalhados e desanimados. Despedi-me do homem barrigudo e fui ao encontro de William K, que havia achado um pedaço grande de plástico e estava tentando dobrá-lo para fazê-lo caber dentro do bolso. O plástico, mesmo depois de dobrado uma dúzia de vezes, era grande como seu tórax.

— Para que lado você correu? — perguntou William K.

Apontei para a direção de onde acabara de chegar. William K havia corrido na direção oposta, mas parara depois de pouco tempo e escondera-se entre as raízes de um baobá.

— Você ouviu o que aconteceu? O que era aquele ronco, aquelas luzes? — perguntou ele.

Sacudi a cabeça.

— Éramos nós. Não era nada.

Não houvera nenhum ataque na noite anterior. Não houvera armas nem tiros. Fora apenas um Land Rover passando no meio da noite. Ninguém sabia de quem era aquele carro, mas não era de nenhum inimigo. Talvez até fosse uma caminhonete de auxílio humanitário.

Quando Dut chegou e nos reuniu, com a manhã já mais avançada, estava irritado.

— Vocês não podem simplesmente sair correndo em todas as direções por causa de qualquer barulho durante a noite.

Estávamos todos desconcertados demais para discutir.

— Perdemos uma dúzia de meninos ontem à noite. Sabemos que três deles estão mortos porque caíram naqueles dois poços. Meninos demais caíram dentro de poços. É uma morte ruim, meninos. Os outros saíram correndo Deus sabe para onde.

Eu concordava que cair dentro de um poço era uma morte ruim, mas tinha certeza de que fora seu braço-direito, Kur, que nos mandara sair correndo no meio da noite. Àquela altura, porém, nada mais estava claro. Uma hora depois de ter deixado o homem barrigudo e sua bicicleta, eu já não tinha mais certeza se ele havia existido. Não falei sobre ele com ninguém.

A comida me deu forças, assim como o segredo do homem barrigudo, mas, apesar disso, tive relativa certeza de que estava morrendo. O corte na minha perna, o pedaço de canela arrancado pelo arame farpado, estava muito grande, um entalhe diagonal do joelho à base da panturrilha. Passou o dia inteiro sangrando devagar, e até mesmo William K reconheceu que isso poderia me levar à morte. Em nossa experiência, a maioria dos meninos com ferimentos grandes acabava morrendo. Nesse e nos dias que se seguiram, os outros meninos não quiseram ficar perto de mim, porque viam meu ferimento e imaginavam que a doença já houvesse se alojado e estivesse me devorando por dentro.

William K sabia que eu estava preocupado e tentou acalmar meus temores.

— Na Etiópia, eles logo vão curar seu machucado. Os médicos de lá são os melhores. Você vai olhar para a sua perna e dizer: "O que aconteceu? Não tinha um machucado aqui?". Mas ele vai sumir. Eles vão apagar seu machucado.

Sorri, embora olhar para William K me deixasse preocupado. Ele parecia muito doente, e era meu único espelho. Não conseguíamos ver a nós mesmos, então eu confiava na aparência dos outros meninos, sobretudo de William K, para saber como andava minha própria saúde. Comíamos a mesma comida e tínhamos mais ou menos a mesma corpulência, então eu olhava para ele para ver como eu próprio havia emagrecido, como meus olhos estavam ficando mais encovados. Nesse dia, eu não estava com um aspecto nada bom.

— Na verdade, ninguém adoece na Etiópia — continuou William K —, porque a água e o ar de lá são diferentes. É estranho, mas é verdade. As pessoas só adoecem se forem muito burras. E até essas pessoas recebem ajuda dos médicos. Os médicos dizem: "Que burrice a sua ficar doente em um lugar onde ninguém fica doente! Mas eu vou curar você mesmo assim, porque isso aqui é a Etiópia e é assim que as coisas são aqui". Ouvi Dut dizer isso na outra noite. Você estava dormindo.

William K era um mentiroso incurável, mas eu gostava disso.

— Podemos descansar um segundo? — perguntou ele.

Fiquei contente por parar um pouco. Em geral, podíamos ficar sentados por tempo suficiente até nos sentirmos melhor, contanto que ainda conseguíssemos ver a fila de meninos. Depois de alguns minutos vendo os outros passarem com seu passo arrastado, William K e eu já estávamos nos sentindo mais fortes e recomeçamos a andar.

— Estou me sentindo diferente hoje — disse ele. — Mais tonto, acho.

Meus ossos chacoalhavam com cada passo e minha perna esquerda latejava de forma esquisita, uma fisgada de frio sempre que meu calcanhar tocava o chão. Mas William K fazia eu me sentir bem, então deixei-o falar, falar sobre meu machucado, sobre a Etiópia, e também sobre como ele iria ser forte quando ficasse mais velho. Esse era um dos seus assuntos favoritos, sobre o qual ele falava com riqueza de detalhes e uma precisão científica.

— Vou ser um homem muito alto. Meu pai não é tão alto, mas meus irmãos são muito altos, então vou ser como eles, mas ainda mais alto. Provavelmente vou ser um dos homens mais altos que já existiram no Sudão. Vai ser assim e pronto. Não vou ter escolha. Então vou ser um grande guerreiro e vou segurar muitas armas ao mesmo tempo. E também vou dirigir um tanque. Os olhos das pessoas vão saltar das órbitas quando elas me virem. Minha mãe vai ficar orgulhosa quando estivermos todos lá, de volta à nossa casa, para ficar de guarda contra os *baggaras*. Vai ser fácil defender o lugar quando tivermos armas. Meu irmão Jor é um homem enorme. Ele já tem duas mulheres e ainda é muito jovem, então vai ter mais mulheres quando tiver mais gado, mas ele vai ter mais gado porque é muito esperto e sabe tudo sobre gado e sobre criação...

Eu caminhava de cabeça baixa, seguindo os passos de William K e escutando suas palavras, então não percebi imediatamente que todos os meninos estavam saindo da trilha e correndo para o meio das árvores. Olhei para a esquerda e para a direita, e por toda parte eles estavam correndo para as árvores e trepando nelas. Os que conseguiam trepar, trepavam. Os que estavam fracos demais ficavam debaixo das árvores, esperando alguma coisa cair em cima deles.

As árvores estavam cheias de pássaros.

Corri até uma árvore vazia e subi, descobrindo que a subida levava muito mais tempo que antes. William K também correu para a árvore e ficou em pé logo abaixo de mim.

— Não consigo subir — disse ele. — Hoje não, acho.

— Eu jogo para você — falei.

No meio da árvore encontrei um ninho e, dentro dele, três pequeninos ovos. Não esperei. Comi dois dos ovos enquanto ainda estava em cima da árvore. Comi tudo, a casca, as penas lá dentro, comi tudo antes de conseguir pensar. Comi o segundo ovo e finalmente me lembrei de William K abaixo de mim. Pulei para o chão e encontrei William K deitado de lado, de olhos fechados.

— Acorde! — falei.

Ele abriu os olhos.

— Fiquei tão tonto depois de correr — disse ele. — Da próxima vez, me diga para não correr.

— Da próxima vez você não deveria correr.

— Não, não. Por favor, Achak, não brinque. Estou tão cansado.

— Coma um ovo. O gosto é horrível.

Outros meninos haviam encontrado ninhos cheios de filhotes de pássaro e os comeram depois de arrancar as penas que já haviam se formado. Também comeram os passarinhos inteiros, com a cabeça, as patas e os ossos. Kur estava cuspindo um bico quando vi outra árvore, ainda não explorada.

— Vou pegar um para você. Fique aqui — disse eu para William K, e só com isso já me senti mais forte. Corri até a árvore seguinte e, quando estava no alto dos galhos, refestelando-me com mais um ovo, ouvi um barulho de hélice. Era o barulho da hélice de um helicóptero. Em segundos, havíamos todos descido das árvores e estávamos no chão, correndo feito loucos.

Mas não havia para onde correr. Havia apenas as árvores baixas em que estávamos, com galhos quase pelados, que não ofereciam nenhum abrigo, e fora isso havia apenas o deserto. Alguns meninos ficaram onde estavam; em algumas árvores chegava a haver dez meninos escondidos. Ficamos nos segurando nos galhos, encostados na casca para parecer parte dela, com os braços e rostos pressionados contra sua superfície rugosa. O barulho de hélice foi chegando mais perto e os helicópteros surgiram, três deles, pretos e voando bem rente ao chão. Os aparelhos cortaram o ar e fizeram muito barulho acima das nossas árvores, mas não dispararam.

Logo o barulho de hélices foi ficando mais fraco e os helicópteros sumiram.

Para Dut, e para todos nós, aquilo foi mais desconcertante que os bombardeios dos Antonovs. Por que chegar tão perto, ver tantos alvos e não disparar sequer uma bala? Nunca conseguíamos entender a filosofia do Exército sudanês. Algumas vezes éramos dignos de suas balas e bombas, e outras vezes não.

Dut decidiu novamente que deveríamos caminhar à noite, pois não havia helicópteros. Portanto, nessa noite não descansamos. Dut sentia que estávamos fortes o suficiente, já que havíamos comido tão bem graças aos ovos e aos pássaros. Então passamos essa noite andando, a noite inteira, e no dia seguinte dormiríamos até o outro anoitecer.

— Tenho mais notícias sobre a Etiópia — começou William K.

— Por favor — falei.

— Sim, segundo os boatos, os sudaneses são muito ricos. Nosso povo é respeitado por todos, e conseguimos tudo o que queremos. Todo dinca vira chefe. É isso que eles dizem. Então seremos todos chefes, e conseguiremos o que queremos. Cada um de nós terá dez pessoas para nos ajudar como precisarmos. Se quisermos comida, dizemos: "Me dê essa comida!" ou "Me dê aquela comida ali!", e eles têm que correr para buscar. Não é tão difícil assim. Porque há comida por toda parte. Mas eles reverenciam especialmente pessoas como nós. Acho que a distância percorrida tem importância. Como nós percorremos a maior distância de todas, ganhamos o direito de escolher onde morar, e ganhamos mais criados. Ganhamos vinte criados cada um.

234

— Você disse que eram dez.

— É, em geral são dez. Mas para nós são vinte, porque viemos de muito longe. Acabei de dizer isso a você, Achak. Por favor, preste atenção. Vai precisar saber essas coisas, senão vai ofender as pessoas na Etiópia. Eu só fico triste de Moses não ver isso conosco. Ou quem sabe ele vai ver? Quem sabe Moses já está lá? Aposto que já está. Ele deu um jeito e está nos esperando lá, o sortudo.

Por mais que eu pudesse aceitar algumas das coisas que William K dizia, sabia que Moses não estava na Etiópia, e jamais estaria. Ele havia sido perseguido pelo homem a cavalo e seu destino era certo.

— Sim — continuou William K. — Moses já está ganhando todas as coisas que nós vamos ganhar, e está rindo de nós. "Por que vocês estão demorando tanto?", está dizendo. É melhor nos apressarmos, certo, Achak?

William K não estava soando nada bem. Fiquei contente por estar de noite e por não precisar olhar para os olhos encovados de William K, para sua barriga inchada. Sabia que minha aparência era igual à sua, então era duplamente preocupante ver William e ver a mim mesmo em William. Na noite negra do deserto, não víamos nenhum sofrimento, e o ar ficava mais fresco.

— Olhe só isso — disse William K, segurando meu braço.

Ao longe, o horizonte se erguia e traçava no céu uma linha irregular. Eu nunca tinha visto uma cordilheira antes, mas ali estava ela. William K teve certeza de que estávamos quase chegando ao nosso destino.

— Aquilo ali é a Etiópia! — sussurrou. — Não esperava que fosse chegar tão depressa.

William K e eu estávamos bem no final da fila e não podíamos perguntar a Dut nem a Kur onde estávamos. Mas a explicação de William fazia sentido. À nossa frente estendia-se uma imensa silhueta negra, muito maior que qualquer massa de terra que já houvéssemos visto. Era capaz de conter todos os elefantes que existiam sobre a Terra. William K agora estava andando com o braço em volta do meu ombro.

— Quando chegarmos àquela montanha, estaremos na Etiópia — disse ele.

Não pude discordar.

— Acho que você tem razão.

— Não foi tão ruim assim, Achak. Não foi nada demais andar até a Etiópia. Não acha? Agora que estamos tão perto, não foi tão ruim assim, foi?

Estávamos perto, mas tudo estava ficando pior. Não chegamos à Etiópia naquele dia, nem no dia seguinte. Dormíamos a toda hora do dia e da noite, porque agora mal conseguíamos andar; nossos pés eram feitos de chumbo, nossos braços pareciam desconectados. A ferida da minha perna estava infeccionada, e eu não tinha nenhum amigo a não ser William K. Ninguém mais queria ficar perto de mim, principalmente depois do abutre. Ao acordar de um cochilo no início da manhã, vi uma sombra impedindo minha visão, tapando o sol. Primeiro pensei que fosse levar uma bronca de Dut, que houvesse dormido demais e ele estivesse prestes a me dar um chute para me acordar. Mas então a forma de repente levantou os braços e virou a cabeça, e percebi que era um abutre. Ele saltitou até em cima da minha perna boa e começou a inspecionar minha perna ruim. Pulei para trás, e o abutre guinchou e tornou a pular para a frente, em minha direção. Não tinha nenhum medo de mim.

Isso se tornou um problema para todos os meninos. Caso permanecêssemos em algum lugar por tempo demais, os abutres começavam a ficar mais interessados. Dormir durante mais de uma hora debaixo do sol na certa atraía aves comedoras de carniça, e precisávamos ficar atentos para que os pássaros não começassem a se banquetear enquanto ainda estávamos vivos.

Foi nesse dia, depois de eu enxotar a ave que queria me comer, que William K começou a ficar diferente. Havia marcas em seu rosto, desenhos circulares de um tom mais claro que a sua pele. Ele reclamou de cãibras e vertigem. Mas William K continuava a falar e, já que continuava a falar, concluí que estivesse tão forte quanto qualquer um de nós.

— Olhe — disse William K.

Segui os dedos de William K até uma forma escura à nossa frente. Um abutre saiu voando de cima dela quando alguns meninos se aproximaram. Era o corpo morto de um menino, um pouco mais velho que nós.

— Burro — disse William K.

Eu disse a ele para não falar assim dos mortos.

— Mas ele é burro! Vir até tão longe e morrer aqui.

Agora havia corpos espalhados por toda a beira das trilhas. Meninos, bebês, mulheres, homens. A cada quilômetro víamos corpos de meninos e homens, debaixo de árvores, logo à margem da trilha. Dali a pouco, os corpos passaram a estar vestindo o uniforme do SPLA.

— Como é que um soldado pode morrer assim? — perguntou William K a Dut.

— Ele não foi cuidadoso com a sua água — respondeu Dut.

— Quanto falta para chegarmos, Dut?

— Estamos chegando. Estamos pertinho de estar perto.

— Bom, bom. A palavra perto é uma palavra boa.

Nesse dia, andamos pela paisagem mais desolada que já havíamos atravessado até então, e o calor foi aumentando em ondas. Antes do meio-dia, o ar já parecia uma criatura com pele, pêlos. O sol era nosso inimigo. No entanto, o tempo todo, meus sonhos com o esplendor da Etiópia iam crescendo em nitidez e detalhes. Na Etiópia, eu teria minha própria cama, como a cama que tinha o chefe de Marial Bai, forrada de palha e com um cobertor feito de pele de gazela. Na Etiópia, haveria hospitais e mercados onde se vendia todo tipo de comida. Balas de limão! Iriam cuidar de nós até recuperarmos nosso peso anterior, e não precisaríamos andar todos os dias; em alguns dias, não precisaríamos fazer absolutamente nada. Cadeiras! Na Etiópia teríamos cadeiras. Eu iria me sentar em uma cadeira e ficaria escutando rádio, porque na Etiópia haveria rádios debaixo de todas as árvores. Leite e ovos — haveria leite e ovos em grande quantidade, e muita carne, amendoim e guisado. Haveria água limpa com a qual poderíamos tomar banho, e poços para cada casa, cada um deles repleto de água fresca para beber. Que água mais fresca! Teríamos de esperar antes de beber, de tão fria que estaria a água. Na Etiópia eu teria uma família nova, com mãe e pai que iriam me abraçar apertado e me chamar de filho.

Logo à frente, vi um grupo de homens sentado à sombra de uma pequena balanita. Eram onze homens sentados em dois círculos, um dentro do outro. Conforme fomos chegando perto, vimos que dois dos homens estavam muito doentes. Um deles parecia estar morto.

— Ele está morto? — perguntou William K.

O homem mais próximo de William K se esticou para cima dele, golpeando-o no peito com as costas da mão grande e ossuda.

— Você também vai estar, se não continuar andando!

Os olhos amarelados do homem tremiam de raiva. Os outros soldados nos ignoraram.

— O que aconteceu com ele? — perguntou William K.

— Vão embora — balbuciou o soldado.

William insistiu.

— Ele levou um tiro?

O homem lançou-lhe um olhar de ira.

— Mostre um pouco de respeito, seu inseto ingrato! É por vocês que estamos lutando!

— Eu estou agradecido — protestou William K.

O homem soltou o ar pelo nariz, desdenhoso.

— Por favor, acredite em mim — disse William K.

A expressão do homem se suavizou e, depois de alguns instantes, ele acreditou que William K estivesse sendo sincero.

— De onde vocês são, Exército Vermelho? — perguntou ele.

— Marial Bai.

O rosto do homem relaxou.

— Eu sou de Chak Chak! Qual o seu nome?

— William Kenyang.

— Ah, achei mesmo que conhecesse seu clã. Eu conheço Thiit Kenyang Kon, que deve ser seu tio.

— Ele é meu tio. O senhor o viu?

— Não, não. Gostaria de ter alguma notícia para dar, mas fui embora antes de vocês. Agora não estão muito longe. Mais alguns dias e estarão na Etiópia. Acabamos de vir de lá.

Ficamos sentados algum tempo ali com os soldados e alguns dos meninos se animaram ao vê-los, mas sua presença era preocupante. Aqueles homens tinham armas e faziam parte de uma unidade chamada O Punho, que para mim soava muito capaz. Mas os homens do Punho também estavam famintos, morrendo. Para que tipo de lugar estávamos indo, se homens adultos armados haviam saído de lá e estavam morrendo de fome no caminho de volta para o Sudão?

O soldado morto me deixou mais perturbado que qualquer uma das mortes de meninos durante o caminho, e, quando minha confiança em nossa jornada diminuiu, meus passos se tornaram relutantes e lentos.

No espelho de William K, eu não estava com um aspecto nada bom nesse dia. Minhas bochechas estavam encovadas, meus olhos rodeados por um círculo azul. Minha língua estava branca, os ossos dos meus quadris eram visíveis por baixo do shorts. Minha garganta parecia revestida de madeira e mato. Tentar engolir me causava imensa dor. Meninos andavam com as mãos na garganta, tentando massageá-la para aliviar a secura. Eu não dizia nada, e continuávamos a andar. A tarde foi muito lenta. Não conseguíamos andar em um ritmo sequer parecido com o do início da caminhada. Percorríamos pouquíssima distância. Nesse dia, William K pediu para parar muitas vezes.

— Só parar e ficar sem andar por alguns instantes — disse ele.

Nós parávamos e William K se apoiava em mim, descansando a mão sobre meu ombro. Respirávamos fundo três vezes e ele dizia que estava novamente pronto. Não queríamos ficar para trás.

— Estou me sentindo tão pesado, Achak. Você está se sentindo pesado assim?

— Estou. Estou sim, William. Todo mundo está.

À tarde, o tempo refrescou e o ar ficou mais fácil de respirar. Correu pela fila o boato de que alguém havia encontrado a carcaça de um antílope, um *dik-dik*. Haviam espantado os abutres e estavam tentando encontrar alguma carne comestível nos ossos do animal.

— Preciso descansar de novo — sussurrou William K. — Deveríamos sentar um pouco.

Eu não concordava que devêssemos nos sentar, mas William K já estava se encaminhando para uma árvore e logo estava sentado debaixo dela, com a cabeça apoiada no tronco.

— Temos que continuar andando — falei.

William K fechou os olhos.

— Temos que descansar. Descanse comigo, Achak.

— Encontraram um *dik-dik*.

— Parece bom.

Ele ergueu os olhos para mim e sorriu.

— Precisamos pegar um pouco da carne. Vai acabar em poucos segundos, William.

Fiquei olhando enquanto os olhos de William K estremeciam e suas pálpebras se fechavam devagar.

— Daqui a pouco — disse ele. — Mas sente um instantinho. Está me fazendo bem. Por favor.

Fiquei em pé ao lado dele, fazendo-lhe sombra, dando-lhe alguns instantes de paz, e então disse que era hora de ir.

— Não é hora ainda — disse ele.

— A carne vai acabar.

— Vá pegar um pouco. Pode pegar um pouco e me trazer?

Deus me perdoe, mas achei isso uma boa idéia.

— Vou voltar — falei.

— Ótimo — disse ele.

— Fique de olhos abertos — ordenei.

— Tá — respondeu. Ergueu os olhos para mim e aquiesceu. — Preciso disso aqui. Sinto que está me ajudando.

Seus olhos se fecharam devagar, e eu corri para pegar nossa parte do animal. Durante minha ausência, a vida de William K se foi e seu corpo retornou à terra.

Era mais fácil morrer agora. No caso de Deng, houvera uma noite entre o Deng vivo e o Deng morto. Eu imaginava que a morte acontecesse sempre durante aquelas muitas horas escuras. Mas William K fizera diferente. Simplesmente parara de andar, sentara-se debaixo de uma árvore, fechara os olhos e fora embora. Quando voltei, trazendo um minúsculo pedaço de carne para dividir com ele, seu corpo já estava frio.

Eu conhecia William K desde que ele e eu éramos bebês. Nossas mães nos punham para dormir na mesma cama quando éramos pequenos. Fomos amigos enquanto aprendíamos a andar e a falar. Eu só conseguia me lembrar de poucos dias que não havíamos passado juntos, dias em que eu não havia corrido com William K. Éramos simplesmente amigos que moravam juntos na mesma aldeia, e que esperavam ser meninos e amigos em nossa aldeia para sempre. Naqueles últimos meses, porém, havíamos nos afastado muito de nossas famílias, não tínhamos casa e tornáramo-nos tão fracos que não nos parecíamos em nada com o que éramos antes. E agora a vida de William K havia acabado e seu corpo jazia aos meus pés.

Passei algum tempo sentado ao seu lado. Sua mão havia tornado a esquentar dentro da minha, e olhei para seu rosto. Fiquei espantando as moscas e me recusei a erguer os olhos; sabia que os abutres estariam rondando e que eu não poderia impedi-los de alcançar William K. Mas decidi que iria enterrá-lo, que iria enterrá-lo mesmo que isso significasse perder meu lugar no grupo. Depois de ver o morto e os moribundos da unidade perdida O Punho, eu já não acreditava na nossa jornada nem nos nossos guias. Simplesmente parecia lógico que o que havia começado fosse continuar: que fôssemos caminhar e morrer até todos os meninos terem desaparecido.

Cavei da melhor maneira que pude, embora precisasse descansar com freqüência; a atividade me deixava tonto e ofegante. Não conseguia chorar; não havia água suficiente em meu corpo para isso.

— Achak, venha!

Era Kur. Eu o vi ao longe, acenando para mim. O grupo havia tornado a se reunir e estava de partida. Decidi não contar a Kur nem a ninguém que William K havia morrido. Ele era meu, e eu não queria que ninguém o tocasse. Não queria que me dissessem como enterrá-lo nem como cobri-lo, nem que ele deveria ser deixado onde estava. Eu não havia enterrado Deng, mas iria enterrar William K. Acenei de volta para Kur e lhe disse que já estava indo, e em seguida recomecei a cavar.

— Agora, Achak!

O buraco era raso e eu sabia que não iria cobrir William K. Mas manteria as aves comedoras de carniça afastadas por algum tempo, tempo bastante para eu conseguir percorrer uma distância suficiente para não vê-las pousar. Forrei o fundo do buraco com folhas em quantidade suficiente para que ele tivesse um travesseiro para a cabeça e não se pudesse ver a terra. Arrastei William K até o buraco e cobri seu rosto e suas mãos com folhas. Dobrei suas pernas e ajeitei seus pés atrás dos joelhos para economizar espaço. Agora precisava tornar a descansar e me sentei, sentindo uma pequena satisfação por saber que, no final das contas, ele iria caber dentro do buraco que eu havia cavado.

— Adeus, Achak! — gritou Kur. Vi que os meninos já haviam ido embora. Kur esperou alguns instantes por mim e então virou as costas.

Eu não queria deixar William K. Queria morrer com ele. Nessa hora me senti tão cansado, tão exausto, que tive a sensação de que poderia adormecer como ele havia adormecido e dormir até meu corpo esfriar. Mas então pensei em minha mãe e meu pai, em meus irmãos e irmãs, e me peguei evocando as mesmas visões míticas que William K tinha da Etiópia. O mundo era terrível, mas talvez eu fosse vê-los novamente. Isso bastou para me pôr de pé outra vez. Levantei-me e decidi continuar a andar, andar até não poder mais. Terminaria de enterrar William K e depois iria atrás dos outros.

Não tinha forças para ver o primeiro punhado de terra caindo sobre o rosto de William K, então chutei a primeira camada com o calcanhar. Depois de sua cabeça estar coberta, espalhei mais terra e pedras por cima até o aspecto ficar parecido com o de um túmulo de verdade. Quando terminei, disse a William K que sentia muito. Sentia muito por não ter percebido quanto ele estava doente. Por não ter encontrado um jeito de mantê-lo vivo. Por ter sido a última pessoa que ele viu nesta Terra. Por ele não ter podido se despedir da mãe e do pai, e por eu ser o único a saber onde seu corpo estava enterrado. Soube então que este era um mundo arruinado: um mundo que permitia a um menino como eu enterrar outro menino como William K.

Segui andando com os outros, mas não conseguia falar e pensava o tempo todo em me separar do grupo. Sempre que via os resquícios de alguma casa ou o tronco oco de alguma árvore, sentia-me tentado a parar, ficar morando ali e desistir de tudo aquilo.

Passamos a noite inteira caminhando e, no final da manhã, já estávamos muito perto da fronteira com a Etiópia, e a chuva foi um erro. Não deveria ter havido chuva naquela região do Sudão naquela época, mas esta caiu com força e durou a maior parte do dia. Bebemos as gotas de chuva e recolhemos a água em todos os recipientes que tínhamos. Porém, quase ao mesmo tempo em que a chuva foi uma dádiva, ela se tornou nosso castigo. Havíamos passado meses rezando por água, por sentir a terra molhada entre nossos dedos dos pés, e agora tudo o que queríamos era um solo seco e duro. Quando chegamos a Gumuro, praticamente não restava mais nenhum pedaço de chão que não houvesse sido encharcado, transformado em pântano. Mas havia um trecho mais elevado e Dut nos conduziu até lá.

— Tanques!

Foi Kur quem os viu primeiro. Paramos e nos agachamos no mato. Eu não sabia se o SPLA tinha seus próprios tanques, então, no início, presumi que aqueles tanques fossem do governo do Sudão e estivessem ali para nos matar.

— Isso aqui supostamente é território do SPLA — disse Dut, caminhando na direção da aldeia.

Três tanques militares ocupavam o centro do povoado. O lugar havia sido inteiramente incendiado, mas ficamos contentes ao ver três soldados do SPLA emergirem de dentro da carcaça de um ônibus. Dut pisava com cuidado.

— Bem-vindos, meninos! — disse-nos um dos soldados. Usava uma calça militar e calçava botas, mas estava sem camisa. Sorrimos para ele, certos de que iriam nos alimentar e cuidar de nós.

— Agora, por favor, vão embora — disse ele. — Vocês precisam ir embora.

Dut avançou mais ainda, insistindo que estávamos do mesmo lado e que precisávamos de comida e de descanso em terreno seco até a chuva passar.

— Não temos nada — disse uma voz cansada. Era outro soldado, vestido apenas com um shorts. Parecia-se muito conosco, subnutrido e derrotado.

— Isso aqui é território do SPLA? — perguntou Dut.

— Acho que sim — respondeu o segundo soldado. — Não temos notícias deles. Eles nos deixaram aqui para morrer. Essa é uma guerra de tolos.

Os onze soldados que estavam esperando ali em Gumuro eram de outro batalhão perdido, mas que não tinha nenhum apelido como O Punho.

Os homens haviam sido deixados em Gumuro sem mantimentos e sem meios de se comunicar com seus comandantes em Rumbek ou em nenhum outro lugar. Dut explicou que não queria aumentar os problemas dos soldados, mas que estava acompanhado de mais de trezentos meninos incapazes de passar a noite andando e gostaria de descansar.

— Para mim não faz diferença o que vocês fizerem — disse o segundo soldado. — Só não levem nada. Não temos nada para levar. Façam o que quiserem.

Assim, Gumuro foi escolhido como nosso local de descanso durante o dia, e nos espalhamos debaixo dos caminhões e na sombra dos tanques, em qualquer lugar que a chuva não alcançasse. Não demorou muito para alguns meninos quererem sair para procurar comida ou pescar nos pântanos. O primeiro soldado, que se chamava Tito, insistiu para que ficassem onde estavam.

— Por aqui tem minas, meninos. Vocês não podem sair por aí. O Exército sudanês deixou minas por toda parte.

Os meninos não estavam registrando o recado, então Dut interveio.

— Todo mundo sabe o que uma mina faz com uma pessoa?

Todos assentiram, mas Dut não se convenceu. Então conduziu uma demonstração. Ajoelhou-se no chão e pediu a um voluntário para fingir pisar em sua mão. Quando o voluntário o fez, Dut imitou o barulho de uma grande detonação, agarrou o pé do menino e jogou-o de costas no chão; o menino aterrissou com um baque. Com os olhos brilhando de raiva e dor, ele se levantou e voltou para seu lugar debaixo de um ônibus.

Os meninos não demoraram a desobedecer. Dúzias deles saíram andando em todas as direções. Muitos estavam famintos e determinados a encontrar comida. Três deles entraram no meio do mato. Perguntei-lhes aonde estavam indo, esperando que fossem pescar e que eu pudesse acompanhá-los. Eles não me responderam e foram descendo o morro. Fiquei sentado debaixo de um caminhão, com a cabeça entre os joelhos, e pensei em William K, nas aves comedoras de carniça que poderiam estar curiosas a seu respeito. Pensei em Amath e na minha mãe com seu vestido amarelo. Sabia que logo iria morrer, e torci para que talvez ela também estivesse morta, para eu poder encontrá-la. Não queria ficar esperando a morte para vê-la.

O barulho pareceu o estouro de um balão. Depois veio um grito. Não fui investigar. Não queria ver. Sabia que os meninos haviam encontrado uma mina. Seguiu-se o movimento de vários homens indo socorrer o menino. Ficamos sabendo que um deles havia perdido a perna; dois outros haviam morrido. Eram os mesmos meninos a quem eu havia pedido para acompanhar. O que tinha perdido a perna morreu no final da tarde. Em Gumuro não havia médicos.

Alguns meninos ficaram descansando, mas eu decidi que não iria dormir. Não fecharia os olhos até chegar à Etiópia. Não estava com vontade de viver e tinha total certeza de que também estava morrendo. Havia comido os ovos da árvore e os amendoins do homem da bicicleta, e portanto havia comido mais que alguns dos meninos, mas a ferida em minha perna não estava cicatrizando e todas as noites eu ouvia os insetos explorarem suas reentrâncias. Quando estávamos andando, os meninos na minha frente eram um borrão, e suas vozes, quando chegavam aos meus ouvidos, não mais faziam sentido. Meus ouvidos estavam infeccionados, minha visão prejudicada. Eu era um ótimo candidato a ser o próximo a partir.

Depois de os soldados ajudarem Dut a dar um fim nos meninos mortos, um dos soldados me viu debaixo do caminhão e se agachou na minha frente. A chuva havia amainado.

— Venha aqui, Exército Vermelho — disse ele.

Não me mexi. Normalmente não sou assim tão grosseiro, mas naquele momento estava pouco ligando para aquele soldado ou para o que ele queria que eu fizesse. Não queria ajudar a enterrar corpos, nem qualquer outra coisa que ele tivesse em mente.

— É uma ordem, Exército Vermelho! — rugiu ele.

— Não sou do seu exército — respondi.

O braço do soldado foi rápido e ele me agarrou na mesma hora. Com um único movimento, já havia me tirado de baixo do caminhão e me posto de pé.

— Você não é um de nós? Não faz parte dessa causa? — perguntou. Então vi que era o soldado chamado Tito. Seu rosto estava cheio de cicatrizes, seus olhos eram amarelos, rodeados de vermelho.

Sacudi a cabeça. Eu não fazia parte de nada, decidi. Nem sequer fazia parte daqueles meninos que caminhavam. Queria voltar para o homem da bicicleta, para suas laranjas e para sua água fresca escondida.

— Então você simplesmente vai morrer aqui? — indagou Tito.

— Vou — respondi. Já me sentia envergonhado por minha insolência.

Tito me agarrou pelo braço com violência e me fez atravessar a aldeia até uma pirâmide de toras e gravetos e, atrás dela, as pernas de um homem. O resto do corpo do homem estava escondido debaixo das folhas. Seus pés estavam cor-de-rosa, pretos e brancos, cobertos de larvas.

— Está vendo esse homem?

Aquiesci.

— Esse é um homem morto. Era um homem igual a mim, um homem da minha idade. Um homem grande. Forte, saudável. Ele atirava de cima de um helicóptero. Você consegue imaginar isso, Exército Vermelho, um dinca atirando de cima de um helicóptero? Eu estava lá. Foi um grande dia. Mas agora ele está morto, e por quê? Porque decidiu não ser forte. Você quer ser igual a esse homem morto?

Eu estava tão cansado que não tive nenhuma reação.

— Isso é aceitável para você? — vociferou ele.

— Todo mundo está morrendo — falei. — Passamos por soldados mortos vindo para cá.

Isso pareceu surpreender Tito. Ele quis saber onde os havíamos visto e quantos eram. Quando lhe contei, ele mudou: ficou claro para ele que o seu não era o único grupo de soldados sozinho no deserto, esquecidos na guerra. Acho que essa notícia deu força a Tito. E, ao vê-lo correr de volta para o caminhão para contar aos companheiros, também me senti mais forte. Sei que não era um sentimento racional.

No início da noite, enquanto o azul do céu ia ficando preto, estávamos nos acomodando para dormir quando uma silhueta surgiu no horizonte. Dut a viu e foi até o final da aldeia, apertando os olhos para enxergar. A silhueta se transformou em um menino.

— Aquele ali é um dos nossos? — perguntou Dut.

Ninguém respondeu. Tito estava dormindo à sombra do tanque.

— Kur, aquele ali pode ser um dos nossos? — perguntou Dut.

Kur deu de ombros.

Apertei os olhos e vi o menino no horizonte se transformar em muitos, depois em centenas de silhuetas. Sentei-me. Dut e Kur ficaram em pé, com as mãos nos quadris.

— Meu Deus, quem são esses?

Dut acordou Tito e lhe perguntou se ele sabia alguma coisa sobre um grupo de meninos vindo para Gumuro.

— Nós não sabíamos sobre vocês — disse Tito, cansado. Estava chateado por ter sido acordado, mas estava interessado na multidão de pessoas que se aproximava.

O grupo ao longe foi chegando mais perto. Todos do nosso grupo ficaram olhando aquela fila de meninos, maior que a nossa, se aproximar. A fila não terminava nunca. Passou a ter quatro meninos de largura, e logo era possível ver mulheres, crianças muito pequenas, homens armados. Tito ficou agitado.

— Que diabo é isso?

Era um rio de sudaneses que estava entrando em Gumuro. Pareciam mais fortes e caminhavam depressa, decididos. Carregavam sacolas, cestos, malas, sacos. E então apareceu o mais incrível de tudo: um carro-pipa.

— Água — disse Tito. — É o carro-pipa do SPLA.

— Um carro-pipa? — sussurrou Dut. — Temos um carro-pipa?

O grupo que emergiu do horizonte encharcado tinha oitocentas pessoas, talvez até mil. Estava acompanhado por cinqüenta soldados ou mais, armados, saudáveis e que protegiam os outros. As primeiras pessoas começaram a entrar na aldeia. Dut estava extático. Viu a comida e a água que traziam e nos reuniu.

O primeiro dos novos soldados se aproximou de Dut e Tito.

— Olá, tio! — disse Dut, agora eufórico, quase aos prantos.

— Quem são vocês? — perguntou o novo soldado. Usava um boné de beisebol e um uniforme completo.

— Somos alguns dos meninos que estão andando — disse Dut. — Como vocês. Acabamos de chegar hoje mais cedo. É tão bom ver vocês aqui!

Estamos com tanta fome! E não temos água limpa. Eles estão bebendo água de poças, dos pântanos. Quando vi esse carro-pipa, achei que fosse o próprio Deus que o tivesse mandado. Precisamos muito de um pouco dessa água. Estamos morrendo aqui. Já perdemos tantos meninos... Como é que nós...

— Nós vamos dar comida aos soldados — disse o novo rebelde —, mas vocês não deveriam estar aqui.

— Nessa aldeia? — Dut parecia incrédulo. Sua voz falhou.

— Temos que tomar essa aldeia. Temos mil pessoas.

— Bom, nós somos só trezentos. Tenho certeza de que há lugar. E nós precisamos mesmo de ajuda. Perdemos dezenove meninos no deserto.

— Pode ser. Mas vocês agora precisam ir embora, antes que o resto do meu grupo chegue. São pessoas importantes, e nós as estamos escoltando até Pinyudo.

Dut viu as pessoas chegando. Havia famílias, adultos com roupas elegantes, mas entre eles havia muitos meninos, meninos pequenos, que se pareciam muito conosco. A única diferença era que o novo grupo estava mais bem alimentado. Não tinha os olhos encovados nem as barrigas inchadas. Vestia camisas e sapatos.

— Tio — tentou Dut. — Tenho respeito por vocês e pela sua posição. Só estou pedindo para dividirmos este espaço por esta noite. Já está escurecendo.

— Então é melhor vocês irem andando agora.

Conforme foi registrando a realidade do que dizia o soldado, Dut começou a falar cuspindo.

— Para onde? Para onde podemos ir?

— Não vou desenhar um mapa para você. Saia daqui. Tire esses mosquitos do meu caminho.

Ele lançou um olhar de repulsa para todos nós, para nossas costelas saltadas e nossa pele rachada, para os círculos brancos em volta de nossa boca.

— Mas, tio, nós somos todos iguais! Não somos todos iguais? Os seus objetivos são diferentes dos meus?

— Não sei quais são os seus objetivos.

— Não acredito nisso. Que absurdo.

Nessa hora, o som de algo se partindo foi muito parecido com quando

248

meu pai havia apanhado em sua loja. Desviei os olhos. Dut estava no chão, com a têmpora sangrando por causa do impacto da coronha da arma. O soldado estava em pé ao seu lado.

— É *mesmo* um absurdo, doutor. Boa escolha de termos. Agora dê o fora daqui.

O soldado ergueu a arma e deu um tiro para o alto.

— Saiam daqui, seus insetos! Mexam-se!

Os novos soldados nos expulsaram da aldeia, batendo em quem conseguissem. Meninos caíam e sangravam. Corremos, corremos, e eu nunca tinha sentido a raiva que senti naquele momento. Minha raiva era mais intensa do que jamais fora em relação aos *murahaleen*. Vinha da consciência de que havia castas entre os refugiados. E nós ocupávamos o último degrau da escada. Éramos inteiramente dispensáveis para qualquer um — para o governo, para os *murahaleen*, para os rebeldes, para os refugiados de posição mais elevada.

Fomos nos acomodar nos arredores de Gumuro, em um charco, onde descansamos com água até o tornozelo e tentamos dormir. Estávamos novamente sozinhos e em círculo, escutando os barulhos da floresta, vendo as luzes do carro-pipa ao longe.

Ainda demoramos mais dois dias para chegar à Etiópia. Antes da Etiópia, precisamos atravessar um estuário do Nilo, o rio Gilo, largo e fundo. Os ribeirinhos tinham barcos, mas não nos deixaram usá-los. Nossa única alternativa foi nadar.

— Quem vai primeiro? — perguntou Dut.

Na margem, três crocodilos se secavam ao sol. Quando os primeiros meninos puseram o pé dentro do rio, os crocodilos também resolveram entrar n'água. Os meninos saíram pulando do rio, aos prantos.

— Venha, olhem — disse Dut. — Esses crocodilos não vão atacar. Eles hoje não estão com fome.

Ele entrou no rio e logo começou a nadar, deslizando com facilidade, com a cabeça para fora d'água e sem nunca molhar os óculos. Dut parecia capaz de qualquer coisa. Alguns dos meninos recomeçaram a chorar ao vê-lo no meio do rio. Esperávamos que ele fosse desaparecer em um segundo. Mas ele nadou de volta até nós, são e salvo.

— Agora temos que ir. Quem quiser ficar aqui pode ficar. Mas nós vamos atravessar este rio hoje e, depois de atravessar, estaremos muito próximos do nosso destino.

Apertamos os olhos para ver o que havia mais à frente, na margem oposta do rio. Do nosso ponto de vista, lá era muito parecido com a margem onde estávamos, mas tínhamos fé que, uma vez atravessada a água, tudo seria novo.

Poucos dentre nós sabiam nadar, então Kur, Dut e os meninos que sabiam nadar foram puxando os que não sabiam. Dois nadadores levavam um menino de cada vez, e isso levou bastante tempo. Todos eles se mostraram corajosos e não disseram nada enquanto eram levados até a margem oposta, encolhendo as pernas para não deixá-las afundar demais. Ninguém foi atacado no rio nesse dia. Mas aqueles mesmos crocodilos mais tarde iriam se acostumar a comer pessoas.

Enquanto eu esperava a minha vez, fui tomado por uma sensação de fome como não sentia havia muitas semanas. Talvez fosse por saber que na aldeia ribeirinha havia comida de verdade e que deveria haver algum modo de obtê-la. Sozinho, fui andando de casa em casa, tentando bolar um plano para trocar ou roubar comida. Nunca havia roubado na vida, mas a tentação estava se tornando grande demais.

Uma voz de menino falou atrás de mim:

— Você aí, menino, de onde você é?

Ele tinha a mesma idade que eu e era bem parecido conosco, com os dincas. Falava uma espécie de árabe. Fiquei surpreso ao constatar que conseguia entender o que ele dizia. Disse-lhe que tinha vindo a pé de Bahr el-Ghazal, embora isso nada significasse para ele. Naquele lugar ali, Bahr el-Ghazal não existia.

— Eu quero a sua camisa — disse ele. Logo outro menino, que parecia o irmão mais velho do primeiro, aproximou-se e comentou que também queria a minha camisa. Em poucos instantes, fizemos um acordo: eu disse que lhes venderia a minha camisa em troca de uma xícara de milho e uma de feijão verde.

O menino mais velho entrou correndo em sua cabana e voltou com a comida. Dei-lhes a única camisa que eu tinha. Logo fui me juntar aos outros meninos perto da água; outros também haviam feito trocas com os aldeões, e estavam cozinhando e comendo. Usando apenas meu shorts, fervi o milho e comi depressa. Enquanto esperávamos para atravessar a água, alguns meninos que ainda não haviam comido começaram a sair para trocar o que tinham. Alguns venderam roupas sobressalentes, ou qualquer outra coisa que houvessem encontrado ou que estivessem carregando: uma manga, peixe seco, um mosquiteiro. Nenhum de nós sabia que, a apenas uma hora dali, ficava o campo de refugiados onde permaneceríamos por três anos. Quando chegássemos lá, em Pinyudo, eu iria amaldiçoar a decisão de trocar minha camisa por uma xícara de feijão. Um dos meninos trocou toda a sua roupa, ficando inteiramente nu, e nu ficaria durante seis meses, até o campo receber seu primeiro carregamento de roupas de segunda mão vindas de outras partes do mundo.

No final da tarde, finalmente chegou minha vez de atravessar o rio. Eu havia comido e me sentia saciado. Dut e Kur, porém, pareciam muito cansados. Passaram grande parte da minha travessia de costas, me chutando sem querer, batendo as pernas lentamente para trás. Quando chegamos à outra margem, fui me sentar com os outros meninos para descansar e esperar meu coração se acalmar. Finalmente, enquanto a noite caía, Dut e Kur acabaram de atravessar o rio com os meninos. Nós lhes agradecemos por terem nos trazido, e fiquei perto de Kur enquanto eles nos conduziam para longe do rio, através de um bosque de árvores, e até uma clareira.

— Pronto — disse Kur. — Agora estamos na Etiópia.

— Não — falei, sabendo que ele estava brincando. — Quando é que vamos chegar, Kur?

— Já chegamos. Estamos aqui.

Olhei para o terreno. Era exatamente igual ao outro lado do rio, o lado onde ficava o Sudão, o lado de onde saíramos. Não havia casas. Não havia serviços médicos. Nem comida. Nem água para beber.

— Isso aqui não é aquele lugar — falei.

— É aquele lugar, Achak. Agora podemos descansar.

Já havia adultos sudaneses espalhados pelos campos, refugiados que tinham chegado antes de nós, deitados no chão, doentes e moribundos. Aquilo ali não era a Etiópia pela qual tínhamos andado. Eu estava certo de que ainda precisávamos ir mais longe.

Não estamos na Etiópia, pensei. Isso aqui não é aquele lugar.

LIVRO II

15.

Primeiro ouço sua voz. Achor Achor está próximo. Falando no telefone, em inglês. Com sua maravilhosa voz aguda. Levanto os olhos e vejo sua forma passar pela janela. Então ouço suas chaves roçando na porta e encontrando seu lugar na fechadura.

Ele abre a porta, e suas mãos caem ao lado do corpo.

"O que você está fazendo?", pergunta ele em inglês.

Ver Achor Achor é demais para mim. Eu tinha um medo secreto de nunca mais tornar a ver seu rosto. Consigo dar alguns guinchos e grunhidos agradecidos antes de ele se ajoelhar e remover a fita adesiva da minha boca.

"Achak! Tudo bem com você?"

Levo alguns instantes para me recompor.

"Que diabo está acontecendo?", pergunta.

"Fui atacado", digo por fim. "Fomos assaltados."

Ele passa um tempo muito longo avaliando a cena. Seus olhos pousam no meu rosto, nas minhas mãos, nas minhas pernas. Ele os passeia pelo aposento como se uma explicação melhor estivesse prestes a se revelar.

"Me solte!", exclamo.

Ele logo encontra uma faca e se ajoelha ao meu lado. Corta o fio de telefone. Estendo-lhe meu pé e ele desata o nó. Troca o inglês pelo dinca.

"Achak, que diabo aconteceu? Há quanto tempo você está aqui?"

Digo-lhe que já faz quase um dia inteiro. Ele me ajuda a me levantar.

"Vamos para o hospital."

"Não estou machucado", digo, embora não tenha como saber.

Caminhamos até o banheiro, onde Achor Achor inspeciona o corte sob as luzes fortes. Limpa-o cuidadosamente com uma toalha embebida em água morna. Enquanto o faz, inspira rapidamente, depois se corrige.

"Talvez precise de pontos. Vamos."

Insisto em ligar primeiro para a polícia. Quero que eles possam dar início ao caso; tenho certeza de que vão querer seguir a trilha enquanto ela estiver o mais quente possível. Os assaltantes não podem estar muito longe.

"Você mijou nas calças."

"Fiquei aqui um dia inteiro. Que horas são? Já passou do meio-dia?"

"Uma e quinze."

"Por que você voltou?"

"Passei para pegar dinheiro para hoje à noite. Depois do trabalho, eu ia para a casa da Michelle. Preciso voltar para a loja em dez minutos."

Achor Achor parece tão preocupado em voltar para o trabalho quanto comigo. Vou até meu armário pegar uma muda de roupa. Entro no banheiro, tomo uma chuveirada e me troco, demorando tempo demais nessas tarefas elementares.

Achor Achor bate na porta.

"Tudo bem?"

"Estou morrendo de fome. Tem comida?"

"Não. Vou sair para comprar alguma coisa."

"Não!", digo, quase pulando da privada. "Não vá. Eu como qualquer coisa que tivermos aqui. Não vá embora."

Olho no espelho. O sangue secou na minha têmpora, na minha boca. Termino de usar o banheiro, e Achor Achor me passa metade de um sanduíche de presunto que recuperou no congelador e esquentou no microondas. Vamos nos sentar no sofá.

"Você estava na casa da Michelle?"

"Desculpe, Achak. Quem eram essas pessoas?"

"Nenhum conhecido nosso."

256

"Se eu estivesse aqui, isso não teria acontecido."

"Acho que teria, sim. Olhe para nós. O que teríamos feito?"

Conversamos sobre chamar a polícia. Precisamos recapitular rapidamente tudo o que poderia dar errado caso façamos isso. Nossos documentos de imigração estão em ordem? Estão. Temos multas de trânsito vencidas? Eu tenho três, Achor Achor duas. Calculamos se temos ou não dinheiro suficiente em nossas contas bancárias para pagar as multas se a polícia exigir. Concluímos que sim.

Achor Achor dá o telefonema. Diz ao atendente o que aconteceu, que eu fui agredido e que fomos assaltados. Esquece-se de mencionar que o homem estava armado, mas imagino que por ora isso não tenha importância. Quando os carros da polícia chegarem, terei tempo de sobra para descrever o que aconteceu. Serei levado até a delegacia para olhar fotografias de criminosos parecidos com os que me agrediram. Imagino-me por um instante prestando depoimento contra Tonya e o Homem de Azul, apontando para eles do outro lado de um tribunal cheio de gente indignada. Percebo que irei saber o nome deles completo, e eles vão saber o meu. Fazê-los pagar pelo que fizeram me trará satisfação, mas terei de me mudar daqui, porque os amigos deles também vão saber meu endereço. No Sudão, um crime contra uma pessoa pode jogar famílias inteiras, clãs inteiros uns contra os outros, até a questão ser totalmente resolvida.

Achor Achor e eu ficamos sentados no sofá, e o silêncio se instala entre nós. Receber a polícia no apartamento nos deixa cada vez mais aflitos. Tenho pouca sorte com carros ou com a polícia. Faz três anos que tenho carro e já tive seis acidentes. No dia 16 de janeiro de 2004, envolvi-me em três acidentes no período de vinte e quatro horas. Foram todos pequenos incidentes, em paradas obrigatórias, entradas de garagem e estacionamentos, mas tive de me perguntar se alguém estaria brincando comigo. Este ano começou o inferno de ter meu carro constantemente rebocado. Fui rebocado por causa de multas, fui rebocado por estar com os documentos do carro vencidos. Isso aconteceu duas semanas atrás, e começou quando passei por um carro de polícia saindo de uma loja do Kentucky Fried Chicken. O carro de polícia me seguiu, ligou as luzes e eu encostei na mesma hora. O homem, muito alto e branco, com os olhos escondidos atrás de óculos escuros, logo me disse que poderia me levar preso. "Você quer ir preso?", perguntou de repente, falando bem alto. Tentei responder. "Quer?", interrompeu ele. "Quer?" Eu disse que não queria ir preso e perguntei por que o seria. "Espere aqui", disse ele, e fiquei esperando no carro enquanto ele voltava para o seu. Dali a pouco, fiquei sabendo que ele havia me pedido para encostar porque o adesivo da minha placa estava vencido; eu precisava de um adesivo novo, de outra cor. Ele me livrou da cadeia — usou as palavras: "Vou pôr o meu na reta para livrar você dessa, garoto" —, e em vez disso simplesmente me forçou a deixar o carro ali na rodovia, de onde foi rebocado.

"Acho que vou ter que voltar para o trabalho", diz Achor Achor.

Não respondo. Sei que ele está simplesmente pensando nas próprias alternativas. Sei que vai me acompanhar até o hospital, mas primeiro precisa avaliar quão difícil vai ser telefonar para o seu supervisor. Tem a sensação de que pode ser mandado embora a qualquer momento, por qualquer motivo, e tirar uma tarde de folga não é uma decisão fácil de tomar.

"Eu poderia contar a eles o que aconteceu", diz.

"Não precisa", digo.

"Não, eu vou ligar para eles. Quem sabe me deixam trabalhar no fim de semana, para compensar?"

Ele dá o telefonema, mas as coisas não correm muito bem. Achor Achor, assim como a maioria de nós, aprendeu neste país diversas e conflituosas regras de trabalho. Existe uma rigidez que é novidade, mas que também parece mutável e desigual. Em meu emprego de catalogação de tecidos, minha colega parecia estar submetida a regras inteiramente diferentes das minhas. Chegava atrasada todos os dias e mentia sobre seus horários. Não parecia fazer nenhum trabalho quando eu estava presente, deixando para mim — a quem chamava de assistente, embora eu estivesse longe de ser isso — todo o trabalho do dia. Como não estava disposto a delatar sua falta de ética profissional, eu não tinha alternativa senão trabalhar duas vezes mais que ela, por dois terços do seu salário.

"Será que eles ligam as sirenes para uma coisa dessas?", pergunta-se Achor Achor.

"Acho que sim."

"Você acha que a polícia pega esse tipo de pessoa?"

"Aposto que vai pegar. Os dois pareciam marginais. Tenho certeza de que a polícia vai ter fotos deles."

Imagens de Tonya e do Homem de Azul sendo perseguidos, sendo capturados, enchem-me de grande satisfação. Tenho certeza de que este país não tolera esse tipo de coisa. Ocorre-me que essa é a primeira vez em que um policial vai agir a meu favor. A idéia me dá uma força que me deixa embriagado.

Passam-se dez minutos, depois vinte. Fizemos uma lista dos principais objetos, mas agora, com mais tempo do que esperávamos ter, Achor Achor e eu começamos a catalogar as coisas menores que foram roubadas. Juntamos todos os manuais dos aparelhos levados, caso a polícia precise do número dos modelos. É provável que essa informação os ajude a recuperar os itens roubados, e as seguradoras também vão esperar receber esse tipo de informação.

"Você vai ter que reprogramar todos os aniversários no seu telefone", observa Achor Achor.

Ele foi um dos meus poucos amigos que não riram quando souberam que eu estava gravando o aniversário de todos os meus conhecidos. Para ele, aquilo parecia ter sua lógica, uma vez que fornecia uma série de pontos de parada ao longo de um ano, pontos em que se podia avaliar quem você conhecia, quantas pessoas chamavam você de amigo.

Achor Achor agora está rearrumando o apartamento — a mesa, a luminária, as almofadas do sofá que ainda estão caídas no chão. Achor Achor é exageradamente prático e consegue ser organizado sem fazer esforço. Termina o dever de casa um dia antes da data exigida porque, quando faz isso, tem um dia extra para verificar o trabalho. Leva o carro para trocar o óleo a cada quatro mil quilômetros e dirige como se o examinador da prova de motorista estivesse ao seu lado o tempo todo. Na cozinha, usa o utensílio certo para cada tarefa. Anne e Gerald Newton, que passam um bom tempo cozinhando, assistindo a programas de TV e lendo livros sobre culinária, deram-nos de presente uma enorme gama de utensílios, pegadores de panelas e outros objetos de cozinha. Achor Achor sabe para que serve cada um deles, sempre os mantém bem organizados e tenta com muito afinco encontrar uma oportunidade para usá-los. Na semana passada, deparei-me com ele cortando cebolas usando uns óculos parecidos com óculos de natação em cuja correia estava escrito: CEBOLA É PARA QUEM CHORA.

Uma hora mais tarde, ocorre a Achor Achor que a polícia pode ter anotado o endereço errado. Ele abre a porta para ver se há alguma viatura no estacionamento; quem sabe um policial está verificando os outros apartamentos. Conto-lhe sobre o policial que passou quarenta minutos no condomínio no dia anterior, embora eu perceba que essa idéia é estranha demais para ele entender. Em vez disso, Achor Achor torna a ligar para a polícia. Atendem-no sem demonstrar o menor interesse; dizem-lhe que uma viatura está a caminho.

"Sou amaldiçoado", lamento. É a idéia que está na cabeça de nós dois. "Desculpe", digo.

Ele não me libera imediatamente desse fardo.

"Não, acho que não", mente. Não pode haver nenhuma outra explicação para as coisas que me aconteceram desde que me mudei para os Estados Unidos. Apenas quarenta e seis refugiados estavam programados para voar para Nova York no dia 11 de setembro, e um deles era eu. Perdi meu bom amigo Bobby Newmyer, Tabitha se foi, e agora isso. Francamente, é o tipo de coisa que me faz rir. E, no mesmo instante em que essa idéia passa pela minha cabeça, Achor Achor começa a rir. Sorrio, e ambos sabemos por que estamos sorrindo.

"Levaram até os relógios", diz ele.

Achor Achor escolheu mal quando escolheu a mim. Sim, existem homens bem piores, jovens sudaneses que estavam sempre caindo na gandaia, metendo-se em todo tipo de confusão que rapazes são capazes de encontrar, e eu não sou assim, nem Achor Achor. Mas eu não lhe trouxe muita sorte. Enquanto estamos ali sentados, sinto dificuldade de olhar para ele. Nós nos conhecemos há tempo demais, e estar com ele ali talvez seja a mais triste de todas as situações em que já nos encontramos. Somos patéticos, é minha conclusão. Ele ainda está trabalhando em uma loja de móveis e eu estou freqüentando três aulas de reforço em uma universidade comunitária. Será que somos o futuro do Sudão? Parece improvável. Não da forma como atraímos problemas, não com a freqüência com que somos vítimas de calamidades. Causamos isso a nós mesmos. Acho que nossa visão periférica é ruim; nos Estados Unidos, não conseguimos ver os problemas chegando.

Já se passaram cinqüenta e dois minutos quando ouvimos baterem na porta.

Começo a me levantar, mas Achor Achor faz um gesto para eu me sentar. Segura a maçaneta e a gira.

"Espere!", grito. Ele não hesita; por um instante, acredito que possa ser Tonya novamente. Em vez disso, ele abre a porta e se depara com uma asiática baixinha, de rabo-de-cavalo, vestindo um uniforme de polícia pela metade. Está sem quepe e sua calça não combina com a blusa. Achor Achor convida-a para entrar, olhando-a com uma curiosidade que não tenta disfarçar.

"Parece que vocês tiveram um incidente aqui", diz ela.

Achor Achor convida-a para entrar e fecha a porta. Ela passeia os olhos pela sala sem ver a mancha de sangue. A ponta de seus pés está tocando a borda da mancha no carpete. Achor Achor passa alguns instantes encarando a mancha, e ela acompanha seus olhos.

"Ah", diz ela. Sai de cima da mancha.

"Qual de vocês dois é a vítima?", pergunta, com as mãos na cintura. Olha para mim, depois para Achor Achor. Estou sentado a um metro e meio de onde ela está, com a boca e a têmpora sujas de sangue seco. Ela volta sua atenção para mim.

"O senhor é a vítima?", pergunta-me.

Achor Achor e eu respondemos sim ao mesmo tempo. Então ele se levanta e aponta para o meu rosto.

"Ele foi ferido, minha senhora."

Ela sorri, inclina a cabeça e dá um suspiro alto. Começa a me fazer perguntas sobre quantos e quando.

"O senhor conhecia os agressores?", pergunta.

"Não", respondo.

Relato os acontecimentos da noite e da manhã. Ela anota algumas palavras em um caderninho com capa de couro. É magra, toda ela uma miniatura, com cabelos escuros e maçãs do rosto altas, e os movimentos de sua mão são iguais — precisos, pequenos.

"Tem certeza de que não conhecia essas pessoas?", ela torna a perguntar.

"Tenho", repito.

"Mas então por que o senhor abriu a porta?"

Torno a explicar que a mulher precisava usar meu telefone. A policial sacode a cabeça. Não lhe parece uma resposta satisfatória.

"Mas o senhor não a conhecia?"

Respondo-lhe que não.

"Tampouco conhecia o homem?"

"Não", digo.

"Nunca os viu antes?"

Digo-lhe que vi a mulher quando estava subindo para o meu apartamento. Isso parece interessar a policial. Ela anota alguma coisa no caderninho.

"Vocês têm seguro?", pergunta ela.

Achor Achor diz que tem seguro, e acha seu cartão. Ela pega o cartão e franze o cenho para ele.

"Não, não. Seguro residencial", diz ela. "Algo que cubra um assalto como esse."

Percebemos que não temos nada desse tipo. Digo-lhe que a mulher fez pelo menos uma ligação do meu celular.

"Isso deve ser útil, sr. Achor", diz ela para mim, mas não anota nada no caderninho.

"Eu sou Achor Achor", diz Achor Achor. "Valentino é ele."

Ela se desculpa, comentando como nossos nomes são interessantes. Vê nisso uma abertura para a pergunta inevitável sobre nossa origem. Pergunta de onde somos, e respondemos que somos do Sudão. Seus olhos se acendem.

"Esperem aí. De Darfur, não é?"

Darfur é hoje mais conhecida que o país em que se encontra. Fazemos uma breve explicação geográfica.

"Sudão, uau", diz ela, inspecionando sem muita vontade as fechaduras da nossa porta da frente. "O que estão fazendo aqui?"

Respondemos que estamos trabalhando e tentando cursar a universidade.

"Então vocês fizeram parte do genocídio? Foram vítimas de quê?"

Torno a me sentar, e Achor Achor tenta lhe explicar as coisas. Deixo-o falar, pensando que talvez ela vá tornar a abrir o caderninho para anotar outras informações sobre a agressão. Achor Achor explica a ela de onde somos e nossa relação com os habitantes de Darfur, e é só quando ele menciona que algumas pessoas dessa região vieram morar em Atlanta que ela parece interessada.

"Eles chegaram certo dia em nossa igreja em Clarkston, minha senhora. Nosso padre, Kerachi Jangi, chamou nossa atenção para os fiéis no fundo da igreja e, quando todos se viraram, nossos olhos encontraram oito recémchegados, três homens, três mulheres e duas crianças de menos de oito anos, a maioria usando ternos e outras roupas formais. O menino usava uma camisa do time de futebol americano Carolina Panthers. Nós os cumprimentamos nessa hora e depois da missa, surpresos por vê-los ali conosco e curiosos para saber quais eram seus planos. O povo de Darfur, de maioria muçulmana, não costumava se misturar aos dincas, e o fato de eles assistirem a uma missa cristã no domingo era inédito. Historicamente, os habitantes de Darfur sempre haviam se identificado mais com os árabes do que conosco, muito embora se parecessem muito mais conosco do que com a etnia árabe. Fazia tempo que nossos sentimentos em relação a eles também eram complicados pelo fato de muitos dos saqueadores *murahaleen* que aterrorizavam nossas aldeias virem de Darfur; foi preciso algum tempo para entendermos que aqueles que estavam sofrendo naquele novo estágio da guerra civil não eram nossos opressores, mas sim vítimas iguais a nós. Então os deixamos em paz, e eles a nós. Mas agora tudo está diferente, e as alianças estão mudando."

Quando Achor Achor termina de falar, a policial dá um suspiro.

"Bom", diz ela, e torna a olhar para a mancha.

Entrega-me um pedaço de papel do tamanho de um cartão de visita. Está escrito CARTÃO DE QUEIXA. Achor Achor o pega.

"Isso significa que o que aconteceu com ele é uma queixa?", pergunta Achor Achor.

"Sim", diz ela quase sorrindo. Então percebe que ele está estranhando essa forma de se referir ao crime. "O que o senhor está querendo dizer?"

Digo-lhe que ter uma arma apontada para a minha cabeça parece mais do que uma queixa.

"É assim que nós definimos uma situação como essa", diz ela, fechando o bloquinho. Não escreveu mais do que cinco palavras nele.

"Agora se cuidem, rapazes, sim?"

Ela está indo embora, e não consigo me forçar a dar importância a isso. A sensação de derrota que sinto é total. Durante os cinqüenta minutos que passamos esperando a policial chegar, eu havia acumulado tanta indignação e tanta sede de vingança que agora não tenho onde pôr essas emoções. De-

263

sabo na cama e deixo tudo escorrer pelos lençóis, pelo chão, pela terra. Não tenho mais nada. Nós, refugiados, podemos ser celebrados em um dia, ajudados e reerguidos, e depois totalmente ignorados quando nos revelamos uma amolação. Quando temos problemas aqui, invariavelmente a culpa é nossa.

"Sinto muito", diz Achor Achor. Ele está sentado em minha cama. "Seria bom irmos para o hospital, não é? Como está sua cabeça?"

Digo-lhe que está doendo muito, que a dor parece estar atravessando meu corpo.

"Então vamos", diz ele. "Vamos."

Achor Achor me leva até o hospital em Piedmont. Vai dirigindo meu carro e, por sugestão sua, vou no banco de trás. Deito-me, esperando que isso alivie a dor em minha cabeça. Fico vendo o céu passar, as árvores sem folhas formando teias nas janelas, mas a dor só faz aumentar.

16.

Já estive nesse hospital. Pouco depois de chegar a Atlanta, Anne Newton me trouxe aqui para fazer um checkup. Segundo ela, é o melhor hospital de Atlanta. Seu marido, Gerald, que eu não conheço muito bem — ele é um tipo de gerente financeiro e nem sempre janta em casa —, veio fazer uma operação no ombro nesse hospital depois de um acidente de esqui aquático. É o melhor que temos, dizia Anne, e me sinto feliz por estar aqui. Nos hospitais, sinto um conforto palpável. Sinto a competência, a capacidade dos médicos, muita instrução e muito dinheiro, todo o material esterilizado, tudo embalado, lacrado. Meus temores se evaporam no mesmo instante em que as portas automáticas se fecham com um ruído deslizante.

"Pode ir para casa", digo a Achor Achor. "Talvez isso aqui demore um pouco."

"Vou ficar", diz ele. "Vou esperar até que eles o atendam. Aí você pode me dizer a que horas quer que eu venha buscá-lo. Talvez eu tente voltar para o trabalho por uma ou duas horas."

São quatro da tarde quando chegamos à recepção. Um afro-americano de uns trinta anos de idade, vestindo uma roupa de cirurgião de manga curta, está atrás do balcão. Olha para nós com grande interesse, com um sorriso de curiosidade a se espalhar por baixo do grosso bigode. Quando nos aproximamos, parece avaliar os ferimentos no meu rosto e na minha cabeça. Pergunta-me o que aconteceu e conto-lhe uma versão resumida da história. Ele meneia a cabeça e parece compreender. Sinto uma gratidão quase irracional por ele.

"Vamos consertar você rapidinho", diz ele.

"Muito obrigado, senhor", digo, estendendo o braço por cima do balcão para cumprimentá-lo com as duas mãos. A pele dele é áspera e seca.

Ele me entrega uma prancheta. "É só preencher e..." Ele então corta o ar com a mão na horizontal, indo da própria barriga na minha direção, fechando os olhos e balançando a cabeça como quem diz: vai ser fácil, vai ser moleza.

Achor Achor e eu nos sentamos e preenchemos as fichas. Logo chego à linha que pergunta sobre o nome da minha companhia de seguro de saúde, e paro. Achor Achor começa a pensar.

"Isso é um problema", diz, e sei que ele tem razão.

Eu tive seguro-saúde por cerca de um ano e meio, mas estou sem desde que comecei a estudar. Ganho mil duzentos e quarenta e cinco dólares por mês, a mensalidade custa quatrocentos e cinqüenta dólares, o aluguel, quatrocentos e vinte e cinco, e tem ainda comida, calefação, tantas coisas. Não consegui incluir a despesa com um seguro-saúde nessa conta.

Preencho o formulário da melhor maneira possível e levo a prancheta de volta para o homem. Leio seu nome no crachá: Julian.

"Posso pagar todos os procedimentos em dinheiro", digo.

"Não aceitamos dinheiro", diz Julian. "Mas não se preocupe. Vamos tratar o senhor, quer tenha seguro ou não. Como eu disse... não tem problema." Ele torna a fazer o gesto na horizontal, e novamente isso me faz relaxar. Com certeza vai conseguir dar qualquer jeitinho que for necessário. Vai se certificar pessoalmente de que tudo seja rápido e bem-feito. Quando volto do balcão, Achor Achor está sentado.

"Ele disse que vou ser tratado de qualquer jeito. Pode ir agora", digo. "Você precisa voltar ao trabalho."

"Tudo bem", diz Achor Achor sem erguer os olhos da revista; por algum motivo, está lendo a revista de caça e pesca *Fish and Game*. "Vou esperar você entrar."

Abro a boca para protestar, mas me contenho. Quero que ele fique, da mesma forma que ele quis que eu ficasse quando foi tirar a carteira de motorista e quando se candidatou a seu primeiro emprego, da mesma forma que quisemos um ao outro por perto em dúzias de outras ocasiões nas quais nos sentimos mais fortes e mais capazes em dupla do que sozinhos. Então Achor Achor fica, e começamos a assistir à TV presa na parede, e eu folheio uma revista de basquete.

Quinze minutos depois, contenho minha decepção. Quinze minutos não é muito tempo para esperar por um atendimento médico de qualidade, mas eu esperava mais de Julian. Sinto a decepção, difícil de justificar, mas impossível de ignorar, sabendo que meus ferimentos não impressionaram suficientemente Julian ou seu hospital para eles me deitarem em uma maca e me conduzirem depressa por corredores e portas, gritando ordens uns para os outros. Atravessa-me a cabeça a idéia de que talvez Achor Achor e eu possamos encontrar um jeito de fazer minha cabeça recomeçar a sangrar, mesmo que seja pouco.

Passam-se vinte, trinta minutos, e nós ficamos entretidos com um jogo de basquete universitário na ESPN.

"Você acha que é por causa do seguro?", sussurro para Achor Achor.

"Não", responde Achor Achor. "Você disse a ele que iria pagar. Eles só querem ter a garantia de que você pode pagar. Mostrou a ele algum cartão de crédito?"

Eu não tinha feito isso. Achor Achor fica aborrecido.

"Bom, vá mostrar. Você tem o do Citibank."

Desde que chegamos, Julian não saiu de trás do balcão. Fiquei observando-o preencher formulários, organizar fichas, atender telefonemas. Vou até ele, tirando a carteira do bolso quando chego ao balcão.

Ele se adianta.

"Não deve demorar muito", diz, baixando os olhos para a minha prancheta. "Como é que se pronuncia seu nome, mesmo? Qual é o primeiro nome? Deng?"

"Meu primeiro nome é Valentino. O sobrenome é Deng."

"Ah, Valentino. Gostei. É só ficar sentado e..."

"Com licença", digo, "mas eu estava pensando se a demora no atendimento é por causa de alguma dúvida quanto à minha condição de pagar."

Vejo a boca de Julian começar a se abrir e concluo que preciso terminar de falar antes que ele me entenda mal.

"Queria ter certeza de que está claro que eu posso pagar. Sei que vocês não aceitam dinheiro, mas também tenho um cartão de crédito..." Então tiro da carteira meu novo cartão Citibank Gold. "... que pode cobrir as despesas. O cartão é garantido, meu limite de crédito é de dois mil e quinhentos dólares, então não precisam se preocupar porque eu não vou embora sem pagar."

A expressão em seu rosto indica que eu disse alguma coisa culturalmente indelicada.

"Valentino, temos que tratar de todo mundo que vem aqui. Pela lei, somos obrigados. Não podemos mandar você embora. Então não precisa mostrar seus cartões de crédito. Basta ficar tranqüilo assistindo ao jogo do Georgetown, e tenho certeza de que logo vão costurar o senhor. Eu mesmo faria isso, mas não sou médico. Não me deixam nem chegar perto da agulha e da linha." Ele então dá um sorriso generoso, que logo se transforma em um sorriso mais contraído, indicando que nossa conversa, por ora, está encerrada.

Agradeço-lhe, volto para o meu lugar e explico a situação a Achor Achor.

"Eu lhe disse", fala.

"Você me disse?"

Um telefone toca, e o dedo em riste de Achor Achor me avisa para parar de falar. Ele é mesmo uma pessoa irritante. Atende o telefone e começa a falar depressa em dinca. É Luol Majok, um de nós, que agora está morando em New Hampshire e trabalhando como recepcionista em um hotel. Dizem, sobretudo o próprio, que Luol Majok conhece Manchester melhor que qualquer pessoa nascida ou criada lá. A conversa é animada e cheia de risadas. Achor Achor me vê olhando e sussurra:

"Ele está em um casamento."

Em circunstâncias normais, eu iria querer saber quem está se casando — logo entendo que é um casamento completamente sudanês, lá no frio de Manchester —, mas não consigo reunir o entusiasmo necessário para ouvir mais detalhes. Achor Achor começa a explicar para Luol que está comigo no hospital, mas aceno com as mãos na frente do seu rosto para interrompê-lo. Não quero que Luol saiba. Não quero que ninguém saiba; iria estragar a festa. Os telefonemas não terminariam nunca. Dali a minutos, os boatos diriam que estou em coma ou que morri, e ninguém se sentiria bem dançando. Logo Achor Achor encerra o telefonema e torna a prender o telefone no cinto. Parece que, da noite para o dia, todos os sudaneses compraram um suporte para prender o celular no cinto.

"Está lembrado de Dut Garang?", pergunta ele. "Ele está se casando com Aduei Nybek. Tem quinhentas pessoas lá." No Sudão, os casamentos não têm limites; ninguém é deixado de fora, quer conheça a noiva e o noivo ou não. Todos podem comparecer, e a despesa, os discursos, as festas não acabam nunca. É claro que os casamentos sudaneses nos Estados Unidos são diferentes dos do Sudão. Por exemplo, nenhum animal é sacrificado e ninguém verifica se há sangue nos lençóis imaculados. Mas o espírito é parecido, e os casamentos aqui vão se suceder depressa de agora em diante. Os primeiros Meninos Perdidos em breve vão conseguir a cidadania e, quando isso acontecer, as noivas de Kakuma e do Sudão vão chegar aos montes, e a população sudanesa nos Estados Unidos logo duplicará, e depois duplicará novamente. A maioria dos homens está pronta para formar famílias e não vai tolerar discussão por parte das esposas.

Achor Achor continua sua conversa por algum tempo e menciona vários Meninos Perdidos conhecidos meus. Não sinto vontade de conversar com nenhum deles. Falar sobre casamento me faz pensar em Tabitha e no casamento que poderíamos ter tido, e eu preferiria não pensar nisso no dia em que acabo de ser espancado e roubado.

São seis da tarde, Julian. Já estamos na sala de espera há duas horas. A dor na minha cabeça não diminuiu, mas está menos intensa que antes. Eu esperava que você fosse me ajudar, Julian. Não por você ter descendência africana, mas porque esse hospital está muito tranqüilo, o pronto-socorro praticamente vazio, e eu sou o único paciente na sua sala de espera com ferimentos que torço para serem leves. Aparentemente, seria fácil me ajudar e me mandar de volta para casa. Não consigo imaginar por que você iria me querer aqui olhando para você.

"Nem adianta tentar voltar para o trabalho agora", diz Achor Achor.

"Desculpe", respondo.

"Tudo bem."

"Será que deveríamos ligar para o Lino? Combinei de encontrar com ele hoje à noite."

Decidimos ligar para Lino, e só para ele. Achor Achor faz a ligação e, antes de dizer a Lino onde estou, insiste para ele guardar segredo.

"Ele está vindo para cá", avisa Achor Achor. "Vai pegar um carro emprestado."

Na verdade, acho que não vai adiantar nada ele vir até aqui, já que eu certamente vou ser atendido a qualquer momento e Lino mora a vinte minutos de carro do hospital. E é quase certo que Lino vai se perder no caminho, digo a Achor Achor, o que vai dobrar o tempo do trajeto. Porém, na improvável eventualidade de a espera prosseguir, a presença de Lino irá animar o recinto. Ele começou a sair com mulheres que conheceu no site eHarmony.com, e tem histórias para contar. Essas histórias de encontros, todas malsucedidas, são invariavelmente divertidas, mas logo a conversa irá voltar aos casamentos, e em seguida aos planos de Lino de voltar para Kakuma e arrumar uma mulher. Lino está prestes a fazer essa viagem e está muito esperançoso, embora o processo seja demorado e custe muito dinheiro.

O sempre sorridente irmão de Lino, Gabriel, fez uma viagem dessas recentemente. Não foi fácil. Gabriel chegou aos Estados Unidos em 2000, passou um ano no ensino médio e agora trabalha em uma fábrica de bebidas nos arredores de Atlanta. No ano passado, resolveu que queria se casar. Decidiu procurar uma noiva em Kakuma, método cada vez mais popular entre os sudaneses que moram nos Estados Unidos. Avisou aos contatos que ainda mantinha no campo — um tio, ex-SPLA — que estava querendo se casar. O tio começou a procurar para ele, enviando-lhe fotografias periodicamente pela internet. Algumas das mulheres Gabriel conhecia, outras não. Preferia uma mulher da mesma região que ele, o Alto Nilo, mas não havia muitas mulheres de lá, relatou o tio. Gabriel logo estreitou seu leque de opções para quatro mulheres, todas com idades entre dezessete e vinte e dois anos. Nenhuma delas freqüentava a escola; todas trabalhavam em casa e viviam com parentes em Kakuma. E todas agarrariam a oportunidade de se mudar para os Estados Unidos como esposas de um dos Meninos Perdidos.

Em Kakuma, os sudaneses que vivem nos Estados Unidos são considerados celebridades e têm a fama de serem donos de uma riqueza indescritível. E, relativamente falando, somos prósperos. Moramos em apartamentos aquecidos e limpos, e temos televisões e aparelhos de CD portáteis. O fato de a maioria dos Meninos Perdidos hoje ter um carro é algo que quase ultrapassa o entendimento dos que ficaram em Kakuma, então, conseqüentemente, a oportunidade de se casar com um homem assim é muito atraente. Mas existem obstáculos também. Dez anos atrás, o fato de uma mulher insistir para ver a foto de seu noivo em potencial seria impensável. Hoje em dia, as mulheres estão inspecionando os homens!

Isso está acontecendo agora, e me faz rir a valer. Gabriel, que é um homem muito decente, porém nada bonito no sentido convencional, perdeu duas das noivas que havia escolhido depois que lhes mostraram sua foto. As outras duas, ambas com dezoito anos e amiga uma da outra, pareciam satisfeitas em se casar com Gabriel, embora nem elas nem suas famílias o conhecessem. A escolha então passou a depender do preço da noiva. Uma das mulheres, chamada Julia, vivia com cerca de quinze parentes e era bastante atraente — alta, corpo bonito, pescoço comprido e olhos muito grandes. Seu pai fora morto por uma granada nos montes Nuba, mas seus tios se mostraram mais do que dispostos a negociar seu preço, pois seriam eles os beneficiários. Segundo o costume sudanês, nenhuma mulher pode receber dote; então, quando o pai já morreu, quem fica com o gado são os tios.

Assim, o consórcio de tios dessa moça sabia havia muito tempo que tinha uma beldade nas mãos, e esperava um preço muito alto pela sobrinha. A primeira oferta que receberam foi uma das mais altas jamais ouvidas em Kakuma: duzentas e quarenta vacas, o que representa mais ou menos vinte mil dólares. Como se pode imaginar, um homem como Gabriel, que ganha nove dólares e noventa *cents* por hora trabalhando em uma fábrica de processamento de carne bovina, tem sorte de conseguir poupar quinhentos dólares ao longo de dois anos. Então Gabriel esperou para ouvir o preço que estavam pedindo pela segunda alternativa de noiva, uma moça muito simpática, embora menos bonita. Era mais baixa que a rival, menos imponente, mas muito agradável, e diziam que possuía muitas prendas domésticas e tinha boa índole. Vivia com a mãe e o padrasto, e a soma que estavam pedindo por ela era mais razoável: cento e quarenta vacas, ou cerca de treze mil dólares.

A partir daí, Gabriel precisou pensar um pouco. Tampouco podia pagar esse preço, mas é raro um homem pagar sozinho pela própria noiva; trata-se de um assunto de família do qual participam muitos tios, primos e amigos. Gabriel conversou com seus parentes e amigos, nos Estados Unidos e em Kakuma, e descobriu que, juntos, podiam reunir cem vacas, cerca de nove mil dólares. Depois de se decidir pela noiva mais barata, e por intermédio de representantes, Gabriel fez a oferta à família da moça em Kakuma. Esta a rejeitou sem fazer nenhuma contra-oferta. Ele precisaria arrumar as trinta vacas que faltavam ou ficaria sem noiva. Então recorreu à única pessoa em quem conseguia pensar capaz de resolver a questão — um tio rico que ainda morava no Sudão. Gabriel deu um telefonema via satélite para Rumbek, uma aldeia a cerca de um dia de distância a pé da aldeia menor onde morava esse seu tio. O recado foi transmitido ao tio: "Sou eu, Gabriel, filho de Aguto, e quero me casar com uma moça de Kakuma. O senhor me ajuda? Pode me dar trinta vacas?". O recado foi transmitido ao tio dois dias depois de enviado a Rumbek, e Gabriel recebeu um telefonema em Atlanta: a resposta era sim; aquele tio rico ficaria encantado em dar as trinta vacas, e, a propósito, Gabriel sabia que aquele seu tio havia acabado de ser nomeado representante parlamentar do distrito? Eram boas notícias nas duas direções.

Então o casamento foi combinado, e agora tudo o que Gabriel precisava fazer era o seguinte: converter o preço do gado em *shillings* quenianos; concluir o acordo; encontrar um vôo para Nairóbi e um jeito de chegar a Kakuma; passar três meses para conseguir um visto e uma permissão de entrada no Quênia; uma vez em Kakuma, conhecer a noiva e sua família; visitar todos os seus próprios parentes em Kakuma, presenteando cada um deles com dinheiro, presentes, comida, jóias, tênis, relógios, iPods, calças Levi's americanas; organizar uma cerimônia de casamento; casar-se em Kakuma (a cerimônia seria na igreja luterana de telhado de zinco); e então, uma vez de volta a Atlanta, iniciar o processo para trazer a noiva para os Estados Unidos. Para começar, precisaria esperar mais dois anos até ser cidadão naturalizado e, depois disso, dar entrada na papelada; enquanto esperava, rezar para que a noiva não fosse seduzida por outros sudaneses em Kakuma nem estuprada por nenhum *turkana* enquanto estivesse catando lenha, pois, se alguma dessas duas coisas acontecesse, ela não seria mais desejável e ele estaria com cento e trinta vacas a menos. Era sempre difícil fazer o gado ser devolvido depois de um casamento anulado.

Julian, quando tornei a encontrar Tabitha, ainda não havia começado a pensar em casamento. Primeiro precisava me formar na universidade e, para isso, precisava economizar dinheiro enquanto cursava aulas de inglês na universidade comunitária. Calculava que ainda teria de esperar seis anos antes de me casar com qualquer mulher, sudanesa ou não. Então, quando Tabitha disse que estava comprometida com outro homem em Seattle, um ex-soldado do SPLA chamado Duluma Mam Ater, não fiquei magoado.

Mesmo assim, começamos a conversar. Conversamos no dia seguinte àquela primeira conversa e, dali em diante, as conversas não pararam mais. Ela anunciou sua entrada na minha vida com grande fanfarra. Ligava para mim três, quatro vezes por dia. Ligava de manhã para dizer bom-dia e muitas vezes ligava para dizer boa-noite. Sob muitos aspectos, parecia que estávamos tendo algum tipo de história de amor, mas, na maioria das vezes em que falávamos ao telefone, era sobre Duluma que conversávamos. Eu nunca havia encontrado esse homem em Kakuma. Conhecia-o de nome, pois ele era um jogador de basquete bastante famoso, mas, fora isso, as únicas coisas que sabia me haviam sido contadas por Tabitha quando ela me telefonava para reclamar dele, preocupada, sempre a mudar de planos. Disse-me que ele era violento. Que queria tratá-la do jeito sudanês. Que não tinha emprego e lhe pedia dinheiro emprestado. Eu escutava e lhe dava conselhos, tentando não parecer muito ansioso para que ela o deixasse.

Mas estava ansioso, pois muito depressa havia me apaixonado perdidamente por Tabitha. Era impossível não se apaixonar. Durante todas aquelas horas ao telefone, ouvindo sua voz — estou dizendo, é difícil descrever. Aquela voz profundamente musical, sua inteligência, seu humor. Conversava com ela no quarto, na cozinha, no banheiro, no hall do nosso prédio. Parecia impossível que ela ainda estivesse namorando Duluma, pois parecíamos estar passando seis horas por dia no telefone. Em que momento ela conseguia encaixar Duluma?

"Quer que eu vá visitá-lo?", perguntou-me ela certo dia.

Então percebi que ela estava me testando. Estava pronta para trocar Duluma por mim, mas primeiro queria ver se conseguiria me amar pessoalmente.

Duas semanas depois, ela estava em Atlanta. Foi estranho vê-la, ver a mulher na qual ela havia se transformado. Era uma mulher em todos os sentidos do termo, uma mulher de aparência espetacular. Abriu a porta, sem esperar me ver, e, no início, apesar de ter vindo me visitar, pareceu por alguns instantes não estar me reconhecendo. Fazia três anos desde a última vez em que nos víramos, em Kakuma. Mais de três anos, e muitos milhares de quilômetros. Depois desses instantes de dúvida, ela pareceu se dar conta de que eu estava ali de verdade.

"Você engordou!", disse, segurando meus ombros. "Gostei!" Observou meus músculos recém-adquiridos, meu pescoço encorpado. Muitos dos que me conheceram no campo comentam que meu corpo não se parece mais com o de um inseto.

No instante em que ela segurou meus ombros, quando nos encaramos — tão perto que era difícil olhar direito para o seu rosto perfeito —, passamos a ser como marido e mulher. O fato de Tabitha ter planejado passar a noite em minha casa era motivo de grande fascínio para os sudaneses de Atlanta. Nessa época, não era habitual ver homens como nós recebendo visita de mulheres em nossa casa durante o dia ou a noite, sobretudo de sudanesas. Isso foi antes de Achor Achor conhecer sua Michelle, e ele passou a maior parte do fim de semana no quarto, sem saber como lidar com aquela situação. Para mim também foi um fim de semana transformador. Com Tabitha ali tão perto durante tantas horas, acordada e dormindo, senti que tinha tudo o que jamais havia desejado e que começara a viver a vida que deveria viver.

Sentados no sofá no segundo dia, assistindo a O *fugitivo* — ela queria ver o filme; para mim, já era a terceira vez —, ela me contou que terminara com Duluma. Segundo ela, ele havia ficado chateado no início.

De fato, ele me telefonou nesse mesmo fim de semana. Estava muito nervoso. Disse-me que precisava desabafar comigo, de homem para homem. Tabitha era uma puta, disse. Tinha ido para a cama com muitos homens e continuaria a fazê-lo. E, enquanto ele dizia essas coisas, em nenhuma das quais eu acreditava, eu olhava para Tabitha, deitada na minha cama, lendo um exemplar da revista *Glamour* comprado quando saíramos para tomar café-da-manhã. Ela havia engravidado, disse. Engravidado do seu filho, e havia feito um aborto. Não quisera o bebê e não quisera ouvir o que ele achava. Havia matado o bebê apesar dos seus protestos, disse ele, e que tipo de mulher seria capaz de fazer isso? Ela está estragada, disse ele, estéril. Enquanto isso, eu via Tabitha de bruços, virando as páginas devagar, de pijama, com os pés cruzados no ar. A cada palavra falsa e intrigueira que Duluma dizia a seu respeito, eu a amava mais. Desliguei e voltei para junto de Tabitha, para nossa manhã indolente e luxuosa, e nunca contei a ela quem havia telefonado.

Achor Achor está folheando as revistas na mesa de canto. Acha uma matéria interessante e me mostra uma revista de notícias com uma reportagem de capa sobre o Sudão. Uma mulher de Darfur, de lábios rachados e olhos amarelos, encara a câmera, com um ar ao mesmo tempo desesperado e desafiador. Sabe o que ela quer, Julian? Empurraram uma câmera no rosto dessa mulher e ela encarou a lente. Não tenho dúvida de que queria contar sua história, ou alguma versão da sua história. Mas, agora que a história já foi contada, agora que os incontáveis assassinatos e estupros já foram documentados ou exagerados a partir dos poucos exemplos relatados, o mundo pode pensar em como lidar com a violência do Sudão contra Darfur. Há alguns milhares de soldados da União Africana em Darfur, mas a região tem o mesmo tamanho da França, e os darfurianos prefeririam mil vezes soldados estrangeiros, que têm a reputação de serem mais bem treinados e bem armados, e menos suscetíveis a subornos.

Isso lhe interessa, Julian? Você parece um homem bem informado e com um temperamento compreensivo, embora sua compaixão certamente tenha limites. Você escuta minha história sobre ser atacado em minha própria casa, aperta minha mão, me olha nos olhos e me promete tratamento, mas então tenho de esperar. Ficamos esperando alguém, talvez médicos atrás de cortinas ou portas, talvez burocratas em escritórios invisíveis, decidirem quando e como eu vou receber atenção. Você veste um uniforme, e já faz algum tempo que trabalha no hospital; eu aceitaria ser tratado por você, mesmo que você não demonstrasse muita segurança. Mas você fica aí sentado pensando que não pode fazer nada.

Achor Achor e eu damos uma passada de olhos pelo artigo sobre Darfur e vemos uma menção sobre petróleo, sobre o papel do petróleo no conflito no Sudão. Dizem que o petróleo não é um elemento central no que aconteceu em Darfur, mas Lino pode lhe falar sobre o papel do petróleo em sua própria história de refugiado, Julian. Você sabe essas coisas, Julian? Sabe que foi George Bush pai quem encontrou as mais importantes jazidas de petróleo no subsolo do Sudão? Sim, é isso que se diz. Foi em 1974, e, na época, Bush pai era embaixador dos Estados Unidos na ONU. O sr. Bush trabalhava na área petrolífera, claro, e estava olhando uns mapas de satélite do Sudão aos quais tinha acesso, ou que seus amigos da indústria petrolífera haviam traçado, e esses mapas indicavam que havia petróleo na região. Ele disse isso ao governo do Sudão, e aí começaram as primeiras explorações importantes, e começou também o envolvimento da U.S. Oil no Sudão e, de certa forma, começou também o meio da guerra. Será que a guerra teria durado tanto sem o petróleo? De jeito nenhum.

Julian, a descoberta do petróleo aconteceu logo depois do acordo de Adis Abeba, o pacto que pôs fim à primeira guerra civil, guerra esta que durou quase dezessete anos. Em 1972, o norte e o sul do Sudão se encontraram na Etiópia para assinar o acordo de paz que incluía, entre outras coisas, cláusulas de compartilhamento de quaisquer recursos naturais do sul, meio a meio. Cartum concordou com isso, mas, na época, achavam que o principal recurso natural do sul fosse o urânio. Em Adis Abeba, ninguém sabia sobre o petróleo, então, quando o petróleo foi encontrado, Cartum ficou preocupada. Haviam assinado o tal acordo, e o acordo insistia na divisão de todos os recursos meio a meio... Mas não o petróleo! Dividir petróleo com pretos? Não podia ser! Acho que isso era terrível para eles, e foi então que muitos dos linhas-duras de Cartum começaram a pensar em anular o acordo de Adis Abeba e ficar com o petróleo.

A família de Lino vivia na bacia de Muglad, área de ocupação nuer na fronteira entre o norte e o sul. Infelizmente para eles, em 1978, a Chevron inaugurou um grande campo de petróleo em Muglad, e Cartum, que havia autorizado a exploração, rebatizou essa área com a palavra em árabe que significa união. Você gosta desse nome, Julian? União significa a junção de pessoas, muitos povos reunindo-se para formar um só. A ironia não é óbvia? Para melhorar ainda mais a piada, em 1980 Cartum tentou refazer a fronteira entre o norte e o sul, de modo que as unidades de extração de petróleo ficassem no norte! Não conseguiram fazer isso, graças a Deus. Mas, mesmo assim, alguma coisa precisava ser feita para impedir que os nueres que viviam na região se envolvessem na questão, para separá-los do petróleo e para garantir que não houvesse nenhuma interferência futura.

Em 1982, o governo começou a lidar seriamente com as pessoas que, como a família de Lino, viviam em cima das jazidas de petróleo. *Murahaleen* começaram a aparecer com armas automáticas, exatamente como fariam mais tarde em Marial Bai. A idéia era forçar os nueres a sair dali e fazer com que as unidades de extração de petróleo passassem a ser protegidas pelos *baggaras* ou por forças de segurança particulares, garantindo, assim, que não houvesse nenhum tipo de interferência rebelde. Então os cavaleiros chegaram, como sempre chegam, com suas armas e seus saques e violências aleatórios. Essa primeira vez, porém, foi leve: era um recado para os nueres que moravam em cima do petróleo para saírem de lá e não voltarem mais.

A família de Lino não saiu de sua aldeia. Ela não entendeu o recado, ou resolveu ignorá-lo. Seis meses depois, soldados do Exército sudanês fizeram uma visita à aldeia para explicar melhor sua sugestão. Disseram aos nueres para ir embora imediatamente, para atravessar o rio e se mudar para o sul. Disseram-lhes que o nome deles seria registrado e que, mais tarde, eles receberiam uma indenização por suas terras, casas, lavouras e todas as posses que precisassem deixar para trás. Então, nesse dia, a família de Lino e todas as outras da aldeia deram seus nomes aos soldados, e estes foram embora. Mas, mesmo assim, a família de Lino não saiu. Eles eram teimosos, Julian, como muitos sudaneses também são. Você sem dúvida já ouviu falar nos milhares de sudaneses que foram pisoteados no Cairo? Não faz muito tempo. Mil sudaneses estavam acampados em um pequeno parque da cidade do Cairo, pedindo cidadania ou passe livre para outras nações. Meses se passaram sem que eles fossem embora, e eles se recusavam a recuar enquanto suas exigências não fossem cumpridas. Os egípcios não consideravam isso um assunto seu, e o parque onde os sudaneses estavam acampados havia se tornado um problema e um foco de doenças. Por fim, soldados egípcios intervieram para destruir a favela, matando vinte e sete sudaneses, inclusive onze crianças. Povo teimoso, os sudaneses.

Assim, a família de Lino ficou. Eles e centenas de outros decidiram simplesmente permanecer onde estavam. Um mês depois, como se poderia esperar, um regimento de milicianos e soldados do Exército invadiu a aldeia. Entraram calmamente na cidade, como haviam feito ao anotar os nomes. Não disseram nada a ninguém; uma vez posicionados, começaram a atirar. No primeiro minuto, atiraram em dezenove pessoas. Pregaram um homem em uma árvore e jogaram um bebê dentro de um poço. Mataram trinta e duas pessoas ao todo, e depois tornaram a subir nos caminhões e foram embora. Nesse dia, os sobreviventes da aldeia fizeram as malas e fugiram rumo ao sul. Em 1984, a aldeia de Lino e as aldeias próximas, todas localizadas em cima do petróleo, foram liberadas de todos os nueres, e a Chevron pôde começar a extração.

"Ei, seu doente!"

Lino chegou, vestindo um terno *zoot* azul risca de giz e com três correntes de ouro em volta do pescoço. Existe uma loja em Atlanta onde um número grande demais de sudaneses tem comprado suas roupas, que Deus nos ajude. Julian ergue os olhos do que está lendo, achando graça na roupa de Lino, interessado ao nos ver conversando rapidamente em dinca. Cruzo olhares com ele, que volta ao livro.

São sete da noite. Já faz bem mais de três horas que estamos aqui.

Lino se joga em uma das cadeiras ao nosso lado e pega o controle remoto. Enquanto percorre depressa os canais, pergunta por que aquilo está demorando tanto. Tentamos lhe explicar. Ele pergunta se eu tenho seguro-saúde e eu respondo que não, mas que me ofereci para pagar em dinheiro ou cartão de crédito.

"Não vai funcionar", diz Lino. "Eles não confiam em você. Por que iriam confiar? Eles não acham que você pode pagar, e acho que vão esperar você ir embora. Ou então você precisa encontrar um jeito de garantir a eles que vai pagar."

Não sei se Lino sabe alguma coisa que eu não sei, mas ele me faz recomeçar a duvidar, Julian, desse hospital e da minha possibilidade de receber tratamento aqui.

"Ligue para o Phil. Ou para a Deb", diz Achor Achor, referindo-se a Deb Newmyer, viúva de Bobby. Eu estava pensando a mesma coisa. Poderia ter ligado para Phil, mas ligar para ele à noite, com seus filhos pequenos, não se faz; sei que os gêmeos vão dormir às sete, eu próprio já os pus na cama. Poderia ligar para Anne e Gerald Newton, mas essa idéia me faz parar e pensar. Eles iriam ficar preocupados demais. Iriam querer aparecer no hospital na mesma hora, trazer Allison junto, bagunçar a vida deles, e eu não quero isso. Só quero um telefonema. Quero que alguém que conheça as regras em uma situação como essa dê um telefonema e explique as coisas para Julian e para mim. Deb mora na Califórnia, e provavelmente está em casa. Ligo para o seu número; Billi, a caçula dos Newmyer, atende.

"Valentino!", exclama ela.

"Oi, minha amiguinha!", digo. Pergunto-lhe sobre as aulas de natação. Levei-a de carro à piscina algumas vezes de manhã e fui me sentar na borda enquanto ela fazia sua primeira tentativa de nadar crawl. Fiquei sorrindo para ela, tentando lhe transmitir segurança, mas não funcionou. Ela chorou durante a aula inteira e agora se recusa a falar a respeito.

Segundos depois, Deb atende. Conto-lhe uma versão mais comprida da história. Deb, que passou muitos anos trabalhando em Hollywood e esteve envolvida em um seriado de TV chamado *Amazing Series*, não acredita no que estou dizendo. Diz que eu pareço o Pedro, da história do *Pedro e o lobo*, com a diferença de que, sempre que grito, realmente há um lobo. Deb pede para falar com o homem da recepção. É com certo orgulho que passo o telefone para Julian. Ele reage apertando os olhos.

"Quem é?", pergunta.

"Ela é uma das minhas patrocinadoras. Está telefonando de Los Angeles e gostaria de saber o tipo de tratamento que estou recebendo."

Julian faz uma careta e leva o telefone ao ouvido. Ele e Deb conversam durante alguns minutos, e nesse tempo seu rosto se contorce em muitas expressões de insatisfação e divertimento. Quando terminam de falar, recebo o telefone de volta.

"Ele diz que tem pouca gente trabalhando", explica Deb. "Gritei com ele, mas não sei mais o que posso fazer. Queria poder ir até aí resolver isso, Val."

Pergunto a ela quanto tempo acha que devo esperar.

"Bem, o cara disse que você vai ser atendido a qualquer momento. Quanto tempo faz que está aí?"

Respondo-lhe que faz quase quatro horas.

"O quê? Está muito lotado? Isso aí é alguma espécie de hospício?"

Digo a ela que está vazio, muito vazio.

"Escute, se daqui a meia hora você ainda não tiver sido atendido, me ligue de novo. Se algum médico não tiver tratado de você, vou começar a falar sério com esses caras. Conheço alguns truques."

Agradeço a Deb com a sensação de que ela fez uma grande diferença. Ela dá o suspiro cansado que já ouvi muitas vezes antes. Deb é uma mulher cheia de energia, mas diz que lidar comigo foi um baque para o seu otimismo.

"Valentino, não sei mesmo o que Deus tem contra você", diz ela.

Ficamos os dois pensando nisso por alguns instantes. Ambos sabemos que é uma pergunta que ainda não foi respondida.

"Ligue-me quando receber um diagnóstico", diz ela. "Se for alguma coisa séria, trazemos você até aqui de avião para consultar meu médico. Mas acho que você vai ficar bem. Não demore a me ligar."

Este é o país de Deb e, se Deb diz que vou ser atendido, que não é um problema de dinheiro nem de seguro-saúde, acredito nela.

Volto para a sala de espera, onde Lino e Achor Achor estão novamente ao telefone, conversando com vários convidados do casamento de Manchester. Entre sua conversa muito alta e o fato de ter tido que se explicar para Deb, Julian agora visivelmente não está achando a menor graça na situação. Não quero ser um estorvo para ele, nem para Deb, nem para ninguém. Quero ser independente e passar por este mundo sem ter de fazer perguntas. Por enquanto, porém, ainda tenho perguntas demais, e isso é frustrante para alguém como Julian, que pensa conhecer as respostas e pensa saber quem eu sou. Mas, Julian, você não sabe nada ainda.

17.

A caminhada até a Etiópia foi só o começo, Julian. Sim, havíamos passado meses andando por desertos e pântanos, e nosso número diminuía a cada dia. O sul do Sudão inteiro estava em guerra, mas nos disseram que, na Etiópia, estaríamos seguros e haveria comida, camas secas, escolas. Reconheço que, no caminho, permiti que minha imaginação divagasse. À medida que nos aproximávamos da fronteira, minha expectativa passara a incluir casas para cada um de nós, famílias novas, prédios altos, vidro, cascatas, fruteiras de laranjas reluzentes dispostas sobre mesas limpas.

Quando chegamos à Etiópia, porém, o lugar não era assim.

— Chegamos — disse Dut.

— Isso aqui não é aquele lugar — falei.

— Isso aqui é a Etiópia — afirmou Kur.

Parecia igual a antes. Não havia prédios, não havia vidro. Não havia fruteiras de laranjas dispostas sobre mesas limpas. Não havia nada. Só um rio e pouco mais.

— Isso aqui não é aquele lugar — repeti, e tornei a dizer isso muitas vezes nos dias que se seguiram. Os outros meninos ficaram cansados de mim. Alguns pensaram que eu houvesse enlouquecido.

Reconheço que, depois de atravessarmos para a Etiópia, passou a haver relativa segurança e pudemos descansar um pouco. Pudemos parar, e isso foi estranho. Foi estranho não caminhar. Nessa primeira noite, dormimos no mesmo lugar onde nos sentamos. Eu estava acostumado a caminhar todos os dias, a caminhar durante a noite e com a primeira luz do dia, mas agora, quando o sol nascia, ficávamos no mesmo lugar. Havia meninos espalhados por toda parte, e tudo o que restava a fazer, para alguns deles, era morrer.

Os lamentos vinham de todos os lados. Na calada da noite, acima do chiado dos grilos e do coaxar dos sapos, ouviam-se gritos e gemidos a se espalhar pelo campo como uma tempestade. Era como se muitos meninos estivessem esperando para descansar e, agora que haviam parado em Pinyudo, o corpo deles não agüentasse mais. Morriam de malária, disenteria, picada de cobra, ferroada de escorpião. E de outras doenças que nunca se soube quais eram.

Estávamos na Etiópia e éramos numerosos demais. Em poucos dias já eram milhares de meninos e, logo depois de os meninos chegarem, vieram adultos, famílias, bebês, e o lugar se encheu de sudaneses. Uma cidade de refugiados ergueu-se em poucas semanas. É algo incrível de ver, pessoas simplesmente sentadas, cercadas por rebeldes e soldados etíopes, esperando serem alimentadas. Aquilo se transformou no campo de refugiados de Pinyudo.

Como muitos haviam perdido ou trocado as roupas pelo caminho, apenas metade de nós usava alguma peça de roupa. Surgiu um sistema de classes no qual os meninos que tinham camisas, calças e sapatos eram considerados os mais ricos, seguidos pelos que tinham dois dos três itens. Eu tinha a sorte de ser considerado de classe média alta, com uma camisa, um par de sapatos e um shorts. Mas muitos dos meninos andavam nus, e isso era um problema. Não havia proteção contra nada.

— Esperem — disse-nos Dut. — Vai melhorar.

Dut agora vivia ocupado e ia de um lado a outro do campo, sempre se encontrando com anciãos, passando dias sumido. Quando voltava, vinha nos visitar, os meninos que havia levado até ali, e nos garantia que Pinyudo logo seria um lar para nós.

No entanto, durante algum tempo, encontrar comida era uma tarefa que cabia a cada um de nós; cada um precisava se virar como podia. Como muitos, eu ia ao rio pescar, embora não tivesse experiência alguma de pesca. Chegava à beira d'água e encontrava vários meninos, alguns com varas e barbante, outros com lanças toscas. No primeiro dia em que fui pescar, levei um graveto torto e um pedaço de arame que encontrara debaixo de um caminhão.

— Isso não vai dar certo — disse-me um dos meninos. — Assim você não tem chance.

Era um menino magro, tão magro quanto o graveto que eu estava segurando; parecia não ter peso, vergado para a esquerda com a brisa leve. Não respondi nada e lancei meu arame dentro d'água. Sabia que ele provavelmente tinha razão em relação às minhas chances, mas não podia reconhecer isso na sua frente. Sua voz era estranhamente aguda, melodiosa, agradável demais para se poder confiar nela. Afinal, quem era ele e por que achava que podia falar comigo daquela forma?

Seu nome era Achor Achor, e nessa tarde ele me ajudou a encontrar um graveto adequado e um pedaço de barbante. Juntos, nesse dia e nos seguintes, entramos na água rasa com nossas varas de pesca e uma lança talhada pelo próprio Achor Achor. Quando um de nós via algum peixe, tentávamos cercá-lo, enquanto Achor Achor enfiava o graveto n'água tentando capturá-lo. Não tivemos sucesso. De vez em quando, encontrávamos um peixe morto em algum charco raso, que cozinhávamos ou então comíamos cru.

Achor Achor tornou-se meu melhor amigo na Etiópia. Em Pinyudo, ele era pequeno como eu, muito magro, até mais esquelético que o restante de nós, mas muito esperto, sagaz. Era especialista em encontrar coisas de que precisávamos antes de eu perceber que necessitávamos delas. Um dia encontrava uma lata vazia, cheia de furos, e guardava. Levava-a até o abrigo onde dormíamos, limpava-a e remendava-a até fazê-la virar uma excelente xícara — e muito poucos meninos tinham xícaras. Acabou encontrando uma linha de pesca e um grande mosquiteiro intacto, e sacas de sisal grandes o suficiente para serem amarradas juntas e usadas como cobertor. Sempre dividia tudo comigo, embora eu nunca tenha tido certeza do que provocou nossa parceria.

Parte da comida era fornecida pelo Exército etíope. Soldados rolavam latões de milho e óleo vegetal até o campo, e comíamos um prato cada um. Eu me sentia melhor, mas muitos dos meninos comeram demais e adoeceram em seguida. Trocávamos tudo o que tivéssemos por milho ou farinha de milho na aldeia próxima. Logo aprendemos a distinguir os vegetais selvagens daqueles que eram comestíveis e comuns, e saíamos em expedição para colhê-los. Porém, à medida que os dias passavam e mais meninos iam chegando, os caçadores de vegetais se tornaram numerosos demais, e logo estes se tornaram escassos e em seguida esgotaram-se por completo.

Mais meninos iam chegando a cada dia, e famílias também. Todos os dias eu os via atravessando o rio. Chegavam pela manhã, chegavam à tarde e, quando eu acordava, mais deles haviam chegado durante a noite. Em alguns dias chegavam cem, em outros dias muitos mais. Alguns grupos eram parecidos com o meu, centenas de meninos emaciados, metade deles seminus, e alguns anciãos; outros grupos eram só de mulheres, meninas e bebês acompanhados por jovens soldados do SPLA com armas presas às costas. As pessoas não paravam de chegar e, sempre que atravessavam o rio, sabíamos que isso significava que a comida que tínhamos teria de ser novamente dividida. Passei a detestar a visão do meu próprio povo, a odiar a forma como muitos deles se comportavam, necessitados, gangrenosos, com os olhos saltados, sempre a gemer.

Certo dia, um grupo de meninos atirou pedras em outro grupo recém-chegado. Eles apanharam muito, e isso nunca mais tornou a acontecer, mas, em minha mente, eu também atirava pedras. Atirava pedras nas mulheres, nas crianças, e queria atirar pedras nos soldados, mas não atirei pedras em ninguém.

Quando a ordem foi instaurada no campo, a vida melhorou. Fomos organizados, divididos, reunidos em grupos: Grupo Um, Grupo Dois, Grupo Três. Dezesseis grupos de meninos, cada qual com mais de mil integrantes. E, dentro desses grupos, formávamos outros grupos de cem, e, dentro deles, subgrupos de cinqüenta, e depois de doze.

Fui escolhido para ficar encarregado de um grupo de doze, onze meninos e eu. Éramos doze, e eu os chamava de Os Onze. Achor Achor era meu substituto, e vivíamos todos juntos, comíamos juntos e dividíamos as tarefas — buscar comida, água, sal, consertar nosso abrigo, nossos mosquiteiros. Havíamos sido postos juntos porque vínhamos da mesma região e falávamos dialetos parecidos, mas convencemo-nos de que nosso grupo era um grupo de meninos importantes. Passamos a considerá-lo superior a todos os outros.

Além de Achor Achor, havia também Athorbei Chol Guet, loquaz e destemido. Ele era capaz de abordar qualquer um, e logo fizemos aliados; ele conhecia o chefe dos refugiados de Pinyudo, os membros da ONU e os trabalhadores humanitários, assim como os comerciantes etíopes. Gum Ater era incrivelmente alto e perigosamente magro, primo distante do subchefe do campo, Jurkuch Barach. Akok Anei e Akok Kwuanyin tinham ambos a pele clara, cor de cobre, e eram temidos por muitos meninos por serem mais velhos e mais agressivos que o resto. Garang Bol era ótimo pescador, e altamente competente para encontrar frutos e vegetais comestíveis. Havia substituído um menino sem nome, que só fez parte dos Onze por alguns dias, um menino que bebera água de uma poça para matar a sede e morrera logo depois de disenteria. Acho que são meninos demais para dizer o nome de todos, Julian.

Mas havia também Isaac Aher Arol! Ele era o único menino dos Onze que andara tanto quanto eu. Os meninos que chegavam à Etiópia tinham vindo a pé de todo o sul do Sudão, mas a maioria vinha de um lugar chamado Bor, que não é muito distante da fronteira etíope. Eu tinha passado meses caminhando, enquanto muitos dos meninos haviam caminhado apenas dias. Então Isaac Aher Arol era da mesma região que eu, Bahr al-Ghazal, e me chamava de Andou Muito, e eu o chamava de Andou Muito, e todos nos chamavam de Andou Muito. Até hoje, quando encontro alguns meninos de Pinyudo, eles me chamam por esse apelido.

Mas eu também tenho outros nomes, Julian. Os que me conheceram em Marial Bai me chamavam de Achak ou de Marialdit. Em Pinyudo, eu muitas vezes era Andou Muito, e mais tarde, em Kakuma, tornei-me Valentino, e algumas vezes novamente Achak. Aqui nos Estados Unidos fui Dominic Arou durante três anos, até o ano passado, quando mudei meu nome oficialmente e depois de muito esforço para uma combinação de nomes de batismo e nomes de que me apropriei: Valentino Achak Deng. Isso é confuso para os americanos que me conhecem, mas não para os meninos que andaram comigo. Cada um de nós tem meia dúzia de identidades: há os apelidos, há os nomes de catequese, os nomes que adotamos para sobreviver ou para sair de Kakuma. Ter vários nomes foi necessário por muitos motivos que os refugiados conhecem bastante bem.

Em Pinyudo, eu sentia falta da minha família, queria estar em casa, mas fizeram-nos entender que não havia mais nada no sul do Sudão e que voltar para lá seria morte certa. As imagens que nos pintaram eram cruéis, a destruição, completa. Era como se fôssemos os únicos sobreviventes, e um novo Sudão fosse ser criado apenas para nós quando voltássemos a uma terra arrasada para regenerá-la. Instalamo-nos em Pinyudo e encontramos uma nova maneira de sentir gratidão pelo que tínhamos: uma certa segurança, uma certa estabilidade. Tínhamos aquilo que havíamos buscado: refeições regulares, cobertores, abrigo. Até onde sabíamos, estávamos órfãos, mas a maioria de nós tinha esperança de que, quando a guerra terminasse, talvez voltasse a encontrar sua família, ou parte dela. Não tínhamos motivo para pensar assim, mas íamos dormir todas as noites com essa esperança e acordávamos com ela todas as manhãs.

Durante essas primeiras semanas e meses em Pinyudo, havia apenas meninos e tarefas, e tentativas de pôr ordem no campo. A maior parte do meu grupo, uma vez que estava entre os mais novos, tornou-se carregadora de água. Minha tarefa era ir ao rio buscar água de beber e cozinhar, e todos os dias eu descia a margem com um galão que enchia e levava de volta para o campo. Disseram-me que a água da beira não era potável, que eu precisava entrar até o meio do rio para encontrar a água mais limpa.

Mas eu não sabia nadar. Não tinha mais de um metro e vinte e altura, talvez menos, e o rio freqüentemente podia passar dessa profundidade, e sua correnteza era veloz. Tinha de pedir aos outros meninos mais altos e aos rapazes para me ajudarem a encontrar a melhor água. Ia ao rio quatro vezes por dia, e quatro vezes por dia tinha de pedir a algum outro menino para entrar n'água e encher o galão. Queria muito aprender a nadar, mas não havia tempo nem ninguém para me ensinar. Então, com a ajuda dos outros, ia

286

buscar água duas vezes de manhã e duas à tarde, carregando o galão de seis litros de volta para o campo. O peso era considerável para um inseto como eu. Eu precisava descansar a cada dez passos, passos curtos que mal conseguia dar.

Algumas vezes, eu encontrava meninos que moravam por perto — de um povo ribeirinho chamado *anyuak* — brincando na beira do rio, construindo castelos de areia. Escondia meu galão no mato alto e ia me agachar com eles, ajudando a cavar valas e construir aldeias de lama, areia e gravetos. Depois pulávamos no rio, rindo e esparramando água. Nessas horas, eu me lembrava de que, poucos meses antes, também havia sido um menino assim.

Certa manhã, com a luz ainda dourada, fui brincar com os meninos *anyuak* e depois voltei para o campo. Imediatamente fui abordado por um dos mais velhos.

— Achak, onde está a água? — perguntou.

Não entendi sobre o que ele estava falando. Eu era um menino esquecido, Julian, embora goste de pensar que isso tinha alguma coisa a ver com a desnutrição.

— Mandamos você até o rio para buscar água. Onde está seu galão?

Sem dizer nada, dei meia-volta e corri novamente até o rio, pulando por cima de toras de madeira e buracos pelo caminho. Raramente havia corrido tão depressa. Quando cheguei à beira d'água, vi que a margem estava vazia: os meninos tinham ido embora. Deslizei barranco abaixo com meu galão e, quando cheguei lá embaixo, meu pé bateu em uma pedra grande. Recuei imediatamente. Era uma pedrona, coberta por uma espécie de musgo preto. Era difícil ver com as sombras, então me agachei para ver se havia algum bicho embaixo da pedra. Quando aproximei o rosto, senti um cheiro ruim. A pedra era a cabeça de um homem. Aquilo era o corpo de um homem, morto havia algum tempo, boiando no rio. O resto do cadáver estava escondido no mato da margem. Os olhos do homem fitavam o fundo do rio, braços estendidos ao longo do corpo, ombros ondulando de leve com o balanço da água. Havia uma corda amarrada em volta de sua cintura e seu peito estava estufado, parecendo prestes a explodir.

Mais tarde, o corpo foi identificado como o de um jovem recruta sudanês do SPLA. Ele havia levado três facadas. Os anciãos sudaneses supuseram que o homem fora morto pelos *anyuak*; provavelmente depois de ser pego roubando. Haviam usado o homem morto como lição: se os sudaneses roubassem, seriam mortos pelos povos ribeirinhos.

Depois desse dia, eu não quis mais voltar ao rio. Pensava no homem o dia inteiro, e especialmente à noite. Embora a vida na Etiópia estivesse longe de ser confortável, havia ali uma relativa segurança, tanto que eu acreditava que não estaria vivendo tão perto de alguma morte violenta. Mas coisas ruins podiam acontecer em Pinyudo; é claro que podiam. Passei o dia seguinte dormindo, escondendo-me das vozes dos mais velhos que me chamavam para trabalhar, comer, brincar. Nada havia terminado. Nada era seguro. A Etiópia para mim não significava nada. Não era mais segura que o Sudão, e não era o Sudão, e eu não estava perto da minha família. Por que tínhamos ido tão longe? Eu estava sem forças, não tinha vida suficiente dentro de mim para aquilo.

Os mais velhos me disseram que eu não veria mais nenhum homem apunhalado, que aquilo não tornaria a acontecer. Mas não foi assim. Outros soldados do SPLA foram mortos, e outros *anyuak* foram mortos por vingança, e as relações entre os *anyuak* e nós, os intrusos, deterioraram-se rapidamente. Havia acusações de soldados do SPLA terem estuprado mulheres *anyuak*, e sudaneses vinham sendo mortos e linchados em retaliação. O SPLA, mais bem armado, aumentou o conflito, incendiando casas e matando quem resistisse. Quando, muito depois, os *anyuak* mataram dois soldados do SPLA a tiros na margem do rio, foi o estopim para o que ficou conhecido como o massacre de Pinyudo-Agenga. A aldeia *anyuak* de Agenga foi incendiada, mulheres, crianças e animais foram mortos. Depois disso, os *anyuak* de Agenga foram embora à procura de um lugar mais seguro, mas muitos de seus homens permaneceram no local e formaram gangues de atiradores cujo objetivo era simples, e muitas vezes bem-sucedido: atirar em soldados do SPLA ou, na verdade, em qualquer sudanês. Quando nós, sudaneses, finalmente fomos expulsos da Etiópia, dois anos depois, os *anyuak* uniram-se alegremente aos outros que se puseram a atirar em nós pelas costas enquanto atravessávamos o rio Gilo, cujas águas ficaram vermelhas com nosso sangue.

Durante algum tempo, porém, houve relativa paz entre os sudaneses e os *anyuak*, e até mesmo uma sensação de segurança no campo. Quando, alguns meses depois, a comunidade de auxílio internacional reconheceu a existência de Pinyudo, surgiram novas fontes de comida para os *anyuak*, e o comércio entre nosso campo e as aldeias ribeirinhas tornou-se constante e vantajoso para todos os envolvidos.

Embora houvessem nos dito para não irmos visitar sozinhos as aldeias ribeirinhas, Achor Achor e eu íamos mesmo assim; ele era corajoso, e nós dois estávamos entediados. Nas aldeias, todos olhavam para nós, todos desconfiados de que tínhamos ido lá para roubar. Mas nossas explorações eram diárias: investigávamos a vida ao longo da margem, espiávamos para dentro das cabanas, cheirávamos a comida e esperávamos que alguém viesse nos alimentar sem precisarmos pedir. Certo dia, foi isso mesmo que aconteceu, embora Achor Achor não estivesse comigo; ele fora à pista de pouso ver a chegada do avião prevista para aquela tarde.

— Venha cá, você.

Uma mulher que estava cozinhando na frente de casa falou comigo em *anyuak*. Uma das minhas madrastas em Marial Bai era metade *anyuak*, de modo que eu conhecia suficientemente a língua para entender a mulher. Parei e dei alguns passos em sua direção.

— Eles dão comida a vocês naquele campo? — perguntou ela. Era uma mulher mais velha, mais velha que minha própria mãe, quase como uma avó, com as costas curvadas e a boca, uma caverna desdentada e flácida.

— Dão — respondi.

— Entre, menino.

Entrei em sua cabana e senti cheiro de abóbora, gergelim e feijões. Peixes secos estavam pendurados nas paredes. A mulher estava ocupada cozinhando do lado de fora, e fui me acomodar junto à parede da cabana, apoiando as costas em um saco de farinha. Quando ela voltou, serviu-me uma tigela de farinha com água. Quando terminei de comer isso, pegou uma tigela de *foo-foo* de milho e despejou lá dentro uma caneca de vinho, mistura que eu nunca tinha visto antes. Depois de eu comer, ela sorriu um sorriso triste e desdentado. Chamava-se Ajulo e morava sozinha.

— Para onde a sua gente está indo? — perguntou ela.

— Acho que não estamos indo para lugar nenhum — respondi.

Isso a deixou surpresa.

— Não estão indo para lugar nenhum? Por que iriam querer ficar aqui? Eu disse a ela que não sabia.

— Vocês são numerosos demais aqui — disse ela, agora muito nervosa; aquela não era a informação que ela estava esperando. Ninguém na beira do rio havia pensado que os sudaneses seriam convidados permanentes. — Até a sua gente ir embora, você pode vir aqui quando quiser. Venha sozinho, e pode comer comigo qualquer dia, Achak.

Ao dizer isso, Julian, ela tocou minha face como faria qualquer mãe, e eu desabei. Meus ossos se desconjuntaram e eu caí no chão de sua casa. Estava na sua frente, ofegante, com os ombros a se sacudir e os punhos tentando enfiar as lágrimas novamente dentro dos meus olhos. Não sabia mais como reagir a uma gentileza daquelas. A mulher me abraçou junto ao peito. Fazia quatro meses que eu não era tocado desse jeito. Senti falta da sombra da minha mãe, de escutar os barulhos dentro dela. Não tinha percebido quanto estava me sentindo frio havia tanto tempo. Aquela mulher me deu sua sombra, e eu desejei viver dentro dela até conseguir voltar para casa.

— Você deveria ficar aqui — sussurrou-me Ajulo. — Poderia ser meu filho.

Não respondi nada. Fiquei com ela até a noite, pensando se poderia mesmo ser seu filho. O conforto que teria não tinha comparação com viver na companhia de meninos seminus no campo. Mas eu sabia que não podia ficar. Ficar significaria abandonar qualquer esperança de voltar para casa. Aceitar aquela mulher como minha mãe significaria negar minha própria mãe, que talvez ainda estivesse viva, que talvez passasse o resto de seus dias esperando por mim. E então, deitado no colo da mulher *anyuak*, perguntei-me: como ela era mesmo, minha mãe? Eu tinha apenas uma lembrança fugaz dela, leve como um pano, e, quanto mais tempo passava com aquela Ajulo, mais distante e indiscernível se tornava a imagem da minha mãe. Disse a Ajulo que não poderia ser seu filho, mas mesmo assim ela continuou a me dar comida. Eu ia à sua casa uma vez por semana e ajudava como podia, trazendo-lhe água, partes da minha comida, coisas que de outra forma ela não poderia obter. Ia à sua casa e ela me dava de comer e me deixava deitar em seu colo. Durante essas horas, eu era um menino que tinha um lar.

290

* * *

Depois de um mês, minha barriga parou de roncar e minha cabeça parou de girar. Eu me sentia bem sob muitos aspectos, sentia-me uma pessoa da forma como Deus havia criado as pessoas para se sentirem. Estava quase forte, quase inteiro. Mas havia tarefas para meninos saudáveis.

— Achak, venha aqui — disse-me Dut certo dia. Ele agora era um líder importante no campo e, como havíamos caminhado juntos, sempre se certificava de que minhas necessidades e as dos Onze fossem atendidas. Mas esperava algo em troca.

Fui atrás dele, e soube que estávamos indo para a barraca do hospital montada pelos etíopes. Lá dentro estavam os feridos nos combates do Sudão, os doentes e os moribundos de Pinyudo. Eu nunca havia entrado naquela barraca, e só a conhecia pelo cheiro, um cheiro rançoso, forte, que chegava com o vento.

— Tem um homem lá dentro que morreu — disse ele. — Quero que você ajude a carregá-lo, e nós vamos enterrá-lo.

Eu não podia me recusar. Devia minha vida a Dut.

Dentro da barraca, a luz era azul-esverdeada, e havia um corpo envolto em gaze. Em volta do corpo havia seis meninos, todos mais velhos que eu.

— Venha aqui — disse Dut, dirigindo-me para os pés do morto.

Segurei o pé esquerdo do homem, e os seis outros meninos seguraram cada um uma parte de seu corpo rígido. Fomos seguindo a trilha, com Dut segurando os ombros do homem e olhando para o outro lado. Fiquei olhando para as nuvens, para o mato, para os arbustos — para qualquer lugar que não fosse o rosto do morto.

Quando chegamos diante de uma imensa árvore retorcida, Dut nos disse para começarmos a cavar. Não havia pás, então começamos a cavar a terra com as unhas, jogando pedras e terra para o lado. A maioria de nós cavava como cães, lançando a terra por entre as pernas. Encontrei uma pedra com uma extremidade meio côncava, que usei para remover a terra para o lado. Em uma hora, conseguimos cavar um buraco de quase dois metros de comprimento e quase um metro de profundidade. Dut nos instruiu para forrar a cova com folhas, e nós juntamos folhas e deixamos a cova bem verdinha.

Dut e os meninos maiores então ergueram o corpo para dentro do buraco, com o rosto do homem virado para o leste. Não tínhamos certeza do motivo disso, mas não fizemos perguntas quando Dut deu a ordem. Fomos instruídos a cobrir o corpo de folhas e, isso feito, jogamos terra sobre o corpo do morto até ele desaparecer.

Esse foi o início do cemitério de Pinyudo, e o primeiro de muitos enterros dos quais participei. Meninos e homens adultos continuavam a morrer, pois nossa dieta era muito pobre, e os perigos numerosos demais. Na maioria dos dias, recebíamos uma única refeição: grãos de milho amarelos e alguns feijões brancos. Bebíamos água do rio, e essa água era suja, cheia de bactérias, de modo que as pessoas morriam de disenteria, de diarréia, de várias doenças sem nome. Havia muito pouca assistência médica em Pinyudo, e os únicos pacientes a ser levados para o posto de saúde de Pinyudo Um eram os que já estavam próximos demais da morte para ser salvos. Quando algum menino não se levantava da cama, quando se recusava a comer ou quando não conseguia reconhecer o próprio nome, seus amigos o enrolavam em um cobertor e levavam-no ao posto de saúde. Era sabido que qualquer paciente que entrasse no posto de lá não saía, então essa barraca passou a ser conhecida como Área Oito. No campo havia sete áreas onde os meninos dormiam e trabalhavam, e a Área Oito tornou-se o último lugar para onde se ia neste mundo. "Onde está Akol Mawein?", perguntava alguém. "Foi para a Área Oito", respondíamos. A Área Oito era o além. A Área Oito era o fim da linha.

Enterrar gente na Área Oito tornou-se meu trabalho. Junto com outros cinco meninos, enterrávamos de cinco a dez corpos por semana. Carregávamos sempre as mesmas partes dos corpos; eu sempre segurava o pé esquerdo do morto.

— Você é coveiro — disse Achor Achor certo dia.

Sorri, pensando na ocasião que era um trabalho com algum prestígio.

— Não é um bom trabalho, pelo menos eu não acho — disse Achor Achor. — Acho que poderia ser ruim para você de alguma forma. Por que está fazendo esse trabalho?

Não que eu tivesse qualquer escolha em relação a isso. Dut havia me pedido e eu tivera de concordar. Prometera-me vantagens por ser coveiro, incluindo rações adicionais de comida e até mesmo outra camisa, o que significou que eu logo passei a possuir duas camisas — uma extravagância em Pinyudo.

Em pouco tempo, porém, o papel de Dut como supervisor dos enterros foi transferido para um homem cruel e nervoso a quem chamávamos de Comandante Fivela de Cinto. A cada dia, por cima da calça militar, ele usava uma fivela de cinto prateada e vermelha tão imensa e ridícula que era quase impossível encará-lo sem rir. Mas sentia grande orgulho da fivela, de seu tamanho e brilho; o metal estava sempre reluzente e ele nunca era visto sem a fivela. Empregava um menino chamado Luol que ficava encarregado de areá-la todas as noites, e em seguida tornava a colocá-la. Segundo os boatos, o comandante dormia de costas todas as noites, porque não queria tirar a calça que segurava a fivela, e dormir de lado ou de bruços faria a fivela machucar sua barriga. Não gostávamos muito do Comandante Fivela de Cinto nem de seus acessórios.

O Comandante Fivela de Cinto tinha uma série de regras quanto ao transporte e sepultamento dos corpos, algumas sensatas e outras inteiramente desprovidas de qualquer lógica ou objetivo. Em respeito à dignidade da pessoa que havia morrido, quando carregávamos algum corpo devíamos mantê-lo o mais rígido possível; alguém precisava andar agachado debaixo do corpo, para evitar que as costas arrastassem no chão. Quando cavávamos as covas, elas tinham de ter ângulos perfeitos de noventa graus em todos os lados. Quando deitávamos os corpos lá dentro, as mãos tinham de ficar posicionadas na cintura e a cabeça ligeiramente virada para a direita. Os corpos eram cobertos por uma manta e as covas, enchidas de terra. Ninguém questionava essas regras. De nada adiantava fazê-lo.

Eu já havia me acostumado com os enterros, e ajudava a sepultar pelo menos um corpo por dia. Em alguns dias eram duas, três, quatro pessoas mortas, a maioria meninos. Enterrar meninos era ao mesmo tempo uma bênção e uma maldição — uma bênção porque eles eram mais leves que homens e mulheres adultos, mas também mais difícil quando conhecíamos de vista ou mesmo pessoalmente o menino que estávamos enterrando. Mas esses casos eram raros, felizmente. O Comandante Fivela de Cinto fazia a gentileza de cobrir o rosto dos que iam para a Área Oito. Não perguntávamos sua identidade, embora muitas vezes pudéssemos adivinhá-la. Não queríamos saber quem era quem.

Conseguíamos carregar os meninos com apenas quatro membros da equipe de sepultamento; os adultos precisavam de seis ou mais. Os únicos enterros que eu me recusava a fazer eram os de bebês. Tinha dito ao Comandante Fivela de Cinto que preferia não enterrar crianças pequenas, então não precisava enterrar os bebês. Bebês eram raros, pois os pais preferiam enterrá-los eles próprios. Os bebês sepultados pelos coveiros eram aqueles cujas mães haviam morrido ou desaparecido. O cemitério foi crescendo depressa demais, em todas as direções, e a qualidade dos enterros começou a variar.

Certo dia, estávamos levando um menino morto do hospital para o cemitério quando vimos uma hiena lutando com alguma coisa no chão. Parecia estar tentando puxar um esquilo do chão, e atirei pedras nela para espantá-la. O bicho não queria ir embora. Dois meninos correram para cima dele, com varas e pedras, gritando. Por fim, a hiena se virou e saiu correndo, e então vi o que estivera mastigando: o cotovelo de um homem. Foi aí que minha equipe de sepultamento soube que as outras equipes não estavam enterrando muito bem seus mortos. Enterramos aquele homem uma segunda vez e, logo depois, Dut acenou para mim e fui ter com ele. Dut vivia em uma casa sólida onde cabiam quatro pessoas.

— Sente-se, Achak.

Obedeci.

— Sinto muito por você ter que fazer esse trabalho.

Eu lhe disse que já estava acostumado.

— Sim, mas não deveria estar. Não era assim que eu imaginava que seria esse campo, nem nossa viagem para a Etiópia. Quero que as coisas sejam melhores para você aqui. Quero que você vá à escola.

Dut fitou o campo com seus pequenos olhos sombrios, e senti vontade de reconfortá-lo.

— Não tem problema — disse eu. — É temporário.

Ele abriu a boca para falar, mas nada saiu. Agradeceu-me por meu trabalho árduo e deu-me um par de tâmaras que tirou de dentro de um saco sobre a cama. Saí da barraca de Dut preocupado com ele. Já o vira perdido antes, mas aquele desalento era novidade. Dut era um homem leal, um homem otimista, e vê-lo daquele jeito fez brotar a dúvida dentro de mim. Eu não tinha nenhuma esperança específica de que as tão prometidas escolas fossem ser criadas, mas de fato pensava que nossa estadia na Etiópia fosse temporária. Vivia acreditando que chegaria o dia em que o grupo com o qual eu havia chegado iria voltar para o Sudão a pé, quando a guerra terminasse, e em cada aldeia deixaríamos quem morasse lá, até nossa fileira de meninos se limitar apenas a um ou outro Andou Muito, que seriam os últimos a voltar para casa. Eu andaria mais que os outros, mas logo acharia o caminho de casa e teria muitas histórias para contar.

Durante o dia, eu tinha muitos pensamentos curiosos. Sonhos surgiam à minha frente. Quando eu ficava em pé ou me virava depressa demais, sentia uma tontura que anestesiava meus membros e fazia faíscas brancas explodirem diante dos meus olhos, e de vez em quando, junto com essa desorientação, apareciam pessoas que eu havia conhecido. Via meu pai, ou o bebê da minha madrasta, ou minha cama em casa. Muitas vezes via a cabeça do morto no rio, embora em minhas visões eu visse seu rosto, que havia sido arrancado como o do homem sem rosto.

Muitas vezes eu acordava de manhã achando que estava em minha própria cama, e levava algum tempo para perceber que não estava em casa, que não voltaria para casa por algum tempo, se é que um dia voltaria. Já havia me acostumado com as visões, com a forma como aqueles rostos conhecidos surgiam na minha frente. No início eles me deixavam assustado, mas logo se tornaram uma espécie de reconforto; sabia que eles iriam surgir e se dissipar em poucos segundos. Havia fantasmas em toda minha volta, e eu passara a aceitá-los, e a aceitar o tipo de mundo de sombras no qual vivia naqueles dias.

Certo dia, porém, uma visão específica, dessa vez de Moses, recusou-se a ir embora. Eu estava lavando minha segunda camisa no rio quando ele apareceu ao meu lado, sorrindo como se conhecesse algum segredo fantástico. Não era a primeira vez que eu via Moses; muitas vezes o imaginava ali comigo, para me proteger com sua força e com sua disposição para lutar. Nesse dia no rio, porém, a imagem de Moses se movia um pouco, seus olhos estavam bem abertos e sua cabeça inclinada, como se quisesse que eu reconhecesse que ele era real. Mas já fazia muito tempo que eu não me deixava mais enganar por aquelas visões, fossem dele ou de qualquer outra pessoa.

— Perdeu a língua, Achak?

Voltei a lavar minha camisa, esperando que a visão fosse sumir a qualquer momento. O fato de aquela ali estar falando comigo era desconcertante, mas não era inédito. Eu certa vez fora acordado por meu meio-irmão bebê Samuel falando comigo sobre cavalos. Eu tinha visto o cavalo novo dele?, perguntava. Estava me acusando de ter roubado seu cavalo novo.

— Achak, não está me reconhecendo?

Eu sabia que o menino diante de mim era Moses, mas o verdadeiro Moses fora morto pelos *murahaleen*. Eu o vira instantes antes da sua morte.

— Achak, fale comigo. É você mesmo? Estou maluco?

Capitulei e falei com a visão.

— Não vou falar com você. Vá embora.

Ao ouvir isso, a visão de Moses se levantou e foi indo embora. Era algo que eu nunca tinha visto nenhuma visão fazer.

— Espere! — falei, levantando-me e deixando cair a camisa.

A visão de Moses continuou andando.

— Espere! Moses? É você?

Enquanto eu corria mais para perto da visão de Moses, esta foi ficando cada vez mais parecida com um Moses de verdade, e não uma visão de Moses, e meu coração começou a bater com força, como se procurasse um jeito de pular para fora do meu corpo.

Por fim, a visão de Moses virou-se para mim, e era mesmo Moses. Abracei-o, afaguei-lhe as costas e olhei-o de frente. Era Moses. Estava mais velho, mas ainda tinha a mesma aparência, um homem musculoso em miniatura. Sem dúvida era Moses.

Expliquei-lhe as visões, o real e o não-real, e Moses riu, e eu também ri e em seguida dei um soquinho bem leve no braço de Moses. Ele me socou de volta, com mais força, no peito, e retribuí o golpe, e logo estávamos nos socando e lutando no chão com mais vigor do que qualquer dos dois havia planejado. Por fim, Moses me derrubou de cima dele, gritando com uma dor de verdade.

— Que foi? Onde está doendo?

E ele se virou e levantou a camisa. Suas costas estavam zebradas com profundas cicatrizes vermelhas.

— Quem fez isso? — perguntei.

— Minha história é tão estranha, Achak.

Fomos andando até debaixo de uma árvore e nos sentamos.

— Você viu William? — perguntou ele.

Eu não esperava que ele fosse perguntar sobre William naquela hora.

— Não — respondi.

Estávamos muito longe de casa, então julguei aceitável contar uma mentira daquelas. Não queria pensar em William K. Em vez disso, pedi a Moses para contar sua história, e ele contou.

— Eu me lembro do incêndio, Achak, você se lembra? Só que o incêndio não foi laranja em lugar nenhum. Você viu isso, quando a aldeia pegou fogo? O sol estava bem no alto do céu e o fogo estava transparente ou cinza. Você viu isso, como o fogo estava claro?

Eu não conseguia me lembrar da cor do fogo no dia em que nossa aldeia havia sido incendiada. Na minha cabeça, o fogo era cor de laranja e vermelho, mas acreditei que Moses tivesse razão.

— Eu me lembro de respirar devagar — continuou Moses. — Estava respirando no meio da fumaça. Ficou muito difícil respirar dentro da nossa cabana. Eu aspirava um pouquinho de ar e precisava tossir, mas mesmo assim continuei respirando. Continuei respirando, e logo comecei a me sentir fraco. Estava tão cansado! Ia dormir, mas sabia que não era sono. Eu sabia o que estava acontecendo, sabia que estava morrendo. Sabia que minha mãe já estava morta bem em frente à cabana. Sabia isso tudo, mas não me lembro de como sabia. Talvez não soubesse de tudo, e agora esteja imaginando que sabia.

Lembrei-me de ter visto a mãe de Moses. Seu peito estava nu e um dos lados de seu rosto havia sido queimado até ficar inteiramente irreconhecível, mas o resto de seu corpo estava intacto.

— Então saí correndo. Passei correndo pela porta, pulei por cima da minha mãe e corri. Não quis olhar para ela, porque sabia que ela estava morta. E eu estava bravo com ela por ter me deixado dentro da cabana. Pensei que ela tivesse sido burra por me deixar onde sabia que eu iria morrer sufocado. Estava muito zangado com ela por ter morrido e me deixado lá dentro. Pensei que ela tivesse sido muito fraca e burra.

— Moses, pare.

Lembrei-me de Moses em pé junto ao corpo da mãe, gritando com ela. Não lhe disse que tinha visto isso. Senti vergonha por não ter ido salvá-lo antes.

— Desculpe, Achak. Mas foi isso que pensei. Rezei por ela e pedi perdão pelo que pensei. Corri e vi a escola ao longe.

— Mas eles queimaram a escola também — falei.

— Eu não achava que a escola fosse me proteger, mas achei que lá pudesse haver outras pessoas e que elas me ajudariam a decidir o que fazer. Atravessei a aldeia correndo, ainda a tossir. Havia fumaça por toda parte. Tantos gritos, gritos de pessoas caídas e sangrando. Pulei por cima de mais dois corpos, velhos no meio do caminho. O segundo homem segurou meu tornozelo. Estava vivo. Segurou-me e me disse que eu deveria me deitar com ele e me fingir de morto. Mas estava todo ensangüentado. Um de seus olhos havia sido queimado e estava fechado, e da sua boca escorria sangue. Eu não quis me deitar com o homem ensangüentado. Recomecei a correr.

— Era o velho bêbado do mercado.

— Acho que era.

— Eu também o vi.

— Ele morreu.

— É, morreu.

— Eu não vi nenhum *murahaleen*, e durante algum tempo pensei que eles tivessem ido embora. Foi então que ouvi os cascos. Eram muitos, movendo-se em volta da aldeia, dizendo: Deus é grande! Deus é grande! Você os ouviu gritando isso?

— Sim, ouvi isso também.

— Olhei para a direita, na direção do mercado, e vi dois homens a cavalo. Estavam suficientemente distantes. Tive certeza de que conseguiria chegar até a escola. Mas eu não conseguia correr muito depressa. Estava muito fraco e desorientado. Os cascos foram se aproximando. O barulho dos cavalos estava tão alto... a violência daqueles cascos enchia minha cabeça. Achei que os cavalos fossem passar por cima de mim, que a qualquer momento suas patas fossem esmagar minhas costas e minha cabeça. Alguma coisa bateu em mim, e tive certeza de que era o casco de um cavalo. Caí e aterrissei de cara no chão; meus olhos se encheram de poeira. Ouvi o barulho de um homem apeando do cavalo e um arrastar de pés. Então alguém me ergueu no ar. Eu fora erguido pelo cavaleiro, cuja mão apertava minhas costelas, enquanto a outra estava entre as minhas pernas. Durante alguns segundos, imaginei que fosse morrer. Imaginei que uma faca ou uma bala fossem pôr fim à minha vida.

Novamente senti vontade de dizer a Moses que eu o vira ser perseguido pelo cavaleiro, mas não disse, e logo ficou tarde demais para dizer. E minha lembrança da perseguição era diferente da lembrança de Moses. Fiquei calado, e substituí minha lembrança pela sua.

— Então senti meu rosto encostar no couro. Ele havia me posto sobre a sua sela, e me amarrou ali. Senti uma corda nas minhas costas, enterrando-se na minha pele. Ele estava me amarrando no cavalo de algum jeito. Levou alguns minutos fazendo isso, e continuou a dar nós e mais nós, cada qual fazendo mais corda se enterrar na minha pele. Por fim, começamos a andar. Ele havia me capturado. Eu sabia que agora era um escravo.

— Você viu Amath?

— No início, não. Depois a vi por alguns instantes. Começamos a andar, e vomitei no mesmo instante. Nunca havia montado em um cavalo. Podia ver o chão debaixo de mim, e a poeira ofuscava minha visão. O balanço da corrida era como ser jogado de um lado para o outro dentro de um saco de ossos. Você já subiu em um cavalo?

— Só com o cavalo parado.

— Foi terrível. Não passava. Eu não me acostumei àquilo, embora tenhamos cavalgado por muitas horas. Quando o cavalo finalmente parou, continuei montado. Estava amarrado ao animal e podia senti-lo respirar debaixo de mim. Podia ouvir os homens comendo e conversando, mas eles não me tiraram da sela. Dormi ali, e depois de algum tempo comecei a dormir cada vez mais. Não conseguia ficar acordado. Acordava e via o chão passar correndo debaixo de mim. Acordava e era noite, meio-dia, fim de tarde. Dois dias

299

depois, fui jogado no chão e avisado de que era ali que iria dormir, debaixo dos cascos do cavalo. Pela manhã, sonhei que minha cabeça estava sendo apertada de encontro ao sol. No sonho, o sol era menor, do tamanho de uma frigideira grande, e minha cabeça estava sendo pressionada de encontro a ele. O calor era tão forte que parecia estar derretendo meu cabelo e meu crânio. Acordei com o cheiro de algo queimando. Cheiro de carne queimada. Então percebi que o sonho não era um sonho: o árabe estava pressionando uma barra de ferro de encontro à minha cabeça. Estava me marcando. Marcou um número 8 deitado na minha orelha.

Moses se virou para me mostrar. Era uma marca bem tosca, com o símbolo em relevo e arroxeado, marcado na pele atrás de sua orelha.

— "Agora você vai sempre saber quem é seu dono", me disse aquele homem. A dor foi tão forte que desmaiei. Acordei quando estava sendo carregado. Fui jogado novamente sobre a sela e ele tornou a me amarrar, dessa vez mais apertado que antes. Passamos mais dois dias cavalgando. Quando paramos, estávamos em um lugar chamado Um el Goz. Era algum tipo de acampamento militar do Exército do governo. Ali havia centenas de meninos como eu, todos com menos de doze anos, dincas e nueres. Fui posto dentro de um grande galpão com todos esses meninos, e fomos trancados lá. Não havia comida. O galpão estava cheio de ratos; todo mundo estava sendo mordido. Não havia camas lá dentro, mas à noite não queríamos deitar no chão, porque os ratos não tinham medo de nós e viriam nos morder. Você já foi mordido por um rato, Achak?

Fiz que não com a cabeça.

— Resolvemos formar um círculo para dormir e nos proteger dos ratos. Juntamos gravetos, e os meninos do lado de fora do círculo espantariam os ratos. Foi assim que dormimos. Sabe como é dormir em círculo, Achak?

Eu disse que havia aprendido essa forma de dormir.

— No dia seguinte, fomos levados até um prédio, e eles nos fizeram deitar em catres. Era algum tipo de prédio-hospital. Lá havia enfermeiras, e elas enfiaram agulhas nos nossos braços e tiraram nosso sangue. Tornei a vomitar quando vi sangue sendo tirado do braço de outro menino. Mas as enfermeiras se mostraram muito compreensivas. Foi muito estranho. Limparam meu vômito e me deram um pouco d'água. Então tornaram a me deitar no catre, e outra enfermeira chegou para me segurar. Inclinou-se por cima de mim segurando um dos meus braços, com a outra mão espalmada no meu peito. Enfiaram uma agulha no meu braço e me tiraram dois litros de sangue. Alguém já enfiou uma agulha no seu braço, Achak?

Respondi que não.

— É comprida assim, e oca.

Eu não queria ouvir mais nada sobre a agulha.

— Tudo bem. Mas era muito grossa. A ponta é enviesada. Eles enfiam em você assim.

— Por favor.

— Tudo bem. Depois a enfermeira me deu uma limonada doce, e me mandaram de volta para o galpão. Lá fiquei sabendo que alguns dos meninos estavam ali havia muitos meses, e que haviam começado a doar sangue uma vez por semana ou mais. Estavam sendo usados como banco de sangue para os soldados do governo. Sempre que havia alguma batalha contra o SPLA, os meninos eram retirados do galpão e levados para doar sangue.

— Então foi aí que você ficou?

— Por um tempo. Mas, durante algum tempo, tudo ficou calmo. Não houve mais feridos, acho. Não precisavam de nós. Então, depois de quatro dias em Um el Goz, fui novamente posto em cima do cavalo, e saímos cavalgando com uns cem outros *murahaleen*, dessa vez para bem longe. Foi enquanto estava cavalgando que vi Amath. Ouvi os gritos de uma menina pequena, falando a minha língua, e a vi em cima de outro cavalo, bem perto de mim. O homem que a segurava estava lhe batendo com a arma e rindo. Cruzei olhares com ela por um segundo e depois não a vi mais. Foi estranho, vê-la a tantas centenas de quilômetros de casa.

As cordinhas dentro de mim tornaram a se partir, mas eu não disse nada.

— Cavalgamos durante muitos dias. Paramos em uma casa, uma casa muito bem construída. A casa de um homem importante. Seu nome era capitão Adil Muhammad Hassan. O homem que me levou até lá era algum tipo de parente seu. Ouvi-os conversar e fiquei sabendo que fora dado de presente a Hassan por aquele homem. Hassan ficou muito grato, e os dois entraram para comer. Continuei amarrado ao cavalo do lado de fora. Eles passaram a noite inteira dentro de casa, e eu continuei em cima do cavalo. Fiquei olhando para o chão e tentando pensar onde poderia estar. Por fim, fui desamarrado e levado para dentro da casa do tal homem. Você já viu a casa de um homem assim, um comandante do Exército do governo sudanês?

Fiz que não com a cabeça.

— É uma casa como você não pode imaginar, Achak. Pisos muito lisos e tudo limpo. Vidros nas janelas. Água corrente dentro de casa. Eu me tornei empregado desse homem. Ele tinha duas mulheres e três filhos, todos muito novinhos. Achei que as crianças fossem me tratar de forma decente, mas eram ainda mais cruéis que os pais. Tinham lhes ensinado a me bater e a cuspir em mim. Para eles, eu era um dos animais. Durante quatro meses, tive de vigiar as cabras e ovelhas nos quintais, e fazia faxina na casa. Lavava os pisos, e ajudava a preparar e servir as refeições.

— Você era o único empregado?

— Havia outra sudanesa lá, uma menina chamada Akol, da idade da sua irmã Amel. Akol trabalhava principalmente na cozinha, mas era também concubina de Hassan. Estava grávida de Hassan, então a mulher dele a detestava. A mulher encontrava Akol aos prantos chamando pela mãe e gritava com ela, ameaçando cortar seu pescoço com uma faca. Chamava-a de vadia, escrava, animal. Aprendi muitas palavras em árabe, e essas eram as que ouvia com mais freqüência. Ela só me chamava de *jange*: infiel sujo, pessoa inculta. Também me deram outro nome: Abdul. Me mandaram para a escola corânica e me rebatizaram de Abdul.

— Por que iriam mandar o escravo para a escola?

— Homens assim querem que todo mundo seja muçulmano, Achak. Então eu fingia ser um bom muçulmano. Achava que assim me tratariam melhor, mas isso não aconteceu. Batiam em mim mais do que o necessário. As crianças, sobretudo, gostavam de me açoitar. Quando ficava sozinho comigo, o menino mais velho, menor do que nós, me açoitava sem parar. Eu não podia revidar de forma alguma, então tinha que fugir dele e ficar correndo pelo quintal até ele se cansar. Sentia vontade de assassinar aquele menino, e fiz muitos planos para isso.

Eu não conseguia tirar os olhos do oito na lateral da cabeça de Moses. A cor mudava com a luz do sol.

— Fiquei lá durante três meses antes de decidir que tentaria fugir. Disse a Akol que iria fugir, e ela achou que eu estivesse louco. Planejei fugir à noite. Na primeira vez em que tentei, fui capturado quase imediatamente. Corri para o quintal vizinho e um cachorro começou a ladrar. O dono saiu de casa com uma lanterna e me pegou. Passei muito pouco tempo fugido. Hassan riu muito de mim. Então me levou até o quintal e fez eu me agachar. Eu me agachei no quintal feito um sapo, e ele chamou os filhos e mandou eles pularem em cima de mim. Eles sentaram nas minhas costas, fingiram que eu era um jumento e riram, e Hassam também riu. Me chamaram de jumento estúpido. E as crianças me deram lixo para comer. Disseram que eu tinha que comer, então comi... comi tudo o que me deram. Banha de animais, saquinhos de chá, verduras podres.

— Eu sinto tanto, Moses.

— Não, não. Não sinta. Não, isso foi a chave para a minha fuga. Depois de comer todo o lixo, comecei a vomitar. Passei horas vomitando nessa noite, e dois dias doente. Não conseguia ficar em pé. Não conseguia trabalhar. Akol me ajudou, e comecei a me sentir melhor. Mas, quando estava me recuperando, tive uma idéia. Resolvi ficar doente o tempo todo.

— Foi assim que você fugiu?

— Foi fácil. Eu me forcei a estar sempre doente. Sempre que comia, pensava em tudo o que conseguisse para me fazer vomitar. Pensava em comer gente. Pensava em comer couro de zebra e braços de bebê. Aí vomitava, vomitava. Logo Hassan decidiu que não me queria mais por perto. Disse que eu era um presente ruim e que iria me vender. Um dia, apareceram dois homens montados em camelos. Estavam vestidos de branco, com os rostos e pés cobertos de branco. Me jogaram no lombo de um camelo e fui levado para muitos dias dali, para uma cidade chamada Shendi. Novamente fui posto em um galpão com outros meninos dincas e nueres, dessa vez um galpão menor. Alguns dos meninos estavam ali havia uma semana ou mais. Disseram-me que era uma cidade onde se negociavam escravos. Disseram que os negociantes compravam escravos ali para gente de muitos países diferentes — Líbia, Chade, Mauritânia. Fiquei dois dias nesse galpão, sem comida, e com apenas um balde d'água para todos os cinqüenta meninos.

— Você foi vendido?

— Fui, Achak! Fui vendido duas vezes. Primeiro fui vendido para um árabe sudanês. Era um homem mais velho e estava com o filho. Pareciam uma gente muito estranha. Eles me compraram e fui embora com eles: simplesmente saí a pé da aldeia sem estar amarrado, sem coleira nem nada disso. Eles tinham um camelo, mas nós três simplesmente saímos a pé. Viajamos durante muitos dias, a pé, ou então os três montados no camelo. Era muito desconfortável, mas os homens não eram cruéis. Mal disseram uma palavra, e eu não fiz perguntas. Sabia que eles estavam indo para o sul por causa da direção do sol, e planejava ver até onde iriam, para então encontrar minha oportunidade e fugir.

— E onde você escapou?

— Não precisei escapar, Achak! Eu disse a você que fui vendido duas vezes, e a segunda foi quando me tornei livre. Passamos três dias acampados em uma floresta, sem fazer quase nada o dia inteiro. Durante o dia, eles me mandavam juntar lenha, mas, fora isso, ficávamos apenas sentados, e eles dormiam na sombra. No segundo dia, outro árabe foi visitá-los, eles trocaram algumas informações e o homem foi embora. No terceiro dia, acordamos com o sol nascendo e andamos até o meio-dia, quando chegamos a uma pista de pouso, e lá vi vinte outros dincas — meninos como eu, mulheres, crianças, e um velho. À sua volta havia dez árabes, alguns montados, alguns armados. Pareciam ser um misto de comerciantes e *murahaleen*, e os dois árabes que haviam me comprado me levaram até o resto do grupo, e senti muito medo, Achak! Achei que eles houvessem feito com que eu percorresse toda aquela distância para me matar com o resto dos dincas. Mas não era esse o seu plano.

— Eles não mataram ninguém?

— Não, não. Éramos valiosos para eles! Que sensação! Um avião chegou à pista de pouso, e do avião saíram duas pessoas de pele branca. Já viu pessoas assim, Achak?

Respondi que não.

— Havia um homem, muito gordo, e uma mulher muito alta. O piloto parecia com esses etíopes daqui. Então os brancos falaram durante algum tempo com os árabes que estavam mantendo todos os dincas ali. Carregavam uma espécie de sacola, que descobri mais tarde estar cheia de dinheiro. Foi assim que fui comprado de novo, Achak!

— Essa gente comprou você? Por quê?

— Eles compraram todos nós, Achak. Foi muito estranho. Pagaram por todos nós e depois nos disseram que estávamos livres. Todos os vinte estávamos livres, mas não fazíamos idéia de onde estávamos. Os árabes viraram as costas e foram embora, rumo ao oeste, e então ficamos esperando. Os brancos passaram a maior parte da tarde esperando conosco. Por fim, dois dincas muito bem vestidos e usando camisas limpas apareceram em um carro branco grande. Parecia muito novo. Então muitos dos ex-escravos entraram no veículo, e alguns deles foram andando ao seu lado, e eu segui em cima dele junto com um outro menino. Andamos de carro por muitas horas, até ficar escuro e chegarmos a uma aldeia dinca. Comi e dormi ali durante algumas semanas, até me dizerem para me juntar aos meninos que estavam andando.

— E você andou com um grupo grande?

— Não foi uma caminhada ruim, Achak. Consegui até carona em um tanque.

Nessa hora, senti muita inveja de Moses, mas não disse isso a ele. Agradeci a Deus por conceder a Moses aquele pequeno ato de misericórdia. Então lhe contei sobre William K, e depois passamos o resto do dia sentados na beira do rio. Moses não disse nada.

Mais histórias como a de Moses começaram a ser contadas em Pinyudo, à medida que meninos que haviam sido raptados começavam ocasionalmente a ser libertados, ou fugiam e conseguiam chegar ao campo. Mas Moses era o único que eu conhecia a ter sido ajudado por pessoas brancas, então havia pouca informação sobre o que estas vinham fazendo. Pessoalmente, eu duvidava de que as pessoas que Moses tinha visto fossem de fato brancas até eu próprio ver a primeira pessoa dessa espécie. Deve ter sido uns três meses depois de chegarmos à Etiópia, e depois de Moses ter entrado para os Onze. A essa altura, o resto do mundo, ou pelo menos parte do mundo do auxílio humanitário internacional, já havia tomado consciência dos cerca de quarenta mil refugiados, metade deles menores desacompanhados, que estavam vivendo logo depois da fronteira com a Etiópia.

Fui acordado por uma conversa animada do lado de fora do abrigo.

— Você não viu?

— Não. Está dizendo que é um homem branco? Os cabelos dele são brancos?

— Não, a pele, ele inteiro é branco. Branco feito giz.

Sentei-me e rastejei até o lado de fora, ainda não de todo acordado para pensar grande coisa do que os Onze estavam dizendo. Quando fiquei em pé e fiz xixi, vi grupos de dez ou mais meninos espalhados por todo o campo, conversando com grande animação. Alguma coisa estava acontecendo, e estava de alguma forma relacionada às maluquices que os meus colegas de abrigo diziam. À medida que comecei a entender melhor aquela conversa, ergui os olhos e vi centenas de meninos se virarem ao mesmo tempo. Segui seus olhares, e vi o que parecia um homem virado do avesso. Era a ausência de um homem. Ele havia sido apagado. Um calafrio involuntário percorreu meu corpo, a mesma reação que tinha quando via uma queimadura, alguém sem um dos membros — alguma perversão ou ruína da natureza.

Comecei a andar na direção do homem apagado antes de perceber que não havia levantado a calça depois de urinar. Ajeitei-me e comecei a seguir a multidão de meninos que se dirigia para onde estava o homem apagado. Procurei Moses para lhe perguntar se aquele era o tipo de pessoa que ele vira, mas não consegui encontrá-lo. O homem branco estava a algumas centenas de metros de nós, e o murmúrio entre os meninos ia arrefecendo conforme nos aproximávamos. Um menino mais velho surgiu na nossa frente.

— Parem! Não vão importunar o *khawaja*. Se chegarem perto demais, ele vai fugir. Cem meninos correndo na direção dele vão espantá-lo. Agora se afastem.

Voltamos para nosso abrigo, para nossas tarefas, mas, durante o dia, foram surgindo muitas teorias sobre o novo homem. A primeira delas dizia que ele fora enviado pelo governo sudanês para matar todos nós — que iria contar todos os meninos e em seguida decidir de quantas armas precisava para exterminar a todos. Uma vez isso feito, a matança começaria à noite. Essa teoria foi logo superada quando descobrimos que os mais velhos não o temiam; na verdade, conversavam com ele e apertavam sua mão. Naturalmente, a balança se inverteu e a teoria seguinte passou a pintá-lo como um deus, dizendo que ele tinha vindo nos salvar e que iria nos conduzir de volta para o sul do Sudão para triunfarmos sobre os *murahaleen*. Essa idéia foi ganhando

306

corpo ao longo do dia, e só foi prejudicada quando começamos a catalogar as atividades executadas pelo deus. Ele passava a maior parte do tempo junto com alguns dos mais velhos, construindo um barracão para armazenar comida, o que parecia um trabalho reles demais até mesmo para uma divindade menor. Assim, alguns dos meninos mais velhos começaram a sugerir possibilidades mais nuançadas.

— Ele trabalha para o governo, mas é segredo. É por isso que ele se esconde debaixo da pele branca.

— Ele está virado do avesso, e veio ao Sudão para descobrir como se desvirar.

Por fim, cansei-me das teorias e fui perguntar a Dut.

— Você nunca viu um homem branco? — indagou ele, rindo.

Dut achou aquilo curioso. Eu não entendia onde poderia ter visto um homem branco. Não achei graça nenhuma. A expressão dele se suavizou, e ele deu um suspiro.

— Os brancos vêm ao Sudão por muitos motivos, incluindo o desejo de nos ensinar sobre o Reino de Deus... Sei que não tem nenhum branco em Marial Bai, mas também não havia missionários brancos na sua igreja em Aweil?

Fiz que não com a cabeça.

— Bom, tudo bem. Eles também vêm por causa do petróleo, e isso tem sido fonte de muitos problemas para pessoas como nós; é uma história para outra vez. Por enquanto, vamos falar sobre outro motivo que os faz vir, que é ajudar as pessoas quando estão sendo atacadas, oprimidas. Algumas vezes, os brancos que vêm ver como estão as coisas por aqui representam os exércitos dos homens brancos, que são os exércitos mais poderosos da Terra.

Imaginei os exércitos dos *murahaleen*, só que com homens brancos montados em cavalos brancos.

— Então que motivo fez esse homem branco vir para Pinyudo? — perguntei.

— Ainda não sei — respondeu Dut.

Resolvi esperar alguns dias, até surgirem mais informações, para tentar me aproximar do homem ao avesso. No dia seguinte, os fatos foram ficando mais claros: o homem tinha um nome, Peter ou Paul, era francês e representava alguma coisa chamada ACNUR. Estava ali para ajudar os mais velhos a construir contêineres para armazenar comida. Diziam que, caso ele gostasse das pessoas que encontrasse, traria comida para encher os contêineres. Essa informação foi aceita por grande parte dos meninos, embora a maioria de nós ainda visse o homem com desconfiança, esperando qualquer coisa dele: morte, salvação, fogo.

Quando o interesse no homem se tornou mais comedido, aproximei-me o suficiente para observá-lo mais de perto. Sua pele era notável. Em alguns dias estava de fato branca como giz, em outros cor-de-rosa, como a de um porco ou a da barriga de uma cabra. Seus braços e pernas eram cobertos de pêlos pretos emaranhados, também parecidos com os de um porco, só que esses pêlos eram mais compridos.

O homem suava mais do que qualquer outro que eu jamais vira. Enxugava o suor do rosto a intervalos de poucos minutos; aquela parecia ser a principal ocupação do seu dia. Peguei-me sentindo pena do homem branco, por causa do seu suor e por ele se parecer com um porco sob tantos aspectos. Ele não fora feito para o calor de Pinyudo, e tive medo de que fosse pegar fogo. Parecia frágil, oprimido pelo sol; carregava sempre consigo uma garrafa d'água, que prendia às costas com algum tipo de cinto. Transpirava, limpava o suor e bebia água, e logo depois ia se sentar debaixo da figueira, sozinho.

Fui visitar Ajulo para lhe perguntar sobre ele. Ela também já tinha ouvido falar no homem branco. Perguntei-lhe se a presença daquele homem virado do avesso era uma boa coisa, o que poderia significar. Ela levou vários segundos pensando a respeito.

— O *khawaja* é uma coisa interessante, filho. Ele é muito esperto. Tem coisas dentro da cabeça em que você não iria acreditar. Conhece muitas línguas, e nomes de aldeias e cidades, e sabe pilotar aviões e dirigir carros. Os brancos nascem sabendo todas essas coisas. Isso torna o branco poderoso e muito útil para nós, muito capaz de nos ajudar. Quando você vir um homem branco, significa que as coisas irão melhorar. Então eu acho que esse homem é bom para vocês.

Depois da missa, fiz a mesma pergunta ao padre.

— É uma coisa muito boa, Achak — disse ele. — O branco é descendente direto de Adão e Eva, entende. Já viu as imagens de Jesus nos seus livros, não viu? Adão, Eva, Jesus e Deus, todos têm a pele assim. Eles são frágeis, sua pele se queima com o sol, porque eles são mais próximos da condição dos anjos. Os anjos se queimariam assim caso fossem postos na Terra. Então esse homem está aqui para transmitir mensagens de Deus.

Comecei a me aproximar do homem chamado Peter ou Paul, e ele logo pareceu reparar em mim. Certo dia, Moses e eu estávamos caminhando perto do homem, fingindo não estar olhando para ele, sentado debaixo de sua figueira.

— O *khawaja* sorriu para você! — disse Moses.

No início, isso me deixou perturbado. Concluí que seria ruim o homem branco prestar atenção em mim, então, sempre que ele se virava na minha direção, eu desviava os olhos e voltava logo para o meu abrigo. Preferia ficar olhando, de uma distância segura, enquanto o homem trabalhava, observá-lo descansar, sempre sozinho, debaixo da figueira gigante. Fazia sentido que o homem branco descansasse sozinho, porque ele precisava receber mensagens de Deus. Com muita gente em volta, elas ficariam difíceis de ser escutadas. Eu também imaginava essas mensagens como coisas delicadas. Isso parecia adequado, no caso do homem branco, pois ele aparentemente era um homem muito pacífico, um deus tranqüilo, caso fosse de fato um deus ou um mensageiro dos deuses.

Passei muitas noites acordado dentro do meu abrigo, com o mosquiteiro bem junto ao rosto, a noite e seus barulhos chegando cada vez mais perto, imaginando se deveria perguntar a Peter ou Paul se ele sabia alguma coisa sobre Marial Bai e minha família, sobre o que fora feito dela. Se o homem era mesmo descendente direto de Adão e Eva, e falava com Deus lá debaixo da figueira, com certeza teria informações sobre meus parentes — saberia se estavam vivos e onde estariam agora. Talvez fosse até capaz de me transportar de volta para Marial Bai. Caso meus pais houvessem sido mortos, poderia trazê-los de volta à vida e fazer a aldeia voltar ao que era antes de a nuvem escura dos *murahaleen* chegar. E, caso pudesse fazer isso, o que parecia bem provável, será que também não poderia acabar com a guerra no sul do Sudão? Talvez não pudesse fazer isso ele próprio, mas, se apelasse para o seu

309

Deus e para os outros deuses, por que estes não poderiam intervir e, para o bem de todos os meninos que estavam em Pinyudo, permitir que voltássemos todos para casa? Resolvi que, caso fosse preciso, eu aceitaria um meio-termo e pediria ao homem pelo menos para poupar Marial Bai. Caso a guerra precisasse continuar, e eu sabia que os deuses muitas vezes permitiam que homens lutassem, então talvez Marial Bai pudesse ser excluída. Todas as noites eu passava muito tempo acordado, com os Onze adormecendo ao meu redor, planejando como poderia abordar o mensageiro branco e pedir esses favores sem parecer inoportuno. Mas um dia Peter ou Paul sumiu, e nunca mais foi visto. Ninguém soube explicar por quê.

Não demorou, contudo, para outras pessoas brancas e trabalhadores humanitários vindos de toda a África começarem a aparecer em Pinyudo. De longe, eu podia ver as delegações percorrendo o campo a passo acelerado, sempre cuidadosamente guiadas por um dos anciãos sudaneses. Algumas vezes faziam-nos cantar para os visitantes ou pintar grandes bandeiras de boas-vindas. Mas era o mais próximo que conseguíamos chegar deles. Os visitantes nunca entravam de fato no campo, e geralmente iam embora no mesmo dia em que chegavam.

Logo os caminhões de mantimentos começaram a aparecer três vezes por dia; começamos a fazer pelo menos doze refeições por semana — antes eram apenas sete. Ganhamos peso, e por todo o campo havia projetos em curso: novos poços foram cavados, postos médicos foram abertos, chegaram mais livros e mais lápis. Com o relativo bem-estar, e de barriga cheia, começamos a pensar em voltar. Moses foi um dos primeiros meninos a sugerir que voltássemos para o Sudão.

— Aqui temos comida, e a situação é estável — disse ele. — Isso significa que as coisas estão seguras em casa. Deveríamos voltar para casa agora. Por que ficar aqui? Já faz um ano que saímos de casa.

Eu não sabia o que pensar. A idéia parecia uma loucura, mas, pensando bem, da mesma forma que Ajulo havia questionado nossa existência naquele lugar, também comecei a me perguntar por que não estávamos a caminho de algum outro lugar, ou de casa.

— Mas não teremos ninguém mais velho conosco — falei. — Seremos mortos.

— Agora sabemos o caminho — disse Moses. — Vamos juntar vinte de nós. É o bastante. Talvez uma arma. Algumas facas, lanças. Levar um pouco de comida em sacolas. Não vai ser como antes, como na vinda para cá. Vamos ter todas as provisões de que precisarmos.

De fato, muitos dos meninos conversavam imaginando se a guerra estaria ou não terminada. Muitos achavam que já era hora de voltar, e só foram dissuadidos quando boatos sobre nossos planos chegaram aos ouvidos dos mais velhos. Certa noite, um Dut furioso entrou em nosso abrigo. Era a primeira vez que ele entrava na nossa casa.

— Essa guerra não terminou! — bradou ele. — Vocês ficaram malucos? Sabem o que espera vocês lá no Sudão? A coisa lá está pior do que nunca, seus tontos. Aqui vocês estão seguros, estão bem alimentados, logo irão começar a ir à escola. E querem deixar isso para trás e atravessar o deserto sozinhos? Alguns de vocês mal são do tamanho de um gato! Já ficamos sabendo de dois meninos que saíram do acampamento durante a noite. O que vocês acham que aconteceu com eles?

Conhecíamos os meninos que haviam ido embora, mas não sabíamos o que acontecera com eles.

— Foram mortos por bandidos logo do outro lado do rio. Crianças, vocês não vão nem conseguir passar pelos *anyuak*!

Ele gesticulava com veemência. Fez uma pausa para se acalmar.

— Se vocês estiverem pensando em ir embora, vão, porque são burros demais para ficarem aqui. Eu não quero vocês. Só quero os meninos inteligentes. Vão agora, e, quando as aulas começarem, no outono, estarei esperando apenas os meninos espertos o suficiente para saberem o que podem ter aqui e o que não podem ter no deserto. Adeus.

Ele saiu depressa do abrigo, ainda resmungando enquanto se afastava. Alguns dos Onze não acreditaram na história sobre os bandidos, porque não conseguiam imaginar o que eles iriam querer com meninos pequenos, mas, depois do desabafo de Dut, nossa inquietação generalizada diminuiu dramaticamente. A perspectiva de as aulas realmente começarem era uma fantasia na qual queríamos muito acreditar. Moses, contudo, não ficou convencido.

311

Dentro dele crescia uma raiva que o levaria a passar por aventuras piores que aquela que o levara até Shendi e depois o fizera voltar.

— Valentino!

Certo dia, eu estava andando para a missa, sempre celebrada debaixo de uma árvore específica perto de onde viviam os etíopes, quando alguém gritou esse nome para o alto. Fazia muito tempo que eu não o escutava. Vireime e vi um homem conhecido, um padre, andando em minha direção. Era o padre Matong, o mesmo que havia me batizado em Marial Bai. Estivera visitando outros campos na Etiópia, disse, e agora fora ver como estavam passando os meninos de Pinyudo. Ele era a primeira pessoa que eu via naquele campo, com exceção de Dut e Moses, que eu conhecera quando ainda morava em casa. Fiquei parado durante alguns segundos, sem dizer nada, olhando para ele; por um instante senti que o mundo onde o havia conhecido, minha cidade natal e tudo o que ela continha, poderia se regenerar ao seu redor.

— Você está bem, filho? — Ele pousou a mão sobre minha cabeça. Eu continuava sem conseguir falar.

— Venha comigo — disse.

Durante as duas semanas que ele passou em Pinyudo, fui caminhar com o padre Matong nesse e em outros dias. Não sei por que ele gostava de ficar comigo sozinho, mas eu me sentia grato por aquele tempo passado com ele. Fazia-lhe perguntas sobre Deus e fé; talvez eu fosse o único a prestar tamanha atenção em suas respostas.

— Quem foi Valentino? — perguntei certo dia.

Estávamos fazendo uma de nossas caminhadas, e ele estacou.

— Você não sabe?

— Não.

— Nunca contei a você? Mas ele é meu santo preferido!

Ele nunca tinha me dito isso. Tampouco tinha me dito por que havia me batizado com aquele nome.

— Quem foi ele? — perguntei.

Estávamos passando pela pista de pouso. Um grupo de soldados descarregava imensos engradados de um cargueiro. O padre Matong parou por alguns instantes para observar, em seguida se virou, e recomeçamos a andar na direção do campo.

— Ele viveu muito tempo atrás, filho. Antes do avô do seu avô. Antes do avô dele e do avô desse avô. Antes de mais avôs do que existem estrelas. Era um padre como eu, um padre comum chamado Valentino. Trabalhava em Roma, em um lugar que hoje se chama Itália, muito ao norte daqui, onde moram brancos.

— Então ele era branco? — perguntei. A idéia não havia me ocorrido.

— Era, sim. E era um homem generoso. Pregava para o seu rebanho, mas também se interessava particularmente pelos prisioneiros. Na época, muitos homens em Roma eram presos em circunstâncias duvidosas, e o padre Valentino não queria privá-los do Evangelho. Então ele visitava esses prisioneiros e levava-lhes a palavra do Senhor, e esses homens se convertiam. Os carcereiros não gostaram nada disso. Então o padre também foi punido. Foi preso, espancado, mandado embora. Mas sempre conseguia encontrar um outro jeito de falar com os prisioneiros, e logo converteu até mesmo a filha cega do próprio carcereiro.

Havíamos continuado a caminhar e, sem perceber, chegáramos bem perto do alojamento dos soldados etíopes. Ouvimos vozes, e logo nos deparamos com um grupo de soldados reunidos assistindo a uma briga no chão à sua frente. Parecia algum tipo de luta livre, embora apenas um dos participantes estivesse de uniforme, e apenas um parecesse estar se mexendo. Um dos lutadores vestia uma roupa da cor usada pelos *anyuak* e emitia um grito feminino. Desviamos outra vez nosso curso.

— Ele visitava sempre essa menina; ela não era mais velha que você, filho. Os dois rezavam juntos e conversavam sobre a cegueira dela. Ela era cega desde muito pequena.

Ele tornou a pousar a mão sobre minha cabeça, e outra vez me senti em casa.

— Mas, quando o carcereiro descobriu o que o padre estava fazendo, ficou furioso. Sua filha havia levado a palavra de Deus para dentro da casa do pai, e foi o fim para Valentino. Ele foi preso, torturado. Mas a filha sabia onde o padre estava preso e foi visitá-lo. Ele estava acorrentado ao chão, mas mesmo assim os dois rezaram, e ela passou muitas noites dormindo do lado de fora de sua cela. E foi em uma dessas noites, quando estavam rezando juntos antes de dormir, que um brilho adentrou a cela. Explodiu através das barras e começou a rodopiar em volta de Valentino e da menina. O padre não teve certeza se aquilo era um anjo, mas abraçou com força a filha do carcereiro, e, depois de o brilho voar em círculos pela cela, como se fosse uma andorinha, finalmente saiu pela janela gradeada por onde tinha entrado. O padre e a filha do carcereiro se viram novamente no escuro.

— O que era isso? — perguntei.

— Era um enviado de Deus, meu filho. Não existe outra explicação. Na manhã seguinte, a menina acordou e tinha voltado a ver. Seus olhos não funcionavam desde que era bebê, mas agora ela conseguia ver novamente. Por esse milagre, o padre Valentino foi decapitado.

Perguntei ao padre Matong por que aquele homem era seu santo predileto, e por que ele me batizara com seu nome. A resposta ainda não estava clara para mim, embora eu ache que Matong esperava que, àquela altura, já estivesse. Ele retirou a mão da minha cabeça.

— Eu acho que você vai ter o poder de fazer as pessoas verem — disse. — Acho que você vai se lembrar como era estar aqui, vai ver as lições que existem aqui. E algum dia vai encontrar a sua própria filha do carcereiro e lhe trazer luz.

18.

A maioria das profecias não se cumpre. Melhor assim. As expectativas que o padre Matong depositou em mim levaram muitos anos para se dissipar da minha mente. Mas, graças a Deus, elas se foram. Livre dessa pressão, minha mente ficou, durante algum tempo, mais límpida do que estivera em muitos anos.

Passa um pouquinho da meia-noite, e Lino está dormindo. Julian, sem dúvida cansado de olhar para a nossa cara e sem possibilidade ou disposição para nos ajudar, retirou-se para uma sala atrás do balcão. Achor Achor está assistindo a um documentário sobre Richard Nixon na televisão presa à parede. É capaz de assistir a qualquer coisa sobre política norte-americana ou política em geral. Tem certeza de que terá um cargo público no novo sul do Sudão, caso este se torne de fato independente. Hoje há muitos sudaneses do sul no governo de Cartum, mas Achor Achor insiste que só volta para o Sudão se o sul votar pela secessão em 2011, possibilidade prevista pelo Acordo Abrangente de Paz. Resta a saber se a Frente Islâmica Nacional de Omar al-Bashir, presidente do Sudão, de fato permitirá que isso aconteça.

O celular de Achor Achor começa a vibrar na mesa entre nós dois, pondo-se a girar lentamente no sentido horário. Enquanto ele procura dentro dos bolsos, pego o aparelho e lhe passo. Tenho quase certeza de que é uma ligação da África, por causa da hora. Achor Achor abre o celular e seus olhos se arregalam.

"Onde? Em Juba? Não!" Achor Achor se levanta bruscamente e se afasta, passando por Julian. Lino não se mexe. Vou atrás de Achor Achor e ele me passa o telefone.

"É Ajing. Ele está ficando maluco. Fale com ele."

Ajing é um amigo nosso de Kakuma que agora trabalha para o novo governo do sul do Sudão. Ele mora em Juba e está estudando para ser engenheiro.

Pego o telefone.

"Valentino! É Ajing! Ligue para a CNN e diga que a guerra recomeçou!"

Ele está ofegante. Peço-lhe para falar mais devagar.

"Uma bomba acabou de explodir. Ou um morteiro. Acabaram de nos bombardear. Uma explosão enorme. Ligue para a CNN e diga para eles mandarem uma câmera. O mundo precisa saber. Bashir está nos atacando de novo. A guerra recomeçou! Daqui a pouco eu torno a ligar... ligue para a CNN."

Ele desliga, e Achor Achor e eu ficamos nos encarando. Durante o telefonema, pudéramos ouvir barulhos caóticos ao fundo, sons de máquinas e movimentos. Como está em Juba, Ajing com certeza sabe o que está acontecendo lá. Minha barriga se contrai. Se a guerra começasse de novo, não sei se conseguiria sobreviver a ela, mesmo estando seguro aqui nos Estados Unidos. Duvido que algum de nós conseguisse. Só vivemos porque sabemos que foi possível reconstruir o sul do Sudão, que nossas famílias estão seguras. Mas isso, uma volta ao sangue e à loucura... tenho certeza de que não serei capaz de suportar essa situação.

"Ligamos para a CNN?", pergunta Achor Achor.

"Por que nós?", questiono eu.

"Moramos em Atlanta. Você conheceu Ted Turner."

É um bom argumento. Decido que primeiro vou ligar para Mary Williams, e em seguida ver o que faço. Estou digitando seu número quando o telefone de Achor Achor torna a tocar. Atendo.

"Valentino, desculpe. Eu estava errado. Que alívio!" Ajing ainda está ofegante, e parece ter esquecido o resto da explicação.

"O quê?", grito. "O que aconteceu?"

"Foi um alarme falso", diz ele. "Houve uma explosão no alojamento, mas foi um acidente lá dentro, um erro, não foi nada."

"Desculpe assustar você, amigo", diz Ajing. "A propósito, como você está?"

Lino está dormindo com a cabeça jogada para trás, apoiada na parede às nossas costas, e eu a vejo começar a se inclinar lentamente para a direita até ficar pesada demais. A cabeça cai em cima do ombro e ele acorda sobressaltado, me vê, e por um instante parece surpreso por me ver. Sorri um sorriso embriagado de sono, e em seguida volta a dormir.

Já faz uma hora que Ajing telefonou, e Julian foi substituído por uma mulher branca mais velha, com uma imensa nuvem de cabelos amarelos que se ergue de sua testa e cascateia por suas costas. Cruzo olhares com ela. Quando estou prestes a abordá-la, esperando conseguir persuadi-la, ela se levanta e encontra alguma coisa urgente para fazer na sala ao lado. Não somos mais considerados pacientes aqui. Ninguém sabe o que fazer conosco. Fazemos parte da mobília.

Então continuo sentado com Achor Achor.

Com Tabitha, até mesmo as horas passadas em uma sala de espera eram elétricas. Como muitos casais durante os primeiros meses de amor, ficávamos satisfeitos nas situações mais corriqueiras. Fazíamos muito pouca coisa que pudesse ser considerada glamorosa ou mesmo criativa; nenhum dos dois tinha dinheiro para gastar em jantares em restaurantes ou espetáculos de qualquer natureza. Em geral ficávamos em meu apartamento assistindo a filmes, ou mesmo a eventos esportivos na TV. Certa noite de verão, quando meu Corolla estava sendo consertado por Edgardo, passamos a noite inteira esperando e andando de ônibus pela cidade. Foi uma noite de espera e luzes fluorescentes, mas foi uma noite de quase êxtase. Enquanto esperávamos um ônibus para voltar para casa no centro, onde déramos um passeio pelo Olympic Park, ela aproximou o rosto do meu cangote e sussurrou quanto queria me beijar, tirar minha camisa. Sua voz ao telefone já era sedutora, mas pessoalmente era embriagante e, quando soava quente ao pé do meu ouvido, era explosiva. Nunca houve um caso de amor como esse nas paradas de ônibus de Atlanta.

Quando estávamos separados, porém, ela podia ser esquiva e mal-humorada. Ligava para mim sete vezes por dia e, caso eu não pudesse atender, seus recados iam se tornando mais nervosos, desconfiados, cruéis até. Quando finalmente fazíamos as pazes e nossos telefonemas voltavam a ser agradáveis, ela desaparecia durante dias a fio. Não explicava para onde tinha ido e, quando reaparecia, eu ficava proibido de perguntar por que ou para onde ela fora. Muitas vezes me esforçava para prestar atenção e interpretar seus sinais. "Você está me perseguindo?", perguntava ela em uma semana, e na semana seguinte imaginava se seria ela própria a perseguidora. Esse comportamento me deixava tão intrigado que conversei a respeito com Allison Newton, minha amiga adolescente. "Está parecendo que ela tem outra pessoa", disse Allison, mas não acreditei. "É um comportamento-padrão nesse tipo de situação... ela some, reaparece se comportando de forma exagerada, desconfia que você esteja fazendo as coisas que ela própria está fazendo." Era a primeira vez que eu pedia conselho a Allison em relação a esses assuntos.

Esperando encontrar algum tipo de comida, saio da sala de espera e me ponho a percorrer os corredores cor de salmão, passando por fotografias dos ex-administradores do hospital e pelas obras de jovens artistas. Estas são aquarelas e desenhos em pastel feitos por alunos de uma escola de ensino médio próxima, todos à venda. Examino cada um deles. Há muitos desenhos de animais de estimação, quatro de Tupac Shakur e dois de frágeis píeres de madeira adentrando lagos plácidos. A seqüência de desenhos termina em uma janela comprida, que dá para a sala de espera. O lugar está escuro, e os móveis são forrados com um estofado xadrez bordô e azul. Vejo duas máquinas de venda automática, e sinto-me tentado a abrir a porta. Mas há uma família lá dentro, todos dormindo em cima de um sofá. Na ponta está um jovem pai, com a cabeça apoiada em uma bolsa de lona que ajeitou sobre o braço do sofá. Ao seu lado estão três crianças pequenas, duas meninas e um menino, todos com menos de cinco anos, deitados juntos. Aos seus pés, pequenas mochilas cor-de-rosa estão jogadas no chão, e sobre a mesa de canto há os restos de um jantar. Provavelmente é a mãe das crianças quem está doente no hospital. Atrás da família pode-se ver o estacionamento, com uma única árvore iluminada por uma luz vinda de baixo, o que dá a seus galhos sem folhas um brilho rosado. De onde estou parado, a família que dorme parece estar deitada debaixo dessa árvore, protegida por seus enormes galhos estendidos.

Embora eu esteja com vontade de entrar e pegar alguma coisa para comer, não quero acordá-los. Em vez disso, fico sentado do lado de fora da sala onde eles estão, e leio as palavras de Tabitha. Abro a carteira e retiro o papel que guardo lá dentro com três dos e-mails de Tabitha. Imprimi-os certa noite para me preparar para um telefonema que havíamos combinado. Queria conversar com ela sobre seus acessos de mau humor, sobre seus sinais conflitantes, e planejava citar os e-mails, todos os três escritos no intervalo de uma semana. Nessa noite, perdi a coragem de confrontá-la, mas mesmo assim mantive o papel dobrado dentro da carteira, e lia as mensagens para punir a mim mesmo, e para me lembrar da forma como Tabitha se expressava comigo quando escrevia — de forma muito mais efusiva do que quando estávamos juntos. Ela raramente me dizia "eu te amo" pessoalmente, mas, nos e-mails escritos durante a noite, sentia que podia fazê-lo.

A primeira mensagem:

Meu Val,

Eu só queria dizer que te amo. Que o espírito de Deus torne sua vida agitada e prazerosa. Amo você, querido, e meu coração sempre vê você sorrindo para mim. Amo seus lindos sorrisos; não sei se um dia vou me fartar deles. Estou muito apaixonada por você, e não consigo parar de pensar em você porque você é muito querido, amoroso, sensível, sorridente, encantador, respeitoso e maravilhoso. Senti muitas saudades suas esta semana. O pouco que conversamos não bastou para a semana toda.

Achei que você fosse me ligar, mas não recebi nenhuma ligação. Não sei se você me ligou ou não.

Amor amor amor

Tabitha

Segunda mensagem, dois dias depois:

Oi, Val.

Não sei se você me ligou ontem ou não. Só para você saber, meu celular, minha maquiagem e minha loção foram roubados ontem durante a aula de educação física. Desabilitei a linha por um tempo, até arrumar outro aparelho. Não sei quanto tempo vou levar para fazer isso.

Eu vou bem, só estou me sentindo um pouco confusa com tudo. Também estou em dúvida porque não sei se devemos ficar juntos. Atlanta é tão longe, e algumas vezes eu sinto que, se você gostasse mesmo de mim, se mudaria para cá. Você sabe que eu não posso me mudar para aí, com a universidade e meus irmãos em Seattle. Mas, se você me amasse mesmo como diz que ama...

Acho então que vamos nos falar só por e-mail até eu arrumar um telefone novo. Talvez seja bom para nós dar esse tempo.

Com afeto,
Tabitha

E, uma semana depois, quando ela recuperou o celular, recebi o seguinte:

Amor,

Estava pensando em você ontem, logo antes de pegar no sono. Então sonhei lindos sonhos carinhosos com você e eu. Não me pergunte o que acontecia no sonho. Quero te contar pelo telefone. Quero sussurrar para você quando nós dois estivermos deitados nos nossos travesseiros. Por favor, pode não ir deitar cedo hoje, para eu poder te ligar? Vou ligar no máximo às dez ou onze horas do seu horário.

Estou te mandando mensagens demais? Por favor, me diga se estiver. Por onde você anda? Está me evitando? Por favor, não faça joguinhos comigo. Preciso saber que você me ama, porque a vida já está dramática o suficiente neste momento sem que eu precise ficar em dúvida sobre coisas importantes como o amor.

Desesperada e carente,
Tabitha

Acho que Tabitha gostava muito de ser cortejada, de saber que eu estava muito longe, mas que estava esperando por ela, que ansiava por ela. Imagino-a contando para as amigas que eu era um "bom rapaz" ao mesmo tempo em que se mantinha atenta a novas oportunidades. Isso não quer dizer que eu ache que ela tivesse outra pessoa. Apenas que era uma moça desejável, para quem as possibilidades deste país eram uma novidade, e que precisava tanto de atenção quanto de amor. Talvez mais ainda.

Em todo caso, Tabitha não era a primeira mulher a me deixar confuso. Na Etiópia, houve quatro meninas assim, irmãs, e era incrível eu ter encontrado meninas assim em um campo de refugiados como Pinyudo. Eu não era o único obcecado por elas, embora, no final, tenha sido o único a obter sucesso. Qualquer um que tenha estado em meu campo na Etiópia conhece as Meninas Reais de Pinyudo, mas era uma surpresa que Tabitha também as conhecesse.

Certo dia, estávamos conversando sobre meu nome; Tabitha acabara de contar a uma amiga americana mais velha que estava namorando um homem chamado Valentino e a amiga havia lhe exposto as implicações de um nome assim. Tabitha me telefonou imediatamente depois de escutar as histórias sobre Rodolfo Valentino e, com o ciúme atiçado, exigiu saber se eu era tão bem-sucedido com as mulheres quanto o nome sugeria. Não me vangloriei, mas não pude negar que algumas meninas e mulheres haviam me considerado agradável o suficiente para apreciar minha companhia. "Há quanto tempo isso vem acontecendo, esse sucesso com as mulheres?", perguntou ela, com uma mistura incômoda de bom humor e acusação. Contei-lhe que havia sido assim desde quando eu conseguia me lembrar. "Você conheceu garotas até em Pinyudo?", perguntou ela, esperando que a resposta fosse ser não.

— Tinha garotas lá, sim — falei. — Quatro garotas em especial, quatro irmãs chamadas Agum, Agar, Akon e Yar Akech, e...

Nesse ponto, ela me deteve. Conhecia as tais garotas. "Elas eram de Yirol?", perguntou. Respondi que sim, eram de Yirol. E foi só então que eu próprio liguei os pontos. É claro que Tabitha teria conhecido essas meninas. Não apenas as conhecia, continuou ela, mas era parente delas, era sua prima. O fato de conhecê-las deixou Tabitha temporariamente menos enciumada, e depois, quando comecei a lhe contar a história das Meninas Reais, mais enciumada ainda.

Era 1988. Já fazia alguns meses que estávamos em Pinyudo quando aconteceu uma coisa esquisita: abriram a escola. Um novo diretor chamado Pyang Deng havia assumido a direção do campo, um homem que todos nós considerávamos piedoso, íntegro, um homem sensato que sabia escutar. Brincava conosco, dançava conosco e, com a ajuda do braço sueco da associação Save the Children e do Alto Comissariado das Nações Unidas para os Refugiados, abriu escolas para cerca de dezoito mil crianças refugiadas. Certo dia, convocou uma reunião e, como nessa época o campo não tinha cadeiras nem microfones ou megafones, nós nos sentamos no chão, e ele gritou da melhor forma que conseguiu.

— As escolas serão suas! — rugiu ele.

Demos vivas.

— Vocês vão ser os sudaneses mais bem-educados da história! — gritou ele.

Siderados, tornamos a dar vivas.

— Agora vamos construir as escolas!

Tornamos a dar vivas, mas logo os vivas silenciaram. Demo-nos conta de que a tarefa caberia a nós. E foi o que aconteceu. No dia seguinte, mandaram-nos ir à mata cortar árvores e juntar mato. Disseram-nos que a mata era perigosa. Falaram que havia animais naquelas florestas. E disseram que havia povos morando ali que consideravam a mata sua e que deveriam ser evitados. Os perigos eram muitos, mas mesmo assim fomos mandados para a mata, e alguns meninos quase imediatamente se perderam. No primeiro dia, um menino chamado Bol entrou na mata, e uma parte de sua perna foi encontrada oito dias depois. O resto de seu corpo fora devorado pelos animais.

A essa altura, porém, o material já havia sido colhido, e as escolas foram erguidas: quatro traves para cada telhado com palha seca por cima, e algumas vezes também lonas plásticas, caso estivessem disponíveis. Construímos doze escolas em uma semana, batizadas simplesmente de Escola Um, Escola Dois, Escola Três, e assim por diante. Quando terminamos de construir as escolas, fomos chamados para o campo aberto que havia se transformado em terreno de desfile e local de anúncios importantes. Dois homens se dirigiram a nós, um sudanês e um etíope, co-diretores educacionais do campo.

— Agora vocês têm escolas! — disseram.

Demos vivas.

— Todos os dias, vocês primeiro vão marchar. Depois de marcharem, vão assistir às aulas. E, depois das aulas, vão trabalhar até a hora do jantar.

Mais uma vez, nosso entusiasmo arrefeceu.

Mas outros aspectos da vida no campo estavam melhorando. Com o advento da ONU vieram roupas, por exemplo, e essa novidade foi recebida com grande alívio por todos os meninos, sobretudo aqueles velhos demais para andarem nus, sem nada para vestir desde que chegáramos à Etiópia. Sempre que chegava um carregamento, os meninos mais velhos iam buscar as grandes sacolas cheias de peças de roupa marcadas com etiquetas que diziam *Presente do Reino Unido ou Presente dos Emirados Árabes Unidos*, e levavam-nas de volta para os grupos menores. Quando chegou nosso primeiro carregamento, coube a mim distribuir as roupas aos Onze, e, para evitar discussões, nós nos sentamos em círculo e eu distribuí o conteúdo da sacola, uma peça de cada vez, respeitando o sentido horário. O fato de as roupas raramente servirem em quem as recebia pouco importava. Eu sabia que em seguida haveria trocas entre os Onze e com meninos de outros grupos, e isso foi mesmo necessário, pois metade do nosso primeiro carregamento era de roupas femininas. Teria sido engraçado se estivéssemos menos desesperados para recuperar o aspecto com o qual havíamos sido educados, com camisas, sapatos e calças. Sem roupas, não conseguíamos esconder nossos ferimentos, nossas costelas saltadas. Nossa nudez e nossos andrajos denunciavam com demasiada veemência nosso estado lastimável.

Quando as aulas começaram, a maioria de nós já havia sido bem-sucedida o suficiente nas trocas para conseguir se vestir e, quando nos sentamos nesse primeiro dia, de fato nos sentimos como alunos, e a escola realmente parecia uma escola. As salas de aula eram estruturas de telhado de palha seca, sem paredes, e, na primeira manhã de aula, os cinqüenta e um meninos ficaram sentados no chão, esperando. Por fim, um homem entrou e se apresentou como sr. Kondit. Era alto, muito magro, com um crânio extraordinariamente pequeno. Escreveu seu nome no quadro-negro, e todos ficamos muito impressionados. Poucos entre nós eram capazes de reconhecer qualquer letra, mas mesmo assim ficamos olhando para as marcas brancas no quadro-negro e piscando os olhos, felizes com o que quer que fosse acontecer em seguida.

A aula do primeiro dia foi sobre o alfabeto. A voz do sr. Kondit era forte e ríspida, soando impaciente por ter de nos explicar aquelas coisas. Nesse primeiro dia, tive a sensação de que ele queria que a aula, que todas as aulas sobre o alfabeto e sobre escrita e linguagem de modo geral, terminasse em uma hora apenas. Queria simplesmente gesticular na direção do alfabeto e acabar com aquilo.

A B C

Escreveu as três letras e as leu em voz alta, demonstrando os sons que elas representavam. Como não tinha lápis nem papel, o sr. Kondit nos mandou sair. Lá fora, copiamos as letras no chão de terra batida com os dedos.

— Desenhem bem as suas letras! — bradou ele do quadro-negro. — Vocês têm três minutos. Se errarem, apaguem a letra e comecem de novo. Quando tiverem feito três letras que sejam do seu agrado, levantem a mão e virei examinar o seu trabalho. — Mãos se levantaram, e o sr. Kondit começou a percorrer os alunos.

Eu nunca havia escrito antes; na primeira vez em que tentei escrever uma letra B no chão de terra batida, o sr. Kondit veio por trás de mim e estalou a língua, desaprovando. Inclinou-se e segurou meu dedo com violência, guiando-o então pela terra para formar o B corretamente, apertando meu indicador no chão com tanta força que minha unha se partiu e sangrou.

— Vocês precisam fazer melhor! — gritava ele para os nossos cocurutos. — Não têm nada agora, nada a não ser educação. Será que não vêem isso? O nosso país está em ruínas, e a única forma que temos para recuperá-lo é aprender! Nossa independência nos foi roubada por causa da ignorância de nossos antepassados, e somente agora podemos corrigir isso. Muitos de vocês já não têm mães. Perderam os pais. Mas vocês têm educação. Aqui, se forem espertos o suficiente para aceitá-la, vocês irão receber educação. A educação será sua mãe. A educação será seu pai. Enquanto seus irmãos travam esta guerra com armas, quando as balas silenciarem, vocês irão travar a próxima guerra com as suas canetas. Estão entendendo o que estou lhes dizendo?

A essa altura, ele já estava rouco, e sua voz tornou-se mais baixa.

324

— Quero que vocês tenham sucesso, meninos. Se algum dia vamos ter um novo Sudão, vocês precisam ter sucesso. Se eu algum dia ficar impaciente, é porque mal posso esperar essa maldita guerra terminar e vocês assumirem seu papel no futuro da sua terra arruinada.

No caminho de volta para nossos abrigos, o sr. Kondit foi objeto de fascínio e debate.

— Vocês ouviram aquele maluco? — dissemos.

— A educação é nossa mãe? — exclamamos.

Rimos e imitamos o professor. Achávamos que o sr. Kondit, assim como muitos dos homens e meninos que haviam atravessado o deserto até a Etiópia, houvesse perdido a razão.

Pouco depois de as escolas abrirem, outra coisa estranha aconteceu: trouxeram meninas para a aula. Havia poucas meninas em Pinyudo de modo geral, e, até onde eu sabia, nenhuma menina em qualquer uma das escolas. Certa manhã, porém, enquanto os cinqüenta e um meninos da turma do sr. Kondit se acomodavam no chão diante do quadro-negro, reparamos em quatro pessoas novas, todas do sexo feminino, sentadas na primeira fila. O sr. Kondit estava agachado diante dessas novas pessoas, conversando com elas, pousando a mão sobre a cabeça delas de um modo familiar. Fiquei pasmo.

— Turma — disse o sr. Kondit, pondo-se de pé. — Temos quatro novas alunas hoje. Elas se chamam Agar, Akon, Agum e Yar Akech. Devem ser tratadas com respeito e cortesia, porque são todas muito boas alunas. São também minhas sobrinhas, então espero que vocês se comportem com mais cuidado ainda perto delas.

Com isso, ele começou a aula. Eu estava três fileiras atrás das meninas, e passei cada hora desse dia olhando apenas para a parte de trás da cabeça delas. Estudei seus pescoços e cabelos, como se todos os segredos do mundo e da história pudessem se revelar nas dobras de suas tranças. Olhei em volta, para ver se algum dos outros meninos estava tendo algum problema parecido, e descobri que eu não era o único. Nada acadêmico foi aprendido nesse dia, e nós meninos sentimos, coletivamente, que o foco de nossa vida e todos os objetivos nesta Terra haviam se modificado. Aquelas quatro irmãs,

325

Agar, Akon, Agum e Yar Akech, todas graciosas, bem vestidas e tão encantadoramente distantes, eram muito mais dignas de estudo do que algo que pudesse ser escrito em um quadro-negro ou na terra batida ao redor da classe.

Não comíamos nem dormíamos mais como antes. O jantar foi preparado e consumido, mas não foi saboreado. O sono só veio quando a luz da manhã já havia começado a vazar do outro lado da Terra. Havíamos passado todas aquelas horas escuras acordados, conversando sobre as irmãs. No início, ninguém sabia qual irmã era qual; a apresentação do sr. Kondit fora rápida e sucinta demais. Foi somente graças a um forte compartilhamento de informações que meus Onze conseguiram se lembrar de todos os nomes, e o mesmo sistema de informação nos permitiu reunir um dossiê sobre cada uma das quatro. Agar era a mais velha, isso parecia claro. Era muito alta e usava os cabelos trançados; seu vestido era cor-de-rosa brilhante, estampado de flores brancas. Akon era a segunda, de rosto redondo e cílios bem compridos; usava um vestido listrado de vermelho e azul, com presilhas de cabelo combinando. Agum devia ter a mesma idade de Akon, pois tinha a mesma altura, embora fosse muito mais magra. Parecia a menos interessada no que acontecia na escola e tinha sempre um ar entediado ou frustrado, irritado até, com todos e com tudo. Yar Akech era a caçula, isso estava claro, alguns anos mais nova que Agum e Akon, e talvez um ano mais nova que eu e meus Onze. Apesar disso, também era mais alta que nós, e esse fato, de sermos todos mais baixos e menos maduros que as sobrinhas, tornava-as muito mais fascinantes e inatingíveis sob todos os aspectos.

Depois que a noite foi preenchida com a dissecção de cada detalhe conhecido das irmãs, restou entre nós uma pergunta que parecia impossível de responder: as meninas estariam mesmo ali no dia seguinte? E nos outros? Isso parecia bom demais para mim, para Moses e para os Onze, e para todos os cinqüenta e um alunos. Será que estávamos mesmo com aquela sorte toda? Aquilo significaria a transformação completa da escola e do mundo que conhecíamos.

Nessa manhã de névoa, fomos todos, os Onze e eu, a pé para a escola. Nenhum de nós havia dormido o suficiente para possibilitar um raciocínio eficaz. Quando entramos, vimos as sobrinhas. As meninas estavam sentadas no fundo da classe, em cadeiras. Fomos nos sentar na frente.

— Muito bem — começou o sr. Kondit. — É evidente que vocês todos estão em uma idade em que é difícil se concentrar na presença de moças.

Não dissemos nada. Como ele havia percebido? Pensamos: que homem esperto esse sr. Kondit!

— Fiz alguns ajustes na disposição dos lugares, para ajudar todos vocês a se concentrarem. Imagino que hoje a aula vá ser mais interessante para vocês, alunos. Então hoje vamos continuar com as consoantes...

Não tivemos escolha senão olhar e escutar o sr. Kondit. Mas não era isso que havíamos planejado fazer. Todos nós fôramos à aula com outros planos. Na verdade, já havíamos dividido as tarefas, deixando dois ou três meninos encarregados de cada uma das meninas, para obter o máximo possível de informações por meio de uma observação cuidadosa. A menos que quiséssemos nos virar completamente para trás, observar as irmãs agora era impossível. Assim, reunir informações só se tornou possível quando estávamos todos escrevendo do lado de fora, antes do início da aula ou depois de esta já haver terminado.

Graças ao nosso reconhecimento antes da aula, depois desta e durante nossos exercícios de ortografia no chão de terra batida, ao final da primeira semana já sabíamos mais coisas sobre as roupas, os cabelos, os olhos, os braços e as pernas das irmãs, mas elas ainda não haviam falado com ninguém. O que se sabia é que eram todas igualmente lindas, muito inteligentes, e vestiam-se muito melhor do que os menores desacompanhados como eu tinham a possibilidade de fazer. As roupas das sobrinhas eram limpas, sem rasgos nem furos. Usavam os mais brilhantes vermelhos, roxos e azuis, e seus cabelos estavam sempre penteados com o máximo de esmero. Eu nunca havia me sentido particularmente interessado por meninas como companheiras de brincadeira, porque elas choravam com demasiada facilidade e em geral não queriam brigar corpo a corpo, mas, noite após noite, durante semanas a fio, fiquei deitado no abrigo e me peguei pensando por que motivo teria sido tão abençoado a ponto de ter aquelas espetaculares irmãs reais na minha turma. Por que teria tanta sorte assim? Pareceu-me então que Deus tinha um plano. Deus havia me separado de casa e da minha família e me mandado para aquele lugar miserável, mas agora parecia haver um motivo para isso tudo. Havia sofrimento, pensei, e depois havia bonança. Estava claro agora que eu fora levado a Pinyudo para conhecer aquelas magníficas meninas, e o fato de elas serem quatro significava que Deus pretendia compensar todos os infortúnios da minha vida. Deus era bom e justo.

Peguei-me levantando a mão com mais freqüência. Em geral, minhas respostas estavam certas. Por mais improvável que parecesse, eu estava mais esperto que dias antes. Sentava-me bem na frente da classe. Embora assim ficasse mais distante das meninas, precisava estar em um lugar onde o sr. Kondit reparasse em mim e, por extensão, também suas sobrinhas. Eu respondia a todas as perguntas que me faziam e, à noite, estudava com grande afinco. Precisava fazer com que as meninas reparassem em mim e, se era somente durante as aulas que podia vê-las — e era mesmo, já que elas moravam do outro lado do campo, onde ficavam as pessoas mais importantes —, então era nessa hora que eu teria de brilhar.

Sempre que as minhas respostas estavam corretas, o sr. Kondit dizia: "Muito bem, Achak!", e, caso conseguisse fazer isso de forma discreta, eu olhava para as sobrinhas lá atrás, para ver se elas haviam percebido. Mas elas raramente pareciam notar.

Os Onze, contudo, com certeza haviam notado, e importunavam-me sem descanso ou misericórdia. Meu recente sucesso escolar estava prejudicando o brilho dos outros, e isso era motivo de alguma preocupação. Será que eu iria ser chato assim para sempre, quiseram saber?

— Por que você de repente está tão interessado na escola, Achak? — perguntou Moses.

Suas perguntas me forçaram a revelar minha estratégia.

— Estou pouco ligando para "a educação é meu pai"! — falei.

Os Onze caíram no chão de tanto rir.

— Vocês sabem por que estou levantando a porcaria da mão. Agora calem a boca.

Mas eu não havia terminado o que começara. Quanto mais tentava, e quanto mais as sobrinhas pareciam indiferentes, mais extremos foram se tornando meus esforços. Eu ajudava depois das aulas, limpando o quadro-negro e organizando os papéis e livros do sr. Kondit. Era encarregado da chamada no início da aula, o que era ao mesmo tempo uma bênção e uma maldição. Enquanto chamava os nomes, tinha de enfrentar os olhares cúmplices dos Onze, todos sorrindo para mim feito loucos, alguns batendo os cílios, fingindo um flerte. Depois de chamar seus nomes, porém, podia chamar Agar, Akon, Agum e Yar Akech, e dessa forma me tornei o único menino para quem as meninas olhavam diretamente, o único com quem falavam. Presente, diziam as irmãs. Presente, presente, presente.

Elas eram as Sobrinhas Reais de Pinyudo. Um dos meus companheiros de abrigo batizou-as com esse nome, e as meninas imediatamente passaram a ser conhecidas assim na turma de cinqüenta e um alunos — ou então como Meninas Reais —, e em outros lugares do campo também. Havia outras famílias, outros grupos de irmãs, é verdade, mas nenhum tão excepcional quanto aquele. Era pouco provável que essas quatro meninas não estivessem a par do próprio apelido, e ninguém duvidava de que este lhes agradava. Elas tinham consciência da reverência que lhes dedicávamos, mas, apesar disso, pareciam alheias à minha presença em particular.

À medida que o semestre foi passando, comecei a duvidar da minha própria estratégia. Eu era o melhor aluno da turma, mas elas não me davam atenção. Comecei a ficar preocupado que elas não estivessem ligando muito para o sucesso acadêmico, fosse ele meu ou de qualquer outro menino. Era provável que não estivessem com a menor vontade de se relacionar com alguém da minha condição, um menor desacompanhado, o que era muito diferente de ser sobrinha do sr. Kondit. Os menores desacompanhados ocupavam o degrau mais baixo da escada social de Pinyudo, e todos estavam sempre nos lembrando disso. Nossas roupas eram poucas, rasgadas, e nossas casas pareciam ter sido construídas por meninos, o que de fato era o caso. Quando cheguei aqui nos Estados Unidos, um dos meus velhos amigos do campo me trouxe um presente, um conjunto de Tinker Toys, um brinquedo de montar feito de peças de madeira. Os finos palitos coloridos eram tão parecidos com as estacas que usamos para construir nossos primeiros abrigos em Pinyudo que tive de dar risada. Achor Achor e eu construímos uma réplica da casa de nosso grupo de doze sobre a mesa de centro, e depois demos mais risada ainda. Ficou tão parecido que nos deixou espantados.

Foi preciso o semestre inteiro, mas finalmente meus esforços com relação às Meninas Reais deram frutos. Certo dia, faltando uma semana para as aulas serem interrompidas por um mês, eu estava saindo da escola quando Agum veio se postar na minha frente e disse alguma coisa. Foi tão estranho quanto se uma zebra houvesse aparecido assobiando na minha frente. O que Agum tinha dito? Precisei juntar as palavras. Foi tudo tão repentino, como se uma vida houvesse se transformado em outra. Fiquei tão chocado que não consegui escutar nada. Fiquei olhando para os olhos dela, para seus cílios, para sua boca tão junto da minha.

— Achak, a minha irmã quer te perguntar uma coisa — fora o que ela dissera.

Agar, a mais velha e mais alta, de repente apareceu ao meu lado.

A irmã deu-lhe um pisão no pé, e recebeu um soco em resposta. Eu não entendia o que estava acontecendo, mas até ali parecia muito bom.

— Quer ir almoçar na nossa casa? — perguntou Agar.

Percebi então que eu estava pisando na ponta dos pés. Endireitei-me, esperando que elas não tivessem percebido.

— Hoje? — indaguei.

— É, hoje.

Passei alguns instantes pensando. Passei tempo suficiente pensando para encontrar a coisa errada a dizer.

— Não posso aceitar — respondi.

Não conseguia acreditar que tinha dito isso. Vocês acreditam que foi isso que respondi? Eu havia recusado o convite das Irmãs Reais de Pinyudo. Por quê? Porque haviam me ensinado que um cavalheiro não aceita convites. A lição me fora dada por meu pai, em uma noite de calor enquanto eu o ajudava a fechar a loja, mas o contexto não se aplicava ali, conforme eu aprenderia mais tarde. Meu pai estava falando sobre adultério, sobre a honra de um homem, sobre respeito pelas mulheres, sobre a santidade do matrimônio. Não estava, conforme eu iria me lembrar depois, falando sobre recusar um convite para almoçar. Porém, nessa hora, achei que estivesse agindo como um cavalheiro, e recusei.

As expressões radiantes de Agum e Agar se desfizeram.

— Não pode aceitar? — repetiram.

330

— Desculpe. Não posso aceitar — falei, e recuei.

Recuei até trombar em uma das traves que sustentavam a sala de aula. Esta ameaçou desabar em cima de mim, mas virei-me depressa, endireitei a trave, e em seguida corri para casa. Passei uma hora satisfeito comigo mesmo, com o domínio total de minhas próprias emoções, de meus impulsos. Eu era um modelo de recato, um verdadeiro cavalheiro dinca! E tinha certeza de que as Sobrinhas Reais agora sabiam disso. Porém, depois da minha hora de reflexão, a realidade dos fatos se abateu sobre mim. Eu havia recusado um convite para almoçar das próprias meninas que passara o semestre inteiro tentando impressionar. Haviam me oferecido tudo o que eu queria: passar algum tempo só com elas; ouvi-las conversar casualmente, saber o que pensavam de mim, da escola e de Pinyudo, e saber por que estavam ali; comer uma refeição preparada por sua mãe — comer uma refeição, uma refeição de verdade, preparada por uma dinca! Eu era um tonto.

Fiquei pensando em como poderia consertar a situação. O que poderia fazer? Precisava pegar o convite, que agora já era, e encontrar um jeito de recuperá-lo. Iria fazer graça comigo mesmo. Será que eu poderia me comportar como se houvesse feito uma brincadeira? Será que elas acreditariam nisso por um instante que fosse?

O final do semestre estava quase chegando e, com ele, as provas finais. Quando as aulas fossem interrompidas, haveria um mês sem escola, e, caso eu não consertasse a situação, só tornaria a vê-las na volta às aulas, na primavera. Encontrei a caçula, Yar, lendo seu livro escolar debaixo de uma árvore.

— Olá, Yar — falei.

Ela não respondeu. Ficou olhando para mim como se eu houvesse roubado seu almoço.

— Você sabe onde estão as suas irmãs?

Sem dizer nenhuma palavra, ela apontou para Agar, que estava vindo em nossa direção. Empertiguei-me e ofereci-lhe um sorriso que implorava por perdão.

— Eu não deveria ter recusado — falei. — Queria ir almoçar.

— Então por que disse não? — perguntou Agar.

— Porque...

No meio da conversa, enquanto eu hesitava, Agum veio se juntar a nós.

E, diante de toda aquela pressão, tive uma idéia abençoada e improvisada. Durante uma semana de obsessão, fora incapaz de inventar uma desculpa convincente, mas ali, em um momento de desespero, atinei com a solução perfeita.

— Estava preocupado com o que sua mãe iria pensar de mim.

Isso deixou Agar e Agum interessadas.

— Como assim?

— Eu sou um dinca *malual giernyang*. Não falo o seu dialeto. Meus costumes são outros. Não tinha certeza de que a sua mãe fosse me aceitar.

— Ah! — exclamou Agar.

— Por um tempo — disse Agum —, achamos que você fosse débil mental.

Agar, Agum e até mesmo Yar compartilharam uma risadinha que provava sem sombra de dúvida que as duas haviam conversado muito sobre mim e meu estado mental.

— Não se preocupe por ser dinca-*malual* — disse Agum. — Ela não vai ligar para isso. Vai gostar de você.

Então Agar sussurrou algo urgente no ouvido de Agum. Corrigiu-se:

— Mas, só para garantir, não vamos dizer a ela que você é dinca-*malual*. Mais alguns instantes de sussurros.

— E vamos dizer a ela que você é do Bloco 2, e não do grupo de menores desacompanhados.

Passei alguns segundos em silêncio.

— Tudo bem? — perguntou Agar.

Eu estava pouco ligando. Tudo o que me importava era que meu estratagema estava funcionando. Eu havia me fingido um pouco de vítima, fingido me sentir inferior por ser dinca-*malual*, indigno da sua companhia. E havia funcionado. Elas puderam se mostrar generosas ao me aceitar, e eu parecia ainda mais honrado por ter inicialmente recusado. Elogiei meu próprio cérebro por seu sucesso em funcionar sob pressão. No entanto, não podia parecer demasiado ansioso. Precisava continuar cauteloso e consciente dos riscos que aquilo envolvia.

— É melhor — falei, aquiescendo com gravidade. — E o seu tio?

— Ele trabalha até tarde — disseram elas. — Só chega em casa para jantar.

Nessa hora, as duas meninas mais velhas de repente pareceram prestar atenção na presença da mais nova, Yar, e olharam-na como se ela fosse um espinho cravado no seu calcanhar.

— Você não vai dizer nada, Yar.

A menina apertou os olhos e lançou-lhes um olhar desafiador.

— Nada, Yar. Ou então não vai mais dormir em paz. Vamos jogar a sua cama dentro do rio enquanto você estiver sonhando. Você vai acordar cercada por crocodilos.

O rostinho redondo de Yar ainda se mostrava desafiador, embora agora também demonstrasse medo. Agar chegou mais perto da irmã, lançando sobre seu corpo pequenino uma sombra distinta. A mais nova concordou com um balbucio:

— Não vou dizer nada.

Agar tornou a se virar para mim.

— Vamos nos encontrar no centro de coordenação depois da aula.

Eu conhecia esse lugar. Era onde as crianças que não precisavam marchar ficavam à toa nos intervalos entre as aulas e depois da escola. No centro de coordenação, eu estaria na companhia de crianças que tinham pais, e cujos pais estavam no campo: as mais ricas, filhos e filhas de professores, soldados e comandantes.

Quando as aulas terminaram, voltei correndo para casa. Chegando lá, percebi que não tinha motivo para estar em casa. Passei alguns segundos dentro do abrigo, imaginando se haveria alguma coisa que pudesse fazer. Troquei de roupa e vesti minha outra camisa, azul-clara, e corri até o centro de coordenação.

— Por que você trocou de roupa? — perguntou Agar. — Gosto mais da sua outra camisa.

Amaldiçoei a mim mesmo.

— Eu gosto mais *dessa* — disse Agum.

Elas já estavam brigando por minha causa! Era o paraíso.

— Está pronto? — perguntou Agum.

— Para almoçar? — indaguei.

— É, para almoçar — repetiu ela. — Tem certeza de que está passando bem?

Aquiesci. Aquiesci com vigor, porque de fato estava pronto para comer. Mas primeiro precisávamos atravessar o campo, e essa seria a caminhada mais extraordinária que eu jamais havia feito na vida — soube disso antes de começar, e o trajeto correspondeu a cada expectativa, cada medo e cada sonho que eu acalentara durante meses de planejamento.

Então fomos andando. Duas Sobrinhas Reais iam à minha esquerda, duas à minha direita. Eu estava andando entre aquelas irmãs de condição privilegiada, e estávamos a caminho de sua casa. Sim, o campo percebeu. Posso dizer, sem hesitação, que todos na minha turma morreram de inveja e de choque. A cada passo, à medida que íamos atravessando um bloco depois do outro, mais meninos e meninas fitavam boquiabertos nossa procissão, que para eles, evidentemente, era algum tipo de encontro, algo importante, muito mais que um passeio casual. Aquilo era um desfile, uma procissão, uma afirmação: as Meninas Reais de Pinyudo estavam orgulhosas de me ter consigo, e isso deixava todos fascinados. Quem é aquele, perguntavam-se os espectadores do desfile? Quem é aquele ali com as Irmãs Reais de Pinyudo?

Era eu, Achak Deng. Bem-sucedido com as mulheres.

Olhei de esguelha para Moses, cujos olhos, William K teria ficado feliz em saber, quase saltavam das órbitas de tão esbugalhados. Sorri e reprimi uma risada. Estava adorando tudo aquilo, mas ao mesmo tempo estava todo desconjuntado, e meu corpo era feito de partes desconhecidas. Estava me esquecendo de como fazer para andar. Quase tropecei em uma mangueira, e então me peguei prestando atenção demais em meus pés e pernas. Erguia as pernas devagar, porém mais alto que o necessário, quase batendo com os joelhos na barriga. Agum percebeu.

— O que você está fazendo? — perguntou ela. — Gozando da cara dos soldados?

Sorri, tímido.

— Achak! — exclamou ela, em óbvia aprovação. — Você não deveria fazer isso.

Ouvir sua risada fez minhas pernas relaxarem, e recomecei a andar como alguém que controla os próprios membros. Na mesma hora, porém, meus braços perderam a conexão com meu sistema nervoso. Eu não conseguia mais mexer os braços. Eles pareciam inertes, pesados. Desisti.

334

Mas eu não liguei para isso. Estava com as Sobrinhas Reais de Pinyudo! Passamos pelo Bloco 10, pelo Bloco 9, pelos Blocos 8, 7, 6 e 5, e as meninas me fizeram perguntas que esperei que não fossem fazer.

— Onde estão seus pais? — perguntou Agum.

Respondi que não sabia.

— Quando foi que se separou deles?

Contei-lhes uma versão muito resumida da minha história.

— Quando é que vai tornar a vê-los? — indagou Yar, e isso a fez levar um soco no ombro de Agar.

Eu estava cansado dessas perguntas. Disse a elas que não sabia quando nem como tornaria a ver minha família, esperando que isso, dito olhando para o chão, fosse incentivar as sobrinhas a encontrar outro assunto. Foi o que aconteceu.

A casa era uma das mais impressionantes do campo. Era cercada por um muro de pedra e tinha um caminho que conduzia à porta da frente. E, lá dentro, havia quatro cômodos separados — sala, cozinha e dois quartos. Era a maior habitação em que eu entrava desde que saíra de casa. Não era uma cabana como a que tínhamos em Marial Bai e nas outras aldeias do sul do Sudão. Aquilo era uma construção de alvenaria aparentemente sólida, permanente.

Na porta da casa, minhas pernas perderam a força, e encontrei a parede bem a tempo de me apoiar. A porta se abriu.

— Oi, meninas — disse sua tia. Ficou parada ao nosso lado, linda, parecida com todas as sobrinhas, mas em forma de mulher. Voltou sua atenção para mim. — É esse o menino do qual vocês têm falado, o aluno exemplar?

— Esse é Achak — disse Agar, passando pela tia e entrando em casa.

— Oi, Achak. O meu marido disse que você é um menino exemplar.

— Obrigado — agradeci.

Fui convidado a entrar e ofereceram-me uma cadeira. Uma cadeira! Eu só havia me sentado em uma cadeira uma única vez desde que chegara a Pinyudo. Logo apareceu comida: um caldo de carne encorpado e apimentado. Havia pão fresco e leite. Aquilo superava meus sonhos mais absurdos. Ainda estava terminando de beber o leite quando Agar me segurou pela mão e me levantou da cadeira.

— Vamos estudar ciências — disse ela. Dizendo isso, puxou-me para o quarto que as quatro irmãs dividiam. A porta foi fechada com um chute, e Yar foi deixada do lado de fora. Ela esmurrou a porta uma vez, e em seguida se afastou.

Fiquei sozinho com as três meninas mais velhas dentro do quarto. Cada qual tinha sua cama; duas delas eram beliches. As paredes eram brancas e decoradas com imagens de oceanos e cidades. Agum e Akon sentaram-se na cama de solteiro, deixando-me em pé de frente para Agar. Foi preciso toda minha força de vontade para me impedir de sujar as calças nessa hora. E isso foi antes de acontecerem quaisquer das coisas que estavam prestes a acontecer.

Agar segurou minha mão direita com a sua e falou. Os olhos de Agum e Akon nos observavam. As duas pareciam ansiosas, e aparentemente conheciam o roteiro do que iríamos fazer.

— Agora vamos brincar de esconde-esconde — disse Agar. — Primeiro você tem que encontrar uma coisa que escondi aqui.

Agar apontou para o próprio peito. Soltei um arquejo. Pensando nisso agora, não consigo sequer acreditar que de fato aconteceu, que fui escolhido para essas experiências. Mas foi exatamente como estou contando, e em seguida ela disse as palavras que ainda consigo ouvir hoje quando fecho os olhos e descanso a cabeça.

— Você tem que procurar. Com a mão.

Olhei para as outras meninas em busca de ajuda. Elas aquiesceram para mim. Estavam todas mancomunadas! Senti-me tão capaz de pôr a mão debaixo da blusa de Agar quanto de acender uma fogueira usando cera de ouvido. Fiquei em pé, sorrindo feito um imbecil. Meu sistema nervoso havia parado de funcionar.

— Aqui! — disse Agar, segurando rapidamente a minha mão e pondo-a dentro da blusa.

Vocês acreditam que até hoje consigo sentir o calor de sua pele? Consigo, sim! Sua pele era muito cálida e retesada como um tambor, com uma fina camada de suor por cima. Senti sua pele quente e prendi a respiração. Aquela pele me surpreendeu. Não parecia muito diferente da minha ou da dos outros meninos, mas mesmo assim achei que eu fosse explodir.

— Você tem que procurar!

Forcei minha mão a começar a explorar o peito de Agar. Não sabia o que era o quê.

— Tudo bem. Foi uma boa tentativa — disse ela. — Acho que você encontrou.

— Agora precisamos encontrar uma coisa em você — disse Agum.

— Acho que está aqui dentro — disse Agar, apontando para o meu shorts.

Aquilo era bem diferente, e não consegui olhar. Sim, as mãos delas estavam dentro do meu shorts. Enquanto elas alisavam e vasculhavam, fiquei olhando para a parede, por cima do ombro de Agar, sem saber ao certo se Deus iria me castigar naquele mesmo instante ou antes de o dia terminar.

Em poucos segundos, todas as meninas haviam procurado a coisa perdida dentro do meu shorts e, satisfeitas de havê-la encontrado, informaram-me que agora havia algo perdido dentro de seus vestidos. Obedeci, procurando dentro do vestido de Agar, depois do de Akon. Agum, por algum motivo, decidiu que não havia nada perdido debaixo do seu vestido.

Em determinado momento, elas decidiram que iríamos nadar. Levaram suas toalhas até a porta, com mais uma para mim. Fingi gostar da idéia, mas, enquanto caminhávamos, senti-me arrasado. Estava preocupado com uma coisa, e então encontrei uma solução e tirei aquilo da cabeça. As meninas foram até uma parte escondida do rio, em uma curva na sombra, e ali rapidamente tiraram os vestidos por cima da cabeça e ficaram seminuas. As três Sobrinhas Reais estavam de roupa de baixo, em pé dentro da água rasa. Minha garganta estava tão seca quanto durante a travessia do deserto. Aquilo tudo era muito estranho. Jamais uma coisa dessas iria acontecer antes da guerra, em Marial Bai: um menino da minha idade — talvez oito anos, talvez nove ou mesmo dez — ser convidado a nadar sem roupa no rio na companhia de três meninas como aquelas. Mas muitas coisas eram diferentes ali, e meus pensamentos sobre aquela situação eram muito conflituosos. Será que eu teria sofrido como sofri, será que teria deixado minha aldeia e caminhado como caminhei, será que teria visto meninos morrerem, passado por cima dos ossos brancos de soldados rebeldes, se soubesse que aquela seria minha recompensa? Teria valido a pena? Porque a verdade é que algo como aquilo jamais teria acontecido em minha aldeia. As regras eram mais estritas, havia olhos por toda parte. Naquele campo, porém, estávamos na Etiópia, e nosso país estava em guerra, e estávamos afastados de tantos costumes que coisas como aquelas, e como o esconde-esconde no quarto das Meninas Reais, tornavam-se possíveis e aconteceram muitas vezes, em experimentos variados e numerosos. Meu prazer, nesse instante específico no rio, vendo as meninas brincarem na água rasa, foi em certa medida diminuído pelo que aconteceu em seguida.

— Tire o shorts, Achak — disse Agar.

Fiquei rígido de incredulidade, de terror.

— Achak, por que você está aí parado?

— Vou nadar de shorts — gaguejei.

— Não vai, não. Assim você vai passar o dia inteiro molhado. Tire.

— Vou ficar só olhando vocês nadarem — falei. — Gosto de ficar na margem — continuei, apontando para um trecho de areia onde imediatamente me sentei. Fiz o possível para parecer entusiasmado com o lugar onde estava e com a situação de forma geral. Cheguei até a cobrir as pernas com areia para me conectar ainda mais com a Terra e sugerir que era pouco provável eu me aventurar para dentro d'água.

— Entre aqui, Achak! — ordenou Agum.

Isso continuou durante algum tempo. Insisti que deveria continuar de shorts, e as meninas não conseguiram entender por quê. Por que eu iria querer nadar de shorts? Sua tia também me olhava com curiosidade. Minha estratégia não estava funcionando.

Eu precisava de alguma oportunidade para explicar o que me afligia, mas ali não era o lugar para isso. Não sou como os meninos que vocês estão acostumadas a ver, diria. Acho que não perceberam quando procuraram dentro do meu shorts. Meu clã praticava a circuncisão dos meninos, e eu sabia que os dincas do distrito delas não o faziam. Tinha certeza de que, quando as Sobrinhas Reais de Pinyudo me vissem, quando vissem o *anguala* — um menino circuncidado —, iriam fugir da água aos gritos.

Por fim, Agar saiu correndo da água e veio bem na minha direção. Passou algum tempo em pé na minha frente, ostentando um sorriso de pura ameaça. Então arriou meu shorts até os tornozelos. Não resisti. Não houve tempo, e a determinação delas era grande demais. Então fiquei ali na sua frente, com o pênis exposto e sem prepúcio.

As meninas passaram muito tempo olhando. Então todas voltaram ao normal, ou fingiram que tal coisa fosse possível. Continuamos a brincar, embora, durante a hora seguinte, sempre que tivessem oportunidade, elas tenham espiado entre as minhas pernas, sem a menor idéia do que havia acontecido com meu pênis. Nunca tinham visto nada como aquilo.

— Então é assim que são os dinca-*malual* — murmurou Agar.

Agum aquiesceu. Escutei seu diálogo, mas fingi não ter escutado.

Continuamos a brincar, mas eu sabia que tudo havia mudado. Depois disso, voltei para o grupo dos Doze e as Sobrinhas Reais de Pinyudo voltaram para o Bloco 4. Imaginei que nunca mais fosse tornar a me relacionar com elas. Os Onze me pediram para contar cada detalhe, e decidi que não o faria. Pois sabia que, caso o fizesse, a história iria se espalhar pelo campo em poucas horas, e as Meninas Reais não seriam mais consideradas Reais. Talvez fossem consideradas fáceis, e não é exagero dizer que, entre as dezenas de milhares de pessoas no campo, certamente haveria um homem, talvez mais de um, disposto a arriscar a vida para violar uma daquelas meninas. Só contei aos Onze que havia comido um almoço delicioso com as Sobrinhas, e falei sobre a elegante decoração da casa delas. Isso bastou para os meninos; até mesmo esses detalhes lhes pareceram suntuosos. Nessa noite, fiquei deitado na cama, sem imaginar que fosse conseguir dormir, relembrando cada momento, guardando tudo na memória, sem esperança de tornar a falar com elas.

No dia seguinte, porém, elas me chamaram para almoçar. Fiquei chocado e animadíssimo, e aceitei sem hesitar. Seu convite, assim como nossa amizade, era uma vitória sobre os preconceitos mesquinhos entre diferentes clãs, diferentes regiões, e uma derrota do sistema de castas do campo de refugiados de Pinyudo. Assim, voltei à sua casa, ao guisado de carne, ao quarto de dormir — até hoje sou capaz de descrever cada objeto que havia naquele quarto, a localização de cada risco em seu piso, cada nó da madeira de suas camas —, e muitas vezes voltei a brincar de esconde-esconde, brincadeira na qual, felizmente, nossa competência nunca melhorou. Eu era muito ruim em procurar coisas, então precisava continuar procurando sempre! Essa foi minha vida durante muitos dias desse ano na Etiópia. Não foi o pior dos meus anos.

19.

"Vamos, Valentino."

Julian está em pé na minha frente. Ele voltou.

"Ressonância magnética. Venha comigo."

Levanto-me e sigo Julian para fora do pronto-socorro e pelo corredor. O chão fede a excremento humano.

"Um sem-teto cagou aqui dentro", informa Julian, caminhando de forma surpreendentemente ágil. Chegamos ao saguão do elevador e ele aperta o botão.

"Sinto muito por você ter sido assaltado, cara", diz ele.

Entramos no elevador. É uma e vinte da manhã.

"Também já aconteceu comigo. Alguns meses atrás", Julian fala. "Foi a mesma coisa. Dois garotos, um deles armado. Me seguiram de uma loja até em casa e me pegaram na escada. Uma estupidez. Os dois juntos deviam pesar uns cem quilos."

Torno a olhar para Julian. Ele tem um físico forte, não é o tipo de homem que se imaginaria ser alvo de um assalto. No entanto, se estivesse usando o uniforme do hospital, talvez tenham pensado que ele fosse um homem pacífico.

"O que eles levaram?", pergunto.

"Levaram? Não levaram nada, cara. Eu sou veterinário! Fazia cinco semanas que tinha chegado do Iraque quando tentaram essa porra comigo. Durante todo o caminho para casa, eu sabia que estavam me seguindo. Tive tempo de sobra para decidir o que fazer, então bolei um plano: ia quebrar o nariz de um deles, depois pegar a arma de um dos caras e atirar no amigo dele. O que eu não tivesse matado manteria comigo até a polícia chegar. Ele iria passar o resto da vida morrendo de medo. Ei, qual é o seu nome do meio, mesmo... como é que se pronuncia?"

"Achak", respondo, pulando depressa a primeira sílaba. No Sudão, o "a" é quase mudo.

"Já ouviu falar em Chaka Khan?", pergunta Julian.

Respondo que não.

"Esqueça", diz ele. "É uma referência idiota."

Esse homem me deixa envergonhado por não ter feito mais coisas contra meus agressores. Eu também já estive em uma guerra, embora imagine que nunca tenha sido treinado da mesma forma que Julian. Olho para seus braços, esculpidos e tatuados, com pelo menos três vezes o tamanho dos meus.

O elevador se abre e chegamos à unidade de ressonância magnética. Há um indiano à nossa espera. Ele não diz nada a nenhum de nós. Passamos por ele e entramos em uma sala grande com um túmulo circular no meio. Do buraco no centro desse túmulo estende-se uma maca.

"Já fez alguma ressonância?", pergunta-me Julian.

"Não", respondo. "Nunca vi uma máquina dessas."

"Não se preocupe. Não dói. É só não pensar em cremação."

Deito-me na maca branca.

"Fico de olhos abertos ou fechados?"

"Você é quem sabe, Valentino."

Decido manter os olhos abertos. Julian se afasta do meu lado e ouço seus passos, quase silenciosos, quando ele sai da sala. Fico sozinho, e a maca desliza para dentro do aparelho.

O anel acima de mim começa a vibrar e girar em volta do meu crânio, e penso em Tonya e no Homem de Azul, lembrando-me de que eles estão livres e nunca serão pegos. A essa altura, já estão vendendo minhas coisas para uma casa de penhores, e deixaram Michael onde quer que seja sua casa. Eles pensam que me ensinaram uma lição, e estão certos.

Acima de mim, o anel menor começa a girar dentro do anel maior.

Tenho grandes esperanças em relação a esse exame. Já ouvi falar em ressonância magnética; esse nome foi dito muitas vezes por Mary Williams, Phil e outros que tentavam descobrir por que minhas dores de cabeça não passavam. E agora finalmente saberei o que há de errado comigo, receberei a resposta. Em Pinyudo, certo dia, sob um teto branco riscado de nuvens, o padre Matong nos ensinou sobre o Juízo Final. Quando meninos como eu deixaram claro que tinham medo de serem julgados assim, ele aliviou nossos temores. Julgamento é libertação, disse. Julgamento é libertação. As pessoas passam a vida sem ter certeza se fizeram certo ou errado, disse o padre Matong, mas somente o juízo de Deus pode dar certeza sobre a forma como alguém viveu. Desde então, pensei muitas vezes sobre essa lição. Não tenho certeza em relação a muitas coisas, sobretudo se tenho sido ou não um bom filho de Deus. Sinto-me inclinado a pensar que fiz muitas coisas erradas, ou então não teria sido punido tantas vezes, e Ele não teria querido ferir tantas pessoas que amei.

O barulho da máquina acima de mim é constante, um murmúrio mecânico que soa ao mesmo tempo reconfortante e inteiramente seguro de si.

Sei que a ressonância magnética não é o juízo divino, mas, apesar disso, ela promete me libertar de muitas questões. Por que minha cabeça ainda dói tantas vezes de manhã? Por que muitas vezes sinto uma dor aguda na nuca, cujas ramificações disparam da parte de trás do meu crânio até as órbitas dos meus olhos? Se descobrir a resposta para perguntas assim, mesmo que o diagnóstico seja terrível, espero poder obter algum alívio. A ressonância magnética talvez explique por que continuo a ter notas medíocres de vez em quando no Georgia Perimeter College, mesmo sabendo que deveria e poderia estar me destacando lá. Por que já estou nos Estados Unidos há cinco anos e pareço ter avançado tão pouco? E por que todo mundo que eu conheço morre prematuramente e de formas cada vez mais chocantes? Julian, você só conhece uma parte das mortes que eu já presenciei. Poupei a você os detalhes sobre Jor, um menino que conheci em Pinyudo, que foi levado por um leão a poucos centímetros de mim. Tínhamos ido buscar água ao entardecer, atravessando o mato alto. Em um momento, eu sentia a respiração de

Jor no meu cangote, e no momento seguinte pude sentir o cheiro do animal, seu suor forte. Virei-me e vi Jor inerte, morto entre suas presas. O leão estava olhando diretamente para mim, sem emoção, e passamos um tempo enorme nos encarando. Então ele se virou e foi embora com Jor. Julian, não quero pensar que sou importante demais a ponto de Deus ter me escolhido para infligir alguma punição extraordinária, mas ainda assim a quantidade de calamidade que me rodeia é impossível de ignorar.

O anel interno já deu uma volta inteira, e então pára. O silêncio na sala é total. Em seguida, passos.

"Não foi tão ruim assim, não é?". Julian está ao meu lado.

"É, obrigado", respondo. "Foi interessante."

"Bom, é isso. Vamos voltar lá para baixo."

Levanto-me, e preciso de alguns segundos para me equilibrar apoiando a mão na máquina. Ela está mais quente do que eu imaginava.

"E agora?", pergunto. "Você lê o resultado?"

"Quem, eu? Não, eu não."

Passamos pelo operador do outro lado do vidro e vejo, no monitor da sala escura, imagens de cortes internos da minha cabeça — será a minha? — coloridos em tons de verde, amarelo, vermelho. Parecem fotografias de satélite de sistemas climáticos de outros planetas.

"Aquilo ali sou eu?"

"É você sim, Valentino."

Ficamos parados por alguns instantes junto ao vidro, vendo o monitor mudar para o que presumo serem partes diferentes do meu cérebro, diferentes perspectivas. O fato de aquele desconhecido poder examinar minha cabeça sem me conhecer é uma violação.

"Aquele homem examina os resultados?", pergunto.

"Não, não é ele também não. Ele é só o técnico. Não é o médico."

"Ah."

"Daqui a pouco, Valentino. Agora não tem ninguém aqui que saiba interpretar as imagens. Esse médico só vai chegar daqui a pouco. Pode esperar onde estava antes. Está com fome?"

Respondo que não, e ele me lança um olhar de dúvida.

Pegamos o elevador para tornar a subir. Pergunto-lhe se ele matou um dos garotos.

"Foi a única coisa que não fiz. No mesmo segundo em que me chamaram de fracote, parti para cima dos dois, bati a cabeça de um deles na parede e chutei o outro no peito. Ele ainda não tinha sequer sacado a arma. Um dos garotos ficou encostado na parede, inconsciente, e o que eu tinha chutado ficou no chão. Pus o joelho no peito dele, peguei a arma e passei alguns minutos brincando com ele. Enfiei a arma dentro da boca dele, tudo isso. Ele mijou nas calças. Daí chamei a polícia. Eles levaram quarenta e cinco minutos para chegar."

"Foi a mesma coisa comigo", comento. "Cinqüenta e cinco minutos."

Julian passa o braço em volta do meu ombro e aperta meu pescoço, como quem pede desculpas. As portas do elevador se abrem, e vejo Achor Achor e Lino do outro lado do corredor.

"Faz você pensar em que tipo de problema leva a polícia a correr, não é?"

Como Julian está sorrindo, forço-me a dar uma risadinha.

"Enfim", diz ele. "O que se pode querer, não é?"

Viro a cabeça depressa.

"O que você disse?"

"Nada, cara. Estou só falando besteira."

Uma corrente elétrica percorre meu corpo.

"Por favor. O que você acabou de dizer?"

"Nada. Eu só disse: o que se pode querer. Tipo: o que se há de fazer? O que você achou que eu tivesse dito?"

E, no mesmo instante, a corrente cessa.

"Desculpe", digo. Não ficaria surpreso se ouvisse Julian me perguntar sobre o Quê. O Quê, na minha opinião, tem a ver com o motivo que levou Julian e eu a esperarmos quase uma hora até a polícia chegar depois de alguém nos apontar uma arma. Tem algo a ver com o motivo que me fez esperar nove horas por uma ressonância magnética, e que agora está me fazendo ser levado até uma cama do pronto-socorro — passando por Achor Achor e Lino, que começam a se levantar — para esperar um médico que, não se sabe quando, irá avaliar meus resultados.

"Queria poder acelerar esse processo, Valentino", diz Julian.

"Entendo", respondo.

Sento-me na cama, e Julian fica parado ali comigo durante alguns instantes.

344

"Vai ficar bem aqui?"

"Vou. Pode dizer aos meus amigos onde estou?"

"Posso. Claro. Sem problemas."

Julian me deixa na cama e sai puxando a cortina, presa a um trilho no teto, em volta da área onde estou. Tenho poucas dúvidas de que Julian preferiria me ter aqui, onde não precisa ficar olhando para mim, do que sentado na sua frente na sala de espera. Mas, quando voltar para o seu balcão, como é que conseguirá fazer Achor Achor e Lino desaparecerem?

"Com licença, Julian", digo.

Ele volta. A cortina range e o rosto de Julian aparece.

"Desculpe", digo. "Pode avisar aos meus amigos que eles agora já podem ir para casa, que estou bem?"

Ele assente e dá um largo sorriso.

"Claro. Tenho certeza de que eles estão prontos para ir. Eu os aviso."

Vira-se para ir embora, mas acaba ficando. Passa um tempão olhando para a prancheta, depois olha para mim pelo canto dos olhos.

"Você lutou naquela guerra, Valentino, na guerra civil?"

Respondo que não, que não fui soldado.

"Ah. Que bom, então", diz ele. "Fico contente."

E vai embora.

20.

Eu quase fui soldado, Julian. Fui salvo por um massacre.

Pinyudo foi mudando devagar, e eu me senti um tonto por não ter percebido o que haviam planejado. Hoje acredito que eles, a liderança do SPLA, previram tudo aquilo desde o início. Se forem de fato culpados desses planos, hesito entre a admiração e o horror.

Minha consciência da arquitetura de tudo aquilo começou certo dia do início do verão, quando os meninos dançavam e comemoravam por toda parte. Eu estava com os Onze; estávamos jantando debaixo do teto baixo de um céu úmido e cinzento.

— Garang está chegando! — entoaram meninos ao passar correndo pelo nosso abrigo.

— Garang está chegando! — rugiu outro menino, um adolescente. Ele saltitava feito uma criança.

— Quem está chegando? — perguntei ao adolescente que passava.

— Garang está chegando!

— *Quem?* — perguntei. Havia esquecido muitos dos detalhes das aulas de Dut.

— Shh! — ralhou o adolescente, olhando em volta para ver se havia alguém escutando. — Garang, líder do SPLA, seu tonto — sibilou ele. E então desapareceu.

De fato, John Garang estava chegando. Eu já tinha escutado esse nome, mas sabia muito pouco a seu respeito. A notícia da sua chegada foi dada oficialmente depois do jantar pelos mais velhos, que visitaram cada alojamento — agora vivíamos em construções de alvenaria, cinzentas e frias, porém sólidas —, e, depois do anúncio, o campo entrou em pandemônio. Ninguém dormiu. Nessa época, eu tinha ouvido falar muito pouco em John Garang, exceto pelo que Dut me contara tempos antes, mas, nos dias que precederam sua visita, as informações circulavam livremente e sem filtros.

"Ele é médico." "Ele na verdade não é médico, é agrônomo. Estudou nos Estados Unidos. Em Iowa." "Tem um diploma de pós-graduação em agronomia de uma universidade de Iowa." "É o mais inteligente sudanês vivo." "Era um soldado condecorado, um dinca cheio de medalhas." "É do Alto Nilo." "Tem dois metros e setenta de altura e é forte feito um rinoceronte."

Fui checar com o sr. Kondit e descobri que a maior parte dessas informações estava correta. Garang fizera doutorado em Iowa, e isso me pareceu uma coisa tão exótica que imediatamente tive uma fé inabalável de que aquele homem poderia conduzir um novo sul do Sudão à vitória e ao renascimento.

Como preparação para sua visita, fizeram-nos limpar nossos alojamentos, em seguida os dos professores, e por fim a estrada que conduzia ao centro de Pinyudo. Ficou decidido que as pedras que margeavam a estrada seriam coloridas, então distribuíram tinta e elas foram pintadas alternadamente de branco, vermelho e azul. No dia da visita, o campo nunca estivera tão bonito. Eu estava orgulhoso. Ainda consigo me lembrar da sensação; éramos capazes daquilo, de criar vida a partir do nada.

No dia da visita, os moradores de Pinyudo estavam histéricos. Eu nunca tinha visto os mais velhos tão nervosos e assustados. A visita de Garang aconteceria no terreno de desfile, e todos estariam lá. Quando Moses e eu nos encontramos de manhã com o restante do campo, a multidão era muito maior do que eu havia imaginado. Era a primeira vez que eu via todo o volume humano do campo, umas quarenta mil pessoas, reunido em um lugar só, e era impossível abarcar a visão inteira. Havia soldados do SPLA por toda parte — centenas, de adolescentes aos guerreiros mais empedernidos.

Nós, meninos desacompanhados, uns dezesseis mil, estávamos sentados bem na frente do microfone e, enquanto esperávamos por John Garang, os quarenta mil refugiados do Sudão ali reunidos cantaram canções. Cantamos canções tradicionais do sul do Sudão e canções novas compostas para aquela ocasião. Um dos meninos desacompanhados havia composto uma letra para aquela reunião:

Presidente John Garang
Presidente John Garang
Corajoso como o búfalo, o leão e o tigre
Na terra do Sudão
Como pode o Sudão ser libertado senão pelo nosso grande poder?
Pelo enorme poder do Presidente
Vejam o Sudão! Parece as ruínas da Idade das Trevas

Vejam o Presidente — o Médico!
Ele traz uma arma sofisticada
Vejam John Garang,
Ele traz uma arma sofisticada

Todas as raízes foram arrancadas
Todas as raízes foram arrancadas
Resta Sadiq El Mahdi, a única raiz
E John vai arrancá-lo de nossa terra

Vamos lutar para libertar a terra do Sudão
Vamos lutar! Armados com AK-47s
Os batalhões do Exército Vermelho irão chegar
Vamos chegar
Com armas na mão esquerda
E canetas na direita
Para libertar nossa terra, ô, ôô!

Quando terminavam de cantar, recomeçavam a canção, e por fim vieram os guardas, os batedores, anunciando a chegada do próprio Garang. Trinta deles adentraram o terreno de desfile e cercaram a área do palanque, todos armados com fuzis AK-47 e olhando-nos com desconfiança e má vontade.

Não gostei desses guardas. Havia armas demais, e os homens pareciam nervosos e cruéis. Minha disposição, antes eufórica com as canções e os vivas, tornou-se mais sombria. Compartilhei minha sensação com Isaac, o outro menino a quem chamavam de Andou Muito.

— Eles estão aqui para proteger Garang, Andou Muito. Relaxe.

— De quem? De nós? Isso está errado, homens armados por toda parte.

— Sem os guardas, alguém o mataria. Você sabe disso.

Por fim, a liderança entrou: o subcomandante William Nyuon Bany, o comandante Luol Ding Wol e em seguida o presidente Garang em pessoa.

Era de fato um homem grande, de peito largo e com uma estranha barba grisalha, malcuidada e desgrenhada. Tinha a testa larga e redonda, olhos miúdos e brilhantes, e um maxilar proeminente. Sua presença era imponente; de qualquer distância, era evidente que se tratava de um líder.

— Que homem grandioso — sussurrou Moses.

— Esse homem é Deus — disse Isaac.

Garang ergueu as mãos em um gesto de triunfo, e os adultos, em especial as mulheres, entraram em verdadeiro frenesi. As mulheres se puseram a ulular e levantar os braços, de olhos fechados. Nós nos viramos, e os adultos e estagiários dançavam, acenando com os braços descontroladamente. Novas canções foram cantadas para ele.

Vamos arrumar a bandeira do Sudão
Vamos mudar a bandeira do Sudão
Pois o Sudão se confundiu

Sadiq El Mahdi é corrupto
Wol Wol é corrupto
O SPLA tem uma faca — presa ao cano de um AK-47
Homens corajosos que nada temem
São esses que irão nos libertar em um banho de sangue

Exércitos Vermelhos — soldados do Médico
Vamos lutar até libertar o Sudão
O homem que sofre com picadas de mosquitos, sede e fome?
Ele é um verdadeiro libertador
Vamos libertar o Sudão em um banho de sangue

Então John Garang tomou a palavra.

— Aproveito essa oportunidade para apresentar minhas saudações revolucionárias e demonstrar meu respeito por cada soldado do SPLA na frente de combate que, em condições muito árduas, tem conseguido vitórias e mais vitórias, imensas e convincentes, contra diversos governos de exploradores e opressores.

Um rugido se ergueu das quarenta mil pessoas.

— Seminu, descalço, faminto, sedento e confrontado a um batalhão de muitas outras dificuldades, o soldado do SPLA provou para o mundo inteiro que as armadilhas da vida jamais poderão desviá-lo da causa do povo e da justiça de sua luta. O soldado do SPLA, mais uma vez, validou a experiência humana ancestral relativa à infinitude da capacidade humana de resistir e reverter as afrontas à dignidade e à justiça.

Ele era um orador brilhante, achei, o melhor que eu jamais havia escutado.

Fiquei ouvindo John Garang enquanto observava atentamente os soldados à sua volta. Seus olhos percorriam a multidão. Garang falou sobre o nascimento do SPLA, sobre injustiças, petróleo, terra, discriminação racial, *sharia*, sobre a arrogância do governo do Sudão, sobre sua política de terra arrasada no sul, sobre os *murahaleen*. Então disse como Cartum havia subestimado os dincas. Como o SPLA estava vencendo aquela guerra. Passou horas falando, e, por fim, quando a tarde já estava se transformando em noite, pareceu diminuir o ritmo.

— Ao soldado do SPLA — bradou —, onde quer que você esteja, o que quer que esteja fazendo agora, quer esteja em ação ou camuflado, qualquer que sejam seus obstáculos, como quer que você se sinta, qualquer que seja sua condição atual, eu o saúdo e parabenizo, você, soldado do SPLA, por seus heróicos sacrifícios e por sua persistência na busca de seu único objetivo:

construir um novo Sudão. Olhem para nós! Vamos construir um novo Sudão!

O rugido parecia a terra se abrindo. As mulheres voltaram a ulular e os homens gritaram. Levei as mãos aos ouvidos para me proteger do barulho, mas Moses afastou minhas mãos com um tapa.

— Mas há muito trabalho a fazer — continuou Garang. — Temos uma longa estrada à nossa frente. Vocês, meninos — e nessa hora Garang apontou para nós, os dezesseis mil meninos sentados à sua frente —, vocês irão travar a batalha de amanhã. Lutarão no campo de batalha e nas salas de aula. Daqui para a frente, as coisas em Pinyudo vão mudar. Precisamos começar a falar sério. Isso aqui não é apenas um campo de espera. Não podemos esperar. Vocês, meninos, são as sementes. São as sementes do novo Sudão.

Foi a primeira vez em que nos chamaram de Sementes, e, dali em diante, foi assim que ficamos conhecidos. Depois do discurso, tudo mudou em Pinyudo. Centenas de meninos partiram imediatamente para iniciar um treinamento militar em Bonga, um acampamento do SPLA não muito longe dali. Professores também partiram para ser treinados; a maioria dos homens entre catorze e trinta anos foi para Bonga, e as escolas foram reorganizadas com os alunos e professores restantes.

Moses também achou que já era hora.

— Quero ir treinar.

— Você é novo demais — falei.

Eu era novo demais, pensava, então Moses também era novo demais.

— Perguntei a um dos soldados, e ele disse que eu já era grande o suficiente.

— Mas você vai me deixar aqui?

— Você pode vir também. Deveria vir, Achak. O que estamos fazendo aqui, afinal?

Eu não queria ser treinado. Em Pinyudo havia muitos meninos agressivos, mas eu nunca tivera essa agressão no meu sangue. Quando algum menino queria se engalfinhar ou trocar socos para ocupar o tempo ou para provar seu valor — e, em Pinyudo, depois de todos recuperarmos as forças, os

351

meninos estavam sempre querendo brigar, qualquer que fosse o motivo —, eu não conseguia encontrar inspiração para fazer isso. Se a briga não fosse entre amigos e por afeto, não conseguia me interessar por esse tipo de disputa. Queria estar na escola, queria apenas encontrar as Meninas Reais, comer almoços preparados por sua mãe e encontrar coisas escondidas debaixo de suas roupas.

— Quem vai lutar a guerra se não forem homens como nós? — disse Moses.

Ele pensava que fôssemos homens; havia perdido a cabeça. Não pesávamos mais de quarenta quilos, nossos braços pareciam varas de bambu. Mas nada que eu dissesse bastou para dissuadir Moses e, nessa semana, ele foi embora do campo. Alistou-se no SPLA, e foi a última vez que o vi durante algum tempo.

O verão foi cheio de trabalho e mudanças. Pouco depois da partida de John Garang, outro jovem e carismático comandante do SPLA chegou a Pinyudo, e veio para ficar. Chamava-se Mayen Ngor e estava em uma missão. Assim como Garang, era especialista em técnicas agrícolas, e assumiu a tarefa de irrigar a terra que margeava o rio. Fomos observá-lo certo dia, alto e esguio, de camisa e calça branca, seguido por quatro outros homens, mais baixos e menos vistosos — seus assistentes, de uniforme bordô, ocupados em demarcar grandes extensões de terra ociosa. No dia seguinte, ele voltou seguido por etíopes e tratores e, a uma velocidade incrível, reviraram o solo e criaram dúzias de retângulos perfeitos emergindo da água. Mayen Ngor era um homem muito eficiente, e gostava muito de falar sobre seu talento para a eficiência.

— Vocês estão vendo como está sendo rápido? — perguntou-nos. Reunira uns trezentos de nós junto ao rio para explicar seus planos e o nosso papel neles.

— Toda essa terra que vocês estão vendo na sua frente é comida em potencial, toda ela. Se conseguirmos cultivar bem essa terra, toda a comida de que precisamos pode ser fornecida por ela, por esse rio e pelo cuidado que tivermos com ele.

Achávamos uma boa idéia, mas é claro que sabíamos que os aspectos mais difíceis do trabalho com a terra seriam deixados a cargo dos menores desacompanhados, como de fato foram. Durante semanas, Mayen Ngor nos ensinou a usar enxadas, pás, carrinhos de mão, picaretas e foices, e continuamos a fazer o trabalho manual muito depois de as grandes máquinas etíopes já terem ido embora. Enquanto trabalhávamos, e depois de algum tempo começávamos a plantar sementes de tomate, feijão, milho, cebola, amendoim e sorgo, Mayen Ngor, com os olhos brilhando ao vislumbrar a riqueza daquela terra, andava no meio de nós, pregando sua causa.

— Como você se chama, *jaysh al-ahmar?* — perguntou-me ele certo dia.

Todos os Onze, que trabalhavam perto de mim, perceberam sua presença entre nós. Eu disse meu nome a Mayen Ngor. Ele decidiu não usá-lo.

— *Jaysh al-ahmar*, você tem noção de como essa terra vai ficar depois que vocês terminarem? Entende que toda essa terra é comida em potencial?

Respondi a ele que sim, e que essa idéia me deixava muito animado.

— Bom, bom — disse ele, pondo-se em pé e olhando para as fileiras de centenas de meninos à sua volta, todos curvados sobre suas enxadas e pás. A visão daqueles meninos emaciados trabalhando sob o sol de verão lhe deu grande prazer.

— Toda ela! — exclamou. — Tudo comida em potencial!

Então saiu andando, seguindo a fileira.

Quando ele se afastou o bastante a ponto de não poder mais escutar, as risadas explodiram ao meu redor, pois os Onze não conseguiram se conter. Foi nesse dia que Mayen Ngor ficou conhecido como o sr. Comida em Potencial. Durante meses depois disso, apontávamos para qualquer coisa — pedra, pá, caminhão — e dizíamos: "Comida em potencial!". Achor Achor era quem fazia a melhor imitação e quem levava a encenação mais longe. Apontava para objetos aleatórios e, fitando o horizonte, declarava: "Está vendo aquela árvore, *jaysh al-ahmar?* Comida em potencial. Aquele pneu? Comida em potencial. Aquela pilha de esterco, aquela pilha de sapatos velhos? Comida em potencial".

Quando o outono chegou, a transformação do campo ficou mais completa — era agora um lugar militarizado, com regras rígidas, tarefas mais numerosas e variadas para todos nós, e muito mais declarações claras de que estávamos ali por um motivo fundamental: para sermos alimentados e engordados de modo a poder lutar quando tivéssemos idade suficiente, ou então quando o SPLA ficasse desesperado o bastante para nos usar — o que viesse primeiro. Muitos professores haviam voltado de seu treinamento em Bonga, e as marchas começaram. Todas as manhãs éramos levados até o terreno de desfile, dispostos em fileiras, e tínhamos de fazer exercícios, contando com os mais velhos. Então, usando nossos implementos agrícolas para simular fuzis AK-47, marchávamos de um lado para o outro do terreno de desfile cantando canções patrióticas. Quando terminávamos de marchar, recebíamos os anúncios do dia e éramos informados de qualquer norma ou regulamento novo. As novas diretrizes e proibições nunca pareciam ter fim.

— Sei que a maioria de vocês agora está aprendendo inglês — disse um professor novo certo dia. Ele havia acabado de chegar de Bonga, e passou a ser conhecido como Comandante Segredo. — E alguns de vocês estão ficando bons. Mas preciso avisar que isso não significa que podem usar o inglês para falar com qualquer trabalhador humanitário aqui do campo. Vocês não têm autorização para falar com nenhum não-sudanês, seja ele preto ou branco. Entendido?

Deixamos claro que estava entendido.

— Se, por algum motivo, algum trabalhador humanitário fizer uma pergunta a vocês, observem as seguintes regras: primeiro, devem se mostrar o mais tímidos possível. É melhor para esse campo, e para vocês pessoalmente, que não conversem com nenhum trabalhador humanitário, mesmo que eles lhes façam perguntas. Entendido?

Dissemos ao Comandante Segredo que estava entendido.

— Uma última coisa: se alguém perguntar alguma coisa a vocês sobre o SPLA, devem dizer que não sabem nada a respeito. Vocês não sabem o que é o SPLA, nunca viram um membro do SPLA, não sabem nada sobre o que representam essas letras. São apenas órfãos que estão aqui por motivos de segurança e para estudar. Está claro?

Achamos isso menos compreensível, mas a dicotomia entre a ONU e o

SPLA iria ficar mais clara com o passar dos meses. Conforme a presença da ONU se intensificou, com novas instalações e mais equipamento chegando a cada mês, a influência do SPLA no campo também cresceu. E as duas facções dividiam fraternalmente o dia entre si. Antes do anoitecer, o campo se dedicava ao estudo e à nutrição: íamos às aulas e fazíamos refeições saudáveis, e os observadores da ONU não tinham dúvidas de que éramos uma massa de menores desacompanhados. À noite, porém, o campo pertencia ao SPLA. Era nessa hora que o SPLA levava embora seu quinhão da comida que fora entregue a nós e aos outros refugiados, e era então que as operações eram executadas e a justiça dispensada. Qualquer menino que houvesse se esquivado do trabalho ou se comportado mal apanhava com uma vara e, para muitos desses meninos, esqueléticos como eram, as surras de vara eram debilitantes, fatais até. É claro que as surras ocorriam à noite, longe dos olhos de qualquer observador internacional.

Os meninos do acampamento estavam divididos em suas opiniões sobre nossos líderes rebeldes. Muitos de nós, talvez até a maioria, mal podiam esperar para ir treinar em Bonga, receber uma arma, aprender a matar, vingar suas aldeias, matar árabes. Mas havia muitos, como eu, que se sentiam distantes da guerra, que queriam apenas aprender a ler e escrever, que esperavam o dia em que aquela loucura iria terminar. E o SPLA não tornava fácil lutar ao seu lado, junto com seu exército. Havia meses que eu escutava boatos sobre as dificuldades em Bonga, sobre como o treinamento era árduo, como era duro e implacável. Sabia que meninos morriam em Bonga, apesar de as explicações serem dissimuladas e impossíveis de confirmar. Exaustão, espancamento. Meninos tentavam fugir e eram abatidos a tiros. Meninos perdiam seus fuzis e eram abatidos a tiros. Sei agora que algumas das notícias que vinham de Bonga eram falsas, mas, entre o que era escondido e o que era exagerado, existia alguma verdade. Aqueles que tinham ido embora para combater os árabes precisavam primeiro combater seus próprios anciãos. Ainda assim, a cada semana mais meninos deixavam a relativa segurança e conforto de Pinyudo por livre e espontânea vontade para irem treinar em Bonga. Perdemos quatro dos Onze dessa forma, entre o verão e o inverno, e todos acabaram mortos. Machar Dieny lutou e foi morto no sul do Sudão em 1990. Mou Mayuol entrou para o SPLA e foi morto em Juba em 1992. Aboi Bith entrou para o SPLA e foi morto em Kapoeta em 1995. Tinha provavelmente catorze anos de idade. Meninos dão soldados muito ruins. O problema é esse.

Nossos dias agora haviam sido totalmente reformulados. Onde antes houvera estudo, futebol e tarefas simples, como ir buscar água no rio, agora havia trabalho braçal — além do trabalho na lavoura — e tarefas que éramos jovens demais para executar.

Todas as manhãs, quando éramos enfileirados no terreno de desfile, os mais velhos escolhiam um grupo:

— Vocês vão ajudar a mulher do comandante Kon a construir um curral para as cabras dela.

Outro grupo:

— Vocês vão buscar lenha na floresta.

E outro:

— Vocês vão ajudar esse ancião a construir uma casa nova para os primos dele.

Depois do fim das aulas e do almoço terminado, todos sabíamos para onde ir.

Passei duas semanas construindo uma casa para um amigo do meu professor de biologia. Éramos chamados para qualquer serviço, fosse ele grande ou pequeno. Plantávamos sementes em jardins, construíamos galpões. Lavávamos a roupa de qualquer pessoa mais velha que pedisse. Muitos membros do SPLA haviam trazido as famílias para morar em Pinyudo enquanto treinavam em Bonga, ali perto. Então lavávamos suas roupas no rio, levávamos água para as mulheres dos oficiais e realizávamos qualquer tarefa que estes inventassem. Nosso trabalho não era remunerado, e não podíamos pedir nem esperar sequer um copo d'água em troca do nosso trabalho. Certa vez, depois de construir com os Onze — na verdade, dez; Isaac estava se fingindo de doente — a casa da família de um oficial recém-chegado, pedi um copo d'água. Fomos até a porta da casa, uma porta que acabáramos de instalar, e a mulher do oficial saiu lá de dentro olhando para nós com raiva.

— Água? Isso por acaso é alguma brincadeira? Saiam daqui, seus mosquitos. Vão beber água da poça!

Muitas vezes trabalhávamos até escurecer. Outras vezes éramos liberados no final da tarde e podíamos brincar. Jogava-se futebol por toda parte em Pinyudo, em partidas que muitas vezes não tinham campo demarcado, nem sequer gols. Um dos meninos pegava a bola — sempre havia bolas de futebol novas à disposição, presentes de John Garang, segundo diziam — e saía driblando com ela, sendo logo seguido por outros cem meninos que queriam apenas tocá-la. Mesmo nessa hora, porém, já no final da tarde, algum mais velho ainda podia ter alguma idéia.

— Ei, você! — gritava ele para a massa de meninos descalços correndo atrás da bola pela terra batida.— Você, aí, venha cá. Tenho um trabalho para você.

E lá íamos nós.

Ninguém queria entrar na mata, pois ali os meninos desapareciam. Os dois primeiros a morrer eram conhecidos por terem sido devorados por leões, portanto ir procurar materiais de construção na floresta passou a ser um trabalho que todos procuravam evitar. Quando seu nome era chamado para ir à mata, alguns meninos enlouqueciam. Escondiam-se nas árvores. Fugiam correndo. Muitos iam correndo até Bonga, treinar para ser soldados, qualquer coisa para não entrar na floresta onde os meninos sumiam. A situação foi piorando com o passar dos meses. As reservas da floresta iam diminuindo a cada dia, então os meninos que saíam para procurar mato, estacas ou lenha para o fogo precisavam ir cada dia mais longe, aproximando-se cada vez mais do desconhecido. Mais meninos deixavam de voltar, mas os trabalhos prosseguiam e as construções iam se espalhando sempre mais.

Certo dia, o vento veio e derrubou o telhado de dúzias de casas dos mais velhos. Seis de nós foram encarregados da tarefa de reconstruir os telhados, e Isaac e eu estávamos ocupados com isso quando o Comandante Segredo nos encontrou.

— Vocês dois, vão para a floresta. Não temos lenha para o fogo.

Tentei ser o mais formal e educado possível ao dizer:

— Não, senhor, não posso ser comido por um leão lá dentro.

O Comandante Segredo se pôs de pé, indignado:

— Então você vai levar uma surra!

Eu nunca tinha escutado palavras tão deliciosas. Agüentaria qualquer surra para não correr o risco de ser devorado. O Comandante Segredo me levou até o alojamento e me bateu nas pernas e no traseiro com uma vara, com força, mas sem grande maldade. Reprimi um sorriso quando a sova terminou; senti-me vitorioso e saí correndo, incapaz de conter uma canção que cantei para mim mesmo no ar da noite.

Logo depois disso, mais nenhum menino entrou na floresta. E, quando o número de surras começou a aumentar, o mesmo aconteceu com os métodos para reduzir seu impacto. Um complexo sistema de empréstimo de roupas foi instaurado para aqueles que estivessem esperando apanhar. Em geral, quem ia apanhar sabia com pelo menos algumas horas de antecedência, e podia pedir emprestado quanta roupa de baixo e quantos shorts conseguisse vestir de forma convincente. As surras geralmente aconteciam à noite; agradecíamos a Deus por isso, porque assim nosso enchimento adicional ficava menos aparente.

Depois de algumas semanas, os professores, fosse por preguiça ou por quererem nos infligir algum tipo de disciplina militar, mandaram-nos surrar uns aos outros como punição por qualquer ofensa cometida. Embora, no início, alguns meninos tenham de fato cumprido as ordens — no final acabaram pagando pelo próprio entusiasmo —, de forma geral inventou-se um sistema no qual o encarregado da surra batia no chão, e não no traseiro da vítima, mas ainda assim tanto quem batia quanto quem apanhava continuava a emitir os ruídos esperados de esforço e dor.

A nova rigidez militar era uma chatice, mas, fora isso, sentíamo-nos fortes, e ninguém estava morrendo. A maioria de nós continuava a ganhar peso, e conseguia trabalhar e correr. Havia comida suficiente, e a comida, na verdade, era a única desculpa confiável para evitar o trabalho à tarde. Em nossos grupos de doze, cada qual se via atribuído um dia para cozinhar, dia em que o menino em questão podia faltar à escola e ao trabalho que vinha em seguida, já que estaria obviamente ocupado cozinhando para os outros onze. A comida era distribuída uma vez por mês, de caminhão. Mandavam-nos carregá-la de volta até o campo, onde a armazenávamos dentro de uma série de barracões feitos de ferro corrugado. As sacas, cheias de fubá, feijão-branco, lentilhas e óleo vegetal, tinham o mesmo tamanho de muitos de nós, e muitas vezes precisavam ser carregadas em pares.

A cada doze dias era minha folga, e esse era um dia bom. Nas noites que o antecediam, eu adormecia sorrindo, e, à medida que o dia se aproximava, ia ficando cada vez mais animado. Quando o dia chegava, eu ficava dormindo depois de os Onze terem saído para o terreno de desfile e para a escola e, quando acordava, pensava no que iria preparar. Pensava nisso a caminho do rio para buscar água, e pensava nisso no caminho de volta. Praticamente tudo o que podíamos fazer para o almoço era sopa, mas, quando chegava minha vez, eu tentava preparar uma sopa que não fosse de lentilha. Sopa de lentilha era a sopa de todo dia, e a maioria dos Onze ficava satisfeita em prepará-la e comê-la, mas, como eu era o líder do meu grupo, tentava cozinhar algo melhor quando chegava meu dia, algo que fizesse os Onze se sentirem extraordinários.

Eu verificava os mantimentos que tínhamos para ver se havia uma porção extra de alguma coisa que pudesse ser trocada. Caso tivéssemos uma ração sobressalente de arroz, por exemplo, eu talvez conseguisse trocá-la por peixe na margem do rio. Com peixe, podia preparar uma sopa de peixe, e os Onze gostavam muito dessa sopa. Quando estavam na escola, eu ficava entretido preparando a sopa e pensando na refeição da noite. Mas preparar sopa não ocupa todas as horas do dia, e restavam alguns momentos livres. Mesmo que alguém mais velho me encontrasse descansando, eu poderia dizer: "Hoje estou cozinhando", e o mais velho não dizia nada. Ser um cozinheiro bom e responsável era fundamental.

Eu era um excelente cozinheiro, mas servir a sopa foi difícil no começo. Quando o campo começou, não tínhamos pratos nem utensílios, e até mesmo a sopa era servida dentro dos sacos onde vinham os grãos. Eram sacos resistentes, feitos de plástico reforçado, então a comida ficava lá dentro sem vazar. Depois de muitos meses recebemos utensílios e, alguns meses depois disso, foram distribuídos pratos, um prato de alumínio para cada menino. Durante todo o tempo que passamos em Pinyudo, ninguém tomava café-da-manhã, mas, depois de algum tempo, começamos a beber chá de manhã, embora o chá não fosse distribuído. Tínhamos de trocar uma parte da nossa comida na cidade por chá e açúcar. Quando não tínhamos nada para trocar por açúcar nas lojas, aprendíamos a caçar abelhas e extrair o mel de suas colmeias.

Certo dia, eu estava cozinhando quando um dos meus vizinhos, um menino de rosto redondo chamado Gor, veio correndo em minha direção. Era evidente que trazia alguma novidade, mas ele e eu não éramos amigos, e ele estava visivelmente decepcionado porque, não havendo ninguém mais por perto, eu teria de ser seu interlocutor.

— Os Estados Unidos invadiram o Kuwait e o Iraque!

Eu não sabia o que eram Kuwait ou Iraque. Gor era um menino esperto, mas fiquei mordido com seu conhecimento sobre assuntos internacionais. Imaginara que estivéssemos todos recebendo a mesma instrução em Pinyudo, mas ainda assim havia desequilíbrios difíceis de explicar.

— Estão resgatando o Kuwait das mãos de Saddam Hussein! Estão trazendo quinhentos mil soldados e vão recuperar o Kuwait. Vão se livrar de Saddam!

Por fim, depois de passar alguns minutos fingindo entender, engoli meu orgulho o suficiente para pedir uma explicação completa. Saddam Hussein era o ditador do Iraque, disse-me Gor, e vinha fornecendo armas e aviões ao Exército sudanês. Hussein dera dinheiro e armas químicas a Cartum. Os pilotos de alguns dos helicópteros que atiravam em nossas aldeias eram iraquianos.

— Então isso é bom? — perguntei. — É bom os Estados Unidos estarem lutando contra ele?

— É, sim! É, sim! — respondeu Gor. — Isso quer dizer que os americanos logo vão estar lutando contra Cartum, também. Significa que irão eliminar todos os ditadores muçulmanos do mundo. Com certeza é isso que significa. Eu garanto. Deus falou por intermédio dos americanos, Achak.

E ele se afastou à procura de mais meninos a quem ensinar.

Foi essa a teoria que prevaleceu durante algum tempo: de que a guerra no Iraque e no Kuwait levaria inevitavelmente à derrota dos fundamentalistas islâmicos no Sudão. Mas isso não aconteceu. O SPLA não estava com sorte naquele ano. Batalhas e territórios haviam sido perdidos, e os rebeldes, como se poderia esperar, começaram a devorar a si mesmos.

Certa manhã, às dez horas, foi anunciada uma reunião. As aulas foram canceladas e saímos todos das salas.

— Para o terreno de desfile! — ordenaram os professores.

Perguntei a Achor Achor qual era o motivo da reunião, mas ele não soube responder. Perguntei a um mais velho, que foi ríspido comigo.

— Vá pra o terreno de desfile e pronto. Você vai gostar.

— Temos que trabalhar hoje à tarde?

— Não. Hoje a tarde é para aprender.

Achor Achor e eu fomos para o terreno de desfile, animados. Qualquer coisa era melhor que ter de trabalhar à tarde, e logo estávamos sentados na primeira fila de uma multidão cada vez maior de meninos. Nessa semana, um comandante do SPLA, Giir Chuang, estava visitando o campo, e imaginamos que a reunião houvesse sido convocada em sua homenagem.

O Comandante Segredo estava presente, assim como o Comandante Fivela de Cinto, o sr. Comida em Potencial, o sr. Kondit e todos os outros mais velhos do campo. Procurei por Dut, mas não o encontrei. Já fazia muitos meses que sua presença no campo era esporádica, e os meninos que haviam caminhado com ele teciam teorias a seu respeito: ele agora era comandante do SPLA, estava na universidade em Adis Abeba. De qualquer forma, nesse dia todos sentimos sua falta. Olhei à volta e vi que a maioria dos meninos ali reunidos tinha idade próxima da minha, algo entre seis e doze anos. Muito poucos eram mais velhos que isso. Todos os meninos sorriam e riam, e logo estavam cantando. Deng Panan, o mais célebre intérprete de canções patrióticas e uma celebridade entre os rebeldes, surgiu na nossa frente com um microfone. Cantou canções sobre Deus e sobre fé, sobre resistência e sobre o sofrimento dos sudaneses do sul nas mãos dos árabes. Vivas ecoaram quando ele começou a entoar as palavras escritas por um dos meninos de Pinyudo:

Vamos lutar para libertar a terra do Sudão
Vamos lutar! Armados com AK-47s
Os batalhões do Exército Vermelho irão chegar
Vamos chegar
Com armas na mão esquerda

E canetas na direita
Para libertar nossa terra, ô, ôô!

Enquanto isso, um pelotão de quinze soldados chegou marchando e se reuniu em linha reta, ombro a ombro, de frente para nós. Em seguida, uma fileira de homens, sujos e amarrados com cordas, foi empurrada até o terreno de desfile. Eram sete homens, todos com aspecto desnutrido, alguns sangrando de feridas na cabeça e nos pés.

— Quem são? — sussurrou Achor Achor.

Eu não fazia idéia. Os homens estavam agora ajoelhados em fila, de frente para nós, e não estavam cantando. Os soldados do SPLA, trajando uniformes limpos, estavam postados atrás deles empunhando fuzis AK-47. Um dos homens, um dos que estavam amarrados, estava sentado bem na minha frente. Logo cruzei olhares com ele, e ele me olhou com uma expressão de fúria sem disfarce.

Quando Deng Panan acabou de cantar, Giir Chuang pegou o microfone.

— Meninos, vocês são o futuro do Sudão! É por isso que os chamamos de Sementes. Vocês são as sementes de um novo Sudão.

Os meninos ao meu redor deram vivas. Continuei a olhar para os homens amarrados.

— Logo o Sudão será seu! — gritou Giir Chuang.

Mais vivas dos meninos.

O comandante falou sobre nosso potencial para reconstruir nosso amado país quando a guerra terminasse, disse que iríamos voltar para um Sudão em ruínas, mas um Sudão que estaria à espera das Sementes — e que só nossas mãos, costas e cérebro seriam capazes de reconstruir o sul do Sudão. Tornamos a dar vivas.

— Contudo, antes de haver paz no Sudão, precisamos estar atentos. Não podemos aceitar fraqueza entre os nossos ou traições de qualquer tipo. Concordam?

Todos aquiescemos.

— Concordam? — repetiu o comandante.

Dissemos que concordávamos.

— Esses homens aqui são traidores! São criminosos!

Então olhamos para os homens. Eles vestiam farrapos.

— São estupradores!

Giir Chuang parecia esperar alguma reação nossa, mas ficamos em silêncio. Havíamos perdido o fio da meada. Éramos jovens demais para saber muita coisa sobre estupro, sobre a gravidade desse crime.

— Eles também revelaram segredos do SPLA para o governo do Sudão e planos do SPLA para *khawajas* aqui em Pinyudo. Comprometeram o movimento e tentaram arruinar tudo o que realizamos juntos. O novo Sudão que vocês irão herdar... eles cuspiram em cima! Se deixarmos, esses homens vão envenenar tudo o que temos. Se lhes dermos oportunidade, eles vão colaborar com o governo até sermos todos muçulmanos, até implorarmos clemência sob as botas dos árabes e de sua *sharia*! Podemos deixar eles fazerem isso, meninos?

Gritamos que não. Senti que aqueles homens sem dúvida deviam ser punidos por suas traições. Odiei-os. Então algo inesperado aconteceu. Um dos homens ergueu a voz.

— Não fizemos nada! Não estupramos ninguém! Isso aqui é uma encenação!

O homem que protestava foi atingido na cabeça com a coronha de uma arma. Sua cabeça desabou sobre o peito. Encorajados, os outros prisioneiros começaram a implorar.

— Estão mentindo para vocês! — gemeu um prisioneiro pequenino. — É tudo mentira!

Esse homem também levou uma coronhada.

— O SPLA está devorando seus próprios membros!

Esse homem levou um chute na nuca e foi derrubado no chão.

Giir Chuang pareceu surpreso com essa impunidade, mas a viu como uma oportunidade.

— Vejam esses homens aqui, mentindo para vocês, Sementes de um novo Sudão! Eles não têm vergonha na cara. Mentem para nós, mentem para todos nós. Podemos deixar eles mentirem para nós? Podemos deixar eles nos olharem nos olhos e ameaçar o futuro da nossa nação com sua traição?

— Não! — bradamos.

— Podemos deixar uma traição assim impune?

— Não! — bradamos.

— Que bom. Fico feliz que concordem.

Com isso, os soldados deram um passo à frente, dois deles atrás de cada homem amarrado. Apontaram as armas para a cabeça e o peito de cada um dos homens, e dispararam. Os tiros vararam os homens, e poeira foi levantada do chão.

Gritei. Mil meninos gritaram. Haviam matado todos aqueles homens.

Mas um deles não estava morto. O comandante apontou para um prisioneiro que ainda se debatia e respirava. Um soldado se aproximou e tornou a alvejá-lo, dessa vez no rosto.

Tentamos sair correndo. Os primeiros meninos que se aventuraram a sair do terreno de desfile foram derrubados no chão e apanharam dos professores. Os outros continuaram onde estavam, com medo de se mexer, mas não paravam de chorar. Choramos chamando pelas mães e pelos pais que não víamos havia muitos anos, mesmo por aqueles que sabíamos estar mortos. Queríamos ir para casa. Queríamos sair correndo do terreno de desfile, de Pinyudo.

O comandante pôs um fim abrupto à reunião.

— Obrigado. Até a próxima — disse ele.

Meninos começaram a correr em todas as direções. Alguns se agarraram ao adulto mais próximo que conseguiram encontrar, tremendo e chorando. Outros se deitaram no chão ali mesmo onde estavam, encolhendo-se e soluçando. Virei-me, vomitei e saí correndo, cuspindo enquanto disparava até a casa do sr. Kondit, que encontrei sentado lá dentro, em cima da cama, fitando o teto. Nunca o tinha visto tão pálido. Estava sentado, arrasado, com as mãos inertes apoiadas nos joelhos.

— Estou tão cansado — disse ele.

Sentei-me no chão ao seu lado.

— Não sei mais o que estou fazendo aqui — continuou ele. — As coisas ficaram tão confusas.

Eu nunca tinha visto o sr. Kondit expressar nenhum tipo de dúvida.

— Não sei se vamos conseguir sair dessa situação, Achak. Não desse jeito. Isso aqui não é o melhor que podemos fazer. Não estamos fazendo o melhor possível.

364

Ficamos sentados ali até a noite cair, e então voltei para casa, para junto dos Onze, cujos números haviam sofrido uma baixa. Éramos agora nove. Dois meninos haviam fugido naquela tarde e não voltaram mais.

Depois desse dia, muitos dos meninos pararam de ir às reuniões, qualquer que fosse o motivo. Escondiam-se em seus abrigos, fingindo estar doentes. Iam à clínica, corriam até o rio. Inventavam qualquer motivo para faltar à reunião e, como não era possível fazer chamada, raramente eram punidos.

Depois das execuções, muitas histórias começaram a circular. Os homens haviam sido acusados de diversas ofensas, mas aqueles implicados no estupro, segundo os boatos que corriam pelo campo, eram inocentes. Um deles havia se casado com uma mulher desejada por um oficial graduado do SPLA, que então o acusara de ser estuprador. A mãe da mulher, que não aprovava o casamento, colaborou com os acusadores e afirmou que os amigos do noivo também haviam estuprado sua filha. O caso foi encerrado e os homens, condenados. Tudo o que restava a fazer era executar os homens na frente de dez mil adolescentes.

Eu estava quase chegando à idade em que seria mandado para o treinamento, Julian, mas fui salvo dessa sina quando fomos forçados a deixar Pinyudo, todos os quarenta mil, pelas forças etíopes que derrubaram o presidente Mengistu. O golpe, conforme eu soube mais tarde, já vinha sendo planejado havia algum tempo, e seria a causa dos problemas da Etiópia por muitos anos no futuro. Mas tudo começou com uma aliança entre grupos rivais no país, com a ajuda de separatistas da Eritréia. Os rebeldes etíopes precisavam da ajuda dos eritreus, e vice-versa. Em troca, prometeram independência aos eritreus caso o golpe tivesse sucesso. Isso de fato aconteceu, mas as coisas depois se complicaram entre as duas nações.

Eu estava saindo da igreja quando chegaram as notícias. Minha igreja ficava perto da seção onde viviam os trabalhadores humanitários etíopes e, depois de a missa terminar, vi-os chorando, mulheres e homens.

— O governo foi derrubado. Mengistu caiu — gemiam eles.

Disseram-nos para juntar tudo o que pudéssemos e nos prepararmos para fugir. Quando cheguei ao nosso abrigo, já não havia ninguém lá; os Nove restantes haviam ido embora antes de mim deixando um bilhete: Vemos você no rio — Os Nove. Enfiei o que pude da minha comida e cobertas dentro de uma saca de milho. Em menos de uma hora, todos os meninos, famílias e rebeldes estavam reunidos no terreno de desfile, prontos para ir embora de Pinyudo. Todos os refugiados do campo enchiam a paisagem, alguns correndo, outros calmos e tranqüilos, como se estivessem dando um passeio até a aldeia seguinte. Então o céu desabou.

A chuva foi torrencial. O plano era atravessarmos o rio Gilo e tornarmos a nos reunir na outra margem, possivelmente em Pochalla. Dentro d'água, ficou óbvio que os grupos não estavam bem organizados. A chuva e o caos cinzento por ela provocado levaram embora qualquer semblante de ordem em nossa evacuação. No rio, não consegui encontrar os Nove. Vi muito poucas pessoas conhecidas. Ao longe, distingui o Comandante Fivela de Cinto em cima de um jipe, segurando um megafone quebrado, rugindo instruções indistintas. A área junto ao rio era pantanosa, e todos ficaram ensopados, chapinhando na água barrenta. Quando chegamos, o rio estava na maré cheia e correndo depressa. Árvores e detritos passavam arrastados pela correnteza.

Os primeiros tiros pareceram pequenos e distantes. Virei-me para seguir o som. Não vi nada, mas os tiros continuaram e foram ficando mais altos. Os atacantes estavam próximos. Os sons se multiplicaram, e ouvi os primeiros gritos. Uma mulher mais em cima no rio cuspiu da boca uma golfada de sangue antes de cair n'água, sem vida. Fora alvejada por um atirador invisível, e a correnteza levou-a na direção do meu grupo. Então começou o pânico. Éramos dezenas de milhares correndo pelas águas rasas do rio, muitos sem saber nadar. Ficar na margem significava morte certa, mas pular dentro daquele rio, cheio e veloz, era loucura.

Os etíopes estavam atacando junto com seus reforços eritreus, e os *anyuak* também estavam fazendo sua parte. Queriam-nos fora da sua terra, estavam vingando mil crimes e deslizes. O SPLA tentava sair da Etiópia levando jipes, tanques e uma boa quantidade de mantimentos que os etíopes poderiam ter considerado seus, então estes tinham motivos para contestar as condições da partida dos rebeldes. Quando o céu explodiu em um festival de balas e fogo de artilharia, tudo se acelerou, e as mortes começaram.

Eu havia passado tempo demais hesitando na parte rasa, com água até a barriga. À toda minha volta, pessoas tomavam suas decisões: entrar n'água de vez ou correr mais um pouco pela margem à procura de um trecho mais estreito, um barco, alguma solução.

— É só atravessar o rio. Depois da travessia estaremos seguros.

Virei-me para trás. Era Dut. Novamente eu estava sendo guiado por Dut.

— Mas eu não sei nadar — falei.

— Fique perto de mim. Eu puxo você.

Encontramos um trecho de rio mais estreito.

— Olhe!

Apontei para o outro lado, onde havia dois crocodilos deitados na margem.

— Não há tempo para se preocupar com isso — disse Dut.

Gritei. Estava paralisado.

— Eles não comeram você da outra vez, lembra? Talvez não gostem de dincas.

— Eu não consigo!

— Pule! Comece a nadar. Vou estar logo atrás de você.

— E o meu saco?

— Largue o saco. Não vai conseguir carregar.

Larguei o saco com tudo o que eu possuía e pulei dentro d'água. Fui remando com as mãos em concha feito patas, apenas com a cabeça para fora. Dut estava ao meu lado.

— Muito bem — sussurrava ele. — Muito bem. Continue.

Enquanto avançava pela água, pude sentir a correnteza me arrastando rio abaixo. Fiquei olhando para os crocodilos, mantive os olhos cravados neles. Não esboçavam o menor movimento. Continuei a remar. Atrás de mim ouviu-se um grande estrondo. Virei-me e pude ver os soldados ajoelhados na margem do rio, atirando em nós enquanto atravessávamos. Por toda parte eu via cabeças de meninos dentro d'água, e à sua volta o branco da água, os detritos, o clamor da chuva e das balas. Todas as cabeças tentavam atravessar o rio, ao mesmo tempo em que escondiam os corpo debaixo da superfície. Ouviam-se gritos por toda parte. Eu remava e chutava. Tornei a olhar para o lugar na margem onde tinha visto os crocodilos. Não estavam mais lá.

— Os crocodilos!

367

— Sim. Precisamos nadar rápido. Vamos. Somos muitos. Estamos em vantagem numérica. Nade, Achak, é só continuar remando.

Um grito veio de bem perto. Virei-me e vi um menino entre os dentes de um crocodilo. O rio se coloriu de vermelho e o rosto do menino desapareceu.

— Continue. Ele agora está ocupado demais para comer você.

Agora já estávamos na metade da travessia, e meus ouvidos escutavam o chiado debaixo d'água e as balas e morteiros espocando no ar. A cada vez que minhas orelhas submergiam, um chiado enchia minha cabeça, e aquilo parecia o barulho dos crocodilos vindo me pegar. Tentava manter as orelhas na superfície, mas, quando minha cabeça estava alta demais, eu imaginava uma bala entrando por minha nuca. Tornava a me abaixar para dentro d'água, só para ouvir de novo o forte chiado lá embaixo.

Gritos desesperados vinham da margem do rio que íamos deixando para trás. Virei-me e vi um dinca armado gritando para o rio.

— Me levem com vocês! — berrava ele. — Me levem com vocês!

Havia um homem dentro do rio perto dele, afastando-se a nado. Outro homem entrou n'água e começou a nadar. Então o homem armado começou a gritar para os dois que nadavam:

— Eu não sei nadar! Me levem com vocês! Me ajudem!

Os dois homens continuaram a nadar. Não queriam esperar para ajudar o homem armado. Este então apontou a arma para os homens que nadavam e começou a atirar. Isso aconteceu a menos de quinze metros de onde eu estava nadando. O homem armado matou um dos que nadavam antes de seus próprios ombros explodirem em vermelho; ele fora alvejado por tiros etíopes. O homem caiu ali mesmo, de banda, e sua cabeça aterrissou na lama da margem.

Foi somente a sorte que me fez chegar à outra margem do rio nesse dia. Meus pés tocaram terra firme e eu me joguei no chão. Nesse instante, um morteiro explodiu seis metros mais à frente. Não havia sinal de Dut.

— Corra para o mato!

Quem estava dizendo isso?

— Venha, vamos!

Fui subindo a margem, e um homem segurou meu braço. Era Dut de novo. Ele me ergueu e me jogou no mato ao seu lado. Ficamos os dois deitados de bruços no mato, olhando para o rio logo atrás.

— Não podemos nos mexer aqui — disse ele. — Eles vão nos ver e atirar. Agora estão atirando mais para cima da margem, então estamos mais seguros aqui.

Passamos meia hora deitados de bruços enquanto as pessoas subiam a margem aos tropeços e passavam correndo. Dali, da margem alta do rio, podíamos ver tudo, podíamos ver coisas demais.

— Feche os olhos — disse Dut.

Eu disse que iria fechar e pressionei o rosto contra o chão, mas discretamente fiquei olhando a matança lá embaixo. Milhares de meninos, homens, mulheres e bebês estavam atravessando o rio, e os soldados os matavam aleatoriamente, e às vezes com grande esmero. Alguns soldados do spla lutavam do nosso lado do rio, mas a maioria já havia fugido, deixando os civis sudaneses sozinhos e desprotegidos. Os etíopes então podiam escolher seus alvos, a maioria desarmada. No meio do caos havia também os *anyuak*, que agora se juntavam ao Exército etíope em sua guerra contra nós. Toda a animosidade represada dos *anyuak* foi liberada nesse dia, e eles expulsaram os sudaneses de sua terra com facões e com os poucos fuzis que tinham. Golpeavam e atiravam nos que corriam em direção ao rio, e alvejavam os que se debatiam dentro d'água. Morteiros explodiam, fazendo a espuma branca se erguer no ar a sete metros. Mulheres jogavam bebês dentro do rio. Meninos que não sabiam nadar simplesmente se afogavam. Alguma mulher que fugia em um instante estava se mexendo, então havia uma chuva de balas ou a explosão de um morteiro, e ela ficava imóvel e saía boiando rio abaixo. Alguns dos mortos foram devorados por crocodilos. O rio ficou de muitas cores nesse dia: verde e branco, preto, marrom e vermelho.

Quando a noite caiu, Dut e eu saímos da encosta do rio. Não havíamos corrido muito quando uma coisa bastante estranha aconteceu: eu vi Achor Achor. Ele estava simplesmente ali em pé, olhando para a esquerda e para a direita, sem saber direito para onde ir, no meio do caminho. Dut e eu quase esbarramos nele.

— Ótimo — disse Dut. — Vocês têm um ao outro. Nós nos vemos em Pochalla.

Dut voltou para o rio à procura de feridos e perdidos. Foi a última vez em que vimos Dut Majok.

— Para onde vamos? — perguntei.

— Como é que eu vou saber? — respondeu Achor Achor.

Não havia direção certa para onde ir. O mato ainda estava alto, e eu tinha medo dos leões e hienas escondidos nele. Logo encontramos outros dois meninos, alguns anos mais velhos que nós. Pareciam fortes, e nenhum dos dois estava sangrando.

— Para onde vocês estão indo? — perguntei.

— Pochalla — responderam eles. — É lá que todo mundo está agora. Vamos parar em Pochalla e aí decidir para onde ir.

Fomos com eles, embora não soubéssemos seus nomes. Fomos os quatro correndo, e Achor Achor e eu pensamos que aqueles eram bons meninos com quem correr. Eram rápidos e decididos. Passamos a noite inteira correndo pelo mato molhado e sentindo o cheiro de fumaça no céu. O vento estava forte e jogava a fumaça em cima de nós, e remexia o mato à nossa volta com violência. Tive a sensação de que poderia passar a vida inteira correndo daquele jeito, de que precisaria correr sempre e de que sempre conseguiria correr. Não sentia cansaço; meus olhos pareciam capazes de ver qualquer coisa no escuro. Sentia-me seguro com aqueles meninos.

— Venham aqui! — disse uma mulher. Olhei para ver de onde vinha a voz, virei-me e vi uma etíope vestida com um uniforme de soldado. — Venham aqui que eu ajudo vocês a encontrarem Pochalla! — disse ela. Os outros meninos começaram a andar na sua direção.

— Não! — falei. — Olhem como ela está vestida!

— Não tenham medo de mim — disse ela. — Sou só uma mulher! Sou uma mãe tentando ajudar vocês, meninos. Venham, crianças! Eu sou sua mãe! Venham aqui!

Os meninos desconhecidos correram em sua direção. Quando estavam a uns sete metros dela, a mulher se virou, ergueu uma arma do mato e, com os olhos todos brancos, deu um tiro no peito do menino mais alto. Pude ver a bala saindo por suas costas. Seu corpo caiu de joelhos e em seguida emborcou, a cabeça atingindo o chão antes do ombro.

Antes que qualquer um conseguisse correr, a mulher tornou a atirar, dessa vez acertando o braço do outro menino forte. O impacto o fez girar, e ele caiu. Quando se levantou para correr, uma última bala, que entrou pela clavícula e saiu pelo esterno, mandou o menino direto para o céu.

— Corra!

Era Achor Achor, que passou correndo por mim. Eu não havia me mexido. Ainda estava fascinado pela mulher, que agora mirava sua arma em mim.

— Corra! — repetiu ele, dessa vez agarrando minha camisa por trás. Saímos correndo dela, mergulhando no mato e depois rastejando e cambaleando para longe da mulher, que continuava a gritar para nós.

— Voltem! — dizia ela. — Eu sou sua mãe, voltem, meus filhos!

Para onde quer que Achor Achor e eu corrêssemos, as pessoas fugiam de nós. No escuro, não havia confiança. Ninguém esperava para descobrir quem era quem. À medida que a noite foi ficando mais escura, as balas cessaram. Imaginamos que os etíopes não fossem nos seguir até Pochalla — que estivessem apenas expulsando os sudaneses de seu país.

— Olhe — disse Achor Achor.

Ele apontou para dois talos de mato altos, amarrados juntos no meio do caminho.

— O que significa isso?

— Significa que não vamos por aí. Alguém está nos avisando que esse caminho não é seguro.

Sempre que víamos o caminho fechado pelos talos de mato amarrados, escolhíamos outra direção. A noite foi ficando muito silenciosa, e logo o céu ficou preto. Achor Achor e eu passamos horas andando e, como evitávamos muitos caminhos, logo desconfiamos que estávamos andando em círculos. Por fim chegamos a um caminho largo marcado com os sulcos velhos e ressecados dos pneus de um carro ou caminhão. O caminho estava livre, e Achor Achor teve certeza de que nos levaria até Pochalla.

Estávamos caminhando havia uma hora, e o vento soprava forte e quente, quando ouvimos um ruído animal. Não era o som de um adulto — havíamos escutado muito isso pelo caminho, gemidos e vômitos —, mas sim de um bebê chorando bem baixinho. Tive medo ao ouvir um bebê emitindo aquele som, gutural e sufocado, parecendo o lamento de morte de um gato. Logo encontramos a criança, que devia ter uns seis meses, deitada ao lado da mãe estendida no chão, morta. O bebê tentou sugar o seio da mãe por alguns instantes antes de desistir, chorando, com os punhozinhos cerrados.

A mãe do bebê levara um tiro na cintura. A bala podia tê-la atingido no rio, e ela rastejara aquela distância toda antes de desabar. Havia sangue no caminho.

— Temos que levar esse bebê — disse Achor Achor.

— O quê? Não — falei. — O bebê vai chorar e vão nos encontrar.

— Temos que levar esse bebê — repetiu Achor Achor, agachando-se para pegar a criança nua. Tirou a blusa da mãe do bebê e enrolou-o nela. — Não precisamos deixar esse bebê aqui.

Quando Achor Achor enrolou o bebê e segurou-o junto ao peito, a criança se calou.

— Está vendo, é um bebê calminho — disse ele.

Passamos algum tempo andando com o Bebê Calminho. Eu achava que a criança estava condenada.

— Qualquer bebê que mame em uma pessoa morta vai morrer — falei.

— Você é um tonto — disse Achor Achor. — Isso não faz sentido. O Bebê Calminho vai viver.

Revezamo-nos para carregar o Bebê Calminho, e ele fez pouco barulho enquanto andávamos. Até hoje não sei se era menino ou menina, mas penso nele como uma menina. Segurei-o bem junto ao meu corpo, com sua cabeça quentinha aninhada entre meu ombro e meu queixo. Passamos correndo por pequenas fogueiras e longos trechos de silêncio escuro. O Bebê Calminho passou esse tempo todo deitado contra meu peito ou em cima do meu ombro, sem fazer barulho nenhum, de olhos arregalados.

No meio da noite, Achor Achor e eu encontramos um grupo sentado no meio do mato ao lado da trilha. Eram doze pessoas, a maioria mulheres e homens mais velhos. Contamos às mulheres como havíamos encontrado o Bebê Calminho. Uma delas, com o pescoço sangrando, ofereceu-se para ficar com a criança.

— Não se preocupe com esse bebê — disse eu.

— É um bebê calminho — disse Achor Achor.

Ergui o bebê do meu ombro, e ele abriu os olhos. A mulher a segurou e a criança continuou quieta. Achor Achor e eu seguimos adiante.

* * *

Achor Achor e eu encontramos um grupo grande de homens e meninos, descansando um pouco à beira da estrada, e juntos andamos até Pochalla. Quando chegamos lá, encontramos aqueles que haviam fugido de Pinyudo e sobrevivido. Descobrimos que oito dos Nove haviam conseguido fazer a travessia; duas testemunhas tinham certeza de que Akok Kwuanyin se afogara.

Tentamos tornar essa informação verdadeira em nosso coração, mas foi impossível. Agíamos como se ele não houvesse morrido; decidimos lamentar sua morte mais tarde.

Milhares de sudaneses estavam sentados nos descampados ao redor de uma pista de pouso desativada. Achor Achor e eu escolhemos um matinho debaixo de umas árvores. Amassamos o mato, achatando-o para podermos dormir ali. Quando terminamos de achatá-lo, começou a chover. Não tínhamos mosquiteiro, mas Achor Achor havia encontrado um cobertor, de modo que nos deitamos lado a lado, compartilhando-o como dois irmãos.

— Você está sendo mordido pelos mosquitos? — perguntei.

— Claro — respondeu Achor Achor.

Passamos a noite inteira puxando o cobertor, arrancando-o de cima um do outro, e nenhum dos dois conseguiu dormir. Era impossível, com mosquitos vorazes daquele jeito.

— Pare de puxar! — sibilou Achor Achor.

— Não estou puxando — insisti.

Devo reconhecer que estava puxando, mas estava cansado demais para saber o que fazia.

Durante a noite, Achor Achor e eu pedimos aos mais velhos uns sacos de sisal, e recebemos um cada um. Prendemos os dois sacos juntos para fazer um mosquiteiro quase grande o suficiente para nós dois. Amarramos o mosquiteiro no cobertor, e aquilo pareceu suficiente. Ficamos orgulhosos de nossa obra e animados para dormir debaixo dela. Concordamos em não urinar perto de nosso mato amassado, de modo a não atrair os mosquitos.

Logo, porém, começou a chover, e nossas preparações de nada adiantaram. A água entrou debaixo do mosquiteiro e nós nos sentamos, erguendo-o um pouco, e quando o fizemos um enxame de mosquitos entrou. Passamos a noite em claro, molhados, enxotando os insetos com as duas mãos, agitando-as, exaustos, encharcados e salpicados por toda parte com nosso próprio sangue.

Foi a chuva que matou muitos meninos. A chuva nos fragilizou e trouxe insetos, que trouxeram malária. A chuva enfraqueceu a todos. Era muito parecido com o que a chuva fazia com as vaquinhas que fabricávamos com barro — sob a água que não parava de cair, o barro amolecia e cedia, e logo se espatifava e deixava de ser uma vaca. Foi isso que a chuva fez com essa gente que sofria em Pochalla, sobretudo com os meninos que não tinham mãe: eles se desfizeram com a força da chuva e tornaram a se misturar à terra.

Pela manhã, Achor Achor e eu ficamos deitados de bruços, olhando as pessoas que tinham ido até Pochalla e as que ainda estavam chegando. Chegaram durante o dia todo, do primeiro ao último raio de luz. Ficamos olhando o campo sumir pouco a pouco e as árvores desaparecerem sob a massa humana ali reunida.

— Você acha que Dut está aqui? — perguntou Achor Achor.

— Acho que não — falei.

Parecia-me que, se Dut estivesse por perto, nós saberíamos. Eu precisava acreditar que Dut estava vivo e conduzindo outros grupos de meninos rumo à segurança. Sabia que Pochalla não era o único lugar para onde as pessoas estavam indo e, se houvesse alguém caminhando durante a noite, com certeza era Dut quem os estava guiando.

— Acha que o Bebê Calminho está aqui? — perguntou Achor Achor.

— Acho que está — respondi. — Ou vai chegar em breve.

Nesse dia, procuramos o Bebê Calminho, mas todos os bebês que vimos estavam berrando. As mães cuidavam deles e das próprias feridas. Havia feridos por toda parte. Mas apenas os leves haviam conseguido chegar a Pochalla. Milhares morreram no rio Gilo, e centenas de outros no caminho até Pochalla. Não havia como ajudá-los.

— Estou cansado de ver essa gente — disse Achor Achor.

— Que gente?

— Os dincas, toda essa gente — disse ele, meneando o queixo em sua direção.

Perto de nós, uma mulher dava o peito a um bebê enquanto segurava outra criança entre os pés. Apenas a mãe estava vestida. À sua volta havia três outras crianças sentadas, aos gritos. O braço de uma delas parecia o semblante do homem sem rosto que eu encontrara quando estava fugindo de Marial Bai.

— Não quero ser essa gente para sempre — disse Achor Achor.

— Não — falei, concordando.

— Com certeza não quero fazer parte dessa gente — disse ele. — Não para sempre.

As mesmas pessoas que haviam saído de Pinyudo se reorganizaram em Pochalla. A maioria perdera tudo pelo caminho. A pista de pouso era uma confusão lamentável de plástico, pequenas fogueiras, cobertores e roupas imundas. Não havia comida. Trinta mil pessoas procuravam comida em um descampado onde mesmo alguns cachorros teriam brigado para comer.

Achor Achor e eu fomos nos juntar a dois outros meninos do norte de Bahr al-Ghazal, e fizemos incursões na mata próxima à procura de gravetos e mato. Construímos uma cabana no formato de um A, com telhado de mato e paredes de lama, e passávamos a maior parte do tempo lá dentro, mantendo-a seca e aquecida com uma fogueira quase permanente, que vigiávamos com atenção para deixá-la grande o suficiente para nos aquecer, mas não tão grande a ponto de alcançar o telhado e cozinhar todos nós.

— Com certeza é melhor morrer — disse Achor Achor certa noite. — Vamos simplesmente fazer alguma coisa e morrer. Está bem? Vamos simplesmente sair daqui, ir lutar com o SPLA ou algo assim, e simplesmente morrer.

Eu concordava com ele, mas mesmo assim decidi discutir.

— Deus nos leva quando quer — falei.

— Ah, cale a boca com essa droga — rosnou ele.

— Então você quer se matar?

— Eu quero fazer alguma coisa. Não quero ficar esperando aqui para sempre. As pessoas aqui estão cada vez mais doentes. Estamos só esperando para morrer. Se ficarmos aqui, simplesmente vamos pegar alguma doença e definhar. Nós todos fazemos parte da mesma morte, só estamos morrendo mais devagar que o resto. Podemos muito bem sair para lutar e morrer mais cedo.

Nessa noite, senti que Achor Achor provavelmente tinha razão. Mas não disse nada. Fiquei olhando para as paredes vermelhas da nossa cabana e para a fogueira que foi morrendo até ficarmos deitados no escuro, com o hálito cada vez mais frio.

21.

Chegou a hora de ir embora do hospital. Eles me fizeram de bobo. Julian não cumpriu sua promessa. Ele foi embora. Na sala de espera, Achor Achor e Lino também foram embora. Chego perto da nova enfermeira, a da nuvem de cabelos amarelos, no balcão da recepção.

"Vou embora agora", digo.

"Mas o senhor ainda não foi atendido", diz ela. Mostra-se genuinamente surpresa por eu estar pensando em ir embora depois de apenas catorze horas.

"Já estou aqui há tempo demais", respondo.

Ela começa a dizer alguma coisa, mas segura a língua. Essa notícia parece uma novidade para ela. Digo-lhe que gostaria de ligar depois para saber o resultado da ressonância.

"Sim", diz ela. "Claro..." E, em um cartão de visita, anota um telefone para onde posso ligar. Desde que fui atacado em meu apartamento, já recebi dois cartões de visita. Não considero que solicitei nenhum cuidado extraordinário, nem heroísmo por parte da polícia. Quando todos acordarem, Phil, Deb e meus amigos sudaneses, ficarão ultrajados, e haverá telefonemas e ameaças a esses médicos.

Por enquanto, porém, é hora de sair desse lugar. Não tenho carro nem dinheiro para pegar um táxi. Ainda está cedo demais para ligar para alguém pedindo carona, então decido voltar para casa a pé. São quinze para as quatro da manhã e preciso estar no trabalho às cinco e meia, então aciono as portas automáticas, saio do pronto-socorro, passo pelo estacionamento e inicio a caminhada até em casa. Tomarei uma chuveirada, depois trocarei de roupa e irei trabalhar. No trabalho, eles têm um kit de primeiros socorros, e lá farei o melhor curativo que conseguir.

Sigo pela Piedmont Road. As ruas estão desertas. Atlanta não é uma cidade para pedestres, ainda mais a essa hora. Carros passam pela noite densa e iluminam a rua, mais ou menos do mesmo jeito que faziam naqueles últimos dias da nossa caminhada, antes de Kakuma. Naquela ocasião, assim como agora, eu caminhava pensando se queria seguir vivendo.

Quando finalmente chegamos a Kakuma, eu estava cego, ou praticamente cego. Durante essa caminhada, não acalentei nenhuma das ilusões que tinha antes de chegarmos à Etiópia.

Foi no final do ano mais difícil de todos. Um ano de vida nômade. Depois do rio Gilo, passamos por Pochalla, depois por Golkur, depois por Narus. Houve bandidos, novos bombardeios, mais meninos se foram e, por fim, certa manhã, acordei sem conseguir ver nada. O simples fato de tentar abrir os olhos causava uma dor insuportável.

Um dos meus amigos estendeu a mão para tocar meus olhos.

— Não estão com uma cara nada boa — disse ele.

Em Narus não havia espelhos, então eu precisava confiar na palavra dele quando dizia que meus olhos pareciam doentes. Quando a tarde chegou, seu diagnóstico se mostrou correto. Eu sentia como se areia e ácido houvessem sido despejados debaixo de cada uma das minhas pálpebras. Estávamos em Narus temporariamente; ficava uns cento e sessenta quilômetros ao norte do Quênia, mas o clima era parecido, o ar carregado de poeira vermelha.

Esperei meus olhos melhorarem, mas eles só pioravam. Não fui o único menino a pegar o que chamavam de *nyintok*, doença dos olhos, mas, enquanto os outros melhoravam em dois ou três dias, cinco dias depois meus olhos estavam tão inchados que eu não conseguia mais abri-los. Os mais velhos sugeriram vários remédios, e muita água foi despejada sobre minhas pálpebras, mas a dor persistia, e tornei-me descrente. Ficar cego no sul do Sudão durante uma guerra seria muito difícil. Rezei para Deus decidir se queria ou não tirar minha visão; eu só queria que a dor terminasse.

Certa noite, quando estávamos deitados debaixo de nossas tendas — não havia abrigos de verdade em Narus —, ouvimos o ronco de automóveis e caminhões, e eu soube que não demoraríamos a retomar a caminhada. O Exército do governo estava a caminho, e Narus talvez fosse capturada em breve. Nós, meninos, iríamos a pé até Lokichoggio, no Quênia, sob os cuidados do ACNUR. Eu não queria ficar em pé, nem andar, nem sequer me mexer, mas fui arrastado da minha tenda e obrigado a me juntar ao grupo.

Segui arrastando os pés, com os dois olhos tapados por gaze, o que era praticamente uma venda. Conseguia manter o curso segurando a camisa de quem estivesse na minha frente. Muito embora soubesse que logo atravessaríamos a fronteira para um país sem guerra, dessa vez eu não sonhava com fruteiras de laranjas. Sabia que o mundo era igual aonde quer que fôssemos, que havia apenas variações mínimas entre o sofrimento de um lugar e de outro.

Quando saímos da Etiópia, muitos morreram durante a viagem. Éramos milhares, mas vários estavam feridos e havia muito sangue pelo caminho. Esse foi o período em que vi mais mortos. Mulheres, crianças. Bebês do tamanho do Bebê Calminho que não iriam sobreviver. Não parecia haver finalidade naquilo tudo. Quando penso nesse ano, vejo apenas imagens desconexas e de cores deformadas, como em um sonho ruim. Sei que estivemos em Pochalla, depois ali perto, em Golkur, a três horas de distância. Lá choveu durante três meses, uma fúria cinzenta sem trégua. Em Golkur houve novamente soldados do SPLA, ONGs, comida e, depois de algum tempo, escola. Ali ficamos sabendo da cisão dos rebeldes, quando um comandante nuer chamado Riek Machar decidiu se separar e criar seu próprio movimento rebelde, o SPLA-Nasir, grupo que, durante algum tempo, iria causar tantos problemas ao SPLA quanto Cartum. A nova guerra dentro da guerra opôs os rebeldes dincas de Garang aos rebeldes nueres de Machar. Assim, muitas dezenas de milhares morreram dessa forma, e as lutas internas, sua brutalidade, permitiram que o mundo virasse as costas, indiferente, ao extermínio do Sudão: para o mundo de forma geral, a guerra civil tornou-se confusa demais para ser decifrada, uma barafunda de conflitos tribais sem heróis ou vilões definidos.

Passamos a maior parte desse ano em Golkur, e certo dia, enquanto o conflito se deteriorava e o país mergulhava em um caos cada vez maior, Manute Bol, estrela do basquete norte-americano, veio nos visitar em um monomotor para cumprimentar os meninos que estavam vivendo no campo. Só tínhamos ouvido falar nele como uma lenda, e ali estava o homem, descendo do avião que mal tinha tamanho suficiente para comportá-lo. Tinham nos dito que ele havia se tornado americano, então ficamos surpresos quando ele apareceu e vimos que não era branco. Pouco depois, fomos atacados por milícias contratadas pelo governo e ficamos sabendo que, muito em breve, iríamos ser bombardeados; então, um dia, os mais velhos nos disseram que era hora de deixar Golkur de vez, e partimos. Retomamos a caminhada e fomos a pé até Narus. Algumas semanas depois, diante dos apelos da ONU, andamos até o Quênia. Ali, disseram-nos que estaríamos seguros, finalmente seguros, pois diziam que o país era uma democracia, um país neutro e civilizado, e a comunidade internacional estava criando um porto seguro para nós.

Mas precisávamos ser rápidos. Tínhamos de sair do Sudão, pois o Exército sudanês sabia onde estávamos. Durante o dia, víamos os bombardeiros e, quando apareciam no céu, espalhávamo-nos sob as árvores e rezávamos rente ao chão. Caminhávamos sobretudo à noite e, como pensávamos estar perto do Quênia e a situação era desesperada e o terreno inóspito, caminhávamos com mais pressa e menos descanso do que nunca. Conforme fomos nos aproximando da fronteira, o tempo piorou. Passamos vários dias caminhando no vento, e muitos dentre nós estavam certos de que a força e a constância do vento tinham como objetivo nos repelir, fazer-nos dar meia-volta.

Pelo cheiro que pairava no ar, percebi que aquele era um lugar poeirento. Tirei a camisa e a amarrei em volta da cabeça para proteger meu rosto da poeira e do vento. A infecção em meus olhos, que já me afligia por muitos dias, só me permitia distinguir formas indistintas e escuras divididas por meus cílios.

De vez em quando, caminhões passavam por ali e levavam os viajantes em piores condições, às vezes trazendo-nos comida e água. Mesmo com os olhos inchados e fechados, eu não era um candidato aos caminhões, pois minhas pernas funcionavam e meus pés estavam intactos. Mas eu queria muito ser carregado. Imagine ser carregado! Olhava para os caminhões e pensava como seria bom estar lá dentro, lá em cima, sendo levado.

Sempre que os caminhões iam embora, meninos tentavam subir na caçamba, e todas as vezes o caminhão parava e o motorista os fazia descer novamente para o chão.

— Esperem! — gritava uma voz lá na frente. — Esperem! Parem!

Desse jeito, um menino foi atropelado por um dos caminhões de auxílio humanitário. Quando cheguei ao lugar onde ele havia morrido, o corpo do menino já desaparecera, talvez arrastado para longe da estrada, mas a mancha escura de seu sangue era nítida como o contorno das montanhas à nossa frente.

Da Piedmont Road dobro na Roswell Road, que me levará até em casa. Essa caminhada por Atlanta de manhã bem cedo é longa, mas não é desagradável. Posso ver um cordão de luz arroxeada ao leste, e sei que ele vai aumentar conforme eu for me aproximando.

Sempre que me pego desistindo deste país, tenho o hábito persistente de reparar em tudo o que tenho aqui e que não tinha na África. É um hábito desagradável quando minha vontade é enumerar e avaliar as dificuldades de viver aqui. É claro que isso aqui é um lugar lamentável, um lugar lamentável e glorioso que eu amo muito e do qual já vi muito mais do que poderia ter imaginado que veria. Já faz uns cinco anos que sou livre para ir aonde quiser. Voei trinta e nove vezes pelos céus deste país, e devo ter percorrido mais de trinta mil quilômetros para visitar amigos, parentes, cânions e torres. Fui a Kansas City, Phoenix, San Jose, São Francisco, San Diego, Boston, Gainesville. Passei apenas dezesseis horas em Chicago, sem sequer me aventurar a entrar na cidade; tinha ido dar uma palestra na Universidade de Northwestern e me perdi saindo do aeroporto, e no final, em pé em cima de uma cadeira, falei para cerca de uma dúzia de alunos enquanto eles saíam da sala. Em Omaha, certa vez assisti a uma partida da segunda divisão do campeonato de beisebol, e em outra ocasião vi a neve cair sobre a cidade feito um manto, cobrindo todas as superfícies em poucos minutos. Em Oakland, andei debaixo da terra e não pude acreditar na existência do metrô; ainda me parece impossível, e não tornarei a andar nele até que alguém me prove sua viabilidade. Fui a Memphis sete vezes visitar meu tio, irmão do meu pai, e andei dentro de uma gigantesca pirâmide de vidro verde. Em Nova York, vi a Estátua da Liberdade de uma barca, e fiquei surpreso ao constatar que a mulher estava andando. Já tinha visto fotos da estátua umas cem vezes, mas nunca percebera que seus pés estavam no meio de um passo; foi uma visão surpreendente, e bem mais bonita do que eu imaginava. Estive na Carolina do Sul, no Arkansas, em Nova Orleans, Palm Beach, Richmond, Lincoln, Des Moines, Portland; há Meninos Perdidos na maioria dessas cidades. Estive em Seattle em 2003 para dar uma palestra durante uma convenção de médicos na Universidade de Washington State. Convidaram-me para falar sobre minhas experiências, e foi o que fiz, e, enquanto estava em Seattle, o mesmo amigo que passara o telefone para Tabitha naquele outro dia levou-a até mim.

É estranho dizer isso, mas eu amava mais Tabitha a distância. Quero dizer, meu amor por ela crescia sempre que eu a observava de longe. Talvez isso esteja soando mal. Eu a amava quando estávamos juntos, em meu quarto ou no sofá, com as pernas entrelaçadas e de mãos dadas. No entanto, quando podia olhar para ela do outro lado da rua, ou vindo na minha direção, ou subindo em uma escada rolante quebrada, são esses os momentos de que mais me lembro. Certa vez, estávamos no shopping — estou dando a impressão de que passávamos um bom tempo no shopping, e acho que isso era mesmo verdade — e ela queria fazer umas compras. Fui à praça de alimentação comprar bebidas para nós. Havíamos combinado de nos encontrar em um quiosque de informações no primeiro andar. Fiquei sentado ali perto e esperei por ela durante muito tempo; chegar atrasada não era algo raro para Tabitha. Porém, quando ela finalmente apareceu no alto da escada rolante, segurando duas sacolas de compras, seu rosto explodiu em um sorriso tão espetacular que todos os movimentos nos outros lugares do shopping cessaram. As pessoas que faziam compras pararam de andar e de conversar, as crianças pararam de comer e de correr, a água se imobilizou. E, nesse exato momento, a escada rolante em que ela havia acabado de pisar parou de funcionar. Ela olhou para baixo, levando a mão livre à boca, espantada. Olhou para mim lá embaixo e riu. Conformada com o fato de ter feito a escada parar, ela desceu os degraus a pé, movendo-se com uma alegria que só alguém feliz e de bem com a vida seria capaz. Estava usando uma camiseta cor-de-rosa bem justa e uma calça jeans preta também justa, e eu sei que a estava devorando com os olhos. Sei que a devorei com os olhos enquanto ela descia os vinte e seis degraus até chegar onde eu estava. Enquanto eu a fitava, ela reparou em meu olhar fixo e olhou para baixo, desviando o seu. Sei que, quando chegasse onde eu estava, ela iria me dar um tapa bem-humorado no braço, repreendendo-me por olhá-la fixamente daquele jeito. Mas eu estava pouco ligando. Devorei-a enquanto ela descia aqueles degraus, e guardei essa lembrança para sempre poder evocá-la.

Quando ela voltou para Seattle, começou a ficar preocupada com Duluma. Os telefonemas dele agora estavam mais freqüentes, nervosos, e ele deixava ameaças na secretária eletrônica dela. À noite, ela ouvia ruídos do lado de fora de seu apartamento, e certa vez Duluma lhe deixou um bilhete debaixo da porta, um enlouquecido amontoado de acusações e súplicas. Quando ela me contou isso, implorei que voltasse para Atlanta para ficar comigo. Ela disse que não podia. Suas provas finais estavam chegando e, de toda forma, ela podia recorrer aos irmãos caso se sentisse insegura.

Resolvi ligar para o tal Duluma para conversar sobre seu comportamento e, quando o fiz, os resultados foram satisfatórios. Como suponho que estou sempre esperando conseguir entrar em algum acordo, encontrar calma e concórdia onde só há rancor, conversei com ele de forma compreensiva, tentando contribuir para uma reconciliação entre nós três. E, antes de a conversa terminar, devo dizer que fomos amigáveis um com o outro. Senti que podia confiar nele, e que ele havia atingido um novo patamar de equilíbrio. Disse que já estava conformado com o fato de ela estar namorando comigo — dera alguns telefonemas para perguntar a meu respeito e, agora que sabia mais sobre mim, vira que eu era um homem bom e estava satisfeito. Estava pronto para desistir dela, disse, e eu lhe agradeci por ser tão cavalheiro em relação a tudo aquilo. Não é fácil abrir mão de uma mulher que se adora, falei, embora continuasse a considerá-lo um homem desagradável e de pavio curto. Desejamo-nos boa-noite amigavelmente, e ele me pediu para tornar a lhe telefonar qualquer dia. Concordei, embora não tivesse a menor intenção de fazê-lo.

Em seguida liguei para Tabitha, e rimos da mente perturbada de Duluma, pensando que talvez algum gás venenoso houvesse prejudicado seu raciocínio durante seus dias no SPLA. Lembro-me de querer desesperadamente estar com Tabitha nesse dia. Ela estava feliz ao telefone, tentando não dar importância a Duluma nem a suas ameaças, mas estava preocupada, e eu também. Quis pegar um avião até onde ela estava, ou trazê-la até mim, e irei amaldiçoar para sempre minha hesitação em fazê-lo. Ela estava em Seattle e eu aqui, em Atlanta, e deixamos essa distância continuar nos separando. Seria fácil ter trocado minha cidade pela dela; há pouca coisa aqui para me prender. Mas ela estava na universidade e eu queria terminar as aulas do semestre, então nos sentimos inclinados a ficar onde estávamos. Nem sei quantas vezes amaldiçoei nossa falta de pressa. Se um dia eu voltar a amar, não vou esperar para amar da melhor maneira que puder. Pensávamos que éramos jovens e que haveria tempo para amar bem em algum momento do futuro. É uma forma terrível de pensar. Esperar pelo amor não é vida.

Estou em frente à porta do meu apartamento, e acho que, pensando bem, não vou entrar. Não sei o que estava pensando quando resolvi voltar para casa. Lá dentro, o carpete ainda vai estar manchado com meu sangue, e estarei sozinho. Será que poderia visitar Edgardo? Nunca fui à sua casa, e acho que é uma hora ruim para aparecer sem avisar.

Quero ir embora, sair daqui em meu carro, mas as chaves estão dentro do apartamento. Passo alguns segundos pensando se agüento ficar no apartamento por tempo suficiente para pegá-las. Decido que sim, então giro a chave.

Lá dentro, posso sentir o cheiro de morango deixado por Tonya e, por baixo dele, o do menino. Que cheiro é esse? Um cheiro agradável, cheiro de criança, cheiro de um sono inquieto de menino. Mantenho a cabeça erguida, recusando-me a olhar para meu próprio sangue no chão ou para as almofadas do sofá que talvez ainda estejam no carpete. Encontro minhas chaves sobre a bancada da cozinha, recolho-as com a mão e saio depressa. Até o barulho da porta se fechando agora é diferente.

Entro no carro. Decido que vou dormir ali no estacionamento por uma hora, antes do horário em que tenho de chegar ao trabalho. Mas aqui estou perto demais deles: dos assaltantes, de seu carro, dos vizinhos cristãos, de todos que participaram ou ignoraram o que aconteceu. Percorro todas as possibilidades. Poderia ir de carro até outro estacionamento e dormir. Poderia encontrar algum lugar onde tomar café-da-manhã. Poderia ir de carro até a casa dos Newton.

Essa parece ser a idéia certa. Quando comecei a trabalhar e estudar, passei a encontrar menos os Newton, mas sua porta, segundo eles, estaria sempre aberta. Nessa manhã, sei que é lá que quero estar. Baterei à sua porta devagar, a porta junto à copa, e Gerald, que acorda bem cedo, virá atender e me receber. Tirarei um cochilo em seu sofá, o sofá marrom modulado da sala de TV, durante uma hora deliciosa, sentindo o cheiro da casa, de cachorro, de alho e aromatizador de ambiente. Vou me sentir seguro e amado, mesmo que os outros membros da família Newton só saibam que estive em sua casa depois de eu já ter ido embora.

Dirijo até a casa, a poucos quilômetros dali, deixando para trás a bagunça onde moro, perto da rodovia e das lojas de departamento, e adentro as ruas sombreadas e sinuosas onde os gramados são grandes, as cercas impecáveis, e as caixas de correio têm o formato de silos. Quando conheci os Newton, costumava ficar dois ou três dias por semana na casa deles, jantando lá, passando fins de semana inteiros. Saíamos para assistir às partidas de beisebol dos Atlanta Braves, para ir ao zoológico, ao cinema. Aquela era uma família muito ocupada — Gerald fazia parte do conselho de três empresas sem fins lucrativos e estava sempre trabalhando, e Anne era muito ativa na igreja —, então comecei a me sentir culpado pelo tempo que reservavam para mim. Mas sentia que estava ajudando Allison a entender determinadas coisas sobre a guerra, o Sudão, a África e até mesmo Alessandro, então talvez o benefício fosse de certa forma mútuo. Fazia alguns meses que os conhecia quando tiramos um retrato em frente à sua casa, no gramado, com Allison sentada no mato e eu em pé ao lado de Anne e Gerald.

"Para o cartão de Natal", disseram.

Será que eu havia escutado direito? Eles iriam me incluir no cartão de Natal? Enviaram-me o cartão dez dias depois, com o retrato que havíamos tirado montado em um cartão verde dobrável, nós quatro sorridentes em seu luxuoso jardim. Do lado de dentro haviam escrito: *Boas Festas e um Ano-Novo de Paz, são os votos de Gerald, Anne, Allison e Dominic (nosso novo amigo do Sudão)*. Fiquei muito orgulhoso de receber esse cartão, e orgulhoso por eles terem me incluído daquela forma. Guardava-o pregado com fita adesiva na parede do meu quarto, acima da mesinha de canto. No início, deixara-o exposto na sala, mas amigos sudaneses que vinham nos visitar às vezes ficavam enciumados. Não é educado exibir esse tipo de amizade.

Pensar no cartão me deixa animado com a idéia de passar pelo arco da porta da casa dos Newton, mas, quando chego lá, o plano me parece ridículo. O que estou fazendo? São dez para as cinco da manhã e estou estacionado em frente à casa deles, toda apagada. Procuro alguma luz acesa lá dentro e não encontro nenhuma. É o típico comportamento de um refugiado — não conhecer os limites da generosidade de seu anfitrião. Vou bater na porta da casa deles às cinco da manhã? Perdi a cabeça.

Subo a rua com o carro até um quarteirão de distância, para que não me vejam caso alguém lá dentro acorde. Decido que vou simplesmente esperar ali até a hora de ir para o trabalho. Posso chegar mais cedo, tomar uma chuveirada, quem sabe comprar uma camisa e uma calça novas na lojinha da academia. Tenho trinta por cento de desconto em todas as roupas, e já usei esse benefício antes. Vou tomar banho, comprar as roupas e ficar com um aspecto apresentável, e não vou contar a ninguém o que aconteceu. Estou farto de precisar de ajuda. Preciso de ajuda em Atlanta, precisei de ajuda na Etiópia e em Kakuma, e estou farto disso. Estou farto de observar famílias, de visitar famílias, de ao mesmo tempo fazer e não fazer parte dessas famílias.

Algumas semanas depois de conversar com Duluma, e de rir dele com Tabitha, fui de novo a Los Angeles visitar Bobby Newmyer. Ele estava organizando um encontro de Meninos Perdidos na Universidade do Judaísmo. Catorze Meninos Perdidos do país inteiro tinham ido até lá falar sobre os planos para uma organização nacional, um site na internet que acompanharia o progresso de todos os membros da diáspora e talvez promovesse alguma ação unificada ou posicionamento em relação a Darfur. Estávamos nos sentando para começar a reunião da manhã quando meu telefone tocou. Como todos nós, Meninos Perdidos, parecemos ter algum problema com o celular — achamos que precisa ser atendido no mesmo instante, quaisquer que sejam as circunstâncias —, algumas regras haviam sido impostas: nada de telefonemas durante a reunião. Portanto, não atendi a ligação de Tabitha. Durante nosso primeiro intervalo, escutei meus recados no corredor. Ela havia deixado um recado às dez e meia da manhã.

"Achak, cadê você?", perguntava. "Ligue para mim imediatamente." Liguei de volta, e caiu na caixa postal. Deixei um recado dizendo que estaria ocupado naquele dia. Disse que ligaria quando terminassem as reuniões. Ela tornou a ligar, mas, a essa altura, eu já havia desligado o telefone. Às quatro da tarde, quando liguei de novo o aparelho, a primeira chamada foi de Achor Achor.

"Você soube de alguma coisa?", perguntou ele.

"Alguma coisa sobre o quê?"

Ele fez uma longa pausa.

"Já ligo de volta", disse.

Ligou de volta alguns minutos mais tarde.

"Você soube de alguma coisa sobre Tabitha?", perguntou.

Respondi-lhe que não. Ele tornou a desligar. Tudo em que consegui pensar foi que Tabitha tentara falar comigo através de Achor Achor e que havia ficado zangada, talvez até dito alguma coisa sobre minha falta de disponibilidade. Ela dizia esse tipo de coisa quando queria falar comigo e não conseguia.

O telefone tornou a tocar, e era Achor Achor.

Ele me disse o que sabia: que Tabitha estava morta, que Duluma a havia matado. Ela estava hospedada no apartamento de uma amiga, Veronica, onde tinha ido se refugiar de Duluma. Ele a havia encontrado, telefonado para ela e ameaçado ir até lá. Tabitha o desafiara e, apesar dos protestos de Veronica, duvidara que ele fosse ao apartamento. Veronica não queria abrir a porta, mas Tabitha não teve medo. Segurando o bebê de Veronica no colo, soltou o trinco da porta. Duluma pulou para dentro do apartamento com uma faca na mão. Esfaqueou Tabitha entre as costelas, fazendo o bebê sair voando. Enquanto Veronica ia cuidar do filho, Duluma jogou Tabitha no chão. Sem poder fazer nada, Veronica ficou olhando enquanto ele enfiava a faca em Tabitha vinte e duas vezes. Por fim, ele se acalmou e parou. Levantou-se, ofegante. Olhou para Veronica e deu um sorriso cansado. "Preciso ter certeza de que ela está morta", disse, e ficou ali junto ao corpo de Tabitha, esperando ela morrer.

Quando Tabitha morreu, Duluma saiu do apartamento e se atirou de um viaduto. Perguntei a Achor Achor se ele tinha morrido. Não tinha. Estava no hospital com a espinha quebrada.

Saí da sala de reunião e fiquei andando sozinho durante algum tempo, onde o campus tinha vista para a rodovia. A estrada estava cheia de carros barulhentos, velozes e indiferentes. Era cedo demais para acreditar, para sentir. Mas tive certeza, nessa hora que passei andando, de que eu estava completamente sozinho. Durante algum tempo, nem mesmo Deus estava comigo, e os pensamentos que tive foram os mais sombrios que já haviam me passado pela cabeça.

Voltei para a conferência e contei a Bobby e alguns outros o que havia acontecido. A conferência terminou nesse dia mesmo, e eles tentaram me reconfortar. Minha vontade era pegar um avião direto para Seattle, mas Achor Achor me disse para não ir. A família estava abalada demais, disse, e os irmãos dela não queriam me ver. Eu ainda não conseguia acreditar que ela houvesse de fato morrido, então, nesse primeiro dia, pensei em causas e soluções, em vingança e fé.

"Deus tem algum problema comigo", disse eu a Bobby. Estávamos no carro, saindo da conferência. Ele passou algum tempo sem dizer nada, e o seu silêncio, para mim, significava que ele concordava comigo.

"Não, não!", disse ele por fim. "Isso não é verdade. É só que..."

Mas eu tinha certeza de que alguém estava me mandando um recado.

"Sinto muito por tudo isso", disse Bobby.

Eu lhe disse que ele não precisava sentir muito.

Bobby ficou procurando respostas, e me incentivou a não culpar a mim mesmo nem ler nada no assassinato de Tabitha em relação às intenções de Deus. Porém, durante essa viagem de carro, ele muitas vezes bateu no volante e gritou, correndo a mão pelos cabelos.

"Talvez seja esta droga de país", disse ele. "Talvez a gente enlouqueça as pessoas."

Hoje faz quatro meses que isso aconteceu. Embora dúvidas sussurradas tenham ecoado na minha cabeça, e embora eu tenha tido alguns momentos sem Deus, minha fé não se abalou, porque nunca senti a intervenção direta de Deus em nenhum assunto. Talvez não tenha recebido esse tipo de instrução dos meus professores, de que Ele guia os ventos que nos derrubam ou que nos fazem voar. No entanto, com a notícia da morte de Tabitha, à medida que seguíamos no carro, senti que estava me distanciando cada vez mais de Deus. Já tive amigos que decidi não serem bons amigos, serem pessoas que me traziam mais problemas que felicidade, e portanto encontrei maneiras de aumentar a distância entre nós. Hoje tenho em relação a Deus e à minha fé os mesmos pensamentos que tive em relação a esses amigos. Deus está na minha vida, mas não dependo dele. Meu Deus não é um Deus confiável.

Tabitha, vou amar você até vê-la de novo. Existem soluções para quem se ama como nós, estou certo disso. Na outra vida, qualquer que seja sua forma, existem soluções. Sei que você não estava segura a meu respeito, que ainda não havia me escolhido entre todos os outros, mas, agora que você se foi, permita-me supor que estava no processo de decidir que eu era o escolhido. Ou talvez essa seja a maneira errada de pensar. Sei que você recebia ligações de outros homens, além de mim e de Duluma. Nós éramos jovens. Não tínhamos feito planos.

Tabitha, rezo sempre por você. Tenho lido o livro de madre Teresa e do irmão Roger chamado *Em busca do coração de Deus*, e, sempre que o releio, encontro trechos diferentes que parecem escritos para mim, descrevendo o que sinto em sua ausência. No livro, o irmão Roger me diz o seguinte: "Quatrocentos anos depois de Cristo, um fiel chamado Agostinho viveu no norte da África. Ele tivera tristezas na vida, com a morte de pessoas queridas. Certo dia, conseguiu dizer a Cristo: 'Luz do meu coração, não deixe que a escuridão me dirija a palavra'. Nas dificuldades por que passou, santo Agostinho percebeu que a presença do Cristo Ressuscitado nunca o havia deixado; ela era a luz em meio à sua escuridão".

Houve momentos em que essas palavras me ajudaram, e outros em que as achei vazias e pouco convincentes. Esses autores, por quem tenho muito respeito, ainda não parecem conhecer as dúvidas que se pode acalentar nos recantos mais irados da alma. Muitas vezes me dizem para aplacar minhas dúvidas com preces, o que para mim é mais ou menos como aplacar a fome pensando em comida. Ainda assim, mesmo quando estou frustrado, procuro outra página e consigo encontrar um trecho adequado à minha situação. Há a seguinte passagem, de madre Teresa: "O sofrimento, quando aceito junto, e suportado junto, é alegria. Lembrem-se de que a paixão de Cristo sempre termina com a alegria da ressurreição de Cristo, então, quando experimentarem em seu coração o sofrimento de Cristo, lembrem-se de que a ressurreição ainda está por vir — a alegria da Páscoa ainda está por acontecer". E ela sugere uma oração que rezei muitas vezes durante estas últimas semanas, e que sussurro agora dentro do meu carro, nessa rua de árvores frondosas e luzes cor de âmbar:

Senhor Jesus, dá-nos a consciência
de que é somente pela morte freqüente de nós mesmos
e de nossos desejos egoístas
que podemos ter uma vida mais plena;
pois é apenas morrendo contigo
que podemos ressuscitar contigo.

Tabitha, nestes últimos meses sem você, quando comecei a pensar onde você poderia estar, se no céu ou em alguma espécie de limbo, tive os pensamentos mais insuportáveis, homicidas e suicidas. Lutei com muita força contra o mal que desejei infligir a Duluma e contra a futilidade que, nos momentos mais sombrios, vi em minha própria vida. Encontrei algum alento no consumo diário de álcool. Em geral, duas garrafas de cerveja me fazem dormir, mesmo que um sono agitado. Achor Achor tem andado preocupado comigo, mas já viu que melhorei. Sabe que já passei por isso antes, que já cheguei à beira do abismo da eliminação de mim mesmo, e me afastei.

Nunca lhe contei antes sobre esses dias sombrios, Tabitha, quando eu era bem mais jovem. Achor Achor também não sabe sobre eles, e, caso ele e eu houvéssemos estado juntos, talvez eu não tivesse descido tão baixo. Havíamos sido separados em Golkur, embora ambos estivéssemos a caminho do Quênia, de Kakuma. Estávamos na mesma estrada, mas a dias de distância. Na última vez em que eu vira Achor Achor, ele estava na barraca que servia de hospital para a organização Save the Children, recebendo tratamento para desidratação. Fui covarde; achei que ele com certeza fosse morrer, e não pude suportar isso. Saí correndo sem me despedir. Fui embora do campo com outro grupo, querendo me afastar de sua morte iminente, de qualquer morte, e me pus a caminhar com um dos primeiros grupos rumo ao vento e ao deserto que nos aguardavam no Quênia.

Nesses últimos dias, Tabitha, eu caminhei no escuro. Meus olhos estavam quase fechados de tão inchados, e eu caminhava às cegas, tentando erguer os pés para não tropeçar, mas quase sem conseguir arrastá-los pelo chão de cascalho. Minha cabeça estava tonta de cansaço e desorientação, do mesmo jeito que hoje de manhã, Tabitha, manhã em que apanhei e estou sentindo saudades suas. Essa noite, quando eu era um menino e estava caminhando, pareceu-me uma hora boa para morrer. Sim, eu podia continuar vivo, mas meus dias estavam ficando piores, não melhores. Minha vida em Pinyudo tinha piorado com o passar dos anos, e eu temia que Achor Achor houvesse morrido. E agora aquilo, ir a pé até o Quênia, onde não havia nenhuma promessa. Lembrei-me de meus pensamentos sobre prédios e cascatas na Etiópia, e de minha decepção ao descobrir, uma vez atravessada a fronteira, apenas mais desolação igual à que havíamos deixado para trás. Durante muitos anos, Deus havia sido claro com meninos como nós. A nossa vida não valia muito. Deus havia descoberto inúmeras maneiras de matar meninos como eu, e sem dúvida iria descobrir muitas outras. O governo do Quênia poderia ser derrubado, da mesma forma que havia acontecido com o da Etiópia, e haveria outro rio Gilo, e eu sabia que isso seria demais para suportar. Sabia que, caso isso tornasse a acontecer, eu não iria encontrar forças para correr, nadar ou carregar um bebê calminho.

Então, nessa noite, parei de andar. Fiquei sentado, vendo os meninos passarem por mim arrastando os pés. O simples fato de parar foi um grande alívio. Eu estava exausto. Estava muito mais cansado do que havia percebido e, quando me sentei na estrada quente, senti um alívio maior do que jamais sentira. E, como meu corpo gostou muito desse repouso, perguntei-me se, como tinha feito William K, eu poderia simplesmente fechar os olhos e morrer. Não me sentia tão próximo assim de despencar deste mundo para o outro, mas talvez William K tampouco sentisse isso. Ele havia apenas se sentado para descansar, e instantes depois estava morto. Então recostei a cabeça na estrada e olhei para o céu.

— Ei, levante. Vão pisotear você.

Era a voz de um menino que passava. Não respondi.

— Tudo bem com você?

— Estou bem — falei. — Continue a andar, por favor.

Era uma noite muito clara, com estrelas espalhadas a esmo pelo céu.

Fechei os olhos, Tabitha, e imaginei minha mãe da melhor maneira que pude. Imaginei-a de amarelo, amarelo como um sol poente, caminhando pela estrada. Adorava vê-la caminhar em minha direção, e na minha imaginação deixei que ela percorresse o caminho inteiro. Quando ela chegou ao meu lado, disse-lhe que estava cansado demais para prosseguir, que iria tornar a sofrer e que veria outros sofrerem, e depois esperaria para sofrer outra vez. Em minha imaginação, ela não disse nada, pois eu não sabia o que minha mãe diria em relação a tudo aquilo, então a deixei permanecer calada. Depois a tirei da cabeça. Parecia-me que, para morrer, eu precisava tirar da cabeça todos os pensamentos, todas as visões, e me concentrar no ato de morrer.

Esperei. Fiquei deitado com a cabeça no chão esperando pela morte. Ainda podia escutar o arrastar de pés dos meninos, mas logo ninguém mais veio me incomodar, e isso me pareceu uma bênção. Talvez imaginassem que eu já estivesse morto. Talvez, com a escuridão e o vento, não conseguissem sequer me ver. Senti-me à beira de algum acontecimento, mesmo que fosse apenas um sono leve, quando um par de pés parou ao meu lado. Senti uma presença logo acima de mim.

— Você não parece morto.

Ignorei a voz, uma voz de menina.

— Está dormindo?

Não respondi.

— Perguntei se você está dormindo.

Era muito errado que aquela voz estivesse soando tão alta em meus ouvidos. Continuei parado.

— Estou vendo você fechar os olhos com mais força. Sei que você está vivo.

Amaldiçoei-a com todas as minhas forças.

— Você não pode dormir aqui na estrada.

Continuei tentando deixar a terra através dos meus olhos fechados.

— Abra os olhos.

Mantive-os fechados, agora com mais força.

— Você não vai conseguir dormir se fizer tanta força.

Era verdade. Abri os olhos o suficiente para ver um rosto a menos de quinze centímetros do meu. Era uma menina, um pouco mais nova que eu. Uma das poucas meninas a participar da caminhada.

— Por favor, me deixe em paz — sussurrei.

— Você parece o meu irmão — disse ela.

Tornei a fechar os olhos.

— Ele morreu. Mas você parece com ele. Levante. Já somos os últimos.

— Por favor. Estou descansando.

— Você não pode descansar na estrada.

— Já descansei na estrada outras vezes. Por favor, me deixe em paz.

— Então vou ficar aqui com você.

— Eu vou ficar aqui para sempre.

Ela agarrou minha camisa com o punho fechado e puxou.

— Não vai, não. Não seja burro. Levante.

Ela me levantou e recomeçamos a andar. O nome dessa menina era Maria.

Concluí que era mais fácil caminhar com ela do que discutir no escuro. Eu poderia muito bem morrer no dia seguinte; ela não teria como ficar me vigiando para sempre. Então fui andando com ela para agradá-la, para

393

acalmá-la, e, quando o dia raiou, chegamos ao meio do deserto junto com dez mil outros. Aquela seria nossa próxima casa, disseram-nos. E passamos o dia ali, naquele deserto, esperando, enquanto caminhões da Cruz Vermelha iam chegando e deixando mais pessoas naquela terra tão empoeirada e desolada que nenhum dinca jamais pensaria em se instalar ali. Era árido e sem vida, e o vento era constante. Mas uma cidade iria crescer no meio daquele deserto. Aquilo ali era Lokichoggio, que logo iria se transformar no centro da ajuda humanitária internacional na região. Uma hora mais ao sul ficaria Kakuma, esparsamente ocupada por pastores quenianos conhecidos como *turkana*, mas onde, dali a um ano, haveria também quarenta mil refugiados sudaneses, e que iria se tornar nossa casa por um ano, dois, depois cinco e dez. Dez anos em um lugar onde ninguém, absolutamente ninguém a não ser os mais desesperados, cogitaria passar sequer um dia.

Você estava lá, Tabitha. Estava lá comigo, e acredito que está comigo agora. Da mesma forma que um dia imaginei minha mãe andando em minha direção com seu vestido da cor de um sol generoso, agora me consolo imaginando você descendo de uma escada rolante com sua camiseta cor-derosa, seu rosto em forma de coração iluminado por um magnífico sorriso, enquanto tudo à sua volta se imobiliza.

LIVRO III

22.

Depois que Tabitha se foi, Phil passou a me ligar com freqüência, e Anne e Allison também, só para conversar, para escutar, diziam, mas eu sabia que estavam preocupados com minha saúde e meu estado mental. Desconfio que já não soubessem como me tratar. Sabiam agora que os sudaneses que viviam nos Estados Unidos eram capazes de assassinato, de suicídio, então, pensavam, o que Valentino seria capaz de fazer? Reconheço que passei muitas semanas quase sem conseguir me mexer. Raramente ia às aulas. Pedi uma licença no trabalho e passei todo esse tempo na cama ou vendo TV. Pegava o carro e saía sem destino. Tentava ler livros sobre dor. Desligava o telefone.

Bobby havia sugerido que o assassinato de Tabitha fora possibilitado pela loucura deste país, e de vez em quando, durante essas semanas sombrias após sua morte, permiti-me pensar nos Estados Unidos como cúmplices do crime. No Sudão, um rapaz matar uma mulher é algo impossível. Isso nunca aconteceu em Marial Bai. Duvido que qualquer pessoa do meu clã seja capaz de se lembrar de isso um dia ter acontecido, em qualquer lugar ou em qualquer época. As pressões da vida aqui nos modificaram. Coisas estão se perdendo.

Existe um novo tipo de desespero, um novo tipo de teatralidade por parte dos homens. Não faz muito tempo, um sudanês que morava no Michigan, não sei em que cidade, matou a mulher, a filha inocente, e em seguida se matou. Não conheço a história toda, mas a que circula na comunidade sudanesa é que a mulher desse homem queria visitar a família em Athens, na Geórgia. Ele não queria. Não sei por que motivo, mas, na sociedade sudanesa tradicional, o marido não precisa de motivo; acima da cabeça da mulher paira a possibilidade de uma surra, talvez meses de surras. Então o casal discutiu, ela apanhou, e ele achou que tivesse resolvido o assunto. No dia seguinte, porém, ela desapareceu. Semanas antes, havia comprado uma passagem de avião para Athens para si e para a filha, mesmo sem consultar o marido. Das duas, uma: ou pensara que ele fosse autorizar a viagem, ou então simplesmente não estava ligando. Mas o homem do Michigan estava ligando. Enquanto a mulher e a filha visitavam tias e primos em Athens, ficou em casa espumando de raiva. A perda de autoridade, digo a vocês, pode fazer coisas terríveis com um homem. Quando a mulher voltou com a filha, ele as recebeu na porta de casa com uma faca comprada naquele fim de semana. Matou-as no hall de entrada, e uma hora mais tarde se matou.

Não posso deixar de pensar que foi esse homem quem deu a idéia a Duluma, quem o fez pensar que poderia punir a mulher que o havia abandonado sem precisar ser punido ele próprio. Isso também seria impossível no Sudão. Um homem não mata o próprio filho nem se mata. No sul do Sudão, muitos homens maltratam suas mulheres; mulheres apanham, são abandonadas. Mas esse tipo de coisa nunca acontece.

Alguns dizem que a culpa nesse caso é da mulher, do conflito entre as idéias novas da mulher e os velhos hábitos de homens que se recusam a se adaptar. Tabitha pode ou não ter feito um aborto — não perguntei isso a ela, pois não tinha esse direito —, e depois deixou Duluma porque quis. Ambas essas decisões seriam impossíveis na sociedade sudanesa tradicional, e ainda eram bastante raras no contexto moral mais relaxado de Kakuma. No sul do Sudão, até mesmo a relação sexual antes do casamento é pouco usual, e muitas vezes impede a mulher de algum dia vir a se casar. As virgens são preferidas e, por uma noiva virgem, a família recebe um preço bem maior. Dizer isso aos americanos provoca reações fascinantes. Eles não conseguem imaginar como a virgindade de alguém pode ser determinada sem um exame ginecológico.

O costume sudanês é simples. Na véspera do casamento, dois ou três membros da família da noiva, em geral suas tias, forram o leito nupcial com lençóis imaculadamente brancos. Na primeira noite em que o noivo tem permissão para visitar a noiva, essas mulheres se escondem dentro da casa, ou logo do lado de fora da porta. Na primeira vez em que o noivo penetra a noiva, as mulheres se põem a ulular, e, assim que podem, entram no quarto para inspecionar os lençóis em busca do sangue do hímen rompido que prova que sua sobrinha ainda era virgem. De posse dessa prova, voltam para junto dos parentes do noivo e da noiva.

No caso de Tabitha, porém, houvera sexo antes do casamento, e tratava-se de uma moça decidida, que havia resolvido romper um relacionamento com um jovem sudanês agressivo. Ele achou que ela o estivesse abandonando por causa de dinheiro. Supôs que, como meu nome era conhecido em Kakuma, eu fosse um homem rico aqui em Atlanta. E isso começou a dar um nó na sua cabeça. Ele passou a dar telefonemas furiosos para Tabitha, durante os quais a xingava de nomes terríveis. Ameaçava-a, e chegou até avisar que, caso ela escolhesse a mim e não a ele, faria algo drástico, algo irrevogável.

É nesse ponto que me sinto um pouco frustrado com Tabitha. Ela não levou a sério as ameaças dele, e isso me parece uma loucura. Duluma servira no SPLA, disparara uma metralhadora, andara por cima de cadáveres e no meio de tiroteios. Não seria capaz de cumprir uma ameaça? Mas ela não me falou sobre essas intimações. Eu sabia que ele faria o que dizia depois de uma ameaça dessas, mas que fora aplacado por nossa conversa telefônica, garantindo-me ter aceitado o fato de ela não estar mais interessada nele.

Quando Phil me ligou, desculpou-se pelo que havia acontecido comigo em seu país, da mesma forma que Bobby fizera. Bobby não era um homem religioso, mas Phil é um homem de fé, e conversamos muito sobre nossas crenças quando testadas. Foi interessante ouvir Phil falar sobre as vezes em que sua fé fraquejou em momentos de forte crise ou de sofrimento desnecessário. Não tenho certeza se o que senti foi dúvida. Minha inclinação é culpar a mim mesmo: o que foi que eu fiz para causar tamanha tragédia para mim e para aqueles que amo? Não faz muito tempo, uma reunião de Meninos Perdidos que moravam no sudeste dos Estados Unidos estava marcada para acontecer em Atlanta. A caminho da reunião, um carro onde estavam representantes de Greensboro, Carolina do Norte, derrapou na rodovia, matando o motorista e ferindo dois outros ocupantes. No dia seguinte, outro Menino Perdido de Greensboro, perturbado pelo acidente, enforcou-se no porão de casa. Será que a maldição que paira sobre mim é tão grande a ponto de lançar uma sombra sobre todas as pessoas que conheço, ou será que eu simplesmente conheço gente demais?

Não estou querendo sugerir que essas mortes foram apenas testes para mim, pois sei que Deus não iria levar essas pessoas, não iria levar Tabitha em especial, apenas para testar a força da minha própria fé. Não tenho como conhecer as motivações Dele para levá-la de volta para junto de Si. Mas sua morte acabou sendo um catalisador para me fazer pensar em minha fé e em minha vida. Examinei meu percurso, verifiquei se cometi ou não algum erro, se fui ou não um bom filho de Deus. E, embora tenha tentado me manter no caminho certo, e tenha redobrado meus esforços para rezar e ir à missa regularmente, também percebi que está na hora de recomeçar minha vida. Já fiz isso antes — e, a cada vez, uma vida terminou e outra nova começou. Minha primeira vida terminou quando saí de Marial Bai, pois desde então não revi minha casa nem minha família. Minha vida na Etiópia também cumpriu seu curso. Moramos lá por três anos, e tomei consciência do meu papel no plano global do SPLA e no futuro do sul do Sudão. E, por fim, com nossa chegada a Kakuma, comecei de novo.

Depois da caminhada até o Quênia, quando Maria me encontrou na estrada querendo ser levado de volta para Deus, passei muitos meses pensando no motivo que me levara a nascer. Isso me parecia ter sido um erro grave, uma promessa impossível de ser cumprida. Em Kakuma havia um músico, o único nesses primeiros dias, que passava dias e noites tocando apenas uma música nas cordas de seu rababa. A melodia dessa canção era alegre, mas a letra não. "Foi você, mãe, foi você", cantava ele, "foi você quem me deu à luz, e é você quem culpo." Prosseguia culpando a própria mãe e todas as mães da terra dos dincas por darem à luz bebês somente para que eles acabassem indo morar na miséria no noroeste do Quênia.

No Ocidente, imagina-se que os campos de refugiados sejam algo temporário. Quando são mostradas imagens dos terremotos no Paquistão, e os sobreviventes são vistos em suas imensas cidades de barracas cinzentas, esperando comida ou socorro antes da chegada do inverno, a maioria dos ocidentais acredita que esses refugiados logo poderão voltar para suas casas, que os campos serão desmantelados em menos de seis meses, talvez em um ano.

Mas fui criado em campos de refugiados. Morei em Pinyudo durante quase três anos, em Golkur por quase um ano e em Kakuma durante dez anos. Em Kakuma, uma pequena comunidade de barracas cresceu até se transformar em uma imensa colcha de retalhos de estruturas feitas de estacas de madeira, sacos de sisal e lama, e foi ali que vivemos, trabalhamos e fomos à escola de 1992 a 2001. Não é o pior lugar do continente africano, mas está entre os piores.

Ainda assim, os refugiados ali criaram uma vida parecida com a vida de outros seres humanos, na medida em que comíamos, conversávamos, ríamos e crescíamos. Mercadorias eram negociadas, homens se casavam com mulheres, crianças nasciam, os doentes eram tratados e, com a mesma freqüência, partiam para a Área Oito e de lá para o além. Nós, os jovens, íamos à escola, tentávamos permanecer acordados e nos concentrar fazendo uma refeição por dia, enquanto nos deixávamos distrair pelos charmes de Miss Gladys e de meninas como Tabitha. Tentávamos não nos meter em confusão com outros refugiados — da Somália, da Uganda, de Ruanda — e com os povos autóctones do noroeste do Quênia, ao mesmo tempo em que mantínhamos sempre os ouvidos abertos para o caso de haver alguma notícia de casa, notícias de nossas famílias, ou oportunidades de sair de Kakuma, temporária ou definitivamente.

Passamos o primeiro ano em Kakuma pensando que poderíamos voltar a qualquer momento para nossas aldeias. De quando em quando, recebíamos notícias de avanços do SPLA no Sudão, e os otimistas entre nós nos convenciam de que a rendição de Cartum era iminente. Alguns dos meninos começaram a ter notícias de suas famílias — quem estava vivo, quem havia morrido, quem tinha fugido para Uganda, para o Egito ou para ainda mais longe. A diáspora sudanesa prosseguia e se espalhava pelo mundo, e em Kakuma eu aguardava notícias, qualquer notícia, de meus pais e meus irmãos. As bata-

lhas prosseguiam, e os refugiados não paravam de chegar, centenas por semana, e passamos a acreditar que Kakuma iria existir para sempre e que talvez
fôssemos viver para sempre dentro de seus limites.

Essa era nossa casa, e, certo dia de 1994, Gop Chol Kolong, o homem
que eu considerava meu pai no campo, estava arrasado. Eu nunca o tinha visto tão nervoso.

— Realmente precisamos pôr ordem neste lugar — disse ele. — Temos
que limpar este lugar. Depois temos que construir mais quartos. Depois temos que tornar a limpar.

Semanas antes, ele havia começado a dizer isso todo dia de manhã. As
manhãs eram o momento em que ele mais ficava preocupado. Toda manhã, dizia, era despertado pelos rosnados de hiena de suas muitas responsabilidades.

— Acha que mais dois quartos vão ser suficientes? — perguntou-me ele.

Respondi que parecia bastante.

— Nada vai parecer suficiente — disse Gop.

Ele não conseguia acreditar que elas estavam chegando.

— Não acredito que elas estão vindo para cá! Para esse buraco de ratos!

A essa altura, eu já morava com Gop Chol em Kakuma havia quase três
anos. Gop era de Marial Bai, e chegara a Kakuma depois de passar por Narus e por diversas outras escalas. Kakuma surgira com a chegada de dez mil
meninos como eu, que tinham vindo caminhando em meio à escuridão e à
poeira, mas o campo havia crescido depressa, logo abrigando dezenas de milhares de sudaneses — famílias e pedaços de famílias, órfãos e, depois de algum tempo, também ruandeses, ugandeses, somalis e até egípcios.

Depois de meses morando em barracos como os que costumávamos construir no início, logo após chegar ao campo, acabamos recebendo do ACNUR
estacas de madeira, oleados e material para construir casas mais apresentáveis,
e assim fizemos. Depois de algum tempo, muitos meninos como eu acabaram
indo morar com famílias de nossas cidades e regiões natais, para compartilhar recursos e tarefas e manter vivos os costumes de nossos clãs. À medida
que o campo foi crescendo e passou a abrigar vinte mil pessoas, depois quarenta mil e mais, foi se expandindo em direção ao deserto seco e varrido pelo
vento, e, como a guerra civil prosseguia sem trégua, o campo foi se tornando mais permanente, e muitos daqueles que no início consideravam Kaku-

402

ma apenas uma escala até as condições melhorarem no sul do Sudão, como Gop, agora estavam mandando buscar as famílias.

Eu nada disse a Gop sobre a idéia de trazer sua mulher e suas três filhas para um lugar como aquele, mas, em meu íntimo, questionava essa idéia. Kakuma era um lugar terrível para viver, para crianças crescerem. Mas ele de fato não tinha escolha. Sua caçula havia recebido o diagnóstico de uma doença óssea na clínica de Nyamlell, a leste de Marial Bai, e o médico de lá havia organizado sua transferência para o Hospital de Lopiding — a mais sofisticada das clínicas perto de Kakuma. Gop não sabia exatamente quando seria feita a transferência, então passava um tempo louco buscando informações de qualquer pessoa em Lokichoggio, qualquer um que estivesse envolvido de uma forma ou de outra com a medicina e com a transferência de refugiados.

— Acha que elas serão felizes aqui? — perguntou-me Gop.

— Vão ficar felizes por estar com você — respondi.

— Mas este lugar... isso aqui lá é lugar para viver?

Não falei nada. Apesar de seus defeitos, desde o início ficou claro que aquele campo seria diferente dos campos de Pinyudo, Pochalla, Narus e todos os outros lugares pelos quais havíamos passado. Kakuma foi planejado com antecedência e administrado desde o início pela ONU, e quase todos os seus funcionários, no início, eram quenianos. Isso possibilitou uma operação razoavelmente ordenada, mas os ressentimentos aumentavam dentro e fora do campo. Os *turkana*, um povo de pastores que ocupava o distrito de Kakuma havia mil anos, de repente teve de dividir sua terra — ceder quatrocentos hectares em segundos — com dezenas de milhares de sudaneses, e mais tarde somalis, com quem compartilhavam poucas semelhanças culturais. Os *turkana* se ressentiam da nossa presença, e os sudaneses, por sua vez, se melindravam com os quenianos, que pareciam ter ocupado todos os cargos remunerados do campo, executando e sendo pagos por tarefas que nós, sudaneses, éramos mais do que capazes de realizar em Pinyudo. De sua parte, os quenianos, em seus momentos menos caridosos, consideravam os sudaneses sanguessugas que faziam pouco mais do que comer, defecar e reclamar quando as coisas não corriam conforme o desejado. Em algum lugar no meio disso tudo havia um punhado de trabalhadores humanitários europeus, britânicos, japoneses e norte-americanos, todos tomando cuidado para se mostrar deferentes para com os africanos, e todos os quais desapareciam quando o campo irrompia em algum caos temporário. Isso não era freqüente, mas, com tantas nacionalidades representadas, tantas tribos, tão pouca comida e tamanho volume e variedade de mazelas, os conflitos eram inevitáveis.

O que era a vida em Kakuma? Seria mesmo vida? Havia controvérsias a esse respeito. Por um lado, estávamos vivos, o que significava que tínhamos uma vida, que estávamos comendo e podíamos cultivar amizades, aprender e amar. Mas não estávamos em lugar nenhum. Kakuma era a mesma coisa que lugar nenhum. No início, disseram-nos que *kakuma* era uma apalavra queniana que significava "lugar nenhum". Qualquer que fosse o significado da palavra, aquilo ali não era um lugar. Era uma espécie de purgatório, mais ainda que Pinyudo, que pelo menos tinha um rio onde sempre havia água, e outras semelhanças com o sul do Sudão que havíamos deixado para trás. Mas Kakuma era mais quente, mais ventosa, muito mais árida. Era uma terra de pouco mato e poucas árvores; não havia florestas aonde ir buscar material; parecia não haver nada em um raio de muitos quilômetros, então nos tornamos dependentes da ONU para tudo.

No início da minha estadia no campo, Moses tornou a aparecer e desaparecer da minha vida. Quando Kakuma ainda estava sendo construído, eu dava passeios diários em torno do campo, para ver quem tinha conseguido chegar até ali e quem não tinha. Vi discussões entre sudaneses e *turkana*, entre voluntários europeus e quenianos. Vi famílias sendo reconstituídas, novas alianças sendo formadas, e vi até o Comandante Segredo proferindo um discurso apaixonado para um grupo de meninos pouco mais velhos que eu. Eu mantinha distância dele e de qualquer outro oficial do SPLA, pois conhecia suas intenções. Nessas primeiras semanas, enquanto percorria as fronteiras do campo, descobri que Achor Achor, no final das contas, havia sobrevivido, e que três dos Onze originais estavam com ele.

Quando revi Moses, o encontro não foi muito dramático. Certa manhã bem cedo, durante os primeiros meses em Kakuma, quando eu estava passando por cima de um grupo de homens adormecidos que dividiam um cobertor comprido, com os pés e a cabeça para fora, simplesmente o vi. Moses.

Estava com outro menino da nossa idade, tentando cozinhar um pouco de *asida* em uma frigideira, sobre uma fogueira acesa dentro de uma pequena lata. Ele me viu no mesmo instante em que eu o vi.

— Moses! — gritei.

— Shh! — sibilou ele, indo depressa até meu lado.

Conduziu-me para longe de seu companheiro, e saímos andando pela linha que demarcava o campo.

— Não me chame de Moses aqui — disse ele. Como muitos outros no campo, ele havia mudado de nome; no seu caso, era para evitar quaisquer comandantes do SPLA que estivessem à sua procura.

Era um menino diferente do que aquele que eu vira da última vez. Havia crescido muitos centímetros e estava forte como um touro, e sua testa parecia mais dura e mais severa — a testa de um homem. Porém, nos aspectos essenciais, no grande sorriso torto e nos olhos brilhantes e brincalhões, ainda se parecia muito com Moses. Imediatamente quis me contar sobre sua temporada como soldado, e o fez com a espécie de entusiasmo ofegante que poderia ser usado para descrever uma garota particularmente atraente.

— Não, não. Eu não fui soldado. Nunca combati. Só treinei — disse ele, em resposta à minha primeira pergunta. Fiquei imensamente aliviado.

— Mas o treinamento! Achak, foi tão diferente da vida aqui, de Pinyudo... Tão difícil... Aqui precisamos nos preocupar com comida, insetos e vento, mas lá eles tentavam me matar! Tenho certeza de que estavam tentando me matar. Matavam meninos lá.

— A tiros?

— Não, não. Acho que não.

— Não como os prisioneiros em Pinyudo?

— Não, daquele jeito não. Eles não usavam balas, simplesmente empurravam os meninos para a morte. Eram tantos meninos... Os soldados batiam neles, esmagavam os meninos no chão, perseguiam os meninos até fazer com que fossem para o céu.

Passamos por uma pequena barraca dentro da qual um fotógrafo branco tirava fotos de uma sudanesa com seu filho esquelético.

— Você atirou com uma arma? — perguntei.

— Atirei. Foi um dia bom. Você já atirou com uma arma?

Respondi que não.

— Foi um dia bom quando nos deram as armas, as Kalashnikovs. Tínhamos esperado tanto tempo, e eles finalmente nos deixaram atirar em alvos de verdade. Cara, como as armas machucam! Elas atiram em você quando você atira nos alvos. Chamam isso de coice. Meu ombro ainda dói, Achak.

— Que ombro?

Ele apontou para o ombro direito, e eu lhe dei um soco.

— Não faça isso!

Fiz de novo. Era difícil resistir.

— Não faça isso! — disse ele, e se atracou comigo.

Lutamos durante alguns minutos, e então, como estávamos cansados e desnutridos, percebemos que não tínhamos energia para lutar direito. Sentíamos mais fome do que em Pinyudo. Fazíamos uma refeição diária, à noite, e durante o resto do dia tentávamos poupar energia. Não sei por que era mais fácil para a onu alimentar os refugiados de Pinyudo que os de Kakuma. Pusemo-nos de pé e continuamos a andar, passando por um grupo de abrigos onde viviam as famílias do spla.

— Eles nos deram cinco balas e nos seguraram enquanto atirávamos. Deitamos de bruços para ficar imóveis. Doeu muito, mas fiquei feliz em ver as balas saírem da minha arma. Não acertei em nada. Não sei para onde minhas balas foram. Nunca mais as vi. Foram parar no céu, ou algo assim.

Eu disse a ele que o treinamento parecia legal.

— Não, não, Achak. Não foi legal. Ninguém achou isso. E fui destacado para ser punido. Aos olhos deles, estava fazendo alguma coisa errada, Achak. Um dia, cheguei atrasado ao desfile, e eles acharam que eu fosse um encrenqueiro. Descobri depois que tinham me confundido com outro Moses. Mas achavam que eu fosse um cara mau, por isso fui punido. Puseram-me dentro de um curral, igual àqueles onde se cria gado. Tive que passar dois dias lá dentro. Não conseguia sentar. Ficava em pé o tempo todo até cair no sono. Eles me deixavam dormir do raiar do dia até o sol aparecer, umas duas horas. Era pior que na casa do árabe. Quando eu estava lá, era fácil odiar o árabe, a família dele e aquelas crianças. Mas dessa vez foi tão confuso... Eu tinha ido a Bonga para treinar e lutar, mas eram eles quem estavam lutando comigo. Estavam tentando me matar, Achak, juro. Diziam que era treinamento. Diziam que estavam nos transformando em homens, mas sei que queriam me matar. Já teve a sensação de que alguém estava querendo matar você de verdade, você especificamente?

Pensei a respeito, e dei-me conta de que não sabia ao certo.

— Passamos esse dia todo correndo, Achak. Subíamos os morros correndo e depois descíamos correndo. Enquanto corríamos, os treinadores nos batiam, gritando conosco. Mas os meninos não estavam fortes o suficiente. Aqueles treinadores não eram muito espertos. Tinham seus métodos de treinamento e os estavam usando, mas esqueceram que aqueles eram meninos muito doentes, fracos e magros. Você consegue subir um morro correndo enquanto está apanhando, Achak?

— Não.

— Então os meninos começaram a cair. Caíam e quebravam ossos. Vi um menino cair. Estávamos descendo o morro correndo e um dos treinadores começou a gritar com esse menino, que se chamava Daniel. Era do meu tamanho, só que mais magro. Quando o vi, percebi que ele não deveria estar ali em Bonga. Era um dos mais novos, e tão lento! Corria mais devagar do que você consegue andar. Era engraçado de ver, mas era real, e a forma como ele corria era estúpida. Deixava os treinadores tão zangados... Eles não queriam aquele menino no campo, assim como também não me queriam. Então começaram a gritar com Daniel e a xingá-lo de Merda. Era este o nome dele em Bonga: Merda.

Passamos alguns instantes rindo disso. Não pudemos evitar. Nunca tínhamos conhecido ninguém chamado Merda.

— Passávamos o tempo todo subindo e descendo esse morro, e em uma das vezes que fizemos isso estava quase escuro. O sol já havia baixado e não conseguíamos ver direito. Havia um treinador chamado Camarada Francis que era cruel com todo mundo, mas eu nunca tinha visto ele interagir com Daniel. Nessa noite, onde Daniel estivesse ele também estava. Corria ao seu lado, corria de costas na sua frente, sempre apitando. O Camarada Francis tinha um apito, e simplesmente ficava apitando sem parar na cara de Daniel.

— E Daniel? O que ele fazia?

— Ele estava tão triste... Não estava zangado. Acho que talvez ele tenha se fingido de surdo. Não parecia estar escutando nada. Simplesmente continuou a correr. Então o Camarada Francis deu um chute nele.

— Um chute?

— O morro era íngreme. Então, quando ele deu o chute, foi como se Daniel tivesse saído voando. Saiu voando uns sete metros para cima, acho, porque já estava correndo e estava embalado. Quando ele começou a voar, Achak... desculpe, Valentino... quando ele estava no ar o meu estômago se revirou. Eu me senti tão mal... Tudo dentro de mim desabou. Eu sabia que aquilo era ruim, que Daniel estava voando morro abaixo junto com todas as pedras. O barulho parecia o de um graveto se partindo. Ele simplesmente ficou deitado ali, como se estivesse morto há muito tempo.

— Estava morto?

— Morreu ali mesmo. Eu vi as costelas. Não sabia que isso podia acontecer. Você sabia que as suas costelas podiam sair pela pele?

— Não.

— Três das costelas dele tinham saído pela pele, Achak. Depois que isso aconteceu, andei até ele. O treinador não estava fazendo nada. Pensava que o menino fosse se levantar, então continuava a soar o apito, mas eu tinha escutado o barulho, então fui até onde Daniel estava e vi seus olhos abertos, como se ele estivesse olhando através de mim. Eram olhos mortos. Você sabe como são esses olhos. Sei que sabe.

— Sei.

— Então vi as costelas. Pareciam os ossos de um animal. Quando você mata um animal, pode ver os ossos, e são brancos com sangue em volta, não é?

— É.

— Era assim. As costelas eram muito afiadas, também. Tinham se quebrado, então as partes que saltavam para fora da pele estavam muito afiadas, parecendo facas curvas. Eu estava ali, e então o treinador gritou comigo para continuar a correr. Me virei e vi dois outros treinadores ali. Acho que eles sabiam que alguma coisa estava errada. Bateram em mim até eu sair correndo morro abaixo, e vi quando cercaram Daniel. Três dias depois, disseram a todos nós que Daniel tinha morrido de febre amarela. Mas todo mundo sabia que era mentira. Foi aí que os meninos começaram a debandar. Foi aí que eu fugi.

Moses e eu tínhamos dado a volta no campo, e agora voltáramos ao lugar onde estava sua fogueira, seu companheiro e sua *asida*.

— Vejo você por aí, tá, Achak?

Eu lhe disse que é claro que iria vê-lo pelo campo. Mas, na verdade, não nos vimos muito. Passamos algumas semanas andando juntos pelo campo, conversando sobre as coisas que havíamos visto e feito, mas, depois de contar sua história, Moses não estava mais muito interessado em falar sobre o passado. Via nossa presença no Quênia como uma grande oportunidade e parecia estar sempre pensando em formas de tirar vantagem da situação. Nesses primeiros tempos, ele se tornou um negociante de mercadorias: talheres, xícaras, botões e linha, começando com poucos *shillings* e triplicando seu valor em um dia. Estava indo mais depressa do que eu conseguia, e continuou assim. Certo dia, pouco depois de nos reencontrarmos, Moses disse que tinha novidades. Falou que tinha um tio que havia deixado o Sudão muito tempo antes e morava no Cairo, e esse tio havia localizado Moses em Kakuma e estava tomando providências para mandá-lo estudar em um colégio particular em Nairóbi. Ele não era o único menino nessa situação. A cada ano, algumas dúzias de meninos eram mandadas para colégios internos no Quênia. Alguns haviam ganhado bolsas, outros tinham localizado ou sido localizados por parentes com melhores condições.

— Desculpe — disse Moses.

— Tudo bem — falei. — Me escreva uma carta.

Moses nunca escreveu nenhuma carta, porque meninos não escrevem cartas para outros meninos, mas ele se foi certo dia, pouco antes de as aulas na escola do campo de refugiados começarem para o resto de nós. Eu iria passar quase dez anos sem ter notícias suas, até descobrirmos que estávamos os dois morando na América do Norte — eu em Atlanta, ele na Universidade de British Columbia. Ele passou a me telefonar a intervalos de poucas semanas, ou eu telefonava para ele, e sua voz era sempre um bálsamo e uma inspiração. Era impossível derrotá-lo. Ele estudou em Nairóbi e no Canadá, e sempre olhou corajosamente para a frente, mesmo com um oito gravado atrás da orelha. Nada em Moses podia ser derrotado.

Maria morava com pais adotivos, um homem e uma mulher de sua cidade natal, na parte de Kakuma onde as famílias mais ou menos intactas haviam erguido suas casas. Maria antes morava com três outras moças e um velho — avô de uma delas —, até o velho morrer e as mulheres se casarem ou voltarem para o Sudão, deixando Maria sozinha para quem a quisesse. Certo dia, passei a manhã procurando por ela, e por fim encontrei sua silhueta em um canto de Kakuma, ajeitando roupas de homem em um varal.

— Maria!

Ela se virou e sorriu.

— Dorminhoco! Estava procurando você semana passada na escola.

Ela me chamava de Dorminhoco, e eu não me importava. Tinha muitos nomes em Kakuma, e esse era o mais poético. Deixava Maria me chamar do que quisesse, pois ela havia me salvado da estrada à noite.

— Em que turma você está este ano? — perguntei.

— Turma Cinco — respondeu ela.

— Aah! Turma Cinco! — Fiz-lhe uma profunda reverência. — Que menina especial!

— É o que eles dizem.

Nós dois rimos. Eu não tinha percebido que ela era uma aluna tão extraordinária. Era mais nova que eu e estava na Turma Cinco! Com certeza era a mais nova da sala.

— Essas roupas são suas? — apontei para a calça que arrastava no chão. Quem quer que fosse o dono daquelas roupas, tinha pelo menos dois metros de altura.

— São do meu pai daqui. Ele consertava bicicletas na minha cidade.

— Consertava bicicletas?

— Consertava, vendia. Diz que era amigo do meu pai. Eu não me lembro dele. Agora moro com eles. Ele me chama de filha.

Havia muito trabalho em casa, disse Maria. Mais do que ela jamais fizera ou ouvira falar. Entre os afazeres e a escola, depois que o sol se punha ela já estava exausta demais para sequer conseguir falar. O homem com quem ela vivia estava esperando os dois filhos irem se juntar a ele em breve no campo, e Maria sabia que o trabalho iria ser multiplicado por três quando eles chegassem. Terminou de pendurar as roupas e me olhou nos olhos.

— O que você acha deste lugar, Achak?

Maria tinha um jeito de olhar para mim muito diferente da maioria das

410

meninas sudanesas, que nem sempre encaravam você nem falavam com tanta clareza.

— De Kakuma? — indaguei.

— É, de Kakuma. Não tem nada aqui a não ser nós. Você não acha isso estranho? Que sejam só pessoas e poeira? Já cortamos todas as árvores e o mato para nossas casas e nossas fogueiras. E agora?

— Como assim?

— Vamos simplesmente ficar aqui? Ficar aqui para sempre, até morrer?

Até este instante, eu não havia pensado em morrer em Kakuma.

— Ficamos aqui até a guerra terminar, depois vamos para casa — falei.

Era esse o refrão constante e otimista de Gop Chol, e acho que eu tinha me deixado mais ou menos convencer. Ao ouvir isso, Maria riu bem alto.

— Não está falando sério, Dorminhoco, está?

— Maria!

Era uma voz de mulher vinda do abrigo.

— Menina, venha cá!

Maria fez uma careta e deu um suspiro.

— Eu procuro você na escola quando as aulas voltarem. A gente se vê, Dorminhoco.

Gop Chol era professor, tinha um relacionamento frouxo com o SPLA, e era um homem de visão e planos cuidadosos. Juntos havíamos construído nosso abrigo, considerado uma das melhores casas da nossa área. Com as estacas e os oleados fornecidos pela ONU, fizemos uma casa que cobrimos com folhas secas de palmeira para mantê-la fresca durante o dia e aquecida durante a noite. As paredes eram de barro e as camas, feitas com sacos de sisal. Porém, na maioria das noites, o calor em Kakuma era tal que dormíamos ao relento. Dormíamos a céu aberto, e eu estudava do lado de fora sob a luz do luar ou da lamparina a querosene que compartilhávamos.

Assim como o sr. Kondit, Gop insistia para que eu nunca parasse de estudar, de modo a não pôr em risco o futuro do Sudão. Ele também imaginava que, quando a guerra terminasse e a independência do sul do Sudão fosse conquistada, aqueles dentre nós que houvessem estudado em Pinyudo e Kakuma, com o auxílio da competência e do material da comunidade internacional que nos ajudava, estariam prontos para conduzir um novo Sudão.

Mas era difícil para nós vislumbrar esse futuro, pois em Kakuma tudo era pó. Nossos colchões ficavam cheios de poeira, nossos livros e nossa comida também. Dar uma mordida sem sentir os molares triturarem areia era algo impossível. Todas as canetas que nos emprestavam ou davam de presente só funcionavam de vez em quando; a poeira alguma hora as fazia emperrar, e pronto. O mais comum eram os lápis, e até mesmo estes eram raros.

Eu desmaiava uma dúzia de vezes por dia. Quando me levantava depressa, a periferia da minha visão escurecia e eu acordava no chão, sempre sem nenhum ferimento, o que era estranho. Achor Achor chamava isso de pisar no escuro.

Achor Achor conhecia melhor as expressões mais usadas pelos garotos do campo, pois ainda morava com os menores desacompanhados. Dividia um abrigo com seis outros meninos e três homens, todos ex-soldados do SPLA. Um dos homens, de vinte anos, não tinha a mão direita. Nós o chamávamos de Dedos.

Não havia comida suficiente; os sudaneses, um povo de tradição agrária, não tinham permissão para criar gado no campo, e os *turkana* não permitiam que os sudaneses criassem nenhum animal fora do campo. Dentro de Kakuma não havia lugar para lavouras de nenhum tipo, e o solo, de toda forma, era inadequado para quase qualquer tipo de cultivo. Era possível plantar alguns vegetais junto às bicas d'água, mas essas hortas mirradas não representavam quase nada em comparação às necessidades de quarenta mil refugiados, muitos deles anêmicos.

Todos os dias, na escola, alunos faltavam por motivo de doença. Os ossos dos meninos da minha idade tentavam crescer, mas não havia em nossa comida nutrientes que bastassem. Então vinham a diarréia, a disenteria e o tifo. Pouco depois de as aulas começarem, quando algum aluno ficava doente, a escola era avisada e os alunos eram incentivados a rezar por esse menino. Quando ele voltava às aulas, era aplaudido, embora alguns meninos achassem melhor manter distância dos que haviam acabado de adoecer. Quando algum menino não se recuperava, nossos professores nos reuniam antes das aulas e nos diziam que tinham más notícias, que o menino tal havia morrido. Alguns de nós choravam, outros não. Muitas vezes eu não tinha certeza se conhecera o menino em questão, então simplesmente esperava os que estavam chorando pararem de chorar. A aula então prosseguia, com aqueles que não conheciam o menino escondendo a pequena satisfação de que sua morte nos faria ser dispensados mais cedo nesse dia. Um menino morto significava meio expediente na escola, e qualquer dia em que pudéssemos ir para casa dormir significava a possibilidade de descansar e poder combater melhor nossas próprias doenças.

Depois de algum tempo, porém, a quantidade de meninos que morria era grande demais, e não havia mais tempo para lamentar cada um deles. Quem conhecia o menino morto fazia seu próprio luto, enquanto os saudáveis torciam para não adoecer. As aulas continuavam; não havia mais meio expediente.

Isso tornava difícil estudar, e o progresso acadêmico era quase impossível. Frustrados com a situação, muitos meninos simplesmente deixavam de ir à escola. Dos sessenta e oito da minha turma de oitava série, somente vinte e oito passaram para o ensino médio. Ainda assim, era mais seguro que estar no Sudão, e não tínhamos mais nada. Eu sentia fome, mas todos os dias agradecia por estar aparentemente livre, por ora, da ameaça de alistamento no SPLA. Havia menos surras, menos represálias, menos militarismo de forma geral. Durante algum tempo, não éramos mais Sementes, não éramos mais o Exército Vermelho. Éramos apenas meninos, e, um pouco depois, surgiu o basquete.

Descobri o basquete em Kakuma, e logo passei a acreditar que, se jogasse muito bem, como Manute Bol, seria levado para os Estados Unidos a fim de me profissionalizar. O basquete nunca chegaria a se tornar tão popular no campo quanto o futebol, mas atraía centenas de meninos, os mais altos, os mais rápidos, aqueles que gostavam de tocar mais na bola do que era possível em qualquer das aglomerações desordenadas que faziam as vezes de partidas de futebol. No basquete, os ugandeses eram bons em estratégia — conheciam o jogo —, os somalis eram rápidos, mas eram os sudaneses quem dominavam, pois nossas pernas e nossos braços compridos simplesmente suplantavam os outros. Quando alguma partida de improviso era organizada, e os sudaneses desafiavam quem quer que conseguisse se juntar para nos enfrentar, quase sempre vencíamos, por mais numerosas que fossem as cestas de três pontos, por mais rápido que fosse o rebote, por maior que fosse a garra dos oponentes. Tínhamos muito orgulho de pensar em nós mesmos como antigamente, como os reis da África, os *monyjang*, o povo escolhido por Deus.

Nos dias que antecederam a chegada de sua família, Gop começou a imaginar várias situações que poderiam impedir sua mulher e suas filhas de chegarem a Kakuma. Elas poderiam ser mortas por tiros de bandidos, sugeria ele. Eu lhe dizia que isso não era possível, que elas iriam chegar com muitas outras pessoas, e que estariam seguras, talvez até chegassem de carro. Gop ficava feliz durante mais ou menos uma hora e depois se punha inteiramente frenético, desmanchando a cama e tornando a montá-la, e deixando-se novamente consumir por dúvidas esmagadoras. "E se as minhas filhas não me reconhecerem?", perguntava ele seis vezes ao dia. Eu era incapaz de responder a essa pergunta, já que eu próprio não me lembrava mais do rosto dos meus pais. Pior ainda, as filhas de Gop eram mais novas, muito mais novas do que eu era quando saí de casa. Suas três filhas tinham todas menos de cinco anos, e agora oito anos haviam passado. Nenhuma delas iria reconhecer Gop.

— É claro que vão reconhecer você — falei. — Qualquer menina conhece o próprio pai.

— Tem razão. Tem razão, Achak. Obrigado, estou pensando demais.

Todos os dias, Gop esperava notícias dos que estavam a caminho de Kakuma. De vez em quando, ficávamos sabendo de alguma movimentação dos refugiados, achávamos que elas fossem chegar e nos preparávamos. Mesmo depois de três anos, ainda era possível chegarem ao campo mil pessoas novas por semana, e Kakuma continuava a se expandir por muitos quilômetros, de tal forma que eu podia andar por uma rua nova a cada manhã. O campo cresceu e passou a abrigar Kakuma I, II, III e IV. Era uma cidade de refugiados com seus próprios subúrbios.

A maioria dos recém-chegados, porém, vinha das diversas regiões do Sudão, em especial das aldeias mais próximas do Quênia. Poucos vinham de qualquer lugar próximo a Marial Bai. A maioria daqueles a quem eu perguntava nunca tinham ouvido falar em minha aldeia. E, quando sabiam qualquer coisa sobre Bahr al-Ghazal, o que traziam eram notícias generalizadas sobre sua eliminação da face da Terra.

— Você é do norte de Bahr al-Ghazal? — perguntou um homem. — Todo mundo lá morreu.

Outro homem, idoso e sem a perna direita, foi mais específico.

— O norte de Bahr al-Ghazal hoje está ocupado pelos *murahaleen*. Eles dominaram a região. É o pasto deles. Lá não tem nada para que se voltar.

Certo dia, notícias da minha região chegaram trazidas por um menino que eu não conhecia bem. Eu estava junto à bica d'água em frente à escola quando o menino, chamado Santino, veio correndo até mim explicando que tinha um homem de Marial Bai no hospital de Lopiding. Outro menino tinha dado entrada no hospital com malária e começara a conversar com esse homem, que mencionara minha cidade natal e chegara a dizer que se lembrava de mim, Achak Deng. Então eu tinha obrigação de arrumar um jeito rápido de chegar a Lopiding, pensei, pois era a primeira vez em muitos anos que alguém de Marial Bai chegava a Kakuma.

Mas então pensei em Daniel Dut, outro menino que eu conhecia e que estivera esperando notícias da família, mas que acabara descobrindo que todos haviam morrido. Durante meses depois disso, Daniel ficara insistindo que teria preferido não saber nada, que era muito mais fácil continuar em dúvida e esperançoso do que descobrir que todos haviam morrido. Saber que sua família estava morta trazia imagens de como ela havia morrido, de como podia ter sofrido, de como seus corpos podiam ter sido vilipendiados depois da morte. Então não fui logo procurar o homem de Marial Bai no hospital. Quando soube, uma semana depois, que ele tinha ido embora, não fiquei triste.

O anúncio do recenseamento foi feito enquanto Gop aguardava a chegada de sua mulher e suas filhas, e isso complicou seu estado de espírito. Para nos ajudar, para nos alimentar, o ACNUR e os muitos grupos humanitários de Kakuma precisavam saber quantos refugiados havia no campo. Assim, em 1994, anunciaram que iriam nos contar. Levaria apenas alguns dias, disseram. Tenho certeza de que, para os organizadores, isso parecia uma iniciativa muito simples, necessária e livre de controvérsias. Para os anciãos sudaneses, porém, era tudo menos isso.

— O que vocês acham que eles estão planejando? — perguntou-se Gop Chol em voz alta.

Eu não sabia o que ele queria dizer com isso, mas logo entendi o que o estava deixando tão preocupado, assim como os anciãos sudaneses. Aquilo fazia alguns deles se lembrarem da época colonial, quando os africanos precisavam usar placas de identificação presas ao pescoço.

— Será que essa contagem vai ser o pretexto para um novo período colonial? — ponderou Gop. — É muito possível. Provável, até!

Eu não disse nada.

Ao mesmo tempo, havia motivos práticos, menos simbólicos, para se opor ao censo, incluindo o fato de muitos anciãos imaginarem que isso fosse diminuir, e não aumentar, a quantidade da nossa comida. Caso descobrissem que nosso número era menor do que haviam avaliado, as doações de comida do resto do mundo iriam diminuir. O temor mais intenso e disseminado entre jovens e velhos de Kakuma era que o censo fosse uma maneira de a ONU matar todos nós. Quando as cercas foram erguidas, esses temores só fizeram se exacerbar.

Os funcionários da ONU haviam começado a juntar barreiras de quase dois metros de altura, dispostas como corredores. As cercas estavam ali para garantir que andássemos em fila indiana ao sermos contados e, assim, que fôssemos computados apenas uma vez. Mesmo aqueles dentre nós que não estavam tão preocupados até então, em especial os jovens sudaneses, ficaram gravemente perturbados quando as cercas foram erguidas. Aquilo tinha um aspecto malévolo, aquele emaranhado de cercas opacas e alaranjadas. Logo, até mesmo os mais instruídos dentre nós passaram a acreditar na suspeita de que aquilo era um plano para eliminar os dincas. A maioria dos sudaneses da minha idade tinha tido aulas sobre o Holocausto, e estávamos convencidos de que aquilo era um plano muito parecido com aquele usado para eliminar os judeus da Alemanha e da Polônia. Eu tinha dúvidas quanto à paranóia crescente, mas Gop acreditava. Por mais que ele fosse um homem racional, tinha uma memória longa em relação às injustiças cometidas contra o povo do Sudão.

— O que não será possível, menino? — perguntava ele. — Está vendo onde nós estamos? Me diga o que não será possível hoje na África!

Mas eu não tinha motivos para desconfiar da ONU. Havia muitos anos que eles estavam nos alimentando em Kakuma. A comida não era suficiente, mas eram eles quem alimentavam todo mundo, então parecia não fazer sentido que fossem nos matar depois de todo aquele tempo.

— Sim — ponderou ele —, mas pense bem, a comida pode ter acabado. A comida acabou, não há mais dinheiro, e Cartum pagou a ONU para nos matar. Assim a ONU consegue duas coisas: economizar comida e ser paga para se livrar de nós.

— Mas como é que eles vão conseguir explicar isso?

— É fácil, Achak. Vão dizer que pegamos uma doença que só os dincas pegam. Existem sempre doenças que só dão em determinadas pessoas, e é isso que vai acontecer. Vão dizer que houve uma peste dos dincas e que todos os sudaneses morreram. É assim que vão justificar o fato de matarem todos nós.

— Impossível — falei.

— Será? — perguntou ele. — Ruanda foi impossível?

Continuei achando a teoria de Gop inverossímil, mas sabia também que não deveria esquecer que muitas pessoas ficariam felizes com a morte dos dincas. Durante alguns dias, não formei minha opinião sobre a contagem. Enquanto isso, a opinião de todos ia se solidificando no sentido de não aceitarmos participar, sobretudo quando ficamos sabendo que os dedos de todos os que fossem contados seriam em seguida mergulhados em tinta.

— Por que a tinta? — perguntou Gop.

Eu não sabia.

— A tinta é um método infalível para garantir que os sudaneses sejam exterminados.

Eu não disse nada, e ele seguiu falando. Com certeza, teorizou, se a ONU não matasse os dincas nas filas, iria nos matar com aquela tinta nos dedos. Como poderíamos tirar a tinta? Ela iria entrar em nossos corpos quando comêssemos, pensou ele.

— É muito parecido com o que fizeram com os judeus — disse Gop.

Nessa época, as pessoas falavam muito sobre os judeus, o que era estranho, levando em conta que, pouco tempo antes, a maioria dos meninos que eu conhecia pensava que os judeus fossem uma raça extinta. Antes de aprendermos sobre o Holocausto na escola, haviam nos ensinado na igreja, de forma um tanto genérica, que os judeus tinham ajudado a matar Jesus Cristo. Nesses ensinamentos, nunca fora sugerido que os judeus fossem um povo que ainda habitava a Terra. Pensávamos neles como criaturas mitológicas, que só existiam nas histórias da Bíblia.

Na véspera do censo, toda a seqüência de cercas, com mais de um quilômetro e meio de extensão, foi derrubada. Ninguém se responsabilizou, mas muitos aplaudiram em silêncio.

Por fim, depois de incontáveis reuniões com a liderança queniana do campo, os anciãos sudaneses se convenceram de que a contagem era legítima e necessária para melhorar os serviços prestados aos refugiados. As cercas foram reerguidas e o censo, realizado poucas semanas depois. De certa forma, porém, aqueles que temiam o censo tinham razão, no sentido de que este não acarretou nada de bom. Depois da contagem, passou a haver menos comida, menos serviços, e algumas organizações menores chegaram a ir embora do campo. Ao final da contagem, a população de Kakuma perdeu oito mil pessoas em um único dia.

Como podia o ACNUR ter nos contado errado antes do censo? A resposta se chama reciclagem: ela era popular em Kakuma e é uma prática na maioria dos campos de refugiados; qualquer refugiado, em qualquer lugar do mundo, conhece esse conceito, mesmo que o chame por outro nome. Essencialmente, a idéia é sair do campo e entrar de novo como uma pessoa diferente, conservando assim o primeiro cartão de racionamento e recebendo um novo quando se entra com outro nome. Isso significa que o reciclador pode comer duas vezes mais do que antes ou, caso decida trocar a ração suplementar de comida, comprar ou conseguir de alguma outra forma qualquer outra coisa de que precise e que a ONU não esteja lhe dando — açúcar, carne, vegetais. A troca que resulta dos cartões de racionamento suplementares servia de base para uma vasta economia informal em Kakuma, e impedia que milhares de refugiados sofressem de anemia e doenças correlatas. Durante todo esse tempo, os administradores de Kakuma pensavam estar alimentando oito mil pessoas a mais do que de fato estavam. Ninguém sentia culpa por esse pequeno engodo numérico.

A economia dos cartões de racionamento tornava possível o comércio, e a capacidade de diferentes grupos de manipular esse sistema e prosperar graças a ele logo gerou uma espécie de hierarquia social em Kakuma. No alto da escala ficavam os sudaneses como grupo, porque nossa vantagem numérica dominava o campo. Mas, do ponto de vista individual, os etíopes eram a casta social mais elevada — uns poucos milhares de representantes da classe média do país forçados a sair com a queda de Megistu. Moravam em Kakuma I e eram proprietários de boa parte dos negócios mais prósperos. Seus rivais no comércio eram os somalis e os eritreus, que haviam encontrado uma forma de conviver com os etíopes, embora, nos países de origem, eles fossem rivais entre si. Enquanto isso, havia tensão entre somalis e bantos, um grupo que já vinha sofrendo havia muito tempo e que fora transplantado de outro campo queniano, Dadaab. Os bantos primeiro haviam sido escravizados em Moçambique, e no século XIX haviam emigrado para a Somália, onde suportaram duzentos anos de perseguições. Não tinham permissão para possuir terras nem tinham acesso a representação política em qualquer nível. Quando a guerra civil submergiu a Somália, na década de 1990, sua situação piorou, pois suas casas e fazendas foram atacadas, seus homens mortos e suas mulheres estupradas. Dezessete mil bantos acabaram indo parar em Kakuma, e mesmo ali eles nem sempre estavam seguros, já que seu número causava ressentimento em muito sudaneses, que consideravam o campo propriedade sua.

Logo abaixo dos comerciantes ficavam os comandantes do SPLA e, depois destes, os ugandeses — somente uns quatrocentos, a maioria afiliada ao Exército de Resistência do Senhor, grupo rebelde liderado por Joseph Kony oposto ao Movimento de Resistência Nacional, que governava o país. Os ugandeses não podiam voltar para o seu país; a maioria era conhecida lá e sua cabeça estava a prêmio. Espalhados pelo campo havia também congoleses, burúndios, eritreus e umas poucas centenas de ruandeses que, muitos desconfiavam, haviam participado do genocídio e não eram bem-vindos em seu país natal.

Em algum lugar próximo à base dessa escala ficavam os menores desacompanhados, os Meninos Perdidos. Não tínhamos dinheiro nem família, e poucas possibilidades de obter qualquer das duas coisas. Caso se conseguisse entrar para uma família, era possível subir um degrau na base dessa escala. Viver com Gop Chol havia me proporcionado um certo status e alguns privilégios, mas eu sabia que, quando sua família chegasse, seria difícil dividir as rações de comida da família entre todos, e os muitos itens necessários — com tantas meninas pequenas dentro de casa — significariam que seria preciso mais renda na casa, e um cartão de racionamento suplementar poderia possibilitar isso.

— Um de nós vai ter que se reciclar depois que as meninas chegarem — disse Gop certo dia.

E eu sabia que isso era verdade. Eu recebia minhas rações semanalmente e, quando sua mulher e suas filhas chegassem, Gop teria direito a uma ração familiar. Porém, para uma família de cinco pessoas, as rações não iriam bastar, e sabíamos que a melhor época para se reciclar seria logo depois do recenseamento, quando haveria menos vigilância em relação à comida que estaríamos recebendo.

— Eu vou — falei, e estava decidido a ir.

Iria assim que sua mulher e suas filhas chegassem, anunciei. Gop fingiu surpresa quando me ofereci, mas eu sabia que ele esperava isso de mim. Os jovens de Kakuma estavam sempre se reciclando, e eu queria demonstrar meu valor para a família, para ganhar seu respeito logo depois de chegarem.

Ao longo das semanas seguintes, Achor Achor e eu passamos muitas noites deitados do lado de fora do meu abrigo, fazendo nosso dever de casa sob o brilho intenso de um luar azulado, planejando minha viagem de reciclagem.

— Você vai precisar de outra calça — disse Achor Achor.

Eu não fazia idéia de por que iria precisar de outra calça, mas Achor Achor me explicou: precisaria de uma calça porque, com a calça, poderia conseguir a cabra.

— Uma calça deverá bastar — avaliou ele.

Perguntei a Achor Achor por que iria precisar de uma cabra.

— Precisa da cabra para conseguir os *shillings*.

Pedi a ele por favor para começar do começo.

Segundo ele, eu precisava da calça porque, quando saísse de Kakuma, iria viajar até Narus, no Sudão, e ali não se podia encontrar as calças novas, fabricadas na China, que tínhamos em Kakuma. Se eu levasse uma calça dessas para Narus, poderia trocá-la por uma cabra. E precisava de uma cabra porque, se trouxesse uma cabra saudável de volta para Kakuma, onde elas eram raras, poderia vendê-la por dois mil *shillings* ou mais.

— Não custa nada ganhar um pouco de dinheiro enquanto estiver lá arriscando sua vida.

Era a primeira vez que eu ouvia dizer que a viagem poderia ser perigosa. Quero dizer, eu sabia que, no passado, caso se saísse de Kakuma e pelas estradas na direção de Lokichoggio e mais além, era possível encontrar bandidos *turkana* e *taposa* que, no melhor dos casos, roubariam tudo o que você tivesse, e, no pior dos casos, roubariam tudo o que você tivesse e em seguida o matariam. Eu achava que esses perigos fossem coisa do passado, mas aparentemente não eram. Mesmo assim, o plano seguiu tomando forma, e Gop veio participar.

— Você deveria levar mais de uma calça! — exclamou Gop certa noite durante o jantar. Achor Achor estava jantando conosco, coisa que fazia sempre, porque Gop sabia cozinhar e Achor Achor não.

— Mais mercadorias, mais cabras! — bradou Gop. — Você poderia tornar essa viagem lucrativa de verdade, já que vai estar arriscando a vida e tudo.

Daí em diante, o plano foi se incrementando: eu levaria duas camisas, uma calça e um cobertor, todos novos ou aparentemente novos, e com tudo isso conseguiria pelo menos três cabras, que renderiam seis mil *shillings* em Kakuma Town, quantia capaz de proporcionar à família de Gop, durante muitos meses, itens necessários, luxuosos até, como manteiga e açúcar. O dinheiro, aliado ao cartão de racionamento suplementar, iria me transformar em um herói da família, e eu sonhava em impressionar minhas futuras irmãs, todas as quais iriam me respeitar e me chamar de tio.

— Você vai poder montar sua própria loja — disse Achor Achor certa noite.

Era verdade. Gostei imediatamente dessa idéia, e a partir daí ela também passou a fazer parte do plano mais amplo. Havia muito tempo que eu queria montar uma pequena loja de varejo do lado de fora do meu abrigo, uma cantina para vender comida e também canetas, lápis, sabonete, chinelos, peixe seco e qualquer refrigerante que conseguisse arrumar. Como as pessoas que me conheciam confiavam em mim, estava certo de que, caso oferecesse minhas mercadorias a um preço justo, teria sucesso, e, depois que eu conseguisse juntar um pouco de capital, estocar a cantina não seria um problema. Eu me lembrava das lições da loja do meu pai em Marial Bai e sabia que, nesses casos, as relações com os clientes eram fundamentais.

— Mas você vai precisar de mais do que duas camisas e uma calça — observou Achor Achor. — Vai precisar de duas calças, três camisas e pelo menos dois cobertores de lã.

Por fim, o plano se concretizou. Eu partiria na próxima oportunidade, assim que as estradas fossem consideradas seguras. O primo de Gop me deu uma mochila, um aparato resistente feito de vinil, com zíperes e vários compartimentos. Lá dentro guardei as duas calças, as três camisas, o cobertor de lã e um saco de amendoins, biscoitos salgados e manteiga de amendoim para a viagem. Planejava partir de manhã bem cedo, sair de Kakuma IV sem ser visto, e em seguida percorrer a pé o quilômetro e meio até a estrada principal em direção a Loki, pela qual continuaria a seguir, evitando a polícia queniana, os guardas do campo e os carros que passassem.

— Mas você não pode sair durante o dia! — suspirou Gop ao ouvir essa parte do plano. — Tem que sair à noite, seu tonto.

Assim, o plano foi alterado outra vez. À noite, ninguém iria me ver. O jeito oficial de se sair de Kakuma era portando um documento de viagem de refugiado aprovado. Mas eu não tinha por que sair oficialmente e, mesmo que tivesse, solicitar um documento assim podia levar meses. Caso conhecesse alguém no ACNUR, talvez conseguisse acelerar o processo, mas eu não conhecia ninguém bem o bastante para que corressem qualquer risco por minha causa.

Isso deixava apenas uma solução, a mais popular e a mais rápida: subornar os guardas quenianos pela estrada. Kakuma nunca foi um campo murado; os refugiados podiam sair do campo se quisessem, mas em pouco tempo, na estrada principal, eram abordados por quenianos em postos policiais ou a bordo de Land Rovers, e o viajante precisava apresentar seu documento de viagem de refugiado. Era nessa hora que um viajante sem documento precisava oferecer um incentivo adequado que fizesse o policial desviar os olhos. Recomendava-se viajar à noite, pelo simples fato de que quem cumpria os turnos da noite eram os policiais menos honestos, e nessa hora eles eram também menos numerosos.

Então, por fim, fiquei pronto para partir. Mas primeiro iríamos esperar pela família de Gop, para ter certeza de que ainda havia três filhas e uma mulher. Embora houvessem mandado avisar meses antes que as quatro iriam chegar juntas, no Sudão não existiam garantias desse tipo. Gop e eu não falávamos sobre isso, mas ele sabia que era verdade. Qualquer coisa pode acontecer em uma viagem comprida assim.

No final das contas, elas chegaram, todas sãs e salvas, embora tenham aparecido de forma inesperada. Certa manhã, Gop Chol e eu fomos até a bica pegar mais água, para que ninguém precisasse buscar água por alguns dias. Quando estávamos nos aproximando da bica, vimos, ao longe, uma caminhonete da Cruz Vermelha se aproximando em meio à poeira, e perguntamo-nos, os dois ao mesmo tempo: será possível? Uma semana antes, Gop recebera a notícia de que sua família poderia ser transferida em breve, mas não houvera mais notícias desde então. Ficamos olhando a caminhonete diminuir a velocidade à medida que se aproximava da nossa casa e, quando ela parou, foi em frente à nossa porta, e a essa altura Gop já estava correndo. Saí correndo atrás dele. Gop não corria depressa, então logo o ultrapassei. Quando chegamos perto da caminhonete, Gop começou a berrar. Parecia histérico e perturbado.

— Ah! Ah! Vocês chegaram! Vocês chegaram!

Elas ainda não conseguiam nos escutar. Estávamos a alguns metros de distância.

Uma menina pequenina, frágil e usando um vestido branco, foi a primeira a saltar da caminhonete, seguida por duas outras, cada qual mais alta que a anterior, mas ambas com menos de oito anos de idade, também de branco. Ficaram ali paradas, apertando os olhos por causa da luminosidade, alisando o vestido em cima das pernas. Foram seguidas por uma linda mulher vestida de verde, o verde das folhas de orelha de elefante molhadas de chuva. A mulher ficou parada, protegendo os olhos do sol, e olhou em volta para Kakuma.

— Vocês chegaram! Vocês chegaram!

Gop estava aos gritos, mas não perto o suficiente para ser ouvido. Corria, acenando com os braços feito um louco. Logo chegou perto o bastante para a mulher de verde poder vê-lo, mas apenas como uma forma indistinta em meio à poeira. Eu havia corrido na frente e podia ver sua família com nitidez.

— Oiê! — gritou ele.

A mulher virou a cabeça em sua direção e lançou-lhe o tipo de olhar de repulsa reservado aos bêbados e loucos insanos. O motorista as ajudou com algumas malas, que retirou da traseira da caminhonete e depositou no chão em frente à casa.

— Sou eu! Sou eu! — gritava Gop, e era evidente que o fato de ele correr em sua direção estava deixando as meninas e a mãe constrangidas.

Gop estava a uns cem metros de distância quando pareceu mudar de idéia. Diminuiu o passo e parou, então saiu da estrada e se encolheu. Segui-o enquanto ele se esgueirava pelo labirinto desordenado de casas próximas. Agora já não podíamos mais ser vistos da estrada nem pela família de Gop. Ele pulou por cima das cercas baixas das casas em volta, passou por baixo dos varais e deu a volta nas galinhas tristes e esqueléticas criadas por nossos vizinhos, até chegar à porta dos fundos da casa que dividíamos. Entrou em casa, e eu o segui. Pude ouvir alguém na porta da frente, e imaginei que fosse o motorista da Cruz Vermelha, cujas batidas eram altas e impacientes.

Gop entrou no quarto.

— Não atenda à porta! — suplicou. — Deixe eu trocar de roupa.

Fiquei esperando junto à porta.

— Não quero que elas saibam que o homem gritando lá na estrada era eu.

A essa altura, eu já havia adivinhado isso. Fiquei esperando junto à porta enquanto Gop passava água no rosto, se ajeitava e se limpava. Um minuto depois, ele reapareceu vestido com sua melhor camisa branca e uma calça de brim limpa.

— Estou pronto, tá?

Aquiesci e abri a porta. Gop saiu por ela, de braços abertos.

— Minha mulher! Minhas filhas!

E ergueu as meninas no colo, uma depois da outra, começando com a mais velha e terminando com a mais novinha e delicada, uma menina pequenina que ele passou quase o dia inteiro segurando no colo, enquanto desfaziam as malas e comiam. A família trouxera bastante comida do Sudão, e ele e eu mostramos às mulheres a casa que havíamos construído para elas.

— Tinha um homem maluco correndo pela estrada — disse a mulher depois de algum tempo, enquanto arrumava os lençóis das camas das meninas. — Você ouviu?

Gop deu um suspiro.

— Tem de tudo por aqui, querida.

Tornei-me próximo da mulher de Gop, Ayen, e das três filhas, Abuk, Adeng e Awot. A reestruturação da casa, que foi grande, mudou minha vida e trouxe vantagens para todos. Como Gop e a mulher agora precisavam de um quarto só seu, construímos um quarto novo, e as meninas se mudaram para o antigo que ele e eu costumávamos dividir. Gop e a mulher não queriam que eu dormisse no mesmo quarto que as meninas, então construímos um quarto separado para mim e, no meio da construção, tivemos uma idéia: não era comum um menino da minha idade ter seu próprio quarto, e Gop e eu conhecíamos muitos meninos que ficariam felizes em se mudar para nossa casa e ajudar a aumentar a renda e trazer mais comida, então convidamos Achor Achor e três outros meninos para morarem conosco, todos alunos de Gop, e meu quarto foi construído para acomodar cinco meninos. Quando terminamos, o número de moradores da casa havia aumentado de dois para dez em uma semana.

Eram quatro abrigos agora, todos interligados, com uma cozinha e uma sala no meio, formando uma casa bem grande, com muitos jovens vivendo juntos. O fato de todas as crianças se darem bem nunca foi motivo de preocupação; não havia escolha senão se tornar uma máquina perfeita, com todas as partes se movendo em sincronia, em paz e sem reclamações.

Todos os dias, nós, crianças, acordávamos às seis, todos os oito, e íamos juntos até a bica d'água encher nossos latões para o banho. A água começava a correr na bica às seis; era nessa hora que todas as pessoas da nossa área do campo, umas vinte mil, tinham de buscar sua água do banho; pegava-se água para cozinhar e limpar depois. A fila da bica era sempre comprida, até anos mais tarde, quando a ONU instalou novas bicas. Nessa época, porém, era comum já haver cem pessoas na fila quando a bica era ligada. Em casa, todos tomávamos banho e nos vestíamos para a escola. Durante esses anos, não se tomava café-da-manhã em Kakuma — foi só em 1998 que começou a haver comida suficiente para refeições matinais —, então, se consumíamos alguma coisa antes de sair de casa, era água ou chá; havia comida suficiente para uma refeição por dia, e esta era o jantar, para o qual nos reuníamos depois da escola e do trabalho.

Estudávamos todos na mesma escola, a uma curta distância a pé, junto com pouco menos de mil alunos. Primeiro nos juntávamos para ouvir os anúncios e recebermos o conselho do dia. Muitas vezes os conselhos eram sobre higiene e nutrição, um tema estranho, levando em conta nossa péssima alimentação. Também freqüentes eram os conselhos sobre transgressões e punições. Caso algum aluno houvesse se comportado mal, havia represálias ali mesmo, uma sova rápida ou uma reprimenda verbal na frente de todos os alunos. Seguiam-se as preces, ou então cantávamos um hino, pois todos os alunos daquela escola eram cristãos, pelo menos até onde sabíamos. Caso fossem muçulmanos, eram muito discretos em relação à sua fé, e não reclamavam na hora dos avisos nem durante as sessões regulares do que chamavam de Instrução Religiosa Cristã.

Éramos sessenta e oito alunos em minha turma. Passávamos o dia na mesma sala, sentados no chão, enquanto nossos instrutores, especializados em inglês, *kiswahili*, matemática, ciências, gestão doméstica, geografia, agricultura e artes & ofícios & música entravam e saíam. Eu gostava da escola, e meus professores gostavam de mim, mas muitos dos meus amigos haviam deixado de ir às aulas. As aulas os deixavam impacientes, eles não viam finalidade naquilo e acabavam indo para os mercados ganhar dinheiro. Trocavam suas rações de comida por roupas, vendiam as roupas no campo e conseguiam algum lucro. E, é claro, continuavam a deixar Kakuma para se juntar ao SPLA, e logo ficávamos sabendo sobre quem havia sido baleado, quem havia sido queimado, quem havia tido os membros arrancados por alguma granada.

426

Nos dias em que a comida era distribuída, nós meninos éramos mandados para o complexo da ONU, onde formávamos uma fila. Os funcionários da ONU ou da Federação Luterana Mundial tiravam a comida dos caminhões, verificando primeiro os cartões de identificação e de racionamento de cada um. No caminho de volta, carregávamos as sacas de cereais ou sorgo pelo quilômetro e meio até em casa, em cima da cabeça ou dos ombros, descansando com freqüência. Todos reclamávamos de ter que ir buscar a comida e, nas raras ocasiões em que alguém faltava à distribuição, dormia até mais tarde ou se atrasava para entrar na fila, a ração não era levada para casa e a família inteira era afetada. Era preciso bolar e executar planos de contingência para garantir que a família comesse. Estava na hora da minha viagem de reciclagem.

Eu já tinha minha mochila, meus sapatos bons e...

— Você tem um chapéu? — perguntou-me a filha de Gop, Awot.

— Por que eu iria precisar de um chapéu?

— E se, quando você voltar, tiver alguém em Loki que conheça você?

Essa Awot era uma menina muito inteligente. Então pus na mochila o precioso boné do time de beisebol Houston Astros de Achor Achor, e finalmente fiquei pronto. Era meia-noite quando a família foi se despedir de mim. Gop não parecia temer por minha vida, então fiquei tranqüilo quando nos despedimos, e as meninas fizeram o mesmo. Achor Achor acompanhou-me até a fronteira entre Kakuma e o grande vazio e, quando me virei para partir, segurou meu braço e me desejou sorte.

— Trouxe seu cartão de racionamento? — perguntou.

E eu de fato havia levado meu cartão de racionamento, um erro grave. Caso os *turkana* me roubassem, por exemplo, ou a polícia queniana me interrogasse, ou os policiais de Loki me pedissem para esvaziar os bolsos, meu cartão de racionamento original seria confiscado, e de nada adiantaria fazer a viagem. Então entreguei meu cartão de racionamento a Achor Achor, demo-nos tapinhas nas costas como homens crescidos, e saí pela noite afora sem nenhum documento de identificação. Eu estava novo, não era ninguém.

Haviam me dito que, caso eu encontrasse algum policial queniano pelo caminho, iriam me pedir um suborno e eu logo poderia seguir viagem. E foi exatamente isso que aconteceu; a poucos quilômetros de Kakuma, aconteceu três vezes. Cada grupo de guardas se deixou subornar por cinqüenta *shillings*, e todos foram muito educados e profissionais durante a transação. Era como se eu estivesse comprando frutas de um verdureiro na rua.

Fui andando pela noite, talvez um pouco alegre demais, pensando que minha viagem estava virada para a lua e sabendo que teria sucesso. Com sorte, dali a três dias estaria de volta a Kakuma com seis mil *shillings* e outro cartão de racionamento.

Cheguei a Loki durante a madrugada, encontrei as estradas de terra vazias e dormi em um galpão mantido pela organização Save the Children, uma ONG que conhecíamos bem: vinha fornecendo alimentos para os famintos do sul do Sudão havia muitos anos. Loki é coalhada desses galpões de ONGs que, na maioria dos casos, não passam de pequenos barracões ou casebres de barro rodeados por cercas de madeira ou portões de ferro corrugado. Nessa época, e ainda hoje, a Save the Children trabalhava muito próxima aos sudaneses, e seus membros estavam sempre dispostos a ajudar aqueles dentre nós que estivessem indo para Kakuma ou saindo rumo ao Sudão.

Quando acordei, primeiro vi os pés de um homem parado ao meu lado, conversando com outro homem do lado oposto da cerca. Fiquei sabendo que o homem que estava quase pisando em mim se chamava Thomas. Era um pouco mais velho que eu, tinha sido do SPLA, mas saíra no momento da cisão entre Garang e Machar. Quando ele terminou de falar com o homem do outro lado da cerca, voltou sua atenção para mim.

— Então, qual é a sua situação? — perguntou ele.

Contei-lhe uma versão resumida do meu plano.

— Quanto dinheiro você tem?

Disse-lhe que só me restavam cinqüenta *shillings*.

— Então como é que você pretende conseguir seus documentos do SPLM?

Ninguém tinha me dito que esses documentos iriam custar dinheiro. Eu sabia que, se entrasse em território controlado pelo SPLA, precisaria de uma identificação emitida pelo SPLA/SPLM, mas achei que fossem me dá-la de graça. Tinham me dito que o SPLA/SPLM poria no documento qualquer nome que se desejasse, e eu havia planejado lhes dar um nome suficientemente parecido com o meu para ser correto de um ponto de vista regional; assim poderia responder a qualquer pergunta sobre os clãs em minha região do Sudão. Com o novo documento, voltaria para Loki, venderia as cabras e, no escritório de imigração de Loki, entregaria meus documentos e lhes diria que estaria correndo perigo caso tentasse voltar para o Sudão. Seria processado como refugiado e, com meu novo nome, receberia autorização para entrar em Kakuma.

— Não tem mais dinheiro, é? — disse Thomas. — Mas você só começou a viagem ontem à noite!

Thomas me lançou um sorriso curioso, com a cabeça inclinada de lado.

— Você não planejou direito, Achak. Já escolheu um novo nome? Com certeza vai ficar feliz em se livrar de Achak.

Disse a ele que meu novo nome seria Valentino Deng.

— Nada mal. Gostei, Valentino. Tem uns outros Valentinos por aqui. Não vai parecer suspeito. Escute, tome aqui cinqüenta *shillings*. Pode me pagar da próxima vez em que passar. Eu fico muito aqui; faço uns negócios por aí. Pegue os cinqüenta *shillings*, junte com o que já tem, e aí terá cem. Talvez isso baste, se o SPLM ficar com pena de você. Faça uma cara de coitado para mim, Valentino Deng.

Curvei a boca para baixo, fazendo uma careta triste, e fiz meus olhos lacrimejarem.

— Nossa, nada mal, Valentino. Impressionante. Você já tem carona?

Eu não tinha carona.

— Ah, meu Deus. Nunca encontrei um viajante tão mal preparado. Se fizer aquela cara para mim de novo, eu digo a você onde encontrar uma carona para Narus.

Fiz a cara para ele mais uma vez.

— Que cara mais triste, filho. Parabéns. Está bem. Tem um caminhão chegando agora do Sudão. Está mais para trás na estrada, e um dos motoristas é meu amigo, primo da minha mulher. Ele vai voltar para o Sudão daqui a poucos minutos. Está pronto?

— Estou — respondi.

— Ótimo — disse ele. — Lá vem o caminhão.

De fato, um caminhão parou nesse mesmo instante, um caminhão comum de caçamba chata, do tipo que eu estava acostumado a ver cheio de passageiros. Parecia um sonho ter encontrado uma carona tão depressa. Fazia apenas cinco minutos que eu estava acordado. O caminhão parou com um tranco em frente à sede da Save the Children. Thomas falou durante alguns minutos com o motorista, e em seguida me deu o sinal. O motor despertou com um ronco e os pneus estalaram no cascalho.

— Vá, seu tonto! — gritou Thomas para mim.

Peguei minha bolsa, corri atrás do caminhão e pulei no pára-choque traseiro. Virei-me para acenar para Thomas, mas ele já havia entrado dentro do galpão, sem querer mais saber de mim. Joguei minha bolsa lá dentro e subi pela porta traseira. Meu primeiro pé aterrissou em alguma coisa macia.

— Desculpe! — falei, com um arquejo.

Foi então que vi que havia pisado em cima de uma pessoa. A caçamba do caminhão estava cheia de gente, quinze pessoas ou mais. Mas estavam todas cinzas, brancas, cobertas de sangue. Aquelas pessoas estavam mortas. Eu estava pisando em cima do peito de um homem que não reclamava. Pulei do seu peito e pisei na mão de uma mulher que também não fez nenhuma objeção. Fiquei parado em um pé só, com o outro suspenso acima das entranhas expostas de um menino apenas um pouco mais velho que eu.

— Cuidado, garoto! Alguns de nós ainda estão vivos.

Virei-me e me deparei com um homem, um homem idoso, deitado de bruços e retorcido tal qual uma raiz, perto dos fundos do caminhão.

— Desculpe — falei.

O caminhão deu um tranco, e a cabeça do velho bateu na porta traseira. Ele soltou um gemido.

Já estávamos em movimento, e o caminhão logo ganhou velocidade. Agarrei-me à sua lateral e tentei não olhar para o carregamento. Fiquei olhando para o céu, mas nesse momento o cheiro chegou às minhas narinas. Senti uma golfada.

— Você vai se acostumar — disse o homem. — É um cheiro humano.

Tentei mexer o pé, mas ele se prendeu; o piso do caminhão estava coberto de sangue. Quis pular, mas o caminhão estava indo depressa demais. Olhei para a frente, querendo chamar a atenção do motorista. Uma cabeça surgiu na cabine, do lado do carona. Um homem jovial ergueu-se de modo a ficar sentado na beirada da janela, e olhou para trás, para mim. Parecia um soldado do SPLA, mas era difícil ter certeza.

— Como foi que você veio parar aqui atrás, Exército Vermelho?

— Eu queria descer, por favor — gaguejei.

O possível rebelde riu.

— Eu volto a pé. Por favor. Por favor, tio.

Ele riu até seus olhos se encherem de lágrimas.

— Ah, Exército Vermelho. Você é demais.

Então tornou a entrar na cabine.

Instantes depois, o caminhão deu um safanão e eu perdi o equilíbrio, e durante alguns segundos me vi ajoelhado em cima da coxa quebrada de um soldado morto, cujos olhos abertos fitavam o sol. Quando me levantei, dei uma olhada no conteúdo da caçamba. Os corpos estavam dispostos como se houvessem sido jogados. Nada os segurava no lugar.

— É lamentável — disse o velho. — Muitos de nós estávamos vivos quando saímos do Sudão. Eu tenho mantido os abutres afastados. Um cão subiu a bordo ontem. Estava com fome.

O caminhão tornou a sacudir e meu pé escorregou em algo viscoso.

— Os cachorros agora gostam de comer gente. Vão direto no rosto. Sabia disso? Foi sorte um dos homens na cabine ter escutado o cachorro. Eles pararam o caminhão e mataram o animal com um tiro. Agora somos só nós quatro — disse ele.

Quatro pessoas a bordo ainda estavam vivas, embora fosse difícil encontrá-las, e não tive certeza se o velho estava dizendo a verdade. Olhei para um cadáver ao seu lado. No início, parecia que o homem estava com os braços escondidos. Mas depois, quando pude ver os ossos brancos de seu ombro, ficou claro que os braços do homem haviam sido arrancados.

O caminhão deu outro safanão forte. Meu pé direito aterrissou no braço de um adolescente que vestia um uniforme azul camuflado e um chapéu molenga.

— Ele ainda está vivo, eu acho — disse o velho. — Mas não falou nada o dia todo.

Tornei a me levantar, e ouvi risadas animadas vindas da cabine do caminhão. Todas aquelas vezes, eles haviam feito o caminhão sacudir de propósito. A cabeça do homem alegre tornou a aparecer pela janela do carona.

— O motorista está pedindo desculpas, Exército Vermelho — disse ele. — Tinha um lagarto na pista, e ele estava muito preocupado em não matar uma criatura de Deus feito essa.

— Por favor, tio — falei. — Eu não quero ficar aqui. Quero sair. Se o senhor puder só diminuir a velocidade, eu pulo. Não precisa parar.

— Não se preocupe, Exército Vermelho — disse o possível rebelde. Sua expressão e o tom de sua voz de repente ficaram sérios, compreensivos até. — Temos só que deixar os feridos no hospital de Lopiding, depois enterrar os corpos do outro lado do morro, e o caminhão ficará vazio o caminho inteiro até o Sudão. Até onde você quiser ir.

O caminhão dera um tranco, e a cabeça do homem batera no alto da moldura da janela. Ele logo tornou a entrar na cabine, gritando com o motorista. Por alguns instantes, o caminhão desacelerou, e eu pensei que tivesse uma chance.

— Aceite a carona, menino.

Era o velho.

— De que outro jeito você vai chegar ao Sudão? — perguntou ele.

Então olhou para mim como se fosse a primeira vez.

— Mas, afinal de contas, por que você está voltando para lá, menino?

Não me passou pela cabeça dizer a verdade àquele homem, que eu estava tentando me reciclar, obter um segundo cartão de racionamento. Isso iria parecer ridículo para um homem que estava lutando para continuar vivo. O povo do sul do Sudão tinha seus próprios problemas e, em comparação, o funcionamento de Kakuma, onde todos estavam alimentados e seguros, nem sequer valia a pena ser mencionado.

— Para encontrar minha família — respondi.

— Eles estão mortos — disse ele. — O Sudão morreu. Nunca mais vamos viver lá. Agora essa é a sua casa. O Quênia. Fique grato por ela. Essa é e sempre será a sua casa.

De baixo dos meus pés veio um suspiro. O adolescente se virou, com as mãos unidas em prece debaixo da orelha, como se estivesse confortavelmente em casa, deitado sobre um travesseiro de plumas. Baixei os olhos, determinado a me concentrar nele, pois parecia mais em paz que nós todos. Meus olhos avaliaram-no rapidamente — não pude controlá-los, e amaldiçoei-os por sua rapidez e curiosidade —, e percebi que o rapaz não tinha a perna esquerda. Em seu lugar agora havia um coto coberto por um curativo improvisado com um oleado de lona e elásticos presos à sua cintura.

A viagem, hoje eu sei, durou menos de uma hora, mas é impossível explicar como pareceu longa naquele dia. Eu havia coberto a boca, mas a ânsia de vômito ainda era constante: sentia calafrios e meu pescoço parecia dormente. Tive certeza de que aquele caminhão representava os feitos mais evidentes do Demônio, de que simbolizava em todos os aspectos seu trabalho sobre a Terra. Sabia que estava sendo testado, e continuei a bordo até o caminhão finalmente diminuir a velocidade ao chegar à entrada do hospital de Lopiding.

Sem hesitação, pulei pela lateral e cambaleei até o chão. Minha intenção era correr para longe do caminhão e encontrar abrigo dentro da clínica. Depois de aterrissar na terra batida, precisei de alguns instantes para tornar a me conectar com o mundo, para saber que eu próprio não estava morto, que não havia sido lançado no Inferno. Pus-me de pé e senti as pernas e os braços funcionando, então saí correndo.

— Espere aí, Exército Vermelho! Para onde você está indo?

Corri para longe do caminhão, que atravessava lentamente uma série de buracos no chão. Corri e ultrapassei o veículo com facilidade, dirigindo-me a uma construção nos fundos do complexo.

Lopiding consistia em uma série de barracas e umas poucas construções de tijolo branco, telhados azul-céu, acácias e cadeiras de plástico dispostas do lado de fora para os pacientes que aguardavam. Corri até atrás de uma construção e quase derrubei um homem que segurava um braço artificial.

— Cuidado, garoto!

Era um queniano de meia-idade. Falou comigo em *kiswahili*. À toda minha volta havia arremedos de novos pés, pernas, braços, rostos.

— Ei, Exército Vermelho! Venha cá.

Era o soldado do caminhão.

— Tome. Ponha isso aqui.

O queniano me entregou uma máscara vermelha, pequena demais para mim. Enterrei meu rosto lá dentro. Podia ver através dos buracos dos olhos, e o queniano a amarrou.

— Obrigado — falei.

Era um homem que não parava de sorrir, com bochechas fartas e largos ombros caídos.

— Não precisa agradecer — disse ele. — Ainda estão procurando você?

Espiei pelo canto. Os dois homens do caminhão estavam andando na direção da construção. Entraram por alguns instantes, depois voltaram para o caminhão com uma maca de lona. Primeiro desembarcaram o velho e levaram-no para dentro. Voltaram para o caminhão e resgataram o adolescente sem perna, que se deitou de lado na maca como havia feito no caminhão, parecendo tão confortável quanto possível. Foram os únicos passageiros que desembarcaram em Lopiding. O resto estava morto, ou logo estaria. Os homens jogaram a maca na caçamba do caminhão e o motorista subiu na cabine. O outro homem, o possível rebelde que ficava me provocando, ficou parado com uma das mãos na maçaneta da porta.

— Exército Vermelho! Hora de ir! Pode vir na cabine desta vez! — gritou ele.

Agora eu estava em dúvida. Caso não pegasse aquela carona, provavelmente não iria conseguir outra. Saí de dentro da construção. O possível rebelde olhou em cheio para mim. Soltou a maçaneta do caminhão e inclinou a cabeça. Estava me encarando, mas sem fazer nenhum movimento, e eu tampouco me mexi. Sentia-me seguro atrás da máscara. Sabia que ele não iria me reconhecer. Virou-me as costas e gritou para as árvores lá em cima, à procura do menino que estivera no caminhão.

— Desculpe, garoto! — gritou o homem. — Prometo que vamos levar você para o Sudão. São e salvo. Última chance.

Dei um passo à frente, na direção do caminhão. O queniano segurou meu braço.

— Não vá. Eles vão vender você. O SPLA vai ficar feliz em ter um novo recruta. Esses caras ganhariam um bom dinheiro entregando você.

Foi uma decisão dificílima.

— Eu levo você de volta para o Sudão, se precisar — disse o queniano. — Não sei como, mas levo. Só não quero que você seja morto lá. Você está magro demais para lutar. Sabe o que eles fazem, não sabe? Treinam você por duas semanas, depois mandam você para o front. Por favor. Espere aqui só um segundo até eles irem embora.

Eu queria tanto me juntar aos homens no caminhão, queria tanto acreditar em sua promessa de me manter ao seu lado, dentro da cabine, e me levar em segurança até o outro lado da fronteira. Mas me peguei confiando no queniano, que eu não conhecia, mais do que em meus próprios conterrâneos. Isso acontecia de vez em quando, e era sempre um enigma.

Eu continuava em pé bem na frente do homem do caminhão, e ele novamente cravou os olhos em mim. Era tão agradável usar uma máscara, ser invisível!

— Última chance, Exército Vermelho! — disse ele ao menino que achou que estivesse procurando.

O homem protegeu os olhos do sol, ainda tentando entender por que aquele menino de máscara parecia tão conhecido. Mesmo assim continuei parado, cheio da coragem conferida pela máscara, até ele finalmente tornar a se virar para o caminhão, subir e ir embora levantando uma nuvem de poeira. O queniano e eu ficamos vendo o caminhão desaparecer em meio à terra alaranjada.

Eu não queria tirar meu novo rosto. Sabia que o queniano não iria me dar a máscara, e pensei por um instante se poderia fugir com ela ali mesmo. Talvez a máscara me permitisse fugir — de volta para Kakuma, ou então para o Sudão — sem que ninguém me visse. Saboreei a idéia de apresentar aquele novo rosto para o mundo todo, um rosto novo, sem marcas, sem cicatrizes, um rosto que não contava nenhuma história.

— Não combina com você, menino — disse o queniano. Tinha a mão sobre meu ombro e apertava com força suficiente para eu saber que fugir era impossível.

Tirei a máscara e entreguei-a ao queniano.

— Para onde eles vão levar os corpos? — perguntei.

— Deveriam levar de volta para o Sudão, mas ninguém faz isso. Vão largar os corpos no regato e pegar passageiros pagantes para levar até o Sudão.

— Vão enterrar os corpos no regato?

— Enterrar, não. Faz alguma diferença? Quando os corpos são enterrados, são devorados pelos vermes e insetos. Quando não são enterrados, são comidos por cães e hienas.

O homem se chamava Abraham. Era uma espécie de médico, um artesão de próteses. Sua oficina ficava atrás do hospital, debaixo de uma árvore frondosa. Prometeu-me um almoço se eu me dispusesse a esperar uma hora. Esperei de bom grado. Não sabia o que médicos comiam de almoço, mas imaginei que fosse algo extravagante.

— O que está fazendo agora? — perguntei.

Ele estava moldando alguma coisa parecida com um braço ou uma canela.

— Onde você mora? — indagou ele.

— Kakuma I.

— Ouviu uma explosão na semana passada?

Aquiesci. Tinha sido rápida, um estalo, como o barulho de uma bomba explodindo.

— Um soldado do SPLA, muito jovem, estava visitando a família no campo. Em Kakuma II. Tinha levado algumas lembranças para casa, para mostrar aos irmãos e irmãs. Uma das lembranças era uma granada, então aqui estou eu, fazendo um braço novo para o irmão caçula do soldado. Ele tem nove anos. Quantos anos você tem?

Eu não sabia. Calculei que tivesse treze anos.

— Venho fazendo isso desde 1987. Estava aqui quando inauguraram Lopiding. Nessa época eram cinqüenta leitos em uma grande barraca. Pensavam que fosse ser temporário. Agora o hospital tem quatrocentos leitos, e toda semana eles põem mais.

Conforme o plástico foi esfriando, Abraham se pôs a moldá-lo.

— Para quem é isso aqui? — perguntei, pegando a máscara que havia usado.

— Um garoto teve o rosto queimado. Tem muitos casos assim. Os meninos querem olhar as bombas. No ano passado, um menino foi jogado dentro de uma fogueira.

Ele ergueu sua obra para a luz. Era uma perna, pequena, para uma pessoa menor que eu. Virou-a para lá e para cá, e pareceu satisfeito.

— Você gosta de frango, menino? Está na hora do almoço.

Abraham me levou até a fila de um bufê montado no pátio. Vinte médicos e enfermeiros enfileirados, com seus uniformes azuis e brancos. Eram um grupo heterogêneo: quenianos, brancos, indianos, uma enfermeira parecendo uma árabe de pele bem clara. Abraham me ajudou com o prato, enchendo-o de frango, arroz e alface.

— Sente ali, filho — disse ele, meneando a cabeça para um banquinho debaixo de uma árvore. — Não vai querer sentar com os médicos. Eles vão fazer perguntas, e nunca se sabe para onde as perguntas podem levar. Não sei em que tipo de encrenca você está metido.

Ele ficou me olhando estraçalhar o frango com arroz; fazia meses que eu não comia carne. Deu uma mordida em uma coxinha e olhou para mim.

— Em que tipo de encrenca você está metido, afinal?

— Não estou metido em nenhuma encrenca.

— Como foi que você saiu de Kakuma?

Hesitei.

— Fale. Eu sou um homem que fabrica braços. Não sou nenhum oficial de imigração.

Contei-lhe sobre ter fugido e subornado os policiais.

— Incrível como ainda é fácil, não é? Amo meu país, mas a contravenção faz tão parte da vida quanto o ar ou o solo. Morar no Quênia não é tão ruim assim, não acha? Quando tiver idade suficiente, tenho certeza de que você vai conseguir um emprego fora do campo, em Nairóbi. Lá vai poder encontrar algum tipo de trabalho, tenho certeza, quem sabe até ir à escola. Você parece esperto, e na cidade existem milhares de sudaneses. Onde estão seus pais?

Respondi-lhe que não sabia. Estava tonto com o cheiro do frango.

— Tenho certeza de que eles estão bem — disse ele, examinando o frango e escolhendo o local de sua próxima mordida. Com a boca cheia, assentiu. — Tenho certeza de que sobreviveram. Você os viu sendo mortos?

— Não.

— Bom, então há esperança. Eles provavelmente acham que você está morto, também, e aqui está você, no Quênia, comendo frango e tomando refrigerante.

Acreditei nas palavras de Abraham pelo simples fato de ele ser educado e queniano, e talvez ter acesso a informações que não tínhamos dentro do campo. A separação entre a vida dentro de Kakuma e no resto do mundo parecia completamente estanque. Víamos e conhecíamos pessoas de todas as partes do mundo, mas praticamente não tínhamos esperança de jamais visitar qualquer outro lugar, incluindo o Quênia além de Loki. Então escutei as palavras de Abraham como se fossem as de um profeta.

Terminamos o almoço, que estava delicioso, e cujo volume era grande demais para mim; meu estômago não estava acostumado com tanta comida de uma vez só.

— Como é que você vai voltar para Kakuma? — perguntou Abraham.

Eu disse a ele que ainda pretendia tentar chegar até Narus.

— Não desta vez, filho. Você já viu o suficiente para uma viagem.

É claro que ele estava certo. Não me restava mais nenhuma força de vontade. Por ora, eu estava arruinado, o plano estava arruinado, e tudo o que eu podia fazer agora era voltar para Kakuma, sem ter ganhado nem perdido nada. Agradeci a Abraham e prometemos nos reencontrar, e ele me pôs na ambulância a caminho de Loki. Lá fiquei esperando aparecer algum caminhão com destino a Kakuma cujos motoristas não fossem fazer perguntas. Não vi sinal de Thomas, portanto não me aventurei a entrar no complexo da Save the Children. Fiquei indo e vindo pelas estradinhas de terra de Loki, esperando uma oportunidade aparecer antes do cair da noite, quando sabia que os *turkana* me veriam como alvo.

— Ei, garoto.

Virei-me. Era um homem de nariz quebrado e volumoso. Parecia *turkana*, mas poderia ter sido qualquer outra coisa — queniano, sudanês, ugandês. Falou comigo em árabe.

— Qual é o seu nome?

Disse a ele que me chamava Valentino.

— O que você tem aí?

Estava muito interessado no conteúdo da minha bolsa. Deixei-o olhar lá dentro por um instante.

— Ah, sim! — disse ele, abrindo de repente um sorriso tão largo quanto uma rede. Disse que ouvira falar em um jovem sudanês muito esperto de Kakuma Town que tinha algumas roupas. Parecia um homem gentil, encantador até, então lhe contei sobre a viagem, o caminhão, os cadáveres, Abraham e o plano arruinado.

— Bom, talvez nem tudo esteja perdido — disse ele. — Quanto quer por tudo, as calças, as camisas e o cobertor?

Ficamos discutindo preços até nos decidirmos por setecentos *shillings*. Não era o que eu esperava, mas era muito mais do que teria conseguido em Kakuma, e o dobro do que havia pago pelas roupas.

— Você é um bom negociante — disse o homem. — Muito astuto.

Eu nunca havia me considerado um bom negociante até então, mas com certeza o comentário do homem parecia ser verdade. Eu acabara de dobrar meu investimento.

— Então, setecentos *shillings*! — disse ele. — Tenho que pagar, você me pôs numa sinuca. Não vejo calças assim aqui em Loki. Trago o dinheiro para você hoje à noite.

— Hoje à noite?

— Sim, preciso ficar aqui esperando minha mulher. Ela está no hospital cuidando de uma infecção. Levou nosso bebê, estamos com medo de ele estar com algum tipo de tosse perigosa. Mas disseram que ela voltará daqui a algumas horas, e em seguida retornaremos para Kakuma. Você vai estar por aqui às oito?

O homem já estava tirando a bolsa da minha mão, e eu me peguei respondendo que sim, claro, estaria ali às oito. Havia algo de confiável naquele homem, ou talvez eu estivesse apenas cansado demais para ser sensato. De toda forma, desejei sorte ao homem, mandei lembranças para sua mulher e seu bebê, e que a saúde de todos os três melhorasse. O homem foi embora com minhas roupas.

— O senhor não tem que saber onde eu moro? — perguntei-lhe, enquanto ele desaparecia para dentro da luz vermelha de uma das lojas.

O homem se virou, e não pareceu nada perturbado.

— Imaginei que devesse perguntar pelo famoso Valentino!

De toda forma, dei-lhe meu endereço, então saí para a estrada que conduzia de volta a Kakuma. Depois de caminhar um pouco, percebi que havia sido enganado e que o homem jamais iria aparecer em Kakuma. Eu havia acabado de dar minhas roupas a um desconhecido, e perdera a única moeda de troca de que dispunha. Percorri a pé toda a distância até Kakuma, vendo passar os caminhões; não pedi carona, e não tinha dinheiro para suborno.

Só me movia nas sombras, pois sabia que, caso fosse pego, tudo estaria acabado e eu perderia todos os meus benefícios de refugiado, por menores que fossem. Corria de arbusto em arbusto, de vala em vala, rastejando, arrastando-me e respirando alto demais, como na primeira vez em que fugira de casa. Cada expiração parecia a queda de uma árvore, e minha mente estava enlouquecendo com todo aquele barulho, mas eu merecia a tormenta. Merecia aquilo do início ao fim. Queria ficar sozinho com minha própria estupidez, que amaldiçoei em três línguas e com todo o mau humor de que era capaz.

23.

O sonho me acometia uma vez por mês, com uma regularidade surpreendente. Em geral, vinha no domingo à tarde, quando eu tinha oportunidade de tirar um cochilo. Durante a semana inteira, eu precisava trabalhar e ir à escola, mas, no domingo, não tinha responsabilidade nenhuma, e era então que lia, passeava pelo campo e, no final da tarde, ia me deitar com a cabeça na sombra do meu abrigo, as pernas nuas debaixo do sol, e dormia um sono profundo e gostoso.

Mas o sonho do rio me impedia de descansar. Quando tinha esse sonho, eu acordava perturbado e ansioso.

No sonho, eu era muitas pessoas, da forma como, em sonho, é possível ser várias pessoas ao mesmo tempo. Eu era eu mesmo, era meu professor, o sr. Kondit, era Dut. Sabia disso no sonho, da maneira como sempre se sabe quem se é e quem não se é em um sonho. Eu era uma combinação desses dois homens, e estava flutuando em um rio. O rio era em parte o rio da minha terra natal, Marial Bai, e em parte o rio Gilo, e dentro dele, comigo, havia dúzias de meninos.

Eram meninos pequenos que eu conhecia. Alguns eram os meninos pelos quais eu era responsável em Kakuma, alguns nascidos no campo, e outros eram meninos que nunca haviam saído da infância: Willian K, Deng, os meninos levados de volta para junto de Deus durante nossa caminhada. Estávamos todos dentro do rio, e eu tentava lecionar para meus alunos. Todos eles, cerca de trinta meninos, tentavam avançar pelo rio, e eu também tentava, gritando lições sobre verbos ingleses para os meninos que boiavam. A água estava agitada, e eu me sentia frustrado com a dificuldade de tentar lecionar para aqueles meninos naquelas circunstâncias. Os meninos, por sua vez, faziam o possível para se concentrar, ao mesmo tempo em que tentavam avançar pela água e evitar as ondas que vinham perturbar periodicamente a calma do rio. Os meninos desapareciam de vez em quando atrás de uma onda e reapareciam depois que ela passava. E, durante todo esse tempo, eu sabia que a água estava fria. Maravilhosamente fria, como a água que me dera para beber o homem que não existia no deserto de arame farpado.

Eu ficava flutuando bem alto em uma onda de água fria, e então conseguia, por alguns instantes, ver a cabeça de todos os meus alunos, enquanto eles faziam o possível para me ver e me ouvir, mas então eu descia para a parte baixa da onda, e tudo o que conseguia ver era um muro de água cor de café. Toda vez, nesse ponto do sonho, depois de as ondas terem se transformado em muros, eu voltava a ser eu mesmo, e, desse ponto em diante, o sonho acontecia em grande parte debaixo da água cor de café. Eu me via no leito do rio, entre os tentáculos verdes das plantas subaquáticas, e ali, no fundo, estavam os cadáveres. Aqueles meninos que tentavam me escutar agora estavam no fundo do rio, e minha tarefa era mandá-los de volta para a superfície. Sabia que essa tarefa era minha, e realizava-a com a eficiência de um operário. Encontrava um menino debaixo d'água, ainda vivo, mas sentado no leito do rio, punha as mãos em suas axilas e o empurrava para cima. Era um trabalho simples.

Eu via um menino e me posicionava debaixo dele, pondo as mãos em suas axilas, e então o erguia para cima. Fazia isso sabendo que, quando o fizesse, aquele menino estaria seguro. Depois que eu o enviasse para a superfície, ele iria viver, e novamente respiraria o ar lá de cima. Enquanto fazia isso, parte de mim temia que eu fosse me cansar. Havia muitos meninos a mandar lá para cima, e passei muito tempo debaixo d'água — com certeza iria me cansar, e alguns meninos seriam perdidos. Mas minhas preocupações não tinham fundamento. No sonho, eu nunca me cansava, e não precisava respirar. Movia-me debaixo d'água, de um menino para o outro, e erguia-os até o ar e até a luz

— Achak — sussurravam eles para mim, e eu os empurrava para a superfície.

— Valentino — sussurravam eles, e eu os empurrava para cima.

— Dominic! — sussurravam eles, e eu os empurrava cada vez mais para cima.

Eu estava agora com dezoito anos. Fazia seis anos que estava em Kakuma. Ainda morava com Gop Chol e sua família e, durante essa época, devo ter tido esse sonho umas cem vezes, e sua mensagem estava clara para mim: eu era responsável pela linhagem seguinte de meninos. Estávamos todos tentando avançar pela água juntos, e minha tarefa era ensinar. Então, no campo de Kakuma, eu me tornei professor e, ao mesmo tempo, tornei-me Dominic.

O nome Valentino havia sido suplantado, pelo menos na mente de muitas pessoas, pelo nome Dominic, e, embora eu não preferisse esse apelido, ele se agarrou a mim com tenacidade. Foi minha associação com Miss Gladys, minha professora e, sob todos os aspectos, a mulher mais desejável de Kakuma, que me valeu o nome Dominic, portanto eu não reclamei. Miss Gladys era minha instrutora de teatro, e mais tarde foi minha professora de história, e era uma moça de leveza e graça extraordinárias. Foi Miss Gladys quem me pôs em contato com Tabitha, e foi Miss Gladys quem me conduziu às luzes de Nairóbi e à potencial fuga dos ventos e da seca de Kakuma. Foi segurando a mão de Miss Gladys que escutei o que dizia Deborah Agok, uma parteira itinerante que conhecia o destino da minha família e da minha cidade. Foi uma época cheia de acontecimentos para mim e para muitos jovens de Kakuma, muito embora nesse ano, no sul do Sudão, os dincas que haviam sobrado fossem enfrentar uma terrível epidemia de fome, criada por Deus e auxiliada por Cartum.

O furacão El Niño trouxera dois anos de seca, e o sul precisava desesperadamente de ajuda. Centenas de milhares de pessoas em Bahr al-Ghazal estavam passando fome, e Bashir aproveitou essa oportunidade para impedir qualquer aeronave de sobrevoar o sul do Sudão. A região foi completamente isolada da ajuda humanitária e, quando conseguiu furar o bloqueio, foi primeiro interceptada pelo SPLA e pelo chefes locais, que nem sempre permitiam uma distribuição igualitária. Tudo isso tornava a perspectiva de morar em Kakuma ainda mais atraente, e a população do campo se multiplicou. Porém, depois que uma pessoa escapava do caos que era o Sudão, e depois que essa pessoa era reconhecida legitimamente como parte de Kakuma, com direito aos serviços e à proteção que havia ali, pouco tinha para fazer a não ser ficar vendo o tempo passar. Além da escola, isso significava clubes, peças teatrais, programas de conscientização em relação ao HIV, teatrinhos de marionetes — até mesmo amigos por correspondência no Japão.

Os japoneses estavam muito interessados em Kakuma, sob diversos aspectos, e tudo começou com o projeto de amizade por correspondência. As cartas dos alunos das escolas japonesas vinham escritas em inglês, e era difícil dizer de quem era o pior inglês. Não se podia saber de fato quanta informação era transmitida entre o Quênia e Quioto, mas aquilo era importante para mim, e para as centenas de outros que também participavam. Depois de um ano de cartas, os meninos e meninas japoneses que tinham escrito chegaram a Kakuma certo dia, piscando os olhos por causa da poeira e protegendo a vista do sol. Passaram três dias lá, visitaram nossas salas de aula, assistiram a danças tradicionais nas zonas sudanesas e somalis do campo, e eu não imaginava que fosse possível Kakuma ficar ainda mais estranho. Já tinha visto alemães e canadenses, pessoas tão brancas que mais pareciam velas. Mas os japoneses não paravam de chegar e continuavam a fazer doações, demonstrando especial interesse pelos jovens do campo, que, é claro, representavam sessenta por cento da população de Kakuma. Os japoneses construíram o hospital de Kakuma, capacitado para tratar os casos que não pudessem esperar por Lopiding. Construíram a biblioteca comunitária de Kakuma, e doaram centenas de bolas de basquete, futebol, vôlei, e também uniformes para os jovens poderem praticar esses esportes com alguma dignidade e estilo.

A Federação Luterana Mundial era a principal administradora de muitos dos projetos culturais, e recrutava seus instrutores entre os quenianos e sudaneses. Primeiro me inscrevi no clube de oratória e debates da federação, esperando que isso fosse me ajudar com meu inglês. Logo depois, entrei para o programa de Juventude e Cultura, e isso acabaria se transformando em um emprego para mim. Em 1997, tornei-me líder juvenil de Kakuma I. Era uma atividade remunerada, algo que muito poucos amigos meus e nenhuma das crianças da minha família de Kakuma tinha. Era considerada "jovem" qualquer pessoa entre sete e vinte e quatro anos de idade, então, em nossa parte do campo, havia seis mil jovens. Eu fazia a ponte entre o ACNUR e essas crianças, e Achor Achor ficou mais impressionado com esse emprego do que havia ficado anos antes, quando eu tinha sido coveiro.

— Estou aqui se você precisar de algum conselho — disse ele.

Achor Achor havia acabado de conseguir uns óculos, e parecia muito estudioso e bem mais sério que antes. Tudo o que saía de sua boca de repente parecia carregar o peso de uma reflexão demorada e de um poderoso intelecto.

— Pode deixar — falei.

Como líder e coordenador juvenil das atividades para jovens de Kakuma I, entrei em contato com Miss Gladys, que logo ficaria conhecida por todos os meninos de Kakuma, e em quem eles iriam pensar com freqüência à noite e quando estivessem sozinhos.

Miss Gladys foi destacada para trabalhar como instrutora do Clube de Teatro, do qual eu era membro e supostamente diretor de alunos. Doze componentes do grupo estavam presentes em nosso primeiro dia, dez meninos e duas meninas, e nessa reunião específica fui o diretor. A federação luterana nos avisou que o patrocinador adulto e instrutor do grupo iria chegar para nossa segunda reunião. Foi o fato de eu ser o suposto diretor que me permitiu tentar convencer Maria a participar. Fui visitá-la certa tarde depois da aula, dois dias antes da primeira reunião. Encontrei-a estendendo roupa para secar atrás do abrigo de sua família adotiva.

— Oi, Dorminhoco — disse ela.

Ela não escondeu seu mau humor. Nunca o fazia. Quando estava desanimada, seus ombros ficavam caídos e seu rosto se franzia de forma quase cômica. Fazia semanas que ela não aparecia na escola; o homem que lhe fazia as vezes de pai havia decidido que era problemático para ela freqüentar as aulas e ao mesmo tempo ajudar com as tarefas da casa. A mulher dele estava grávida, e ele fazia questão de que Maria estivesse disponível caso ela precisasse de alguma coisa. Com o bebê crescendo dentro da barriga da mulher, dizia o homem, esta iria precisar de mais ajuda conforme as semanas e os meses fossem passando. Segundo ele, ir à escola era um luxo ao qual uma órfã como Maria não podia se dar.

Nem Maria nem eu tínhamos esperança de que ela fosse fazer parte do grupo de teatro durante muito tempo, mas eu a convenci a ir à primeira reunião. Chegamos juntos e, com os outros participantes, lemos em voz alta as primeira cenas de uma peça escrita por Miss Gladys. Maria, que interpretava a protagonista, uma mulher que apanhava do marido, gostou imediatamente daquilo. Eu já sabia que ela era uma pessoa de temperamento forte, pois havia me salvado a vida na noite das estrelas caídas. Mas eu não desconfiava que ela tivesse uma alma de atriz.

Maria compareceu ao segundo encontro do grupo, mas não me lembro muito o que ela disse ou fez, pois essa reunião anunciou a chegada de Miss Gladys. Quando a instrutora surgiu, eu cedi toda a autoridade e, dali para a frente, mal abri a boca.

Miss Gladys era uma jovem queniana de pescoço longo, com predileção por saias muito compridas que ondulavam de forma exuberante quando ela caminhava. Reconheceu imediatamente que não tinha uma farta experiência com teatro, mas era uma performer em todos os sentidos da palavra, uma mulher consciente do poder de cada palavra que pronunciava e de cada gesto que fazia. Na sua cabeça, assim como na realidade, não havia nenhum instante em que ela não estivesse sendo observada.

Ficamos sabendo que Miss Gladys tinha muita facilidade para escrever, uma vez que havia estudado durante dois anos na Inglaterra, na Universidade de East Anglia, onde aprimorara o inglês aprendido nas melhores escolas particulares de Nairóbi.

— Que sotaque é esse? — perguntávamo-nos mais tarde.

— Parece muito bem-educado.

— Um dia ela vai ser minha esposa — dizíamos.

Não conseguíamos entender por que alguém tão régio e limpo quanto Miss Gladys — ela não suava! — iria gastar seu tempo com refugiados como nós. O fato de ela realmente apreciar nossa companhia, e ela parecia apreciar mesmo, era demais para nossa compreensão. Ela sorria para os meninos do grupo de uma forma que só podia ser considerada um flerte, e obviamente apreciava a atenção que recebia. Enquanto isso, as meninas faziam o possível para gostar dela, apesar de tudo.

O objetivo do grupo que ela comandava era escrever e encenar peças de um ato só que permitissem compreender melhor os problemas existentes em Kakuma, e propor soluções de uma forma que não fosse pedante. Se houvesse mal-entendidos, como por exemplo no caso dos riscos da infecção por HIV, não havia a possibilidade de mandar imprimir *flyers* nem de veicular anúncios públicos na televisão. Precisávamos nos comunicar primeiro através de encenações, e depois torcer para que nossas mensagens conseguissem prender a atenção, fossem aprendidas, internalizadas e disseminadas de uma pessoa à outra, por boca a boca.

Mas Miss Gladys não conseguia nunca se lembrar de quem era quem entre nós, meninos. Entre os dez, havia um chamado Dominic Dut Mathiang, de longe o menino mais bem-humorado de Kakuma. O mais engraçado dos sudaneses, pelo menos; eu não sabia quão bem-humorados podiam ser os ugandeses. Logo no começo, no primeiro encontro do clube sob a direção de Miss Gladys, ela se afeiçoou a Dominic Dut Mathiang e passou a rir de todas as piadas que ele fazia.

— Como é o seu nome mesmo? — perguntava ela.

— Dominic — respondia ele.

— Dominic! Adoro esse nome!

Assim, o destino dos dez meninos da nossa trupe de teatro foi selado, pois ela não conseguia se lembrar do nome do restante de nós. Disse que não tinha talento para nomes, e isso parecia verdade. Raramente se referia às meninas pelo nome, e parecia que o único nome do qual conseguia se lembrar sem demora era Dominic. Então todos viramos Dominic. No início, era por erro. Certo dia, distraída, ela se referiu também a mim como Dominic.

— Desculpe — disse ela. — Vocês dois têm nomes italianos, não é?

— É — respondi. — O meu é Valentino.

Ela se desculpou, mas no dia seguinte tornou a me chamar de Dominic. A mim pouco importava. Nada me importava. Eu concordava com ela que nossos nomes eram muito parecidos. Concordava em grande parte com tudo o que ela dizia, embora nem sempre escutasse as palavras que saíam de sua linda boca. Então ela continuou me chamando de Dominic, e chamando os outros meninos de Dominic, e nós paramos de corrigi-la. Ela começou simplesmente a chamar todos nós de Dominic. Ninguém estava nem aí, e, além disso, ela não precisava de nossos nomes com muita freqüência. Nunca tirávamos os olhos dela, então ela só precisava dirigir os olhos, protegidos por cílios de notável comprimento e curvatura, para a pessoa com quem estivesse falando.

Nós, meninos, falávamos sobre ela em todas as nossas horas vagas. Organizávamos encontros especiais na casa do verdadeiro Dominic, Dominic Dut Mathiang, para conversar sobre seus méritos.

— Os dentes dela não são de verdade — sugeriu um dos meninos.

— É. Ouvi dizer que ela mandou consertar os dentes na Inglaterra.

— Na Inglaterra? Você está louco. As pessoas não fazem isso na Inglaterra.

— Mas aqueles dentes não podem ser de verdade. Olhem para os nossos dentes, depois olhem para os dela.

Nossa primeira peça se chamava *Casamento forçado*, e procurava dramatizar e propor alternativas para o costume sudanês tradicional. Eu representava o papel de um ancião que não concordava com a idéia de forçar as moças a se casarem com homens que não amavam. Na peça, muitos outros anciãos se opunham à minha posição, pois pensavam que o sistema vigente era o melhor. No final, a maioria vencia, e a moça da peça era dada em casamento. Deixávamos a cargo de nossa platéia de jovens decidir se era aceitável ou não permitir que esse sistema continuasse a existir.

Representamos essa peça dúzias de vezes por toda Kakuma, e, como ela tinha momentos de humor, e principalmente como Miss Gladys fazia uma participação — no papel da irmã da noiva —, fez muito sucesso, e pediram-nos para continuar. Então escrevemos e encenamos peças sobre a AIDS e como preveni-la. Escrevemos uma peça sobre gerenciamento de raiva e resolução de conflitos. Uma das peças falava sobre castas e discriminação social dentro do campo, e outra tratava dos efeitos da guerra nas crianças. Encenamos uma peça de um ato só propondo a igualdade entre os sexos — propon-

448

do que os meninos e meninas do Sudão, assim como os do Quênia, tivessem o mesmo tratamento —, e, para nosso renovado espanto, as peças seguiram fazendo sucesso, e encontramos muito pouca resistência, pelo menos aberta, à nossa mensagem.

Porém, alguns anciãos não gostavam da nossa irreverência, e o homem em cuja casa Maria morava era um dos que não suportavam nossas peças. Certo dia, Maria não foi ao ensaio depois da aula e, quando ela faltou três dias seguidos, saí à sua procura. Encontrei-a em casa à noite, agachada junto à fogueira do lado de fora, preparando *asida*.

— Agora não! — sibilou ela, e correu para dentro de casa.

Esperei alguns minutos, e então fui embora. Só muitos dias depois foi que tornei a vê-la, perto da bomba d'água.

— Ele não vai deixar — disse ela.

Aparentemente, o homem com quem ela morava ficara indignado ao ver que Maria passava as tardes fora, uma vez que era esse o horário em que as mulheres preparavam comida e buscavam toda a água para a noite e a manhã seguinte. Não se esperava que as mulheres saíssem de casa após o anoitecer, e as horas entre a aula e o pôr-do-sol eram portanto vitais para o cumprimento das tarefas de Maria.

— Posso falar com ele — ofereci.

Eu já conversara com outras famílias desde que me tornara líder juvenil. Quando havia alguma dificuldade de compreensão entre gerações, eu muitas vezes era chamado para servir de mediador. "O menino que mantém as mãos limpas come com os mais velhos", ensinara-me Gop, e essa lição guiava meu comportamento todos os dias e me era muito útil. Quando outra menina do grupo de teatro, uma atriz magérrima chamada Adyuei, foi impedida de comparecer aos nossos encontros, eu intervim. Primeiro, ela disse aos pais que eu desejava conversar com eles. Quando eles concordaram em me receber, apareci na noite seguinte levando de presente blocos de anotações e canetas, e passei algum tempo sentado com eles. Expliquei que Adyuei era fundamental para o nosso grupo e que estava fazendo um trabalho muito importante para os jovens do campo. Sabendo que seus pais, assim como os de Maria, dependiam do valor que obteriam por ela quando se casasse, apelei para seus interesses mercenários. Disse ao pai de Adyuei que, com as habilidades de uma atriz, ela seria um partido muito mais atraente para seu futuro marido, e que sua maior visibilidade só faria criar um mercado mais competitivo para ela quando estivesse pronta para se casar. Todos esses meus argumentos funcionaram com o pai de Adyuei; funcionaram muito melhor do que eu esperava. Adyuei não apenas recebeu autorização para participar de todos os ensaios, mas seu pai também passou a acompanhá-la de vez em quando, e a insistir para que ela recebesse papéis de destaque e instruções personalizadas de Miss Gladys. Tudo isso havia funcionado, então pensei que fosse funcionar também para o homem que chamava Maria de filha, mas ela não quis nem ouvir falar no assunto.

— Não, não. Esqueça isso. Ele não é esse tipo de homem — disse ela.

Nada iria funcionar com aquele homem, disse Maria. Ela não tinha planos de desafiá-lo, pois sabia que iria apanhar. E, de toda forma, falou que não poder atuar na companhia era a menor de suas preocupações. Foi uma prova de sua sinceridade e de sua confiança em mim o fato de ela ter me contado, nesse dia junto à bomba d'água, que ficara menstruada pela primeira vez apenas três dias antes. Como educador de jovens, eu tinha acesso a uma grande quantidade de informações sobre saúde e higiene, então sabia o que isso significava para Maria fisiologicamente. Mais importante ainda, sabia que, na sociedade sudanesa, isso significava que ela agora era considerada mulher. Com a primeira menstruação, as meninas sudanesas são consideradas disponíveis para o casamento, e muitas vezes já estão casadas em poucos dias.

— Alguém sabe? — perguntei.

— Shh! — sussurrou ela. — Ainda não.

— Tem certeza? Como é que sua mãe poderia não saber?

— Ela *não* sabe, Dorminhoco. Fica me perguntando, mas não sabe. De toda forma, eu sou nova demais para ficar menstruada. Ninguém mais sabe que fiquei. Agora, shh. Eu não deveria ter contado a você. Esqueça que eu disse alguma coisa.

E ela saiu andando.

Nesse dia, Maria insistiu para eu não contar a ninguém sobre o seu novo status; ainda não tinha resolvido como iria esconder o fato da família com quem morava, mas estava determinada a fazer isso pelo máximo de tempo possível. Não era um fato inédito em Kakuma, mas era incomum. A maioria das meninas, mesmo planejando resistir à perspectiva de um casamento arranjado, não esconde sua condição de mulher. A maioria aceita isso, e algumas festejam. Existem determinados clãs no sul do Sudão que comemoram a primeira menstruação de uma menina com uma festa à qual compareçem a família e pretendentes de aldeias próximas e distantes. Isso funciona como um début, alertando os solteiros das redondezas para o fato de que uma menina se tornou mulher. Para alguns homens, escolher a noiva nesse momento é ideal, pois garante uma pureza inquestionável.

Caso me pedissem para avaliar a idade de Maria na época, eu diria que ela devia ter uns catorze anos. Porém, no Sudão, o que importa não é a idade, mas muito mais o formato e a maturidade do corpo de uma menina. E mesmo eu, que conhecia Maria desde que ela era um fiapo de menina, havia reparado nos sinais de que ela estava virando mulher. Em outra vida, uma vida onde ela não estivesse sob os cuidados de um homem zangado que esperava obter retorno por seu investimento, eu poderia ter tentado namorá-la. Não havia outra menina com quem eu me entendesse tão bem, nenhuma menina que parecesse tanto uma extensão da minha própria alma. Mas os menores desacompanhados como eu não eram considerados companheiros adequados para moças como Maria. Nós só fazíamos complicar os planos dos adultos responsáveis por elas; caso houvesse um rapaz como eu rodeando uma menina como Maria, era inevitável surgirem dúvidas sobre sua virgindade. Pessoas como Maria e eu podiam ser apenas amigas e, mesmo assim, amigas que só se encontram de vez em quando.

Os soldados e comandantes do SPLA eram dos mais dedicados a encontrar em Kakuma uma jovem noiva desejável. Percorriam o campo avaliando, graças a boatos e inspeções visuais, que moças poderiam acrescentar às suas famílias. Rebeldes também iam procurar recrutas em Kakuma e outros campos nos países vizinhos ao Sudão. Milhares de soldados em potencial viviam pacificamente em nosso campo, e esse fato gerava alguma consternação por parte dos rebeldes, e fazia os rapazes da minha idade escreverem com afinco ainda maior.

Os Dominics do grupo de teatro haviam começado a conversar seriamente sobre a possibilidade de se alistarem no SPLA: muitos se sentiam inúteis em Kakuma. Isso acontecia periodicamente, sobretudo quando havia grandes avanços ou grandes perdas por parte dos rebeldes. Os rapazes que freqüentavam a escola, ou que simplesmente ficavam pelo campo sem fazer nada, começavam, com graus variados de convicção, a falar em alistamento, quer para contribuir com os heróicos esforços do exército rebelde, quer para estar lá quando a vitória fosse iminente.

Como se conhecessem intimamente o pensamento dos rapazes da minha idade, uma horda de soldados e comandantes chegou a Kakuma certo dia à procura da maior quantidade de rapazes que conseguisse levar para a guerra. Oficialmente, não deveria haver uma presença do SPLA no campo, mas comandantes reformados e da ativa passeavam por lá sem empecilho. Chegavam com uma quantidade de caminhões para transporte de tropas suficiente para levar embora centenas de rapazes, caso estes pudessem ser persuadidos a abandonar o campo e voltar para lutar no sul do Sudão.

Em certa ocasião, foi convocada uma reunião para as dez da noite, em um abrigo construído com aço corrugado e barro. Havia cinco oficiais do SPLA sentados a uma mesa e, à sua frente, duzentos rapazes que tinham sido convocados e obrigados a comparecer àquela reunião informativa. O SPLA possuía uma reputação bastante ruim entre vários jovens, e muitos, portanto, desconfiavam da sua presença. Alguns se sentiam traídos porque, embora o SPLA recrutasse muitos homens no norte de Bahr al-Ghazar, pouco tinha feito para proteger a região de ataques. Outros desaprovavam seu uso de crianças-soldados, enquanto outros ainda estavam simplesmente insatisfeitos com o tempo que o SPLA estava levando para ganhar a guerra contra o governo do Sudão. Assim, Achor Achor e eu, junto com todos os outros rapazes que conhecíamos, comparecemos à reunião dessa noite, em parte por simples curiosidade quanto ao que eles diriam, que argumentos iriam usar para tentar nos convencer a pegar em armas e abandonar a relativa segurança do campo. A sala estava lotada e, embora Achor Achor tenha encontrado um lugar mais para a frente, eu não encontrei, e fui me postar, em vez disso, junto à janela. E, mesmo que a sala nessa noite estivesse cheia, muitos rapazes mantiveram a maior distância possível. Durante muitos anos, o SPLA previra que os desertores fossem executados sumariamente, e com certeza havia um bom número de desertores em Kakuma.

O comandante responsável nessa noite, um homem atarracado e altivo chamado Santo Ayang, entrou, sentou-se diante da mesa de madeira azul à nossa frente e abordou primeiro essa questão específica.

— Se houver aqui meninos que abandonaram o Exército, não se preocupem — disse ele. — As leis sobre deserção agora são diferentes. Vocês serão acolhidos de volta no Exército sem penalidade. Por favor, digam isso aos seus amigos.

Isso fez um murmúrio de aprovação percorrer a platéia.

— Isso aqui é um novo SPLA, um SPLA unido — disse o comandante Santo. — E nós estamos vencendo. Vocês sabem que estamos vencendo. Vencemos em Yambio, Kaya, Nimule e Rumbek. Agora controlamos a grande maioria dos lugares importantes do sul do Sudão, e só precisamos terminar o serviço. Vocês têm uma escolha, meninos... Bom, vocês não são mais meninos. Muitos de vocês agora são homens, estão fortes e tiveram instrução. E agora têm uma escolha. Quantos de vocês, rapazes, gostariam de passar o resto da vida em Kakuma?

Nenhum de nós levantou a mão.

— Pois bem. Como vocês acham que vão sair deste lugar?

Ninguém disse uma palavra.

— Vocês esperam poder voltar para casa quando a guerra terminar, imagino. Mas será que essa guerra vai ser vencida? Quem vai vencer? Quem está lutando nessa guerra? Eu pergunto a vocês. Vocês estão aqui em Kakuma, recebendo comida, comprando sapatos caros...

Nesse ponto, ele apontou para um menino em pé sobre uma cadeira, no canto. O menino calçava tênis novos feitos de um couro sintético imaculado, brancos como osso.

— E estão esperando aqui, em segurança, até que tenhamos terminado o serviço. Então irão voltar e se beneficiar do derramamento do nosso sangue. Suponho, pelo seu silêncio, que esse seja de fato seu plano. É um plano astuto, reconheço, mas vocês acham que nós somos um exército de coelhos e mulheres? Quem está lutando nessa guerra, eu lhes pergunto? *Homens* estão lutando nessa guerra, e pouco me importa que chamem vocês de *Meninos* Perdidos aqui neste campo. Vocês são homens, e é seu dever lutar. Se não lutarem, essa guerra está perdida, o sul do Sudão está perdido, e vocês irão criar seus filhos em Kakuma, e eles irão criar os filhos deles aqui.

Um rapaz chamado Mayuen Fire deu um pulo.

— Eu vou!

O comandante sorriu.

— Você está preparado?

— Estou preparado — gritou Mayuen Fire.

Todos rimos.

— Silêncio! — bradou o comandante. A sala se calou, em parte porque o comandante assim o exigira, e em parte porque percebemos que Mayuen Fire estava falando sério. — Pelo menos tem um homem no meio de todos esses meninos — continuou Santo. — Fico muito feliz. Vamos partir daqui a três dias. Na quinta-feira à noite, caminhões vão estar esperando do lado de fora do portão oeste. Nos vemos lá. Tragam as suas roupas e os seus pertences.

Em sua empolgação, o novo recruta não soube o que fazer nessa hora, então saiu do recinto. Foi estranho, porque a sala estava tão cheia que ele precisou de alguns minutos para passar por cima de nós todos e alcançar a porta. Então, percebendo que poderia perder informações importantes na reunião, ele deu meia-volta e ficou espiando por uma janela.

— Agora — disse o comandante Santo. — Esta noite temos um convidado especial.

Um homem que estava sentado atrás do comandante então se adiantou, trazendo na mão uma bengala retorcida. Era um velho vovô robusto, grisalho e desdentado, com um maxilar frágil e olhos miúdos. Usava um paletó de terno preto e calças de cordinha azul-bebê, e trazia um chapéu camuflado sobre a pequena cabeça enrugada. O comandante Santo apertou-lhe a mão e apresentou-o a nós.

— Este homem que está na sua frente, um chefe da região de Nuba, vai explicar como os métodos de Bashir e seu exército são desprezíveis. Talvez convença o restante de vocês a seguir o corajoso rapaz que já se ofereceu como voluntário. Kuku Kori Kuku era um homem poderoso e respeitado. Mas cometeu um erro: permitiu-se confiar no governo de Cartum. Ele está aqui para nos falar dos resultados dessa demonstração de confiança.

— Obrigado, comandante Santo.

— Conte a eles a traição de que foi vítima.

— Com sua permissão, comandante, vou contar.

O chefe abriu a boca para falar, mas não teve oportunidade. Não ainda.

— Quando estiver pronto, por favor, conte a nós. Não precisa ter pressa — acrescentou Santo.

Por fim, o chefe esperou, com as mãos sobre a bengala e os olhos fechados. Quando teve certeza de que o comandante Santo não iria mais interrompê-lo, abriu os olhos e começou.

— Meninos, eu era chefe de uma aldeia chamada Jebel Otoro. Como vocês sabem, nós, em Nuba, éramos vítimas de ataques repetidos do governo e dos *murahaleen*. Perdi meu filho em um dos ataques; ele morreu queimado dentro da nossa casa enquanto eu estava indo a outra aldeia mediar um conflito. E, como vocês sabem, milhares de nubas foram mandados para as "aldeias da paz", os campos de internação dos quais vocês já ouviram falar.

Nesse ponto, reparei em Achor Achor, que estava sentado mais à frente. Observar seu rosto tornou-se mais interessante que ver as palavras saindo da boca de Kuku Kori Kuku. Desde as primeiras palavras do homem, Achor Achor ficou fascinado.

— Dessa forma, o governo pode nos vigiar e ter certeza de que não vamos lutar contra ele. E esses campos atraíram muitos nubas que não querem participar do conflito. Lá eles ficam sob a constante vigilância de soldados, e são mal alimentados. Nessas aldeias da paz, as mulheres são sistematicamente raptadas e estupradas. O governo deixou claro que, se o povo de Nuba não conseguir se adaptar à vida nas aldeias da paz, nesse caso eles estarão tomando o partido do SPLA, e portanto são inimigos. Assim como vocês, o povo de Nuba já vem sofrendo há algum tempo, e ansiamos por uma forma de pôr fim a essa situação.

A língua de Achor Achor estava pendurada para fora da boca, como se ele estivesse avaliando o ar, tentando adivinhar o próximo lance da história.

— Ficamos felizes, portanto, quando o governo pediu uma reunião. Diziam que Bashir havia solicitado pessoalmente um encontro com todos os chefes de Nuba. E devo admitir que isso nos causou orgulho; ficamos muito impressionados com nós mesmos. Cartum estava nos chamando para um encontro, e nós fomos por vontade própria, como tontos. Confiamos, e não devíamos ter confiado. Será que nunca vamos aprender uma lição com essa guerra, com a história do nosso país? Nós confiamos! Nossos avós confiaram, e os avós deles confiaram, e vejam aonde isso nos fez chegar.

A voz do chefe ia ficando mais alta e, quando subia, rateava e falhava. Lembrei-me da história dos chefes que haviam concordado originalmente em juntar o Sudão do sul com o norte, erro de que muitos agora se arrependiam.

— Então, sim, estávamos orgulhosos, e fomos ao encontro. Todos os sessenta e oito chefes nubas chegaram para o encontro no dia marcado. Muitos viajaram vários dias para chegar lá, alguns a pé. Quando chegamos, percebemos que não havíamos sido levados até ali para encontrar representantes de Cartum. Era um truque. Todos nós, os chefes de dúzias de aldeias, foram postos dentro de caminhões e levados para uma nova prisão e um antigo hospital; eu já estivera naquele hospital quando era jovem. Deixaram-nos durante dois dias dentro de duas salinhas, com pouca comida ou água. Exigimos que nos libertassem. Pensamos que talvez aquilo fosse a ação de um grupo de soldados desgarrados do governo. Imaginamos que o governo, que havia organizado aquela conferência, ficaria ultrajado com aquela ação e logo iria intervir a nosso favor. Mas nem todos os chefes tinham o mesmo otimismo.

Olhei à minha volta, e os rostos dos meninos no aposento já pareciam conhecer o destino dos chefes reunidos. Já estavam prontos para lutar. O rosto de Achor Achor estava contorcido em uma terrível careta.

— Tentamos implorar aos guardas, explicando que éramos chefes tribais que não haviam cometido crime nenhum. Vocês são inimigos do governo, e isso é um crime suficiente, disse um dos guardas. Foi então que percebemos que nosso futuro estava em risco. Mas pensamos que o pior que poderiam fazer era nos manter em uma espécie de campo da paz para chefes, talvez mais severo, talvez simplesmente separados de nosso povo. Imaginamos que talvez fôssemos passar anos presos, até o final da guerra. Mas o governo tinha outros planos. Nessa noite, de madrugada, acordaram-nos e empurraram-nos para fora da prisão e para o meio da noite. Embarcaram-nos em caminhões de transporte militar e, sentados na traseira desses caminhões, finalmente sentimos medo. Eles haviam amarrado as nossas mãos atrás das costas, e sentimo-nos muito impotentes. No caminhão, tentávamos ajudar uns aos outros, tentávamos soltar nossas amarras. Mas o caminhão subia uma estrada de montanha acidentada e estava muito escuro. Não conseguíamos ver nada lá dentro, e éramos jogados de um lado para o outro na estrada sinuosa e

456

malfeita. Além disso, não se esqueçam de que muitos desses chefes eram homens velhos, não muito fortes. Então ali estávamos nós: éramos os líderes de Nuba e não tínhamos como ajudar uns aos outros. Era humilhante.

Achor Achor balançava a cabeça devagar, com lágrimas nos olhos.

— Os caminhões logo pararam. "Tirem todos daí!", gritou o oficial dos soldados. Fomos descendo do caminhão um de cada vez, e logo os soldados perderam a paciência. Jogaram os últimos chefes para fora do caminhão, e esses chefes, entre os quais havia um homem muito velho, caíram com força na estrada, pois estavam com as mãos atadas. Ficamos todos ali, e eles nos fizeram marchar. A lua estava cheia e brilhante. Podíamos ver os rostos dos soldados e, entre eles, distinguimos um dinca. Lembro-me de passar muito tempo olhando para ele, tentando ver o que havia acontecido com ele. Imaginei que houvesse se tornado muçulmano, e depois sido convencido de que éramos os inimigos do seu país e de sua fé. Mesmo assim, porém, vi-o desviar os olhos de nós. Pensei que talvez ele estivesse com vergonha. Mas devia ser só minha imaginação. Eu queria que sentisse vergonha, mas talvez ele estivesse tão comprometido com sua tarefa quanto o resto dos soldados.

Achor Achor era o retrato de uma raiva que mal conseguia conter.

— Fomos levados para um cume da montanha, e eles nos enfileiraram. Eram vinte soldados, com fuzis automáticos. Um dos chefes tentou descer a montanha correndo. Foi alvejado na mesma hora. Nesse momento, os soldados começaram a atirar. Atiraram em cada chefe, na nuca se possível. Alguns homens tentaram resistir com os pés e levaram tiros no peito, no rosto, em qualquer outro lugar. Foi a pior coisa que já vi na vida, homens como aqueles lutando pela própria vida, chutando e pulando, com as mãos atadas. Aquilo não era jeito de morrer. Aquela situação toda era uma terrível confusão.

— Isso levou algum tempo, as execuções? — perguntou o comandante.

— Não, não. Tudo terminou muito depressa. Em poucos minutos.

— Mas eles não atiraram no senhor. Por quê?

O chefe deu um muxoxo.

— É claro que eles atiraram em mim! Atiraram em mim junto com todos os outros. Eu era um chefe, e tinha que morrer! Eles me deram um tiro na nuca, sim, mas a bala atravessou e saiu pela minha mandíbula.

Alguns dos meninos presentes não acreditaram nisso, e o chefe percebeu.

— Não estão acreditando em mim? Olhem aqui.

Ele mostrou uma cicatriz irregular no canto do maxilar.

— Foi por aqui que a bala saiu. E aqui está a bala.

Do bolso, ele tirou um objeto redondo e enferrujado, e nada parecido com algo que pudesse ter penetrado o crânio de um homem.

— Não doeu. Eu pensei que estivesse morto, então senti pouca dor. Fiquei deitado no chão, pensando como minha visão e meus pensamentos estavam esquisitos. Eu estava morto, mas ainda conseguia ver. Estava vendo o corpo de outro homem, outro chefe, e podia ouvir as botas dos soldados. Pude ouvir o caminhão tornar a dar partida. E, durante esse tempo todo, fiquei imaginando por que estaria ouvindo isso tudo. Não esperava ver e ouvir assim depois da morte.

— Pensei que talvez eu ainda não estivesse morto. Que ainda poderia estar morrendo. Então fiquei deitado ali, incapaz de me mexer, esperando para morrer. Pensei na minha família, nas pessoas da minha aldeia. Ali estava seu chefe, deitado no meio de sessenta outros chefes, todos mortos. Todos tontos que haviam confiado. Pensei na vergonha daquilo tudo, todos aqueles chefes mortos em um só lugar, mortos por aqueles jovens soldados do governo que nada conheciam da vida. Amaldiçoei nossa estupidez. Éramos confiantes e tolos, assim como haviam sido nossos ancestrais cinqüenta anos antes. Aquele seria nosso fim, pensei. Se era fácil assim matar todos os chefes, então certamente matar nossos filhos seria de fato uma tarefa bem fácil.

— Só mais tarde percebi que ainda estava vivo. A luz chegou com a manhã, e eu ainda estava vendo e pensando, e isso me fez acreditar que poderia ainda estar vivo. Tentei mexer os braços. Para minha surpresa, consegui. Ocorreu-me que poderia haver um novo grupo de soldados que logo viria nos enterrar, esconder os vestígios do massacre, então me levantei e saí andando. Simplesmente voltei a pé para minha aldeia. Levei três dias, e vi muito poucas pessoas pelo caminho. Quando cheguei à primeira aldeia da minha jornada, encontrei-me com o chefe substituto de lá e ele me recebeu com grande entusiasmo. Quis saber como tinha corrido o encontro. Tive de lhe contar que não havia corrido nada bem.

— Ele e seu povo cuidaram de mim e me levaram até uma clínica próxima, onde costuraram o buraco no meu rosto. Uma semana depois, escoltado pelo substituto, segui caminhando de volta para minha aldeia, onde as pessoas já sabiam o que havia acontecido. Eu não estaria seguro ali, então fui mantido escondido até conseguir fugir, uma semana depois. Depois de algum tempo, conheci outras pessoas que estavam a caminho de Kakuma. Ficou decidido que lá seria o único lugar seguro para mim.

— Meninos, jamais poderemos ser unificados com o norte, com Cartum. Jamais poderemos confiar neles. Até haver um sul independente, um novo Sudão, não teremos paz. Nunca podemos nos esquecer disso. Para eles, somos escravos, e, mesmo que não estejamos trabalhando nas suas casas e nas suas lavouras, sempre seremos considerados um povo inferior. Pensem nisso: o resultado final do seu plano é transformar o país inteiro em uma nação islâmica. Eles planejam converter todos nós. Já estão fazendo isso aos poucos. Três quartos deste país já são muçulmanos. Não falta muito para eles. Então, lembrem-se: ou nós ficamos independentes, ou não poderemos mais existir como povo. Eles irão converter quem conseguirem, e matar o resto. Não podemos nos unir a eles, e não podemos confiar neles. Nunca mais. Vocês me prometem isso?

Aquiescemos.

— Agora vão lutar contra esses monstros! — rugiu ele. — Estou implorando a vocês.

Doze outros meninos garantiram seu apoio nessa noite. Dez deles acabaram partindo com o SPLA na quinta-feira, junto com outros catorze que não haviam participado da reunião — em sua maioria filhos, irmãos, primos e sobrinhos de comandantes do SPLA. Não posso dizer que em algum momento dessa época eu tenha pensado seriamente em me alistar no SPLA. Tinha muito a fazer no campo, com meus projetos de teatro e Miss Gladys, mas Achor Achor passou dois dias atormentado, vindo me procurar à noite para que eu o ajudasse a pensar.

— Acho que eu preciso ir. Não é? — perguntou ele.

— Não sei. Não sei se faz diferença — respondi.

— Você não acha que a guerra pode ser vencida.

— Não sei. Já faz tantos anos. Não sei se alguém iria perceber se a guerra fosse ganha. Como iríamos saber?

— Se fôssemos independentes.

— Você acha mesmo que isso um dia iria acontecer?

Ficamos sentados por algum tempo, pensando a respeito.

— Acho que preciso ir — disse ele. — Sou eu quem deveria estar lutando nessa guerra. Eu sou de Aweil. Se eu não voltar e lutar, quem vai fazer isso?

— Eles não vão lotar você em Aweil.

— Então vou pegar minha arma e voltar para Aweil.

— Não vai ter ninguém em Aweil. Não vai ter mais ninguém lá.

— O comandante Santo disse que o SPLA agora está diferente.

— Talvez esteja. Talvez não. Mas olhe só para você. Nunca lutou na vida. Usa óculos agora. Como é que vai atirar se os seus óculos quebrarem?

Eu não achava realmente que esse argumento fosse funcionar, mas funcionou. Funcionou imediatamente, e esse foi o fim da carreira militar de Achor Achor. Tenho quase certeza de que ele estava apenas procurando um bom motivo para não se alistar, algo que pudesse dizer quando e se nos perguntassem. Nunca mais tornou a falar no SPLA.

Não quero ser indelicado, mas é importante observar que fazia pouco tempo que tínhamos entrado na puberdade, e alguns dos meninos mais novos da nossa turma ainda estavam em plena mudança hormonal, e cada vez mais conscientes do sexo oposto. Portanto, o que Miss Gladys fez em seguida causou alvoroço entre nós, rapazes, em uma época em que o turbilhão fisiológico já estava suficientemente intenso. Meus primeiros pêlos haviam surgido recentemente em pequenos tufos, alguns debaixo da minha roupa íntima, um em cada axila. Eu era mais atrasado que muitos outros meninos, mas todos tínhamos o desenvolvimento retardado, segundo nos diziam, por causa do trauma por que havíamos passado, e devido a nosso estado crônico de desnutrição. Porém, nesse ponto de nosso desenvolvimento, Miss Gladys teve um impacto muito forte em nossa vida. Com sua sexualidade aberta e confiante, ela estava constantemente acendendo tudo o que havia de inflamável dentro de nós. Já bastava vê-la duas vezes por semana no grupo de teatro, mas, quando ela adentrou nossa aula de história, as coisas foram longe demais.

— Ah, Dominic! Que bom ver você! — disse ela.

Isso foi um semestre depois de ela começar a trabalhar com o Grupo de Teatro Napata. Não tínhamos sido avisados de que haveria uma nova professora de história. Nosso instrutor anterior, um queniano chamado George, parecia capaz e permanente.

— A senhorita vai dar aula para essa turma? — perguntei.

— Você parece infeliz por me ver — disse ela, fazendo um biquinho teatral.

Eu não soube o que retrucar. Sua presença no grupo Napata era administrável, uma vez que eu podia camuflar meu nervosismo e meu estômago revirado sob o disfarce da interpretação. Com ela me dando aula de história, porém, entendi no mesmo instante que não conseguiria me concentrar; minhas notas iriam cair. Todos os problemas inerentes à sua presença foram duplicados por um novo aspecto de sua personalidade. Alguma coisa na história despertou sua veia provocadora, e isso simplesmente destruiu a maioria dos cinqüenta e oito meninos sentados no chão à sua frente.

Ela não falava sobre sexo de forma direta, mas sempre parecia encontrar um jeito de incluir nas aulas os hábitos sexuais do povo sobre quem estava discorrendo, por mais incongruente que fosse o contexto.

— Gêngis Khan era um ditador muito severo — começava ela. — Era cruel com seus inimigos, mas gostava muito de mulheres. Diziam que tinha um apetite enorme. O boato é que ele impregnou mais de duzentas mulheres com a sua semente, e muitas vezes visitava três mulheres ou mais na mesma noite. Também era conhecido por levar para a cama certas ferramentas...

No primeiro dia, um dos meninos desmaiou. Estávamos inteiramente despreparados, tanto para a conversa sobre apetite sexual quanto para o fato de essa conversa emanar da boca daquela deusa chamada Gladys. Por que ela estava fazendo aquilo? Ela controlava todos nós, todos os cinqüenta e oito meninos; possuía-nos por completo e sem piedade. A conversa sobre os hábitos sexuais de Gêngis Khan e outros de sua laia perdurou durante o semestre inteiro, e deixou-nos exauridos.

Nossos rostos confusos e desejosos tiveram um efeito sobre ela, e esse efeito foi incentivá-la ainda mais, a ponto de ela fazer questão de inserir alguma informação sexual nas aulas de cada dia; podíamos contar com isso, e vestíamo-nos de forma adequada. O menino que havia desmaiado trouxe pedaços de papel para enfiar nos ouvidos quando ela começasse a versar sobre o assunto, pois os pais dele estavam no campo e ele tinha certeza de que iriam perceber caso ele voltasse para casa com esse tipo de informação na cabeça.

Entre as poucas meninas da turma, havia uma espécie de irritação generalizada com o exibicionismo de Miss Gladys e com a obsessão que os meninos nutriam por ela. Havia uma menina, porém, mais nova que as outras, que parecia gostar de Miss Gladys, e ria de suas piadas mesmo quando não as reconhecíamos como piadas. Essa menina era Tabitha Duany Aker. Eu não a via fazia um semestre e um verão, desde que estivéramos juntos na aula de gestão doméstica, mas fiquei muito feliz em vê-la de novo, e em ver que foi ela quem riu quando Miss Gladys contou a piada sobre Idi Amin na sauna. A piada foi recebida com silêncio por todos, com exceção de uma risada alta na fila do lado. Tabitha cobriu a boca e trocou com Miss Gladys um olhar de admiração mútua, e, desse dia em diante, passei a me interessar por ela, e tentei encontrá-la fora da sala de aula, em qualquer oportunidade. Sob muitos aspectos, ela me lembrava Maria — sua inteligência, sua rapidez com as palavras, seu rosto em forma de coração —, mas era mais infantil que Maria. Possuía uma feminilidade selvagem, que domesticava e dominava, imagino, estudando cada movimento e cada gesto de Miss Gladys.

Enquanto isso, o resto dos meninos, os que haviam acabado de conhecer nossa professora de história, passavam um bom tempo sozinhos e juntos pensando na nova professora, em suas diversas aulas. Miss Gladys tornou-se a professora mais famosa e mais procurada de Kakuma, e, com ela, a notoriedade dos Dominics cresceu. Havia quatro Dominics naquela turma de história, e, como ela parecia muito íntima de nós, o resto dos meninos nos olhava com ares de assassino, pois nós claramente conhecíamos o caminho para o seu coração. Sempre que Miss Gladys era mencionada, seus preferidos também eram citados, os quatro Dominics do grupo de teatro. Nossos nomes verdadeiros foram todos suplantados por apenas Dominic, e nossa notoriedade nos aproximou. Quando jogávamos basquete juntos, nosso time era o time dos Dominics. Quando passávamos, as pessoas diziam: "Lá vão os Dominics". E o número de meninos aleatórios que de repente quis estudar teatro — e história, na nossa turma, qualquer que fosse o campo onde viviam — só fazia crescer. Miss Gladys não permitia a entrada de nenhum deles, pois não precisávamos de mais meninos.

Já tínhamos meninos demais, e o fato de termos apenas duas meninas no grupo estava se tornando um problema, pois a maioria dos papéis femininos de nossas peças precisava ser interpretada por homens. Os papéis femininos eram representados por um dos Dominics em especial, cujo nome verdadeiro era Anthony Chuut Guot. Ele não tinha medo de usar vestido nem nenhuma outra vestimenta feminina, e não tinha receio de andar e falar como uma mulher. Foi por causa de sua coragem que nós o apelidamos de Madame Zero, em homenagem a um espião travesti de história em quadrinhos. Ele gostou do nome, pelo menos no início. Foi quando o apelido ultrapassou a fronteira dos Dominics que ele começou a achar menos divertido, e isso fez com que ele e Miss Gladys insistissem para que recrutássemos ou déssemos um jeito de encontrar pelo menos uma menina para o grupo.

Assim, em uma tarde gloriosa, Tabitha entrou para o Grupo de Teatro Napata.

Tabitha era amiga de Abuk, a filha mais velha de Gop, então, mesmo fora de aulas como gestão doméstica e história, eu pudera observá-la, e sabia algumas coisas a seu respeito. Sabia, em primeiro lugar, que Tabitha tinha autorização para participar do grupo porque sua mãe tinha sido atriz e era uma mulher esclarecida, que queria que a filha aproveitasse as oportunidades que havia no campo. Também sabia que ela possuía um rosto de perfeição perturbadora. No início, quando conheci Maria, eu nutria por ela uma afeição especial, mas olhar para ela e falar com ela não eram um desafio para mim. Ela parecia mais uma irmã, e, quando eu estava ao seu lado, sentia que ela era uma jovem como eu, que éramos ambos refugiados e que nada nela me intimidava.

Mas Tabitha não era assim. Eu não era o único a perceber que o rosto de Tabitha era incomparável em sua simetria. Sua pele não tinha marca nenhuma, os cílios de seus olhos tinham um comprimento sem precedentes.

Eu sabia isso tudo de longe e, depois de observá-la mais de perto, descobri que, quando ela caminhava, tinha um andar lento e deliberado, e nenhuma parte de seu corpo fazia nenhum tipo de esforço para se mover. De longe, ela parecia flutuar, sua cabeça nem sequer oscilava, e mal se podia discernir o movimento de suas pernas debaixo das saias. Eu sabia disso, e sabia que ela tocava o antebraço dos amigos quando falava. Fazia isso com freqüência e, quando ria, segurava o antebraço do interlocutor e dava-lhe dois tapinhas.

Eu sabia tudo isso, e sei que, durante algum tempo, não consegui falar e me comportei como um débil mental em sua presença. Ela era pelo menos alguns anos mais nova que eu, e eu era muito mais alto que ela, mas, mesmo assim, perto dela, eu me sentia uma criança, uma criança que deveria estar brincando de boneca debaixo da sua saia. Às vezes desejava estar perto dela, tê-la sempre ao alcance dos olhos, e então, instantes depois, desejava viver em um mundo onde ela não existisse. Parecia a única solução para eu voltar a me concentrar.

Nas primeiras vezes em que ela participou dos encontros do grupo de teatro, Tabitha, assim como todos os outros, deixou-se cativar apenas pelos trejeitos do bem-humorado Dominic. Ria de tudo o que ele dizia, tocando-lhe o antebraço repetidamente, chegando até a beliscá-lo uma ou duas vezes. Eu sabia que Dominic gostava de outra garota, mas mesmo assim foi difícil ver aquilo. Caso ela algum dia segurasse a mão de outro rapaz, eu tinha certeza de que não iria me recuperar. O único consolo que tinha era saber que a veria toda semana, de perto, enquanto escrevíamos e produzíamos nossas peças — mesmo que ela nunca olhasse para mim diretamente nem falasse comigo. Ainda não havia feito nenhuma das duas coisas.

O grupo de teatro ia de vento em popa, em parte graças aos esforços de Tabitha, dos Dominics e de nossa libidinosa professora, mas em parte também devido às generosas doações que começamos a ganhar. Nosso Programa Juventude e Cultura passou a receber ajuda direta do Projeto Wakachiai, uma organização sem fins lucrativos de Tóquio. Seu objetivo era proporcionar aos jovens de Kakuma instrução na área de esportes, teatro, primeiros socorros e gerenciamento de catástrofes, mas o projeto também encontrou um jeito de equipar uma banda completa de refugiados com uniformes e instrumentos musicais, além de um instrutor em tempo parcial especializado em instrumentos de sopro. Quando o projeto começou, enviaram um representante para Kakuma, um rapaz de vinte e quatro anos chamado Noriyaki Takamura, que se tornaria um dos homens mais importantes que eu jamais conheceria, e com quem eu iria aprender sobre tentar amar alguém frágil e muito distante.

Logo no início do projeto, fui escolhido como braço direito de Noriyaki. Já estava trabalhando no Projeto Juventude e Cultura havia dois anos, e era bem conhecido pelos jovens sudaneses e pelos funcionários das ONGs. Não parecia uma controvérsia o fato de eu ser escolhido para aquele cargo, mas os quenianos não gostaram muito da escolha, nem na hora nem depois, pois imagino que quisessem o cargo para si. Eu não estava nem aí para isso, e aceitei de bom grado o trabalho, que era mais bem remunerado e tinha até uma sala. Um sudanês trabalhando dentro de uma sala! Deram-nos uma salinha dentro do complexo da ONU, e lá tínhamos um telefone via satélite e dois computadores, um dos quais Noriyaki trouxera consigo e outro que encomendara para mim. Fez isso no primeiro dia em que trabalhamos juntos.

— Então aqui estamos, Dominic — disse ele.

Como eu disse, o nome Dominic havia abarcado todos nós.

— Sim, senhor — respondi.

— Não sou senhor. Meu nome é Noriyaki.

— Sim. Desculpe.

— Então, você está animado?

— Estou sim, senhor.

— Noriyaki.

— Sim. Eu sei.

— Então, precisamos de um computador para você. Já usou um computador?

— Não. Já vi pessoas trabalhando neles.

— Você sabe digitar?

— Sei — menti. Não sei por que resolvi mentir.

— Onde aprendeu a digitar? Em uma máquina de escrever?

— Não, desculpe. Eu entendi errado. Não sei digitar.

465

— Não sabe?

— Não, senhor.

Noriyaki espirou uma quantidade de ar suficiente para encher três pulmões.

— Não, mas vou tentar.

— Temos que arrumar um computador para você.

Noriyaki começou a dar telefonemas. Uma hora depois, já havia conseguido falar com o escritório de sua organização em Nairóbi e encomendar um laptop para mim. Não acreditei que o computador fosse chegar a Kakuma ou às minhas mãos, mas gostei do gesto de Noriyaki.

— Obrigado — agradeci.

— De nada — respondeu ele.

Nesse dia, fizemos muito pouca coisa a não ser conversar sobre sua namorada no Japão, cuja fotografia estava sobre sua mesa de trabalho. Noriyaki acabara de desembalar a foto, onde a moça vestia uma camiseta e shorts brancos, e segurava uma raquete de tênis. Seu sorriso era miúdo e corajoso, como se tentasse contradizer lágrimas que ela houvesse acabado de secar do rosto.

— O nome dela é Wakana — disse ele.

— Ela parece uma moça muito simpática — falei.

— Nós estamos noivos.

— Ah, que bom — falei. Eu havia aprendido recentemente, graças a um dos meus textos de inglês, que era falta de educação dar os parabéns em uma situação como essa.

— Ainda não é oficial — disse ele.

— Ah. Vocês vão fugir para se casar?

— Não, vamos nos casar em um casamento de verdade. Mas eu preciso fazer o pedido pessoalmente.

Eu não sabia exatamente como as coisas funcionavam no Japão, e só conhecia vagamente os costumes matrimoniais do mundo ocidental.

— Quando vai fazer isso? — perguntei.

Eu não tinha certeza de quantas perguntas como essa poderia fazer, mas não parecia haver nada que ofendesse Noriyaki de qualquer maneira que fosse.

— Quando eu voltar para casa, acho. Não consigo trazê-la para me visitar aqui.

Passamos alguns instantes sentados juntos, olhando para o retrato, para o sorriso triste da moça.

Já nesse primeiro dia senti saudade de Noriyaki. Eu não havia pensado na idéia de que ele algum dia iria embora de Kakuma, embora soubesse muito bem que ninguém exceto os quenianos ficava em Kakuma, e mesmo os quenianos não ficavam mais do que uns poucos anos. Noriyaki tornou-se um grande amigo meu nesse primeiro dia, mas não era apenas meu amigo; Noriyaki era querido por todos. Era muito mais baixo do que qualquer sudanês que eu conhecia, mas era atlético, muito ágil e bastante competente em qualquer esporte que se praticasse em Kakuma. Participava de partidas improvisadas de futebol, vôlei, basquete. Parecia trocar a cesta de basquete por uma nova a cada semana; sempre tinha cestas novas de náilon branco. E, como estava sempre substituindo a rede, ficou bastante claro para todos nós que as cestas estavam desaparecendo para serem vendidas em Kakuma Town, com a certeza de que logo seriam substituídas pelo japonês atarracado cujo nome todos conheciam, ou pelo menos tentavam pronunciar.

— Noyakee!

— Noki!

Desde o princípio, Noriyaki estava sempre com os sudaneses no campo, percorrendo as ruas, perguntando de que estávamos precisando. Comia com os refugiados, convivia com eles. Quando estava ao volante de sua caminhonete, parava e dava carona a quem pedisse. Pegava qualquer pessoa que estivesse indo para o complexo da ONU, até sua caminhonete ficar abarrotada de caroneiros sorridentes, todos os quais adoravam Noriyaki, ou como quer que interpretassem seu nome.

— Nakayaki!

— Norakaka!

Nada disso importava para Noriyaki, que andava por Kakuma ostentando um sorriso tímido, feliz por estar fazendo um trabalho essencial e, suponho, por saber que em Quioto havia uma linda moça à sua espera.

* * *

Uma semana depois de Noriyaki chegar e encomendar o computador para mim, aconteceu uma coisa interessante: o computador chegou. Nesse dia, houve um carregamento aéreo de Nairóbi, sobretudo composto por material hospitalar de emergência, mas, dentro do avião, havia também uma caixa de cantos perfeitamente quadrados e, dentro dela, um laptop que fora encomendado para mim. Era raro encontrar em Kakuma uma caixa assim tão perfeita, com os cantos tão definidos, mas ali estava ela, no chão da nossa sala, e Noriyaki sorriu para mim e eu lhe sorri de volta. Sempre sorria quando olhava para Noriyaki; era difícil não fazê-lo.

A caixa chegou quando estávamos os dois na sala, almoçando, e, quando Noriyaki a abriu para mim — não tive coragem de abrir, com medo de estragá-la —, eu quis lhe dar um abraço ou ao menos apertar sua mão, coisa que de fato fiz, e com entusiasmo considerável.

Noriyaki abriu duas Fantas laranja, e brindamos à chegada do computador. Brindar com Fanta tornou-se uma tradição entre nós, e nesse dia bebemos nossas Fantas devagar, olhando para a caixa no chão com seu extraordinário conteúdo, envolto em plástico e rodeado por espuma preta. O laptop devia valer dez vezes mais do que a soma de tudo o que eu e meus irmãos e irmãs de Kakuma possuíamos juntos. O fato de me confiarem uma coisa daquelas me deu uma sensação de competência que eu não devia experimentar desde os meus seis anos de idade, quando me haviam deixado segurar o fuzil chinês do meu pai. Tornei a agradecer a Noriyaki, e então fingi saber como operar o computador.

— Leve para casa para treinar — disse Noriyaki por fim.

— Levar para onde?

— Leve para casa para treinar.

Nos dias que se seguiram à chegada do laptop, Noriyaki acabou percebendo que eu não tinha a menor idéia do que estava fazendo. Passava uma hora por dia tentando ligar a máquina. Quando conseguia ligá-la, digitar me exigia uma quantidade de tempo extraordinária, e meu trabalho era dificultado ainda mais pelo suor nervoso que escorria da minha testa, braços e dedos, e encharcava as teclas do laptop. Isso tornava impossível qualquer tipo de treinamento, quem dirá de trabalho.

— Vamos mandar você para aprender — disse ele. — Você pode ter aulas de computação.

— Onde?

— Em Nairóbi. Vamos pôr isso no orçamento.

Noriyaki era um mágico. Nairóbi! Pôr no orçamento! Eu não entendia por que Noriyaki tinha ido para Kakuma, e por que ainda estava em Kakuma, sobretudo tendo família e namorada no Japão. Durante muito tempo, tentei entender qual era exatamente o problema dele, o que poderia tê-lo impedido de arrumar um emprego de verdade no Japão. O que o teria levado a viajar até tão longe para ocupar um cargo tão mal remunerado e tão difícil quanto o que tinha ali conosco? Mas eu sabia que Noriyaki era bom em tudo o que se propunha, então não fazia sentido ele ter ido procurar emprego em um campo de refugiados. Sabia manejar bem o computador, era agradável e entendia-se muito bem com os quenianos, europeus, britânicos e norte-americanos, e principalmente com os sudaneses, que pareciam adorá-lo. Não tinha nenhuma deformidade física que eu pudesse constatar. Certa noite, durante o jantar, conversei sobre Noriyaki com a família de Gop. Eu tinha levado o laptop para casa, e Gop insistira para que o deixássemos à vista enquanto jantávamos juntos. Era de fato um objeto estranho de se ver no tipo de lugar onde morávamos. Era como uma barra de ouro maciço em cima de uma pilha de esterco.

— Ele talvez seja algum tipo de bandido no Japão — sugeriu Ayen.

— O Japão é muito competitivo — ponderou Gop. — Talvez ele tenha se cansado dessa vida.

Mas eles não queriam estragar o clima, tampouco eu. Era estranho: havia poucos empregos para sudaneses adultos na ACNUR e nas ONGs, mas eles precisavam de alguém jovem, que entendesse as necessidades dos outros jovens, então eu estava recebendo um dos melhores salários pagos por ONGs a qualquer refugiado de Kakuma. Segundo diziam, o projeto só tinha financiamento durante um determinado período, mas Noriyaki sempre falava em estendê-lo.

— O governo japonês tem muito dinheiro — dizia.

Ele falou, no entanto, que nós dois teríamos de prestar atenção para fazer bom uso do financiamento, para incluir os refugiados no planejamento e para fazer render cada dólar.

Perguntei-lhe por que ele tinha ido para o Quênia.

— Por que os sudaneses? — perguntei.

— Quando eu era menor, meu professor nos mandou fazer um trabalho sobre algum país africano. Ele tinha muito interesse no continente, então provavelmente passou tempo demais falando sobre a África. Foi andando pela sala, perguntando a todos que país queriam pesquisar, e eu fui o último. A essa altura, só havia sobrado o Sudão.

Eu deveria ter desconfiado disso, mas mesmo assim essa informação me magoou. Tornei a pensar nela muitas vezes ao longo dos anos seguintes, no fato de nenhum dos alunos da escola japonesa querer pesquisar o Sudão.

— Preciso dizer que não existia muita informação sobre seu país. Meu trabalho ficou bem curto — disse ele.

Ele riu, e consegui rir também. Esse parecia ser seu objetivo. Tenho certeza de que ele entrava em nossa sala todos os dias decidido a me fazer rir, qualquer que fosse o assunto. Falava sobre a família e sobre a namorada — noiva. A agonia que lhe causava a saudade de Wakana era tangível. Em muitos dias, eu chegava e o encontrava debaixo da mesa, falando ao telefone. Não tenho certeza do motivo que o levava a falar com ela debaixo da mesa, mas ele geralmente o fazia. Quando desligava, eu muitas vezes encontrava anotações no chão, como se ele estivesse consultando listas de coisas para lhe dizer. Quando ele se queixava de como ela lhe fazia falta, eu escutava até não conseguir mais escutar.

— Sua namorada? — dizia eu. — Você está reclamando de saudades da sua namorada? Eu não tenho família!

Ele ria e dizia:

— É, mas você está acostumado.

Achava isso muito engraçado, e a frase se tornou um refrão entre nós: "É, mas você está acostumado". E, muito embora eu desse risada, a frase também me fazia pensar se isso seria mesmo verdade. Parecia verdade que ele sentia mais saudade da noiva do que eu da minha família, porque tinha certeza de que ela estava viva. Meus sentimentos em relação à minha própria família eram mais distantes e vagos, porque eu não conseguia visualizar meus parentes nem sabia se eles estavam vivos ou mortos, no Sudão ou em outro lugar qualquer. Noriyaki, porém, tinha sua mãe e seu pai, e dois irmãos, e sabia onde eles estavam todos os dias.

— A minha família agora é a sua família — disse ele certo dia.

Eles sabiam tudo sobre mim, disse Noriyaki, e queriam muito me conhecer. Ele acrescentou à sua mesa de trabalho uma foto dos pais e da irmã caçula, e insistiu para que eu pensasse neles como minha família. Estranhamente, seu plano funcionou; de fato, passei a pensar naquela família como pessoas que estavam em algum lugar velando por mim, esperando boas coisas de mim. Ficava olhando para o retrato de seus pais — a mãe e o pai de preto, mãos unidas na frente do corpo, em pé em frente à estátua gigante de um soldado em posição de ataque —, e acreditava que algum dia fôssemos nos conhecer na casa deles, quem sabe logo antes de Noriyaki se casar com Wakana, quando eu fosse um homem de sucesso e visitasse o Japão. Não tinha certeza de que esse dia fosse chegar, mas agradava-me pensar nele.

Certo dia, um homem foi procurar Noriyaki. Era um ancião sudanês, um homem instruído, respeitado entre os dincas. Havia estudado durante três anos na Universidade de Cartum e sua opinião era solicitada em relação a diversas questões, sobretudo questões políticas. Nesse dia, porém, ele estava agitado, e pediu para falar com Noriyaki imediatamente. Noriyaki convidou-o a entrar e ofereceu-lhe uma cadeira.

— Eu preferiria ficar em pé — disse o ancião.

— Tudo bem — respondeu Noriyaki.

— Preciso ficar em pé porque o que eu tenho a dizer é muito importante e ruim.

— Tudo bem, estou escutando.

— O senhor precisa conversar com sua gente, com seu governo, sr. Noriyaki. São os chineses e os malaios quem estão piorando essa guerra. Somente esses dois países possuem sessenta por cento dos interesses petrolíferos no Sudão. O senhor sabe quanto petróleo eles levam embora? Milhões de barris por ano, e o número está aumentando! A China está planejando tirar metade do seu petróleo do Sudão até 2010!

— Mas, meu senhor...

— E todos nós sabemos que o que está movendo essa guerra é o petróleo. Bashir só quer perpetuar o caos no sul e manter o SPLA longe dos campos de exploração de petróleo. E ele faz isso com armas de onde? Da China, sr. Noriyaki. A China quer que o sul continue inseguro, porque isso mantém afastados os outros países, que não querem sujar as mãos com os abusos de direitos humanos ligados à extração desse petróleo! Seu governo está fornecendo armas que são usadas contra civis, e está também comprando o petróleo extraído de forma ilícita, e é por isso que centenas de milhares de pessoas já morreram. Eu vim aqui fazer um apelo ao senhor, como representante do seu governo, para se manifestar contra essas injustiças!

Quando Noriyaki finalmente conseguiu falar, disse ao homem que não era chinês. O homem passou cinco minutos digerindo essa informação.

— Sem querer ser grosseiro, o senhor parece chinês.

— Mas não sou. Eu sou japonês. Nós também não somos muito amigos dos chineses.

O homem foi embora, confuso e desapontado.

Havia culpados por toda parte pelo que estava acontecendo com os sudaneses. E, quanto mais entendíamos de que forma estávamos ligados a tantos dos problemas mundiais, quanto mais entendíamos a rede de dinheiro, poder e petróleo que tornava possível nosso sofrimento, mais certeza tínhamos de que algo precisava ser feito para salvar o sul do Sudão. E, segundo pensamos, uma série de bombardeios serviu para nos alçar ao primeiro plano da atenção mundial.

Eu estava apitando uma partida de futebol juvenil quando ouvi a notícia, trazida por dois meninos que passavam de bicicleta.

— Bombardearam Nairóbi! E Dar es Salaam!

Alguém havia bombardeado as embaixadas norte-americanas do Quênia e da Tanzânia. Os quenianos pararam de trabalhar. Onde quer que houvesse televisões ou rádios, e os aparelhos de TV não eram muitos, estes foram cercados. Segundo as reportagens, havia centenas de mortos e cinco mil feridos. Durante dias, ficamos vendo os corpos ser retirados dos escombros. Os quenianos de Kakuma estavam desesperados por respostas. Quando se soube que aquilo fora obra de fundamentalistas islâmicos, houve confusão em Kakuma. Não era uma boa época para ser somali ou etíope. Muçulmanos de qualquer nacionalidade passaram esses dias escondidos e certificaram-se de deixar bem clara sua oposição em relação às ações dos tais terroristas, e a

472

Osama bin Laden. Essa foi a primeira vez em que escutei esse nome, mas logo todos o conheciam e sabiam que ele estava morando no Sudão. Gop passava o tempo inteiro colado ao rádio e à noite me explicava tudo.

— Isso é obra de Bin Laden. E é o Sudão que vai pagar por esse crime. Os sudaneses o ajudaram, e vão pagar. Já não era sem tempo.

Gop parecia quase feliz com esse novo desdobramento. Tinha certeza de que os bombardeios de Bin Laden voltariam a atenção do mundo para o Sudão, e que isso só poderia ser bom para nós.

— Finalmente vão pegar esse homem! Ele já esteve por toda parte. Estava no centro da revolução islâmica, Achak! Ele deu tanto dinheiro ao Sudão! Esse homem financiou tudo... máquinas, aviões, estradas. Envolveu-se em agricultura, negócios, bancos, tudo. E trouxe para o Sudão milhares de agentes da al Qaeda, para serem treinados e planejarem suas ações. As empresas que ele criou no Sudão estavam acostumadas a dar dinheiro para todas as outras células terroristas do mundo todo. Tudo isso por causa da cooperação de Cartum! Sem um governo que financie essas coisas, as coisas ficam muito mais difíceis para alguém como Bin Laden, que não se contenta em explodir agências de viagem. Então ele tem uma empreiteira no Sudão, que lhe permite comprar explosivos de quem quiser, nas quantidades de que precisar. Parece legítimo, não é? Depois, com a ajuda de Cartum, ele pode enviar esses explosivos para o Iêmen, para a Jordânia ou para qualquer outro lugar.

— Mas ele não era o único terrorista no Sudão, era? — perguntei.

— Não, tinha grupos de todos os lugares. O Hezbollah tinha gente aqui, a Jihad islâmica, tantos grupos. Mas Osama é o pior. Ele alegou ter treinado os caras da Somália que mataram os soldados americanos lá. Tinha proclamado uma *fatwa* na Somália contra qualquer americano que estivesse no país. Daí financiou o bombardeio ao World Trade Center de Nova York. Você conhece esse edifício?

Fiz que não com a cabeça.

— Um edifício imenso, alto como as nuvens. Bin Laden pagou para um homem entrar com um caminhão na base do prédio, para explodir tudo. Depois tentou matar Mubarak, no Egito. Todos os homens envolvidos nesse complô eram sudaneses, e Bin Laden pagou por tudo. Esse homem é um proble-

473

mão. Antes dele, os terroristas não conseguiam fazer tanta coisa. Mas ele tem tanto dinheiro que as coisas se tornam possíveis. Ele cria mais terroristas no mundo, porque é capaz de pagá-los, de lhes dar uma vida boa. Quero dizer, até eles se matarem.

Alguns dias depois, as esperanças de Gop se tornaram realidade, ou assim pareceu. Novamente eu estava apitando uma partida de futebol quando um caminhão da ONU passou com dois trabalhadores humanitários quenianos na caçamba, trazendo as boas-novas.

— Clinton bombardeou Cartum! — gritavam. — Cartum está sendo atacada!

O jogo parou entre vivas eufóricos. Nesse dia e nessa noite, houve considerável animação nas partes sudanesas de Kakuma. Falou-se sobre o que aquilo poderia significar, e o consenso era que o bombardeio indicava que os Estados Unidos estavam claramente zangados com o Sudão, e que estávamos sendo culpados pelos bombardeios no Quênia e na Tanzânia. Todos achavam que aquilo provava, sem sombra de dúvida, que os Estados Unidos estavam do lado do SPLA e que desaprovavam o governo de Cartum. Alguns refugiados mais sabidos, é claro, tinham idéias mais ambiciosas. Gop, por exemplo, achava que a independência do sul do Sudão era iminente.

— Pronto, Achak! — disse ele. — Isso é o início do fim! Quando os Estados Unidos decidem bombardear alguém, é o fim. Veja o que aconteceu com o Iraque quando eles invadiram o Kuwait. Quando os Estados Unidos querem punir você, é encrenca na certa. Uau, é isso. Agora os Estados Unidos vão derrubar Cartum em pouquíssimo tempo, e então vamos voltar para casa, e vamos receber o dinheiro do petróleo, e a fronteira entre o norte e o sul vai ser traçada, e vai haver um Novo Sudão. Acho que isso tudo vai acontecer nos próximos dezoito meses. Preste atenção.

Eu amava e admirava Gop Chol, mas, no que dizia respeito à política — a qualquer questão relativa ao futuro do Sudão —, ele estava invariavelmente errado.

Porém, sob aspectos menores, muitas mudanças estavam ocorrendo para o povo do sul do Sudão, e havia desdobramentos que podiam ser considerados positivos. Os costumes sudaneses estavam sendo modificados e abandonados em Kakuma com mais freqüência do que se não tivesse havido guerra, e oitenta mil pessoas não estivessem morando em um campo de refugiados administrado por um consórcio internacional de idéias progressistas. Minhas próprias atitudes e idéias com certeza não teriam ficado tão liberais quanto acabaram ficando, mas, como eu era um educador de jovens, tornei-me versado na linguagem da saúde e do corpo humano, das doenças sexualmente transmissíveis e das medidas profiláticas. Muitas vezes, conversava com as moças com demasiada informalidade, e confundia a linguagem das aulas de saúde com a linguagem do amor. Certa vez, arruinei minhas chances com uma moça chamada Frances ao lhe perguntar se ela estava se desenvolvendo corretamente para a sua idade. Minhas palavras exatas foram:

— Oi, Frances, acabei de sair da aula de saúde, e estava me perguntando como suas partes femininas estão se desenvolvendo.

São coisas que se diz na juventude e que perseguem você para sempre. Depois disso, ela e as amigas passaram a ter uma péssima opinião de mim, e essas palavras me assombraram durante muitos anos.

Aprendi muitas lições importantes, em primeiro lugar que fazer afirmações diretas em inglês era considerado mais aceitável do que em dinca. Como dominávamos mal o inglês, o tom e o significado exato nesse idioma eram amorfos e imprecisos. Eu jamais poderia dizer "eu te amo" para uma garota nova em dinca, pois ela saberia exatamente o significado disso, mas, em inglês, as mesmas palavras podiam ser consideradas encantadoras. Assim, eu usava muito o inglês, tentando parecer encantador. Nem sempre funcionava.

Mas passei um bom tempo aprimorando minha abordagem com as garotas, e, quando me senti pronto para perguntar sobre o interesse de Tabitha por mim, não fui nada ousado. A essa altura, já sabia que Tabitha era uma das raríssimas meninas ainda autorizadas a freqüentar a escola, cuja mãe estava em Kakuma e era esclarecida o suficiente para lhe proporcionar uma série de oportunidades acadêmicas, e até mesmo relacionadas a amizades com meninos como eu.

Havia um determinado dia do ano chamado Dia do Refugiado, e tenho quase certeza de que era nesse dia em que começavam ou terminavam todos os relacionamentos entre jovens em Kakuma. Nesse dia, 20 de junho, de manhã até o anoitecer, todos os refugiados de Kakuma comemoravam, e havia menos supervisão por parte dos adultos, e mais mistura entre as diferentes nacionalidades e castas que em qualquer outra época do ano. Comemorava-se não o fato de sermos refugiados ou estarmos morando no noroeste do Quênia, mas a simples existência e sobrevivência de nossa cultura, mesmo que aos pedaços. Havia exposições de arte, exibições de danças étnicas, comida, música e, por parte dos sudaneses, muitos discursos.

Essa foi minha oportunidade para falar com Tabitha, que eu vinha seguindo desde o início do dia. Quando ela assistiu a uma dança tradicional burúndia, eu a observei. Quando provou a comida do Congo, fiquei olhando para ela de trás de uma barraquinha que exibia objetos de artesanato somali. E, quando já estava anoitecendo e restavam apenas alguns minutos antes de todas as meninas terem de voltar para suas casas, andei em sua direção com uma confiança que surpreendeu até a mim mesmo. Eu tinha quatro anos a mais que ela, pensei. Tabitha era uma pessoa jovem, alguém na companhia de quem eu não precisava me sentir uma criança. Assim, caminhei em sua direção com o semblante sério e, quando cheguei atrás dela — estava de costas para mim quando me aproximei, o que facilitou muito as coisas —, toquei de leve seu ombro. Ela virou-se para mim, muito surpresa. Olhou para a minha esquerda e para a minha direita, surpresa ao ver que eu estava sozinho.

— Tabitha — falei. — Já faz muito tempo que venho tentando falar com você sobre uma coisa, mas a oportunidade nunca se apresentou. Eu não tinha certeza de como você iria reagir ao que eu queria propor.

Ela ergueu os olhos para mim. Na época, não era muito alta. Sua cabeça mal chegava ao meu queixo.

— Do que você está falando? — indagou.

Não existe nenhum sentimento mais solitário do que quando um pedido que você ensaiou é rejeitado de primeira. Porém, movido a adrenalina e simples teimosia, continuei.

— Eu gosto de você, e queria sair com você.

Era assim que dizíamos as coisas nessa época, mas isso não significava que um verdadeiro encontro jamais fosse ocorrer. Um rapaz e uma moça saírem juntos, para um restaurante ou mesmo para um passeio, era algo inaceitável. Um encontro podia significar então uma ida à igreja ou a algum outro local público, onde somente Tabitha e eu saberíamos que o encontro estava ocorrendo.

Tabitha olhou para mim e sorriu, como se estivesse apenas tentando me fazer sofrer. Fazia isso sempre, nessa época e depois — durante todos os anos em que a conheci.

— Depois eu respondo — disse ela.

Não fiquei surpreso. Não era comum uma garota dar sua resposta imediatamente. Em geral, combinava-se um horário, alguns dias depois, para a resposta ser dada pessoalmente ou por intermédio de alguém. Caso nenhum encontro fosse marcado, isso queria dizer que a resposta era não.

Nesse caso, no dia seguinte, fiquei sabendo por intermédio de Abuk que a resposta seria dada domingo na igreja, na entrada sul, depois da missa. Os dias que antecederam ao domingo foram uma tortura, mas toleráveis, e, quando a hora chegou, ela estava exatamente onde disse que iria estar.

— Como foi o dever de casa que você se deu para fazer?

Foi essa minha tentativa de parecer encantador.

— Como assim?

Minha intenção era dizer que poderia ser considerado engraçado que, em vez de responder à minha primeira pergunta, sobre um possível encontro, na hora em que eu perguntei, ela tivesse ido para casa pensar no assunto durante cinco dias. Mas o comentário não foi muito divertido, pelo menos não da forma como o formulei.

— Nada. Desculpe. Esqueça — falei.

Ela concordou em esquecer. Esquecia muitas das coisas que eu dizia. Era uma generosidade que tinha.

— Fiquei pensando na sua pergunta, Achak, e tomei uma decisão.

Ela era sempre espetacularmente dramática.

— E tenho feito perguntas a seu respeito... e não ouvi nada de ruim.

Aparentemente, ela não havia conversado com Frances.

— Então aceito o encontro — disse ela.

— Ah, graças a Deus — exclamei, usando o nome do Senhor em vão pela primeira vez na vida, mas de forma alguma a última.

Não tenho certeza do que pode ser considerado nosso primeiro encontro. Depois desse dia, na igreja, nós nos encontramos com freqüência, mas nunca sozinhos. Conversávamos na igreja e na escola, e, por intermédio de minha irmã de criação Abuk, eu mandava recadinhos detalhando a admiração que sentia por Tabitha e a freqüência com que pensava nela. Ela fazia o mesmo, então o volume dos recados mantinha Abuk atarefada. Quando os recados eram considerados urgentes, Abuk vinha correndo pelo campo até onde eu estava, agitando os braços, ofegante. Por fim, recompunha-se, e então transmitia o seguinte:

— Tabitha hoje está sorrindo para você.

Pouco contato íntimo era possível entre dois jovens como nós, mesmo que loucamente apaixonados, como Tabitha e eu estávamos. Assim como a maior parte do processo de corte, qualquer interação ocorria à vista de todos, de modo a não atrair olhares nem comentários inquisitivos entre os mais velhos. Porém, mesmo à vista de todos, à luz do dia e em público, podíamos fazer o suficiente para satisfazer nossos modestos desejos. Aqueles que me conheciam de Pinyudo e que desconfiavam do que acontecia no quarto das Meninas Reais, ficaram surpresos com a casta corte entre mim e Tabitha. Mas o que havia acontecido em Pinyudo agora parecia fora do tempo. Fora feito por crianças para quem aquelas explorações não tinham nenhum significado.

A primeira vez em que pude abraçar Tabitha foi em uma manhã de sábado, no meio de muitas de pessoas, durante uma partida de vôlei. Eu estava em um time junto com os Dominics, e, nessa manhã específica, jogávamos contra um time de somalis ultra-seguros de si, e éramos incentivados por uma dúzia de meninas dincas da nossa idade ou mais novas. Não havia equipes oficiais de animadoras de torcida em Kakuma e, embora muitas meninas praticassem esportes, nesse dia Tabitha estava ali tanto para torcer por mim quanto para se encostar em mim. Em qualquer cultura, existem determinadas brechas que podem ser exploradas por adolescentes sofrendo de desespero hormonal, e em Kakuma percebemos que, sob os auspícios das meninas que torciam por nós, se abraçar para comemorar um ponto da partida era de alguma forma aceitável.

Havia cinco Dominics jogando vôlei naquele dia, e quatro de nós haviam avisado as namoradas que, caso elas viessem torcer por nós, poderíamos nos abraçar entre os sets ou depois de cada ponto. Então foi assim que abracei Tabitha pela primeira vez. Ela nunca havia praticado aquela torcida seguida de abraço, mas adaptou-se imediatamente e muito bem. Na primeira vez em que dei uma cortada certeira bem na cara de um certo somali ultra-seguro de si, Tabitha comemorou como se fosse explodir, e veio correndo até mim, pulando e abraçando-me com furor. Ninguém percebeu nada, embora Tabitha e eu tenhamos saboreado esses instantes de pulos e abraços como se fossem as horas sagradas de uma lua-de-mel.

Quando o fato de que os atletas podiam usufruir abraços assim se tornou mais conhecido, os meninos menos bem-sucedidos romanticamente alteraram suas prioridades. "Preciso aprender algum esporte!", diziam, e punham-se a tentar. As inscrições nas atividades esportivas praticadas no campo aumentaram vertiginosamente durante algum tempo. É claro que logo as torcidas e os abraços começaram a ser reprimidos, quando a proporção entre esportes e abraços tornou-se demasiado próxima de um para um. Mas foi muito bom, indescritivelmente bom enquanto durou.

— Me conte!

O apetite de Noriyaki por detalhes era insaciável.

— Me conte me conte me conte!

Era curioso, porque eu nunca havia lhe perguntado nada sobre os aspectos físicos de seu relacionamento com Wakana — de quem ele recentemente ficara noivo —, mas ele não tinha vergonha nenhuma de me pedir para relatar cada encontro meu com Tabitha. Eu fazia sua vontade, até certo ponto. Houve um período de várias semanas em que fiquei preocupado com os jovens de Kakuma, porque os dois funcionários do Projeto Wakachiai não faziam nada a não ser conversar sobre meus encontros com Tabitha. Felizmente, ele não me pressionou para falar sobre cheiros e outras sensações.

Mas elas eram extraordinárias. Depois de uns três meses, Tabitha e eu havíamos reunido coragem suficiente para fazer visitas um ao outro em nossas respectivas casas, nas raras ocasiões em que estavam vazias. Essas oportunidades eram extremamente raras, uma vez que a casa dela abrigava seis pessoas e a minha, onze. No entanto, uma vez por semana, era possível ficarmos sozinhos em um aposento e dar-nos as mãos, ou então ficarmos senta-dos juntos em cima de uma cama, com as coxas se tocando e nada mais.

— Mas tudo isso vai mudar na excursão do teatro, não é? — instigou Noriyaki.

— Espero que sim — falei.

Será que esperava mesmo? Eu não estava tão certo. Será que desejava todo aquele tempo sozinho com Tabitha sem ninguém para nos vigiar? A idéia me dava náuseas. Eu já vinha me perguntando se estávamos passando tempo demais juntos, mesmo em público. O toque de suas mãos tinha mais poder do que ela sabia. Ou talvez soubesse muito bem e fosse descuidada com seus toques, que provocavam um turbilhão em todas as partes do meu corpo, e talvez fosse esse controle que ela achasse divertido e embriagante.

Mas talvez fôssemos a Nairóbi, e eu não iria nem podia perder uma oportunidade dessas. Devido à agenda do campo e às autorizações necessá-rias, ainda não fora possível organizar as aulas de computação que Noriyaki sugerira. Eu nunca tinha visto uma cidade, fazia cinco anos que não saía de Kakuma, e não tinha a sensação de fazer parte do Quênia de verdade. Kaku-ma era, de certa forma, um país independente, ou uma espécie de vácuo cria-do na ausência de qualquer nação. Para muitos de nós em Kakuma, o dese-jo de voltar para o Sudão foi substituído por um plano mais prático: ir para Nairóbi e ficar morando lá. Trabalhar, criar nova vida, tornar-se cidadão do Quênia. Não posso dizer que eu estava perto de conseguir isso, mas tinha mais chances do que a maioria.

Nosso grupo de teatro havia bolado uma peça chamada *As vozes*, e já fa-zia muitas semanas que a vínhamos encenando em Kakuma. Um dramatur-go de Nairóbi, em visita a um primo que trabalhava no campo, assistiu à pe-ça e convidou-nos imediatamente para encená-la na capital, como parte de um concurso de trupes de teatro amador do país. Iríamos a Nairóbi represen-tar os refugiados de Kakuma; seria a primeira vez na história da competição — uma história bastante longa e sólida, segundo nos disseram — que refugia-dos participariam do concurso. Então iríamos todos, Tabitha também, e ha-veria apenas uma pessoa nos vigiando: Miss Gladys.

Tabitha e eu mal conversamos sobre a viagem nas semanas que antece-deram nossa partida. Pensar nisso era simplesmente demais, pensar que poderíamos ter algum tempo sozinhos juntos, que talvez encontrássemos um lugar onde dar nosso primeiro beijo. Acho que estávamos ambos intimidados pelas possibilidades. Eu dormia mal. Ficava andando pelo campo, sem conseguir ficar parado, sorrindo de forma incontrolável, enquanto meu estômago não parava de se revirar.

— Primeiro Beijo! — Foi assim que Noriyaki começou a me chamar. Eu chegava ao trabalho de manhã, e essas eram suas primeiras palavras: "Oi, Primeiro Beijo!". A qualquer pergunta que eu fizesse, ele respondia: "Sim, Primeiro Beijo. Não, Primeiro Beijo".

Tive de implorar a ele, com o máximo de seriedade possível, para parar.

Abuk, servindo de intermediária para Gop Chol, chegou ao nosso escritório certo dia com a notícia urgente de que eu deveria ir jantar direto depois do trabalho. Eu disse que o faria, mas só se ela me dissesse qual era a ocasião especial.

— Não posso contar — disse ela.

— Então eu não posso ir — retruquei.

— Por favor, Valentino! — gemeu ela. — Eu tive que jurar que não ia contar. *Por favor*, não me meta em confusão! Eles vão saber se eu contar!

Abuk estava atravessando uma fase muito dramática de sua vida, e destacava um número maior de palavras que o necessário, e com mais ênfase.

Deixei-a ir embora sem resposta, e caminhei para casa naquela tarde tentando não pensar no que me aguardava lá. Estava praticamente certo de que Gop me faria um sermão sobre tomar cuidado com Tabitha, devido ao tempo que poderíamos passar juntos sem ninguém para nos vigiar. Ele ainda não havia conversado comigo sobre isso.

Quando cheguei em casa, Gop e Ayen estavam lá, assim como todos os membros da minha família de Kakuma e um punhado de vizinhos, de crianças bem pequenas a adultos muito idosos. E, entre eles, havia duas pessoas que pareciam especialmente fora de lugar no nosso abrigo: em primeiro lugar, Miss Gladys. Foi um choque vê-la em pé no aposento onde fazíamos nossas refeições. E, embora se pudesse pensar que sua beleza fosse sofrer em condições como aquelas, ela só fazia irradiá-la com mais poder ainda. Esta-

481

va conversando com uma mulher que eu não conhecia, uma dinca sofisticada que segurava no colo uma menina pequena. Ayen me disse que aquela era Deborah Agok.

Adeng me disse que aquela era uma mulher importante e que traria consigo notícias que iriam mudar nossa vida. Adeng insistiu que foram essas as palavras usadas por seu pai, mas, como Gop costumava mesmo usar esse tipo de hipérbole, não passei muito tempo imaginando quais seriam exatamente as tais notícias. Gop certa vez havia reunido todos nós, alegando ter uma notícia de significado igualmente indizível, para anunciar que comprara lençóis novos para sua cama.

Em todo caso, era impressionante ver todas aquelas pessoas em um lugar só. Também era um pouco difícil se movimentar, já que nossos abrigos não haviam sido construídos para encerrar tanta gente. Eu ainda não fazia idéia de qual era a ocasião especial que fizera todas aquelas pessoas irem à nossa casa, mas fui imediatamente distraído por um cheiro conhecido. Era uma comida no fogo, cujo nome esqueci.

— *Kon diong*! — disse Ayen. — Você não se lembra?

Eu me lembrava, sim. Era um prato que não comia e do qual não ouvia falar havia muitos anos. *Kon diong* é um prato típico da minha região, e não é algo que se coma todos os dias. É um mingau duro, feito com farinha branca de sorgo, queijo e leite azedo desnatado; não são coisas fáceis de se obter. É um prato preparado pelas famílias prósperas, e somente durante a estação das chuvas, quando as vacas dão leite em abundância.

— Que história é essa? — perguntei, por fim. Minhas irmãs de Kakuma estavam me olhando de um jeito esquisito, e todos pareciam estar me fazendo sala, sendo solícitos e excessivamente deferentes. Eu não tinha certeza se estava gostando daquele clima.

— Você logo vai saber — disse Gop. — Primeiro, vamos comer.

Eu ainda não havia falado com Miss Gladys, que estava sendo questionada e paparicada pelas mulheres mais velhas da casa. E Deborah Agok, nossa convidada, não olhava para mim. Passou o tempo inteiro conversando com minhas irmãs e cuidando da menina que tinha no colo, que descobri ser sua filha, Nyadi. Era uma menina magérrima, de vestido rosa-claro, e cujos olhos pareciam demasiado grandes para seu rosto.

482

O jantar foi consumido com uma lentidão inconcebível. Eu sabia que o motivo da ceia e da visita de Deborah Agok só seriam revelados depois do jantar e depois de os adultos beberem araki, um vinho feito de tâmaras. Toda essa encenação não é incomum entre os dincas, mas, nessa noite, tive a sensação de que o teatro talvez estivesse exagerado.

Por fim, depois de comido o jantar e bebido o vinho, Gop se levantou. Baixou os olhos para Deborah Agok, que estava sentada no chão junto conosco, e insistiu para que lhe dessem a única cadeira de verdade da casa. A srta. Agok recusou, mas ele insistiu. Um vizinho mais velho foi transferido da cadeira para o lugar no chão anteriormente ocupado pela srta. Agok, e Gop prosseguiu.

— A maioria de vocês não conhece Deborah Agok, mas ela se tornou amiga da nossa família. É uma parteira respeitada, que conhece tanto o método de parto sudanês quanto os mais tecnológicos. Está trabalhando no hospital de Kakuma, onde conheceu a estimada Miss Gladys, de quem todos já ouvimos falar pela boca de Achak, que tem sido tão grato por sua... instrução.

Todos riram, e meu rosto corou. Miss Gladys brilhava mais do que o normal. Agora estava mais claro do que nunca que aquele era o tipo de atenção que ela adorava.

— A srta. Agok foi recentemente enviada para o sul do Sudão pelo Comitê Internacional de Resgate, para ensinar novas técnicas de parto às parteiras das aldeias. Por acaso, uma das aldeias que ela visitou chama-se Marial Bai.

Todos os olhos se voltaram para mim. Não tive certeza de como reagir. Minha garganta se contraiu; eu não conseguia respirar. Então era aquele o motivo de todo o mistério, do prato típico especial da minha região. Mas a idéia de receber qualquer notícia de casa daquela forma pareceu-me imediatamente errada. Eu não queria saber nada sobre minha família diante de uma platéia. Deborah seria a única pessoa, em todos os meus anos de Kakuma, com informações exatas e recentes sobre Marial Bai, e minha mente se encheu de possibilidades. Será que o rio ainda corria da mesma forma que antes? Será que os árabes haviam desmatado a região de seus ricos pastos e árvores? Será que ela sabia alguma coisa sobre minha família? Mas aquilo fazer parte do teatrinho da noite! Era inaceitável.

483

Procurei a saída. Precisaria passar por cima de doze corpos para chegar até a porta. Sair exigiria um esforço tremendo, e causaria uma cena pouco digna para mim e desrespeitosa para minha família adotiva. Encarei Gop com intensidade, esperando transmitir meu desagrado em relação àquele tipo de armadilha. Embora a atmosfera houvesse sido animada até ali, parecia perfeitamente possível que aquela tal srta. Agok tivesse notícias trágicas sobre minha família biológica, e que Gop houvesse reunido todo mundo que eu conhecia para me animar depois de as notícias me derrubarem no chão.

Então Deborah Agok se levantou. Era uma mulher alta, musculosa, cujo rosto não dava indícios da sua idade. Poderia ser jovem ou então já ser avó, tais eram os sinais contraditórios transmitidos por sua pele firme, por seus olhos brilhantes rodeados de finíssimas rugas. Ela continuou sentada na cadeira, com as mãos no colo, e agradeceu a Gop e Ayen por sua hospitalidade e amizade. Quando falou, sua voz saiu rouca e baixa. Pela voz, era possível adivinhar que ela já tinha vivido três vidas sem descanso.

— Amigos, eu viajei por Bahr al-Ghazal e visitei Nyamlell, Malual Kon, Marial Bai e as aldeias próximas. Trago sinceras saudações do povo de Marial Bai, incluindo o comandante Paul Malong Awan, o oficial do SPLA mais graduado da aldeia.

Todos os presentes ao jantar olharam para mim como se fosse uma grande honra, para mim em especial, o fato de o comandante Paul Malong Awan ter enviado saudações.

— Sim — continuou ela. — Eu estive na sua aldeia e vi o que foi feito dela. É claro que houve ataques dos *murahaleen* e do Exército do governo. E, relacionadas a esses ataques, vi desnutrição generalizada e uma epidemia de mortes causadas por doenças controláveis. Como vocês sabem, a falta de comida está mais grave que nunca; centenas de milhares de pessoas vão morrer de inanição em Bahr al-Ghazar este ano.

A forma sudanesa de falar estava ali exposta em toda a sua glória — a arte de rodear qualquer assunto específico. Como ela podia estar fazendo aquilo comigo? Tudo o que eu queria era ter notícias da minha família. Aquilo era uma crueldade, por melhores que fossem suas intenções.

Sentindo minha ansiedade, nesse momento uma forma apareceu na minha frente, e em seguida preencheu o espaço ao meu lado. Era Miss

Gladys, com seu cheiro de fruta, flores e suor de mulher, e, antes de eu conseguir avaliar aquela nova situação — era o mais próximo que ela já havia chegado de mim —, ela já estava segurando minha mão. Não olhava para mim, somente para Deborah Agok, mas estava ali comigo. Estaria ali comigo quaisquer que fossem as notícias. A escolha do momento para esse contato mais íntimo com o objeto de minhas incontáveis fantasias não poderia ter sido mais equivocada.

— Como sou parteira... — prosseguiu Deborah, e tentei escutar. — ... acabei conhecendo uma parteira de Marial Bai, uma mulher muito forte, que, na maioria dos dias, usava um vestido amarelo desbotado, o amarelo de um sol cansado.

Todos os olhares tornaram a recair sobre mim, e eu me esforcei para manter os meus secos. Estava sendo puxado com muita força em duas direções opostas. Minha mão já estava encharcada de suor, entrelaçada com os dedos da divina mulher ao meu lado, e, ao mesmo tempo, meus ouvidos haviam escutado que minha mãe talvez estivesse viva, que Deborah conhecera uma parteira que usava um vestido amarelo. Meus olhos se encheram de lágrimas antes que eu pudesse evitar. Com a mão livre, puxei a pele debaixo dos olhos para fazer a água tornar a entrar no meu corpo.

— Essa parteira e eu passamos um bom tempo juntas, comparando histórias de bebês trazidos ao mundo. Ela já havia ajudado no parto de mais de cem bebês e tinha muito sucesso em evitar a morte prematura dessas crianças. Compartilhei com ela novos avanços na ciência e nas técnicas do ofício de parteira, e ela se mostrou uma aluna muito sagaz e disposta a aprender. Logo nos tornamos boas amigas, e ela me convidou para ir à sua casa. Quando cheguei, preparou para mim o prato que comemos esta noite aqui em Kakuma, e falou-me sobre a vida em Marial Bai, sobre o efeito que a fome estava tendo na aldeia, sobre os últimos ataques dos *murahaleen*. Eu lhe contei sobre o mundo de Kakuma, e, ao falar sobre minha vida aqui, mencionei meus bons amigos Gop e Ayen, e os meninos que haviam sido adotados. Quando mencionei o nome Achak para essa mulher, ela ficou espantada. Perguntou qual era o aspecto desse menino. "Qual o tamanho dele?", perguntou. Disse-me que havia conhecido um menino com esse nome fazia muito tempo. Perguntou-me se eu poderia esperar um instante e, quando respondi que sim, saiu de casa apressada.

485

Nessa hora, Miss Gladys segurou minha mão com mais força.

— Voltou com um homem que apresentou como seu marido, e este explicou que aquela era sua primeira esposa. Ela me pediu para repetir o que eu lhe contara: que conhecera uma família em Kakuma que havia adotado um menino chamado Achak. "Qual é o nome desse homem no campo?", perguntou o marido. Eu disse a ele que o nome do homem era Gop Chol Kolong. O homem ficou muito interessado nessa informação, insistindo que o tal homem também era de Marial Bai. Mas eles não tinham como confirmar que o Achak que eu conhecia em Kakuma era o mesmo Achak que era seu filho. Foi só depois de eu voltar para o Quênia e contar essa história para Gop que tudo se esclareceu. Então agora preciso fazer algumas perguntas a vocês, para ter certeza das respostas. Qual é o nome do pai de Achak? — indagou ela, dirigindo a pergunta a Gop.

Não sei por que ela fez isso. Ainda não havia me olhado nos olhos.

— Deng Nyibek Arou — disse Gop.

— E da mãe? — perguntou ela.

— Amiir Jiel Nyang — respondi.

— O pai de Achak era comerciante em Marial Bai? — perguntou ela.

— Sim! — responderam quase todos os presentes.

Aquela encenação era insuportável.

— Diga! Essas pessoas eram os pais de Achak? — perguntou Gop por fim. Ela fez uma pausa, irritada por terem quebrado seu encanto.

— São elas mesmas. Os pais de Achak estão vivos.

Nos dias que se seguiram, antes da minha viagem marcada para Nairóbi, Gop, Ayen, Noriyaki e outros se esforçaram muito para me segurar em Kakuma. Agora que eu sabia que meus pais haviam sobrevivido, parecia impossível continuar afastado deles. Por que eu simplesmente não voltava para Marial Bai e começava a trabalhar com meu pai? O objetivo de todas as minhas viagens fora garantir minha segurança e me proporcionar instrução, e, agora que eu estava seguro e instruído, crescido e saudável, como poderia não voltar para junto deles? O mais recente ataque a Marial Bai ocorrera poucos meses antes, mas isso para mim não importava, não mesmo.

Passei horas a me imaginar voltando para casa, atravessando o rio, afastando o matagal, emergindo da mata e adentrando a aldeia, entrando na casa de meus pais no exato instante em que eles saíam para me receber. Não iriam me reconhecer de imediato, mas, quando chegassem perto, saberiam que eu era seu filho. Eu estaria com o dobro do tamanho que tinha ao sair de Marial Bai, mas eles saberiam que era eu. Eu não conseguia imaginá-los, minha mãe e meu pai. Meus irmãos e irmãs tampouco tinham rosto para mim. Eu criara uma imagem aproximativa de todos os membros da minha família, a partir de pessoas que conhecia em Kakuma. O rosto da minha mãe era o rosto de Miss Gladys, só que um pouco mais velho. O rosto de meu pai era o mesmo de Gop, acrescido de muitos anos de privações e declínio.

Depois de nos abraçarmos e de minha mãe chorar, iríamos passar o dia e a noite inteiros sentados juntos, conversando, até ela me contar sobre todos os dias, todas as semanas desde que eu fora embora. "Vocês acharam que eu tivesse morrido?", perguntaria eu. "Não, não", responderiam eles. "Sempre soubemos que você acharia um jeito de sobreviver." "Acharam que eu fosse voltar?", perguntaria eu. "Sabíamos que você voltaria", diriam eles. "O certo era você voltar."

— Você está se esquecendo de que o país está passando fome? — perguntou Gop.

Gop conhecia muito bem meus planos, e ameaçou me amarrar à cama, cortar fora meus pés para me impedir de sair andando de Kakuma.

— Está esquecendo que precisa passar por terras dominadas pelas forças nueres de Riek Machar, que não vão gostar de ver um rapaz dinca em idade de servir no Exército? Você está deixando para trás conforto, educação e um emprego, para voltar para quê?

Eu não conseguia me lembrar de jamais ter visto Gop tão nervoso. Ele me seguia durante todas as horas do dia; reunia aliados — outros professores, anciãos do campo — em seu esforço para me impedir de partir. Eu era vigiado o tempo todo, e tanto amigos quanto desconhecidos me parabenizavam pelas notícias de casa, ao mesmo tempo pedindo-me para ter paciência, uma atitude prudente, e para esperar a hora certa de voltar.

— Pelo menos dê tempo ao tempo — disse Ayen certa noite, no jantar.

— Pense no assunto. Vá a Nairóbi e pense nisso tudo. Lembre-se, na viagem para Nairóbi você estará com Tabitha e Miss Gladys.

Quando ela disse isso e eu não reagi imediatamente, vi-a trocar um rápido olhar com Gop. Eles sabiam que haviam atraído meu interesse.

— Por que não ir a Nairóbi e resolver depois? — acrescentou Ayen. — Daí, se você voltar mesmo para casa, poderá contar tudo a seus pais sobre sua viagem à cidade.

Ayen era uma mulher que sabia ser convincente.

Quando o dia da viagem finalmente chegou, ver Tabitha dentro do ônibus da ONU foi arrasador. Ele já estava ligado e, quando cheguei perto, vi o rosto simétrico em forma de coração de Tabitha junto à janela, ignorando-me. Ela estava sentada ao lado de outra menina sudanesa, e por fim olhou para mim, não deu nenhum indício de sequer me conhecer, e logo retomou a conversa. Isso estava dentro do plano, devo observar. Havíamos combinado de não dar nenhuma demonstração externa de nossos sentimentos, embora algumas pessoas no ônibus soubessem das nossas intenções. Eu desempenhei meu papel, subindo no ônibus e indo me sentar ao lado do bem-humorado Dominic, sabendo que ele ajudaria a fazer o tempo passar durante a viagem, que haviam nos descrito como longa e árdua.

— Ei, Madame Zero, vai comprar vestidos novos em Nairóbi? — perguntou ele. Todos riram, e Anthony deu um sorriso que mal se mostrava tolerante.

É difícil descrever como era incrível, depois de sete anos naquele campo, estar a caminho de Nairóbi. É impossível de explicar. E a maioria das pessoas do grupo estava em situação ainda pior que a minha. Eu morava com Gop Chol e tinha um emprego remunerado em uma ONG, mas a maioria dos outros membros do grupo de teatro — vinte e um adolescentes, todos sudaneses e somalis, todos entre doze e dezoito anos de idade — não tinha nada. Além de Tabitha, havia oito meninas, a maioria sudanesa, e isso tornou a viagem particularmente agradável e nada árdua para o resto dos Dominics. Viajávamos em um ônibus-padrão de funcionários da ONU, azul, com as janelas abertas, e os dois dias na estrada foram amainados pelo vento fresco e por canções constantes.

488

A paisagem era deslumbrante, os picos e vales, a bruma e o sol. Passamos pela região queniana de Kapenguria, constituída em sua maior parte por montanhas, e refrescada pela chuva. Vimos pássaros de plumagem brilhante, vimos hienas e gazelas, elefantes e zebras. E milho! Tantas lavouras, tudo brotando. Ver aquela parte do Quênia tornava ainda mais deprimente e incompreensível o fato de o nosso campo de refugiados ter sido construído onde fora. Apertávamos os olhos nas vidraças e pensávamos: "Por que não puseram Kakuma aqui? Ou aqui, ou aqui?". Não pensem que não percebemos que os quenianos, assim como todas as organizações internacionais que ajudam os refugiados, geralmente os punham nas regiões menos agradáveis do planeta. Nesses lugares, tornávamo-nos totalmente dependentes — incapazes de cultivar nossa própria comida, de cuidar de nosso próprio gado, de viver de forma sustentável. Não estou julgando o ACNUR nem qualquer nação que acolha os despossuídos, mas deixo a pergunta no ar.

Conforme a paisagem ia passando, eu via meus pais, as imagens aproximadas que tinha deles, em cada morro e cada curva do caminho. Parecia tão lógico quanto qualquer outra coisa que eles fossem estar ali, na estrada à nossa frente. Por que não poderiam estar ali, por que não poderíamos usar nossa força de vontade para tornarmos a estar juntos? Com certeza meu pai poderia encontrar uma forma de viver e prosperar no Quênia. A simples idéia da minha mãe ali, caminhando comigo por aquelas trilhas verdinhas, à margem daquele rio, perto daquelas girafas — tudo pareceu muito possível durante as poucas horas dessa viagem.

Hospedamo-nos em Ketale, em um hotel com camas, luz elétrica e água corrente. Embora aquela cidade não fosse tão grande quanto Nairóbi, mesmo assim nos deixou pasmos. Não estávamos acostumados a ver o céu negro iluminado por luzes. Alguns dos somalis já tinham visto essas coisas antes, mas nós, do sul do Sudão, não tínhamos visto nada disso; mesmo em nossas casas, em nossas aldeias antes da guerra, não havia água encanada, e qualquer um daqueles confortos, como os lençóis e as toalhas, era raro e cobiçado. Nesse hotel de Ketale, comemos no restaurante, tomamos bebidas geladas tiradas de uma geladeira, revirando na boca as pedras de gelo — que pelo menos uma parte do grupo jamais havia tocado. Caso houvéssemos dado meia-volta no dia seguinte, somente essa única noite em Ketale já teria tornado aquela a mais espetacular das viagens. Durante todo esse tempo em Ketale, Tabitha e eu mal nos falamos, poupando toda a interação para depois. Sabíamos que a oportunidade iria surgir, bastava esperarmos e ficarmos atentos.

Seguimos viagem na manhã seguinte, durante toda a tarde e a noite, e, na manhã do outro dia, chegamos a Nairóbi. Preciso tentar transmitir a admiração que toma conta de um grupo de pessoas como nós, depois de passar tantos anos em um campo no fim do mundo, ao ver algo como Nairóbi, uma das maiores cidades da África. Não tínhamos nada com que comparála. Um silêncio se abateu sobre o ônibus. Vocês conseguem imaginar um ônibus cheio de adolescentes apontando em grande algazarra para prédios, carros, pontes e parques. Mas aquele ônibus estava inteiramente silencioso. Nossos rostos estavam pressionados contra as vidraças, mas ninguém dizia uma palavra. Algumas das coisas que estávamos vendo eram impossíveis de entender. Casas e mais casas, janelas e mais janelas. A maior construção que eu já vira antes desse dia tinha dois andares. E saber que aqueles prédios não estavam ameaçados, que permaneceriam intactos — essa sensação de permanência era algo que eu não sentia havia muitos anos.

Quando chegamos a Nairóbi nessa manhã, fizeram-nos desembarcar em frente a uma igreja, onde encontramos nossos patrocinadores. Cada um de nós foi confiado a uma família que iria nos acolher, a maioria de alguma forma ligada ao teatro nacional. Eu fui confiado a um homem chamado Mike Mwaniki, extraordinariamente atraente e sofisticado, segundo pensei. Devia ter uns trinta anos, e era um dos fundadores do Grupo de Teatro Mavuno, com sede na cidade; eles encenavam peças inéditas de jovens dramaturgos quenianos.

— Então esse aqui é o nosso homem? — perguntou-me ele. — Você é nosso cara!

Ele apertou minha mão com entusiasmo, deu-me um tapinha nas costas e ofereceu-me uma fatia de bolo. Eu nunca havia comido bolo, e agora, pensando bem, não fazia muito sentido me receber às nove e meia da manhã com bolo, mas foi o que ele fez, e estava uma delícia. Um bolo branco com recheio de laranja.

Os outros membros do grupo foram levados por seus patrocinadores, e Tabitha se foi com os seus, um casal mais velho vestido com roupas extravagantes e que dirigia um Land Rover. Miss Gladys logo desapareceu com um queniano muito atraente e parecendo ser rico — só tornamos a vê-la no espetáculo, dois dias depois —, e eu fui embora com Mike. Ele dividia um apartamento com a namorada, uma mulher mignon e luminosa chamada Grace, e os dois viviam juntos em uma parte da cidade chamada BuruBuru Fase 3. Era um bairro louco, mais agitado do que qualquer lugar que eu já tenha conhecido. Kakuma abrigava oitenta mil pessoas, mas havia muito pouco tráfego, poucos carros, nenhuma buzina, a luz elétrica era escassa, o movimento muito fraco. Mas em Nairóbi, em BuruBuru Fase 3, era impossível fugir do burburinho das ruas. Motocicletas, carros e ônibus circulavam sem parar, e o cheiro adocicado e tóxico de óleo diesel estava por toda parte. Até mesmo no apartamento do casal, onde o piso e os vidros eram limpíssimos, a rua também estava presente, o cheiro das ruas e o barulho das pessoas passando debaixo de suas janelas. Os carros tinham muitas cores, e uma variedade que eu não sabia existir. Em Kakuma, todos os veículos eram brancos, idênticos, todos pintados com o logotipo da ONU.

Deram-me o quarto que Mike e Grace dividiam; o colchão era imenso e firme, e naqueles primeiros instantes no quarto os lençóis me pareceram tão brancos que tive de desviar os olhos. Larguei minha bolsa e fui me sentar em uma cadeirinha de vime no canto. Estava morrendo de dor de cabeça. Achei que estivesse sozinho no quarto, então segurei a cabeça com as mãos e tentei massageá-la para fazê-la concordar que tudo aquilo era bom, nem que fosse só um pouquinho. Mas minha cabeça muitas vezes ficava sobrecarregada, e os melhores momentos da minha vida eram quase sempre acompanhados de enxaquecas de origem desconhecida.

— Está instalado? — perguntou Mike.

Ergui os olhos. Ele estava em pé na soleira da porta.

— Estou bem — falei. — Estou muito bem. Estou feliz.

Forcei um sorriso capaz de convencê-lo.

— Nós vamos ao cinema hoje à noite — disse ele. — Quer ir?

Respondi que sim. Ele e Grace precisavam ir para o trabalho. Eles trabalhavam em uma revendedora de automóveis mais embaixo na mesma rua, mas voltariam às seis para me pegar. Mike mostrou-me a TV e o banheiro, e deu-me uma chave da porta da frente e do prédio, e então ele e Grace desceram depressa as escadas e foram embora.

Ficar sozinho naquele lugar! Eles haviam me dado a chave e, durante algum tempo, fiquei sentado, observando as pessoas se moverem debaixo da janela. Aquela era a primeira vez em que eu subia ao segundo andar de um prédio. Era um tanto desorientador, embora não fosse muito diferente de estar sentado em cima de uma árvore observando a casa de Amath com Moses e William K, tentando ouvir suas conversas com as irmãs.

Depois de uma hora olhando a rua e o caminho debaixo da janela, tentei a televisão. Até então eu só tinha visto trechos curtos de programas de TV, então ficar abandonado à própria sorte, sozinho com doze canais, foi realmente um problema. Tenho vergonha de confessar que passei três horas sem me mexer. Mas as coisas que vi! Assisti a filmes, noticiários, partidas de futebol, programas de culinária, documentários sobre natureza, um filme onde o céu tinha dois sóis e um estudo sobre os últimos dias de Adolf Hitler. Encontrei um canal educativo direcionado a estudantes da minha idade, onde os apresentadores ensinavam o mesmo livro que eu estava estudando em Kakuma. Isso me deu um certo orgulho, saber que o que era bom o suficiente para os refugiados era bom o suficiente para os quenianos de Nairóbi.

À tarde, depois de assistir televisão demais, ouvi os alunos voltando da escola. Usei minha chave para trancar a porta, e saí para ver todos os meninos e meninas com seus uniformes, e eles olhavam para mim e cochichavam.

— *Turkana*!

— Sudão!

— Refugiado!

Apontavam e davam risadinhas, mas não foram grosseiros, e amei-os por não serem grosseiros. Ali os alunos andavam livremente e usavam camisas brancas limpas, com saias quadriculadas e xales combinando. Era demais. Eu também queria usar um uniforme. Queria ser um deles, saber o que vestir todos os dias, e queria ser queniano, ir à escola andando por ruas calçadas, e rir sem motivo. Comprar balas no caminho de volta para casa, comer e rir! Era isso que eu queria. Dormiria em um lugar com paredes, e poderia abrir uma torneira e fazer sair água para lavar as mãos, tanta água quanto eu quisesse, água fria como osso.

O filme a que Mike, Grace e eu assistimos nessa noite, lembro-me muito bem, foi *Homens de preto*. Até certo ponto, eu sabia o que estava acontecendo no filme, mas não tinha certeza do que era real e do que não era. Era a primeira vez que eu entrava em um cinema. O filme era confuso, mas fiz o melhor que pude para acompanhar as reações dos espectadores. Quando eles riam, eu ria também. Quando pareciam amedrontados, eu também ficava amedrontado. Porém, durante todo o tempo, a separação entre o que era e o que não era real foi muito difícil para mim. Depois do filme, Mike e Grace me levaram para tomar sorvete e perguntaram-me o que eu tinha achado de *Homens de preto*. Não havia hipótese de eu admitir que, durante a maior parte do tempo, não tivera a menor idéia do que estava acontecendo na tela, então enchi o filme de elogios, concordando também com todas as avaliações do casal. Os dois eram fãs de Tommy Lee Jones, disseram, e tinham assistido a *O fugitivo* quatro vezes.

Nessa noite passeamos pelas ruas de Nairóbi, no caminho de volta ao seu apartamento, e pensei naquela vida. Comer sorvete! Na verdade, tivéramos de escolher entre dois sorveteiros! Lembro-me de ter consciência da natureza passageira daquela noite, de saber que dali a dois dias estaria de volta a Kakuma. Embora tenha tentado disfarçar, diminuí o ritmo da nossa caminhada. Queria tanto fazer aquela noite durar. Fazia uma noite linda, o ar estava morno, o vento manso.

De volta ao apartamento, Mike Grace me desejaram boa-noite e me incentivaram a pegar o que eu quisesse na geladeira, e a assistir televisão se estivesse com vontade. Isso talvez tenha sido um erro. Não peguei nenhuma comida sua, pois de toda forma estava entupido, mas resolvi aceitar a segunda parte da oferta. Não tenho certeza de quando adormeci. Troquei de canal até meu pulso ficar dolorido. Sei que a luz já havia começado a branquear o céu quando finalmente fui para a cama, e passei a maior parte do dia seguinte um pouco atordoado.

Pela manhã, encontrei Grace no sofá, chorando. Entrei na sala pé ante pé. Ela estava segurando um jornal.

— Não, não! — dizia Grace. — Não! Não posso acreditar!

Mike foi ver o que Grace estava lendo. Fiquei parado, tímido, com medo de alguma coisa como o bombardeio à embaixada ter tornado a acontecer. Quando cheguei mais perto do jornal, vi a imagem de uma mulher branca dentro de um carro. Era muito bonita, com cabelos castanho-claros. Havia fotografias da mesma mulher entregando flores a uma criança africana, descendo de aviões, andando de carro conversível. Imaginei que aquela mulher, quem quer que fosse, houvesse morrido.

— Que terrível — disse Mike, e foi se sentar ao lado de Grace, encostando o ombro no dela. Eu não disse nada. Ainda não sabia o que havia acontecido.

Grace virou-se para mim. Tinha os olhos molhados, inchados.

— Você não sabe quem é ela? — perguntou.

Fiz que não com a cabeça.

— É a princesa Diana. Da Inglaterra, sabe?

Grace explicou que aquela mulher dera muito dinheiro e prestara grande ajuda ao Quênia, que trabalhava para proibir o uso de minas terrestres. Era uma pessoa linda, disse Grace.

— Acidente de carro. Em Paris — disse Mike. Ele agora estava atrás de Grace, passando os braços em volta dela. Eram o casal mais amoroso que eu já tinha visto na vida. Eu sabia que meu pai amava minha mãe, mas demonstrações explícitas de afeto como aquelas não faziam parte da minha vida na aldeia.

As pessoas passaram esse dia inteiro chorando. Dez de nós, Tabitha, os somalis e a maior parte dos Dominics, fomos passear pela cidade e, aonde quer que fôssemos, encontrávamos pessoas chorando — nos mercados, do lado de fora das igrejas, nas calçadas. Parecia que o mundo inteiro conhecia aquela pessoa chamada Diana, e, se o mundo inteiro a conhecia, a relação entre os povos da terra era mais próxima do que eu havia imaginado. Perguntei-me se o povo da Inglaterra iria chorar caso Mike e Grace morressem. Na época, confuso como eu estava, imaginei que sim.

Minha falta de sono estava embotando meus sentidos, e talvez isso tenha sido útil. Depois do almoço, fomos ao teatro ensaiar para o espetáculo da noite seguinte, e, caso eu estivesse mais alerta, talvez tivesse desmaiado. O teatro era enorme, um espaço luxuosamente decorado. A última vez em que havíamos encenado aquela peça fora na terra batida de Kakuma, com o público sentado no chão à nossa frente. Não havia palcos de verdade em nosso campo, e agora estávamos pisando tábuas de madeira feitas de cerejeira, olhando para as mil e duzentas poltronas acolchoadas. Ensaiamos nesse dia, embora o ânimo estivesse fraco. Todos os membros do grupo haviam sido informados da morte de Diana e de quem ela era, e compartilhavam ou fingiam compartilhar a tristeza.

Nesse dia, nos momentos em que a trupe ficou sozinha, toda ela ou parte, conversamos sobre ficar ali. Todos queríamos permanecer em Nairóbi, viver ali para sempre. Ninguém queria voltar para Kakuma, mesmo aqueles entre nós que tinham famílias, e teorizávamos sobre como poderíamos ficar. Houve planos para fugirmos, desaparecermos cidade adentro ou escondermo-nos até desistirem de nos procurar. Mas sabíamos que pelo menos alguns de nós seriam pegos e severamente punidos. E, caso alguém de fato fugisse, seria o fim de quaisquer viagens a Nairóbi para qualquer outra pessoa em Kakuma. No final das contas, sabíamos que a única solução era um patrocínio. Caso algum cidadão queniano concordasse em patrocinar algum de nós, ou qualquer refugiado de Kakuma, era possível ir morar com essa pessoa, freqüentar uma escola queniana de verdade e viver como os quenianos viviam.

— Você deveria pedir a Mike para ser seu patrocinador — incentivou-me um dos Dominics. — Aposto que ele iria topar.

— Não posso pedir isso a ele.

— Ele é jovem. Pode fazer isso.

Na minha opinião, não era uma boa idéia. Muitas pessoas que eu conhecia, em Kakuma e mais tarde, tinham o hábito de pegar a generosidade dos outros e esticá-la até fazê-la se romper.

Porém, poucos instantes depois, pensei: Eu bem que poderia pedir a ele, não poderia? Poderia pedir na véspera da minha partida. Assim não haveria problema; caso ele dissesse não, a situação não iria ficar constrangedora.

Portanto, esse tornou-se meu plano. Até o último dia, iria me comportar de forma despreocupada e alegre, demonstrando como era encantador, e então, na última noite, comentaria com Mike que um jovem como eu poderia ser útil em Nairóbi e fazer praticamente qualquer coisa por ele, por Grace e pelo Grupo de Teatro Mavuno.

Depois do ensaio, Mike e Grace se ofereceram para me levar junto com um amigo para jantar fora em um restaurante chinês. Escolhi Tabitha, mas estava preparado para que minha escolha fosse rejeitada por ser inadequada. Porém, como no Quênia não era incomum pessoas como Tabitha e eu namorarem, Mike e Grace aceitaram e acolheram-na. Minha escolha os deixou intrigados, creio, pois eles me fizeram muitas perguntas quando estávamos a caminho de ir buscá-la. *Qual era ela mesmo? Nós a vimos ontem? Ela estava de rosa?*

Fomos comer em um restaurante com um chão limpo de cerâmica e as paredes cobertas de quadros de ex-dignitários quenianos. Tabitha e eu comemos cordeiro com legumes e bebemos refrigerante. Nesses poucos dias, engordei muito depressa, assim como todo mundo. Nunca havíamos comido tão bem. Durante todo o jantar, Mike e Grace ficaram nos olhando comer, sorrindo com tristeza, e, quando ficamos satisfeitos e fomos capazes de conversar sem nos deixar distrair pela comida, tenho certeza de que Mike e Grace perceberam que estávamos apaixonados. Olharam para Tabitha, depois para mim, e de novo para Tabitha, e sorriram como quem entende.

Fomos a pé do restaurante até um shopping center de quatro andares, cheio de lojas e de gente, com muito vidro e um cinema. Tabitha e eu fingimos estar acostumados a lugares como aquele e tentamos não parecer demasiado impressionados.

— Ah, meu Deus, como estamos cansados — disse Grace, forçando um bocejo exagerado. Mike riu e apertou sua mão. Parou em frente a uma loja que revelava fotografias. Um homem barrigudo saiu lá de dentro, e ele, Mike e Grace cumprimentaram-se calorosamente.

— Muito bem — disse Mike para Tabitha e eu. — Imagino que vocês queiram algum tempo sozinhos, e vamos permitir isso. Mas, primeiro, vamos combinar uma coisa. Esse aqui é meu amigo Charles.

O homem barrigudo meneou a cabeça para nós.

— Ele vai estar aqui trabalhando até as dez. Vamos deixar vocês ficarem aqui no shopping juntos, sem ninguém para vigiar, contanto que às dez horas vocês venham encontrar Charles aqui na loja dele. Ele fecha a loja e leva vocês dois para casa.

Era um ótimo acordo, pensamos, então aceitamos imediatamente. Mike entregou-me um punhado de *shillings* e piscou para mim de forma cúmplice. Quando segurei aquele dinheiro com uma das mãos e Tabitha com a outra, tive certeza de que estava vivendo o melhor momento da minha vida. Tabitha e eu tínhamos quase duas horas sozinhos juntos, e pouco importava que tivéssemos de permanecer dentro do shopping.

— Estejam de volta aqui às dez — disse Charles, olhando para Tabitha.

— Vocês vão ficar bem? — perguntou-me Mike.

— Sim, senhor — falei. — Pode confiar em nós.

— Nós confiamos mesmo em vocês — disse ele, e em seguida piscou para mim.

— Agora vão, vocês estão livres! — disse Grace, e mandou-nos embora com um aceno de sua mãozinha.

Mike e Grace foram embora do shopping, e Charles voltou para as suas máquinas de revelação. Tabitha e eu estávamos sozinhos, e as opções eram numerosas demais. Comecei a pensar onde poderia ser o melhor lugar para abraçá-la, para segurar seu rosto com as mãos. Gop havia me ensinado a segurar o rosto de uma mulher quando a beijasse, e eu estava decidido a fazer assim.

Não sabia nada sobre o shopping, mas tinha a presença de espírito de saber que, em uma situação como aquela, o homem deve aparentar decisão, então primeiro conduzi Tabitha até dois andares mais acima, e em seguida para dentro da maior e mais brilhante das lojas do shopping. Não sabia o que havia lá dentro. Quando finalmente percebi que se tratava de um supermercado, já era tarde demais para mudar de idéia. Eu precisava fingir que estava orgulhoso da minha escolha.

Quando penso nisso hoje, parece muito pouco romântico, mas passamos a maior parte das nossas duas horas dentro do supermercado. Era gigantesco, mais claro que o dia, e cheio de tanta comida quanto Kakuma inteiro seria capaz de comer em uma semana. Também era uma espécie de loja de variedades e farmácia — tantas coisas em um lugar só. Havia doze corredores, alguns com congeladores cheios de pizzas e picolés, outros abarrotados de eletroeletrônicos e cosméticos. Tabitha examinou batons, produtos para cabelo, cílios postiços e revistas femininas; já nessa época, era uma garota que gostava muito de cosméticos. Em Kakuma Town, as lojas eram barracões de madeira abastecidos com produtos de aparência antiqüíssima, nenhum deles em embalagens brilhantes, nada tão imaculado e atraente quanto o conteúdo daquela loja de variedades e supermercado em Nairóbi. Subimos e descemos cada corredor, mostrando ao outro maravilha atrás de maravilha: uma parede de sucos e refrigerantes, uma estante de balas e brinquedos, ventiladores e ares-condicionados, uma parte nos fundos onde havia uma fila de bicicletas reluzentes. Tabitha soltou um gritinho e correu para as bicicletas feitas para ciclistas menores.

Sentou-se em cima de um triciclo minúsculo, feito para uma criança pequena, e tocou a buzina.

— Val, tenho que fazer uma pergunta importante para você — disse ela, com os olhos brilhando.

— Sim? — falei. Estava muito preocupado que ela quisesse alguma coisa de mim que eu não estivesse preparado para dar. Já fazia tempo que eu temia que Tabitha fosse secretamente versada nas artes do amor, e que, no instante em que estivéssemos sozinhos, fosse querer ir depressa demais. Que fosse ficar claro que eu não tinha experiência nenhuma. Vê-la montada naquele triciclo provocou em mim sentimentos fortes e inexplicáveis.

— Vamos fugir — disse ela.

Não era o que eu esperava.

— O quê? Fugir para onde? — perguntei.

— Fugir. Ficar aqui. Sair de Kakuma. Não voltar.

Eu disse a Tabitha que ela havia ficado maluca. Ela passou um minuto inteiro sem dizer nada, e pensei que ela houvesse visto a razão. Mas ela não havia terminado, muito longe disso.

— Val, será que você não entende? Mike e Grace esperam que nós fujamos hoje à noite, juntos. Foi por isso que nos deixaram sozinhos.

— Mike e Grace não esperam que fujamos.

— Você ouviu Grace! Ela disse xô! Podemos ir embora e ser como eles. Você não gostaria de viver como eles? Nós podemos fazer isso, Val, você e eu.

Eu disse a Tabitha que não podia fazer isso. Não concordava que Mike e Grace esperavam que fôssemos embora naquela noite. Acreditava que eles fossem ficar muito preocupados com nosso desaparecimento, e que isso fosse lhes trazer uma porção de problemas com a polícia e as autoridades de imigração. Além disso, lembrei a Tabitha, nossa fuga poria fim a qualquer excursão oficial para refugiados de Kakuma. Nossa viagem a Nairóbi seria a última que qualquer jovem de Kakuma jamais faria.

— Ah, Val! Não podemos pensar nisso — disse ela. — Precisamos pensar no que você e eu podemos fazer. Precisamos viver, não é? Que direito eles têm de nos dizer onde podemos viver? Você sabe que aquilo não é vida, do jeito que eles vivem em Kakuma. Nós lá não somos humanos, e você sabe disso. Somos animais, somos simplesmente mantidos em currais igual ao gado. Você não acha que merece coisa melhor que isso? Nós dois não merecemos? A quem você está obedecendo? Às regras dos quenianos que não sabem nada sobre nós? Todo mundo vai entender, Val. Eles vão torcer por nós em Kakuma, e você sabe disso. Não esperam que voltemos.

— Não podemos fazer isso, Tabitha. Não é o jeito certo.

— Você é posto nesta Terra uma vez só, e vai simplesmente viver como essa gente faz você viver? Para eles você não é uma pessoa! Você é um inseto! Assuma o controle.

Ela deu um pisão no meu pé.

— Quem é você, Valentino? De onde você é?

— Eu sou do Sudão.

— É mesmo? Como? O que você se lembra daquele lugar?

— Eu vou voltar — falei. — Vou sempre ser sudanês.

— Mas você em primeiro lugar é uma pessoa, Val. Você é uma alma. Sabe o que é uma alma?

Ela sabia mesmo bancar a superior, ser irritante.

— Você é uma alma cuja configuração humana por acaso tomou a forma de um menino no Sudão. Mas você não está preso a isso, Val. Não é apenas um menino sudanês. Não precisa aceitar essas limitações. Não precisa obedecer às leis de um lugar a que alguém como você tem que pertencer, e, só por ter pele e traços sudaneses, ser apenas um produto da guerra, apenas parte de toda essa merda. Eles dizem a você para sair da sua casa e andar até a Etiópia, e você vai. Dizem para sair da Etiópia, para sair de Golkur, e você vai. Andam até Kakuma, e você simplesmente vai andando junto. Você está sempre seguindo. E agora estão dizendo que você tem que ficar no campo até deixarem você sair. Será que você não entende? Que direito essa gente toda tem de traçar fronteiras em volta da vida que você pode viver? O que dá esse direito a elas? Só porque por acaso nasceram quenianas, e você sudanês?

— Os meus pais estão vivos, Tabitha!

— Eu sei disso! Você não acha que teria mais chances de chegar até eles aqui de Nairóbi? Poderia trabalhar, ganhar dinheiro e chegar a Marial Bai com muito mais facilidade daqui. Pense nisso.

Posso olhar para trás e ver a sensatez no que ela disse nessa noite, mas, na época, Tabitha estava me frustrando imensamente, e eu tive uma opinião muito desfavorável de suas atitudes e dela própria. Disse-lhe que sua retórica não iria me convencer a desrespeitar as leis ou a diminuir a qualidade de vida de milhares de jovens em Kakuma.

— Não tenho o direito de dificultar a vida de mais ninguém — falei.

E esse foi o fim da nossa conversa. Passei algum tempo perambulando pela loja, sem ter certeza se queria estar com Tabitha naquela hora ou em qualquer outra. Ela era uma pessoa diferente do que eu pensava antes. Parecia-me egoísta, irresponsável, míope e imatura. Resolvi que iria simplesmente voltar para a loja de Charles às dez da noite, esperando que Tabitha estivesse lá. Mas não queria ser a pessoa que iria impedi-la de fugir caso ela assim o decidisse. Torcia muito para ela não fugir, mas não queria lhe dizer para não fazê-lo. Eu não tinha esse direito. Tive certeza de que essa noite seria o fim do nosso namoro. Ela me veria como alguém tímido e excessivamente obediente; era algo que eu temia desde o princípio, que Tabitha preferisse homens mais perigosos que eu. Na época, como já aconteceu tantas vezes, eu estava em pé de guerra com minha personalidade respeitadora das leis. Com os anos, minha ansiedade para agradar as autoridades me causou uma quantidade excessiva de problemas.

No entanto, era cedo demais para reconhecer isso para mim mesmo e para Tabitha, então continuei ali, entre as bicicletas, lembrando-me do homem no deserto que guardava comida fresca em um buraco no chão. Pensei naquele homem e peguei-me sem querer tocando a canela onde o arame farpado havia me ferido. Foi então que vi que Tabitha tinha voltado. Ela estava descendo o corredor em minha direção, passando pelos ventiladores, cafeteiras e toalhas, e logo veio parar na minha frente, a poucos centímetros de mim.

— Garoto burro! — gritou.

Não tive resposta para essa acusação, pois era certamente verdade.

— Agora me beije — ordenou.

Ela estava com mais raiva do que eu jamais vira, e em sua testa agitavam-se músculos que eu não sabia que um rosto possuía. Seus lábios, porém, estavam franzidos, e ela fechou os olhos e ergueu a cabeça na direção da minha. E imediatamente todas as minhas opiniões a seu respeito se evaporaram. Meu estômago e meu coração estavam em conflito, mas inclinei-me para Tabitha e a beijei. Beijei-a e ela me beijou até um vendedor do supermercado nos pedir para ir embora. Estavam fechando, disse ele, apontando para o relógio. Fazia quarenta minutos que estávamos nos beijando ali, no meio das bicicletas, com as mãos dela no guidom e as minhas por cima.

Não me lembro de nada do dia seguinte. Tabitha teve de passar os dias com seus patrocinadores e, como Mike e Grace estavam trabalhando, passei a maior parte do dia no apartamento deles. De vez em quando, ia passear pelo bairro, tentando pensar, nem que fosse por um ou dois segundos, em qualquer outra coisa que não nosso beijo. Mas foi inútil. Rememorei aquele beijo demorado mil vezes nesse dia. No apartamento, beijei a geladeira, beijei todas as portas, muitos travesseiros e todas as almofadas do sofá, tudo na tentativa de recriar novamente a mesma sensação.

Eu deveria ter ficado preocupado com Tabitha, preocupado que ela fosse ou não aparecer naquele dia para o ensaio, mas ainda não havia digerido a noite anterior. Quando Tabitha apareceu à tarde no teatro, eu estava tão enfeitiçado pelas lembranças da noite anterior que mal reparei na verdadeira Tabitha, que estava me ignorando de propósito. Em algum momento durante a noite, ela decidira ficar com raiva de mim outra vez. Continuaria zangada durante semanas depois disso.

Na noite de nossa apresentação, o teatro estava lotado. Havia dezoito grupos se apresentando, vindos de todo o Quênia. O nosso era o único composto por refugiados. Agradeço a Deus por termos nos apresentado bem nesse dia; lembramo-nos de nossas falas e, sob os holofotes, com todas aquelas poltronas, mesmo assim encontramos um jeito de estarmos presentes nas palavras e na emoção da peça que havíamos escrito. Fomos bem, e sabíamos disso. Quando terminamos, a platéia nos ovacionou e algumas pessoas se levantaram para aplaudir. Nosso grupo ficou com o terceiro lugar geral. Não poderíamos ter pedido mais.

Depois da peça, houve um jantar de comemoração, e em seguida fomos todos para as casas de nossos patrocinadores. Até mesmo durante a caminhada de volta, o conflito era visível no meu rosto.

— Qual o problema? — perguntou Grace. — Parece que você comeu alguma coisa estragada.

Eu disse a ela que não era nada, mas estava arrasado. Sabia que só tinha essa noite para conversar com Mike e Grace sobre a possibilidade de eles me patrocinarem.

Mas eu não disse nada a Grace, e tampouco disse nada a nenhum dos dois enquanto eles faziam sua toalete antes de dormir. Grace foi para a cama. E Mike também foi, mas depois voltou para a sala.

— Não consegui dormir — disse ele.

Passamos essa noite sentados no sofá, assistindo televisão durante muitas horas mais, e, enquanto eu lhe fazia perguntas sobre o que estávamos vendo — quem são os homens de chapéu curvo? Quem são as mulheres usando penas? —, tudo em que conseguia pensar era: *Será que eu seria capaz? Será que eu seria mesmo capaz de pedir uma coisa dessas para ele?* Não poderia pedir isso para Mike. Era demais, eu sabia. Mike era muito ocupado para assumir o fardo de um refugiado. Mas, pensando bem, eu poderia ser mesmo muito útil. Havia tantas coisas que poderia fazer para ganhar a vida. Poderia cozinhar, limpar, e certamente ajudar em qualquer coisa de que o teatro precisasse. Era organizado, já havia provado isso, e era benquisto, e poderia limpar o teatro depois do fechamento ou antes da abertura. Poderia fazer uma das duas coisas, ou ambas, e depois poderia voltar para casa e preparar a cama de Mike e Grace. Com certeza Mike iria gostar de todas as coisas que eu estaria disposto a fazer. Sabia que eu poderia trabalhar em troca de casa e comida, para tornar vantajoso o fato de me ter por perto.

Amaldiçoei minha própria estupidez. Mike não precisava de ninguém para ajudá-lo com tudo isso. Queria ser um homem jovem, sem as entraves de um adolescente sudanês alto e desengonçado. Aquilo era uma boa ação, hospedar-me durante aquela semana, e já bastava. Se minha mãe soubesse que eu estava sequer pensando em me impor a alguém dessa forma, ficaria muito envergonhada.

— Bom, fim de noite para mim — disse Mike, e levantou-se.

— Tudo bem — falei.

— Vai ficar acordado de novo? — perguntou ele. — Não entendo quando você dorme.

Sorri e abri a boca. Uma enxurrada de palavras, palavras obsequiosas e carentes, estava prestes a sair lá de dentro. Mas eu não disse nada.

— Boa noite — falei. — Sua hospitalidade significou muito para mim.

Ele sorriu e foi se deitar com Grace.

Voltamos para casa no dia seguinte, todos nós, refugiados de Kakuma. Todos estavam cansados; eu não era o único que havia tomado gosto pela televisão. Não me sentei perto de Tabitha e não lhe dirigi a palavra durante toda a viagem de volta. Foi melhor assim. Eu estava me afogando em tantos pensamentos, e precisava de um descanso dela, de qualquer lembrete das escolhas que eu não havia feito. Encostei a cabeça na vidraça, tentando esquecer tudo no sono. Não paramos em Ketale dessa vez, e fomos direto para Kakuma. Fiquei dormindo e acordando, vendo passar os trechos luxuriantes do Quênia, seus enormes morros verdes e lençóis de chuva molhando fazendas distantes. Passamos chispando por tudo isso e voltamos para a confusão dos ventos uivantes de Kakuma.

24.

Estou no estacionamento do Century Club, e faltam vinte minutos para a academia abrir. Não há tempo suficiente para um cochilo, mesmo que eu conseguisse dormir, então ligo o rádio e sintonizo na BBC World News. Esse programa de notícias faz parte da minha vida há muito tempo, desde Pinyudo, quando os comandantes do SPLA irradiavam as reportagens da BBC sobre a África pelos alto-falantes. Nos últimos anos, parece que nenhuma transmissão da BBC World News foi completa sem uma nota sobre o Sudão. Nessa manhã, primeiro há uma reportagem previsível sobre Darfur; um especialista em assuntos africanos observa que sete mil soldados da União Africana, patrulhando uma região do tamanho da França, não bastaram para evitar a continuação do terror infligido pelos *janjaweed*. O financiamento para esses soldados estava prestes a se esgotar e parecia que ninguém, nem mesmo os Estados Unidos, estava disposto a adiantar mais dinheiro ou inventar novas idéias para pôr fim à matança e aos deslocamentos. Isso não é nenhuma surpresa para aqueles entre nós que passaram por vinte anos de opressão nas mãos de Cartum e suas milícias.

A segunda matéria sobre o Sudão é mais fascinante; diz respeito a um iate. Parece que a União Africana iria se reunir em Cartum, e el-Bashir, presidente do Sudão, queria impressionar os chefes de Estado com um barco extravagante, que ficaria atracado no Nilo e levaria os dignitários para passear pelo rio durante sua estadia. A embarcação foi encomendada na Eslovênia, e Bashir pagou quatro milhões e meio de dólares por ela. Nem é preciso dizer que esse dinheiro teria sido útil para alimentar os famintos do Sudão.

O iate foi transportado da Eslovênia para o mar Vermelho, onde navegou até Port Sudan. Dali, precisava ser transportado por terra até Cartum a tempo para a conferência. Mas fazer o iate chegar até a capital se revelou mais difícil que o previsto. A embarcação de cento e setenta e duas toneladas não conseguia passar pelas pontes que precisava atravessar, e os fios elétricos pendurados nos postes pelo caminho foram um problema; cento e trinta e dois deles precisaram ser cortados e remendados depois de o iate passar. Quando este chegou perto do Nilo, os líderes africanos já haviam chegado e ido embora. De alguma forma, haviam conseguido se virar sem o iate e suas TVs por satélite, sua porcelana fina e suas cabines de luxo.

Porém, antes de o barco chegar a Cartum, já havia se tornado um símbolo da decadência e da insensibilidade de Bashir. Esse homem tem inimigos de todos os lados — não são apenas os sudaneses do sul que o desprezam. Os muçulmanos moderados também o desconsideram, e já formaram inúmeros partidos e coalizões políticas para se opor a ele. Em Darfur, afinal de contas, foi um grupo muçulmano não-árabe que se rebelou contra o governo, com uma série de demandas para a região. Se o genocídio não levar o povo do Sudão a depor esse louco, assim como toda a Frente Islâmica Nacional que controla Cartum, talvez o iate o faça.

Enquanto escutava a reportagem no rádio, fiquei olhando para um telefone público no estacionamento, e agora passo a vê-lo como um convite. Decido que deveria ligar para meu próprio telefone, para meu celular roubado. Não tenho nada a perder fazendo isso.

Uso um dos cartões telefônicos que comprei do primo de Achor Achor em Nashville. Ele vende cartões de cinco dólares que, na verdade, dão ao usuário um crédito de cem dólares para ligações internacionais. Não sei como isso funciona, mas todos os refugiados que eu conheço compram esses cartões. O que eu tenho é muito estranho e provavelmente não foi feito por africanos, pois exibe uma curiosa montagem: um maori em trajes típicos, de lança na mão, com um búfalo norte-americano ao fundo. Acima das imagens está escrito ÁFRICA CALIFÓRNIA.

Levo alguns instantes para me lembrar do meu próprio telefone; não liguei para ele muitas vezes. Quando me lembro, digito os seis primeiros números rapidamente, depois faço uma pausa comprida antes de terminar. Muitas vezes não consigo acreditar nas coisas que faço.

O telefone toca. Minha garganta lateja. Dois toques, três. Um clique.

"Alô?" Uma voz de menino. Michael. O Menino da TV.

"Michael. Aqui é o homem que você assaltou ontem à noite."

Um pequeno arquejo rápido, seguido de silêncio.

"Michael, me deixe falar com você. Só quero que você entenda que..."

O telefone cai no chão, e ouço o som de Michael falando no quarto cheio de ecos. Ouço vozes abafadas, e em seguida: "Me dê isso aqui". Alguém aperta um botão e a ligação é cortada.

Eu dei esse número para a policial, e agora sei que eles não tentaram ligar sequer uma vez. O telefone ainda está com as pessoas que o roubaram, as mesmas que me assaltaram e me bateram, e ainda está funcionando. A polícia não se deu ao trabalho de investigar o crime, e os bandidos sabiam que ela não iria fazer nada. Essa é a hora, mais do que qualquer outra, em que me pergunto se de fato existo. Se uma das partes envolvidas, a polícia ou os bandidos, acreditasse que eu tenho valor ou voz, então esse telefone teria sido jogado fora. Mas parece claro que nenhum dos dois lados desse crime tomou conhecimento da minha existência.

Cinco minutos mais tarde, depois de eu ter voltado ao meu carro para recuperar o fôlego, torno a ir até o telefone público para tentar ligar de novo para o meu celular. Não fico surpreso quando a ligação cai direto na caixa postal. Por hábito, digito minha senha para escutar meus recados.

Há três recados. O primeiro é de Madalena, responsável pelas inscrições de uma pequena faculdade jesuíta que visitei meses atrás e que praticamente me prometeu uma vaga nessa ocasião. Desde então, eles parecem ter encontrado mais ou menos uma dúzia de motivos que tornam minha ficha incompleta. Em primeiro lugar, dizem, minha transcrição não era suficientemente original; eu havia mandado uma cópia, quando precisavam de um original autenticado. Em seguida, eu não fizera um determinado teste que eles haviam me dito mais cedo ser desnecessário. E, durante esse tempo todo, sempre que eu tentava falar com Madalena ao telefone, ela estava fora. De vez em quando, porém, ela me liga de volta, sempre em uma hora em que sabe que não vou atender. Não tenho certeza de como ela faz isso. É mestre nisso. O novo recado é mais informativo do que qualquer outro que ela já tenha deixado.

"Valentino, eu conversei com os meus colegas aqui da faculdade, e achamos que você deveria acumular mais créditos na universidade comunitária..." — Nesse ponto, ela remexe uns papéis para encontrar o nome. — "... o Georgia Perimeter College. A última coisa que qualquer um quer é que você se despenque até aqui só para não conseguir passar. Então vamos entrar em contato de novo daqui a alguns semestres, e ver em que pé você está..." Isso prossegue durante algum tempo e, quando ela desliga, posso ouvir o alívio em sua voz. Ela pensa que só vai precisar lidar comigo daqui a um ano.

De uma forma muito parecida com o que acontecia em Kakuma, as pessoas se espantam com minha dificuldade para alcançar alguns dos objetivos que imaginam que seriam fáceis de conseguir. Já faz cinco anos que estou nos Estados Unidos, e não estou muito mais perto da universidade do que quando cheguei. Graças à ajuda de Phil Mays e da Fundação Meninos Perdidos, consegui sair do meu emprego de amostras de tecido e estudar em tempo integral no Georgia Perimeter College, cursando os créditos que haviam me dito serem necessários para me candidatar a um curso universitário de quatro anos. Mas nem tudo correu conforme o planejado. Minhas notas foram irregulares, e meus professores nem sempre me incentivaram. Será que a faculdade era mesmo para mim?, perguntavam. Eu não respondia a essa pergunta. Meu dinheiro da Fundação acabou e tive de aceitar esse emprego na academia, mas ainda estou decidido a cursar uma universidade. Uma universidade respeitada, onde eu possa ser um aluno legítimo. Não vou descansar até conseguir isso.

No outono passado, parecia que eu finalmente havia chegado ao ponto em que estava pronto. Tinha cursado quatro semestres completos de universidade comunitária e minhas notas, no geral, eram boas. Caíram depois da morte de Bobby Newmyer, mas eu não achava que esses poucos tropeços fossem prejudicar minhas candidaturas. Mas prejudicaram. Candidatei-me a faculdades jesuítas pelo país todo, e as respostas foram confusas e conflitantes.

Primeiro, fiz um tour. Visitei sete universidades, e sempre me esforcei ao máximo para tomar notas, para me certificar de que sabia exatamente o que eles estavam procurando em um aluno em potencial. Gerald Newton havia me dito para lhes perguntar, sem rodeios: "O que é preciso para garantir que eu seja aluno daqui quando as aulas começarem?". Eu disse exatamente essas palavras em todas as universidades que visitei. E todos me incentivaram muito. Foram simpáticos, pareciam querer que eu estudasse lá. Mas minhas candidaturas foram rejeitadas por todas essas faculdades, e, em alguns casos, o escritório de matrícula nem sequer respondeu.

Quando finalmente falei com um responsável pelas matrículas em uma das universidades, um homem que aceitou ser sincero comigo, ele me disse algumas coisas interessantes.

"Talvez você seja velho demais, só isso."

Pedi-lhe para explicar melhor. Ele representava mais uma faculdade com uma pequena população de alunos de graduação. Eu havia visitado essa universidade, suas topiarias bem-cuidadas, seus prédios que se pareciam muito com o catálogo que havíamos lido enquanto esperávamos o avião que nos levaria embora de Kakuma.

"Veja as coisas da seguinte maneira", disse ele. "Esta faculdade tem alojamentos. Aqui tem meninas novas, algumas com apenas dezessete anos. Está entendendo o que eu quero dizer?"

Eu não estava entendendo o que ele queria dizer.

"A sua ficha diz que você tem vinte e sete anos de idade", disse ele.

"Sim?"

"Bom, imagine uma família branca do subúrbio. Ela está gastando quarenta mil dólares para mandar sua filhinha loura para a faculdade, uma menina que nunca saiu de casa antes, e no primeiro dia de aula ela vê um cara feito você perambulando pelos alojamentos?"

Em sua opinião, ele havia explicado tudo o que precisava explicar. Estava tentando me dar um conselho sincero e definitivo; imaginou que eu fosse desistir. Mas me recuso a acreditar que isso seja o fim da minha busca por um diploma universitário, embora agora eu ache que vou precisar ser criativo. Em Kakuma, podíamos inventar um novo nome para nós, uma nova história para qualquer finalidade, sempre que as pressões e necessidades assim exigiam. "Você tem que inovar", disse Gop muitas vezes, e o que ele queria dizer era que havia poucas regras em Kakuma que não pudessem ser adaptadas. Sobretudo quando a alternativa era a privação.

Em meu telefone há também um recado de Daniel Bol, que conheço desde Kakuma. Ele era membro do Grupo de Teatro Napata, e, embora não diga isso com todas as letras, sei que está novamente precisando de dinheiro. "Você sabe por que estou ligando", diz ele, e solta o ar de forma dramática. Em circunstâncias normais, eu nem sequer cogitaria retornar o telefonema, mas alguma coisa me ocorre, uma forma que me permitiria resolver, de uma vez por todas, meu problema com Daniel. Ligo de volta para ele.

"Alô?" É o próprio. Está acordado. São três e quinze da manhã onde ele mora. Conversamos durante alguns minutos sobre assuntos gerais, sobre seu casamento recente e sua filha pequena, nascida três meses antes. A menina se chama Hillary.

Daniel não é um homem particularmente gracioso, e sinto um certo prazer em escutar a falta de jeito com que ele chega ao objetivo de seu telefonema.

"Então...", diz ele. Em seguida se cala. Eu supostamente deveria perceber, com essa única palavra, que ele precisa da minha ajuda, e agora deveria lhe perguntar qual é a agência da Western Union mais próxima da sua casa. Decido fazê-lo explicar a situação com um pouco mais de clareza.

"Qual é o problema?", pergunto.

"Ah, Achak, como você sabe, eu estou com um bebê pequeno em casa."

Lembro a ele que estávamos falando sobre sua filha poucos instantes antes.

"Sim, e ela ficou doente na semana passada, e aí eu fiz uma coisa estúpida. Estou muito envergonhado do que fiz, mas está feito. Então..."

E novamente devo deduzir o resto, e em seguida transferir o dinheiro. Mas não vou tornar as coisas assim tão fáceis para ele. Em homenagem aos velhos tempos, faço um certo teatro.

"O que é que está feito? O que foi que aconteceu? Sua filhinha ainda está doente?"

Sei que a filha dele não está nada doente, nem nunca esteve, mas fico surpreso quando ele desiste dessa parte de seu estratagema.

"Não, não tem nada a ver com a neném. Ela já ficou boa. Tem a ver com uma coisa estúpida que fiz durante o fim de semana. Quinze dias atrás. Você sabe do que estou falando."

É sempre curioso como ele prefere não pronunciar a palavra *jogo*, como se não quisesse conspurcar nossa conversa com ela. Mas eu o incentivo a dar mais um passo, e ele finalmente explica o que eu já sabia ser o caso na primeira vez em que ouvi sua voz em minha secretária eletrônica. Daniel costuma deixar sua mulher e filha por dias a fio, e viajar quarenta e cinco minutos até a reserva indígena onde fica um cassino em que ele gosta de jogar. Ali, nos últimos seis meses, já perdeu um total de onze mil e quatrocentos dólares. Todos que o conhecemos já tentamos diversos métodos para ajudá-lo, mas nada funcionou. Durante algum tempo, muitos de nós cometeram o erro de simplesmente lhe dar dinheiro. Eu lhe dei duzentos dólares, tudo o que podia dar, e somente porque ele me disse que não tinha seguro-saúde para a filha, e precisava pagar as despesas com o parto do seu próprio bolso. Americanos da igreja que ele freqüenta e sudaneses de todo o país enviaram-lhe dinheiro nessa ocasião, e apenas mais tarde ficamos sabendo que ele nunca deixara de ter seguro, e que cada centavo dos cinco mil e trezentos dólares ou algo assim que recebeu de vinte e oito de nós tinha voltado para o cassino. Desde essa época, ele tem tentado cautelosamente saber quais de nós ainda poderiam lhe fazer alguma doação. Sua abordagem esta manhã é usar o pretexto de uma nova direção, e de uma salvação.

"É o fim da linha para mim, Dominic. Finalmente estou livre desse vício."

Ele continua se recusando a pronunciar as palavras *jogo* ou *vinte-e-um*. Passo dez minutos escutando sua conversa e ele se nega a dizer as palavras.

"Se eu não conseguir pagar essa dívida..." diz ele, e em seguida passa alguns instantes sem dizer nada. "Talvez eu tenha simplesmente que... acabar com tudo. Simplesmente desistir, maldição. De tudo."

Durante alguns instantes, não entendo o que ele está dizendo. Terminar com o jogo? Mas então compreendo. No entanto, sei que a ameaça é vã.

Daniel talvez seja a última pessoa que eu conheço capaz de pôr fim à própria vida. É vaidoso demais, mesquinho demais. Passamos alguns instantes refletindo sobre essa ameaça, e então decido que é hora de jogar a carta que vinha guardando na manga o tempo todo.

"Daniel, eu queria poder ajudar você nessa hora de necessidade, mas fui atacado ontem à noite."

Então conto a ele a história toda, todo o calvário desde o princípio. Embora saiba que ele é um homem autocentrado, mesmo assim me surpreendo com a pouca importância que ele dá ao que estou lhe contando. Durante a conversa, ele emite ruídos curtos, para mostrar que está ouvindo o que eu digo, mas não pergunta como estou, nem onde estou agora, nem por que estou acordado às cinco e meia da manhã. Mas está claro que sabe que não pode continuar me pedindo dinheiro. Tudo o que ele quer é desligar o telefone, pois está perdendo tempo comigo quando deveria estar pensando na próxima pessoa para quem telefonar.

Muita gente nos descartou como um experimento fracassado. Éramos os africanos-modelo. Durante muito tempo, éramos conhecidos assim. Aplaudiam-nos por nossa disposição para o trabalho e nossas boas maneiras, e, melhor de tudo, pela devoção que tínhamos à nossa fé. As igrejas nos adoravam, e os líderes que elas financiavam e controlavam nos cobiçavam. Mas agora o entusiasmo arrefeceu. Deixamos muitos de nossos anfitriões exaustos. Somos jovens, e jovens são propensos a vícios. Entre os quatro mil, houve aqueles que se relacionaram com prostitutas, que perderam semanas e meses para as drogas, e muitos outros cuja energia se esgotou por causa da bebida, dúzias que se transformaram em maus jogadores, em brigões.

A história que acabou com o ânimo de todos já foi contada muitas vezes, e infelizmente é verdade: certa noite, não muito tempo atrás, três sudaneses de Atlanta, todos os quais eu conhecia daqui e de Kakuma, saíram para uma noitada. Beberam em bares desconhecidos, depois na rua, e acabaram ficando acordados e embriagados na hora em que o resto da cidade havia encontrado motivos para dormir. Dois dos homens começaram a discutir por causa de dinheiro; a soma em questão eram dez dólares emprestados que não haviam sido reembolsados. Logo começou uma briga entre os dois, desajeitada e aparentemente inócua. O terceiro homem tentou apartar, mas os três estavam trôpegos e confusos, e um deles tentou dar um chute no peito do devedor e perdeu o equilíbrio, aterrissando de cabeça. Isso efetivamente pôs fim à disputa daquela noite. Os três se dispersaram, e o terceiro homem ajudou o que havia desferido o chute a voltar para casa, onde sua cabeça inchou. Meio dia depois, o amigo chamou uma ambulância, mas a essa altura já era tarde demais. O homem que dera o chute entrou em coma e morreu dois dias depois.

Será que esse tipo de coisa acontece com americanos? Um homem tenta dar um chute em outro e depois morre? Será que existe alguma coisa mais lamentável que isso? Precisava ser por causa de dez dólares? Pego-me amaldiçoando o terceiro homem, o amigo, por não levar o outro para o hospital mais cedo e por contar a todo mundo que a briga fora por causa de uma soma tão ínfima. Todos agora podem dizer que os sudaneses se matam por causa de dez dólares.

Mando dinheiro para muita gente. Como todo mundo que eu conhecia em Kakuma sabia que eu tinha um emprego lá, supõem que eu seja extremamente bem-sucedido nos Estados Unidos. Então recebo ligações de conhecidos do campo, e de Nairóbi, do Cairo, de Cartum, de Kampala. Mando o que consigo separar, embora a maior parte do meu dinheiro vá para meus irmãos menores, de sangue e de criação, três dos quais freqüentam a escola em Nairóbi. Eram tão pequenos quando fui embora de Marial Bai que pouco me lembro deles nessa época. Agora estão crescidos, e têm planos. Samuel, o mais velho e mais baixo, acaba de se formar no ensino médio e está se candidatando a faculdades de administração no Quênia. Peter vai se formar em uma escola particular administrada por ingleses em Nairóbi; Phil ajudou a pagar sua mensalidade. Peter talvez seja aquele que mais se parece comigo; na escola, participa bastante — é representante dos alunos, joga basquete e é faixa preta de caratê. É calado, mas respeitado pelos colegas e professores. Como ele é o mais confiável dos meus irmãos, mando-lhe todo o dinheiro para que ele o distribua a Samuel e Philip, que tem dezesseis anos e quer ser médico. Fico feliz e orgulhoso por mandar-lhes dinheiro, algumas vezes chegando a trezentos dólares por mês. Mas nunca é suficiente. Existem tantos outros por quem não posso fazer o que gostaria. A irmã do meu pai mora em Cartum com três filhos e tem muito poucas possibilidades de cuidar de si mesma. O marido dela morreu na guerra, e os irmãos também. Mando-lhe dinheiro, uns cinqüenta dólares por mês, e gostaria de poder mandar mais.

O último recado é de Moses. Moses de Marial Bai, Moses que foi levado para o norte como escravo. Moses que foi marcado a ferro e fugiu, e mais tarde foi treinar para ser rebelde. Moses, que freqüentou uma escola particular no Quênia e uma universidade em British Columbia, e que agora mora em Seattle. Eu não o vejo desde Kakuma e fico muito satisfeito ao ouvir sua voz. É uma voz muito firme, sempre alegre, avançando com esperança.

"Andou Muito, amigão!", diz ele, em inglês. Sempre gostou desse meu apelido. Em seguida, passa a falar dinca. "Lino me ligou e me contou o que aconteceu. Em primeiro lugar, não fique bravo com Lino. Ele disse que eu era a única pessoa para quem ele ia ligar. E não vou contar para mais ninguém. Prometo. Ele também disse que você está passando bem e que os ferimentos não foram muito sérios. Faço meus melhores votos para que você se recupere logo."

Sempre que estou em dúvida sobre para onde estamos indo e quem somos, quando converso com Moses, sinto-me reconfortado. Se ao menos você estivesse aqui comigo agora, Moses! Seria forte o bastante para fazer com que nós dois atravessemos essa terrível manhã.

"Olhe, sei que parece uma hora ruim para falar nisso...", diz ele, e prendo a respiração. "Mas estou organizando uma caminhada..." Solto o ar. Ele diz que está organizando uma caminhada para chamar atenção para a difícil situação dos darfurianos. Planeja viajar de sua casa em Seattle até Tucson, no Arizona, a pé.

"Achak, eu quero fazer isso, e sei que vai fazer diferença. Pense um pouco! E se todos nós caminhássemos outra vez? E se pudéssemos todos nos reunir e caminhar de novo, dessa vez em estradas e na frente de todo o mundo? As pessoas não iriam prestar atenção? Realmente poderíamos fazer as pessoas começarem a pensar em Darfur, no que significa ser deslocado, perseguido, e caminhar rumo a um futuro incerto, não é? Ligue de volta para mim quando puder. Quero que você faça parte disso."

Há um intervalo, no qual parece que Moses pôs o fone no gancho. Mas ele torna a pegá-lo com grande ruído de batidas.

"E sinto muitíssimo por Tabitha. Achak, eu sinto muito mesmo. Você vai encontrar outra garota, eu sei. É um homem muito desejável." Ele faz uma pausa para se corrigir. "Quero dizer, para as mulheres, não para mim. Não acho você desejável dessa forma, Andou Muito."

Está rindo baixinho quando desliga o telefone.

25.

"Olhe ele aí!"

Empurro a porta da frente do Century Club e sou recebido por Ben, engenheiro de manutenção da academia. É um homem magro, de mãos pequenas, imensos olhos compreensivos e uma cabeça que parece um enorme domo.

"Oi, Ben", cumprimento.

"Nossa, você está com uma cara acabada, filho." Ele pousa a prancheta em cima do balcão, chega perto de mim e segura meu rosto com as mãos. "Por onde você andou? Parece que não dorme há semanas. E isso aqui!" Ele toca o corte na minha testa. "E seu lábio!"

Ele segura meu rosto e examina cada poro.

"Andou brigando?"

Dou um suspiro, e ele interpreta isso como um sim. Tira as mãos do meu rosto e adota uma expressão contrariada.

"Por que vocês sudaneses estão sempre brigando?"

Toco seu ombro e passo por ele. Não estou com vontade de explicar tudo o que aconteceu. Preciso tomar um banho.

"Venha conversar comigo depois do banho, tá?", chama ele.

515

Fico sozinho no vestiário. Pego uma toalha branca limpa da pilha ao lado da porta e abro meu escaninho. Tirar os sapatos é um milagre. Meus pés respiram, eu respiro. Sinto-me imediatamente melhor. Jogo-os dentro do escaninho e tiro a roupa devagar. Estou todo dolorido; meu corpo parece ter envelhecido muitas décadas em apenas uma noite.

A água é um choque em qualquer temperatura. À medida que ela esquenta, meus membros e ossos vão ficando maleáveis. Ponho a cabeça debaixo do jato e fico olhando o sangue escorrer por meu corpo e pelos ladrilhos. Não é muito, apenas um filete rosado que corre para o ralo e desaparece.

No espelho, não pareço muito diferente. Meu lábio inferior está cortado e há um esfolado em forma de foice que vai da bochecha à têmpora. Uma manchinha vermelha agora ocupa o canto do meu olho esquerdo, somente uma gotinha no meio da parte branca.

Visto uma camiseta quase limpa, uma calça de moletom, e calço um par de tênis que guardo na academia. Quando a loja da academia abrir, comprarei outra camisa pólo para usar hoje. Embora não tenha dormido, o simples fato de trocar de roupa criou uma linha divisória entre aquele dia, aqueles acontecimentos, e o dia de hoje. Respiro fundo, ainda no vestiário, e não consigo me controlar. Desabo na cadeira estofada no canto do aposento. Meu pescoço perde a força e meu queixo bate no peito. Por alguns instantes, sinto-me derrotado. Meus olhos estão fechados e não vejo nada — nenhuma cor, nada. Não consigo conceber o fato de tornar a me levantar. Minha coluna vertebral parece ter sumido. Sou um invertebrado, e há algum conforto nisso. Fico sentado com essa idéia, seguindo um curso de raciocínio que me permitiria continuar prostrado nessa cadeira para sempre. Isso parece atraente por alguns instantes, e depois passa a parecer menos interessante do que simplesmente ir trabalhar.

Fecho meu escaninho, e logo me recomponho. Preciso estar na recepção daqui a um minuto; meu turno começa às cinco e meia.

Quando chego ao balcão, fico aliviado ao ver que Ben se foi. Ele se considera mais útil, com seus conselhos e opiniões, do que de fato é. Se soubesse o que me aconteceu ontem, teria horas de sugestões sobre o que fazer, para quem ligar, onde prestar queixas e abrir processos. Sento-me sozinho na recepção e ligo o computador. Meu trabalho é verificar os alunos conforme eles chegam e entregar folhetos para potenciais associados. Meu turno às segundas-feiras tem apenas quatro horas, e a academia não tem muito movimento a essa hora. Mas existem sempre os assíduos, e conheço seus rostos, embora nem sempre conheça seus nomes.

O primeiro é Matt Donnelley, que geralmente chega na mesma hora que eu. Corre na esteira de cinco e meia às seis e cinco, faz duzentos abdominais, toma uma chuveirada e vai embora. Aí está ele, alguns minutos atrasado, com um físico sólido e uma boca que é um fino traço roxo. Quando comecei a trabalhar na academia, ele certa manhã passou algum tempo conversando comigo, fazendo perguntas sobre a história dos Meninos Perdidos e minha vida em Atlanta. Havia lido muito e tinha um interesse genuíno pelo Sudão; conhecia os nomes Bashir, Turabi, Garang. Era advogado, contou, e me disse para ligar se algum dia precisasse de ajuda ou de aconselhamento jurídico. Mas eu não conseguia pensar em nenhum motivo para ligar para ele, e desde então só trocamos os cumprimentos obrigatórios.

"Ei, Valentino", diz ele. "Qual é a boa de hoje?"

Nas primeiras vezes em que ele disse isso, achei que de fato estivesse procurando alguma coisa boa, apropriada para aquele dia específico. "Rezar", respondi no primeiro dia em que ele perguntou. Ele me explicou a expressão, mas até hoje não sei como responder.

Hoje lhe dou bom-dia e ele me entrega seu crachá de associado. Passo-o pela leitora e sua foto aparece no monitor do computador à minha frente, com trinta centímetros de altura e cores berrantes.

"Preciso arrumar uma foto nova", diz ele para mim. "Estou com cara de cadáver nessa daí, não é?"

Sorrio, e ele se afasta na direção dos escaninhos. Mas sua fotografia continua ali. O sistema da academia tem esta falha: a fotografia dos alunos fica no monitor até o associado seguinte passar. Provavelmente há um jeito de retirá-las do monitor, mas eu não conheço.

Então passo alguns instantes olhando para Matt Donnelley.

Matt Donnelley, no início foi só um boato. Em meio aos ventos de Kakuma, as pessoas começaram a falar sobre os Estados Unidos. Em um certo dia de abril de 1999, pela manhã, elas falavam de muitas coisas diferentes — futebol, sexo, um determinado trabalhador humanitário que havia sido afastado por ter tocado um menininho somali — e, quando o sol se pôs, ninguém mais falava em outra coisa que não fosse os Estados Unidos. Quem iria? Como escolheriam? Quantos seriam?

Tudo começou com um dos Dominics. Ele estava no escritório da ACNUR quando escutou alguém falando ao telefone. A pessoa disse alguma coisa como: "Que ótima notícia. Estamos muito felizes, e os meninos vão ficar muito felizes, tenho certeza. É, os Meninos Perdidos. Quando souberem quantas pessoas vão levar, por favor, me avisem".

Durante esses dias, as palavras foram repetidas centenas de vezes, talvez milhares, entre os menores desacompanhados de Kakuma. Ninguém conseguia se concentrar em nada, ninguém conseguia jogar basquete, a escola era um desastre. Por toda parte, grupos de vinte a cinqüenta meninos se aglomeravam ao redor de quem quer que tivesse alguma nova informação. Em um dia, a notícia era que todos os Meninos Perdidos seriam levados para os Estados Unidos. No dia seguinte, eram os Estados Unidos e o Canadá que iriam nos receber, e depois a Austrália. Ninguém sabia muita coisa sobre a Austrália, mas imaginávamos que os três países fossem próximos, ou talvez três regiões da mesma nação.

No início, Achor Achor elegeu-se uma autoridade sobre a questão da realocação, embora não tivesse nenhum conhecimento especial.

— Eles vão levar somente o primeiro de cada turma — disse Achor Achor. — Acho que eu vou, mas a maioria de vocês vai ficar para trás.

Essa opinião foi refutada pela maior parte dos meninos, e depois também pelos fatos. Os Estados Unidos planejavam realocar centenas, talvez milhares dos jovens de Kakuma. Aquele se tornou o único pensamento em minha mente. Sabia-se que a realocação acontecia com refugiados de campos como o nosso, mas as condições eram sempre extremas e raras, reservadas para dissidentes políticos conhecidos, vítimas de estupro e outros cuja segurança estivesse continuamente ameaçada. Mas essa empreitada parecia ser algo bem diferente, um plano graças ao qual a maioria dos menores desacompanhados seria retirada dali e levada para o outro lado do oceano, para os Estados Unidos. Era a idéia mais bizarra que eu já ouvira na vida.

Foram necessários muitos dias de conversa até conseguirmos imaginar uma explicação para por que cargas d'água os Estados Unidos queriam todos nós. De fato, esse país não tinha obrigação de realocar quatro mil jovens que viviam em um campo no Quênia. Seria um ato de generosidade sem nenhum benefício material. Não éramos cientistas nem engenheiros, não tínhamos habilidades nem instrução valorizadas. Tampouco vínhamos de um país que pudesse ficar constrangido com nossa deserção, como Cuba ou até mesmo a China. Éramos jovens sem um centavo, que dariam tudo de si para ir à faculdade e se tornar homens melhores. Nada além disso. Essas considerações aumentavam a estranheza do que estava acontecendo.

Não tínhamos muito conhecimento sobre os Estados Unidos, mas sabíamos que era um país pacífico e que lá estaríamos seguros. Cada um de nós teria uma casa e um telefone. Poderíamos terminar nossa instrução sem termos de nos preocupar com comida ou qualquer outra ameaça. Imaginávamos os Estados Unidos como um amálgama daquilo que víramos nos filmes: prédios altos, cores brilhantes, muito vidro, batidas de carro fantásticas, e armas usadas apenas por bandidos e policiais. Praias, oceanos, barcos a motor.

Uma vez que essa possibilidade tornou-se real em nossas mentes, passei a esperar ser levado embora a qualquer momento. Não haviam nos dado nenhum cronograma, de modo que parecia possível em uma manhã eu estar na aula e no instante seguinte estar sentado dentro de um avião. Achor Achor e eu conversamos sobre como precisávamos estar preparados a todo momento, porque provavelmente algum dia um ônibus iria chegar, e estaria indo direto para o aeroporto e depois para os Estados Unidos. Tínhamos acordos gravados a ferro e a fogo garantindo que nunca iríamos nos esquecer um do outro.

— Se você estiver na aula quando o ônibus chegar, eu corro para te chamar — afirmei.

— E você vai fazer a mesma coisa por mim? — perguntou Achor Achor.

— Claro, e, se eu estiver no trabalho, você vem me buscar?

— Vou, vou. Não vou embora sem você.

— Que bom, que bom. Eu também não vou embora sem você — falei.

Na aula, eu tentava me concentrar, mas via que era impossível. Estava sempre vigiando as estradas, à procura do ônibus. Eu confiava em Achor Achor, mas temia que ambos fôssemos perder a viagem. Ocorreu-nos que talvez houvesse apenas um ônibus, e quem quer que conseguisse entrar nesse ônibus chegaria aos Estados Unidos — ninguém mais. Isso tornou nossa existência cotidiana difícil, pois ambos passávamos todas as horas de todos os dias à espreita. Durante semanas, nosso único momento de relaxamento era à noite, quando tínhamos certeza de que o ônibus não podia ou não iria chegar. Os aviões não podiam voar à noite, raciocinávamos, então o ônibus não viria nos buscar àquela hora. Também chegamos à conclusão de que o ônibus não viria em um fim de semana, portanto relaxávamos nesses dias também. Tudo isso era muito estranho, é claro, porque ninguém havia nos dito nada sobre nenhum ônibus, muito menos sobre o seu horário. Havíamos inventado nossas teorias e nossos planos sem base em nenhum fato concreto. Nesses dias, porém, todo mundo tinha sua própria teoria, cada qual mais plausível que a outra, pois nada mais parecia impossível.

Foi muito surpreendente para mim, para Achor Achor e para o restante de nós quando, depois de duas semanas, o ônibus ainda não havia chegado. Perguntamo-nos se haveria obstáculos, e quais seriam exatamente. Tirando os fatores desconhecidos e incontroláveis, havia aqueles que conhecíamos bastante bem. Os anciãos sudaneses de Kakuma, boa parte deles, não queriam nos deixar, os meninos, partir para os Estados Unidos.

— Vocês vão esquecer a sua cultura — diziam.

— Vão pegar doenças, vão pegar AIDS — alertavam.

— Quem vai liderar o Sudão quando essa guerra terminar? — indagavam.

Como muitos dos menores desacompanhados imaginavam que fossem esses anciãos que estivessem atrasando o processo todo, convocou-se uma reunião entre nossa liderança e a deles. Centenas de pessoas compareceram, muito embora apenas uma fração coubesse dentro da igreja onde a reunião ocorreu. Uma multidão com doze pessoas de profundidade cercava a pequena construção de aço corrugado e, quando Achor Achor e eu chegamos — ficaríamos entre os representantes juvenis —, não havia a menor chance de encontrar um lugar lá dentro. Então ficamos escutando do lado de fora do anel de gente amontoada. Da igreja vinham gritos e discussões, e expressavam-se os medos de sempre: de que perdêssemos de vista nossos costumes e nossa história; dúvidas quanto a se a emigração de fato iria ocorrer; e o que significaria a perda de milhares de jovens.

— Como o nosso país vai poder se recuperar se perdermos os jovens? — diziam eles.

— Vocês, meninos, são a esperança do país. O que será dele se a paz chegar? Arriscamos nossa vida para vocês poderem estudar na Etiópia, nós os trouxemos aqui para Kakuma. Vocês agora falam muitas línguas, sabem ler e escrever, e estão sendo treinados em outros ofícios também. Estão entre as pessoas mais bem-educadas do nosso povo. Como podem ir embora quando estamos tão perto da vitória, da paz?

— Mas não *existe* paz, e não *vai existir* paz! — disse um rapaz.

— Vocês não têm o direito de nos impedir — disse outro.

E assim por diante. A reunião foi até tarde da noite, e Achor Achor e eu fomos embora depois de passar oito horas em pé, ouvindo a retórica traçar círculos e disparar em uma dúzia de direções diferentes. Nada ficou resolvido nessa noite, mas tornou-se claro para os anciãos que eles não conseguiriam controlar aqueles quatro mil jovens. Éramos muitos, e estávamos ávidos demais para nos mudar. Agora tínhamos nosso próprio pequeno exército, éramos altos e saudáveis, e estávamos decididos a deixar o campo com ou sem sua bênção.

O primeiro passo para sair de Kakuma foi escrever nossas autobiografias. O ACNUR e os Estados Unidos queriam saber de onde tínhamos vindo, o que havíamos enfrentado. Deveríamos escrever nossas histórias em inglês, e, caso não soubéssemos escrever direito nessa língua, poderíamos pedir para alguém escrever por nós. Pediram-nos para escrever sobre a guerra civil, sobre a perda de nossas famílias, sobre nossa vida nos campos. "Por que você quer sair de Kakuma?", perguntavam eles. "Tem medo de voltar para o Sudão, mesmo se houver paz?" Sabíamos que aqueles que se sentissem perseguidos em Kakuma ou no Sudão receberiam consideração especial. Quem sabe sua família no Sudão tivesse feito alguma coisa com outra família, e você temesse alguma retaliação? Quem sabe tivesse desertado do SPLA e temesse alguma punição? Podiam ser várias coisas. Qualquer que fosse nossa estratégia, sabíamos que nossas histórias precisavam ser contadas, que precisávamos nos lembrar de tudo o que tínhamos visto e feito; nenhuma privação era insignificante.

Escrevi minha história no caderno de prova, feito de pequenas páginas pautadas em azul. Era a primeira vez que a contava, e foi muito difícil saber o que era ou não relevante. Meu primeiro rascunho tinha apenas uma página e, quando o mostrei a Achor Achor, ele riu bem alto. O seu já estava com cinco páginas, e ele nem sequer havia chegado à Etiópia. "E o rio Gilo?", perguntou. "E Golkur? E aquelas vez em que corremos para os aviões, achando que eles iriam soltar comida, e em vez disso eles soltaram bombas e mataram oito meninos? E isso?"

Eu havia me esquecido disso, e de muitas outras coisas. Como poderia pôr tudo no papel? Parecia impossível. De toda forma, a maior parte da vida seria deixada de fora da história, daquela ínfima versão da vida que eu conhecera. Mas tentei mesmo assim. Rasguei minha primeira versão e recomecei. Trabalhei nela por algumas semanas mais, pensando em cada detalhe do que tinha visto, em cada caminho, cada árvore e cada par de olhos amarelados, em todos os que havia enterrado.

Ao terminar, estava com nove páginas. Quando a entreguei, a ONU tirou um retrato 5x7 meu para colar à minha ficha. Era o primeiro retrato desse tipo que eu tinha visto. Já havia posado para fotos de grupo, onde minha cabeça era um borrão no meio das outras, mas aquele retrato novo, onde só eu aparecia, olhando bem para a frente, foi uma revelação. Passei horas olhando para essa foto, e dias abraçado à pasta, ponderando comigo mesmo se aquele retrato, aquelas palavras, eram realmente eu.

Hoje vejo que foi um erro, mas levei a foto para Maria certo dia. Queria que ela a visse. Queria que todos a vissem. Queria falar sem parar sobre quem eu era agora, o rapaz que fora fotografado e que estava a caminho dos Estados Unidos. Encontrei-a dentro de casa, pendurando roupa para secar.

— Eu nunca vi você sorrindo assim — disse ela. Passou um tempão segurando o retrato; fotografias assim eram raras nessa época. — Posso ficar com ela? — perguntou.

Eu respondi que não, que a foto fazia parte da ficha, que era crucial para a minha candidatura. Ela me devolveu.

— Você acha que nós também vamos ser levadas? As meninas?

Eu não estava preparado para essa pergunta. Não tinha ouvido dizer nada sobre meninas serem levadas naquela leva de realocações. Isso não me parecia uma possibilidade.

— Não sei — respondi.

Maria sorriu seu sorriso duro.

— Mas tenho certeza de que é possível — falei, quase acreditando em minhas próprias palavras.

— Eu estava só brincando — disse ela. — De qualquer jeito, eu nunca iria querer ir.

Ela mentia muito mal, era sempre transparente.

Eu estava decidido a descobrir se meninas estavam se candidatando, e, alguns dias depois, descobri que era de fato possível, que muitas meninas, dúzias delas, haviam começado a fazer suas candidaturas. Corri para contar a Maria, mas ela não estava em casa. Os vizinhos disseram que ela estava na bica, e, quando a encontrei ali, contei-lhe o que sabia: que as meninas também estavam convocadas a se candidatar, que simplesmente precisavam provar que não tinham família e que não eram casadas. Quando eu lhe disse isso, uma luz se acendeu em seus olhos por alguns instantes, antes de se apagar.

— Talvez eu veja o que posso fazer — disse ela.

— Posso levar você lá amanhã — falei. — Para pegar uma ficha.

Ela concordou em me encontrar no complexo da ONU pela manhã. Porém, no dia seguinte, quando cheguei, ela não estava lá.

— Ela está na bica — disse sua irmã.

Encontrei-a novamente na fila, de novo sentada com seus dois galões.

— Primeiro vou ver o que acontece com todos vocês — disse ela. — Da próxima vez eu vou.

— Eu acho que você deveria se candidatar agora. Talvez demore um pouco.

— Quem sabe na semana que vem, então.

Ela parecia desmotivada a iniciar o processo. Talvez fosse a natureza do dia, quente e ventoso demais, um dia que mantinha muita gente dentro de casa. Maria não olhou para mim nesse dia, não imaginou nenhuma fuga. Tive uma opinião ruim de sua atitude nesse dia, e deixei-a ali, sentada no chão. A fila andou. Maria pegou seus galões vazios e avançou-os uns poucos metros, depois tornou a se sentar.

— O que está acontecendo com a sua candidatura? — perguntou-me Noriyaki. — Alguma novidade?

Muitos meses haviam passado desde a primeira onda de empolgação em relação às realocações. Todos havíamos entregado nossas histórias e, desde então, muitos jovens haviam sido convocados ao complexo da ONU para entrevistas. Mas eu não tinha sido chamado. Disse a Noriyaki que não havia novidades, que eu não tivera notícia nenhuma desde que entregara meus documentos. Ele aquiesceu e sorriu.

— Bom, bom — disse ele. — Isso é bom. Quer dizer que está tudo correndo bem.

Noriyaki era um feiticeiro, capaz de me convencer das coisas mais improváveis, e, nesse dia, convenceu-me de que, apesar de não ter tido notícia da ONU, eu seria escolhido para partir no primeiro avião para os Estados Unidos. Deveria começar a fazer planos nesse sentido, disse ele — deveria começar decidindo qual time da NBA era o meu preferido, pois não havia dúvida de que seria chamado para jogar profissionalmente. Eu ri, mas depois me perguntei se de fato poderia jogar basquete como profissão. Talvez pudesse jogar para a universidade que fosse cursar? Todo jogador decente de Kakuma sonhava com o dia em que seria descoberto e levado embora, como havia acontecido com Manute Bol, e coberto de glória. Nesse dia, também me permiti um instante de ilusão.

— É melhor eu te contar isso agora — disse Noriyaki nesse dia. — Também estou indo embora de Kakuma. Daqui a dois meses. Queria que você fosse o primeiro a saber.

Já fazia tempo suficiente, disse ele. Precisava estar em casa com a noiva. E havia decidido que, quando eu fosse embora, seria o momento certo de confiar o Projeto Wakachiai à equipe seguinte. Parecia a coisa certa a fazer, pensei. Estávamos os dois felizes um pelo outro, felizes porque íamos terminar juntos aquela etapa de nossa vida e seguir em frente, embora cada um do seu lado do mundo. Nesse dia, conversamos sobre como poderíamos manter contato, sobre como isso seria fácil com nosso novo estilo de vida, mais opulento. Poderíamos nos falar todos os dias por telefone ou por e-mail, trocar piadas, lembranças e fotos. Abrimos duas Fantas, brindamos e bebemos.

— Você vai vir ao meu casamento! — disse ele, como se de repente houvesse lhe ocorrido que essa idéia era plausível.

— Sim! — falei.

Em seguida, perguntei:

— Como?

— É fácil. Você vai ter status oficial de imigrante. Vai poder viajar para onde quiser. De hoje a um ano, Valentino. Nós já marcamos a data. Você vai ao Japão e estará presente quando eu me casar com Wakana.

— Vou, sim! — falei, acreditando nisso piamente. — Com certeza vou estar lá.

Bebendo nossas Fantas, ficamos saboreando essa idéia durante uma tarde inteira, o luxo e a delícia de tudo aquilo: aviões, cidades, carros, smokings, bolo, diamantes, champanhe. O dia em que tornaríamos a nos encontrar como dois homens prósperos, homens de posses, confortáveis e bem-sucedidos, parecia muito próximo.

Nesses dias, havia euforia no campo por vários motivos, entre eles a primeira canonização de um mártir sudanês pelo Vaticano. Josephine Bakhita, que havia sido ela própria escravizada, morrera como freira canossiana na Itália, no final da década de 1940, e agora era uma santa. Aquilo era uma fonte de fascínio e orgulho para nós, já que muitos não faziam idéia de que fosse sequer possível um sudanês ser santificado. O nome dela era invocado na missa a cada dia, e estava na ponta da língua de todos os orgulhosos dincas católicos de Kakuma. Foi um período estranho para todos nós, um período em que, pela primeira vez em muitos anos, os dincas se sentiam fortes, sentiam-se queridos por Deus e por nações distantes. Uma mulher do sul do Sudão podia ser santa, e os Meninos Perdidos podiam sobrevoar o oceano de avião para ir representar o Sudão nos Estados Unidos. Se uma coisa era possível, então a outra também era. Nada estava fora de cogitação.

Quando os primeiros aviões de refugiados decolaram, houve comemorações por toda Kakuma, e fui com Achor Achor até a pista de pouso ver as aeronaves desaparecerem. Eu estava muito feliz por aqueles rapazes, e acreditava totalmente que logo iria me juntar a eles nos Estados Unidos. À medida que os vôos prosseguiam, porém, e com as notícias quase constantes da sorte de tal e tal menino, tornei-me insensível à sua felicidade, e só conseguia questionar minhas próprias inadequações. Cerca de quinhentos jovens partiram e, conforme os meses passavam sem que eu recebesse nenhuma notícia da ONU, comecei a me sentir menos feliz por aqueles que haviam sido selecionados. Sempre que um nome era escolhido, havia festas. Famílias comemoravam, grupos de rapazes dançavam juntos quando seus nomes apareciam na lista. A cada semana, havia alegria incalculável para eles e completa devastação para o resto de nós.

Eu não estava perto de ir embora. Nem sequer havia sido chamado para uma entrevista, que era o primeiro passo, muito antes de algum nome ser anunciado. Alguma coisa parecia estar muito errada.

— Sinto muito, Achak — disse Achor Achor certo dia.

Eu já ficara sabendo. O nome de Achor Achor havia aparecido na lista naquela manhã.

— Quando é que você vai?

— Daqui a uma semana.

A notícia era sempre rápida assim. O nome era anunciado, e então parecia que essa pessoa ia embora poucos dias depois. Todos precisávamos estar preparados.

Consegui dar-lhe os parabéns, mas o prazer que sentia por sua sorte era moderado pelo meu espanto. Eu pensava ter feito tudo certo. Graças ao meu emprego, conhecia inclusive os mesmos funcionários da ONU que estavam ajudando com o processo de realocação. Nada disso parecia me dar vantagem. Eu não tinha sido soldado, tinha um histórico exemplar em Kakuma, e não era o único atônito pelo fato de tantos terem sido mandados para os Estados Unidos antes de mim. Ninguém entendia, mas as teorias eram muitas. A mais plausível dizia que existia um conhecido soldado do SPLA chamado Achak Deng, e que nós dois estávamos sendo confundidos. Esse fato jamais foi confirmado, mas Achor Achor tinha sua própria teoria.

— Talvez eles não queiram perder você aqui.

Isso não me animou.

— Você é valioso demais para o campo — brincou ele.

Eu não queria ser tão valioso assim no campo. Perguntei-me se deveria me mostrar menos responsável durante algum tempo. Será que poderia me esquivar das minhas obrigações, parecer menos competente?

— Vou dar uma palavrinha com o pessoal da ONU da próxima vez que os vir — disse ele.

Todos os meninos que moravam na casa de Gop já haviam sido buscados de avião e levados embora — para Detroit, San Diego, Kansas City. Logo, eu era um dos poucos homens da minha idade que restavam no campo. Os outros, cujas candidaturas haviam sido ignoradas ou rejeitadas, eram comandantes notórios do SPLA ou então bandidos. Eu era o único com um passado sem mácula, mas que ainda não fora entrevistado. Havia sido chamado para entrevistas, sim, mas, sempre que o dia se aproximava, acontecia alguma coisa e a data era adiada ou cancelada. Certo dia, houve brigas no campo entre sudaneses e *turkana*, com um morto de cada lado, e Kakuma ficou fechado para visitantes. Em outra ocasião, o advogado americano que participava de todas as entrevistas teve de voltar para Nova York na última hora. Retornaria dali a três meses, disseram-nos.

Não existe sentimento pior do que a rejeição aliada ao abandono. Eu já havia lido sobre o dia da Ascensão, em que sessenta e quatro mil almas seriam conduzidas ao céu antes dos Últimos Dias, quando a Terra seria engolida pelas chamas. E, durante os seis meses seguintes do ano de 2000, parecia de fato que eu estava sendo deixado em Kakuma, enquanto todo mundo que eu conhecia era levado embora do nosso purgatório e alçado ao Reino de Deus. Eu fora examinado pelos poderes superiores e julgado merecedor das eternas chamas do Inferno.

Achor Achor foi embora certo dia de manhã, e não permitiu que nosso adeus fosse dramático. Vestia um casaco de inverno, porque alguém havia lhe dito que em Atlanta faria muito frio. Apertamo-nos as mãos e dei um tapinha em seu ombro acolchoado, ambos fingindo que iríamos nos ver de novo, e em breve. Ele foi embora com outro dos Onze, Akok Anei, e, enquanto eu os via descer a estrada até a pista de pouso, Achor Achor virou-se para trás e olhou para mim com olhos que traíam sua tristeza. Achava que eu nunca fosse sair do campo.

Depois de Achor Achor, centenas de outros se foram. Dúzias de aviões decolaram cheios de Meninos Perdidos como eu, muitos cujo nome eu nunca soube.

Todos achavam o fato de eu continuar em Kakuma muito divertido.

— Eles vão remarcar até você ser o último! — disse o bem-humorado Dominic. Ele foi o último dos Dominics a ficar comigo, mas já havia sido entrevistado, então estava muito confiante. — Andou Muito, você não vai a lugar nenhum! — disse ele, rindo. Não tinha a intenção de ser cruel, mas havia perdido a capacidade de me fazer rir.

Noriyaki tentava continuar otimista.

— Eles não iriam ficar remarcando se não quisessem que você fosse.

Ele havia prolongado sua estadia em Kakuma, citando vários detalhes técnicos e diretrizes emitidas por seus superiores da organização, no Japão. Mas eu tinha a terrível sensação de que ele estava esperando que eu fosse embora antes de partir. Acabei descobrindo que esse era de fato seu plano.

— Talvez eles estejam esperando *você* ir embora primeiro — disse-lhe eu. Queria muito que ele fosse para casa ficar com a noiva. Ela já havia esperado demais.

— Infelizmente, não posso fazer nada — disse ele, sorrindo. — Eu só obedeço ordens.

Por fim, o dia chegou como um furacão. Eu havia rezado por esse dia, e então ele chegou. Certa manhã, recebi duas notícias: eu seria entrevistado, e Tabitha e os irmãos haviam sido aceitos para realocação. Foi um dia louco, que começou com Tabitha aparecendo à minha porta logo depois do nascer do sol.

— Nós vamos! — guinchou ela.

Eu ainda não havia aberto a porta. Era um fato inédito Tabitha aparecer à minha porta sozinha antes de o dia estar claro. Disse-lhe isso em um sussurro aflito. Estaríamos correndo o risco de sermos desaprovados pela comunidade; já havíamos abusado da sua tolerância, eu tinha certeza.

— Eu não estou nem aí! — disse ela, agora mais alto. — Não estou nem aí! Não estou nem aí!

Ela dançava, guinchava e pulava.

Quando me levantei e despertei o suficiente para ouvi-la e, em seguida, absorver suas notícias, ela já havia saído correndo para acordar a pessoa para quem planejava contar em seguida. Não fiquei surpreso por ela me dar essa notícia de forma tão descuidada. É um fato que nenhum amor acalentado em Kakuma poderia competir com a perspectiva de ir embora dali. Mais tarde, fiquei sabendo que a data de sua partida estava marcada para dali a duas semanas, e soube então que não a veria mais no campo — não de forma significativa. Como havia observado a partida de tantas centenas de outros, sabia que, nos dias que separavam o anúncio da viagem do dia em si, havia pouco tempo para qualquer outra coisa, muito menos para namorar. Eu a veria em grupos, caminhando depressa de um lado para o outro com os irmãos ou as amigas, cuidando de muitos detalhes. Acho que acabamos encontrando alguns instantes para ficar a sós, mas ela não estava mais comigo. Todos os romances terminaram nesses dias, quando tantos estavam indo embora do Quênia. Mesmo quando estávamos sentados juntos em sua casa vazia ou na minha, Tabitha só falava sobre os Estados Unidos, sobre Seattle, sobre o que iria encontrar lá — Nairóbi multiplicada muitas vezes! "Ah", dizia ela, rindo, "quantas possibilidades, parece um caleidoscópio!"

Na manhã em que ela me contou a novidade, recebi minha própria notícia. O cheiro de Tabitha ainda estava no ar quando outra voz ecoou do lado de fora do meu abrigo.

— Achak!

Poucas pessoas ainda me chamavam de Achak.

— Quem é?

Era Cornelius, um jovem vizinho meu, menino de oito anos nascido em um dia chuvoso em Kakuma, que sempre parecia saber de tudo antes de qualquer outra pessoa. Meses antes, ele havia sabido qual dos refugiados engravidara uma menina *turkana*, e, nesse dia, contou-me que tinha ouvido dizer que eu estava agendado para uma entrevista com a Organização Internacional de Migração. Era sabido que as informações de Cornelius estavam invariavelmente certas.

E assim foi. Estávamos em julho de 2001, dezoito meses depois de iniciado o processo de realocação, e eu finalmente fui me sentar dentro de uma salinha de bloco concreto diante de duas pessoas: um americano branco e um intérprete sudanês. O americano, de rosto redondo e frios olhos azuis, apresentou-se como advogado e em seguida pediu desculpas.

— Nós sentimos tanto, Dominic. Sabemos que você estava intrigado com o atraso em sua candidatura. Provavelmente ficou imaginando que droga estaria acontecendo.

Eu não o contradisse. Quase havia me esquecido de ter usado o nome Dominic em minha candidatura.

As perguntas variaram de coisas muito simples, como meu nome e a cidade onde eu nascera, até exames mais detalhados dos perigos que eu havia enfrentado. Muitos outros Meninos Perdidos já haviam me avisado que perguntas esperar, mas as que eles me fizeram foram um pouco diferentes. Havia uma maioria de sudaneses que insistia para embelezarmos os fatos sempre que possível, para não nos esquecermos de mencionar a morte de nossa família e de todos os nossos parentes conhecidos. Contrariando o conselho de muita gente, eu havia decidido responder a todas as perguntas da forma mais verdadeira possível.

— Os seus pais estão vivos? — perguntou o advogado.

— Estão — respondi.

Ele sorriu. Aquilo lhe pareceu um tipo novo de resposta.

— E seus irmãos e irmãs?

— Não sei — respondi.

Daí em diante, as perguntas se aprofundaram na minha experiência como refugiado: quem foram os grupos que quiseram matá-lo, e por quê? Que tipo de armas eles portavam ou usavam? Antes de você ir embora da sua aldeia, viu pessoas mortas por esses atacantes? O que motivou você a sair do Sudão? Em que ano você saiu do Sudão? Quando chegou à Etiópia, e como? Já lutou nas guerras do Sudão? Conhece o SPLA/SPLM? Algum dia já foi recrutado pelo Exército rebelde? Que problemas de segurança você enfrenta em Kakuma? E, por fim: você já ouviu falar no país chamado Estados Unidos da América? Conhece alguém lá? Prefere ser realocado em algum outro país que não os Estados Unidos?

Respondi a todas as perguntas sem mentir, e tudo terminou em vinte minutos. Apertei as mãos dos dois homens e saí da sala, intrigado e deprimido. Com certeza aquele não era o tipo de entrevista que iria decidir se um homem viajaria ou não até o outro lado do mundo, para se tornar cidadão de uma outra nação. Quando me levantei, tonto, o intérprete abriu a porta e segurou meu braço.

— Você se saiu muito bem, Dominic. Não se preocupe. Você parece preocupado. Tenho certeza de que isso agora vai se resolver. Sorria, amigo. E acostume-se à idéia de sair desse lugar.

Eu não sabia no que acreditar. Tudo havia demorado tanto que eu não estava querendo acalentar nenhuma expectativa. Sabia que nada era de verdade até o dia em que seu nome aparecesse no mural, e que, no meio-tempo, eu precisava continuar trabalhando e indo à escola.

Noriyaki, porém, tinha mais certeza.

— Ah, você vai.

— Vou mesmo? — falei.

— Ah, vai, agora só faltam semanas. Dias. Quase nada.

Agradeci-lhe por seu incentivo, mas não fiz plano nenhum. Ele, no entanto, fez. Finalmente se organizou para ir embora do campo. Estava quase um ano atrasado, mas agora finalmente iria para casa. O alívio que senti foi enorme. Ele já estava em Kakuma havia tempo suficiente por minha causa, e cada instante a mais estava cobrando seu preço de mim. Queria que ele fosse tocar sua vida, queria que finalmente fosse transformar sua sofrida noiva em uma mulher feliz. Brindamos à sua partida iminente com Fanta laranja, e marcamos as tarefas restantes em nosso calendário. Sobrava pouca coisa importante para fazer — apenas as partidas esportivas, aulas e entregas de equipamento de sempre, e uma viagem ao centro do Quênia com o time juvenil de basquete. Iríamos como acompanhantes e treinadores, e essa, decidimos, seria a última ação do Projeto Wakachiai, pelo menos sob nossa administração.

* * *

Era final de julho, e o dia estava claro. Noriyaki e eu estávamos na cabine de um caminhão de caçamba descoberta, nós dois na frente e, atrás, o time juvenil de basquete: doze meninos sudaneses e ugandeses que viajariam durante quatro horas até Lodwar para enfrentar o time de uma escola de ensino médio do Quênia.

O dia estava muito claro. Lembro-me nitidamente de sentir a presença de Deus nessa manhã. Foi um dia que muitas mulheres, ao acordar e começar seus afazeres, estavam chamando de glorioso, uma daquelas manhãs pelas quais nos sentíamos gratos.

Saímos do campo bem cedo, por volta das cinco da manhã. Todos os meninos, assim como Noriyaki e eu, se sentiam eufóricos por estar na estrada; os refugiados de Kakuma sempre gostavam de sair do campo, fosse qual fosse a duração da viagem, fosse qual fosse o motivo. Na verdade, nós nos atrasamos para sair nesse dia específico porque, como de hábito, houve muitas súplicas de várias pessoas de Kakuma tentando nos convencer a deixá-los entrar para o time de basquete. Pouco depois, porém, nós catorze já estávamos a uma hora de Kakuma, e o sol nascia. Eu estava na cabine do caminhão com Noriyaki, e os doze jogadores, todos com menos de dezesseis anos, iam atrás, sentados em bancos, balançando-se na caçamba a cada solavanco da estrada esburacada. Lodwar ficava a uns 190 quilômetros de distância, e a viagem levaria mais de quatro horas por causa da má condição das estradas e das paradas obrigatórias. No entanto, todos estavam de bom humor, cantando canções tradicionais e outras de sua própria lavra.

O segundo aluno assíduo da manhã entra na academia.

"Valentino, *mon amour*! Como vai?"

É Nancy Strazzieri, uma mulher elegante, de cinqüenta e poucos anos, com cabelos brancos curtos e usando um conjunto de moletom vermelho-sangue. Ela certa vez me trouxe um bolinho que ela própria havia feito.

"Bem, obrigado", respondo.

"Tem partido muitos corações ultimamente?", pergunta, enquanto me entrega seu crachá.

"Acho que não", respondo.

Passo seu crachá pela leitora, substituindo o rosto de Matt Donnelley pelo seu.

"Vejo você daqui a uma hora, *mon frère*", diz ela, e desaparece. Seu rosto, um rosto cansado, com olhos que remetem a um passado de travessuras, permanece.

Nancy, a estrada para Lodwar estava cheia de buracos e toda cortada por rachaduras que haviam se transformado em pequenos cânions sinuosos. Noriyaki fez o possível para controlar o caminhão, que só havia dirigido uma vez antes, e nunca em uma viagem tão longa. Era um câmbio manual, e os caminhões que ele havia dirigido em Kakuma tinham câmbio automático. Eu nunca havia me sentado no banco da frente de veículo nenhum e tentei manter a calma, embora o controle de Noriyaki sobre o caminhão parecesse bem tênue.

O tempo ia passando devagar quando fizemos uma curva e vimos o obstáculo. Havia um grande monte de terra na pista direita. Aquilo não deveria estar ali. Não havia motivo para aquela terra estar ali.

Noriyaki gritou em japonês, girando o volante para a esquerda para evitar a terra.

O caminhão se inclinou muito, e corpos passaram voando pela minha janela. Os jogadores que viajavam na caçamba foram jogados na estrada. Noriyaki tornou a girar o volante, dessa vez para a direita, mas já havia perdido o controle. O caminhão se empinou sobre duas rodas.

Noriyaki tornou a gritar uma palavra que eu não conhecia. Gritos vieram da caçamba. Três outros jogadores foram arremessados para fora. O caminhão roncou e escorregou lentamente para fora da estrada, pelo barranco do acostamento, e capotou. Vidros se partiram, o motor rangeu. Nossa queda não foi rápida, mas foi irreversível, e, quando ficou claro que iríamos bater, Noriyaki esticou o braço na frente do meu peito. Mas então ele desapareceu.

O caminhão parou de lado. Eu ainda estava dentro da cabine e, pelo pára-brisa quebrado, pude ver dois meninos caídos do lado de fora. Olhei para Noriyaki. Ele caíra para fora do caminhão e, quando este capotou, aterrissou em cima do seu peito. O sangue escorria de sua cabeça feito água. Havia cacos de vidro em sua bochecha, na testa e em toda sua volta, rosados de sangue.

— Ah! — disse ele, e fechou os olhos.

— Noriyaki! — gritei, com a voz bem mais fraca do que gostaria. Estendi a mão pela janela e toquei seu rosto. Ele não reagiu.

Então apareceu alguém do meu lado do caminhão, puxando-me. Foi aí que me lembrei da existência do resto do mundo. Lembrei-me de que estava vivo.

Ajudaram-me a descer do caminhão, e fiquei em pé durante alguns instantes. Agora havia pessoas por toda a estrada, pessoas novas. Quenianos de outro caminhão, um caminhão de comida. Eles tinham visto o acidente. Os meninos do basquete estavam espalhados por toda parte, por toda a estrada e o barranco. Quantos estariam mortos? Quem estaria vivo? Todos sangravam.

— Dominic! — disse uma voz de menino. — O que aconteceu?

Aquele ali parecia estar bem. Quem seria? Meus membros pareciam frouxos, desconexos. Meu pescoço estava dolorido, minha cabeça parecia separada do corpo. Fiquei em pé debaixo do sol, com os olhos ardendo de suor, tudo muito pesado, e observei.

— Um, dois, três! — Os quenianos estavam tirando o caminhão de cima de Noriyaki. Balançaram o caminhão para um lado, depois para o outro, e, quando o caminhão foi levantado, um dos homens conseguiu se enfiar lá embaixo e puxar Noriyaki para fora. O caminhão foi novamente solto onde Noriyaki estivera deitado. Os homens carregaram-no até a estrada, e seu corpo estava inerte; de sua cabeça não escorria mais sangue.

Foi isso que vi antes de cair.

Fui posto em cima do caminhão de comida e levado até Kakuma. Acordei na estrada.

— Ele está vivo!

— Está vendo isso, Simon?

— Ah, que bom! Que bom! Não sabíamos se você estava vivo, Sudão.

— Você teria morrido se não estivéssemos passando.

— Fique acordado, garoto. Ainda falta uma hora.

— Reze, Sudão. Estamos rezando por você.

— Ele não precisa rezar. Deus poupou ele hoje.

— Acho que ele deveria rezar. Deveria agradecer e continuar rezando.

— Tudo bem, Sudão, reze. Reze, reze, reze.

* * *

Duas outras pessoas, um casal, entram na academia. Não me lembro do nome deles. Sorriem para mim e não dizem nada, a mão do homem na base das costas da mulher. Vestem roupas de executivos, e entregam-me seus crachás. Jessica LaForte. Malcolm LaForte. Tornam a sorrir e desaparecem.

Fico olhando para o rosto de Malcolm LaForte, desejando ter passado os crachás na ordem inversa. Sua mulher tem olhos e cabelos pretos, e um rosto suave e bondoso, mas ele é um homem de aspecto severo. Um homem impaciente. Homens impacientes tornaram minha vida muito mais difícil do que ela poderia ter sido. Ele me lança um sorriso contraído, que julga transmitir sinceridade, e entra na academia.

Malcolm LaForte, no campo, eu estava morto. Durante muitos dias, entre muitas centenas de pessoas, fui dado como morto. A notícia das mortes no acidente de caminhão variavam de hora em hora, de um dia para o outro. No início, pensou-se que todos a bordo do caminhão tivessem morrido. Então os próprios jogadores de basquete começaram a chegar a Kakuma, e ficou claro que nenhum daqueles jovens rapazes havia morrido. Todos concordavam que aquilo era um milagre.

Mas eu estava morto, a maioria tinha certeza. Valentino Achak Deng estava morto.

Gop e sua família ouviram essa notícia, e choraram e gritaram. Todos que me conheciam amaldiçoaram Noriyaki, amaldiçoaram Kakuma, o basquete e as estradas ruins do Quênia. Meus colegas do ACNUR ficaram desanimados. O Grupo de Teatro Napata realizou uma cerimônia em minha memória, conduzida por Miss Gladys, com discursos de Dominic, Madame Zero e todos os membros. Tabitha chorou e passou três dias sem sair da cama, levantando-se apenas quando ouviu dizer que, na verdade, eu não havia morrido.

Acordei no Hospital de Lopiding. Havia uma enfermeira com a mão na minha testa. Disse alguma coisa para mim enquanto olhava para o relógio.

— Você sabe o que aconteceu? — perguntou.

— Sei — respondi, embora não tivesse certeza.

— Nenhum dos seus amigos morreu — disse ela.

Ao ouvir isso, fiquei aliviado. Tinha uma lembrança de Noriyaki com um aspecto cinza e coberto de vidro, mas aquela mulher parecia estar dizendo que ele havia sobrevivido.

— Mas o motorista japonês morreu — disse ela, levantando-se.

Ela foi embora, e eu fiquei sozinho.

"A família de Noriyaki!", pensei. Ah, meu Deus. Aquilo era demais. Eu já vira mortes sem sentido, mas fazia muito tempo que não via algo como aquilo.

Eu era responsável pela morte de Noriyaki. Eram meninos como eu que haviam forçado a criação de Kakuma. Se não houvesse Kakuma, Noriyaki não teria ido parar no Quênia. Estaria em casa, com a família e a noiva, levando uma vida normal. O Japão era um país pacífico, e pessoas de países pacíficos não deveriam se envolver nos assuntos de países em guerra. Era absurdo e errado que aquele homem tivesse ido tão longe para morrer. Morrer levando uns refugiados para jogar basquete? Morrer porque queria me ver indo embora do campo? Era uma coisa horrível que meu Deus havia feito dessa vez. Eu estava com uma péssima opinião do meu Senhor, e com uma opinião ainda pior do meu povo. Os sudaneses eram um fardo sobre a Terra.

Depois de ter visto a morte de Diana lamentada no mundo todo, eu tinha alguma esperança de que a morte de Noriyaki fosse provocar homenagens e desespero pelo campo, no Quênia e no mundo. Mas não ouvi falar em nada desse tipo. Perguntei à enfermeira se houvera matérias de TV sobre o acidente; ela disse que não vira nenhuma. Os trabalhadores voluntários de Kakuma com certeza estavam abalados, mas não houve manifestações internacionais nem obituários de primeira página. Dois dias depois de seu último suspiro, o corpo de Noriyaki foi levado para Nairóbi, onde foi cremado. Não sei por quê.

— O que você está fazendo aqui?

Havia um homem em pé ao meu lado, com o rosto destacado pelo sol que entrava pela janela baixa. Chegou mais perto e vi que era Abraham, o fabricante de braços e pernas. Lágrimas escorreram pelo meu rosto na mesma hora. Já fazia muitos dias que eu estava no hospital, dormindo e acordando.

— Não se preocupe — disse ele. — Seus membros estão intactos. Só estou aqui como amigo.

Tentei falar, mas minha garganta estava seca demais.

— Não fale — disse ele. — Estou sabendo sobre a sua cabeça, sobre os remédios que estão te dando. Só vou ficar aqui sentado com você por um tempo.

E foi o que ele fez. Começou a cantar, baixinho, a canção que havia cantarolado naquele dia, muito tempo antes. Tornei a adormecer, e não o vi mais.

Passei nove dias no hospital. Examinaram minha cabeça, minha visão e meus ossos. Deram pontos na minha cabeça e enfaixaram meus membros. Eu passava a maior parte dos dias dormindo, e Tabitha foi embora enquanto eu cambaleava em meio à névoa dos analgésicos.

Imagino que, lá no fundo, eu soubesse que aquele dia estava chegando depressa, mas só tive certeza quando um bilhete me foi entregue certo dia, depois do café-da-manhã. Não sei como Tabitha conseguiu encontrar um envelope cor-de-rosa naquele campo, mas ela deu um jeito. O papel tinha até o mesmo cheiro que ela. O bilhete estava escrito em inglês; imagino que ela tenha pedido ajuda a um instrutor de redação queniano, para deixar o bilhete o mais formal e eloqüente possível.

Valentino, meu querido,

Fiquei tão preocupada quando soube do acidente. E, quando pensei que você tivesse morrido na estrada, fiquei arrasada. Imagine a minha alegria quando descobri que não era verdade, quando soube que você tinha sobrevivido e que iria ficar bem. Tentei ir visitá-lo, mas eles não deixavam entrar pessoas que não pudessem se identificar como responsáveis por você. Então fiquei esperando notícias sobre a sua saúde, e fiquei animada quando soube que você iria ficar totalmente bom. Sinto tanto por Noriyaki ter morrido. Ele era muito amado, e tenho certeza de que vai para o Céu.

Como você sabe, o meu vôo não podia esperar. Estou ditando esta carta poucas horas antes de meu avião partir para Nairóbi. Meu coração está triste, mas nós dois sabíamos que eu teria de ir. Esse campo não pode nos dizer onde devemos morar. Eu não poderia perder a oportunidade de ir embora. Sei que você me entende nesse ponto.

Vou ver você de novo, meu querido Valentino. Não sei como será a nossa vida nos Estados Unidos, mas sei que nós dois vamos ter sucesso. Da próxima vez em que eu vir você, estaremos dirigindo carros, e vamos nos encontrar em um restaurante limpo e caro.

Sua amiga que te ama,

Tabitha

Às dez para as seis, uma leva de novas pessoas irrompe na academia. Primeiro, duas mulheres de setenta e poucos anos, ambas usando bonés de beisebol. Depois uma mulher muito gorda, com cabelos encaracolados espetados em todas as direções, seguida por duas mulheres mais jovens, irmãs, em ótima forma física e com o cabelo preso em rabos-de-cavalo. Há uma pausa no fluxo, e olho para o estacionamento, onde vejo o sol dourado se erguendo no reflexo dos carros. Um homem de cabelos brancos entra na academia, caminhando com o corpo inclinado para a frente. É o último da leva: Stewart Goodall, com olhos bem juntos e um sorriso torto.

Stewart Goodall, você consegue imaginar uma carta como essa? Todo mundo que eu conhecia fora embora para um lugar que supostamente era o paraíso melhorado, e eu havia ficado para trás, e agora até mesmo Tabitha se fora, partira sem fazer barulho enquanto eu dormia.

Depois de uma semana de convalescença, voltei ao Projeto Wakachiai. Como a equipe era composta de duas pessoas, se eu não voltasse logo o projeto iria acabar. A maioria dos pertences de Noriyaki ainda estava ali — suas cartas, seu conjunto de moletom, seu computador, sua fotografia de Wakana com a roupa branca de tenista. Eu não estava preparado para a realidade de estar ali sem ele. Pus todas as suas coisas dentro de uma caixa, mas mesmo assim o aposento passou o dia inteiro falando seu nome. Eu sabia que teria de ir logo embora dali.

Fui encarregado de encontrar um substituto para Noriyaki. Os japoneses queriam continuar financiando o projeto e mantê-lo funcionando. Eu pre-

538

cisava escolher um novo funcionário. Entrevistei muitos candidatos, a maioria queniana. Era a primeira vez que um refugiado sudanês entrevistava um queniano para um emprego em Kakuma.

Encontrei um queniano chamado George, e ele se tornou meu assistente. Continuamos a planejar atividades para os jovens de Kakuma e, logo depois da minha volta, recebemos um enorme carregamento de bolas de futebol, uniformes de vôlei e tênis de corrida de Tóquio. Noriyaki vinha tentando encontrar financiamento para esse carregamento havia meses, e agora, ver tudo aquilo espalhado pela sala, tantas coisas novas — foi muito difícil.

O médico avaliava meu progresso a cada semana. Eu sentia dores nos ossos e nas articulações, mas os sintomas com os quais o médico estava preocupado — tontura, visão embaçada, náusea — não aconteceram. Apenas as dores de cabeça me acometiam, com severidade variada ao longo do dia, e piores à noite. Eu deitava a cabeça no travesseiro e, quando o fazia, a dor aumentava. Meus amigos e minha família vinham me visitar e me olhavam com cautela. Eu havia perdido cinco quilos em Lopiding, então eles me davam rações extras de comida e tudo o que conseguiam encontrar para me distrair — um jogo de xadrez feito à mão, um livro de quadrinhos. Quando eu adormecia, dormia profundamente, e era difícil detectar minha respiração. Mais de uma vez acordei com Gop cutucando meu ombro para se certificar de que eu estava vivo.

Um mês depois, meu corpo estava recuperado e, mentalmente, eu havia alcançado uma certa insensibilidade que para mim era difícil de definir e, para os outros, de detectar. Externamente, cumpria minhas tarefas no trabalho e em casa, e meu apetite havia voltado ao normal. Só eu sabia que resolvera mudar. Alguns dias antes, tinha decidido com firmeza, indo contra a opinião de quase todo mundo, voltar para o Sudão para me juntar à minha família. Não havia motivo para eu ficar em Kakuma, e permanecer ali era uma punição diária. Deus e os poderes superiores terrenos estavam dizendo que aquilo era o melhor que eu merecia, que aquela vida era boa o bastante para o inseto conhecido como Valentino Achak Deng. Mas a carta de Tabitha fizera algo se romper dentro de mim, e agora eu não dava mais a mínima para Kakuma, para os meus deveres, para o que se esperava de mim. Decidi que iria primeiro para Loki e depois pagaria para chegar até Marial Bai. Avaliava que tinha dinheiro suficiente para subornar quem fosse preciso e embarcar em um vôo humanitário. Ouvira dizer que isso já fora feito, e com menos dinheiro do que eu tinha guardado.

Sem querer, Gop reforçou minha decisão de deixar o campo. Nessa época, ele vinha fazendo muitos comentários sobre a paz iminente no sul do Sudão. Apontava muitos desdobramentos positivos, incluindo a Iniciativa Conjunta Líbia/Egípcia para o Sudão. Embora esta tenha sido posteriormente invalidada, previa a criação de um governo provisório, o compartilhamento do poder, uma reforma constitucional e novas eleições. E, poucos dias antes, o presidente Bush havia nomeado o ex-senador John Danforth como enviado presidencial para a Paz no Sudão. Diziam que esse homem com certeza veria que a paz era necessária e, com o poderio norte-americano, garantiria que ela fosse alcançada.

— Você está com uma cara melhor hoje — disse meu assistente George certo dia. Estávamos indo substituir as cestas nas quadras de basquete, e George usava um apito em volta do pescoço. Adorava usar aquele apito.

Quando contei a George sobre meu plano de ir embora, ele quase me deu um soco. Ergueu a mão para mim, e em seguida parou, com o apito na boca.

— Ficou maluco? — disse ele.

— Eu preciso ir.

Ele então apitou na minha cara.

— O Sudão ainda é uma zona de guerra, cara! Você mesmo disse que os *murahaleen* ainda estavam agindo na sua região. Como é que você vai lutar contra eles? Vai ler para eles? Escrever uma peça para eles? Ninguém no mundo, nem ninguém do sul do Sudão, sairia deste lugar para ir para lá. E eu vou me certificar pessoalmente de que você não vá. Vou amarrar você com essas cestas. Vou cortar fora um dos seus pés.

Sorri, mas George não fizera com que eu mudasse de idéia. Ainda havia pessoas que voltavam para o Sudão. Rapazes fortes como eu podiam fazê-lo, e eu estava mais velho e mais esperto do que quando tentara me reciclar. Ficar em Kakuma era uma idéia insuportável. Todos me veriam como um enjeitado — quatro mil haviam sido levados para os Estados Unidos, e eu fora julgado indigno. Seria difícil demais viver com esse estigma.

George tornou a apitar, dessa vez para chamar minha atenção.

— Escute. Aposto que o Wakachiai vai contratar você em tempo integral se você quiser. Você vai ganhar dez mil *shillings* por mês, vai poder comer nos restaurantes da ONU, dirigir um dos Land Rovers deles. Escolher uma bela noiva e viver bastante bem aqui.

— Certo — falei, e sorri.

— Não seja maluco.

— Tá — falei.

— Não seja burro.

— Não vou ser — respondi.

— Isso aqui é a sua casa — disse ele.

— O.k.

— Aceite isso, e viva bem aqui.

Aquiesci, e fomos instalar as novas cestas.

Seis e meia é a hora em que começa o verdadeiro rush no Century Club. As salas ficam cheias, os aparelhos de exercícios ficam todos ocupados, as pessoas se tornam tensas. Os alunos chegam determinados a malhar e ficam frustrados quando não conseguem fazer isso na hora em que planejaram. Deixo entrar uma dúzia de pessoas em um intervalo de cinco minutos. São todas pessoas que trabalham, com ar de profissionais. Sorriem para mim, e algumas trocam umas poucas palavras. Um homem de meia-idade, que me disse ser professor de história no ensino médio, pergunta-me como vão minhas aulas. Minto e digo que está tudo bem.

"A caminho da universidade?", pergunta ele.

"Sim, senhor", respondo.

A última mulher do rush é Dorsetta Lewis, uma das afro-americanas que malham na academia. Tem mais ou menos uns quarenta anos, é muito atraente, ao mesmo tempo segura de si e com um jeito tímido de sustentar a cabeça, sempre inclinada para a direita.

"Ei, Valentino", diz ela, e entrega-me o crachá.

"Oi, Dorsetta", respondo, e passo o crachá na leitora. Na fotografia, ela parece estar dando uma gargalhada. Sua boca está aberta, todos os seus dentes visíveis. Eu nunca ouvi Dorsetta rir, e de vez em quando pensei em tentar fazer alguma piada com ela.

"Agüentando as pontas?", pergunta ela.

"Estou sim, obrigado", respondo.

"Tudo bem, então", diz ela. "É isso que eu gosto de ouvir."

Ela desaparece vestiário adentro.

A verdade é que eu não gosto de agüentar as pontas. Acredito que nasci para fazer mais. Ou talvez tenha sobrevivido para fazer mais. Dorsetta é casada, mãe de três filhos e gerente de um restaurante; ela faz mais do que agüentar as pontas. Não gosto muito dessa expressão, "agüentar as pontas".

A academia torna a ficar tranqüila durante algum tempo, e, instintivamente, pego-me checando meus e-mails. Há um recado do meu irmão Samuel.

"Vai ligar para ela?", pergunta ele. "Aqui está uma foto."

Samuel recentemente foi de Nairóbi até Cartum, onde se encontrou com meu pai. Planejaram a viagem para que papai pudesse comprar mercadorias para reerguer seu negócio em Marial Bai. Phil Mays havia mandado cinco mil dólares para o meu pai, e, com esse dinheiro, ele planejava comprar mercadorias suficientes para reabrir a loja. Enquanto estava em Cartum, Samuel ouvira falar de uma jovem solteira — era de uma família próspera, e estava naquele momento estudando inglês e administração em Cartum. Samuel foi visitá-la e pensou no mesmo instante que ela deveria ser minha. Não tenho dúvida de que ele primeiro tentou cortejá-la para si, mas, apesar disso, tem me atormentado desde então insistindo para eu telefonar para essa moça, de modo que ela e eu possamos perceber que deveríamos estar casados. Olho para a foto que ele anexou, e a moça sem dúvida é atraente. Cabelos muito compridos, um rosto oval, um sorriso em forma de V, dentes notáveis. Essa mulher, garante-me Samuel, iria agarrar na mesma hora a oportunidade de se mudar para os Estados Unidos para ser minha esposa.

Agora que estou on-line, decido que seria bom mandar um e-mail para as pessoas de cujo endereço consigo me lembrar. Eu poderia telefonar, mas meu celular roubado estava com todos os meus telefones; só decorei muito poucos. Consigo recuperar os endereços eletrônicos de Gerald, Anne, Mary Williams e Phil, Deb Newmyer e Achor Achor; ele poderá encaminhar a mensagem para todos os outros. A essa altura, já não me importo com quem vá saber.

Olá, amigos.

Estou escrevendo para informar a vocês que fui recentemente atacado por duas pessoas perigosas dentro do meu apartamento. Os assaltantes me pediram para usar o telefone e, quando abri a porta, apontaram uma arma para mim. Deram-me chutes na bochecha, na testa e nas costas até eu desmaiar. Levaram meu celular, minha câmera digital, meu talão de cheques, mais quinhentos dólares em dinheiro. Graças a Deus não atiraram em mim. Durante um bom tempo, fui vigiado por um menino que acredito ser filho deles, Michael.

No momento em que escrevo para vocês, não tenho mais celular e perdi o seu contato. Por favor, mandem-me seus telefones e ligarei amanhã. Preciso recuperar todas as minhas informações.

Tenham um dia abençoado.

Atenciosamente,

Valentino Achak

PS: Por favor, me lembrem a data dos seus aniversários.

Dorsetta, eu finjo saber quem sou, mas simplesmente não sei. Não sou americano, e parece difícil me considerar sudanês. Só passei uns seis ou sete anos no Sudão, e era muito pequeno quando saí. Mas posso voltar para o Sudão. Talvez devesse voltar. O país manifestou abertamente sua vontade de que os Meninos Perdidos voltassem para o sul do Sudão. "Quem vai reconstruir este país se não forem vocês?", perguntam. É uma reviravolta incrível o fato de nós, meninos que fomos jogados de um campo para o outro, perdendo metade de nossos efetivos pelo caminho, sermos agora considerados a esperança do país. Embora tenhamos empregos como esse meu, rendendo cerca de oito dólares e cinqüenta *cents* por hora, somos muito mais ricos que a maioria dos habitantes do nosso país. Moramos em apartamentos e casas que seriam reservadas apenas para comandantes rebeldes e suas famílias. E, por mais coalhadas de perigos que tenham sido nossas histórias, no final das contas nos tornamos o grupo de sudaneses do sul mais bem instruído da história.

Meus amigos que voltaram para o Sudão, para visitar suas famílias e encontrar uma noiva, ficam todos boquiabertos com o primitivismo da vida lá. Uma vida sem carros, estradas, televisão, ar-condicionado, supermercados. Há muito pouca luz elétrica em minha aldeia natal; a maior parte da energia, quando existe, é fornecida por geradores ou placas de luz solar. Determinados luxos, tais como telefones por satélite, estão se tornando mais comuns nas cidades maiores, mas, de modo geral, o país está muitas centenas de anos atrás do padrão de vida ao qual agora estamos acostumados. Um homem que eu conheço bebeu água do rio, como todo mundo faz, e passou uma semana de cama, vomitando as refeições de um ano inteiro. Talvez nossa estadia nos Estados Unidos tenha nos enfraquecido.

Dorsetta, o que eu estava fazendo subindo em outro veículo, novamente a caminho de Kitale, tão pouco tempo depois do meu acidente? Todos os meus ossos ainda doíam e eu não estava com a menor vontade de passar de novo por aquela estrada, mas a viagem tinha sido planejada havia meses, e eu não podia desapontar os meninos. Trinta jogadores, dois times de garotos de nove anos, iriam a Kitale enfrentar os times dos meninos de lá. Em geral, esses jogos eram apenas espetáculos; nossos meninos eram facilmente derrotados por qualquer um dos times quenianos. Mas o placar nunca tinha importância, somente sair do campo importava, de modo que ali estava eu, poucas semanas depois do acidente, dia 5 de setembro, subindo novamente no ônibus.

Estava em pé junto com George ao lado do veículo, dessa vez um ônibus fechado da ONU, vendo os meninos chegarem correndo de todas as partes do campo. Eram bons meninos, sorridentes — cerca de um terço deles na verdade nascera ali, no campo. Nascer naquele lugar! Eu nunca teria achado isso possível. Os outros tinham vindo de várias regiões do Sudão, muitos levados para Kakuma ainda bebês, famintos e quase mortos. De vez em quando, eu me perguntava se algum deles poderia ser o Bebê Calminho, agora crescido. Talvez o Bebê Calminho fosse menino. Era possível, claro que era. De qualquer modo, eu amava todos aqueles meninos da mesma forma.

Enquanto embarcavam, todos animadíssimos e tocando cada centímetro do ônibus, eu ia conferindo seus nomes na escalação do time.

Faltavam dois.

— Luke Bol Dut? — chamei.

Os meninos riram. Em um dia como aquele eles riam de tudo.

— Luke Bol Dut?

Olhei para fora da janela. O dia estava brilhante, claro como um lençol. Dois meninos corriam na direção do ônibus. Eram Luke e Gorial Aduk, o outro que faltava. Estavam de uniforme e corriam em nossa direção como se chegar ao ônibus fosse salvá-los da morte certa.

— Dominic!

Era Luke. Pulou para dentro do ônibus, quase histérico. Não conseguia articular as palavras seguintes.

— Dominic! — repetiu.

Mais quinze segundos até ele recuperar o fôlego.

— O que foi, Luke?

— O seu nome está no mural!

Eu ri e sacudi a cabeça. Não era possível.

— Está, sim! E não é só no mural! Seu nome está na lista de orientação cultural. Você conseguiu! Você vai!

A orientação cultural era o último passo. Porém, antes dele, havia muitos outros: primeiro uma carta, depois outra entrevista, em seguida o nome no mural. Depois mais um aviso sobre a orientação cultural. Tudo isso em geral levava meses. Mas aquele menino frenético me dizia que o mural estava me informando tudo isso ao mesmo tempo.

— Não — duvidei.

— Sim! Sim! — gritou Gorial. Ele estava tentando me dar tapinhas nas costas.

— Esperem aqui — sussurrei.

Pedi ao motorista para esperar, e disse aos meninos para ficarem dentro do ônibus. Virei-me para George. Gaguejei por alguns segundos, pedindo-lhe para esperar um instante enquanto eu...

Ele apitou.

— Vá!

Corri na direção do mural. Aquilo seria mesmo verdade? Noriyaki tinha razão! Eles realmente me queriam! É claro que queriam! Por que não iriam me querer? Não teriam esperado tanto tempo se não me quisessem.

Continuei correndo.

Na metade do caminho, me controlei. O que estava fazendo? Parei. Parecia um tonto, correndo para o mural porque um par de meninos de nove anos tinha me dito que meu nome estava na lista. Falsas notícias haviam se tornado uma brincadeira; acontecia o tempo todo, e nunca tinha graça. Diminuí o passo e pensei em dar meia-volta.

Na hora em que diminuí o passo, ouvi gritos. Ergui os olhos e vi Luke e Gorial, seguidos por uma multidão de outros meninos, correndo em minha direção.

— Vá! — gritavam eles. — Vá até o mural!

Eles pareciam que iam me derrubar se me alcançassem. Tornei a me virar e comecei a correr, com os meninos no meu encalço. Corremos todos, os meninos saltitando, pulando e rindo ao meu lado. Gop Chol, que voltava da bica, viu-nos correndo pela rua.

— Para onde vocês estão indo? — gritou ele.

Seu rosto me fez voltar a mim. Será que eu deveria lhe contar o que os meninos estavam dizendo, contar-lhe para onde estava correndo?

Sorri e continuei a correr. Corri com um abandono que não experimentava desde que era muito pequeno.

— Ele está no mural! — gritou-lhe Gorial. — Dominic está no mural!

— Não! — arquejou Gop. — Não!

Ele deixou cair seu galão e começou a correr conosco. Agora éramos quinze pessoas correndo.

— Você acha mesmo que está no mural? — bufou ele ao meu lado.

— Está, está! — berrou Luke. — Eu sei ler!

Continuamos a correr, com lágrimas a escorrer por nossos rostos, porque ríamos, quem sabe chorávamos, quem sabe estivéssemos apenas delirando. Por fim, chegamos ao mural, no quiosque de informações da Federação Luterana Mundial, onde ficavam expostos os artesanatos dos refugiados.

Corri os olhos pelos nomes. Gop estava curvado, segurando a barriga. Eram muitos nomes, e a luz estava forte demais, a tinta muito fraca.

— Aqui está! — berrou Gorial. Seu dedo estava colado no mural, impedindo-me de ver. Afastei seu dedinho e li meu nome.

DOMINIC AROU. 9 DE SETEMBRO. ATLANTA.

Agora Gop estava lendo junto comigo.

— Nove de setembro? — disse ele. — É domingo. Daqui a quatro dias.

— Ai, meu Deus — falei.

— Quatro dias! — repetiu ele.

Os meninos inventaram uma canção.

— Quatro dias! Quatro dias! Dominic vai embora daqui a quatro dias!

Abracei Gop, e ele disse que iria avisar a família. Saiu correndo, e eu também saí correndo, de volta para o ônibus.

— Eu vou! — falei para George.

— Não! — exclamou ele.

Contei aos meninos.

— Vai para onde? Vai conosco?

— Não, não. Vou para os Estados Unidos. Meu nome está no mural!

— Não! — gritaram eles em uníssono. — Não pode ser, nunca!

— Você vai mesmo embora? — perguntou George.

— Acho que sim — falei, sem acreditar de todo.

— Não! Você vai ficar aqui a vida inteira! — brincaram os meninos.

Por fim, porém, a ficha caiu. Eu não iria participar da viagem naquele dia, e provavelmente não tornaria a vê-los. Alguns dos meninos pareceram magoados, mas deram um jeito de ficar felizes por mim. George apertou minha mão, e eles pularam por cima dos assentos e se juntaram à minha volta, dando-me tapinhas nas costas e na cabeça, e abraçando minha cintura e minhas pernas com seus bracinhos e suas mãozinhas ossudas. Eu não tinha certeza se os veria novamente antes de ir. Abracei todos os meninos que pude alcançar, e choramos e rimos juntos com a insanidade daquilo tudo.

Era quarta-feira à noite, e eu iria embora no domingo. Tinha centenas de coisas a fazer antes do meu vôo para Nairóbi. Minha cabeça enumerava todas as tarefas necessárias. Não havia tempo. Como tinha visto todos os meus amigos irem embora antes de mim, eu sabia tudo o que tinha de ser feito. Precisava passar dois dos três dias seguintes na orientação cultural, o que não deixava tempo para mais nada. Iria me despedir da minha família de Kakuma no sábado, mas, antes disso, tudo seria uma loucura.

Nessa noite, voltei ao mural para tornar a ler meu nome. Era de fato meu nome. Não podia haver equívoco agora. Eles não podiam retirar meu nome daquela lista. Na verdade, eu sabia que podiam — podiam fazer qualquer coisa, e muitas vezes faziam —, mas sentia que pelo menos tinha motivos para protestar caso tentassem retirar sua promessa. Enquanto eu estava olhando para o mural nessa noite, também vi meu nome na lista de cartas do serviço de imigração e naturalização norte-americano. Eles não haviam enviado a carta; eu tinha apenas de ir pegá-la, e essa seria a última parte da minha liberação. Estava tudo acontecendo ao mesmo tempo. Eu não sabia como interpretar a lógica da ONU, mas pouco importava. Estava indo embora dali a três dias, e logo todos ficaram sabendo.

Eu contava para todo mundo que encontrava, e essa pessoa, por sua vez, contava a dez ou vinte outras. Todos ficavam contentes, mas havia também preocupação. A família de Gop, assim como muitos dos meus amigos, embora na minha frente se dissessem felizes, estavam preocupados comigo: o que significava aquilo, o fato de eu dever fazer aquela viagem tão pouco tempo depois do acidente? Não poderia me fazer bem, pensavam. Parecia ser uma provocação ao destino empreender uma viagem daquelas logo depois de uma experiência tão próxima da morte. Ninguém me disse nada. Eu estava muito feliz e despreocupado, e eles não quiseram estragar meu otimismo. Em vez disso, rezaram. Eu rezei. Todos rezaram. E, no meio disso tudo, eu pensava: "Isso não está certo. Acabei de descobrir que minha família está viva. Como é que posso viajar para o outro lado do mundo? Como é que não posso ao menos ficar esperando em Kakuma até o Sudão se tornar novamente um lugar seguro?". Eu havia esperado quinze anos para ver minha família, e agora estava me afastando ainda mais dela por livre e espontânea vontade. Mesmo assim, era esse o plano de Deus. Eu não podia acreditar em outra coisa. Tinha certeza de que Deus havia posto aquela oportunidade na minha frente, e fiquei convencido de Sua presença na etapa seguinte da minha vida, quando soube das possibilidades oferecidas por Mister CB.

Nessa época, havia uma novidade muito recente em Kakuma: graças à engenhosidade de um empreendedor somali, quem tivesse condições podia entrar em contato, ou tentar entrar em contato, com parentes em áreas de conflito no leste da África. Esse somali, que se tornou conhecido entre os refugiados de língua inglesa como Mister CB, sabia como entrar em contato com ONGs que operavam na região, e de vez em quando conseguia combinar que as pessoas que moravam na área em torno fossem até o rádio falar com parentes em Kakuma. Para entrar em contato com alguém no sul do Sudão, podíamos ir visitar Mister CB e, por quatro minutos de rádio, pagar-lhe duzentos e cinqüenta *shillings* — um bocado de dinheiro para a maioria dos residentes do campo. Ele então tentava avaliar a melhor forma de contatar o parente em questão. Caso houvesse alguma instalação de rádio do SPLA na região, poderia começar por aí. Se houvesse alguma ONG na região, poderia negociar com ela. Essa segunda alternativa era mais difícil, pois as ONGs em geral tinham restrições com relação ao uso de seus rádios para comunicações particulares. De toda forma, caso todos os obstáculos fossem superados, Mister CB ou um de seus colaboradores — pois ele tinha funcionários para representar cada nação de Kakuma — diziam: "Estamos procurando tal ou tal pessoa, será que poderiam trazê-la até o rádio?". E, do outro lado da linha, alguém era despachado para alguma aldeia, campo ou região para encontrar a tal pessoa. Algumas vezes, a pessoa estava a cem metros do rádio, outras vezes, a cem quilômetros.

Eu tinha dinheiro para pagar por uma conexão com Marial Bai, onde soube que havia um funcionário solícito de uma ONG ligada ao Comitê Internacional de Resgate. Sabia que, agora mais do que nunca, precisava entrar em contato com meu pai para lhe contar sobre o que estava acontecendo na minha vida, que eu fora escolhido para ser realocado nos Estados Unidos. Assim, muito pouco tempo depois de Mister CB dar início a suas operações, cheguei lá com meus duzentos e cinqüenta *shillings* na mão.

A sala de Mister CB, um aposento quadrado de paredes de barro e teto de palha seca, estava sempre lotada. Esposas tentavam falar com os maridos, filhos procuravam pelos pais. Os principais clientes do somali eram os dincas, mas, quando cheguei nesse dia, havia uma adolescente ruandesa procurando pela tia, sua única parente viva, e uma mulher banto procurando pelo marido e pelos filhos. Sentei-me no meio de dois outros Meninos Perdidos, mais novos que eu, que tinham ido até lá apenas para ver como as coisas funcionavam, para testar a confiabilidade daquele sistema antes de começarem a arrecadar o dinheiro para sua própria ligação.

Ficamos sentados em bancos compridos que margeavam as duas paredes laterais da sala comprida e, na nossa frente, Mister CB estava sentado em uma cadeira, com o rádio em cima de uma mesa improvisada à sua frente e dois assistentes ao seu lado, um dinca, o outro etíope, prontos para traduzir quando necessário.

Depois de duas horas de desapontamento ouvindo apenas estática, chegou minha vez, e a essa altura minhas expectativas eram realistas. Enquanto aguardava, ninguém havia conseguido completar a ligação nesse dia, então eu não esperava grande coisa. Sentei-me diante da mesa e fiquei escutando Mister CB e seus ajudantes entrarem em contato com o operador de IRC em Marial Bai. Para grande surpresa de todos, a conexão se completou em poucos minutos. Os Meninos Perdidos atrás de mim soltaram um arquejo ao ouvir uma voz dinca do outro lado. Mas era cedo demais. Eu não estava preparado.

Falando um árabe básico, Mister CB explicou que estava procurando por meu pai, Deng Nyibek Arou. O assistente dinca traduziu, e ouvi o funcionário da ONG responder que tinha visto meu pai naquele dia mesmo, na pista de pouso. Nesse dia, um avião de mantimentos da Operação Lifeline havia aterrissado, e praticamente a aldeia inteira havia ido até lá conferir o conteúdo do carregamento. Mister CB pediu que meu pai, Deng Nyibek Arou, fosse convocado até o rádio, e disse que tornaria a ligar dali a uma hora. O homem de Marial Bai concordou. Recostei-me no banco comprido, com os Meninos Perdidos a me parabenizar, ambos empolgadíssimos. Eu estava totalmente anestesiado. Tinha certeza de ter perdido a capacidade de falar. Parecia completamente impossível que eu fosse falar com meu pai dali a uma hora. Nem sequer planejara o que dizer. Será que ele iria se lembrar de mim? Tinha muitos filhos àquela altura, eu sabia, e estava ficando mais velho... Foi um momento terrível, essa hora de espera dentro daquela salinha estreita, com aquele somali gritando no rádio.

Um casal de burúndios passou na minha frente, tentando entrar em contato com um tio que pensavam poder lhes mandar dinheiro, mas não tiveram sorte. E logo chegou novamente a minha vez. Mister CB, com o ar um pouco convencido de quem havia conseguido completar pelo menos uma ligação, a minha, pegou meu dinheiro e tornou a chamar o operador em Marial Bai.

— Alô? — disse ele. — Ele está aí? Está bem.

Passaram-me o microfone. Fiquei olhando para aquilo. Parecia morto como uma pedra.

— Fale, rapaz! — incentivou o assistente dinca.

Levei o microfone à boca.

— Pai?

— Achak! — disse uma voz. Não reconheci absolutamente aquela voz.

— Pai?

— Achak! Onde diabos você está?

A voz irrompeu em uma gargalhada bem alta. Era meu pai. Ouvir meu pai dizer meu nome! Tive de acreditar que era ele. Sabia que era ele. E, assim que tive certeza, a ligação caiu. O somali, ferido em seu orgulho, tornou a fazer a ligação. Dali a poucos minutos, a voz do meu pai irrompeu novamente do rádio.

— Achak! — bradou ele. — Fale, se puder! Seja rápido como um coelho!

— Pai, eles querem me mandar para os Estados Unidos.

— Sim — disse ele. — Ouvi dizer que estão mandando meninos para lá. Como estão as coisas aí?

E a ligação caiu. Quando Mister CB tornou a se conectar com Marial Bai, continuei de onde havia parado.

— Eu não estou nos Estados Unidos ainda. Estou em Kakuma. Queria perguntar ao senhor o que devo fazer. Queria ver o senhor. Não tenho certeza se quero viajar para tão longe de vocês, agora que sei que o senhor e minha mãe estão vivos. Quero ir para casa.

O rádio tornou a falhar. Dessa vez, o somali demorou vinte minutos para retomar contato com o operador de IRC, e a conexão agora estava mais fraca.

Quando meu pai e eu pudemos nos escutar outra vez, ele ainda estava falando, como se jamais houvesse sido interrompido. Estava agora fazendo um sermão, muito sério, com a voz bem alta.

— Você tem que ir, rapaz. Ficou maluco? Esta cidade ainda está arrasada por causa do último ataque. Não venha para cá. Eu proíbo você de vir. Vá para os Estados Unidos. Vá para lá amanhã.

— Mas e se eu nunca mais vir vocês? — perguntei.

— O quê? Você vai nos ver. O único jeito de nos ver é se for para os Estados Unidos. Volte um homem bem-sucedido.

— Mas, pai, o quê...

— Sim, o Quê. Isso mesmo. Vá buscar o Quê. É isso, vá lá. Eu sou seu pai e proíbo você de vir para este lugar...

A conexão caiu uma última vez. O somali não conseguiu recuperá-la. Então era isso.

Nesses últimos dias antes de ir embora, fiquei correndo de um lado para o outro. O dia seguinte era meu primeiro dia de orientação e meu último dia de trabalho no Projeto Wakachiai. Corri para as aulas e fui me sentar junto com outros cinqüenta meninos, a maioria mais novos que eu e desconhecida; todos os da minha idade já tinham ido embora. Havia dois professores, um americano e um etíope, o americano todo desmilingüido por causa do calor. Aquela sala de aula, a melhor de Kakuma, era coberta, e ficava no centro da Organização Internacional de Migração. Tinha telhado e piso de verdade, e ficávamos sentados em cadeiras. Escutamos, mas estávamos empolgados demais para prestar a devida atenção, para processar a informação de forma útil.

Falaram sobre a vida nos Estados Unidos. Sobre como arrumar um emprego, como poupar dinheiro, como chegar pontualmente ao trabalho. Falaram sobre apartamentos, sobre comprar comida e pagar aluguel. Ajudaram-nos com as contas — a maioria de nós, disseram, iria ganhar entre cinco e seis dólares por hora. Parecia muito dinheiro. Fizeram-nos calcular os valores, e percebemos que não poderíamos viver com cinco ou seis dólares por hora. Ninguém propôs nenhuma solução específica, eu acho, mas estávamos eufóricos demais para prestar atenção nos detalhes. Tentávamos escutar todas as palavras, mas estávamos empolgados demais. Tentar decorar números e fatos nesse dia era como tentar capturar morcegos saindo de uma caverna. Conseguiram atrair nossa atenção quando o americano trouxe um cooler e fez circular uma grande pedra de gelo. Eu já tinha visto gelo antes, embora em formato menor; nenhum dos outros meninos jamais vira gelo, e todos riram, soltaram gritinhos e ficaram passando a pedra de mão em mão como se ela pudesse modificá-los para sempre caso a segurassem por tempo demais.

Nesse dia, no trabalho, tentei transmitir tudo o que eu sabia a George, que precisaria assumir o projeto todo. Ele prestou muita atenção, mas ambos sabíamos que o fato de eu ir embora rápido daquele jeito seria um problema. A operação havia perdido seus dois principais funcionários no intervalo de um mês.

— Talvez eles mandem algum outro japonês — disse George.

— Espero que não — falei.

Eu não queria que mais ninguém fosse para Kakuma a menos que não tivesse outra escolha. Queria que nos virássemos sozinhos e que resolvêssemos aquela situação do nosso jeito, sem levar nenhum inocente para o buraco que havíamos cavado. Isso me pareceu um plano sensato, pelo menos nesse dia, e, depois de fecharmos o escritório nessa tarde, experimentei a satisfação de ter resolvido mais um dos meus assuntos pendentes no campo.

Quando estava andando para casa, sob a tarde ainda banhada por uma luz forte, vi minha irmã de criação Adeng andando apressada em minha direção. Tinha os braços apertados em volta do corpo e uma expressão estranha no rosto.

— Venha depressa — disse.

Segurou minha mão com a sua. Ela nunca havia segurado minha mão antes.

— Por quê? O que foi? — perguntei.

— Tem um carro — disse ela. — Na frente da casa. Para você.

A única vez em que um carro havia parado na frente do nosso abrigo antes fora no dia da chegada de Abuk.

Andamos depressa na direção de casa.

— Viu? — disse ela.

Quando chegamos, vi quatro carros, todos da ONU, pretos e limpos, cercados de poeira. Fiquei parado ao lado de Adeng. As portas do carro se abriram e uma dúzia de pessoas saltou ao mesmo tempo. Havia dois brancos e dois quenianos. O resto eram japoneses, todos usando roupas formais — paletó e gravata, camisas brancas limpas. Um rapaz japonês, alto e de terno marrom, adiantou-se e se apresentou como intérprete. E então eu entendi.

553

— Estes são os pais de Noriyaki Takamura — disse o homem, acenando com o braço em direção a um casal de meia-idade. — Esta aqui é a irmã de Noriyaki. Eles vieram do Japão para conhecer você.

Minhas pernas quase fraquejaram. Que mundo mais difícil o nosso.

Os pais de Noriyaki me cumprimentaram, segurando minhas mãos entre as suas. Pareciam-se muito com ele. Sua irmã segurou minha mão. Parecia a gêmea de Noriyaki.

— Eles estão dizendo que sentem muito... — disse o intérprete. — ... mas Wakana, a noiva de Noriyaki, não está se sentindo bem. Ela queria conhecer você, mas está achando tudo isso muito difícil. Está de cama no complexo da ONU. Ela deseja tudo de bom para você.

O pai de Noriyaki falou comigo, e o homem do terno marrom traduziu.

— Eles dizem que sentem muito pela dor que você enfrentou na vida. Ouviram falar muito de você, e sabem que você sofreu.

— Por favor, diga que não é culpa deles — falei.

O intérprete transmitiu isso aos japoneses. Eles tornaram a falar comigo.

— Eles estão dizendo que sentem muito por somar mais esta tragédia à sua vida.

A mãe de Noriyaki agora estava chorando, e logo eu também comecei a chorar.

— Eu sinto muitíssimo por vocês terem perdido Noriyaki — falei. — Ele era meu grande amigo. Era amado por todo mundo neste campo. Imploro que não chorem por mim.

Agora estavam todos chorando. O pai de Noriyaki estava sentado no chão, com as mãos segurando a cabeça. O homem do terno marrom havia parado de traduzir. A mãe e o pai de Noriyaki choraram, e eu chorei ali, em frente ao meu abrigo, em meio ao calor e à claridade do campo de Kakuma.

Tinha mais dois dias antes de ir embora para Nairóbi, depois para Amsterdã, e em seguida para Atlanta. Dormi mal nessa noite e acordei cedo, horas antes da segunda aula de orientação. Sob o céu azul-escuro, antes de o sol nascer, andei pelo campo e tive certeza de que nunca mais iria ver nada daquilo. Eu nunca mais tinha visto o Sudão, nunca mais tinha visto a Etiópia depois de fugirmos. Na minha vida, até então, tudo se movia em uma única direção. Eu estava sempre fugindo.

Havia coisas demais a fazer nessas últimas quarenta e oito horas. Eu sabia que faria poucas delas bem. A aula de orientação terminou às duas da tarde e, no que ainda sobrava do dia, eu precisava cancelar meu cartão de racionamento, fazer as malas e então encontrar centenas de pessoas que nunca mais tornaria a ver.

Sabia que iria doar a maior parte das minhas coisas, pois, quando alguém vai embora do campo, essa pessoa passa a ser assediada; torna-se muito popular. Reza o costume que essa pessoa deixe todos os seus pertences para quem for ficar no campo. Primeiro, porém, existe o costume da reserva, pelo qual qualquer pessoa próxima de um refugiado prestes a partir solicita o que gostaria de ganhar quando ele for embora.

Um dia depois de eu saber que iria embora, tudo o que eu possuía já estava reservado. Meu colchão foi reservado por Deng Luol. Minha cama foi reservada por Mabior Abuk. Minha bicicleta foi reservada por Cornelius, o menino meu vizinho. Meu relógio foi reservado por Achiek Ngeth, um amigo mais velho, que havia comentado muitas vezes quanto gostava daquele relógio. Usei um pouco do dinheiro que havia poupado para comprar roupas novas, uma calça com bolsos laterais, leve e elegante.

Passei essa noite e a manhã seguinte correndo de um lado para o outro de bicicleta, e, quando as pessoas me viam, não conseguiam acreditar que eu estivesse de partida.

— Você vai embora mesmo? — perguntavam.

— Espero que sim! — eu respondia. Na verdade, não fazia idéia se alguma coisa naquilo tudo era real.

Era sábado, e eu iria embora na tarde seguinte. Ainda não tinha certeza se iria mesmo, pois houvera muitos alarmes falsos, todos cruéis. Além do mais, quando eu pensava no assunto, não fazia sentido ir para os Estados Unidos; nada daquilo fazia sentido. Era lógico, muito mais lógico, tudo ser cancelado. Enquanto eu corria pelo campo, apertando a mão dos conhecidos, o fato de ir embora começou a parecer mais possível — provável, até. A cada pessoa que se inteirava da minha partida e me desejava sorte, eu ia acreditando mais. Era impossível tantas pessoas assim estarem equivocadas.

Depois do jantar, empacotei os poucos pertences que iria levar comigo: a calça nova que comprara e os muitos documentos que tinha guardados — meus boletins, o certificado de conclusão do curso de árbitro, meu diploma de primeiros socorros, minha carteirinha do grupo de teatro —, doze documentos ao todo. Encontrei dois pedaços de papelão de tamanho perfeito e colei os documentos ali com fita adesiva, para garantir que não fossem danificados em nenhuma etapa da minha viagem. Então aconteceu uma coisa muito estranha: Maria entrou no meu quarto. Eu havia planejado me despedir dela no dia seguinte, mas ali estava ela.

Não sei como ela conseguiu sair de casa à noite. Não sei o que disse a Gop e sua família para que a deixassem entrar no meu abrigo. Mas agora ela estava em pé no vão da porta, um pouco tímida, com os braços cruzados na frente do peito.

— Eu não acho que você deva ir.

Eu lhe disse que sentia muito por deixá-la ali, que também iria sentir saudades dela.

— Não é que eu vá sentir saudade. Quero dizer, vou sentir, Dorminhoco. Mas eu acho que Deus está fazendo alguma coisa. Ele levou Noriyaki, e acho que tem um plano para você. Estou com um pressentimento.

Segurei sua mão e agradeci-lhe por se preocupar comigo.

— Sei que estou parecendo maluca — disse ela. Nessa hora, sacudiu a cabeça, como que deixando de lado suas preocupações, daquele jeito que tinha de não dar atenção às próprias esperanças e idéias. Mas então sua expressão tornou a ficar séria, e ela me encarou nos olhos com uma intensidade renovada.

— Não vá embora amanhã — disse ela.

— Vejo você de manhã — falei. — Irei fazer uma visita e, se você achar que eu não devo ir, podemos pensar em algum outro plano.

Ela concordou, embora só acreditasse em mim pela metade. Saiu do meu abrigo nessa noite, e não tornei a vê-la. Não lhe disse que compartilhava os mesmos temores que ela, que meus próprios medos eram muito mais imediatos e vívidos que os seus. Não contei a ninguém, mas tinha quase cer-

556

teza de que alguma coisa iria dar errado com aquela viagem. Mas eu não podia continuar morando naquele campo. Já fazia quase dez anos que estava em Kakuma, e não iria passar a vida inteira ali. Tinha a sensação de que qualquer risco era aceitável.

O saguão do Century Club fica completamente silencioso depois das oito da manhã. Enquanto os alunos malham atrás dos vidros, fazendo step, correndo e levantando pesos, eu fico a observá-los e penso nos ajustes que poderia fazer à minha própria série de exercícios. Faz dois meses que comecei a malhar de vez em quando, entre dois turnos. A gerente, uma mulher mignon e musculosa chamada Tracy, me disse que eu poderia ter um desconto de cinqüenta por cento em um plano parcial, e tenho aproveitado essa oportunidade. Engordei dois quilos neste último mês, e acho que aumentei a circunferência do meu peito e do bíceps. Nunca mais quero me olhar no espelho e ver o inseto que já fui.

Uma mulher nova entra na academia, alguém que nunca vi antes. É branca, muito gorda e extremamente graciosa. Parece surpresa ao me ver.

"Oi", diz ela. "Nunca vi você antes. Que sorriso lindo você tem."

Tento franzir o cenho, parecer duro.

"Eu sou Sidra", diz ela, estendendo a mão. "Sou nova na academia. Só vim aqui duas vezes. Estou fazendo umas mudanças, sabe." Ela baixa os olhos timidamente para a barriga volumosa, e imediatamente sinto que devo dizer alguma coisa. Quero fazê-la se sentir melhor. Quero que ela se sinta abençoada. Quero que saiba que foi abençoada. Estar aqui agora, estar viva como ela está, ter passado a vida inteira neste país, Sidra, você é abençoada.

Ela me entrega seu crachá e eu o passo na leitora. Seu rosto aparece, um sorriso triste e de viés, e ela entra na academia.

Sidra, nessa última manhã acordei às quatro horas, para ter certeza de que não haveria fila na bica d'água. Quando cheguei, não havia ninguém, e vi isso como um bom presságio. Levei a água para casa e tomei um banho. Quando estava saindo do chuveiro, Deng Luol, que tinha reservado meu colchão, estava em pé na soleira da porta.

— O sol ainda nem raiou — falei.

— Eu nunca tive um colchão — disse ele. — Tenho uma esposa, e ela gostaria muito de ter um. Com isso, vou ser seu herói.

Ele me desejou boa viagem e saiu com o colchão em cima da cabeça.

Vesti minhas roupas tinindo de novas e guardei minhas coisas dentro de um saco plástico. Só tinha meus produtos de toalete, uma muda de roupa e meus documentos. Nada mais.

Todos na minha casa começaram a acordar, e todos choravam.

— Deixe os sudaneses orgulhosos — disse Gop.

— Vou deixar — falei. Nesse momento, pensei que fosse capaz.

Despedi-me de todas as minhas irmãs de Kakuma, e de Ayen, que havia sido minha mãe no campo durante tantos anos. Foi uma despedida rápida; tudo estava confuso demais para ficar mais tempo. Fui embora tão depressa que esqueci uma das minhas camisas novas, e deixei também meus sapatos novos. Percebi isso mais tarde, mas não quis voltar.

Quando saí de casa, encontrei Cornelius, o vizinho que havia reservado minha bicicleta. Era uma boa bicicleta, chinesa, de dez marchas, e Cornelius já estava encarapitado em seu selim de vinil limpo, com o apoio abaixado, treinando as pedaladas, pressionando os pedais para a frente e para trás.

— Está pronto? — perguntou.

— Estou, vamos.

Durante todo esse dia, o céu se manteria de um azul imaculado. Eu estava disposto a ir a pé até o complexo da ONU — onde pegaria o ônibus até a pista de pouso —, mas Cornelius insistiu para me levar com sua bicicleta nova. Então me acomodei no suporte acima do pneu traseiro, com o saco plástico no colo.

Ele levou algum tempo até conseguir conduzir a bicicleta direito comigo na garupa.

— Pedale, menino, pedale! — falei.

Ele logo se firmou, e chegamos à rua principal que levava ao complexo. Quando entramos na rua, vimos outras pessoas. Centenas. Milhares. Parecia que Kakuma inteira estava andando por aquela rua, para se despedir dos quarenta e seis meninos que estavam indo embora nesse dia. Para cada pessoa que ia, havia centenas de amigos acompanhando. Não dava para dizer quem estava de partida e quem eram os amigos. Era uma enorme procissão, as mulheres todas muito tristes, com as cores dos vestidos a se destacar na estrada laranja erodida que conduzia à pista de pouso.

Cornelius agora estava nos conduzindo a toda velocidade pelo meio da multidão. Tocava a sineta do meu guidom, fazendo as pessoas se afastarem para deixar-nos passar.

— Cuidado! — gritava ele. — Saiam da frente, saiam da frente!

Aqueles que estavam indo embora sentiam pena dos que ficavam, e os que ficavam sentiam pena de estarem ficando. Mas eu não conseguia parar de sorrir. Minha dor de cabeça passou por alguns instantes durante essa volta de bicicleta e, quando atravessamos o campo, eu na garupa da minha própria bicicleta, as pessoas saíram da frente e gritaram para mim.

— Quem é esse daí indo embora? — diziam.

— Sou eu — eu respondia. — Valentino! Sou eu!

Cornelius pedalava cada vez mais depressa. Os milhares de pessoas que eu conhecia em Kakuma eram agora um borrão pintado de todas as cores. Saíam de suas casas e corriam atrás de mim, desejando-me tudo de bom e usando todos os meus nomes.

— Quem é esse daí indo embora? Não pode ser! — diziam. — É você? É Achak?

— Sim! — gritava eu, rindo. — Estou indo embora! Achak está indo embora!

E eles acenavam e riam.

— Boa sorte para você! Vamos sentir saudade, Achak!

— Tchau para você, Dominic!

— Não volte para este lugar imundo, Valentino!

E eu olhava seus rostos ao passar, sentado acima do pneu traseiro da minha sacolejante bicicleta de dez marchas, e esperava que todas aquelas pessoas fossem sair do campo, embora soubesse que poucas iriam fazê-lo. O sol estava forte quando chegamos ao complexo da ONU. Cornelius diminuiu a velocidade e eu saltei da garupa. Ele já dera meia-volta com a bicicleta e estava tomando o caminho de casa quando se lembrou de dizer adeus. Aper-

559

tou minha mão e se foi. Um menino tão novinho com uma bicicleta como aquela? Era um fato inédito no campo.

Passei pelo portão. Dentro do complexo, os outros meninos que estavam de partida haviam se reunido e estavam sentados debaixo da sombra generosa da maior árvore de Kakuma. Nosso vôo estava marcado para as duas da tarde, mas nós que iríamos viajar naquele avião já havíamos partido, já estávamos pensando, planejando; em nossa cabeça, já tínhamos saído de Kakuma, do Quênia, da África. Estávamos pensando no tipo de trabalho que faríamos nos Estados Unidos. Estávamos pensando na escola de lá, muitos de nós imaginando que, dali a semanas, estaríamos estudando em universidades americanas. Um dos meninos tinha um catálogo de uma universidade, e nós o passamos de mão em mão, admirando o belo campus, os alunos de tantas etnias diferentes passeando sob as copas das árvores, passando pela frente dos edifícios de pedra bruta.

— Pensei que Jeremiah Dut fosse vir — disse um dos meninos.

— Ele não foi aprovado. Descobriram que tinha sido soldado.

Os meninos passaram algum tempo conversando sobre isso, em voz baixa, e comparamos as mentiras que havíamos contado. Muitos dos meninos tinham dito que os pais haviam morrido, quando eram poucos os que sabiam ao certo. Depois de uma hora sentados na sombra, um avião surgiu acima dos morros, parecendo muito pequeno e muito frágil.

— É esse o avião? — perguntou alguém.

— Não — respondi.

Nessa hora, enquanto o avião se aproximava em círculos e finalmente aterrissava, tive muita certeza de que aquele era o avião que iria me conduzir rumo à minha morte.

Embarcamos no avião, que era pilotado por um francês tão baixo quanto uma adolescente. Éramos quarenta e seis meninos no vôo, e todos haviam percorrido mais ou menos o mesmo caminho que eu. Eu não conhecia nenhum dos outros muito bem; todos os meus amigos tinham ido embora muito tempo antes. Assim que os motores do avião foram ligados, um dos meninos vomitou em meus sapatos. O menino na minha frente, ao sentir o cheiro do vômito, devolveu o café-da-manhã no assento da frente. Quando o avião avançou, três outros meninos vomitaram, e dois deles conseguiram achar os saquinhos de enjôo do avião a tempo. Além dos vômitos, ninguém deu um pio. Aqueles que conseguiam olhar pelas janelas ficaram estatelados.

— Olhe aquela construção! É uma ponte?

— Não, aquilo é uma casa!

E dentro do avião estava muito claro. Tivemos de baixar as janelas para descansar os olhos.

O avião aterrissou bem tarde no domingo. Ninguém jamais havia estado no Aeroporto Internacional de Kinyatta, e ficamos todos pasmos. O tamanho daquilo tudo. Era muito maior que a pista de pouso de Kakuma, maior que qualquer povoado que jamais tivéssemos visto; parecia não ter fim.

Com a noite se aproximando, ficamos esperando no aeroporto por um ônibus que iria nos levar até o centro de Nairóbi e o Goal, um centro de triagem de refugiados administrado pela Organização Internacional de Migração. Ali ficaríamos esperando até o dia seguinte por nosso vôo para Amsterdã e mais além.

Na escuridão em volta do aeroporto, era impossível para jovens como nós saber o que estávamos vendo. O que eram aquelas luzes? Seriam luzes avulsas ou estariam conectadas a alguma estrutura? À noite, a maior parte de Kakuma fica no escuro, pois há pouca luz elétrica. Mas ali, em Kinyatta, todo mundo ainda estava acordado. Ninguém dormia.

— E os carros!

Em Kakuma inteiro, havia apenas poucos carros de cada vez.

— Cara, é enorme! — disse um dos rapazes.

Todo mundo riu, porque era o que todos estávamos pensando. No trajeto do aeroporto até o centro de Nairóbi, a admiração foi aumentando. Eu era o único que já havia estado em uma cidade.

— Essas construções! — disse um dos meninos. — Não quero andar debaixo delas.

Nenhum dos outros tinha visto prédios de mais de três andares, e tinham pouca confiança de que aqueles que cobriam a rua com suas sombras fossem se sustentar em pé.

No Goal, fizemos nosso registro, recebemos nosso itinerário, e jantamos em um bufê no qual comemos feijão, milho e marague, uma mistura de feijão, aveia e repolho. Fomos conduzidos até os quartos onde dormiriam seis meninos em cada um, em três beliches.

— Aah, olhem só isso!

A maioria dos meninos que estavam comigo nunca tinha dormido em lençóis brancos limpos. Um menino chamado Charles se jogou na cama e fingiu estar nadando. Todos nadamos nos lençóis brancos e rimos até ficar com dor na barriga.

Dormi mal nessa noite, escutando as conversas infindáveis dos meus companheiros de quarto.

— Para onde você vai, mesmo?

— Chicago.

— Ah, sim. Chicago. Os Bulls!

E todos tornávamos a rir.

— Em San Jose faz frio?

— Não, não. Acho que faz calor.

— Pior para você, Chicago!

E ríamos de novo.

Pela manhã, uma segunda-feira ensolarada e úmida, não tínhamos nada para fazer depois de tomar o café-da-manhã. Ninguém tinha autorização para sair do hotel, que era murado e vigiado por soldados quenianos. Não tínhamos certeza por quê.

Na noite seguinte, ninguém dormiu outra vez. O quarto estava escuro, mas os meninos contaram piadas e fizeram as mesmas perguntas.

— Quem vai para Chicago, mesmo?

— Eu. O Bull sou eu.

É difícil explicar por que isso era tão engraçado, mas, na época, era. A outra piada favorita da noite dizia respeito a San Jose. Três dos meninos do quarto iriam para lá, mas ninguém conseguia pronunciar o nome do lugar.

— Nós vamos para Saint Joe's! — diziam eles.

— É, San Joe's é o melhor lugar para ir.

No dia seguinte, finalmente iríamos para o aeroporto embarcar no avião de verdade, o que iria para Amsterdã e em seguida para Nova York. De Nova York, seríamos mandados para doze cidades diferentes — Seattle, Atlanta, Omaha, Fargo, Jacksonville, tantos lugares.

No ônibus, finalmente fomos dominados pela exaustão. Era terça-feira, fazia trinta e seis horas que estávamos no Goal, e ninguém havia dormido por mais de alguns minutos. Por fim, saímos a caminho do aeroporto, todos vestindo camisas idênticas da OIM, e cada janela do ônibus suportava o peso da cabeça encostada de alguém. Um buraco logo antes da entrada do aeroporto de Kinyatta acordou todo mundo, e novamente uma algazarra se formou. Tentei ficar parado e quieto, pois minha cabeça estava muito pesada, e a dor tão intensa que me perguntei se haveria mesmo algo errado comigo. Cogitei por um instante em dizer alguma coisa para o queniano que havia nos conduzido até o ônibus, pedir-lhe um remédio de algum tipo, mas depois desisti. Não era uma boa idéia se fazer notar em situações como aquela. Bastava um barulho, e a oportunidade poderia desaparecer. Bastava reclamar de alguma coisa para não conseguir nada.

Havia milhares de pessoas no aeroporto nesse dia, uma mistura espantosa de quenianos e negros de pele mais clara, além de mais de uma centena de brancos, a maioria com a pele muito rosa e queimada de sol. Vimos um grupo de brancos, uns cinqüenta — mais brancos do que jamais tínhamos visto em um lugar só —, todos reunidos ao lado de sua numerosa bagagem, todos procurando seus passaportes. Quis falar com eles, treinar meu inglês, dizer-lhes que logo faria parte do seu mundo. Não fazia idéia de onde eles eram, mas estava convencido de estar deixando um mundo para trás e adentrando outro, de que o mundo norte-americano era branco e de que todos os brancos, sobretudo aquela gente ali de Nairóbi, faziam parte dele.

Ficamos esperando junto ao portão de embarque, tentando não chamar atenção. Todos estavam preocupados com o fato de que, caso chamássemos a atenção da polícia ou das autoridades do aeroporto, pudéssemos ser levados diretamente de volta para o campo. Então ninguém se levantou das cadeiras. Ninguém foi ao banheiro. Ficamos esperando durante uma hora, com as mãos no colo, e então a hora chegou. Embarcamos em um avião cinco vezes maior do que o que havíamos pego até Nairóbi, e mais luxuoso sob todos os aspectos. Afivelamos o cinto de segurança. Aguardamos. Minha dor de cabeça aumentava a cada minuto.

Ficamos sentados até todos os passageiros embarcarem, e depois por mais trinta minutos. Estávamos todos sentados juntos, no meio da aeronave, e ficamos muito calados. Uma hora passou. Não dissemos nada, porque não fazíamos idéia de quanto tempo um avião levava para decolar para Amsterdã e depois para Nova York. Mas as outras pessoas a bordo, brancas e quenianas, haviam começado a fazer perguntas, e ouviu-se uma série de mensagens pelo sistema de alto-falantes. "Estamos aguardando autorização da torre." "Estamos prontos para decolar, aguardando instruções." "Por favor, tenham paciência. Agradecemos sua paciência. Por favor, permaneçam sentados, com o cinto de segurança afivelado."

Mais trinta minutos se passaram. O alto-falante tornou a ganhar vida.

"Houve um incidente em Nova York. Este avião não pode ir para lá." Silêncio por mais alguns minutos.

"Por favor, desembarquem com calma. Nenhuma aeronave vai decolar de Nairóbi por enquanto. Retornem ao seu portão e aguardem novas instruções."

Nosso ônibus foi o segundo a chegar ao hotel e, no lobby, uma centena de pessoas, sudaneses e quenianos funcionários do hotel, e até mesmo cozinheiros e operários de manutenção, todos estavam reunidos em torno da TV, vendo as torres soltarem fumaça como chaminés e depois caírem. Em seguida vieram imagens do Pentágono. Nenhum dos sudaneses jamais tinha visto os prédios que haviam sido atacados, mas entendemos que os Estados Unidos estavam em guerra e que não poderíamos ir para lá.

— Quem é o inimigo? — perguntei a um carregador queniano do hotel. Ele deu de ombros. Ninguém sabia quem tinha feito aquilo.

Comemos, depois dormimos como foi possível; estávamos presos no Goal enquanto o mundo decidia o que fazer. Conforme eu havia previsto, conforme Maria havia previsto, Deus estava me mandando um recado. Eu não pertencia àquele lugar, nem a nenhum outro.

Esperávamos ser mandados de volta para Kakuma na mesma hora, mas, nesse primeiro dia, nada disso aconteceu. No dia seguinte tampouco fomos mandados de volta para Kakuma. Não sabíamos nada sobre nossa situação, que planos tinham para nós, mas, conforme os dias passavam, fomos ficando mais animados com nossos destinos. Talvez fôssemos realocados em Nairóbi. Um dos meninos estava convencido de que iríamos trabalhar no hotel do Goal, ou pelo menos aqueles com habilidades suficientes poderiam fazê-lo. Ele alegava ser muito bom cozinheiro.

Alguns de nós já não queriam mais ir para os Estados Unidos. Para eles, o Sudão parecia mais seguro que Nova York. As coisas iriam piorar, supunham, quando as retaliações conduzissem a um conflito maior. Todos concordavam que qualquer guerra em que os Estados Unidos entrassem seria a maior guerra que o mundo jamais conhecera. Eu peguei as explosões que tinha visto em filmes e aumentei-as. A guerra que estava por vir seria assim, com fogo caindo do céu e cobrindo o mundo inteiro. Ou talvez os prédios, todos os prédios dos Estados Unidos, fossem simplesmente seguir implodindo como havia acontecido em Nova York. Começariam a soltar fumaça e depois desabariam.

Não houve notícias da OIM ou de mais alguém nem na quarta, nem na quinta, nem na sexta-feira, e, no sábado, aconteceu uma coisa ruim: mais refugiados chegaram de Kakuma. Outro avião viera do campo até Nairóbi, e agora o hotel tinha quarenta e seis meninos sudaneses a mais. Mais um grupo chegou nessa mesma tarde, e, no domingo, mais dois aviões trouxeram outra centena de passageiros. Eram vôos regulares, como os que havíamos pego, e não haviam sido remarcados. Logo éramos trezentos refugiados no Goal, um local previsto para um terço desse número. Dormíamos dois em cada cama. Colchões de lojas de material militar e hospitais foram levados para o hotel, e logo havia apenas caminhos estreitos por onde as pessoas podiam caminhar. O resto do chão estava coberto de mantas e lençóis, e dormíamos em cima disso o tempo inteiro, sempre que podíamos.

Foi um dos recém-chegados quem me contou sobre Maria. Pouco depois de eu a ver naquela noite, quando me pedira para não ir, ela havia tentado pôr fim à própria vida. Engolira uma mistura de desinfetante com aspirina, e teria morrido não fosse por seu responsável, que a encontrou na cama com um filete de líquido branco escorrendo da boca. Ela foi levada para Lopiding e sua condição agora era estável. Fiquei arrasado com tal notícia nesse dia, mas, graças a Deus, Sidra, a história de Maria tem um final feliz. No hospital, ela conheceu uma médica ugandesa que escutou sua história e assumiu a tarefa de garantir que Maria não voltasse para a casa do homem que queria casá-la para obter o máximo de dinheiro possível. Essa médica cuidou de Maria e acabou organizando sua ida para uma escola em Kampala, onde havia canetas e lápis, uniformes e paredes. Maria agora está na universidade em Londres. Nós nos correspondemos por e-mail e mensagens de texto via celular, e agora também posso chamá-la de Dorminhoca, porque ela tentou dormir para sempre, mas hoje parece feliz em estar acordada.

No segundo dia no Goal, uma chuva quente alagou Nairóbi e o hotel logo se transformou em uma pocilga. Os banheiros eram insalubres. Não havia comida suficiente. Queríamos usar o dinheiro que tínhamos — e muitos dentre nós haviam levado seu pé de meia — para comprar comida em Nairóbi, mas a segurança agora estava mais rígida que antes. Ninguém podia entrar nem sair. A competição pela comida servida no Goal provocou comportamentos feios. Nas raras ocasiões em que havia carne, era motivo de discussões e desavenças; apenas uma pequena porcentagem de nós conseguia prová-la.

Não havia nada para fazer. Rezávamos pela manhã e à noite, mas eu me sentia impotente e tonto. Tinha me sentido impotente durante a maior parte da vida, mas nunca houvera nada como aquilo. Alguns dos meninos culpavam o motorista do nosso ônibus, dizendo que ele havia dirigido devagar demais — se tivesse sido mais rápido, diziam, nós teríamos chegado antes ao avião e saído do aeroporto antes de os vôos serem cancelados. Era um raciocínio de mentes desesperadas. Mas poucos de nós ainda achavam provável irmos para os Estados Unidos. Para a Austrália, talvez, ou para o Canadá — mas não para aquela nação que estava sendo atacada. Sentíamos que nossa aceitação nos Estados Unidos era frágil, não a considerávamos certa, e sabíamos como eles poderiam, de forma rápida e compreensível, mudar de idéia. Por que um país que estava sendo atacado iria precisar de gente como nós? Éramos mais um problema para um país já cheio de problemas.

A chuva estiou na tarde do oitavo dia, e Nairóbi esquentou sob céus sem nuvens. Sentei-me na cama que dividia com outro Daniel e fiquei olhando para as paredes e para o teto.

— Eu preferiria nunca ter ouvido falar nos Estados Unidos — disse um menino no beliche embaixo do meu.

Perguntei-me se esses também seriam os meus pensamentos. Não me lembro de ter feito nada nesse dia. Acho que nem sequer me mexi.

Ficamos esperando, todos os trezentos. Soubemos que os vôos de Meninos Perdidos que haviam partido logo antes do nosso tinham sido desviados para o Canadá e para a Noruega. Havia pessoas espalhadas pelo mundo todo, sem poder viajar.

— O mundo parou — disse um dos quenianos. Todos aquiesceram.

Logo os vôos de Kakuma cessaram, mas os refugiados continuavam a chegar ao Goal. Um grupo de setenta somalis do outro campo queniano, Dadaab, agora também estava no Goal, e os administradores do centro de triagem foram forçados a deixar todos passarem mais tempo ao ar livre. Revezamo-nos para ir respirar o ar do pátio.

Junto com todos os outros rapazes que estavam no Goal, eu ficava assistindo ao noticiário, esperando ouvir o presidente norte-americano dizer alguma coisa sobre a guerra, sobre quem era o inimigo. À medida que os dias passavam sem que ocorresse nenhum outro ataque, fomos ficando um pouco mais otimistas. Parecia impossível, porém, que tivesse havido apenas um dia de ataques, e depois mais nada. Não era o tipo de guerra com o qual estávamos acostumados. Ficávamos perto da televisão, esperando apenas más notícias.

— Vocês sudaneses querem ir para os Estados Unidos!

Um somali, mais velho que qualquer outro somali que eu jamais vira, dirigia-se a nós do outro lado do aposento. Estava em pé, vendo-nos assistir ao noticiário. Ninguém sabia nada sobre ele, mas alguém disse tê-lo visto em Kakuma.

— Para onde vocês vão? Eles estão em guerra! — disse o somali.

Eu já tinha ouvido falar nesse homem. Os outros no Goal chamavam-no de Homem Perdido. O Homem Perdido me deixou zangado muito depressa.

— Acharam que seria melhor lá? — berrava ele, enquanto a televisão apresentava um novo ângulo dos aviões se chocando contra o vidro escuro das torres.

Ninguém lhe respondeu.

— Não vai ser melhor! — continuou ele. — Vocês acharam que não teriam problemas? São só problemas diferentes, seus meninos burros!

Não escutei esse homem. Sabia que ele era perturbado, que estava equivocado. Sabia que, nos Estados Unidos, mesmo com ataques como aqueles, teríamos vidas de oportunidade e conforto. Não duvidávamos disso. Estávamos preparados para superar quaisquer obstáculos que pusessem na nossa frente. Estávamos prontos, eu estava pronto. Havia conseguido ter sucesso em Kakuma, e daria um jeito de ter sucesso nos Estados Unidos, qualquer que fosse o estado de guerra ou paz em que aquele país se encontrasse. Iria chegar e me matricular imediatamente na universidade. Trabalharia à noite e estudaria de dia. Não iria dormir até entrar em um curso universitário de quatro anos, e tinha certeza de que logo teria meu diploma, depois cursaria uma pós-graduação em relações internacionais e arrumaria um emprego em Washington. Lá conheceria uma sudanesa, e ela também seria estudante universitária nos Estados Unidos, e nós iríamos namorar, nos casar e formar uma família, uma família simples de três filhos e amor incondicional. À sua maneira, os Estados Unidos nos dariam um lar: vidro, cascatas, fruteiras de laranjas brilhantes em cima de mesas limpas.

O Homem Perdido continuava a vociferar, e um homem que estivera no mesmo vôo de Kakuma que eu, não conseguiu mais agüentar as provocações do velho.

— Mas você também está indo para lá, seu tonto! — gritou ele.

Era isso o mais estranho em relação ao Homem Perdido: ele também estava indo para os Estados Unidos.

Nós sabíamos dos ataques às embaixadas da Tanzânia e de Nairóbi, e, à medida que os dias passavam, o mundo foi tendo mais certeza de que aquilo era obra do mesmo homem. Como não houve mais ataques nos dias seguintes, porém, percebemos que os Estados Unidos não estavam em guerra, que era relativamente seguro ir para lá. Decidimos que queríamos ir mais do que nunca.

Depois de nove dias, organizei um grupo de rapazes, quatro de nós, sudaneses e somalis, para pedir nossa liberação. Solicitei uma reunião com o representante da OIM que vira entrando e saindo do Goal em várias ocasiões. Para minha surpresa, a reunião foi aceita.

O homem era um sul-africano mestiço. Quando chegamos, antes de ele conseguir falar, iniciei meu pedido. "Vamos lutar!", falei. "Faremos o que for preciso, contanto que nos mandem para os Estados Unidos", continuei. "Já esperamos tanto tempo! Esperamos vinte anos só para saber que alguma coisa boa vai acontecer! O senhor pode imaginar isso? Não nos decepcione. Não pode fazer isso. Faremos qualquer coisa, tudo", falei. Meus companheiros me olhavam com cautela, e desconfiei de que eu pudesse estar atrapalhando mais do que ajudando. Eu estava exausto, e talvez estivesse soando desesperado.

O homem saiu da sala sem dizer nada. Deixou um pedaço de papel onde estava escrita uma ordem da OIM: os vôos seriam retomados assim que os aeroportos americanos reabrissem. Na mitologia do Goal, meu discurso tornou-se o fator decisivo para a retomada dos vôos. Fui parabenizado durante muitos dias, por mais que negasse minha responsabilidade.

As partidas começaram no dia 19 de setembro. A cada dia, uma lista de vinte refugiados era afixada a uma janela junto à TV, e aquelas pessoas eram buscadas na mesma tarde e levadas para o aeroporto. No primeiro dia, os homens cujo nome estava na lista fizeram as malas, incrédulos, e subiram no ônibus às duas e meia. O ônibus partiu, e foi isso. Os que ficaram não conseguiram acreditar em como o processo havia se tornado simples e rápido. Depois que os primeiros três grupos não voltaram, sentimo-nos relativamente seguros de que, caso embarcássemos em um ônibus da tarde, de fato iríamos embora do Goal para sempre.

Nunca fiquei tão feliz em ver sudaneses desaparecerem. A cada dia, o número de pessoas no Goal diminuía — primeiro eram trezentas, depois duzentas e sessenta, depois duzentas e vinte. No quarto dia, fui transferido para outro quarto, um quarto pequeno, com uma janela muito alta gradeada de ferro. Tinha uma cama só para mim, mas dividia o quarto com outras catorze pessoas. Todas as noites em que sabia que não iria partir no dia seguinte, eu dormia bem, escutando os aviões decolarem de Nairóbi.

No quinto dia, meu nome apareceu na folha afixada à janela. Eu estaria no ônibus da tarde seguinte. Nessa noite, fiquei deitado na cama encarando os outros rapazes no quarto, todos nas sombras, apenas uns poucos dormindo. Metade deles iria partir no dia seguinte junto comigo, e não conseguiam descansar. A atmosfera era muito diferente de oito dias antes. Até onde sabíamos, os sudaneses agora estavam espalhados pelo mundo todo, impedidos de viajar, redirecionados; alguns, que deveriam ter ido para um país, estavam agora em outro por tempo indeterminado. Mas nós iríamos sair voando rumo a tudo isso no dia seguinte. Ninguém tinha certeza de jamais tornar a ver a terra. Sair voando da África, por cima do oceano, dentro de um avião, com destino à cidade onde aviões se chocavam contra edifícios? Não se tratava apenas de um país em guerra. Estávamos deixando para trás tudo o que conhecíamos, ou pensávamos conhecer; cada um de nós tinha consigo apenas uma sacolinha de pertences, e nenhum dinheiro, nenhum parente no lugar para onde estávamos indo. Aquela viagem era um ato de fé impensado.

Estava escuro dentro do nosso quartinho, e o ventilador acima de nós não se movia. O mais jovem de todos, um rapaz chamado Benjamin, havia se virado para a parede, acordado e tremendo.

— Não fique assustado — disse-lhe eu.

Eu era o mais velho do grupo, e senti que era minha responsabilidade acalmá-lo.

— Quem é, é Valentino? — perguntou ele.

— Sou eu. Não tenha medo de hoje à noite, Benjamin. Nem de amanhã.

Os homens dentro do quarto concordaram, murmurando. Desci da cama e fui até o beliche de baixo, onde Benjamin estava deitado. Agora que o estava vendo de perto, ele não parecia ter mais de doze anos.

— Nós já vimos mais coisas que nossos antepassados. Mesmo que desapareçamos no vôo rumo ao nosso destino, Benjamin, devemos nos sentir gratos. Você se lembra do vôo para Nairóbi? Tivemos de fechar todas as janelas,

570

tamanha a claridade. Vimos a terra do céu, vimos as luzes de Nairóbi e todas as pessoas do mundo andando por suas ruas. Isso é mais do que nossos ancestrais poderiam ter sonhado.

A respiração de Benjamin se acalmou, e os homens no quarto concordaram que aquilo era verdade. Encorajado, continuei falando com Benjamin e com as sombras daqueles homens. Disse-lhes que os erros de nossos antepassados dincas eram erros de timidez, de escolher o que estava na sua frente em vez do que poderia vir a ser. Nosso povo, falei, havia sido punido durante séculos pelos próprios erros, mas agora estávamos recebendo uma chance de consertar tudo. Havíamos sido testados como ninguém jamais fora testado antes. Havíamos sido enviados rumo ao desconhecido uma, duas, três vezes. Havíamos sido jogados de um lugar para o outro, como a chuva em meio ao vento de uma forte tempestade.

— Mas não somos mais chuva — disse eu. — Não somos mais sementes. Somos homens. Agora podemos nos levantar e decidir. Essa é nossa primeira oportunidade de escolher nosso próprio desconhecido. Estou muito orgulhoso de tudo o que nós já fizemos, meus irmãos, e, se tivermos a sorte de decolar e aterrissar em um lugar novo, devemos prosseguir. Por mais impossível que pareça, devemos seguir em frente. E, sim, houve sofrimento, mas agora haverá graça. Houve dor, mas agora haverá serenidade. Ninguém passou por tantas provações quanto nós, e agora essa é a nossa recompensa, seja ela o paraíso ou algo menor do que isso.

Quando terminei de falar, Benjamin parecia satisfeito, e palavras começaram a ecoar no escuro ditas por todos os homens do quarto, concordando. Tornei a subir na cama, mas me sentia flutuando acima dela. Todas as partes do meu corpo pareciam carregadas de eletricidade. Meu peito doía e minha cabeça latejava com a imensa, terrível e infinita possibilidade da manhã seguinte, e, quando esta chegou, o céu estava todo branco, tudo estava novo, e eu não havia pregado o olho.

26.

Quando a manhã termina e meu trabalho no Century Club chega ao fim, vou-me embora, sabendo que abandonarei esse emprego e partirei de Atlanta. Saio para a rua; é um dia sem nada de especial. Sei que não sentirei falta do céu que paira sobre essa cidade. O céu daqui foi como um martelo para mim, e, assim que puder, vou me mudar para um lugar mais tranqüilo. Um lugar onde possa passar algum tempo pensando. Preciso fazer novos planos sem os olhos dessas nuvens a me observar.

Meus planos por hora estão confusos, mas sei determinadas coisas que vou e que não vou fazer. Não vou mais catalogar amostras de tecido. Não vou mais transportar aparelhos de televisão ou varrer restos de guirlandas do chão de alguma loja temática de Natal. Não vou abater animais no Nebraska nem no Kansas. Não tenho preconceito contra esses trabalhos, pois já executei a maioria deles. Mas não vou voltar para esse tipo de trabalho. Vou mirar para a frente. Vou tentar fazer melhor. Não vou ser um fardo para aqueles que já me ajudaram demais. Serei sempre grato por todos os prazeres que já pude aproveitar, pelas alegrias que ainda vou experimentar. Aproveitarei as oportunidades à medida que se apresentarem, mas, ao mesmo tempo, não confiarei com tanta facilidade. Verei quem está do outro lado da porta antes de abri-la. Tentarei ser firme. Discutirei quando for preciso. Estarei disposto a lutar. Não sorrirei por reflexo para qualquer pessoa que vir. Viverei como um bom filho de Deus, e O perdoarei sempre que Ele levar mais uma das pessoas que amei. Perdoarei e tentarei entender Seus planos para mim, e não sentirei pena de mim mesmo.

No início deste dia sem nada de especial, primeiro irei de carro para casa. Achor Achor e eu cobriremos o chão manchado com meu sangue usando um vaso de planta, uma luminária, talvez uma mesa, e substituiremos o que foi roubado. Direi a Achor Achor que vou sair do apartamento, e ele vai entender. Levará muito pouco tempo para encontrar um novo colega de casa. Existem muitos conterrâneos meus em Atlanta que irão gostar desse apartamento, e o próximo morador não vai ligar para o que aconteceu aqui.

Eu hoje tenho escolhas. Um amigo meu está com um bebê pequeno. Na verdade, é um dos Dominics; ele e a mulher moram em Macon. Talvez eu pegue o carro e vá até lá cumprimentá-los e levar um presente. Poderia ir a Macon e pegar o recém-nascido no colo, e então, caso me sinta forte o bastante, poderia seguir em frente e ir visitar Phil, Stacey e os gêmeos na Flórida. O oceano estará frio nesta época do ano, mas mesmo assim eu poderia tentar nadar. Ou será que deveria pegar o carro e tomar outra direção? Poderia passar o dia e a noite inteiros viajando e ir encontrar Moses em Seattle, ficar hospedado com ele e participar de sua caminhada. Quero muito tornar a caminhar com Moses, e farei isso, prometo que farei isso, a menos que ele esteja planejando caminhar descalço. Será que faria isso, caminhar descalço até o Arizona para defender algum tipo de bandeira? Nesse caso, eu não me juntaria a Moses; seria loucura.

Olho por cima do teto dos carros e para o campo que se estende mais além. Fecho os olhos na direção do céu branco e vejo o amarelo de um sol poente. Posso vê-la nitidamente agora, movendo-se com rapidez pela trilha na minha direção, com seu andar altivo e cadenciado. Eu deveria estar em casa. Parece errado não estar em casa com ela. Poderia abandonar essa luta aqui e ir ficar junto dela, do meu pai e da extensa família que tenho em Marial Bai. Ficar aqui, lutando, com minha cabeça doendo tanto por causa de toda a pressão, talvez não seja meu destino. Durante anos jurei voltar para casa, mas só depois de terminar minha formação universitária. Via-me descendo de um avião, de terno, carregando uma pasta, com meu diploma emoldurado em couro lá dentro, e abraçando minha cidade e minha família. Também falei a meu pai sobre esse plano e ele gostou muito, embora tenha insistido para eu esperar até que ele também tivesse recuperado o chão. Só queria tornar a me ver depois que seu comércio estivesse reerguido, e só depois de a nossa casa estar novamente do mesmo jeito que estava quando eu vim ao mundo.

Acredito que esse dia irá chegar. Mas está demorando mais do que o esperado.

Porém, o que quer que eu faça para sobreviver, continuarei a contar essas histórias. Conversei com todas as pessoas que encontrei nesses últimos dias tão difíceis, e com todos os que entraram na academia durante essas terríveis horas matutinas, porque fazer qualquer outra coisa seria menos que humano. Falo com essas pessoas, e falo com vocês, porque não consigo evitar. Saber que vocês estão aí me dá força, uma força quase inacreditável. Cobiço seus olhos, seus ouvidos, o espaço entre nós que talvez possa ser vencido. Como somos abençoados por termos um ao outro! Eu estou vivo, e vocês estão vivos, então precisamos encher o ar com nossas palavras. Vou enchê-lo hoje, amanhã, todos os dias, até ser levado de volta para Deus. Vou contar histórias a quem ainda escuta e a quem não quer escutar, a quem me procura e a quem sai correndo. Durante esse tempo todo, saberei que vocês estão aí. Como posso fingir que vocês não existem? Seria quase tão impossível quanto vocês fingirem que eu não existo.

Agradecimentos

O autor e Valentino Achak Deng gostariam de agradecer às seguintes pessoas e organizações pelo apoio, opinião e incentivo, e aos seguintes textos por sua inspiração e exemplo: Lueth Mou Mou e Bol Deng Bol; Deng Nyibek Arou, Amiir Jiel Nyang, Adut Kuol, Achol Liai, Fatuma Osman, Atak Mayuol, Adeng Garang Ngong, Amath Dut, Aguil Apath, Amin Deng e Ayen R. Lonyo; todos os Arous, Adims, Gurtungs, Achaks, Dengs, Piols, Agouds, Achols, Aduts, Jors, Nyijurs, Nyibeks, Ahoks e Mayens; Mary Williams; John Prendergast do International Crisis Group; Simon Kuot; Malual Geng; Isaac Mabior; Tito Achak; Akoon Ariath; Kuek Mzee; William Kuol Bak; Deng Kur; Leek Akot; Manut Kon; Tong Achuil; Mabior Malek; Francis Piol Bol; Monynhial Dut; Ayuen e Lual Deng; Lual Dau Marach; Bol Deng; Lino Diadi; Luach Luach; James Alic Garang; William Kolong Pioth; Deng Colobus; Yai Malek; Boll Ajith; Garang Kenyang; James Dut Akot; Kenyang Duok; Santino Dut Akot; Joseph Deng Akon; Katherine Kuei; Manyangdit; Mador Majok; Madame Zero; Gat-kier Machar; Sam Rout; Helena A. Madut; Akuol Nyuol; Ajok Geng; Matter Machar; Angok Agoth Atem; Achol Deng; Anne Ito; Lual Thoc; Dominic Dut Mathiang; Isaac Chol Achuil; Angelo Uguak Aru; Awak Kondok; Awak Ring; David Nyuol; William Machok; Sisimayo Faki Henry; Angelo Ukongo; Anthony Ubur; Ferew Demalesh; Faith Awino; George Chemkang Mabouch; Hannington

Nyamori; Tutbang; Machien Luol; Abraham Telar; Mangor Andrew; Kumchieng; Kon Alier; Garang Dhel; Garang Aher; Garang Kuot; Aluel Akok; Yar Makuei; Adeng Maluk; Rebecca Ajuoi; todos no escritório do SPLM em Nairóbi; Jason Mattis em Nairóbi; Peter Moszynski em Nuba; Peter Dut Adim em Marial Bai; Daniel Garang Deng (Marial Bai); Dierdre O'Toole e Joseph Kalalu da organização CONCERN; John Dut Piol; Aweng Aleu e Gisma Hamad; Geoffrey Beaton; William Anei Mayep; Joseph Deng Akoon; Simon Wol Mawein; Akaran Napakira, Veronica Mbugua, George Omandi, Maurice Onyango, Augustus Omalla, Jackson Karugu, Gillian Kiplagat, Thomas Agou Kur, Khamus Philip Paulino, Cosmas Chanda (ACNUR) em Kakuma; Janie, Robert, Wesley, Anne e Wes French; Harper, Colton, Stacey e Phil Mays; Billi, James, Teddy, Sofia, Deborah e o saudoso Robert Newmyer; Barb Bersche, Eli Horowitz, Jordan Bass, Andrew Leland, Heidi Meredith, Angela Petrella; Mac Barnett, Jim Fingal e Jess Benjamin; Ayelet Waldman; Sarah Vowell; Brian McGinn; Marty Asher, Jennifer Jackson e todos da Vintage; Simon Prosser, John Makinson, Juliette Mitchell, Francesca Main e todos da Penguin Books; Giuseppe Strazzerri e todos da Mondadori; Andrew Wylie; Sally Willcox; Debby Klein; Devorah Lauter; Evany Thomas; Peter Ferry; Christopher Oram; Erika Lopez; Peter Orner; Lala, Sophia, Steven, Susan e Fred Sabsowitz; Jane Fonda; Dan Moss; Jane Bilthouse; Randy Grizzle; Gary Mann; Princess Swann; Peg James; Susan Black; Peggy Flanagan; Gerry, Bradford e Jessica Morris; John Jose; Noel e Daris McCullough; Jermane Enoch; Andrew Collins; Justin Springer; Michael Glassman; Kelly McGuire; Dough Calderwood; Andrew Collins; Mike Glassman; Justin e Linsey Springer; Luke Sandler; *War of Visions* (Guerra de visões), de Francis Deng; *War and Slavery in Sudan* (Guerra e escravidão no Sudão), de Jok Madur Jok; Gayle Smith do Center for American Progress; *Emma's War* (A guerra de Emma), de Deborah Scroggins; *Acts of Faith* (Atos de fé), de Philip Caputo; o Comitê Internacional de Resgate; a organização Save the Children; o International Crisis Group; a Cruz Vermelha; *A Problem from Hell* (Um problema dos infernos), de Samantha Power; a Anistia Internacional; a organização Human Rights Watch; Manute Bol; Ann Wheat; Andrew O'Hagan; Kevin Feeney; Nicholas Kristof; *They Poured Fire on Us from the Sky* (Derramaram fogo sobre nós do céu), de Benson Deng, Alephonsion Deng, Benjamin Ajak e Judy Bernstein; Thiep Angui; a revista *Arab Studies Quarterly*; Martha Saavedra, do Departamento de Estudos Africanos da Universidade da Califórnia em Berkeley; o jornal *Sudan Mirror*; o site SPLMToday.com; *Sudan Monthly*; *Sudan Upda-*

te; *Al-Ahram Weekly*; a organização Refugees International; *The Sudan: Contested National Identities* (O Sudão: Identidades Nacionais em Disputa), de Ann Mosely Lesch; o site AllAfrica.com; *Making Peace and Nurturing Life* (Fazer a paz para promover a vida), de Julia Aker Duany; *The Root Causes of Sudan's Civil Wars* (As raízes da guerra civil no Sudão), de Douglas H. Johnson; *Politics of Liberation in South Sudan: An Insider's View* (Bastidores da política de libertação no sul do Sudão), de Peter Adwok Nyaba. E a Vendela, Toph e Bill.

Toda a renda obtida com este livro será revertida para a Fundação Valentino Achak Deng, que distribui dinheiro para refugiados sudaneses nos Estados Unidos; para a reconstrução do sul do Sudão, a começar por Marial Bai; para organizações que trabalham buscando a obtenção da paz e que prestam auxílio humanitário em Darfur; e para a instrução universitária de Valentino Achak Deng.

Para mais informações, visite www.valentinoachakdeng.org

ESTA OBRA FOI COMPOSTA PELO GRUPO DE CRIAÇÃO EM ELECTRA E IMPRESSA PELA GEOGRÁFICA EM OFSETE SOBRE PAPEL PÓLEN SOFT DA SUZANO PAPEL E CELULOSE PARA A EDITORA SCHWARCZ EM NOVEMBRO DE 2008